W0395434

Ott
Lengersdorf

Abitur 2024 | *Leistungskurs*

Aufgabensammlung zur zentralen Abiturprüfung
Mathematik am Berufskolleg – Berufliches Gymnasium
– Fachbereich Wirtschaft und Verwaltung –
Nordrhein-Westfalen

Ott
Lengersdorf

Abitur 2024 | *Leistungskurs*

Aufgabensammlung zur zentralen Abiturprüfung
Mathematik am Berufskolleg – Berufliches Gymnasium
– Fachbereich Wirtschaft und Verwaltung –

Nordrhein-Westfalen

Merkur
Verlag Rinteln

Wirtschaftswissenschaftliche Bücherei für Schule und Praxis
Begründet von Handelsschul-Direktor Dipl.-Hdl. Friedrich Hutkap †

Die Verfasser:

Roland Ott
Oberstudienrat

Norbert Lengersdorf

Oberstudienrat am Berufskolleg für Wirtschaft und Verwaltung in Herzogenrath

* * * * *

16. Auflage 2023

Gesamtherstellung:
MERKUR VERLAG RINTELN Hutkap GmbH & Co. KG, 31735 Rinteln
E-Mail: info@merkur-verlag.de
lehrer-service@merkur-verlag.de
Internet: www.merkur-verlag.de

Merkur-Nr. 0447-16
ISBN 978-3-8120-1048-1

Vorwort

Die vorliegende Aufgabensammlung enthält nur auf die neue Prüfungsordnung für das Berufskolleg in Nordrhein-Westfalen abgestimmte Aufgaben zur Vorbereitung auf das Abitur 2024 im Fach Mathematik an beruflichen Gymnasien im Fachbereich Wirtschaft und Verwaltung.

Die Aufgaben behandeln nur Themen, die in den Abiturvorgaben 2024 für den Leistungskurs Mathematik, Fachbereich Wirtschaft und Verwaltung, aufgeführt sind.

Die zentrale Abiturprüfung 2024 besteht aus zwei Teilen, einem hilfsmittelfreien Prüfungsteil A und einem Prüfungsteil B mit Hilfsmittel (GTR bzw. CAS)

Die Aufgaben für den Leistungskurs sind gegliedert nach den Prüfungsgebieten: Analysis mit Anwendungen, Stochastik und Lineare Algebra.

Durch die Vorgaben für die schriftliche Abiturprüfung 2024 werden inhaltliche Schwerpunkte festgelegt.

Die **Analysis** behandelt im Abitur 2024 als Schwerpunkt ganzrationale Funktionen und Exponentialfunktionen und die Modellierung von berufsbezogenen Anwendungen mithilfe dieser Funktionstypen: Marktpreistheorie, Konsumenten- und Produzentenrente, Modelle der vollständigen Konkurrenz und des Monopols, Absatz- und Umsatzentwicklung.

Die **Lineare Algebra** hat die Schwerpunkte Lineare Gleichungssysteme und stochastische Matrizen. Das Leontief-Modell, Innerbetriebliche Verflechtungen, mehrstufige Produktionsprozesse und logistische Zusammenhänge werden als Anwendungen behandelt.

Schwerpunkt in der **Stochastik** ist die bedingte Wahrscheinlichkeit, die Binomialverteilung und ökonomische Anwendungen wie die Preiskalkulation.

Die Einteilung nach Prüfungsgebieten ermöglicht ein gezieltes Üben.

Da die Aufgabensammlung allen Schüler/innen bei der Vorbereitung auf das schriftliche Abitur helfen soll, sind zu allen Aufgaben ausführliche Lösungen angegeben. An verschiedenen Stellen sind Lösungsalternativen aufgezeigt, ohne einen Anspruch auf Vollständigkeit zu erheben.

Autoren und Verlag wünschen viel Glück und Erfolg bei der Abiturprüfung.

Inhaltsverzeichnis

Ablauf der schriftlichen Abiturprüfung 2024

Leistungskurs

Die schriftliche Abiturprüfung umfasst den Aufgabenteil A (Bearbeitung ohne Hilfsmittel) und den Aufgabenteil B (Bearbeitung mit Hilfsmitteln).
Der Aufgabenteil A besteht aus **vier Pflichtaufgaben** und **vier Wahlaufgaben**, aus denen zwei von den Prüflingen ausgewählt werden.
Der Aufgabenteil B besteht aus drei Pflichtaufgaben.
Bei mindestens zwei der Aufgaben des Aufgabenteils A und B sind Anwendungsbezüge aus Wirtschaft und Verwaltung vorgesehen.

neu im Abi'24

Aufgabenteil A Bearbeitung ohne Hilfsmittel				**Aufgabenteil B Bearbeitung mit Hilfsmittel**	
Pflichtaufgaben		Wahlaufgaben (zwei aus vier, beliebig)		Pflichtaufgaben	
Analysis	5	Analysis	5	Analysis	30
Analysis	5	Analysis	5	Stochastik	30
Stochastik	5	Stochastik	5	Analytische Geometrie/ Lineare Algebra	30
Analytische Geometrie/ Lineare Algebra	5	Analytische Geometrie/ Lineare Algebra	5		
Summe	20	Summe	10	Summe	90
Gesamtsumme: 120 BE + 5 BE (Darstellungsleistung) = **125 BE**					

Organisation

Zu Beginn der Bearbeitungszeit erhalten die Prüflinge die beiden zu bearbeitenden Aufgabenteile A und B. Die zugelassenen Hilfsmittel (GTR oder CAS; Formelsammlung) werden noch nicht ausgegeben.
Die Prüflinge geben individuell nach Bearbeitung ihre Ausarbeitungen zum Aufgabenteil A ab und erhalten im Gegenzug Zugang zu den zugelassenen Hilfsmitteln (GTR oder CAS; Formelsammlung).
Die Arbeitszeit einschließlich Auswahlzeit beträgt 300 Minuten
Für Prüflinge, die die Aufgaben und die Lösungen des Prüfungsteils A vorzeitig abgeben, verlängert sich entsprechend die Bearbeitungszeit für den Prüfungsteil B.
Ein Wörterbuch zur deutschen Rechtschreibung ist in beiden Prüfungsteilen der Klausur zugelassen.

Operatoren und Dokumentation von Lösungen

1 Allgemeine Bemerkungen zu den Aufgabenstellungen

Der Prüfling wird nicht zur Nutzung einer bestimmten Technologie aufgefordert, da das Erkennen der Sinnhaftigkeit des Einsatzes des Taschenrechners eine selbstständige Leistung ist. Die Vorgehensweise und Darstellung der Lösung muss unabhängig von der gewählten Technik nachvollziehbar dokumentiert werden. Der Schüler hat zu verdeutlichen, wie er mit welchen Eingaben mit der genutzten Technik zu welchen Ergebnissen gelangt ist. Die Dokumentation erfolgt immer mit mathematischen Regeln unter Nutzung der Fachsprache.

2 Beispiele zu einigen der häufig genutzten Operatoren

2.1

Operator	Beschreibung
Angeben, Nennen	Objekte, Sachverhalte, Begriffe, Daten ohne nähere Erläuterungen bzw. Begründungen und ohne Darstellung von Lösungsansätzen oder Lösungswegen aufzählen

Erläuterungen: Der Prozess der Ergebnisermittlung bleibt gegebenenfalls im Dunkeln-somit auch die Wahl des Hilfsmittels. „Angeben /Nennen" erfordert Einsicht in den Sachzusammenhang oder den mathematischen Zusammenhang.

Beispiel: ...und geben Sie eine mögliche Kostenfunktion an.

(Abitur 2017 LK CAS, Analysis 2.1.3)

Erwartungshorizont:

Kostenfunktion z.B. mit c = 12: $K(x) = \frac{1}{400}x^3 - \frac{1}{15}x^2 + 12x + 200$

2.2

Operator	Beschreibung
Erläutern	Strukturen und Zusammenhänge erfassen, in Einzelheiten verdeutlichen und durch zusätzliche Informationen verständlich machen

Erläuterungen: Beispielsweise kann zur Problemlösung ein Sachzusammenhang durch zusätzlich hergeleitete Informationen mit eigenen Worten dargelegt werden oder aber auch ein Vorgehen verständlich beschrieben werden.

Beispiel:

Erläutern Sie anhand der kurzfristigen und der langfristigen Preisuntergrenze, ob die Rasolux GmbH einen Preis von 700GE/ME unterbieten kann.

(Abitur 2017 GK Analysis 2.2.1)

Erwartungshorizont:

kPUG: Minimierung der variablen Stückkosten $k_v(x) = 10x^2 - 240x + 1920$

Notwendige und hinreichende Bedingung bei quadratischen Funktionen mit positivem Leitkoeffizient: $k'_v(x) = 0$ $20x - 240 = 0 \Leftrightarrow x = 12$ kPUG: $k_v(12) = 480$ (GE/ME)

LPUG: Minimierung der Stückkosten $k(x) = 10x^2 - 240x + 1920 + \frac{7840}{x}$

Darstellung des Graphen im Intervall von 0 bis 20 liefert den Tiefpunkt (14 | 1080)

LPUG 1080 GE/ME. Ein Preis von 700GE/ME kann kurzfristig, aber nicht langfristig unterschritten werden.

2.3

Operator	Beschreibung
Berechnen	Ergebnisse von einem Ansatz ausgehend durch Rechenoperationen gewinnen

Erläuterungen: Der Ansatz, der auf der symbolischen Ebenen zur Lösung führt, ist zu dokumentieren. Der sich anschließende Lösungsweg muss unter Beibehaltung mathematischer Regeln nachvollziehbar dargestellt werden. Wenn ein GTR/CAS für einen Lösungsschritt verwendet wird, ist der Ansatz und der logische Schritt zu dokumentieren.

Beispiel: Berechnen Sie den maximalen Gewinn (Abitur 2017 LK GTR, Analysis 2.2.1.2)

Erwartungshorizont

Gewinnmaximum: $G'(x) = 0$ und $G''(x) < 0$

Ableitungen: $G'(x) = -3x^2 + 12x - 1{,}25$; $G''(x) = -6x + 12$

Notwendige Bedingung: $G'(x) = 0 \quad \Leftrightarrow \quad x_1 = 3{,}89 \vee x_2 = 0{,}11$

Mit $G''(3{,}89) < 0$ und $G(3{,}89) = 23{,}32$ gilt:

Bei einer Produktion von 3,89 ME wird der maximale Gewinn von 23,32 GE erzielt.

2.4

Operator	Beschreibung
Bestimmen, Ermitteln	Zusammenhänge bzw. Lösungswege finden und die Ergebnisse formulieren.

Erläuterungen: Die Wahl der Mittel (z.B. ob graphisch oder numerisch) bleibt offen. Durch Spezifizierung wie „Ermitteln Sie graphisch" oder „Bestimmen Sie rechnerisch" würde die Verwendung der Werkzeugebene des GTR bzw. CAS beschränkt.

Beim graphischen ermitteln von Lösungen kann dies durch Anfertigung einer Zeichnung auf Papier oder durch Darlegung der Lösungsschritte beim graphischen Lösen mit GTR bzw. CAS erfolgen.

Beispiel: Gehen Sie davon aus, dass gilt: $a = \frac{1}{225}c - \frac{23}{450}$ und $b = -30a$

Ermitteln Sie den Bereich, in dem der Parameter c liegen muss, damit K eine ertragsgesetzliche Kostenfunktion ist … . (Abitur 2017 LK CAS, Analysis 2.1.3)

Erwartungshorizont

Mit $b^2 \leq 3 \cdot a \cdot c$ ist folgende Ungleichung zu lösen: $(\frac{23}{15} - \frac{2}{15}c)^2 \leq 3(\frac{1}{225}c - \frac{23}{450}) \cdot c$

Lösung mit CAS: $11{,}5 \leq c \leq 46$

(Die Erläuterungen zu den Operatoren sind der Rückkopplungsveranstaltung zum Zentralabitur 2017 entnommen, Qualitäts-und Unterstützungs-Agentur-Landesinstitut für Schule NRW)

Operatorenliste

Operator	Erläuterung
erläutern	Strukturen und Zusammenhänge erfassen, in Einzelheiten verdeutlichen und durch zusätzliche Informationen verständlich machen
skizzieren, graphisch darstellen	wesentliche Eigenschaften von Sachverhaltenoder Objekten graphisch darstellen - auch Freihandskizzen möglich
untersuchen	Sachverhalte, Probleme, Fragestellungen nach bestimmten, fachlich üblichen bzw. sinnvollen Kriterien bearbeiten
vergleichen	Gemeinsamkeiten, Ähnlichkeiten und Unterschiede ermitteln
begründen	Sachverhalte auf Gesetzmäßigkeiten bzw. kausale Zusammenhänge zurückführen - hierbei sind Regeln und mathematische Beziehungen zu nutzen
bestimmen,ermitteln	Zusammenhänge bzw. Lösungswege finden und die Ergebnisse formulieren
beurteilen, Stellung nehmen	zu einem Sachverhalt ein eigenständiges Urteil unter Verwendung von Fachwissen und Fachmethoden formulieren und begründen
herleiten, formulieren	eine Formel oder einen Zusammenhang aus bekannten Sachverhalten nachvollziehbar entwickeln
klassifizieren	eine Menge von Objekten nach vorgegebenen oder sinnvoll selbstständig zu wählenden Kriterien in Klassen einteilen
zeigen	Aussagen oder Sachverhalte unter Nutzung von gültigen Schlussregeln, Berechnungen bestätigen
beschreiben	Strukturen, Sachverhalte, Verfahren unter Verwendung der Fachsprache angemessen wiedergeben
bestätigen	Aussagen oder Sachverhalte mathematisch verifizieren
dokumentieren, darstellen	Gedankengang bzw. Herleitung der Problemlösung darlegen
veranschaulichen, verdeutlichen	einen Sachverhalt mit verbalen oder graphischen Erläuterungen versehen
angeben, nennen	Objekte, Sachverhalte, Begriffe, Daten ohne nähere Erläuterungen, Begrün dungen und ohne Darstellung von Lösungsansätzen oder Lösungswegen aufzählen
berechnen	Ergebnisse von einem Ansatz ausgehend durch Rechenoperationen gewinnen
zeichnen	hinreichend exakte graphische Darstellungen von Objekten oder Daten anfertigen
beweisen, widerlegen, nachweisen	Beweise im mathematischen Sinne unter Verwendung von bekannten mathematischen Sätzen, logischen Schlüssen und Äquivalenzumformungen, ggf. unter Verwendung von Gegenbeispielen und Analogien, führen
vereinfachen, umformen	Terme, Aussagen, Formeln mittels geeigneter Strategien an den jeweiligen Sachverhalt anpassen

I Hilfsmittelfreier Teil der zentralen Abiturprüfung

Aufgaben zur Prüfungsvorbereitung – Analysis

Dieser Teil der Abiturprüfung enthält 4 Aufgaben entsprechend den Abiturvorgaben, davon mindestens zwei mit Anwendungsbezug.

Analysis **Lösungen Seite 22**

Punkte

Aufgabe 1

Zur ertragsgesetzlichen Kostenfunktion

$K(x) = ax^3 + bx^2 + cx + d$; $a, c, d > 0$, $b < 0$,

x in ME, K(x) in GE,

sind in der nebenstehenden Abbildung die Graphen der Grenzkostenfunktion, der Stückkostenfunktion und der variablen Stückkostenfunktion dargestellt.

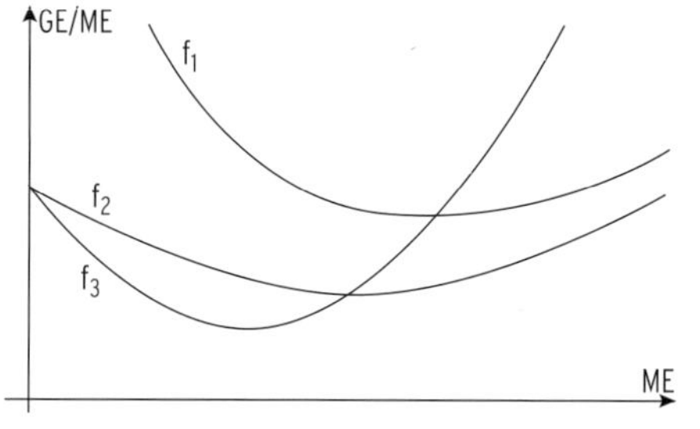

1.1 Ordnen Sie dem jeweiligen Graphen die entsprechende ökonomische Funktion begründet zu. 3

1.2 Beweisen Sie, dass die betriebsminimale Ausbringungsmenge bei $x = -\frac{b}{2a}$ liegt. 3

Aufgabe 2

Die monatlichen Absatzzahlen eines Produkts werden mit $f(t) = (40 - t)e^{0,05t}$, (t in Monaten, f(t) in ME/Monat) modelliert. Der nebenstehende Graph verdeutlicht die Situation.

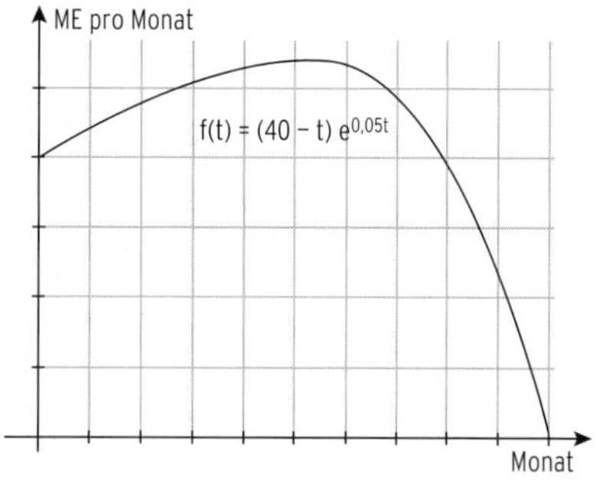

2.1 Berechnen Sie den Zeitpunkt, bis zu dem das Produkt auf dem Markt abgesetzt werden kann. 2

2.2 Zeigen Sie, dass der Zeitpunkt des maximalen monatlichen Absatzes bei t = 20 liegt. 4

($f''(t) = -\frac{1}{400}\, t\, e^{0,05t}$ kann verwendet werden.)

Analysis

Aufgabe 3 **Lösungen Seite 23** **Punkt**

Die monatlichen Absatzzahlen eines neuartigen Produkts werden mit

$f(t) = -\frac{1}{10}t^3 + 2t^2$

(t in Monaten, f(t) in ME/Monat)

modelliert. Der nebenstehende Graph verdeutlicht die Situation.

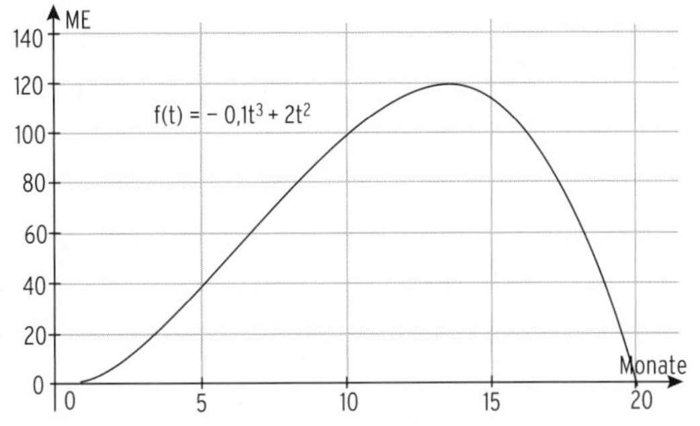

3.1 Bestimmen Sie die in den ersten 20 Monaten insgesamt abgesetzte Menge. 3 Punkte

3.2 Skizzieren Sie in das nebenstehende Koordinatensystem den Graphen der Funktion, die den Gesamtabsatz in Abhängigkeit von der Zeit angibt. 3

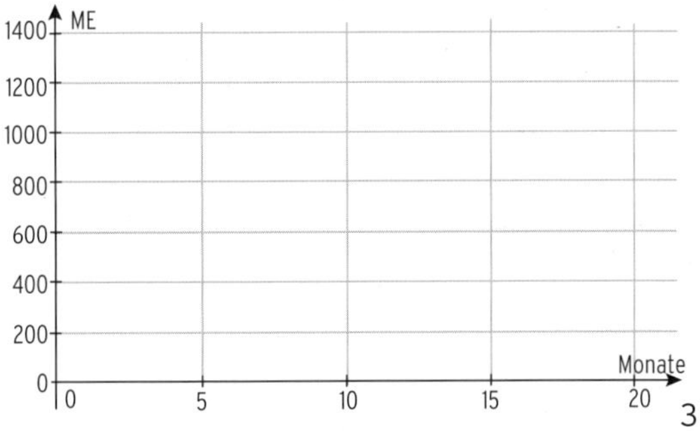

Aufgabe 4

Die Preisentwicklung eines Produkts entspricht der Nachfragefunktion p mit

$p(x) = -x^2 + 9$; x in ME, p(x) in GE/ME.

Das Produkt wird auf dem Teilmarkt 1 für p_1 GE/ME und auf dem Teilmarkt 2 für 5 GE/ME verkauft. Es werden insgesamt 2 ME abgesetzt (vgl. nebenstehende Abbildung).

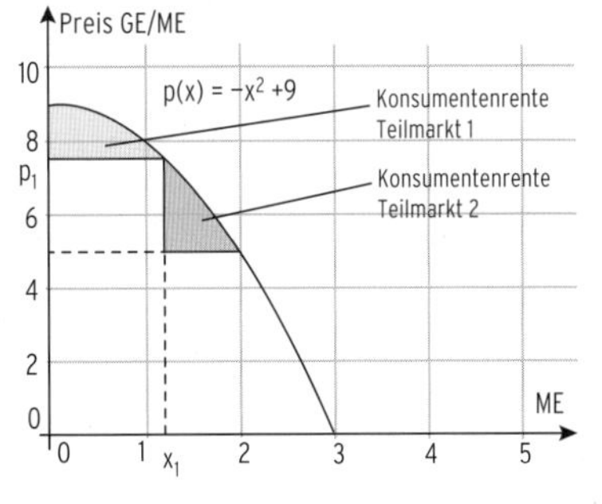

4.1 Beschreiben Sie den Einfluss der Höhe des Preises p_1 auf die Konsumentenrente des jeweiligen Teilmarkts. 2

4.2 Weisen Sie nach, dass die gesamte Konsumentenrente optimal abgeschöpft wird, wenn $x = \sqrt{\frac{4}{3}}$ (ME) ist. 4

Analysis

Aufgabe 5 — **Lösungen Seite 24** — **Punkte**

Die folgende Tabelle gibt die Stückkosten k, die variablen Stückkosten k_v und die Grenzkosten K′ zur ertragsgesetzlichen Kostenfunktion K an (x in ME; K(x) in GE):

x	1	2	3	4	5	6	7	8
k(x)	201,0	124,0	97,0	84,0	77,8	76,0	77,6	82,0
$k_v(x)$	57,0	52,0	49,0	48,0	49,0	52,0	57,0	64,0
K′(x)	51,0	44,0	43,0	48,0	59,0	76,0	99,0	128,0

Beurteilen Sie die Richtigkeit der folgenden Aussagen allein unter Zuhilfenahme der Tabellenwerte:

1.1 Das Betriebsminimum liegt bei 4 ME. 2

1.2 Die Kosten steigen zwischen 0 und 4 ME degressiv. 2

1.3 Die Fixkosten belaufen sich auf 144 GE. 2

Aufgabe 6

Die Absatzentwicklung eines Produktes wird durch die folgende Funktion beschrieben:

$f(t) = 9t \cdot e^{-0,3t} + 6$

dabei steht $t > 0$ für die Monate und f(t) für den Absatz in ME pro Monat.

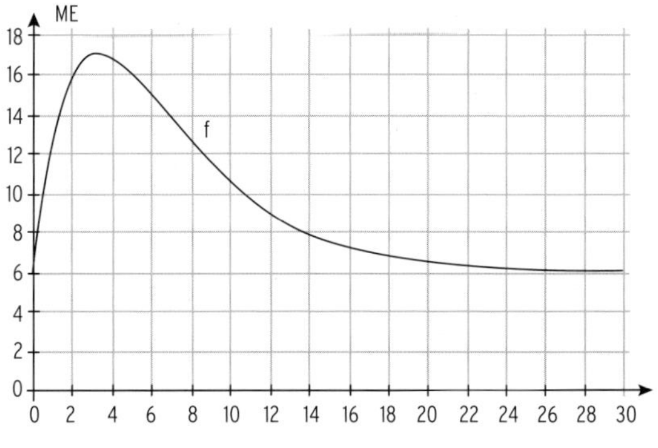

1 Berechnen Sie den Zeitpunkt, zu dem die monatlichen Absatzzahlen maximal werden (notwendiges Kriterium genügt). 4

2 Nehmen Sie mit Hilfe des Graphen Stellung zu der folgenden Aussage: In der zweiten Hälfte des ersten Jahres liegt der Zeitpunkt des maximalen Absatzrückganges. 2

Analysis

Aufgabe 7 — Lösungen Seite 24/25 — Punkte

Gegeben sind folgende Angebotsfunktion p_A und Nachfragefunktion p_A:

$p_A(x) = \frac{2}{3}x^2 + \frac{16}{3}$

$p_N(x) = -\frac{1}{3}x^2 + \frac{64}{3}$

x in ME, p(x) in GE/ME

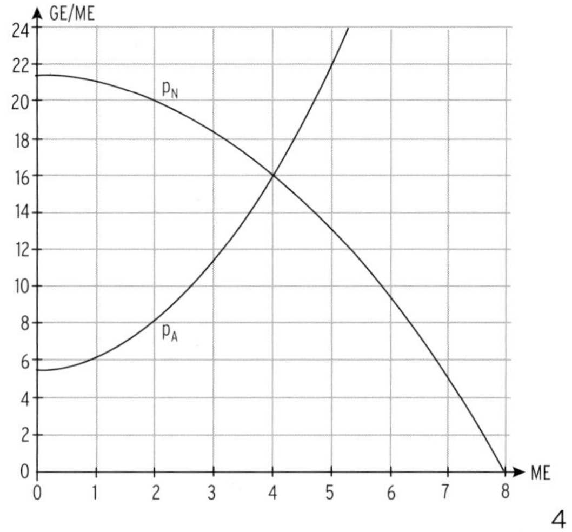

1 Berechnen Sie das Marktgleichgewicht. 4

2 Begründen Sie anhand der Graphen, dass die Konsumentenrente geringer ist als die Produzentenrente. 2

Aufgabe 8

Gegeben ist die Funktion f mit der Gleichung $f(x) = x^3 + 2x^2 - 2x$. Die Abbildung zeigt den Graphen der Funktion f.

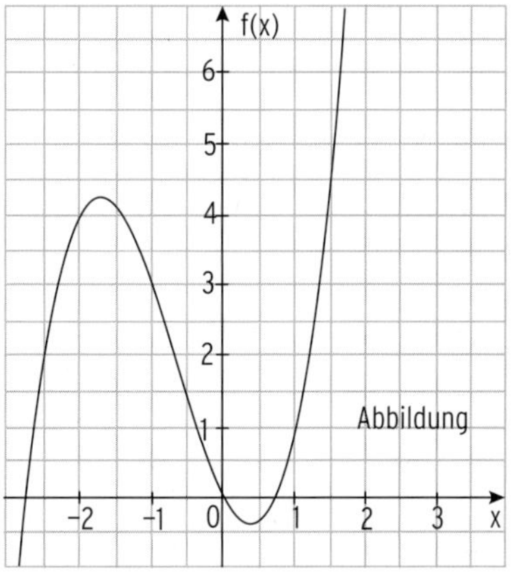

1 Berechnen Sie alle Nullstellen der Funktion f.

2 Entscheiden Sie begründet mit Hilfe einer Zeichnung in der Abbildung, ob die Gerade g mit $y = \frac{1}{2}x + 5$ eine Tangente am Graphen von f im Punkt P (− 2 | 4) ist. 6

Analysis

Aufgabe 9 **Lösungen Seite 25** **Punkte**

Gegeben ist die Funktion f mit der Gleichung $f(x) = x^3 + 3x^2 - 1$. Die Koordinaten des lokalen Hochpunktes und des lokalen Tiefpunktes sind ganzzahlig.

Die Abbildung zeigt den Graphen der Funktion f.

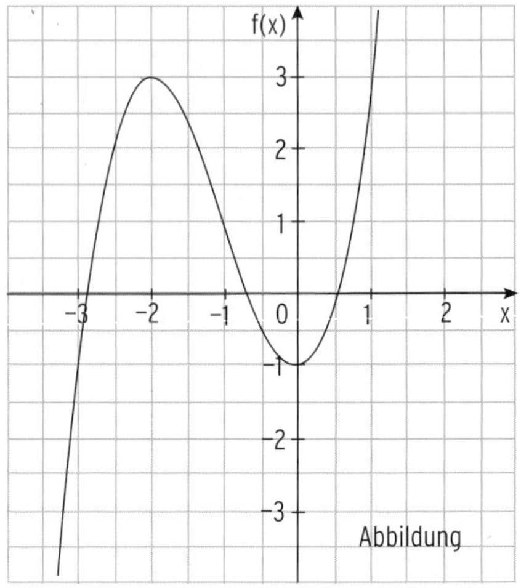

(1) Entscheiden Sie begründet, ob der Graph der Ableitungsfunktion f′ eine nach oben oder nach unten geöffnete Parabel ist.

(2) Geben Sie alle Werte für den Parameter c an, so dass die Funktion g_c mit der Gleichung $g_c(x) = f(x) + c$ genau zwei Nullstellen besitzt. Begründen Sie Ihre Angabe. 6

Aufgabe 10

Gegeben ist die Funktion f mit der Gleichung $f(x) = \frac{1}{2}x^3 - x - 2$. Der Graph ist in der Abbildung dargestellt.

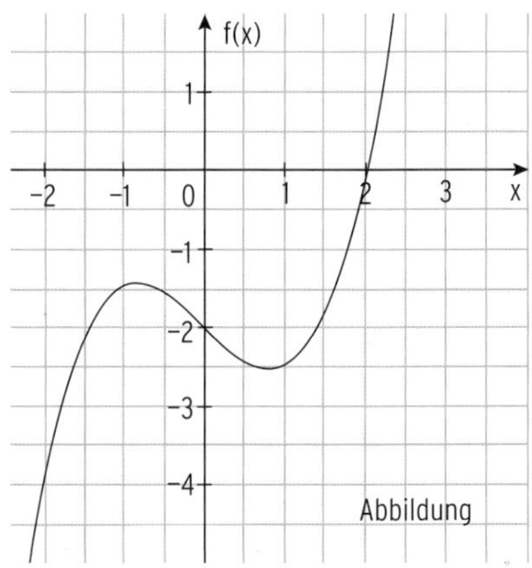

(1) Weisen Sie rechnerisch nach, dass die in der Zeichnung erkennbare Nullstelle tatsächlich eine Nullstelle ist.

(2) Gegeben ist die Funktion g_a mit der Gleichung $g_a(x) = f(x + a)$. Geben Sie an, wie sich der Graph von g_a verändert, wenn man für a immer größere Zahlen einsetzt.

Geben Sie außerdem einen Wert für a an, so dass die Funktion g_a die Nullstelle $x = -1$ besitzt. 6

Analysis Aufgabe 11 Lösungen Seite 26 **Punkte**

Die nebenstehende Abbildung zeigt den Graphen der Funktion f mit der Gleichung

$f(x) = \frac{1}{3}x^3 - 2x^2 + \frac{16}{3}$.

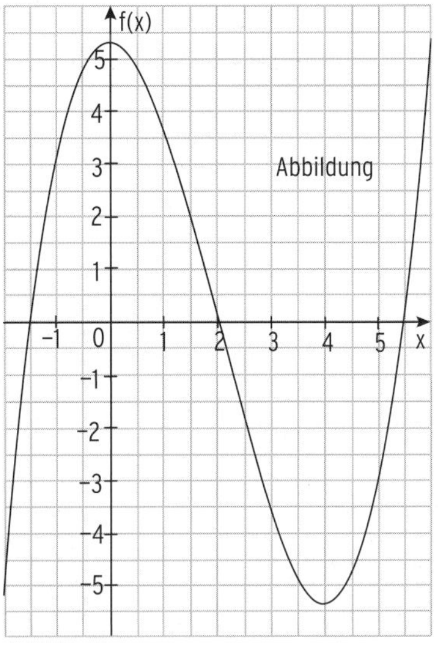

(1) Bestimmen Sie eine Gleichung der Tangente an den Graphen von f im Punkt P(2 | 0) .

(2) Skizzieren Sie den Graphen von f ′ in die Abbildung.

(6 Punkte)

Aufgabe 12

Gegeben ist eine Funktion f. Die Abbildung 1 zeigt die Parabel ihrer Ableitungsfunktion f ′ mit der Gleichung

$f'(x) = -\frac{1}{4}x^2 + x + 3$.

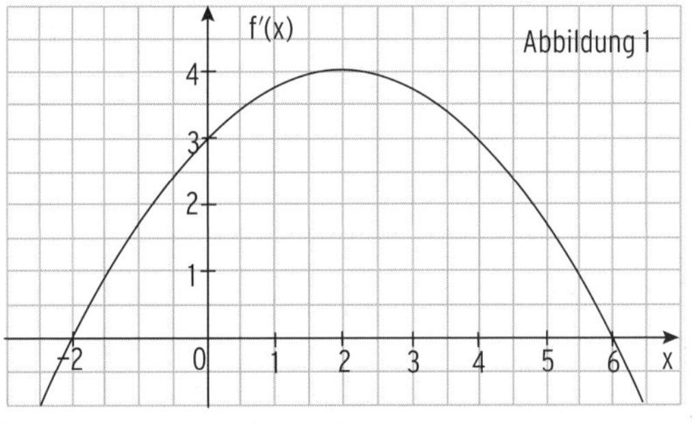

(1) Die Parabel von f ′ besitzt die beiden Nullstellen x = − 2 und x = 6 . Ermitteln Sie unter Verwendung dieser Nullstellen rechnerisch die Koordinaten des Scheitelpunktes S der Parabel.

(2) Begründen Sie, dass keine der beiden Abbildungen 2 und 3 den Graphen der Funktion f zeigt. Führen Sie jeweils mindestens ein Gegenargument auf.

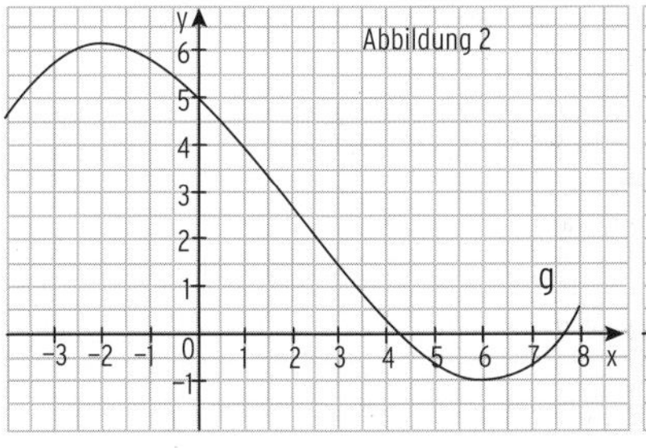

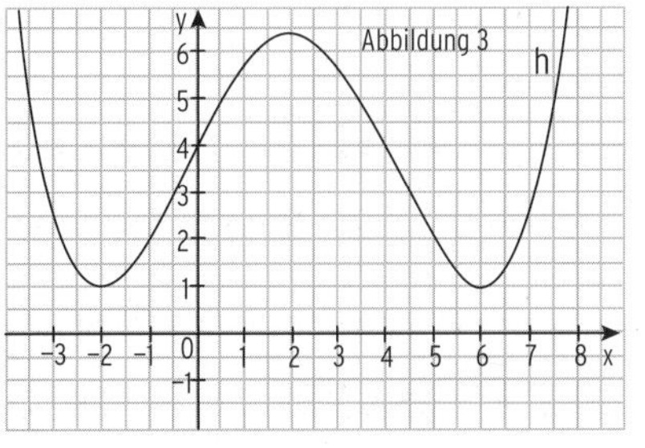

Analysis Lösungen Seite 27/28

Aufgabe 13

Die Abbildung zeigt das Schaubild einer Funktion f.

Ermitteln Sie einen möglichen Funktionsterm.

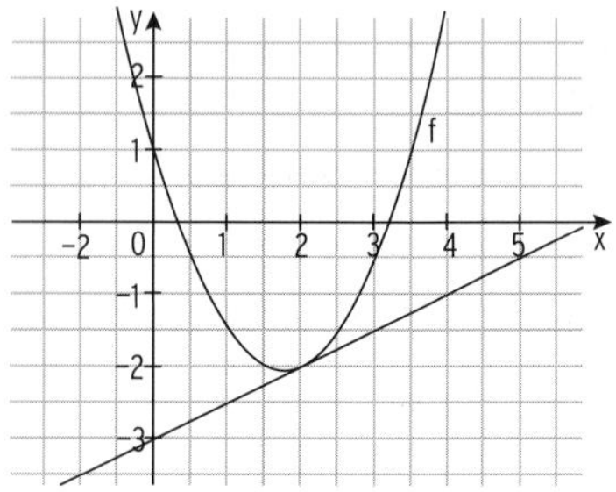

Aufgabe 14

Das Schaubild der Funktion f mit $f(x) = -x^3 + 3x^2 - x - 4$ besitzt einen Wendepunkt.

Bestimmen Sie eine Gleichung der Tangente in diesem Wendepunkt.

Aufgabe 15

Das Schaubild einer ganzrationalen Funktion dritten Grades berührt die x-Achse im Ursprung. Der Punkt H(1 | 1) ist der Hochpunkt des Schaubilds.

Bestimmen Sie die Funktionsgleichung.

Aufgabe 16

Die Tangente an den Graphen von f mit $f(x) = e^{x-3} - 2$ an der Stelle $x = 3$ schneidet die Asymptote des Graphen von f in S.

Bestimmen Sie die Koordinaten von S.

Aufgabe 17

Berechnen Sie das Integral $\int_{-1}^{2} (x^3 - 0{,}5x^2 - 3x)\,dx$.

Interpretieren Sie den Integralwert mit Hilfe geeigneter Flächenstücke.

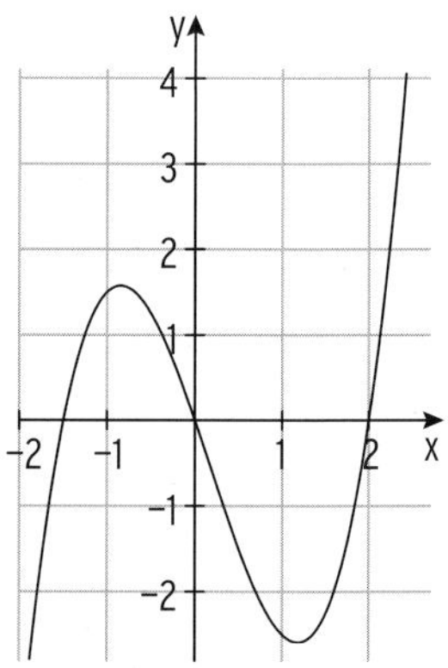

Aufgabe 18

Gegeben sind die Funktionen f und g mit $f(x) = -x^2 + 3$ und $g(x) = 2x$.

Berechnen Sie den Inhalt der Fläche, die von den Graphen der beiden Funktionen eingeschlossen wird.

Aufgabe 19

Gegeben ist die Funktion f mit $f(x) = 4e^{2x} - 2$.

Bestimmen Sie diejenige Stammfunktion F von f mit $F(0{,}5) = -1$.

Analysis Lösungen Seite 29

Aufgabe 20

Die Entwicklung der Gesamtkosten der Produktion von Fahrrädern kann durch die Funktion K mit $K(x) = 0{,}5x^3 - 8x^2 + 45x + 70$ mit $D_K = [0; 13]$ beschrieben werden.
Berechnen Sie das Minimum der variablen Stückkosten und interpretieren Sie ihr Ergebnis.

Aufgabe 21

Bilden Sie die erste Ableitung der Funktion f mit $f(x) = (2x^2 + 5) \cdot e^{-2x}$.

Aufgabe 22

Die Abbildung zeigt das Schaubild der Ableitungsfunktion f′ einer Funktion f. Geben Sie für jeden der folgenden Sätze an, ob er richtig, falsch oder nicht entscheidbar ist.
Begründen Sie jeweils ihre Antwort.

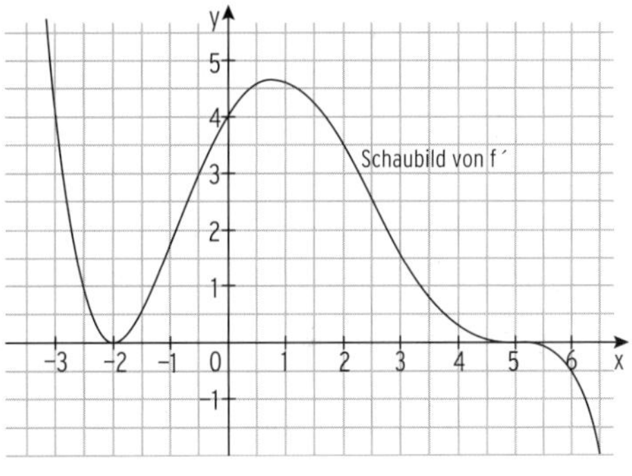

1. Das Schaubild von f hat bei $x = -2$ einen Tiefpunkt.
2. Das Schaubild von f hat für $-3 \leq x \leq 6$ genau zwei Wendepunkte.
3. Das Schaubild von f verläuft im Schnittpunkt mit der y-Achse steiler als die erste Winkelhalbierende
4. $f(0) > f(5)$

Aufgabe 23

Die Abbildung zeigt das Schaubild der Ableitungsfunktion f′ einer Funktion f.
Welcher der folgenden Aussagen über die Funktion f sind wahr, falsch oder unentscheidbar ?
Begründen Sie Ihre Antworten.

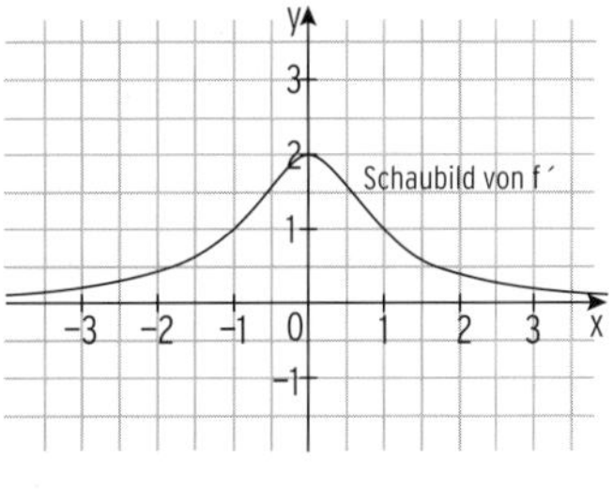

1. f ist streng monoton wachsend für $-3 < x < 3$.
2. Das Schaubild von f hat mindestens einen Wendpunkt.
3. Das Schaubild von f ist symmetrisch zur y-Achse.
4. Es gilt $f(x) > 0$ für alle $x \in [-3;3]$.

Analysis **Lösungen Seite 30/31** **Punkte**

Lösungen Seite 30/31

Aufgabe 24

Gegeben ist die Funktion f mit der Gleichung:

$f(x) = \frac{1}{3}x^3 - \frac{11}{4}x^2 + 6x - 2$.

Die Abbildung 1 zeigt den Graphen der Ableitungsfunktion f′ .

(1) Berechnen Sie die beiden Stellen x_1 und x_2, an denen die erste Ableitung f′ den Wert Null besitzt.

(2) Geben Sie an, ob an der Stelle x_1 ein lokaler Hoch- oder ein lokaler Tiefpunkt des Graphen von f vorliegt, und begründen Sie Ihre Angabe mit Hilfe der Abbildung 1. 6

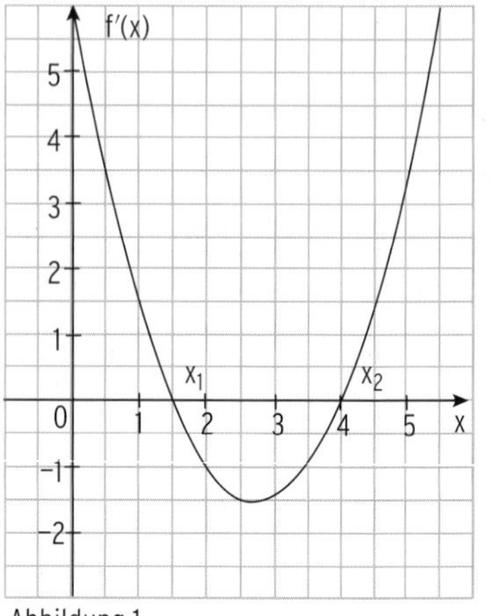

Abbildung 1

Aufgabe 25

Gegeben ist die Gleichung $x^3 - 10x^2 + 6x + 72 = 0$

Zeigen Sie: $x_1 = 4$ ist eine Lösung. Bestimmen Sie alle Lösungen.

Aufgabe 26

Gegeben ist die Funktion f mit $f(x) = -x^3 + 3x^2 - 2x$ und $x \in \mathbb{R}$.
Die Abbildung zeigt ihren Graphen von f, der bei x = 1 den Wendepunkt W hat.

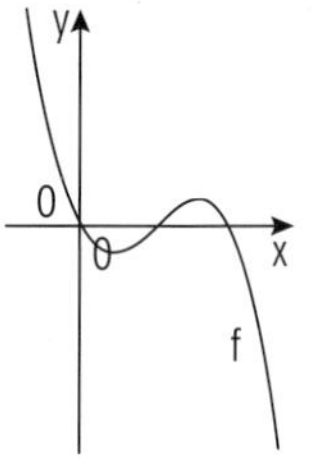

a) Zeigen Sie, dass die Tangente an den Graphen von f im Punkt W die Steigung 1 hat. 2

b) Betrachtet werden die Geraden mit positiver Steigung m, die durch W verlaufen. Geben Sie die Anzahl der Schnittpunkte dieser Geraden mit dem Graphen von fin Abhängigkeit von m an. 3

Aufgabe 27

Die Unternehmensführung geht von einer ertragsgesetzlichen Kostenfunktion K 3. Grades aus. Die Abbildung zeigt den Graph der Grenzkostenfunktion K′, den Graph der Stückkostenfunktion k und den Graph der Preisfunktion p.

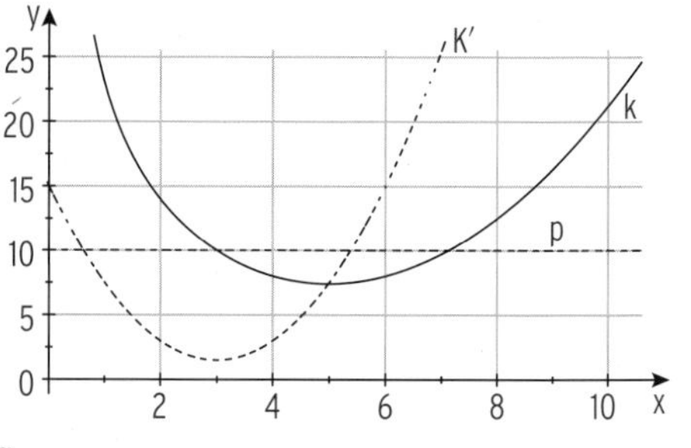

Prüfen Sie die folgenden Aussagen auf Richtigkeit und begründen Sie Ihre Entscheidung.

1 Der Graph von K besitzt eine Wendestelle in x = 3.

2 Je größer die produzierte Stückzahl, desto geringer sind die Stückkosten.

3 Die Schnittstelle von Preisgerade und Grenzkostenkurve ist die betriebsoptimale Stückzahl.

Analysis

Lösungen Seite 31

Aufgabe 28

Punkte

Das Unternehmen Nokateo möchte für die anstehende Sommersaison den Unisex-Pullover Habicht auf den Markt bringen und analysiert den Produktlebenszyklus für den Pullover aus der Vorsaison. Die Abbildung zeigt den Graphen der Gesamtabsatzfunktion A des Vorgängermodells.

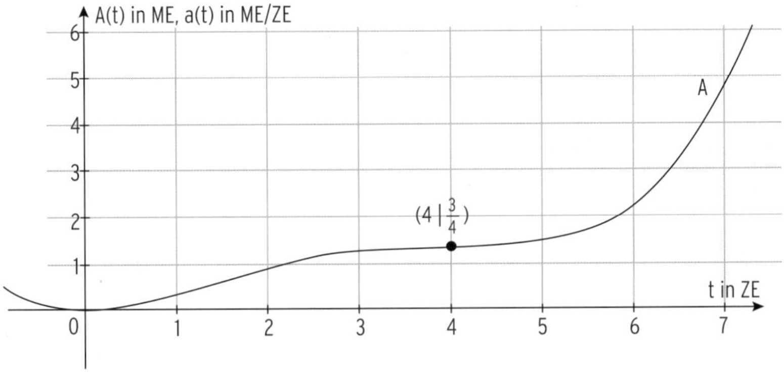

a) Skizzieren Sie den Graphen des Produktlebenszklus a in das vorgegebene Koordinatensystem. 2

b) Kennzeichnen Sie in der Grafik den ökonomisch sinnvollen Definitionsbereich. 1

c) Der Produktlebenszyklus a kann durch eine Funktion der Funktionenschar $a_b(t) = \frac{1}{16}t^3 - bt^2 + t$ beschrieben werden. Bestimmen Sie die Funktionsgleichung der oben eingezeichneten Gesamtabsatzfunktion A. 3

Aufgabe 29

Die Abbildung zeigt den Graphen einer in $\mathbb{R}$ definierten, differenzierbaren Funktion g.
Betrachtet wird eine in $\mathbb{R}$ definierte Funktion f, für deren erste Ableitungsfunktion $f'(x) = e^{g(x)}$ gilt.

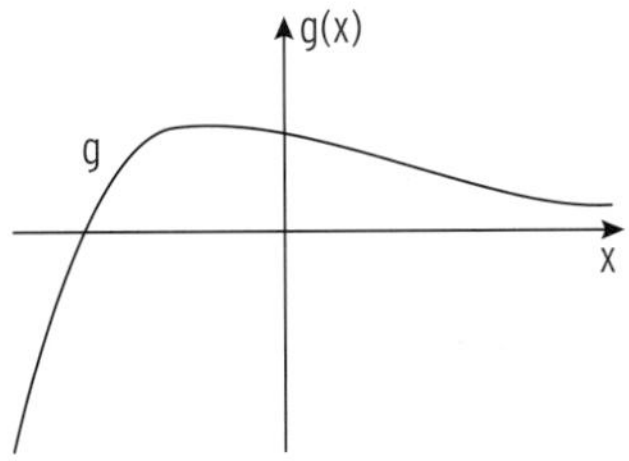

a) Untersuchen Sie, ob der Graph von f einen Extrempunkt hat. 2

b) Untersuchen Sie, ob der Graph von f einen Wendepunkt hat. 3

Lösungen – Aufgaben zur Prüfungsvorbereitung – Analysis

Hilfsmittelfreier Teil der Zentralen Abiturprüfung

Aufgabe 1

(Aufgaben Seite 12)

1.1 Der Graph der Grenzkostenfunktion schneidet den Graphen der variablen Stückkostenfunktion im Betriebsminimum, den der Stückkostenfunktion im Betriebsoptimum. Also gehört f_3 zur Grenzkostenfunktion. Die kurzfristige Preisuntergrenze ist geringer als die langfristige Preisuntergrenze, so dass f_2 der variablen Stückkostenfunktion und f_1 der Stückkostenfunktion zugeordnet werden kann.

1.2 Minimum der variablen Stückkosten:

$k_v(x) = a\,x^2 + bx + c$; $k_v'(x) = 2ax + b$

Notwendig und hinreichend bei ertragsgesetzlicher Kostenfunktion:

$k_v'(x) = 0$ $\quad$ $2ax + b = 0$

$x = -\frac{b}{2a}$; da $a > 0$ $\quad$ Minimalstelle

Aufgabe 2

2.1 Nullstellenbetrachtung

$f(t) = 0$ $\quad$ $(40 - t)e^{0,05t} = 0$

da $e^{0,05t} \neq 0$ für alle $t \in \mathbb{R}$ $\quad$ $t = 40$

Nach 40 Monaten verschwindet das Produkt vom Markt.

2.2 Extremwertbetrachtung: Notwendige Bedingung $f'(t) = 0$

$f'(t) = 0,05(40 - t)e^{0,05t} - e^{0,05t} = e^{0,05t}\,(0,05(40 - t) - 1)$

(Produkt- und Kettenregel)

$f'(t) = 0$ $\quad$ $0,05(40 - t) - 1 = 0$

$1 - 0,05t = 0$

$t = 20$

Dazu hinreichend für Maximum $(f''(20) = -\frac{1}{400} \cdot 20 \cdot e^1 = -\frac{e}{20} < 0$

Alternativ: $f'(20) = e^{0,05 \cdot 20}\,(0,05(40 - 20) - 1) = e^1 \cdot 0 = 0$

Lösungen - Analysis

Aufgabe 3

(Aufgaben Seite 13)

3.1 Die gesamte Absatzmenge der ersten 20 Monate wird mit dem Integral berechnet.

$$\int_0^{20} f(t)dt = \int_0^{20} (-\tfrac{1}{10}t^3 + 2t^2)dt = \left[-\tfrac{1}{40}t^4 + \tfrac{2}{3}t^3\right]_0^{20} = -4000 + \tfrac{16000}{3} \approx 1333{,}3 \text{ (ME)}$$

3.2

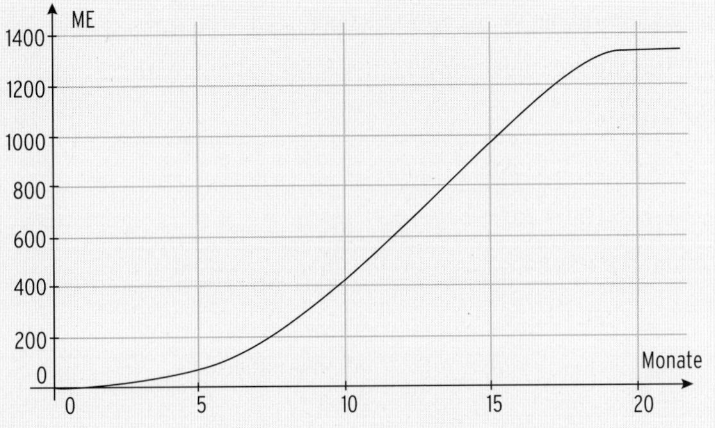

Aufgabe 4

4.1 Bei Erhöhung des Preises p_1 wird die Konsumentenrente im Teilmarkt 1 geringer und gleichzeitig die des Teilmarkts 2 höher. Bei Verringerung des Preises verhält es sich umgekehrt.
(Bei einem Preis p_1 von 9 GE/ME erlischt der Teilmarkt 1, bei einem Preis p_1 von 5 GE/ME erlischt der Teilmarkt 2.)

4.2 Damit die Konsumentenrente höchstmöglich abgeschöpft wird, muss der Preis p_1 so gewählt werden, dass der Flächeninhalt des Rechtecks unter dem Flächenstück zur Konsumentenrente Teilmarkt 1 möglichst groß wird (dadurch wird die Konsumentenrente möglichst klein).

$A(x) = x \cdot f(x) - 5x = -x^3 + 9x - 5x = -x^3 + 4x$

Extremwertbetrachtung: $A'(x) = 0$ $\qquad -3x^2 + 4 = 0$

$x^2 = \frac{4}{3}$

Mit $x > 0$: $\qquad x = \sqrt{\frac{4}{3}}$

Dazu hinreichend: $A''(\sqrt{\frac{4}{3}}) = -6\sqrt{\frac{4}{3}} < 0$

Lösungen - Analysis

Aufgabe 5

(Aufgaben Seite 14)

1.1 Die variablen Stückkosten und die Grenzkosten sind im Betriebsminimum gleich, also ist aus der Tabelle abzulesen: $x_{BM} = 4$. Die Aussage ist also wahr.

1.2 Die Grenzkostenfunktion K′ gibt den Kostenzuwachs an. Dieser nimmt nur bis 3 ME ab (degressiver Zuwachs), danach wieder zu (progressiver Zuwachs). Daher ist die Aussage falsch.

1.3 Die Stückkostenfunktion und die variable Stückkostenfunktion unterscheiden sich nur durch den Term $\frac{K_{fix}}{x}$.

Daher gilt: $K_{fix} = k(1) - k_v(1) = 201 - 57 = 144$.

Die Aussage ist also wahr.

Aufgabe 6

1 $f(t) = 9t \cdot e^{-0{,}3t} + 6$; $f'(t) = 9 \cdot e^{-0{,}3t} + (-0{,}3) \cdot 9t \cdot e^{-0{,}3t} = 9 \cdot e^{-0{,}3t}(1 - 0{,}3t)$

(mit Produkt und Kettenregel)

Notwendige Bedingung: $f'(t) = 0$ $\quad 9(1 - 0{,}3t) = 0 \quad (e^{-0{,}3t} \neq 0)$

$-0{,}3t + 1 = 0$

$t = \frac{1}{0{,}3} = \frac{10}{3}$

Der maximale Absatz wird im 4. Monat erreicht.

2 Der stärkste Absatzrückgang entspricht dem Wendepunkt mit re/li-Krümmungswechsel.

Dieser liegt laut Graph bei ungefähr (8 | 12,5). Die Aussage ist also wahr.

Aufgabe 7

(Aufgaben Seite 15)

1 Schnittpunkt von Angebots- und Nachfragefunktion:

$p_A(x) = p_N(x)$ $\quad \frac{2}{3}x^2 + \frac{16}{3} = -\frac{1}{3}x^2 + \frac{64}{3}$

$x^2 = 16 \quad \Leftrightarrow x = \pm 4$

Da negative Produktionswerte ökonomisch sinnlos sind, liegt die Gleichgewichtsmenge bei 4 ME. Der Gleichgewichtspreis liegt bei 16 GE/ME: $\quad p_A(4) = p_N(4) = 16$

Die Abbildung bestätigt das Ergebnis.

2 Der Inhalt der zwischen dem Graphen von p_N und $y = 16$ eingeschlossenen Fläche stellt den Geldwert der Konsumentenrente dar, der Flächeninhalt zwischen $y = 16$ und dem Graphen von p_A den Geldwert der Produzentenrente. Die Fläche der Konsumentenrente ist kleiner als die Fläche der Produzentenrente, somit ist die Konsumentenrente geringer als die Produzentenrente.

Lösungen - Analysis

Aufgabe 8

(Aufgaben Seite 15)

1 Nullstellen: $f(x) = 0$ $\quad x^3 + 2x^2 - 2x = 0 \Leftrightarrow x(x^2 + 2x - 2) = 0$

Also $x_1 = 0$. Zusätzlich: $\quad x^2 + 2x - 2 = 0$

$$x_{2|3} = -1 \pm \sqrt{1+2}$$

Die drei Nullstellen sind $x_1 = 0$, $x_{2|3} = -1 \pm \sqrt{3}$.

2 Einzeichnen der Geraden g (siehe Abbildung rechts). Man sieht deutlich, dass g den Graphen von f im Punkt P (− 2 | 4) nicht berührt, sondern schneidet. Daher kann g keine Tangente am Graphen von f im Punkt P sein.

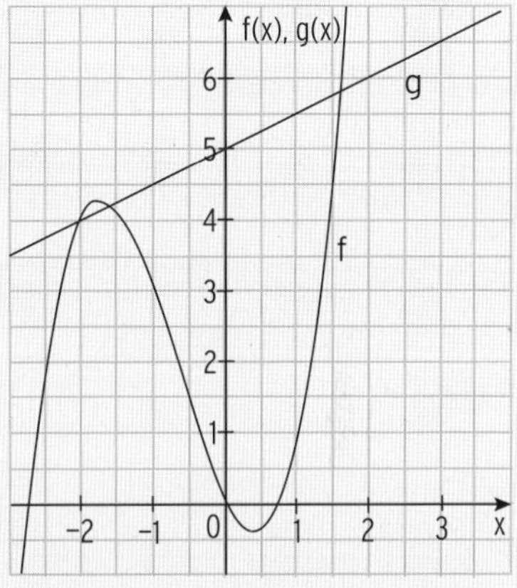

Aufgabe 9

(Aufgaben Seite 16)

(1) Es gilt: $f'(x) = 3x^2 + 6x$. Das Vorzeichen des Koeffizienten vor x^2 entscheidet, ob die Parabel nach oben oder nach unten geöffnet ist. Weil $3 > 0$ gilt, ist die Parabel nach oben geöffnet.

Oder: Die Parabel von f ′ besitzt die Nullstellen $x = -2$ und $x = 0$, denn sie sind die lokalen Extremstellen von f. Nur dazwischen fällt der Graph von f, also liegt die Parabel von f ′ für $-2 < x < 0$ unterhalb der x-Achse. Die Parabel muss also nach oben geöffnet sein.

(2) $c = -3$ oder $c = 1$. Damit es genau zwei Nullstellen gibt, muss der Graph von g_c die x-Achse im Hochpunkt oder im Tiefpunkt berühren. Somit muss entweder der Graph von f (Hochpunkt H(− 2 | 3)) um drei Einheiten nach unten oder um eine Einheit nach oben (Tiefpunkt T(0| − 1)) verschoben werden.

Aufgabe 10

(1) Am Graphen ist erkennbar, dass $x = 2$ die vermutliche Nullstelle ist.
Zum rechnerischen Nachweis: Setze $x = 2$ in f(x) ein.
Wegen $f(2) = \frac{1}{2} \cdot 2^3 - 2 - 2 = 4 - 2 - 2 = 0$ ist $x = 2$ eine Nullstelle von f.

(2) Je größer a wird, desto weiter wird der entsprechende Graph der Funktion f nach links verschoben. Damit $x = -1$ eine Nullstelle wird, muss der Graph von f um drei Einheiten nach links verschoben werden, also muss $a = 3$ gelten.

Lösungen - Analysis

Aufgabe 11 (Aufgaben Seite 17)

(1) Gesucht ist die Gleichung zu t mit

$t(x) = mx + b$.

Mit $f'(x) = x^2 - 4x$ gilt für die Steigung

von t: $m = f'(2) = 4 - 4 \cdot 2 = -4$.

Einsetzen von $m = -4$ und den

Koordinaten von $P(2|0)$ ergibt:

$0 = -4 \cdot 2 + b$

$b = 8$

Also lautet die Tangentengleichung: $t(x) = -4x + 8$.

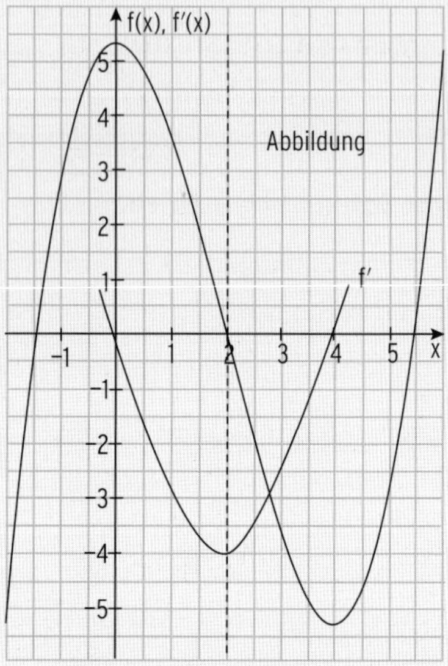

(2) Eine Skizze der Parabel von f′ ist rechts abgebildet.

Aufgabe 12

(1) Aus Symmetriegründen liegt die x-Koordinate des Scheitelpunktes S in der Mitte der beiden Nullstellen – 2 und 6. Die Mitte ist 2.

$f'(2) = -\frac{1}{4} \cdot 2^2 + 2 + 3 = 4$

Der Scheitelpunkt S besitzt somit die Koordinaten $S(2 \mid 4)$.

(2) Der Graph der Funktion g in Abbildung 2 besitzt an der Stelle $x = 2$ eine negative Steigung, während am Graphen von Abbildung 1 abzulesen ist: $f'(2) = 4 > 0$.

Der Graph der Funktion h in Abbildung 3 zeigt drei lokale Extremstellen. Wegen der notwendigen Bedingung für Extremstellen hat h′ mindestens drei Nullstellen, aber f′ hat nur zwei Nullstellen.

Lösungen - Analysis

Aufgabe 13

(Aufgaben Seite 18)

Man liest ab: Parabel von f mit $f(x) = ax^2 + bx + c$; $f'(x) = 2ax + b$

Bedingungen und LGS: $f(0) = 1$ $c = 1$

$f(2) = -2$ $4a + 2b + c = -2$

$f'(2) = \frac{1}{2}$ $4a + b = \frac{1}{2}$

Einsetzen von $c = 1$: $4a + 2b + 1 = -2$ $4a + 2b = -3$

$4a + b = \frac{1}{2}$ $| \cdot (-1)$

Addition ergibt: $b = -3{,}5$

Einsetzen in z. B. $4a + b = \frac{1}{2}$ ergibt $a = 1$

Möglicher Funktionsterm $f(x) = x^2 - 3{,}5x + 1$

Aufgabe 14

$f(x) = -x^3 + 3x^2 - x - 4$; der Graph von f besitzt einen Wendepunkt.

Ableitungen: $f'(x) = -3x^2 + 6x - 1$; $f''(x) = -6x + 6$

Wendepunkt: $f''(x) = 0$ $-6x + 6 = 0$ für $x = 1$

Mit $f'''(x) = -6 \neq 0$ ist $x = 1$ Wendestelle.

Mit $f(1) = -3$ und $f'(1) = 2$ erhält man mit $y = mx + b$ die Tangente in $W(1 \mid -3)$:

$-3 = 1 \cdot 2 + b$ und damit $b = -5$

Gleichung der Wendetangente: $y = 2x - 5$

Aufgabe 15

Ansatz: $f(x) = ax^3 + bx^2 + cx + d$; $f'(x) = 3ax^2 + 2bx + c$; $f''(x) = 6ax + 2b$

Bedingungen: $f(0) = 0$ $d = 0$

$f'(0) = 0$ $c = 0$

$H(1 \mid 1)$ der Hochpunkt: $f(1) = 1$ $a + b + c + d = 1$

$f'(1) = 0$ $3a + 2b + c = 0$

c und d eingesetzt: $a + b = 1$ $| \cdot 3$

$3a + 2b = 0$ $| \cdot (-1)$

Additionsverfahren: $b = 3$

Einsetzen in $a + b = 1$ ergibt $a = -2$

Funktionsterm: $f(x) = -2x^3 + 3x^2$

Lösungen - Analysis

Aufgabe 16

(Aufgaben Seite 18)

$f(x) = e^{x-3} - 2$ Ableitung: $f'(x) = e^{x-3}$

Mit $f(3) = -1$ und $f'(3) = 1$ erhält man mit $y = mx + c$ die Tangente in $P(3 \mid -1)$:

Punktprobe: $-1 = 1 \cdot 3 + c \Leftrightarrow c = -4$

Gleichung der Tangente: $y = x - 4$

Schnitt mit der Asymptote: $y = -2$: $-2 = x - 4 \Leftrightarrow x = 2$

Koordinaten des Schnittpunktes: $S(2 \mid -2)$.

Aufgabe 17

$$\int_{-1}^{2} (x^3 - 0{,}5x^2 - 3x)dx = \left[\frac{1}{4}x^4 - \frac{1}{6}x^3 - \frac{3}{2}x^2\right]_{-1}^{2} = -\frac{10}{3} + \frac{13}{12} = -\frac{40}{12} + \frac{13}{12} = -\frac{27}{12} = -\frac{9}{4}$$

$$= -2{,}25$$

(Flächenbilanz)

Das Flächenstück zwischen dem Graphen von f und der x-Achse oberhalb der x-Achse ist um 2,25 kleiner als das Flächenstück zwischen dem Graphen von f und der x-Achse unterhalb der x-Achse.

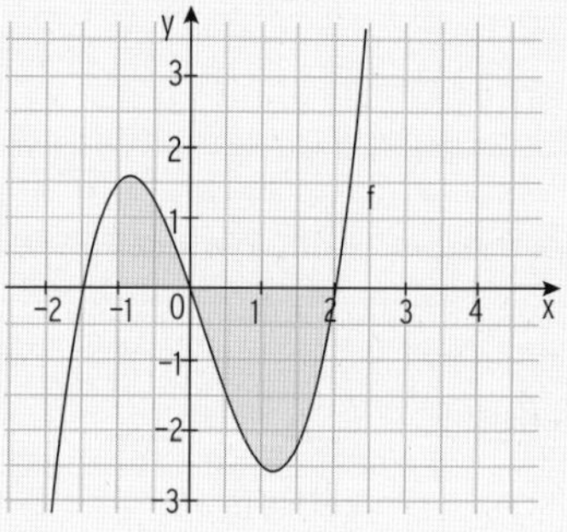

Aufgabe 18

Schnittstellen von f und g durch

Gleichsetzen: $f(x) = g(x)$ $-x^2 + 3 = 2x$

Nullform: $x^2 + 2x - 3 = 0$

Lösung mit Formel: $x_{1|2} = \frac{-b \pm \sqrt{b^2 - 4ac}}{2a}$ $x_{1|2} = \frac{-2 \pm \sqrt{4 - 4 \cdot (-3)}}{2} = \frac{-2 \pm 4}{2}$

Schnittstellen = Integrationsgrenzen: $x_1 = -3;\ x_2 = 1$

Integration von -3 bis 1 über $f(x) - g(x)$: $\int_{-3}^{1} (f(x) - g(x))dx$

$$= \int_{-3}^{1} (-x^2 + 3 - 2x)dx = \left[-\frac{1}{3}x^3 + 3x - x^2\right]_{-3}^{1}$$

"obere Grenze – untere Grenze" $= -\frac{1}{3} + 3 - 1 - (-\frac{1}{3}(-3)^3 + 3(-3) - (-3)^2) = \frac{32}{3}$

Der Inhalt der eingeschlossenen Fläche beträgt $\frac{32}{3}$.

Aufgabe 19

$f(x) = 4e^{2x} - 2$

Stammfunktion: $F(x) = 2e^{2x} - 2x + c$

Bedingung für c: $F(0{,}5) = -1$: $F(0{,}5) = 2e^1 - 1 + c = -1 \Rightarrow c = -2e$

Gesuchte Stammfunktion: $F(x) = 2e^{2x} - 2x - 2e$

Lösungen - Analysis

Aufgabe 20

(Aufgaben Seite 19)

Gesamtkosten K mit $K(x) = 0{,}5x^3 - 8x^2 + 45x + 70$ mit $D_K = [0; 13]$

Minimum der variablen Stückkosten

variable Stückkosten $k_v(x) = 0{,}5x^2 - 8x + 45$; $k_v'(x) = x - 8$; $k_v''(x) = 1 > 0$

Minimum der variablen Stückkosten: $k_v'(x) = 0$ für $x = 8$

Nachweis: $k_v(8) = 13$ ist das Minimum wegen $k_v''(x) = 1 > 0$

Interpretation: Der minimale Verkaufspreis, bei dem bereits die fixen Kosten als Verlust in Kauf genommen werden, beträgt 13 GE/ME.

Aufgabe 21

Ableitung von f mit $f(x) = (2x^2 + 5) \cdot e^{-2x}$ mit der Produktregel

Mit $u(x) = 2x^2 + 5 \Rightarrow u'(x) = 4x$ und $v(x) = e^{-2x} \Rightarrow v'(x) = -2e^{-2x}$

folgt durch Einsetzen in $f'(x) = u(x)\,v'(x) + v(x)\,u'(x)$:

$f'(x) = (2x^2 + 5) \cdot (-2e^{-2x}) + e^{-2x} \cdot 4x$

Zusammenfassen durch Ausklammern: $f'(x) = e^{-2x}\left((2x^2 + 5) \cdot (-2) + 4x\right)$

Erste Ableitung von f: $f'(x) = e^{-2x}\left(-4x^2 - 10 + 4x\right)$

Aufgabe 22

1. falsch; $f'(x)$ wechselt bei $x = -2$ das Vorzeichen nicht.
2. wahr: Das Schaubild von f' hat für $-3 \le x \le 6$ genau zwei Extrempunkte.
3. wahr: $f'(0) = 4 > 1$
4. falsch: $f'(x) > 0$ für $0 < x < 5$, also ist f wachsend für $0 < x < 5$

Aufgabe 23

1. f ist streng monoton wachsend für $-3 < x < 3$.

   wahr, da $f'(x) > 0$ für alle x
2. Das Schaubild von f hat mindestens einen Wendpunkt.

   wahr, da das Schaubild von f' mindestens einen Extrempunkt (Hochpunkt) hat.
3. Das Schaubild von f ist symmetrisch zur y-Achse.

   falsch, da $f'(-x) = f'(x)$ gilt.
   Für Symmetrie zur y-Achse muss f(x) fallen für $x < 0$ und wachsen für $x > 0$ oder umgekehrt, also zum Beispiel $f'(-1) = -f'(1)$
4. Es gilt $f(x) > 0$ für alle $x \in [-3;3]$.

   nicht entscheidbar, der Funktionsterm von f ist festgelegt bis auf einen konstanten Summanden.

Lösungen - Analysis

Aufgabe 24

(Aufgaben Seite 20)

(1) $f(x) = \frac{1}{3}x^3 - \frac{11}{4}x^2 + 6x - 2$; $f'(x) = x^2 - 5{,}5x + 6$

Setze $f'(x) = 0$ $\quad x^2 - 5{,}5x + 6 = 0 \Leftrightarrow x_{1|2} = \frac{5{,}5 \pm \sqrt{5{,}5^2 - 24}}{2}$

$x_{1|2} = \frac{5{,}5 \pm 2{,}5}{2}$

Man erhält $x_1 = 1{,}5$ und $x_2 = 4$.

Hinweis: Ein bloßes Ablesen der Nullstellen genügt wegen des Operators „Berechnen Sie" nicht.

(2) In der Abbildung 1 erkennt man an der ersten Nullstelle einen +/− - Vorzeichenwechsel der Ableitungswerte $f'(x)$. Das bedeutet, dass der Graph der Ausgangsfunktion f erst steigt und dann sinkt. Daher liegt an der Stelle $x = 1{,}5$ ein lokales Maximum vor.

Aufgabe 25

$x^3 - 10x^2 + 6x + 72 = 0$

Einsetzen ergibt eine wahre Aussage; $x_1 = 4$ ist eine Lösung:

Polynomdivision mit $(x - 4)$: $(x^3 - 10x^2 + 6x + 72) : (x - 4) = x^2 - 6x - 18$

Lösung der quadratischen Gleichung $x^2 - 6x - 18 = 0$: $x_{2|3} = \frac{6 \cdot \sqrt{108}}{2} = 3 \pm \sqrt{27}$

Lösungen der Gleichung: $x_1 = 4$; $x_{2|3} = 3 \pm \sqrt{27}$

Aufgabe 26

$f(x) = -x^3 + 3x^2 - 2x$ und $x \in \mathbb{R}$; $x = 1$ ist Wendestelle

a) $f'(x) = -3x^2 + 6x - 2$; $f'(1) = -3 + 6 - 2 = 1$
Die Tangente an G_f im Punkt W hat die Steigung 1.

b) Geraden mit positiver Steigung m durch W
Anzahl der Schnittpunkte: 3 für $0 < m < 1$
1 für $m \geq 1$

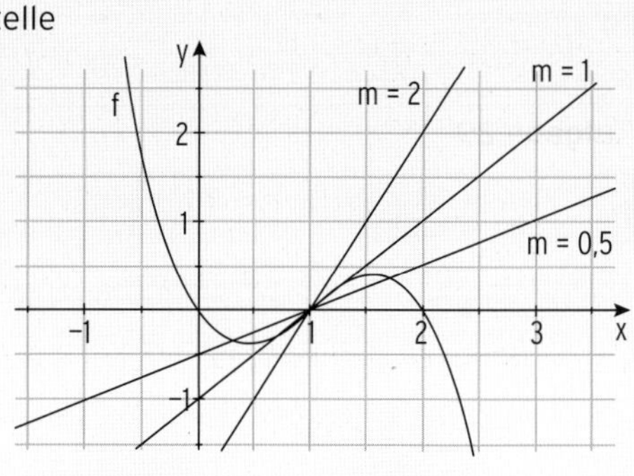

Aufgabe 27

1 Die Aussage ist richtig, da das Grenzkostenminimum etwa in $x = 3$ liegt.
Damit ist $K''(3) = 0$; die notwendige Bedingung für Wendestelle ist erfüllt.

2 Die Aussage ist falsch, denn ab dem Betriebsoptimum (Stückkostenminimum) steigen die Stückkosten wieder an.

Lösungen - Analysis

Aufgabe 27

(Aufgabe Seite 20)

3 Die Aussage ist falsch, da die betriebsoptimale Stückzahl x_{BO} die Schnittstelle der Grenzkosten- und der Stückkostenfunktion ist.

Oder: x_{BO} ist die Minimalstelle von k(x) ($k(x_{BO})$ langfristige Preisuntergrenze)

Die Grenzkostenkurve schneidet die Stückkostenkurve in deren Tiefpunkt.

Aufgabe 28

(Aufgaben Seite 21)

a) Skizze des Graphen der Absatzfunktion a und Kennzeichnung des $D_{ök}$

Hinweise: $A'(t) = a(t)$

$A'(4) = 0;\ A'(0) = 0$

a wird maximal auf

$D_{ök} = [0; 4]$

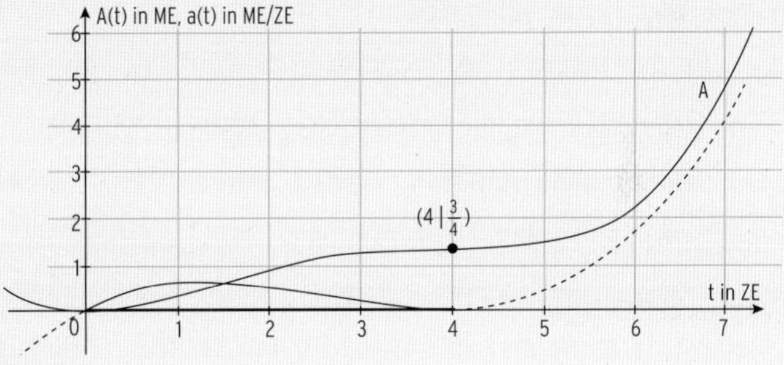

b) Ergänzen $D_{ök}$:

siehe markierter Abschnitt auf der Abszissenachse; $D_{ök} = [0; 4]$

c) Bestimmung der Funktionsgleichung der Gesamtabsatzfunktion A

$a_b(t) = \frac{1}{16}t^3 - bt^2 + t$ mit Stammfunktion: $A_b(t) = \frac{1}{64}t^4 - \frac{b}{3}t^3 + \frac{1}{2}t^2 + C$ mit C = 0

da die Gesamtabsatzfunktion im Ursprung startet

Punkt $S(4 \mid \frac{4}{3})$ einsetzen in $A_b(t) = \frac{1}{64}t^4 - \frac{b}{3}t^3 + \frac{1}{2}t^2$: $\quad \frac{4}{3} = \frac{1}{64}4^4 - \frac{b}{3}4^3 + \frac{1}{2}4^2$

Mit $4^2 = 16;\ 4^3 = 64$ $\quad \frac{4}{3} = 4 - \frac{64b}{3} + 8 \Leftrightarrow \frac{64b}{3} = \frac{32}{3} \Leftrightarrow b = \frac{1}{2}$

$A(t) = \frac{1}{64}t^4 - \frac{1}{6}t^3 + \frac{1}{2}t^2$ Hinweis: S ist ein Sattelpunkt.

Aufgabe 29

a) Extrempunkt: $f'(x) = 0 \wedge f''(x) \neq 0$

Wegen $f'(x) = e^{g(x)} > 0$ für alle $x \in \mathbb{R}$ hat der Graph von f keinen Extrempunkt.

b) Wendepunkt: $f''(x) = 0 \wedge f'''(x) \neq 0$ oder $f''(x_1) = 0$ und $f''(x)$ ändert das Vorzeichen in x_1.

Mit der Kettenregel: $f''(x) = g'(x) \cdot e^{g(x)}$

An der Stelle, an der g ein Maximum annimmt, ändert sich das Vorzeichen von $g'(x)$.

Wegen $e^{g(x)} > 0$ ändert sich damit an dieser Stelle auch das Vorzeichen von $f''(x)$,

d. h. der Graph von f hat einen Wendepunkt.

Aufgaben zur Prüfungsvorbereitung – Lineare Algebra

Hilfsmittelfreier Teil der Zentralen Abiturprüfung

Lineare Algebra

Aufgabe 1 **Lösungen Seite 40** **Punkte**

Die nebenstehende Tabelle gibt die Materialverflechtung in einem zweistufigen Produktionsprozess an, in dem aus Rohstoffen R_1, R_2 und R_3 zunächst Zwischenprodukte Z_1 und Z_2 und anschließend Endprodukte E_1 und E_2 entstehen

			E_1	E_2
		Z_1	4	b
	Z_1	Z_2	1	3
R_1	1	0	4	2
R_2	3	1	c	9
R_3	2	a	12	16

1.1 Zeichnen Sie das Verflechtungsdiagramm der ersten und zweiten Stufe. 3

1.2 Ermitteln Sie die fehlenden Werte für a, b und c. 3

Aufgabe 2

Die beiden größten Stromanbieter A und B haben ein Internetportal damit beauftragt, das Wechselverhalten der Kunden auf dem Strommarkt zu analysieren. Die Ergebnisse der ausgewerteten Kundenwanderung sind in der folgenden Tabelle dargestellt:

nach \ von	Anbieter A	Anbieter B	Sonstige
Anbieter A	a	0,3	0,1
Anbieter B	0,3	c	b
Sonstige	b	c	2a

Berechnen Sie die Werte für a, b und c, mit $a, b, c \geq 0$. 5

Aufgabe 3

Ein Fixvektor $\vec{v}$ einer Matrix M ist ein Vektor, für den gilt: $M \cdot \vec{v} = \vec{v}$ mit $\vec{v} \neq \vec{0}$.

a) Untersuchen Sie, ob es Werte für a und b gibt, sodass für die Matrix $N = \begin{pmatrix} 0{,}7 & 0{,}3 & 0{,}3 \\ a & 0{,}5 & 0{,}5 \\ b & 0{,}2 & 0{,}2 \end{pmatrix}$ und den Vektor $\vec{w} = \begin{pmatrix} 100 \\ 70 \\ 30 \end{pmatrix}$ die Bedingungen I und II gelten.

I Der Vektor $\vec{w}$ ist ein Fixvektor der Matrix N.

II Die quadratische Matrix N ist stochastisch, d.h. alle Elemente sind nichtnegative reelle Zahlen und die Spaltensummen sind jeweils gleich 1. 3

b) Die Vektoren $\vec{x}$ und $\vec{y}$ mit $\vec{x} + \vec{y} \neq \vec{0}$ sind Fixvektoren einer Matrix L.

Zeigen Sie, dass auch der Vektor $\vec{z} = \vec{x} + \vec{y}$ ein Fixvektor von L ist. 3

Lineare Algebra

Aufgabe 4 — Lösungen Seite 41 — Punkte

Bei einem zweistufigen Produktionsprozess wird der Bedarf je Mengeneinheit an Roh- und Zwischenprodukten für die Endprodukte in dem folgenden Verflechtungsdiagramm verdeutlicht.

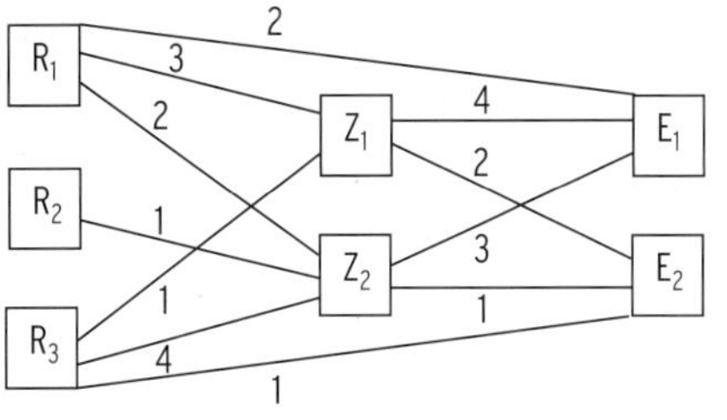

Die Kosten für je eine ME der Rohstoffe entsprechen dem Zeilenvektor $(2 \quad 5 \quad 3)$.

3.1 Zeigen Sie, dass für die Rohstoff-Endprodukt-Matrix gilt: $C_{RE} = \begin{pmatrix} 20 & 8 \\ 3 & 1 \\ 16 & 7 \end{pmatrix}$ 3

3.2 Nehmen Sie Stellung zu der Behauptung, dass die Rohstoffkosten für 10 ME von E_1 über 1000 GE betragen. 3

Aufgabe 5

Ein Unternehmen stellt aus drei unterschiedlichen Bauteilen B1, B2 und B3 die Endprodukte E1, E2 und E3 her. Das Unternehmen hat noch 70 ME von B1 und jeweils 60 ME von B2 und B3 auf Lager.

4.1 Die Materialverflechtung ist der Matrix M_{BE} zu entnehmen: $M_{BE} = \begin{pmatrix} 1 & 2 & 3 \\ 2 & 2 & 0 \\ 1 & 2 & 2 \end{pmatrix}$

Berechnen Sie, wie viele ME der Endprodukte hergestellt werden können, wenn der Lagerbestand vollständig aufgebraucht werden soll. 4

4.2 Durch eine Veränderung der Produktion werden nun für die Herstellung von einer ME von E3 eine zusätzliche ME von B3 benötigt. Als umgeformte erweiterte Koeffizienten-Matrix ergibt sich bei obigen Lagerbeständen: $\left(\begin{array}{ccc|c} 1 & 2 & 3 & 70 \\ 0 & 2 & 6 & 80 \\ 0 & 0 & 0 & 10 \end{array}\right)$

Interpretieren Sie die Bedeutung dieser Matrix im Sachzusammenhang. 2

Aufgabe 6

Gegeben sind die Matrizen $A = \begin{pmatrix} -2 & 5 \\ -2 & 6 \end{pmatrix}$ und $B = \begin{pmatrix} 2 & -3 & 1 \\ 4 & 2 & 5 \\ 1 & 1 & 2 \end{pmatrix}$.

6.1 Begründen Sie, warum die Matrizen A und B nicht miteinander multipliziert werden können. 1

6.2 Berechnen Sie die zu A inverse Matrix A^{-1}. 3

6.3 Geben Sie eine 3x2-Matrix C mit c_{ij} an, so dass gilt: $c_{ij} = 1$ wenn $i > j$, $c_{ij} = i + j$ wenn $i = j$ und $c_{ij} = i \cdot j$ wenn $i < j$. 2

Lineare Algebra

Aufgabe 7 **Lösungen Seite 41/42** **Punkte**

Lösungen Seite 41/42

Ein Unternehmen stellt aus vier Rohstoffen R1, R2, R3 und R4 drei Zwischenprodukte Z1, Z2 und Z3 und aus diesen wiederum zwei Endprodukte E1 und E2 her. Die Materialverflechtung ist den unten stehenden Stücklisten zu entnehmen.

	Z1	Z2	Z3
R1	1	0	2
R2	0	2	2
R3	1	1	3
R4	2	1	0

	E1	E2
Z1	1	1
Z2	2	0
Z3	0	1

1.1 Ermitteln Sie, wie viele ME der Rohstoffe für die Produktion der jeweiligen Endprodukte benötigt werden. 3

Das Unternehmen kalkuliert für die folgende Geschäftsperiode mit einer Nachfrage von 200 ME für E1 und 300 ME für E2 und Kosten in Höhe von 4800 GE. Aufgrund der aufwändigeren Produktion soll der Verkaufspreis für E2 doppelt so hoch sein wie der für E1.

1.2 Berechnen Sie, wie hoch die Verkaufspreise mindestens sein müssen, damit das Unternehmen kostendeckend produziert. 3

Aufgabe 8

Bestimmen Sie die Lösungsmenge des linearen Gleichungssystems

$$\begin{pmatrix} 2 & 3 & 2 \\ 0 & 4 & 3 \\ 1 & 1{,}5 & 1 \end{pmatrix} \cdot \begin{pmatrix} x_1 \\ x_2 \\ x_3 \end{pmatrix} = \begin{pmatrix} 4300 \\ 4250 \\ 4950 \end{pmatrix}$$

Ersetzen Sie die Zahl 1,5, sodass das geänderte LGS eindeutig lösbar ist mit $x_2 = 800$.

Aufgabe 9

In einem mehrstufigen Prozess ergeben sich folgende Zusammenhänge: $C_{RE} = \begin{pmatrix} 4 & 5 & 2 \\ 1 & 3 & 4 \\ 2 & 1 & 5 \end{pmatrix}$.

Die Produktion der Endprodukte erfolgt mit $\vec{m} = \begin{pmatrix} x \\ 2x \\ 3x \end{pmatrix}$.

Im Lager befinden sich noch die folgenden Rohstoffe: $\vec{r} = \begin{pmatrix} 20 \\ 19 \\ 19 \end{pmatrix}$.

Die Rohstoffpreise pro Mengeneinheit werden durch den Vektor $\vec{k}_R = (2 \quad 3 \quad 2)$ angegeben.

a) Bestimmen Sie die Anzahl der Endprodukte, die durch den vollständigen Verbrauch der Rohstoffe hergestellt werden können.

b) Berechnen Sie die Rohstoffkosten für die Produktion von 3 ME E_1, 2 ME von E_2 und 1 ME von E_3.

Lineare Algebra

Punkte

Aufgabe 10 Lösungen Seite 42

Zu einem bestimmten Zeitpunkt haben die drei Anbieter A1, A2 und A3 jeweils 10 000 Kunden. Die für das nächste Jahr zu erwartende Kundenwanderung zwischen diesen Anbietern wird durch die nebenstehende Übergangstabelle beschrieben.

nach \ von	A1	A2	A3
A1	0,90	0,02	0,02
A2	0,04	0,90	0,03
A3	0,06	0,08	0,95

a) Vervollständigen Sie den nebenstehenden Übergangsgraphen zur Kundenwanderung innerhalb des nächsten Jahres. Geben Sie die Gesamtzahl der Kunden an,die innerhalb des nächsten Jahres den Anbieter wechseln. (2)

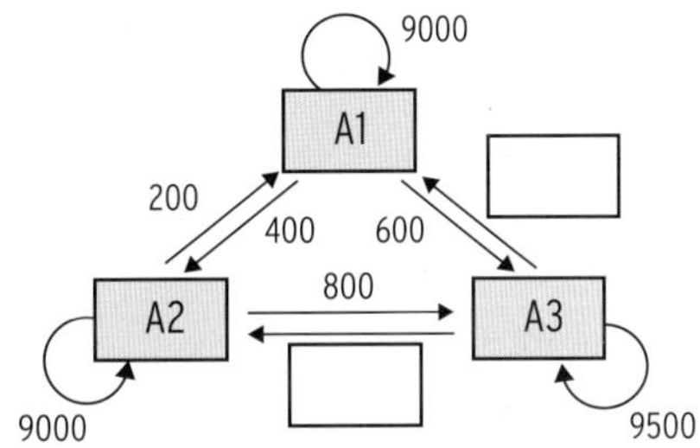

b) Ausgehend von der Ausgangsverteilung von je 10 000 Kunden wird eine Fusion der Anbieter A1 und A2 zu einem Anbieter A1&A2 geplant.

Im Kundengeschäft behalten beide ihr bekanntes Profil bei, so dass angenommen werden kann, dass die Kundenwanderung im nächsten Jahr weiterhin wie in der obigen Übergangstabelle dargestellt abläuft.

Vervollständigen Sie den nebenstehenden Übergangsgraphen zur Kundenwanderung innerhalb des nächsten Jahres unter Berücksichtigung der Fusion.

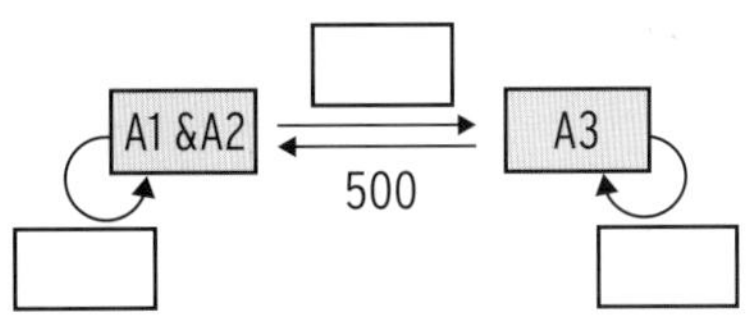

Vervollständigen Sie die nebenstehende Übergangstabelle zur Kundenwanderung innerhalb des nächsten Jahres unter Berücksichtigung der Fusion. (3)

nach \ von	A1 &A2	A3
A1 &A2		
A3		0,95

Aufgabe 11

Betrachtet werden stochastische Matrizen, d. h. qadratische Matrizen, deren Spaltensummen jeweils gleich eins sind und in denen alle Elemente größer oder gleich null sind.

a) Bestimmen Sie einen Vektor $\vec{v}$ mit $\vec{v} \neq (0 \quad 0)$ derart, dass für die Matrix M mit $M = \begin{pmatrix} 0{,}4 & 0{,}3 \\ 0{,}6 & 0{,}7 \end{pmatrix}$ gilt: $M \cdot \vec{v} = \vec{v}$ 2

b) Zeigen Sie: Ist N eine stochastische 2×2-Matrix und $\vec{u}$ ein Vektor mit der Spaltensumme 5, dann ist auch $N \cdot \vec{u}$ ein Vektor mit der Spaltensumme 5. 3

Lineare Algebra

Aufgabe 12 Lösungen Seite 43 Punkte

BioKosmetiKuss stellt in einem zweistufigen Produktionsprozess aus pflanzlichen Rohstoffen Zwischenprodukte und aus diesen wiederum verschiedene Parfums her.

Die folgenden Matrizen beschreiben die Verflechtung:

$$X = \begin{pmatrix} 7 & 11 & 7 \\ 15 & 23 & 13 \\ 10 & 17 & 7 \end{pmatrix};\ Y = \begin{pmatrix} 1 & 2 & 1 \\ 1 & a & 3 \\ 4 & 1 & b \end{pmatrix};\ Z = \begin{pmatrix} 1 & 2 & 1 \\ 2 & 3 & 3 \\ 2 & 3 & c \end{pmatrix}.$$

a) Begründen Sie, welche Matrix die Rohstoff-Zwischenprodukt-Matrix, die Zwischenprodukt-Endprodukt-Matrix bzw. die Rohstoff-Endprodukt-Matrix ist.

b) Bestimmen Sie die produktionsbedingten Parameter a, b und c.
Deuten Sie Ihre Ergebnisse im Sachzusammenhang.

Aufgabe 13

Eine Firma produziert in einem ersten Schritt aus den Rohstoffen R_1 und R_2 die Zwischenprodukte Z_1 und Z_2. Daraus werden in einem zweiten Schritt die Endprodukte E_1 und E_2 hergestellt. Den folgenden Tabellen ist zu entnehmen, wie viele ME im jeweiligen Schritt zur Herstellung von jeweils einer ME der Zwischenprodukte bzw. Endprodukte verarbeitet werden:

	Z_1	Z_2
R_1	2	1
R_2	0	2

	E_1	E_2
Z_1	1	0
Z_2	1	2

3.1 Ermitteln Sie, wie viele ME von R_1 jeweils benötigt werden, um 50 ME von Z_1 sowie 100 ME von E_1 herzustellen. Bestimmen Sie die Tabelle, die den Zusammenhang von Rohstoffen und Endprodukten verdeutlicht. 2

3.2 Aufgrund einer Umstellung des Produktionsverfahrens ändert sich der Bedarf an R_1 für die Herstellung von Z_1 und Z_2. Dadurch werden für jede ME von E_1 nur noch zwei ME von R_1 und für jede ME von E_2 nur noch eine ME von R_1 benötigt. Bestimmen Sie für jedes der Zwischenprodukte Z_1 und Z_2, wie viele ME von R_1 zur Herstellung einer ME benötigt werden. 4

Aufgabe 14

Betrachtet werden die Matrizen A und B mit $A = \begin{pmatrix} 1 & 2 \\ 3 & -1 \end{pmatrix}$ und $B = \frac{1}{7}\begin{pmatrix} 1 & 2 \\ 3 & -1 \end{pmatrix}$ sowie eine Matrix C.

a) Zeigen Sie, dass B die zu A inverse Matrix ist.

b) Für die Matrix C gilt: $C \cdot \begin{pmatrix} 1 \\ 0 \end{pmatrix} = \begin{pmatrix} 3 \\ 1 \end{pmatrix}$ und $C \cdot \begin{pmatrix} 0 \\ 1 \end{pmatrix} = \begin{pmatrix} 5 \\ 8 \end{pmatrix}$

Begründen Sie, dass gilt: $C \cdot \begin{pmatrix} 1 \\ 1 \end{pmatrix} = \begin{pmatrix} 8 \\ 9 \end{pmatrix}$

Lineare Algebra

Aufgabe 15 **Lösungen Seite 43/44**

Gegeben ist die Matrix $A = \begin{pmatrix} 1 & 2 & 1 \\ 2 & 3 & 3 \\ 2 & 3 & 0 \end{pmatrix}$.

a) Zeigen Sie, die Matrix A besitzt eine Inverse.

b) Bestätigen Sie, dass $B = \begin{pmatrix} -3 & 1 & 1 \\ 2 & -\frac{2}{3} & -\frac{1}{3} \\ 0 & \frac{1}{3} & -\frac{1}{3} \end{pmatrix}$ die Inverse der Matrix A ist.

Aufgabe 16

Eine Firma stellt aus drei unterschiedlichen Rohstoffen vier Zwischenprodukte her. Aus den Zwischenprodukten entstehen in einer zweiten Produktionsstufe die Endprodukte E_1 und E_2.

Die Materialkosten für E_1 und E_2 betragen $(42{,}4 \quad 72{,}2)$, die Kosten für die Fertigung von je einer ME der Zwischenprodukte und der Endprodukte sind durch folgende Vektoren gegeben: $\vec{k}_Z = (1 \quad 0{,}5 \quad 1 \quad 0{,}6)$; $\vec{k}_E = (6 \quad 8)$.

Für die Zwischenprodukt-Endproduktmatrix B gilt $B = \begin{pmatrix} 6 & 3 \\ 6 & 0 \\ 2 & 1 \\ 0 & 10 \end{pmatrix}$.

Die Endprodukte sollen zu einem Preis am Markt angeboten werden, der mindestens 25% über den variablen Herstellkosten liegt.

Bestimmen Sie die Preisuntergrenze für E_1 und E_2.

Aufgabe 17

1 Bestimmen Sie die Lösung des folgenden Gleichungssystems:

$2x_3 = 2 \wedge x_1 + x_2 + x_3 = 2 \wedge x_2 - x_3 = 2$

2 Gegeben sind die Gleichungssysteme A und B:

A
$$\begin{aligned} x_1 + x_2 + 2x_3 &= 12 \\ -x_1 + x_2 &= -8 \\ x_2 + x_3 &= 2 \end{aligned}$$

B
$$\begin{aligned} x_1 + x_2 + 2x_3 &= 12 \\ -x_1 + x_2 &= -8 \\ x_2 + x_3 &= 4 \end{aligned}$$

Entscheiden Sie, welches der Gleichungssysteme A und B nicht lösbar ist, und begründen Sie Ihre Entscheidung.

Lineare Algebra

Aufgabe 18 **Lösungen Seite 44**

3.1 Die Matrix S ist gegeben durch $S = \begin{pmatrix} \frac{1}{4} & \frac{1}{2} \\ \frac{3}{4} & \frac{1}{2} \end{pmatrix}$

E bezeichnet die Einheitsmatrix vom Format 2×2.

3.1 Im Folgenden ist $\vec{x}$ mit $\vec{x} \neq \vec{0}$ ein Vektor, sodass $S \cdot \vec{x} = \vec{x}$ gilt.

3.1.1 Vereinfachen Sie den Ausdruck $(S^4 + S^3 + S^2 + S - E) \cdot \vec{x}$ soweit wie möglich. 2

3.1.2 Bestimmen Sie einen solchen Vektor $\vec{x}$. 2

3.2 Eine quadratische Matrix heißt *stochastische Matrix*, falls alle ihre Elemente nicht negativ sind und für jede Spalte die Summe der Elemente den Wert 1 hat. Somit ist S eine stochastische Matrix. 3

Beurteilen Sie, ob die folgende Aussage wahr oder falsch ist:

"Ist M eine beliebige stochastische Matrix vom Format 2×2, so ist $S \cdot M$ eine stochastische Matrix."

Aufgabe 19

Die drei Discounter Alba (A), Boba (B) und Corna (C) haben das tägliche Wechselverhalten der Käufer untersucht und die bisherigen Ergebnisse in der nachfolgenden Abbildung dargestellt.

Am heutigen Dienstag kauften 1 000 Kunden bei dem Discounter Alba ein, 2 000 Kunden bei Boba und 7 000 Kunden bei Corna.

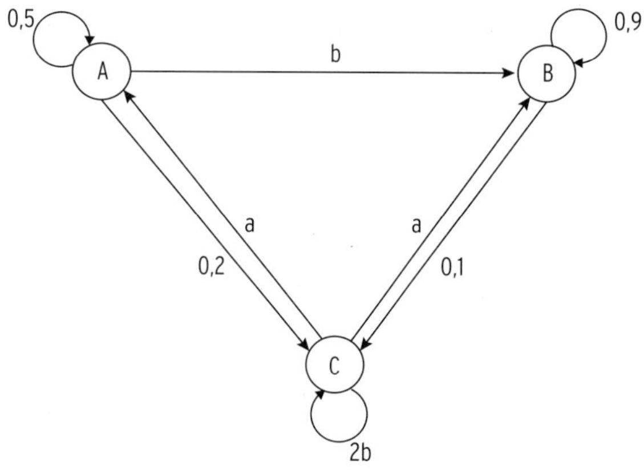

a) Berechnen Sie die Kundenzahl für Discounter Corna für den nächsten Tag.

b) Auf einem anderen Markt mit denselben Discountern und der gleichen Anfangsverteilung gilt die Übergangsmatrix M mit $M = \begin{pmatrix} 0{,}5 & 0 & 0 \\ 0 & 0{,}9 & 0{,}4 \\ 0{,}5 & 0{,}1 & 0{,}6 \end{pmatrix}$.

Ermitteln Sie einen Term für die Entwicklung des Marktanteils für den Discounter Alba. Bestimmen Sie die Kundenzahl des Discounters Alba nach 3 Tagen.

Lineare Algebra **Lösungen Seite 45** **Punkte**

Aufgabe 20

1 Gegeben ist das eindeutig lösbare Gleichungssystem LGS 1:

$$\begin{aligned} 3x_1 - 2x_2 + 2x_3 &= 10 \\ 6x_1 + 2x_2 - 4x_3 &= 6 \\ 4x_2 - 8x_3 &= 12. \end{aligned}$$

1.1 Berechnen Sie den Lösungsvektor $\begin{pmatrix} x_1 \\ x_2 \\ x_3 \end{pmatrix}$ von LGS 1.

1.2 Begründen Sie, warum alle Lösungen des gegebenen Gleichungssystems LGS1 auch Lösungen des nachfolgenden Gleichungssystems LGS2 sind.

$3x_1 - 2x_2 + 2x_3 = 10 \quad \wedge \quad 6x_1 + 2x_2 - 4x_3 = 6 \quad \wedge \quad 12x_1 + 4x_2 - 8x_3 = 12.$

Aufgabe 21

3 Eine Firma produziert in einem ersten Schritt aus den Rohstoffen R_1, R_2 und R_3 die Zwischenprodukte Z_1 und Z_2. Daraus werden in einem zweiten Schritt die Endprodukte E_1, E_2 und E_3 hergestellt. Den folgenden Tabellen ist zu entnehmen, wie viele Mengeneinheiten (ME) im jeweiligen Schritt zur Herstellung von jeweils einer ME der Zwischenprodukte bzw. Endprodukte verarbeitet werden:

	Z_1	Z_2
R_1	2	6
R_2	4	4
R_3	6	2

	E_1	E_2	E_3
Z_1	5	2	8
Z_2	5	8	2

3.1 Ermitteln Sie, wie viele ME von R_3 insgesamt benötigt werden, um jeweils eine ME von E_1, E_2 und E_3 herzustellen. 3

3.2 Aufgrund von Lieferschwierigkeiten kann die Firma für R_3 nur noch auf einen Lagerbestand von 54 ME zurückgreifen. Berechnen Sie, wie viele ME von Zwischenprodukten noch produziert werden können, wenn die Anzahl der ME von Z_2 um 50% größer sein soll als die Anzahl der ME von Z_1. 3

Lösungen – Aufgaben zur Prüfungsvorbereitung – Lineare Algebra

Hilfsmittelfreier Teil der Zentralen Abiturprüfung

Lineare Algebr

(Aufgaben Seite 32)

Aufgabe 1

1.1 Verflechtungsdiagramm

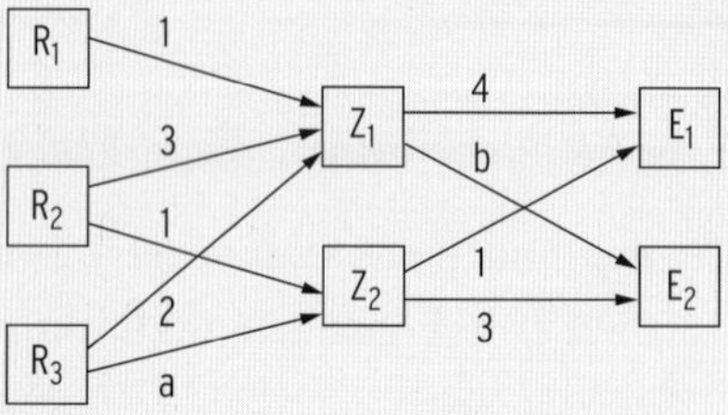

1.2 Aus der Matrizengleichung

$$\begin{pmatrix} 1 & 0 \\ 3 & 1 \\ 2 & a \end{pmatrix} \begin{pmatrix} 4 & b \\ 1 & 3 \end{pmatrix} = \begin{pmatrix} 4 & b \\ 13 & 3b+3 \\ 8+a & 2b+3a \end{pmatrix} = \begin{pmatrix} 4 & 2 \\ c & 9 \\ 12 & 16 \end{pmatrix}$$

folgt z. B.: $8 + a = 12 \Rightarrow a = 4$ $\quad 3b + 3 = 9 \Rightarrow b = 2$

Einsetzen in $2b + 3a = 16$ ergibt eine wahre Aussage

Fehlende Werte: $a = 4$, $b = 2$, $c = 13$.

Aufgabe 2

LGS aufstellen

$a + 0{,}3 + b = 1 \quad \Rightarrow a + b = 0{,}7 \quad$ I

$0{,}3 + 2c = 1 \quad \Rightarrow 2c = 0{,}7 \quad$ II

$0{,}1 + b + 2a = 1 \quad \Rightarrow 2a + b = 0{,}9 \quad$ III

Lösung des LGS: $c = 0{,}35$ (aus II)

III – II $\quad a = 0{,}2$

Einsetzen ergibt $b = 0{,}5$

Aufgabe 3

a) Bedingung I: $M \cdot \vec{v} = \vec{v}$ $\quad \begin{pmatrix} 0{,}7 & 0{,}3 & 0{,}3 \\ a & 0{,}5 & 0{,}5 \\ b & 0{,}2 & 0{,}2 \end{pmatrix} \cdot \begin{pmatrix} 100 \\ 70 \\ 30 \end{pmatrix} = \begin{pmatrix} 100 \\ 70 \\ 30 \end{pmatrix}$

ergibt $\quad 100a + 50 = 70 \Rightarrow a = 0{,}2$

und $\quad 100b + 20 = 30 \Rightarrow b = 0{,}1$

Bedingung II:

Einsetzen von a und b: $N = \begin{pmatrix} 0{,}7 & 0{,}3 & 0{,}3 \\ 0{,}2 & 0{,}5 & 0{,}5 \\ 0{,}1 & 0{,}2 & 0{,}2 \end{pmatrix}$ N ist stochastisch

(alle Elemente nichtnegative reelle Zahlen und die Spaltensummen jeweils gleich 1)

b) Einsetzen von $\vec{z} = \vec{x} + \vec{y}$ in $L \cdot \vec{z}$ ergibt: $L \cdot (\vec{x} + \vec{y}) = L \cdot \vec{x} + L \cdot \vec{y} = \vec{x} + \vec{y} = \vec{z}$

Lösungen Lineare Algebra

Aufgabe 4

(Aufgaben Seite 33)

3.1 $C_{RE} = A_{RZ} \cdot B_{ZE} + \begin{pmatrix} 2 & 0 \\ 0 & 0 \\ 0 & 1 \end{pmatrix} = \begin{pmatrix} 3 & 2 \\ 0 & 1 \\ 1 & 4 \end{pmatrix} \begin{pmatrix} 4 & 2 \\ 3 & 1 \end{pmatrix} + \begin{pmatrix} 2 & 0 \\ 0 & 0 \\ 0 & 1 \end{pmatrix} = \begin{pmatrix} 18 & 8 \\ 3 & 1 \\ 16 & 6 \end{pmatrix} + \begin{pmatrix} 2 & 0 \\ 0 & 0 \\ 0 & 1 \end{pmatrix} = \begin{pmatrix} 20 & 8 \\ 3 & 1 \\ 16 & 7 \end{pmatrix}$

3.2 Rohstoffkosten für 1 ME von E_1: $(2 \quad 5 \quad 3)\begin{pmatrix} 20 \\ 3 \\ 16 \end{pmatrix} = 103$

Die Behauptung stimmt, da die Rohstoffkosten für 1 ME von E_1 103 GE betragen, also für 10 ME 1030 GE > 1000 GE.

Aufgabe 5

4.1 $M_{BE} \cdot \vec{x} = \vec{b}$ LGS: $\left(\begin{array}{ccc|c} 1 & 2 & 3 & 70 \\ 2 & 2 & 0 & 60 \\ 1 & 2 & 2 & 60 \end{array}\right) \sim \left(\begin{array}{ccc|c} 1 & 2 & 3 & 70 \\ 0 & 2 & 6 & 80 \\ 0 & 0 & 1 & 10 \end{array}\right)$ mit Lösungsvektor $\begin{pmatrix} 20 \\ 10 \\ 10 \end{pmatrix}$

Es können 20 ME von E1 und jeweils 10 ME von E2 und E3 produziert werden.

4.2 $\left(\begin{array}{ccc|c} 1 & 2 & 3 & 70 \\ 0 & 2 & 6 & 80 \\ 0 & 0 & 0 & 10 \end{array}\right)$ Dieses Gleichungssystem besitzt keine Lösung, der vorliegende Lagerbestand kann also nicht vollständig zu Endprodukten verarbeitet werden.

Aufgabe 6

6.1 Anzahl der Spalten von A (2) = Anzahl der Zeilen von B (3)

6.2 Zu A inverse Matrix A^{-1}:

$$(A|E) = \left(\begin{array}{cc|cc} -2 & 5 & 1 & 0 \\ -2 & 6 & 0 & 1 \end{array}\right) \sim \left(\begin{array}{cc|cc} -2 & 5 & 1 & 0 \\ 0 & 1 & -1 & 1 \end{array}\right) \sim \left(\begin{array}{cc|cc} -2 & 0 & 6 & -5 \\ 0 & 1 & -1 & 1 \end{array}\right) \sim \left(\begin{array}{cc|cc} 1 & 0 & -3 & 2{,}5 \\ 0 & 1 & -1 & 1 \end{array}\right)$$

$$A^{-1} = \begin{pmatrix} -3 & 2{,}5 \\ -1 & 1 \end{pmatrix}$$

6.3 3×2-Matrix C: $C = \begin{pmatrix} 2 & 2 \\ 1 & 4 \\ 1 & 1 \end{pmatrix}$

Aufgabe 7

(Aufgaben Seite 34)

1.1 $C_{RE} = A_{RZ} \cdot B_{ZE} = \begin{pmatrix} 1 & 0 & 2 \\ 0 & 2 & 2 \\ 1 & 1 & 3 \\ 2 & 1 & 0 \end{pmatrix} \cdot \begin{pmatrix} 1 & 1 \\ 2 & 0 \\ 0 & 1 \end{pmatrix} = \begin{pmatrix} 1 & 3 \\ 4 & 2 \\ 3 & 4 \\ 4 & 2 \end{pmatrix}$

1.2 Bei Kostendeckung sind Erlös und Kosten gleich: $(x \quad 2x) \cdot \begin{pmatrix} 200 \\ 300 \end{pmatrix} = 4800$

$800x = 4800 \quad \Leftrightarrow x = 6$

Der Verkaufspreis für E1 muss mindestens 6 GE und für E2 mindestens 12 GE betragen.

Aufgabe 8

Lösung des Gleichungssystems mit dem Gaußverfahren: $\left(\begin{array}{ccc|c} 2 & 3 & 2 & 4300 \\ 0 & 4 & 3 & 4250 \\ 1 & 1{,}5 & 1 & 4950 \end{array}\right) \sim \left(\begin{array}{ccc|c} 2 & 3 & 2 & 4300 \\ 0 & 4 & 3 & 4250 \\ 0 & 0 & 0 & 5600 \end{array}\right)$

Das LGS enthält einen Widerspruch (3. Zeile); $L = \emptyset$

Ersetzt man 1,5 durch 5 so ergibt die Addition von Zeile 1 und Zeile 3: $0 \quad 7 \quad 0 \mid 5600$

mit $x_2 = 800$. Durch Rückwärtseinsetzen ergibt sich: $x_1 = 600$ und $x_3 = 350$

Lösungen Lineare Algebra

Aufgabe 9

(Aufgaben Seite 34)

a) $C_{RE} \cdot \vec{m} = \vec{r}$ ergibt $4x + 10x + 6x = 20$ für $x = 1$

(so wie $x + 6x + 12x = 19$ für $x = 1$ und $2x + 2x + 15x = 19$ für $x = 1$)

Von E_1 können 1 ME, von E_2 2 ME und von E_3 3 ME hergestellt werden.

b) $\vec{k}_R \cdot C_{RE} = (2 \quad 3 \quad 2)\begin{pmatrix} 4 & 5 & 2 \\ 1 & 3 & 4 \\ 2 & 1 & 5 \end{pmatrix} = (15 \quad 21 \quad 26)$; $(15 \quad 21 \quad 26)\cdot\begin{pmatrix} 3 \\ 2 \\ 1 \end{pmatrix} = 113$

Die Rohstoffkosten belaufen sich auf 113 GE.

Aufgabe 10

(Aufgaben Seite 35)

a) Übergangsgraph zur Kundenwanderung

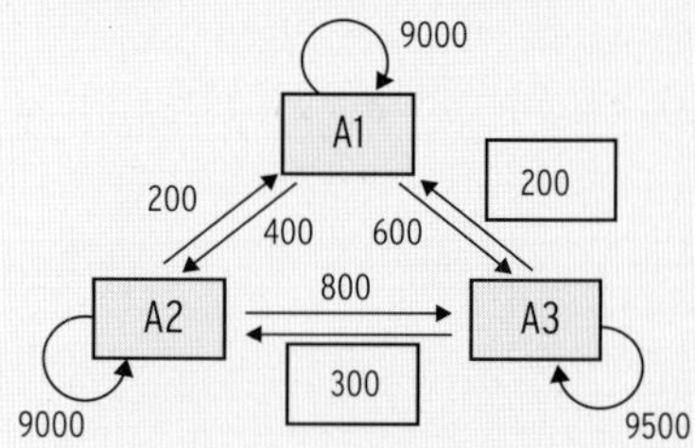

$0{,}02 \cdot 10000 = 200$

$0{,}03 \cdot 10000 = 300$

Gesamtzahl der Kunden, die den Anbieter wechseln:

$1000 + 1000 + 500 = 2500$

b) Übergangsgraph zur Kundenwanderung

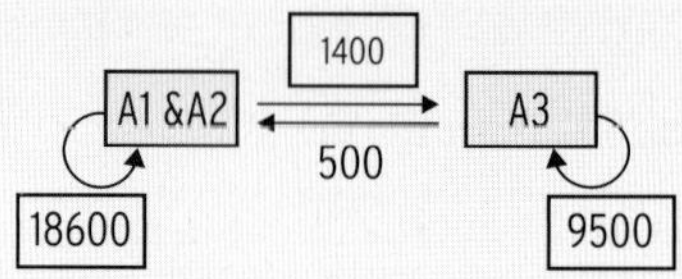

$0{,}14 \cdot 10000 = 1400$

$9000 + 9000 + 200 + 400 = 18600$

Übergangstabelle zur Kundenwanderung $\quad \frac{0{,}06 + 0{,}08}{2} = 0{,}07$

nach \ von	A1 &A2	A3
A1 &A2	0,93	0,05
A3	0,07	0,95

Aufgabe P11

a) $\begin{pmatrix} 0{,}4 & 0{,}3 \\ 0{,}6 & 0{,}7 \end{pmatrix} \cdot \begin{pmatrix} v_1 \\ v_2 \end{pmatrix} = \begin{pmatrix} v_1 \\ v_2 \end{pmatrix}$ ergibt $0{,}4\,v_1 + 0{,}3\,v_2 = v_1$ oder $0{,}6\,v_1 + 0{,}7\,v_2 = v_2$

Vereinfachung: $0{,}3v_2 = 0{,}6\,v_1$ oder $0{,}6\,v_1 = 0{,}3\,v_2$

$v_2 = 2\,v_1$ oder $2\,v_1 = v_2$

Mögliche Lösungen: Vektor $\vec{v} = \begin{pmatrix} 2 \\ 4 \end{pmatrix}$ oder $\vec{v} = \begin{pmatrix} 1 \\ 2 \end{pmatrix}$

b) $N = \begin{pmatrix} a & b \\ c & d \end{pmatrix}$ mit $a + c = b + d = 1$ (stochastische Matrix); $\vec{u} = \begin{pmatrix} x \\ y \end{pmatrix}$ mit $x + y = 5$:

$N \cdot \vec{u} = \begin{pmatrix} a & b \\ c & d \end{pmatrix} \cdot \begin{pmatrix} x \\ y \end{pmatrix} = \begin{pmatrix} ax + by \\ cx + dy \end{pmatrix}$

Zeilensumme: $ax + by + cx + dy = ax + cx + by + dy = (a + c)x + (b + d)y$

Nach Voraussetzung gilt also: $= 1 \cdot x + 1 \cdot y = 5$

$N \cdot \vec{u}$ ist ein Vektor mit Spaltensumme 5.

Lösungen Lineare Algebra

Aufgabe 12

(Aufgaben Seite 36)

a) Es gilt: $Y \cdot Z = X$ (Probe an einigen Werten) mit Y: Rohstoff-Zwischenprodukt-Matrix,

Z: Zwischenprodukt-Endprodukt-Matrix; X: Rohstoff-Endprodukt-Matrix

b) $(1 \quad a \quad 3)\begin{pmatrix}1\\2\\2\end{pmatrix} = 15 \Rightarrow 1 + 2a + 6 = 15 \Rightarrow a = 4$ $\quad (4 \quad 1 \quad b)\begin{pmatrix}1\\2\\2\end{pmatrix} = 10 \Rightarrow 4 + 2 + 2b = 10 \Rightarrow b = 2$

$(1 \quad 2 \quad 1)\begin{pmatrix}1\\3\\c\end{pmatrix} = 7 \Rightarrow 1 + 6 + c = 7 \Rightarrow c = 0$

b) Deutung im Sachzusammenhang:

a = 4: Für eine ME des Zwischenproduktes Z_2 braucht man 4 ME des Rohstoffes R_2.

b = 2: Für eine ME Z_3 braucht man 2 ME R_3.

c = 0: Zur Herstellung von 1 ME E_3 braucht man kein Z_3.

Aufgabe 13

3.1 50 ME von Z_1: $50 \cdot 2 = 100$ ME R_1

100 ME von E_1: $100 \cdot 2 \cdot 1 + 100 \cdot 1 \cdot 1 = 300$ ME R_1

Es gilt: $(R, Z) \cdot (Z, E) = (R, E)$ Rohstoff-Endprodukt-Tabelle:

	E_1	E_2
R_1	3	2
R_2	2	4

3.2 Benötigt man für die Produktion einer ME von Z_1 a ME von R_1 und für die Produktion einer ME von Z_1 b ME von R_1, so muss gelten wegen $(RZ) \cdot (ZE) = (RE)$:

I $(a \quad b) \cdot \begin{pmatrix}1\\1\end{pmatrix} = 2$ und II $(a \quad b) \cdot \begin{pmatrix}0\\2\end{pmatrix} = 1$

ergibt I $1 \cdot a + 1 \cdot b = 2$ II $2 \cdot b = 1$

Damit: a = 1,5; b = 0,5

Aufgabe 14

a) B ist die zu A inverse Matrix: $A \cdot B = \begin{pmatrix}1 & 2\\3 & -1\end{pmatrix} \cdot \frac{1}{7}\begin{pmatrix}1 & 2\\3 & -1\end{pmatrix} = \begin{pmatrix}1 & 0\\0 & 1\end{pmatrix} = E$

b) Aus $C \cdot \begin{pmatrix}1\\0\end{pmatrix} = \begin{pmatrix}3\\1\end{pmatrix}$ und $C \cdot \begin{pmatrix}0\\1\end{pmatrix} = \begin{pmatrix}5\\8\end{pmatrix}$ folgt $C = \begin{pmatrix}3 & 5\\1 & 8\end{pmatrix}$

Dann gilt: $C \cdot \begin{pmatrix}1\\1\end{pmatrix} = \begin{pmatrix}8\\9\end{pmatrix}$ Bem.: $\begin{pmatrix}1\\0\end{pmatrix}$ und $\begin{pmatrix}0\\1\end{pmatrix}$ bilden $E_{2;2}$.

Aufgabe 15

(Aufgaben Seite 37)

a) Die Matrix A besitzt eine Inverse, wenn das LGS $A \cdot \vec{x} = \begin{pmatrix}0\\0\\0\end{pmatrix}$ nur trivial lösbar ist.

$$\begin{pmatrix}1 & 2 & 1\\2 & 3 & 3\\2 & 3 & 0\end{pmatrix} \sim \begin{pmatrix}1 & 2 & 1\\0 & -1 & 1\\0 & 0 & 3\end{pmatrix}$$

b) $A \cdot B = \begin{pmatrix}1 & 0 & 0\\0 & 1 & 0\\0 & 0 & 1\end{pmatrix} = E$; B ist die Inverse der Matrix A ist.

Lösungen Lineare Algebra

Aufgabe 16 (Aufgaben Seite 37)

Variable Herstellkosten pro ME: $\vec{k}_V = \vec{k}_R \cdot C + \vec{k}_Z \cdot B + \vec{k}_E$

$$\vec{k}_Z \cdot B = (1 \quad 0{,}5 \quad 1 \quad 0{,}6)\begin{pmatrix} 6 & 3 \\ 6 & 0 \\ 2 & 1 \\ 0 & 10 \end{pmatrix} = (11 \quad 10)$$

Einsetzen ergibt $\vec{k}_V = (42{,}4 \quad 72{,}2) + (11 \quad 10) + (6 \quad 8) = (59{,}4 \quad 90{,}2)$

Mindestverkaufspreis: $59{,}4 \cdot 1{,}25 = 74{,}25$; $90{,}2 \cdot 1{,}25 = 112{,}75$

Eine Erhöhung um 25% ergibt den Mindestverkaufspreis für E_1 von 74,25 und für E_2 von 112,75 GE.

Aufgabe 17

1 $x_3 = 1$: Einsetzen in $x_2 - x_3 = 2$ ergibt: $x_2 - 1 = 2 \Rightarrow x_2 = 3$

Einsetzen in $x_1 + x_2 + x_3 = 2$ ergibt: $x_1 + 3 + 1 = 2 \Rightarrow x_1 = -2$ Lösung: (− 2; 3 ;1)

2 LGS A und B: Addition von Gleichung 1 und 2 ergibt $2x_2 + 2x_3 = 4$

Gleichung 3 $x_2 + x_3 = 2$

Dies ist ein Widerspruch zu $x_2 + x_3 = 4$ im LGS B. Das LGS B ist nicht lösbar.

Aufgabe 18 (Aufgaben Seite 38)

3.1.1 $(S^4 + S^3 + S^2 + S - E) \cdot \vec{x} = S^4 \cdot \vec{x} + S^3 \cdot \vec{x} + S^2 \cdot \vec{x} + S \cdot \vec{x} - \vec{x}$

Zur weiteren Vereinfachung wird betrachtet: Aus $S \cdot \vec{x} = \vec{x}$ ergibt sich bspw. $S^2 \cdot \vec{x} = S \cdot (S \cdot \vec{x}) = S \cdot \vec{x} = \vec{x}$ und damit allgemein $S^n \cdot \vec{x} = \vec{x}$ für $n \in \mathbb{N}$

Damit kann weiter vereinfacht werden:

$$S^4 \cdot \vec{x} + S^3 \cdot \vec{x} + S^2 \cdot \vec{x} + S \cdot \vec{x} - \vec{x} = \vec{x} + \vec{x} + \vec{x} + \vec{x} - \vec{x} = 3\vec{x}$$

3.1.2 $S \cdot \vec{x} = \vec{x} \Leftrightarrow S \cdot \vec{x} - \vec{x} = \vec{0} \Leftrightarrow (S - E) \cdot \vec{x} = \vec{0} \Leftrightarrow \left(\begin{pmatrix} \frac{1}{4} & \frac{1}{2} \\ \frac{3}{4} & \frac{1}{2} \end{pmatrix} - \begin{pmatrix} 1 & 0 \\ 0 & 1 \end{pmatrix}\right) \cdot \vec{x} = \vec{0}$

$$\Leftrightarrow \begin{pmatrix} -\frac{3}{4} & \frac{1}{2} \\ \frac{3}{4} & -\frac{1}{2} \end{pmatrix} \cdot \vec{x} = \vec{0}$$

Man erhält die Gleichungen (1): $-\frac{3}{4}x_1 + \frac{1}{2}x_2 = 0$ und (2): $\frac{3}{4}x_1 - \frac{1}{2}x_2 = 0$.

Addition der beiden Gleichungen ergibt eine Nullzeile. Es gibt somit unendlich viele Lösungen. Beispielsweise ergibt sich für $x_1 = 2$ der Wert $x_2 = 3$.

Somit ist $\vec{x} = \binom{2}{3}$ ein solcher Vektor.

3.2 Sei $M = \begin{pmatrix} a & b \\ c & d \end{pmatrix}$ eine stochastische Matrix. Dann sind a, b, c, d nicht negativ und es gelten: $a + c = 1$ und $b + d = 1$.

Man berechnet: $S \cdot M = \begin{pmatrix} \frac{1}{4} & \frac{1}{2} \\ \frac{3}{4} & \frac{1}{2} \end{pmatrix} \cdot \begin{pmatrix} a & b \\ c & d \end{pmatrix} = \begin{pmatrix} \frac{1}{4}a + \frac{1}{2}c & \frac{1}{4}b + \frac{1}{2}d \\ \frac{3}{4}a + \frac{1}{2}c & \frac{3}{4}b + \frac{1}{2}d \end{pmatrix}$

Lösungen Lineare Algebra

Aufgabe 18

3.2 Alle Elemente der Matrix S · M sind damit ebenfalls nicht negativ.

Wegen: $\frac{1}{4}a + \frac{1}{2}c + \frac{3}{4}a + \frac{1}{2}c = a + c = 1$ und $\frac{1}{4}b + \frac{1}{2}d + \frac{3}{4}b + \frac{1}{2}d = b + d = 1$
haben die Spaltensummen von S · M den Wert 1.
S · M ist damit eine stochastische Matrix.

Aufgabe 19

(Aufgaben Seite 38)

a) Mit Spaltensumme 1: $0{,}5 + 0{,}3 + b = 1$ folgt $b = 0{,}3$
Kundenzahl von C am nächsten Tag
von A: $1000 \cdot 0{,}2 = 200$ von B: $2000 \cdot 0{,}1 = 200$ von C: $7000 \cdot 0{,}6 = 4200$
Die Kundenzahl beträgt voraussichtlich 4 600.

b) Term Marktanteilentwicklung Discounter Alba: $0{,}5^n$
Kundenzahl Discounter Alba nach 3 Tagen: $1\,000 \cdot 0{,}5^3 = 1000 \cdot \frac{1}{8} = 125$
Die Kundenzahl beträgt voraussichtlich 125.

Aufgabe 20

(Aufgaben Seite 39)

1.1 Mit dem Gauß-Verfahren, kommt man auf die folgende Stufenform:

$$\left(\begin{array}{ccc|c} 3 & -2 & 2 & 10 \\ 6 & 2 & -4 & 6 \\ 0 & 4 & -8 & 12 \end{array}\right) \sim \left(\begin{array}{ccc|c} 3 & -2 & 2 & 10 \\ 0 & 6 & -8 & -14 \\ 0 & 4 & -8 & 12 \end{array}\right) \sim \left(\begin{array}{ccc|c} 3 & -2 & 2 & 10 \\ 0 & 6 & -8 & -14 \\ 0 & 0 & 8 & -64 \end{array}\right)$$

Dies führt auf den Lösungsvektor $\begin{pmatrix} x_1 \\ x_2 \\ x_3 \end{pmatrix} = \begin{pmatrix} 0 \\ -13 \\ -8 \end{pmatrix}$

Anmerkung: Der „Lösungsvektor" kann auch in anderer Schreibweise angegeben werden und es kann auch ein alternatives Lösungsverfahren angewandt werden.

1.2 In LGS 2 ist die dritte Zeile eine Verdoppelung der zweiten, also ist LGS 2 unterbestimmt. Da der Lösungsvektor von LGS 1 jedenfalls die ersten beiden Zeilen von LGS 2 erfüllt und die dritte Zeile in LGS 2 überflüssig ist, ist der Lösungsvektor von LGS 1 in der Lösungsmenge von LGS 2 enthalten.

Aufgabe 21

3.1 Es gilt der Zusammenhang (RE) = (RZ) · (ZE)
Man berechnet den Teil der Rohstoff-Endprodukt-Matrix, der R_3 betrifft:

$$(6 \quad 2) \cdot \begin{pmatrix} 5 & 2 & 8 \\ 5 & 8 & 2 \end{pmatrix} \cdot \begin{pmatrix} 1 \\ 1 \\ 1 \end{pmatrix} = (40 \quad 28 \quad 52) \cdot \begin{pmatrix} 1 \\ 1 \\ 1 \end{pmatrix} = 120$$

Man benötigt 120 ME von R_3, um jeweils eine ME von E_1, E_2 und E_3 herzustellen.

3.2 Ist x die Anzahl der ME von Z_1, so werden $6 \cdot x + 2 \cdot 1{,}5 \cdot x$ ME von R_3
benötigt: $6 \cdot x + 2 \cdot 1{,}5 \cdot x = 54$ für $x = 6$
Anzahl der ME von Z_2: $1{,}5 \cdot 6 = 9$

Aufgaben zur Prüfungsvorbereitung – Stochastik

Hilfsmittelfreier Teil der Zentralen Abiturprüfung

Stochastik **Lösungen Seite 54**

Punkte

Aufgabe 1

Bei der Produktion eines Elektrobauteils kommt es bei durchschnittlich 20 % der Bauteile zu statischen Aufladungen, die Probleme beim weiteren Verarbeitungsprozess bewirken können.
X ist die binomialverteilte Zufallsgröße, die die Anzahl problematischer Elektrobauteile bei einer Tagesproduktion von 50 Bauteilen angibt.

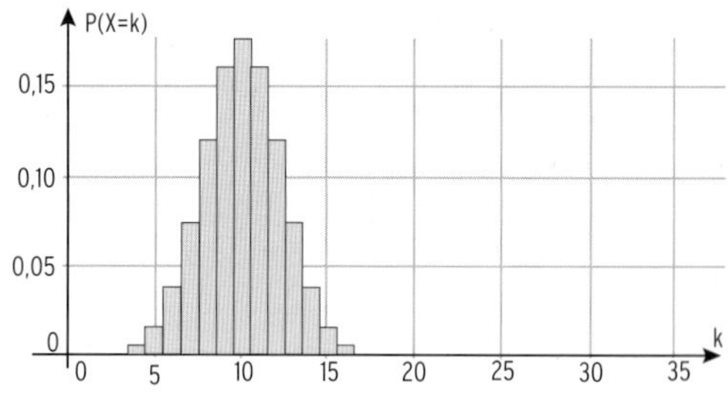

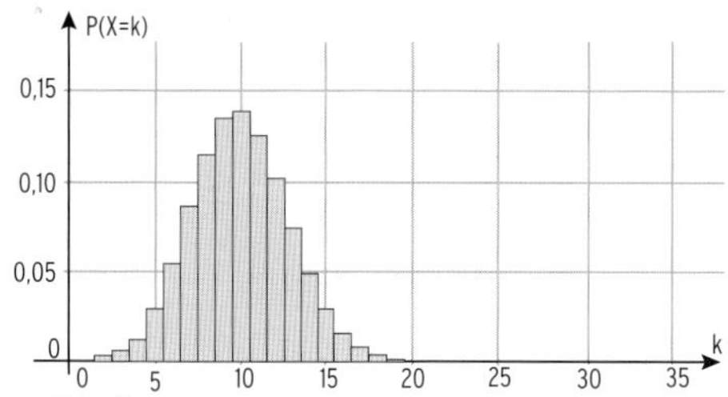

Abb. 2

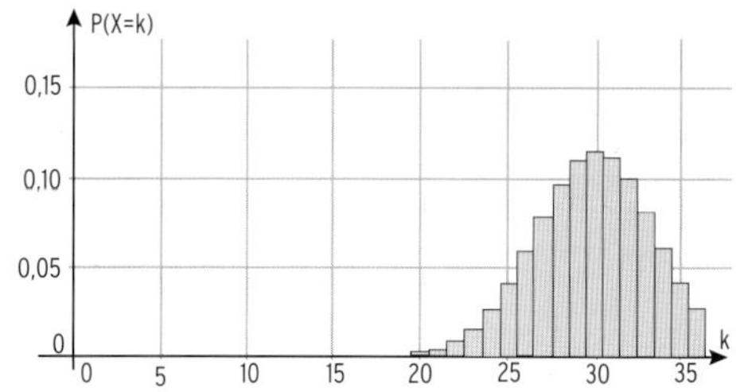

Abb. 3

1.1 Prüfen Sie, welche der obigen Abbildungen die zu X gehörige Verteilung ist. 2

1.2 Bestimmen Sie mit der von Ihnen ausgewählten Graphik näherungsweise die Wahrscheinlichkeit, dass die Anzahl statisch aufgeladener Elektroteile um weniger als zwei vom Erwartungswert E(X) abweicht. 4

Aufgabe 2

2.1 Ein Unternehmen, das Leuchtmittel an zwei Standorten A und B herstellt, prüft deren Lebensdauer. Die ZufallsgrößeX gibt für ein Leuchtmittel von Standort A die Lebensdauer in Stunden an, Y die für ein Leuchtmittel aus B. Es gilt $E(X) = E(Y)$ und $\sigma(X) < \sigma(Y)$ Erklären Sie, was diese Beziehungen für die Verteilung der Lebensdauer eines Leuchtmittels bedeuten. 3

2.2 Die Zufallsgröße Z nimmt genau die Zahlenwerte 0, 1, 2, 3, 4 mit positiven Wahrscheinlichkeiten an. Entwickeln Sie für Z eine Wahrscheinlichkeitsverteilung, so dass der Erwartungswert von Z zwischen 0 und 1 liegt. 3

Stochastik **Lösungen Seite 54/55**

Lösungen Seite 54/55

Punkte

Aufgabe 3

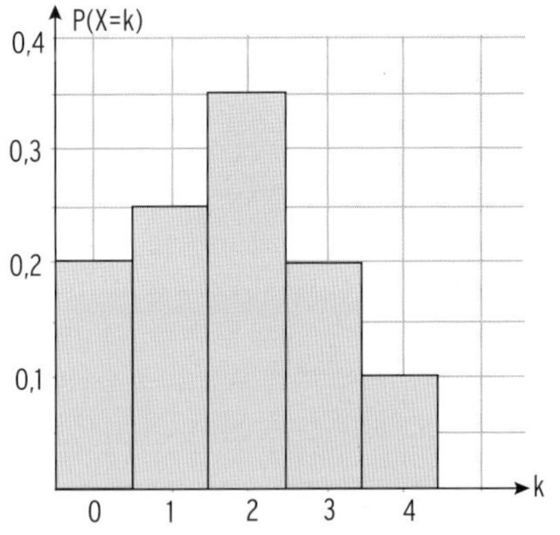

Ein Unternehmen macht mit seinem Produkt einen Gewinn zwischen 0 und 4 Geldeinheiten. Es liegen unterschiedliche Angaben zu den Gewinnwahrscheinlichkeiten vor.

3.1 Erklären Sie, warum der obige Graph nicht die Wahrscheinlichkeitsverteilung einer ganzzahligen Zufallsgröße beschreiben kann. 2

3.2 Die ZufallsgrößeX gibt den Gewinn, den das Unternehmen mit seinem Produkt macht, an. Die obige Graphik stellt für einen Gewinn von 0 GE, 3 GE und 4 GE die Wahrscheinlichkeiten richtig dar. Es ist bekannt, dass der erwartete Gewinn bei 1,7 GE liegt. Ermitteln Sie die korrekten Wahrscheinlichkeiten für X = 1 und X = 2. 4

Aufgabe 4

25 % der Mitarbeiter/-innen eines Großunternehmens klagen über eine zu hohe Arbeitsbelastung. Das Balkendiagramm gibt die kumulierte Binomialverteilung für eine Stichprobe von n = 20 an.

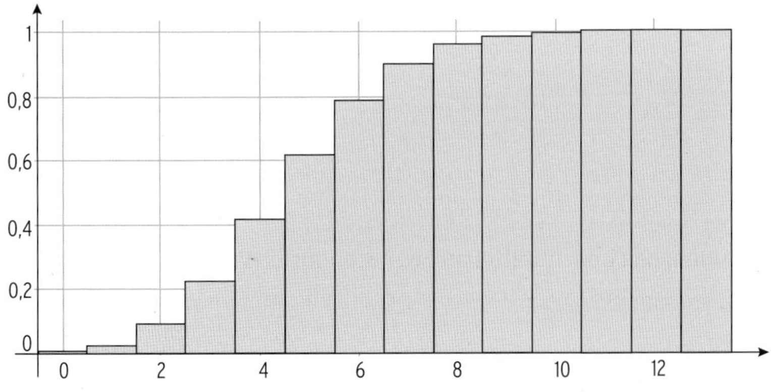

4.1 Geben Sie allein unter Zuhilfenahme des Diagramms die ungefähren Wahrscheinlichkeiten für folgende Ereignisse an:

A: Genau 6 Mitarbeiter/-innen sind unzufrieden.

B: Weniger als 8 Mitarbeiter/-innen fühlen sich überlastet.

C: Mindestens 15 Mitarbeiter/-innen sind zufrieden. 3

Stochastik **Lösungen Seite 55**

Aufgabe 4 Fortsetzung **Punkte**

4.2 Nach Einführung eines neuen Arbeitszeitmodells beklagen nur noch 2 von 20 Personen die Arbeitsbelastung. Beurteilen Sie mit Hilfe des Diagramms, ob mit 90 % Sicherheitswahrscheinlichkeit von einer geringeren Unzufriedenheit als 25 % ausgegangen werden kann. 3

Aufgabe 5

Eine Textilfabrik stellt unter anderem weiße T-Shirts her. Von diesen werden 50 % gefärbt und 50 % bestickt. Beim Färben sind 10 % der T-Shirts nicht farbecht, 20 % der anderen Hälfte sind fehlerhaft bestickt.

5.1 Stellen Sie den Sachverhalt in einem Baumdiagramm dar. 3

5.2 Die Herstellungskosten für alle T-Shirts betragen im Mittel 0,2 GE pro Stück. Die korrekt gefärbten T-Shirts werden zu einem Preis von 2 GE pro Stück, die fehlerhaft gefärbten T-Shirts werden als 2. Wahl zu einem Preis von 1 GE pro Stück verkauft. Die korrekt bestickten T-Shirts erzielen einen Erlös von 2,5 GE pro Stück, wohingegen die fehlerhaft bestickten T-Shirts zusätzliche Kosten in Höhe von 1 GE pro Stück verursachen. Berechnen Sie den durchschnittlich zu erwartenden Stückdeckungsbeitrag. 3

Aufgabe 6

Eine verbeulte Münze wird mehrfach geworfen. Die Wahrscheinlichkeit dafür, dass bei einem Wurf „Wappen" fällt, beträgt p.

6.1 Geben Sie jeweils einen Term zur Berechnung der Wahrscheinlichkeit der folgenden Ereignisse A und B an: 3

A: Bei fünf Würfen fällt genau dreimal „Wappen".

B: Bei 5 Würfen fällt genau dreimal „Wappen", darunter bei den ersten beiden Würfen zweimal.

6.2 Die Wahrscheinlichkeit dafür, dass bei 3 Würfen dreimal „Wappen" fällt, ist 0,216. Untersuchen Sie, ob das Ergebnis „Wappen" wahrscheinlicher ist als das Ergebnis „Zahl". 2

Stochastik

Lösungen Seite 56

Aufgabe 7

Punkte

Bei der Herstellung eines Produktes sind durchschnittlich 20 % der Teile fehlerhaft.

Zu Testzwecken werden der laufenden Produktion einige Teile entnommen.

7.1 Es sei X die Zufallsvariable, die die Anzahl der entnommenen Teile angibt, die fehlerhaft sind. Begründen Sie, warum man die Zufallsvariable X als binomialverteilt annehmen kann. 3

7.2 Berechnen Sie, mit welcher Wahrscheinlichkeit die ersten beiden entnommenen Teile nicht fehlerhaft sind. 1

7.3 Geben Sie im Sachzusammenhang ein Ereignis A und ein Ereignis B an, so dass gilt:

$P(A) = 0{,}2^{10}$ $\qquad$ $P(B) = \binom{50}{40} \cdot 0{,}2^{10} \cdot 0{,}8^{40}$ 2

Aufgabe 8

Von den 100 Schülerinnen und Schülern einer Jahrgangsstufe wählt die eine Hälfte als Naturwissenschaft Physik, die andere Hälfte Biologie.

Die Jahrgangsstufe umfasst insgesamt 60 Mädchen. 30 % sind Jungen und haben Physik gewählt.

8.1 Stellen Sie den gegebenen Sachverhalt in einer Vierfeldertafel dar. 3

8.2 Ermitteln Sie die Wahrscheinlichkeiten,

- dass eine zufällig ausgewählte Schülerin Physik gewählt hat,
- dass ein zufällig ausgewählter Teilnehmer des Biologie-Kurses männlich ist.

3

Aufgabe 9

Die Zürla-Kohlin GmbH bezieht von einem Zulieferer seit Jahren selbstsichernde Muttern in großen Mengen, bei denen zwei Fehlerarten auftreten: Falsche Form und fehlerhaftes Gewinde.

Insgesamt sind nur 90 % aller Muttern fehlerfrei, d. h. sie haben weder eine falsche Form noch ein fehlerhaftes Gewinde. 5 % der Muttern haben eine falsche Form. 40 % der Muttern mit falscher Form haben auch ein fehlerhaftes Gewinde. Mit welcher Wahrscheinlichkeit hat eine Mutter mit fehlerhaftem Gewinde auch ein falsche Form? 5

Stochastik

Lösungen Seite 57

Aufgabe 10

Punkte

Ein Supermarkt verwendet für die Bearbeitung zurückgegebener Pfandflaschen eine Maschine. Diese soll einwandfreie Flaschen von deformierten Flaschen unterscheiden. Zurückgegebene Flaschen werden entweder von der Maschine abgewiesen oder angenommen. Dabei unterlaufen dem Gerät auch Fehler: Es werden manchmal auch einwandfreie Flasche abgewiesen oder deformierte Flasche angenommen. Eine Übersicht über Wahrscheinlichkeiten in diesem Zusammenhang liefert die noch unvollständige Vierfeldertafel (Tabelle).

	Flasche angenommen	Flasche abgewiesen	
Flasche einwandfrei	0,9405	0,0095	0,95
Flasche deformiert	0,0015	0,0485	0,05

a) In den beiden doppelt umrandeten Kästchen der letzten Zeile fehlen zwei Wahrscheinlichkeiten in dem vorliegenden Sachzusammenhang. Berechnen Sie beide Wahrscheinlichkeiten und geben Sie diese in den Kästchen an.

b) Geben Sie die Bedeutung der beiden Wahrscheinlichkeiten aus 10.1 in dem vorliegenden Sachzusammenhang an.

c) Eine Flasche wird abgewiesen. Ermitteln Sie einen Term, um die Wahrscheinlichkeit zu berechnen, dass die Flasche in Ordnung ist.

6

Hinweis: Die konkrete Berechnung wird nicht verlangt.

Aufgabe 11

Erfahrungsgemäß sind 4 % der produzierten Smartphones eines Herstellers defekt. Ein Lieferant erhält ein Paket mit 50 Smartphones des Herstellers. Wie groß ist die Wahrscheinlichkeit für höchstens ein defektes Smartphone? Geben Sie einen Term an. 3

Stochastik

Lösungen Seite 57/58

Aufgabe 12

a) Ein Fußballspieler verwandelt erfahrungsgemäß 80 % aller Strafstöße.

Mit welcher Wahrscheinlichkeit verwandelt er von vier Strafstößen

- nur den letzten?
- mindestens einen?

b) Für ein Ereignis C gilt: $P(C) = \binom{10}{k} \cdot 0{,}8^b \cdot a^2$

Geben Sie geeignete Werte für a, b und k an.

Beschreiben Sie das Ereignis C in Worten.

Aufgabe 13

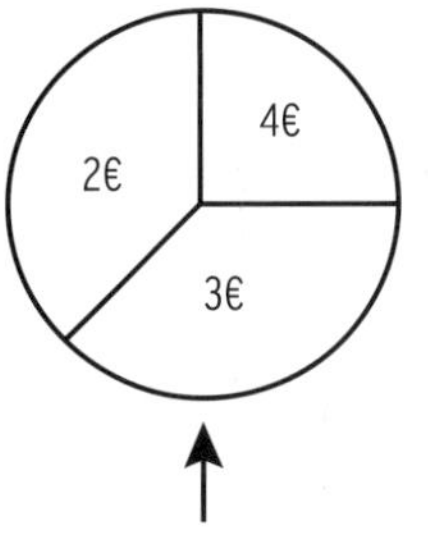

Bei einem Glücksspiel wird das abgebildete Glücksrad benutzt. Als Einsatz bezahlt man 3 €. Das Glücksrad wird einmal gedreht. Man erhält den Betrag ausbezahlt, dessen Sektor über dem Pfeil zu stehen kommt. Bestimmen Sie den Erwartungswert für den Gewinn.

Aufgabe 14

Eine Urne enthält 5 rote, 3 weiße und 2 gelbe Kugeln.

a) Es werden 3 Kugeln mit Zurücklegen gezogen.

Mit welcher Wahrscheinlichkeit erhält man keine gelbe Kugel?

b) Nun werden 2 Kugeln ohne Zurücklegen gezogen.

Mit welcher Wahrscheinlichkeit haben die beiden Kugeln die gleiche Farbe?

Aufgabe 15

Bei einer Lotterie führen 5 % der Lose zu einem Gewinn. Nils kauft 14 Lose. Geben Sie jeweils eine Aufgabenstellung an, deren Lösung auf die folgende Weise berechnet wird.

a) $P(A) = \binom{14}{3} \cdot 0{,}05^3 \cdot 0{,}95^{11}$

b) $P(B) = \binom{14}{2} \cdot 0{,}05^2 \cdot 0{,}95^{12} + \binom{14}{3} \cdot 0{,}05^3 \cdot 0{,}95^{11}$

c) $P(C) = 1 - \binom{14}{0} \cdot 0{,}05^0 \cdot 0{,}95^{14}$

d) $14 \cdot 0{,}05$

Stochastik Lösungen Seite 58

Aufgabe 16 **Punkte**

Ein Basketballspieler wirft 10 Freiwürfe.Die Anzahl seiner Treffer wird mit k bezeichnet und durch die Zufallsgröße X beschrieben. Die Zufallsgröße X wird als binomialverteilt mit der Trefferwahrscheinlichkeit p = 0,8 angenommen. In der Abbildung ist die Wahrscheinlichkeitsverteilung von X dargestellt.

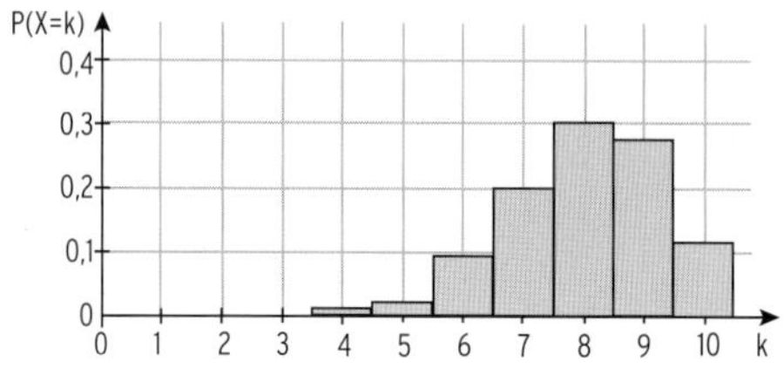

a) Ermitteln Sie mithilfe der Abbildung einen Näherungswert für die Wahrscheinlichkeit dafür, dass der Basketballspieler mindestens 8-maltrifft. 2

b) Zeigen Sie, dass die Wahrscheinlichkeit dafür, keinen Treffer zu erzielen, kleiner als $\frac{1}{1\,000\,000}$ ist. 3

Aufgabe 17

Für ein Zufallsexperiment wird eine Zufallsgröße X festgelegt, welche die drei Werte 2, 4 und 6 annehmen kann. In der Abb. ist die Wahrscheinlichkeitsverteilung von X unvollständig dargestellt.

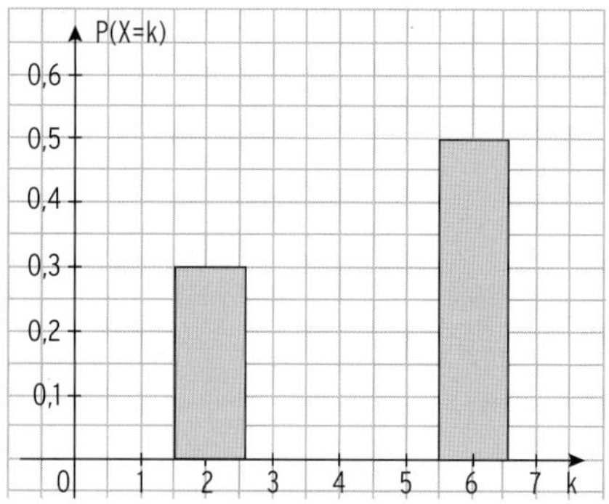

a) Geben Sie die Wahrscheinlichkeit P(X = 4) an. Berechnen Sie den Erwartungswert von X. 3

b) Das Zufallsexperiment wird zweimal unter gleichen Bedingungen durchgeführt. Dabei wird jeweils der Wert der Zufallsgröße notiert. Bestimmen Sie die Wahrscheinlichkeit dafür, dass das Produkt dieser beiden Werte den Wert 12 ergibt. 3

Stochastik

Lösungen Seite 59

Punkte

Aufgabe 18

In einer Urne befinden sich zu Beginn eines Zufallsexperiments drei schwarze Kugeln (S) und zwei weiße Kugeln (W), siehe Abbildung 1.

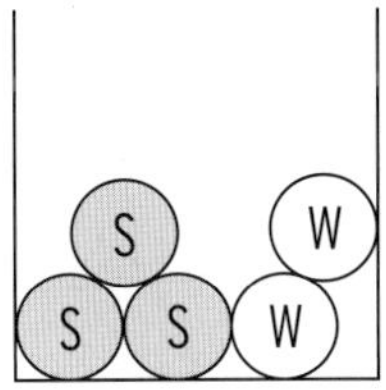

Abbildung 1

Aus der Urne werden nacheinander zwei Kugeln ohne Zurücklegen gezogen. Zu dem Zufallsexperiment wurde das Baumdiagramm aus Abbildung 2 erstellt.

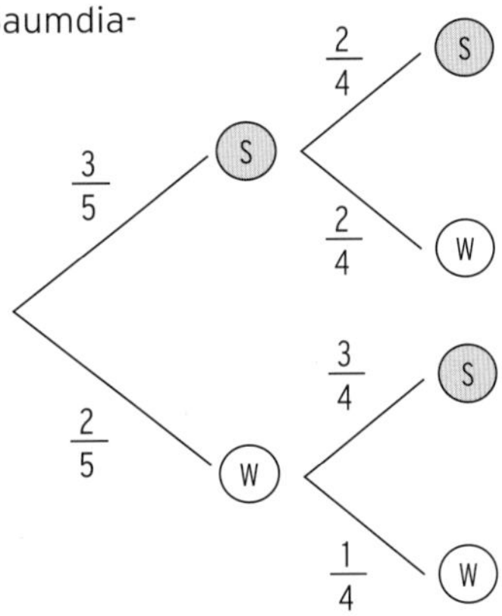

Abbildung 2

(1) Berechnen Sie die Wahrscheinlichkeit dafür, dass bei dem Zufallsexperiment mindestens eine schwarze Kugel gezogen wird. 3

(2) Die Zufallsgröße X beschreibt die Anzahl der gezogenen schwarzen Kugeln. Berechnen Sie den Erwartungswert der Zufallsgröße X. 3

Aufgabe 19

In den Urnen U1 und U2 befinden sich Kugeln, die sich nur in ihrer Farbe unterscheiden: U1 : 6 rote und 4 blaue Kugeln
U2 : 1 rote und 4 blaue Kugeln

1.1 Aus der Urne U1 werden zwei Kugeln nacheinander ohne Zurücklegen zufällig gezogen. Bestimmen Sie die Wahrscheinlichkeit dafür, dass die beiden gezogenen Kugeln die gleiche Farbe haben. 2

1.2 Es wird eine der beiden Urnen zufällig ausgewählt. Aus dieser wird eine Kugel zufällig gezogen. Die gezogene Kugel ist rot. Bestimmen Sie die Wahrscheinlichkeit dafür, dass diese Kugel aus der Urne U1 stammt. 3

Aufgabe 20

Für ein zweistufiges Zufallsexperiment hat ein Schüler das abgebildete Baumdiagramm korrekt gezeichnet und beschriftet.

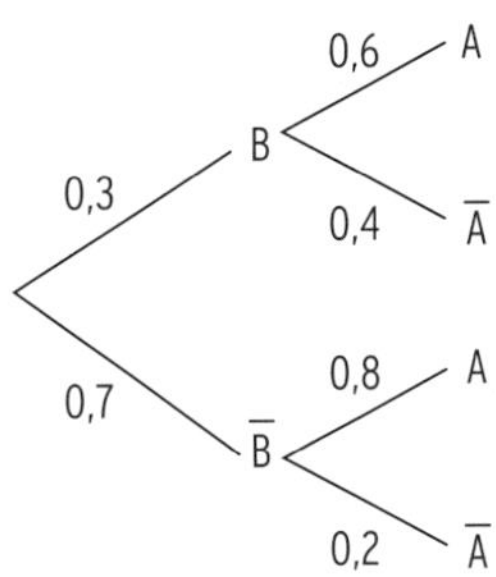

a) Ermitteln Sie die Wahrscheinlichkeit $P(\overline{A})$.

b) Erstellen Sie zum selben Sachverhalt eine entsprechende Vierfeldertafel.

Lösungen - Aufgaben zur Prüfungsvorbereitung - Stochastik

Hilfsmittelfreier Teil der Zentralen Abiturprüfung

Lösungen Stochastik

Aufgabe 1

(Aufgaben Seite 46)

1.1 Da $E(X) = n \cdot p = 50 \cdot 0{,}2 = 10$ ganzzahlig ist, muss der maximale Wert $P(X = 10)$ sein. Abbildung 3 erfüllt dies nicht. Nur für $p = 0{,}5$ ist die Binomialverteilung symmetrisch, so dass für $p = 0{,}2$ nur Abbildung 2 möglich ist.

1.2 Da $E(X) = n \cdot p = 10$, sind die Wahrscheinlichkeiten für das Auftreten von 9, 10 oder 11 statisch aufgeladenen Elektrobauteilen aufzusummieren.
Aus der Abb. 2 liest man
$0{,}14 + 0{,}14 + 0{,}13 = 0{,}41$ ab, also ca. 40 % Wahrscheinlichkeit.

Aufgabe 2

2.1 Der Erwartungswert entspricht der durchschnittlich zu erwartenden Lebensdauer eines Leuchtmittels. Diese ist für die in A und B produzierten jeweils gleich. Die geringere Standardabweichung bei X bedeutet, dass die Lebensdauer eines Leuchtmittels aus A im Vergleich zu einem aus B durchschnittlich weniger weit von der erwarteten Lebensdauer abweicht.

2.2 Mögliche Wahrscheinlichkeitsverteilung:

z_i	0	1	2	3	4	Summe
$P(Z = z_i)$	0,80	0,05	0,05	0,05	0,05	1

$E(Z) = 0{,}05 + 0{,}1 + 0{,}15 + 0{,}2 = 0{,}5$

Aufgabe 3

(Aufgaben Seite 47)

3.1 Die Summe der Wahrscheinlichkeiten beträgt
$0{,}2 + 0{,}25 + 0{,}35 + 0{,}2 + 0{,}1 = 1{,}1 > 1$.

3.2 Mit $a = P(X = 1)$ und $b = P(X = 2)$ ergibt sich

Summe Einzelwahrscheinlichkeiten:	I. $0{,}2 + a + b + 0{,}2 + 0{,}1 = 1$
Erwartungswert:	II. $a + 2b + 0{,}6 + 0{,}4 = 1{,}7$
Vereinfachung:	I. $a + b = 0{,}5$
	II. $a + 2b = 0{,}7$
II. − I. ergibt	$b = 0{,}2$

einsetzen ergibt $a = 0{,}3$

Lösungen Stochastik

Aufgabe 4

(Aufgabe Seite 47/48)

4.1 X gibt die Anzahl unzufriedener Mitarbeiter/-innen an.

A: $P(X = 6) = P(X \leq 6) - P(X \leq 5) = 0{,}78 - 0{,}62 = 0{,}16$

B: $P(X < 8) \approx 0{,}9$

C: $P(X \leq 5) \approx 0{,}62$

4.2 Da die Wahrscheinlichkeit maximal 2 unzufriedene Mitarbeiter/-innen bei $p = 0{,}25$ zu haben mit $P(X \leq 2) \approx 0{,}1$ ungefähr 10 % beträgt, kann mit 90 % Sicherheitswahrscheinlichkeit davon ausgegangen werden, dass die Zufriedenheit gesteigert wurde.

Aufgabe 5

(Aufgaben Seite 48)

5.1 Baumdiagramm

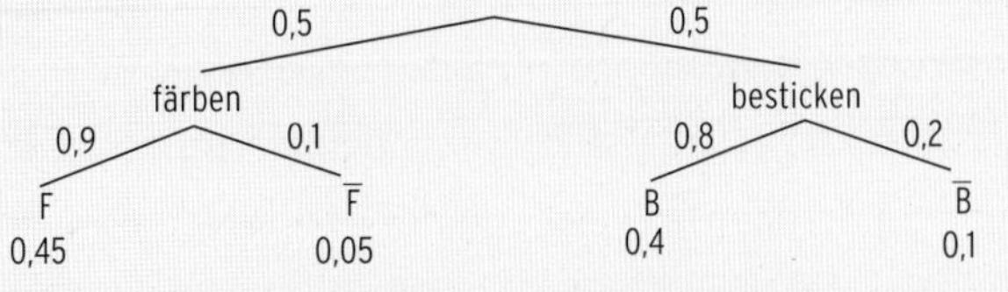

F = Färbung ok, $\overline{F}$ = Färbung fehlerhaft, B = Korrekt bestickt, $\overline{B}$ = fehlerhaft bestickt

5.2 Durchschnittlich zu erwartender Stückdeckungsbeitrag

Sei X die Zufallsgröße, die den Stückdeckungsbeitrag beschreibt.

$E(X) = 2 \cdot 0{,}45 + 1 \cdot 0{,}05 + 2{,}5 \cdot 0{,}4 - 1 \cdot 0{,}1 - 0{,}2 = 1{,}65$

Der zu erwartende Stückdeckungsbeitrag beträgt 1,65 GE.

Aufgabe 6

6.1 Wahrscheinlichkeit für das Ereignis A: $\binom{5}{3} p^3 \cdot (1 - p)^2$

Wahrscheinlichkeit für das Ereignis B: $p^2 \cdot \binom{3}{1} p \cdot (1 - p)^2$

6.2 Das Ergebnis "Wappen" ist wahrscheinlicher, da gilt: $0{,}216 > 0{,}5^3 = 0{,}125$.

oder: $\sqrt[3]{0{,}216} = 0{,}6 > 0{,}5$

Aufgabe 7

(Aufgaben Seite 49)

7.1 Die Zufallsvariable ist binomialverteilt:

Für jedes Teil gibt es nur zwei Möglichkeiten, nämlich entweder defekt oder nicht defekt. Es wird zwar ohne Zurücklegen gezogen, aber da die Grundgesamtheit sehr groß und die Stichprobe verhältnismäßig klein ist, bleibt die Wahrscheinlichkeit bei jedem Zug gleich.

Lösungen Stochastik

Aufgabe 7 Fortsetzung

(Aufgaben Seite 49)

7.2 $P(E) = 0{,}8^2 = 0{,}64$ Hinweis: $\binom{50}{40} = \binom{50}{10}$

7.3 A: die ersten zehn Teile sind fehlerhaft.

B: es werden 50 Teile gezogen, davon sind genau 10 fehlerhaft.

Aufgabe 8

8.1 Es ergibt sich die Vierfeldertafel:

	weiblich	männlich	
Physik	0,2	0,3	0,5
Biologie	0,4	0,1	0,5
	0,6	0,4	1

8.2 Mit dem Satz von Bayes ergibt sich:

$$P_w(Ph) = \frac{P(Ph \cap w)}{P(w)} = \frac{0{,}2}{0{,}6} = \frac{1}{3}$$

$$P_{Bio}(m) = \frac{P(Bio \cap m)}{P(Bio)} = \frac{0{,}1}{0{,}5} = \frac{1}{5}$$

Alternativ können die gesuchten Wahrscheinlichkeiten aus einem Baumdiagramm entnommen werden.

Aufgabe 9

FF: falsche Form; RF: richtige Form

FG: fehlerhaftes Gewinde; RG: fehlerfreies Gewinde

Gegeben: $P(FF) = 0{,}05$; $P_{FF}(FG) = 0{,}4$; $P(RF \cap RG) = 0{,}90$

Gesucht: $P_{FG}(FF)$

$P_{FF}(FG) = 0{,}4$ $\qquad P_{FF}(FG) = \frac{P(FF \cap FG)}{P(FF)} = 0{,}4$

$P(FF \cap FG) = 0{,}05 \cdot 0{,}4 = 0{,}02$

Aufstellen einer Vierfeldertafel:

Geg. im Text: 0,90; 0,05

40 % von 0,05 = *0,02*

	FF	RF	gesamt
FG	*0,02*	0,05	0,07
RG	0,03	**0,90**	0,93
gesamt	**0,05**	0,95	1

$$P_{FG}(FF) = \frac{P(FF \cap FG)}{P(FG)} = \frac{0{,}02}{0{,}07} = \frac{2}{7}$$

Lösungen Stochastik

Aufgabe 10

(Aufgaben Seite 50)

a) 0,9405 + 0,0015 = 0,942 und 0,0095 + 0,0485 = 0,058 .

	Flasche angenommen	Flasche abgewiesen	
Flasche einwandfrei	0,9405	0,0095	0,95
Flasche deformiert	0,0015	0,0485	0,05
	0,942	0,058	1

b) Mit einer Wahrscheinlichkeit von 94,2 % wird eine Flasche von der Maschine angenommen und mit einer Wahrscheinlichkeit von 5,8 % wird eine Flasche von der Maschine abgewiesen.

c) Man teilt den Anteil der abgewiesenen einwandfreien Flaschen durch den Anteil aller abgewiesenen Flaschen. Das ergibt: $\frac{0{,}0095}{0{,}0095 + 0{,}0485}$.

Aufgabe 11

X: Anzahl der defekten Smartphones unter 50 Smartphones;

X ist $B_{50;0,04}$- verteilt

$P(X \leq 1) = P(X = 0) + P(X = 1)$

$= \binom{50}{0} \cdot 0{,}04^0 \cdot 0{,}96^{50} + \binom{50}{1} \cdot 0{,}04^1 \cdot 0{,}96^{49}$

Aufgabe 12

(Aufgaben Seite 51)

a) P(nur den letzten) = $0{,}2^3 \cdot 0{,}8 = \frac{4}{625} = 0{,}0064$

P(mindestens einen) = 1 - P(keinen) = $1 - 0{,}2^4 = 0{,}9984$

b) $P(C) = \binom{10}{k} \cdot 0{,}8^b \cdot a^2$ für k = 8; a = 0,2; b = 8

Ereignis C: Der Spieler hat eine Trefferwahrscheinlichkeit von 80 % und verwandelt 8 von 10 Strafstößen.

Aufgabe 13

x_i	2 €	3 €	4 €
Gewinn	−1 €	0 €	1 €
$P(X = x_i)$	0,375	0,375	0,25

Erwartungswert für den Gewinn: $E(X) = -1 \cdot 0{,}375 + 1 \cdot 0{,}25 = -0{,}125$

Lösungen Stochastik

Aufgabe 14

(Aufgaben Seite 51)

a) 3 Kugeln mit Zurücklegen gezogen.

$P(\text{keine gelbe Kugel}) = 0{,}8^3 = \frac{64}{125} = 0{,}512$

b) 2 Kugeln ohne Zurücklegen gezogen

$P(\text{gleiche Farbe}) = P(rr) + P(ww) + P(gg) = \frac{5}{10} \cdot \frac{4}{9} + \frac{3}{10} \cdot \frac{2}{9} + \frac{2}{10} \cdot \frac{1}{9} = \frac{14}{45} \approx 0{,}31$

Aufgabe 15

a) $P(A) = \binom{14}{3} \cdot 0{,}05^3 \cdot 0{,}95^{11}$ A: Nils zieht ganau 3 Gewinnlose.

b) $P(B) = \binom{14}{2} \cdot 0{,}05^2 \cdot 0{,}95^{12} + \binom{14}{3} \cdot 0{,}05^3 \cdot 0{,}95^{11}$

B: Nils zieht 2 oder 3 Gewinnlose.

c) $P(C) = 1 - \binom{14}{0} \cdot 0{,}05^0 \cdot 0{,}95^{14}$ C: Nils zieht mindestens ein Gewinnlos.

d) $14 \cdot 0{,}05$ Durchschnittlich zu erwartende Anzahl von Gewinnlosen unter 14 Losen

Aufgabe 16

(Aufgaben Seite 52)

X ist binomialverteilt mit $n = 10$; $p = 0{,}8$

a) $P(X \geq 8) = P(X = 8) + P(X = 9) + P(X = 10)$

Ablesen ergibt den Näherungswert: $0{,}30 + 0{,}27 + 0{,}11 = 0{,}68$

b) $P(X = 0) = 0{,}2^{10}$

Abschätzung: $0{,}2^{10} = \left(\frac{2}{10}\right)^{10} = \frac{2^{10}}{10^{10}} = \frac{1024}{10\,000\,000\,000} = \frac{1{,}024}{10\,000\,000}$

$0{,}2^{10} = \frac{0{,}1024}{1\,000\,000} < \frac{1}{1\,000\,000}$

Aufgabe 17

a) $P(X = 4) = 1 - 0{,}3 - 0{,}5 = 0{,}2$

Erwartungswert von X: $E(X) = 2 \cdot 0{,}3 + 4 \cdot 0{,}2 + 6 \cdot 0{,}5 = 4{,}4$

b) Das Produkt 12 kann hier auf zwei Möglichkeiten erreicht werden: 2;6 und 6;2.

Damit ergibt sich die Wahrscheinlichkeit:

$P(12) = 2 \cdot 0{,}3 \cdot 0{,}5 = 0{,}30$

Lösungen Stochastik

Aufgabe 18

(Aufgaben Seite 53)

(1) P(„mindestens eine schwarze Kugel") = 1 – P(„keine schwarze Kugel")

P(„mindestens eine schwarze Kugel") $= 1 - \frac{2}{5} \cdot \frac{1}{4} = 1 - \frac{1}{10} = \frac{9}{10}$

Die Wahrscheinlichkeit, mit der mindestens eine schwarze Kugel gezogen wird, beträgt 90%.

(2) Anhand der Wahrscheinlichkeitsverteilung der Zufallsgröße X kann der Erwartungswert $\mu = E(X)$ berechnet werden:

k	0	1	2
P(X = k)	$\frac{2}{5} \cdot \frac{1}{4} = 0{,}1$	$\frac{3}{5} \cdot \frac{2}{4} + \frac{2}{5} \cdot \frac{3}{4} = 0{,}6$	$\frac{3}{5} \cdot \frac{2}{4} = 0{,}3$

$\mu = E(X) = 0 \cdot 0{,}1 + 1 \cdot 0{,}6 + 2 \cdot 0{,}3 = 1{,}2$

Der Erwartungswert μ der Zufallsgröße X beträgt 1,2.

Aufgabe 19

1.1 P („beide Kugeln haben die gleiche Farbe") = P(rr) + P(bb)

$$= \frac{6}{10} \cdot \frac{5}{9} + \frac{4}{10} \cdot \frac{3}{9} = \frac{7}{15}$$

1.2 Mithilfe eines Baumdiagramms erhält man:

$$P(E_2) = \frac{P(U1 \wedge r)}{P(r)}$$

$$P(E_2) = \frac{\frac{1}{2} \cdot \frac{6}{10}}{\frac{1}{2} \cdot \frac{6}{10} + \frac{1}{2} \cdot \frac{1}{5}} = \frac{3}{4}$$

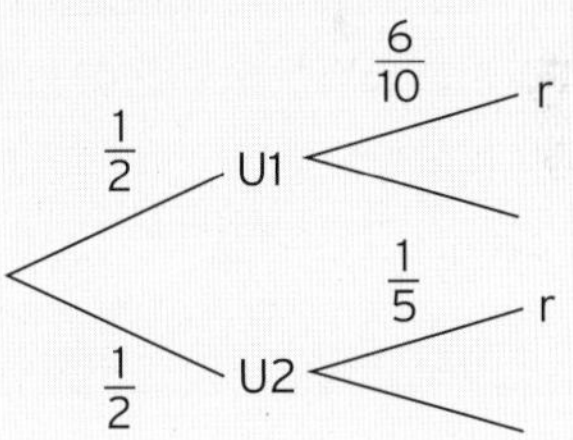

Aufgabe 20

a) $P(\overline{A}) = 0{,}3 \cdot 0{,}4 + 0{,}7 \cdot 0{,}2 = 0{,}26$

b) Vierfeldertafel

	A	$\overline{A}$	
B	0,18	0,12	0,3
$\overline{B}$	0,56	0,14	0,7
	0,74	0,26	1

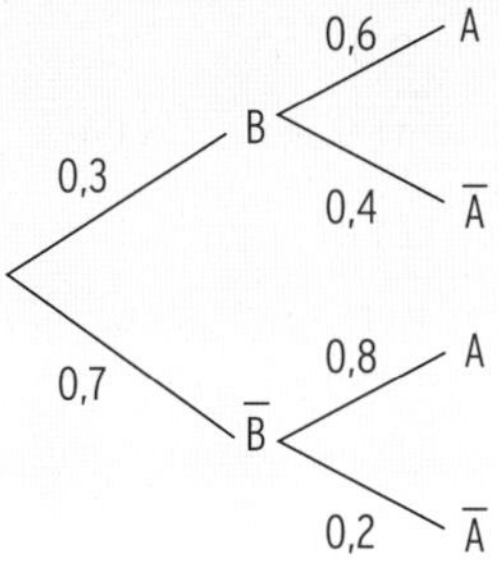

II Teil II der zentralen Abiturprüfung mit Hilfsmittel (GTR)

1 Analysis

Mathematische Formeln Wirtschaft und Verwaltung

Kostenfunktionen x: Ausbringungsmenge in ME y: Gesamtkosten in GE	Gesamtkostenfunktion K mit	$K(x) = K_v(x) + K_f$
	Ertragsgesetzliche Kostenfunktion K mit	K(x) = ax3 + bx2 + cx + d
	K wächst degressiv	$K'(x) > 0 \wedge K''(x) < 0$
	K wächst progressiv	$K'(x) > 0 \wedge K''(x) > 0$
	Funktion der variablen Gesamtkosten	$K_v(x)$
	Funktion der gesamten Stückkosten k (Funktion der Durchschnittskosten)	$k(x) = \frac{K(x)}{x}$
	Funktion der variablen Stückkosten k_v	$k_v(x) = \frac{K_v(x)}{x}$
	Grenzkostenfunktion	$K'(x)$ Kostenzuwachs
	Grenzstückkostenfunktion	$k'(x)$
	Betriebsoptimum (Minimalstelle von k(x))	x_{BO}
	Langfristige Preisuntergrenze	$k(x_{BO})$
	Betriebsminimum (Minimalstelle von $k_v(x)$)	x_{BM}
	kurzfristige Preisuntergrenze	$k(x_{BM})$
	Nachfragefunktion (Preis-Absatz-Funktion)	$p_N(x)$
	Angebotsfunktion	$p_A(x)$
	Gleichgewichtsmenge	x_G: Schnittstelle von $p_N(x)$ und $p_A(x)$
	Gleichgewichtspreis	$p_G = p_N(x_G) = p_A(x_G)$
	Marktgleichgewicht MG	$MG\ (x_G \mid p_G)$
	Konsumentenrente Differenz zwischen den theoretisch möglichen und den tatsächlichen Ausgaben für ein Produkt.	$\int_0^{x_G} (p_N(x) - p_G)dx$
	Produzentenrente Differenz aus erzieltem Umsatz und mindestens erwartetem Umsatz.	$\int_0^{x_G} (p_G - p_A(x))dx$
	Erlösfunktion	$E(x) = p \cdot x$; p Preis pro ME $E(x) = p_N(x) \cdot x$; $p_N(x)$ Preis abhängig von x
	Gewinnfunktion	$G(x) = E(x) - K(x)$
	Grenzgewinnfunktion	$G'(x)$
	Gewinnschwelle	x_{GS} 1. positive Nullstelle von G
	Gewinngrenze	x_{GG} 2. positive Nullstelle von G
	gewinnmaximale Ausbringungsmenge Maximalstelle von G(x): $G'(x) = 0$	x_{max}
	Cournot'scher Punkt	$C(x_{max} \mid p_N(x_{max}))$
	Stückdeckungsbeitrag d = dB	$dB(x) = p(x) - k_v(x)$
	Deckungsbeitrag D = DB	$DB(x) = G(x) + K_{fix} = E(x) - K_v(x)$

Formelsammlung Analysis

Bezeichnungen:

$\mathbb{N} = \{0; 1; 2; ...\}$	Menge der natürlichen Zahlen
$\mathbb{R}$	Menge der reellen Zahlen
$\mathbb{R}^* = \mathbb{R} \setminus \{0\}$	Menge der reellen Zahlen ohne Null
$\mathbb{R}_+^* = \{x \mid x \in \mathbb{R} \wedge x > 0\}$	Menge der positiven reellen Zahlen
$\mathbb{R}_+ = \{x \mid x \in \mathbb{R} \wedge x \geq 0\}$	Menge der positiven reellen Zahlen mit Null

Ableitungsregeln

Produktregel:

$$f(x) = u(x) \cdot v(x) \Rightarrow f'(x) = u'(x) \cdot v(x) + u(x) \cdot v(x)$$

Kurzform: $(u \cdot v)' = u' \cdot v + u \cdot v'$

Quotientenregel:

$$f(x) = \frac{u(x)}{v(x)} \Rightarrow f'(x) = \frac{u'(x) \cdot v(x) - u(x) \cdot v'(x)}{v^2(x)}$$

Kurzform: $\left(\frac{u}{v}\right)' = \frac{u' \cdot v - u \cdot v'}{v^2}$

Kettenregel:

$$f(x) = g(u(x)) \Rightarrow f'(x) = g'(u(x)) \cdot u'(x)$$

für Exponentialfunktion

$$f(x) = e^{u(x)} \Rightarrow f'(x) = (e^{u(x)})' = u'(x) \cdot e^{u(x)}$$

Integrationsregeln:

Integration durch Substitution

$$\int e^{ax+b}\,dx = \frac{1}{a} e^{ax+b} + c; \; a \neq 0$$

Produktintegration (partielle Integration)

$$\int u'(x) \cdot v(x)dx = u(x) \cdot v(x) - \int u(x) \cdot v'(x)dx$$

Aufgaben zur Prüfungsvorbereitung Analysis

Aufgabe 1 **Lösung Seite 77** **Punkte**

Der Pharmakonzern Harma AG stellt schmerzlindernde Präparate als klassische Tablette, Brausetablette, Granulat oder Kautablette her. Diese werden in drei Produktionsabteilungen gefertigt. Regelmäßig führt die Marketingabteilung der Harma AG verschiedenartige Marktanalysen durch.

1.1 Die Analyse für das Produkt Niap free ergibt, dass sich die Angebotspreise auf dem Markt durch die Funktion p_A darstellen lassen und die Nachfragesituation durch p_N beschrieben werden kann.

$p_A(x) = 0{,}1(x + 2)^2 + 5$; $\quad p_N(x) = 12 - a \cdot x^2$; $x \in \mathbb{R}$ mit $x \geq 0$, $a > 0$.

Dabei gibt x die angebotenen bzw. die nachgefragten Mengen in ME an und $p_A(x)$ bzw. $p_N(x)$ geben die Preise in GE pro ME an. Bei dem Parameter a handelt es sich um einen konjunkturabhängigen Parameter.

1.1.1 Geben Sie die Sättigungsmenge in Abhängigkeit vom Parameter a an. 4

1.1.2 Berechnen Sie den Wert des Parameters a, für den die Gleichgewichtsmenge bei 4,4 ME liegt. 5

1.1.3 Die Marketingabteilung behauptet: „Wenn a = 0,15 ist und die Gleichgewichtsmenge bei 4,4 ME liegt, dann ist das Verhältnis zwischen der Konsumentenrente und der Produzentenrente ausgeglichen, also 1 : 1." Beurteilen Sie diese Aussage unter Verwendung entsprechender Stammfunktionen. 8

1.1.4 Die Preise für das Standardschmerzmittel Niap free sind innerhalb der europäischen Gemeinschaft sehr unterschiedlich. Aus diesem Grund will die EU für dieses Präparat einen einheitlichen Preis festlegen. Zurzeit liegt der Gleichgewichtspreis über dem zukünftig festgesetzten Preis.
Interpretieren Sie, wie sich dies auf die Produzentenrente auswirkt. 4

1.2 Neben diesem Standardschmerzmittel Niap free werden ständig neue rezeptfreie schmerzlindernde Präparate in verschiedenen Varianten entwickelt. Für den Produktlebenszyklus des neu entwickelten Schmerzmittels Niap vita geht die Marketingabteilung von der Funktion f_b aus. Diese beschreibt den Umsatz in GE pro Jahr in Abhängigkeit von der Zeit t in Jahren.

$f_b(t) = 0{,}5 \cdot b \cdot t^2 \cdot e^{-0{,}25 \cdot b \cdot t - 0{,}2}$; $b, t \in \mathbb{R}$ mit $t \geq 0$, $b > 0$.

Der Parameter b spiegelt die Stärke des Konkurrenzdrucks wider.
Berechnen Sie für b = 0,5 zu welchem Zeitpunkt der Umsatzanstieg für das Produkt *Niap Vita* am größten ist. Auf die hinreichende Bedingung kann durch schlüssige Argumentation verzichtet werden. 7

(Teile aus Abitur 2014, Berufskolleg NRW)

Aufgabe 2 **Lösung Seite 78/79**

Mobiltec führt eine umfangreiche Marktanalyse für den Absatz von Handys mit Navigationssystem durch. Die Ergebnisse stehen der Marketingabteilung zur Verfügung.

3.1 Angebot und Nachfrage nach den Handys mit Navigationssystem werden demnach durch die Angebotsfunktion p_A und die Nachfragefunktion p_N mit

$p_A(x) = e^{0,5x-3}$ und $p_N(x) = e^{-0,2x+4}$ mit $x \in \mathbb{R}$ und $0 \leq x \leq 15$

beschrieben. Dabei gibt x die angebotene bzw. nachgefragte Menge in ME und p_A bzw. p_N den jeweiligen Preis in GE/ME an.

3.1.1 Berechnen Sie die Menge und den Preis im Marktgleichgewicht.

3.1.2 Ermitteln Sie die Produzentenrente und die Konsumentenrente unter der Voraussetzung, dass die Gleichgewichtsmenge bei 10 ME liegt.

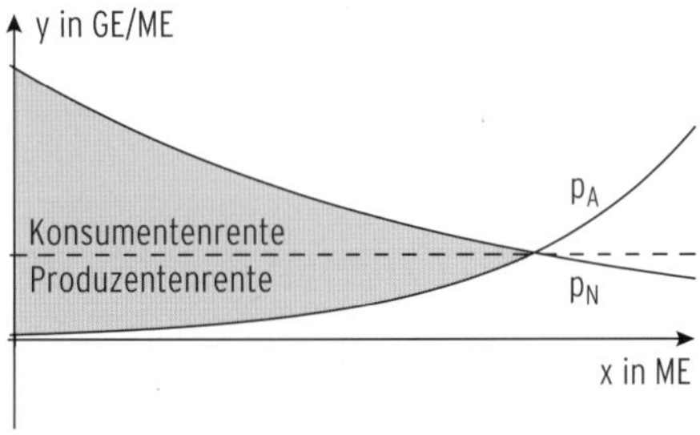

3.2 Mobiltec plant im Frühjahr die Einführung eines neuen Handys, welches mit einer weltweiten Navigationsfunktion ausgestattet werden soll. Die Unternehmensleitung rechnet bei der Einführung des Handys mit einer Absatzentwicklung, die sich durch die folgende Funktion A näherungsweise beschreiben lässt:

$A(t) = 20e^{-0,01t^2+0,12t}$, $t \in \mathbb{R}; t > 0$

Dabei gibt t die Zeit in Monaten nach der Einführung an, A(t) die Absatzzahlen in Tausend Stück pro Monat.

3.2.1 Berechnen Sie den Zeitpunkt t, in dem der maximale monatliche Absatz erreicht wird.

3.2.2 Berechnen Sie den maximalen monatlichen Absatz.

3.3 Für Handytyp 2 legt das Controlling folgende Absatzfunktion zugrunde:

$B(t) = \frac{1}{10}(t+5)\,e^{-0,1t+5}$. Dabei gibt t die Zeit in Monaten nach der Einführung und B(t) die Absatzzahlen in Tausend Stück pro Monat an.

3.3.1 Zeigen Sie, dass der Gesamtabsatz der ersten z Monate nach der Markteinführung durch folgende Gleichung dargestellt werden kann:

$\int_0^z B(t)dt = e^{-0,1z+5}(-z-15) + 15e^5$ mit $z \in \mathbb{R}$ und $z \geq 0$

3.3.2 Berechnen Sie den Gesamtabsatz der ersten 20 Monate nach der Markteinführung.

3.3.3 Beurteilen Sie die durch B(t) prognostizierte Entwicklung des Gesamtabsatzes über eine sehr lange Zeit.

(Teile aus Berufskolleg 2011, NRW.)

Aufgabe 3 **Seite 1/2** **Lösung Seite 79/80**

Einige Wochen vor Beginn der WM kommt das Unternehmen Agrema auf die Idee ein WM Gesellschaftsspiel auf den Markt zu bringen. Daher wird der zu erwartende Absatz, also der Lebenszyklus des Produktes, untersucht.

Das Unternehmen vermutet einen exponentiellen Verlauf, der folgender Funktionsgleichung genügt: $f_{a,b}(t) = a \cdot t \cdot e^{-bt}$; $a, b \in \mathbb{R}$ mit $a > 0$ und $b > 0$.

Dabei sei durch die Variable t ($t \geq 0$) die Zeit in Tagen ab der Produkteinführung und durch $f_{a,b}(t)$ der Tagesabsatz in Stück pro Tag beschrieben.

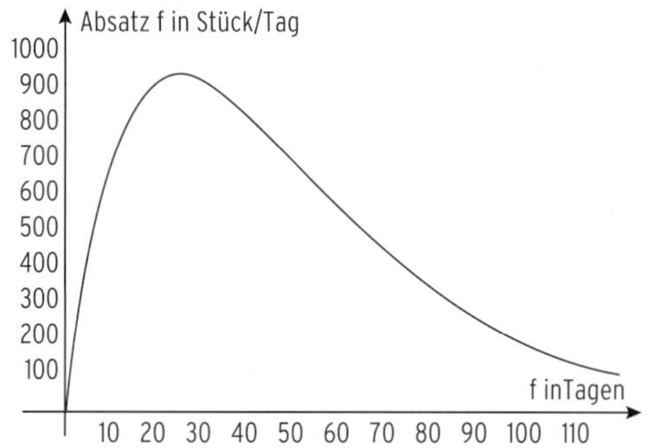

Da sich das Spiel direkt auf WM-Spiele bezieht, soll durch einen erhöhten Werbeeinsatz das Spiel schnell auf dem Markt bekannt werden.

1 Das Unternehmen strebt an, bereits am 7. Tag einen Tagesabsatz von 500 Stück zu erreichen. Außerdem soll die Steigerung des Tagesabsatzes an diesem Tag noch 50 Stück/Tag betragen.

1.1 Zeigen Sie, dass sich für die erste Ableitung der Funktion f folgende Funktionsgleichung ergibt: $f'_{a,b}(t) = (a - a \cdot b \cdot t)e^{-bt}$.

1.2 Bestimmen Sie die Parameterwerte a und b auf drei Dezimalstellen genau.

2 Es hat sich gezeigt, dass die Funktion mit dem Parameterwert a = 100 den zu erwartenden Absatz gut darstellt. Rechnen Sie in den folgenden Aufgabenteilen mit a = 100. Also gilt $f_b(t) = 100 \cdot t \cdot e^{-bt}$

2.1 Zeigen Sie, dass zum Zeitpunkt $t = \frac{1}{b}$ der Tagesabsatz maximal ist.

2.2 Bestimmen Sie b und den zugehörigen Zeitpunkt t für den Fall, dass der maximale Tagesabsatz bei 1 000 Stück/Tag liegt.

Aufgabe 3 **Seite 2/2**

3 Auf der Grundlage der bisherigen Überlegungen hat sich das Unternehmen Agrema dazu entschlossen, von den Parameterwerten a = 100 und b = 0,04 auszugehen.
Damit ergibt sich $f(t) = 100 \cdot t \cdot e^{-0{,}04t}$

3.1 Pro Tag können nur 800 Spiele produziert werden. Daher gibt es einen Zeitraum, in dem die täglichen Absatzzahlen größer sind als die Produktionsmengen.

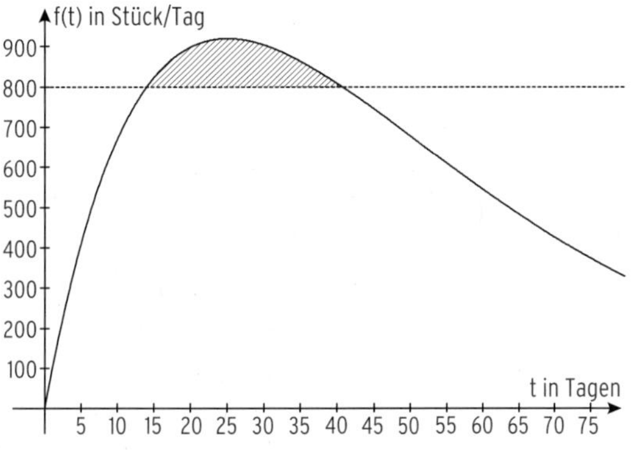

Ermitteln Sie den beschriebenen Zeitraum zunächst näherungsweise aus der Abbildung. Ermitteln Sie den Beginn des Zeitraums bis auf zwei Dezimalstellen genau.

3.2 Bestimmen Sie her, wie viele Spiele auf Vorrat produziert werden müssen, damit in dem Hochabsatzzeitraum von $t \approx 14{,}01$ bis $t \approx 40{,}62$ die Nachfrage vollständig erfüllt werden kann, aber auch keine Überkapazitäten entstehen.

(Teile aus Abitur NRW 2011.)

Aufgabe 4 **Lösung Seite 81/82**

Ein kleiner Betrieb fertigt High-End-Lautsprecher in geringer Stückzahl für höchste Ansprüche. Damit hat das Unternehmen eine Angebotsnische für den gehobenen Kundenkreis entdeckt und in diesem Marktsegment nahezu eine Monopolstellung erreicht.
Für die Markteinführung gilt die Preisabsatzfunktion p_N mit $p_N(x) = -0{,}16x + 3{,}4$.
Der Preis $p_N(x)$ wird angegeben in Geldeinheiten pro Mengeneinheit (GE/ME).
Die Lautsprecher werden aus Tropenholz gefertigt, dessen Preis saisonabhängig schwankt.
Diese Abhängigkeit wird durch einen Parameter t repräsentiert:

$$K_t(x) = 0{,}002x^3 - 0{,}09x^2 + tx + 8{,}25;\; t \in [1{,}35; 1{,}5];\; x \in [0; 25]$$

1.1 Bestimmen Sie die Koordinaten der Wendepunkte der Kurvenschar K_t.
Interpretieren Sie die Kostenentwicklung aus ökonomischer Sicht.

1.2 Es sei t = 1,35.

1.2.1 Ermitteln Sie die maximale Ausbringungsmenge, die bei Kosten von 15,25 GE realisiert werden kann.

1.2.2 Bestimmen Sie die Gewinnzone und geben Sie die Koordinaten des Cournot'schen Punktes an.

1.3 Die folgende Abbildung zeigt die Graphen der Stückkostenfunktion und der Preisabsatzfunktion.
Interpretieren Sie die Bedeutung der Schnittpunkte der Funktionsgraphen und zeigen Sie allgemein den Zusammenhang mit den Nullstellen der Gewinnfunktion.

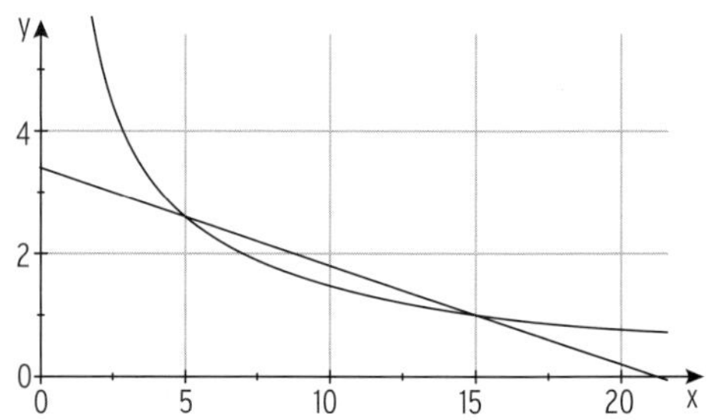

1.4 Die Kostenentwicklung nach einer Preisanpassung kann ebenfalls durch eine ertragsgesetzliche Kostenfunktion 3. Grades beschrieben werden.
Bei 5 Mengeneinheiten entstehen Kosten in Höhe 13,75 GE und die Grenzkosten betragen 0,75 Geldeinheiten.
Bei 10 ME entstehen Stückkosten in Höhe von 1,625 Geldeinheiten.
Die fixen Kosten betragen 8,25 GE.
Leiten Sie die Funktionsgleichung der Kostenfunktion her.

Aufgabe 5 Lösung Seite 83/84 **Punkte**

Die Cylenda AG produziert Teilkomponenten für Mobiltelefone, die sie an andere Hersteller verkauft. Außerdem fertigt Cylenda eigene Mobiltelefone an. Im Bereich Smartphones bietet sie bereits verschiedene Geräte an. Zukünftig soll das Modell Gipsy hinzukommen.

1.1 Die Controllingabteilung möchte die Absatzzahlen mittels einer ganzrationalen Funktion f vom Grad 3 modellieren. Dabei gibt x die Zeit ab Markteinführung in Wochen an, f (x) den Absatz in ME pro Woche.Die Controllingabteilung geht von folgenden Bedingungen aus:Sofort bei Markteinführung wird durch innovative Werbemaßnahmen ein Absatz von 275 ME/Woche erreicht. Bereits zu Beginn ist mit einem wöchentlichen Absatzrückgang von 15 ME/Woche zu rechnen, also gilt: $f'(0) = -15$. In der 50. Woche sollen 25 ME abgesetzt werden.
Der geringste wöchentliche Absatzrückgang wird für die 50. Woche vorhergesagt.
Stellen Sie die entsprechende Funktionsgleichung auf. 8

Die Controlling-Abteilung schlägt weitere Werbeaktionen vor, deren Auswirkungen durch den Parameter r wie folgt berücksichtigt werden.

$$f_r(x) = -0{,}002 \cdot r \cdot x^3 + 0{,}3 \cdot r \cdot x^2 - 15x + 275,\ x \geq 0,\ r > 0$$

2.1 Abb. 1:
Graph der Absatzfunktion f_r für $r = 1{,}0324$.

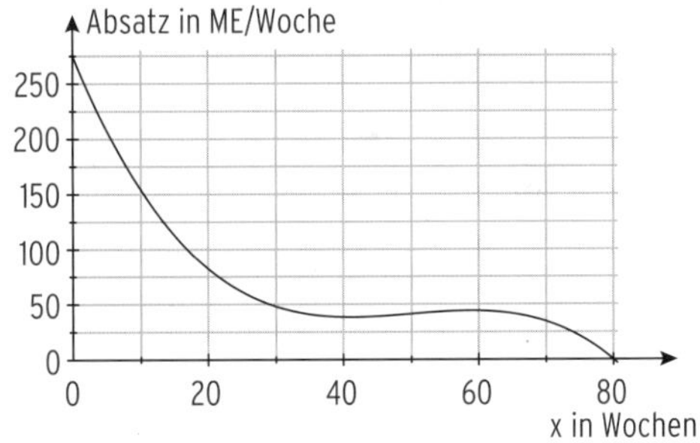

Beschreiben Sie den Verlauf des Graphen aus Abb. 1 hinsichtlich der Entwicklung der wöchentlichen Absatzzahlen. 4

2.2 Berechnen Sie den Wert für r, so dass der Absatz nach 60 Wochen 23 ME pro Woche beträgt. 3

2.3 Die Controlling-Abteilung gibt das Ziel aus, innerhalb der ersten 50 Wochen insgesamt 10 000 ME abzusetzen. Bestimmen Sie den zugehörigen Wert von r. 7

3 Die Unternehmensleitung entscheidet sich statt der bisher geplanten innovativen Werbung für ein verkaufsbegleitendes, klassisches Werbekonzept.
Sie geht bei der Entwicklung der wöchentlichen Absatzzahlen deshalb von folgender Funktion g aus: $g(x) = 1{,}8x^2 \cdot e^{-0{,}09x};\ x \in \mathbb{R},\ x > 0$.

3.1 Untersuchen Sie die langfristige Entwicklung nach diesem Modell. 3

3.2 Berechnen Sie auf Basis dieses Modells den maximalen wöchentlichen Absatz. 7
(Abitur 2013, NRW, Berufskolleg)

Aufgabe 6 **Seite 1/2** **Lösung Seite 84/85**

Das Traditionsunternehmen K-Küchen produziert Küchen in verschiedenen Ausführungen. Zu seinen Kunden zählen neben Küchenstudios neuerdings auch Möbeldiscounter. Auf Grund des hohen Preisdrucks seitens der Möbeldiscounter, soll die Gewinnsituation für das neu einzuführende Standardmodell EasyCook 995 genauer untersucht werden.

Die Marketingabteilung geht nach ersten Untersuchungen von folgender Gewinnfunktion für die nächsten Produktionsperioden aus:

$G_p(x) = -0{,}1x^3 + 27x^2 + (p - 2430)x - 107100$ mit $x, p \in \mathbb{R}$ und $x \geq 0$, $p > 0$.

Dabei geben x die Stückzahl und $G_p(x)$ den Gewinn in Euro für eine Produktionsperiode von einer Woche und p den Verkaufspreis der Küche in Euro an.

1.1 Auf Grund des Produktionsprozesses und der zur Verfügung stehenden Kapazitäten soll die wöchentliche Produktionsmenge zwischen 90 und 250 Küchen liegen.

1.1.1 Ermitteln Sie den Verkaufspreis p, so dass die Gewinnschwelle bei einer Produktion von 90 Küchen pro Woche liegt. 2

1.1.2 Berechnen Sie die sich ergebende Gewinnzone. 6

1.1.3 Berechnen Sie den maximalen Gewinn bei einem Verkaufspreis von 2000 €/Stück. 3

1.2 Um auch bei harten Verkaufsverhandlungen nicht die Übersicht zu verlieren,ist die Unternehmensleitung an der unteren Grenze für die Preisverhandlungen interessiert.

1.2.1 Zeigen Sie für eine allgemeine Kostenfunktion des Typs 5
$K(x) = a \cdot x^3 + b \cdot x^2 + c \cdot x + d$ mit $a > 0$,$d > 0$ folgenden Sachverhalt:
Der Graph der zugehörigen Stückkostenfunktion ist für $x > 0$ immer linksgekrümmt.

1.2.2 Das nebenstehende Schaubild zeigt Ausschnitte der Graphen von k' (Ableitung der Stückkostenfunktion) und k_v' (Ableitung der variablen Stückkostenfunktion). 7

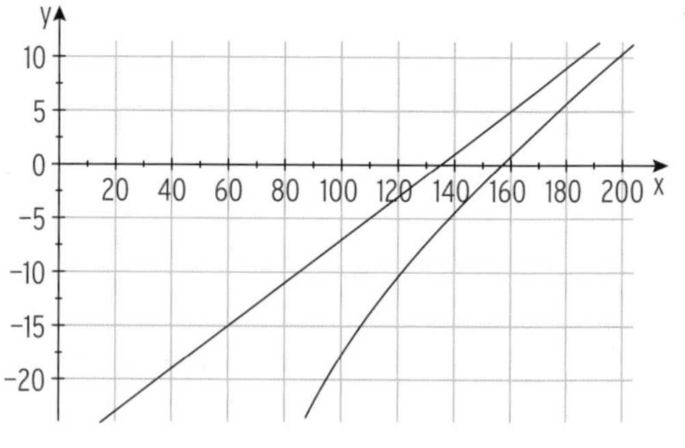

Leiten Sie aus abgelesenen Werten (ohne rechnerische Überprüfung der Bedingungen) Näherungswerte für die kurzfristige und langfristige Preisuntergrenze her, wenn von folgender Kostenfunktion K ausgegangen wird: $K(x) = 0{,}1x^3 - 27x^2 + 2\,430x + 107100$

Aufgabe 6 **Seite 2/2** **Punkte**

1.3 Sollten die Verhandlungen mit den Discountern scheitern, ist eine Direktvermarktung angestrebt. Für die weiteren Betrachtungen geht die Marketingabteilung davon aus, dass sich die Preisentwicklung durch folgende Funktion p_k beschreiben lässt:

$p_k(t) = 800e^{-kt} + 1200$ mit $t, k \in \mathbb{R}$ und $t \geq 0, k > 0$.

Dabei gibt t die Zeit in Monaten seit Markteinführung der Küche und $p_k(t)$ den zum Zeitpunkt t erzielbaren Verkaufspreis pro Küche an. Für den Parameter k sind je nach Werbeaufwand verschiedene Werte denkbar.

1.3.1 Zeigen Sie, dass der Verkaufspreis einer Küche ausgehend von 2000 €/Stück bei Markteinführung fortlaufend fällt, aber ein Verkaufspreis von 1 200 €/Stück nicht unterschritten wird. 6

1.3.2 Das Standardmodell EasyCook 995 soll vom Markt genommen werden, wenn der Verkaufspreis auf 1338 €/Stück gesunken ist. 4
Bestimmen Sie diesen Zeitpunkt zunächst in Abhängigkeit von k und dann für $k = \frac{1}{10}$.

1.3.3 Leiten Sie mit Hilfe der Integralrechnung einen Wert für den durchschnittlichen Preis im ersten Verkaufsjahr her, wenn der Werbeparameter auf $k = \frac{1}{10}$ gesetzt wird. 5
(Abitur 2012, NRW, Berufskolleg)

45

Aufgabe 7 **Seite 1/2** **Lösung Seite 86/87**

Die Dortmunder Bürosysteme AG (kurz DoBü AG) ist als Produzent hochwertiger Büromöbel bekannt. Fertigung und Vertrieb beschränken sich auf das Ruhrgebiet. Die globale Konjunkturschwäche, die auch den deutschen Markt nicht verschont hat, veranlasst die Geschäftsführung der DoBü AG, die Kosten-, Erlös-, Gewinn- und Absatzsituation zu analysieren. Insgesamt gilt:

ME = Mengeneinheiten, GE = Geldeinheiten

Aufgabe 7 **Seite 2/2** **Punkte**

1 Die Marketingabteilung der DoBü AG geht aufgrund ihrer Erfahrungen davon aus, dass sich der monatliche Absatz des Regals „Vario III" durch die Funktion mit der Gleichung $f_a(t) = (5 + t)e^{-at} + 5$ mit $a, t \in \mathbb{R}_+^*$ darstellen lässt, wobei t die Zeit in Monaten angibt.
Im Folgenden entspricht 1 ME 100 Stück. Die tatsächliche Absatzentwicklung wird durch die folgende Tabelle und das Diagramm dargestellt.

Tabelle:

Absatzzahlen 1 ME = 100 Stück	
Zeit in Monaten	Absatz in ME
1	10,43
4	11,03
16	9,24
24	7,63

Diagramm:

1.1 Weisen Sie nach, dass sich die tatsächlichen Absatzzahlen durch eine Funktion der Form $f_a(t) = (5 + t)e^{-at} + 5$ modellieren lassen, indem Sie ein geeignetes a ermitteln. 8

1.2 Bestätigen oder widerlegen Sie begründet die Erwartung der Unternehmensleitung, dass langfristig 5 ME pro Monat abgesetzt werden können (für $a > 0$). 4

1.3 Die Verkaufsabteilung interessiert sich für den maximalen Absatz bei unterschiedlichen Qualitätsparametern $a > 0$.
Bestimmen Sie in Abhängigkeit von a, in welchem Monat der maximale Absatz erzielt wird und ermitteln Sie seine Höhe.
Zeigen Sie dabei: $f_a''(t) = ae^{-at}(at + 5a - 2)$.
Berechnen Sie anschließend die konkreten Werte für a = 0,1. 10

1.4 Bestimmen Sie den Zeitpunkt des größten Absatzrückgangs in Abhängigkeit vom Parameter a.
In der Marketingabteilung wird mit dem Parameter a = 0,1 gerechnet.
Bewerten Sie die Aussage: „Den größten Absatzrückgang haben wir nach 15 Monaten verzeichnet." 9

(Teile aus Berufskolleg NRW 2009)

Aufgabe 8 **Seite 1/2** **Lösung Seite 88/89**

Die Kosten der Druckfix GmbH für den neuartigen Drucker lassen sich durch eine ertragsgesetzliche Kostenfunktion 3. Grades beschreiben, zu der die folgende Wertetabelle für einen bestimmten Produktionszeitraum gehört. Die Werte für x sind in Stückzahlen, die Funktionswerte von K(x) in Euro angegeben.
Die Kapazitätsgrenze liegt bei 90 Druckern im Produktionszeitraum.

x	0	10	20	30	40	50	60	70	80	90
K(x)	50000	55000	58200	60200	61600	63000	65000	68200	73200	80600
K'(x)	610	400	250	160	130	160	250	400	610	880
K"(x)	– 24	– 18	– 12	– 6	0	6	12	18	24	30

Tabelle 1

1 Nach dem Ertragsgesetz muss eine Kostenfunktion einen positiven y-Achsenabschnitt und einen Wendepunkt besitzen sowie zunächst degressiv, dann progressiv steigen.

1.1 Begründen Sie mit den Werten der Tabelle 1, dass diese Bedingungen erfüllt sind.

1.2 Zeigen Sie, dass ertragsgesetzliche Kostenfunktionen der Form
$K(x) = ax^3 + bx^2 + cx + d$ in $x = -\frac{b}{3a}$ eine Wendestelle besitzen.

2 Externe Faktoren, die durch einen Parameter a beschrieben werden, beeinflussen die Kostenentwicklung.
Es gilt: $K_a(x) = ax^3 - 12x^2 + 610x + 50000;\ a \in \mathbb{R};\ a > 0$.
Ermitteln Sie für a = 0,1 das Minimum der variablen Stückkosten und interpretieren Sie dessen wirtschaftliche Bedeutung.

3 Die Marketingabteilung der Firma Druckfix untersucht das Nachfrageverhalten der Käufer ihres neuen Druckers.
Die Befragung der möglichen Kunden liefert folgende Ergebnisse:
Zu einem Preis von 920 € könnten 90 Drucker verkauft werden, ab einem Preis von 2234 € könnten keine Drucker mehr verkauft werden.

3.1 Bestimmen Sie die Paramter a und b der Nachfragefunktion
$p_N(x) = (0{,}04x + a) \cdot e^{b - 0{,}02x};\ a, b \in \mathbb{R};\ a, b > 0$.

3.2 Erläutern Sie, warum eine Nachfragefunktion in ihrem ökonomisch sinnvollen Bereich streng monoton fallend ist.

3.3 Überprüfen Sie, ob $p_N(x) = (0{,}04x + 2{,}6) \cdot e^{6{,}8 - 0{,}02x}$ in Ihrem ökonomisch sinnvollen Bereich eine streng monoton fallende Nachfragefunktion ist.

Aufgabe 8 **Seite 2/2**

4 Unter der Kennzahl „Wirtschaftlichkeit" versteht man das Verhältnis von Erlös und Kosten. Sie ist wie folgt definiert: Wirtschaftlichkeit = $\frac{\text{Erlös}}{\text{Kosten}}$, $W(x) = \frac{E(x)}{K(x)}$

Die Firma Druckfix GmbH produziert an einem weiteren Standort - Werk 2 - den gleichen Drucker. Graph 1 stellt die Wirtschaftlichkeit in Werk 1 und Graph 2 die in Werk 2 dar.

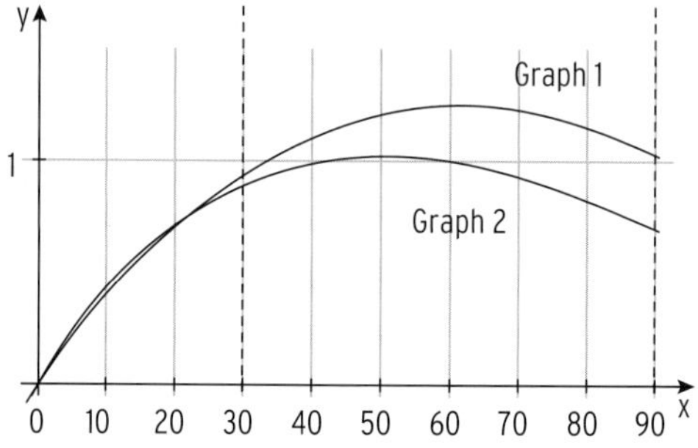

Beurteilen Sie begründet, ob die folgenden Aussagen richtig oder falsch sind:

A: Ist die Wirtschaftlichkeit größer als eins, so macht Druckfix Gewinn.

B: Die Gewinnzone von Werk 2 ist größer als die von Werk 1.

C: Die Wirtschaftlichkeit kann nie negativ sein.

D: Unter der Bedingung, dass die Erlöse für beide Standorte gleich sind, hat das Werk 2 niedrigere Kosten in dem Bereich von 30 ME bis 90 ME.

(Abitur Berufskolleg NRW 2010.)

Aufgabe 9 **Seite 1/2** **Lösung Seite 90/91**

Die Dortmunder Bürosysteme AG (kurz DoBü AG) ermittelt für die Produktion des Regals „Vario I" die Kosten in Abhängigkeit von der Absatzmenge x und einem Qualitätsstandard b. Die Unternehmensleitung geht bei ihren Produktionsentscheidungen von folgender ertragsgesetzlicher Kostenfunktion 3. Grades aus: $K_b(x) = 5x^3 - bx^2 + 215x + 360$ mit $b \in [45; 56]$, $x \in [0; 10]$.

Die Unternehmung verkauft das Regal „Vario I" konstant für 185 GE je Stück.

2.1 Bestimmen Sie, für welche Werte von b die Kostenfunktion K_b an der Stelle $x = 6$ das Betriebsoptimum hat.

Aufgabe 9 **Seite 2/2**

2.2 Die Unternehmung beabsichtigt eine Werbeaktion für das Regal „Vario I" und möchte das Produkt in Höhe der kurzfristigen Preisuntergrenze von 70 GE je Stück anbieten. Ermitteln Sie, welchen Qualitätsstandard b die Unternehmung unter diesen Bedingungen wählen sollte.

2.3 Berechnen Sie b so, dass die gewinnmaximale Ausbringungsmenge bei 6 Stück liegt und bestimmen Sie den maximalen Gewinn.

2.4 Es wird davon ausgegangen, dass für den Qualitätsstandard b = 50 gilt.

2.4.1 Bestimmen Sie die Gewinnzone für das Regal „Vario I".

2.4.2 Die folgende Abbildung zeigt die Graphen der Stückkostenfunktion und der konstanten Preisabsatzfunktion.
Interpretieren Sie die Bedeutung der Schnittpunkte der Funktionsgraphen und zeigen Sie allgemein den Zusammenhang mit den Nullstellen der Gewinnfunktion.

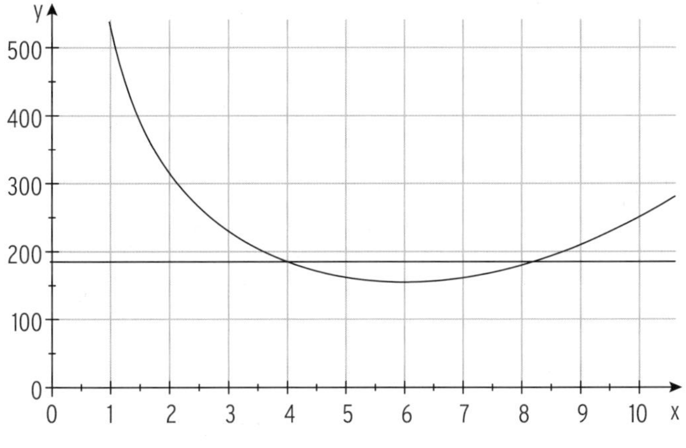

2.5 Die Kostenentwicklung für ein weiteres Regal „Vario II" kann ebenfalls durch eine ertragsgesetzliche Kostenfunktion 3. Grades beschrieben werden.

- Bei 2 Mengeneinheiten betragen die Grenzkosten 111 Geldeinheiten.
- Bei einer Mengeneinheit entstehen Kosten in Höhe von 1277 Geldeinheiten.
- Die Kosten steigen zunächst degressiv und ab 3 Mengeneinheiten progressiv an.
- Die fixen Kosten betragen 1150 Geldeinheiten.

Leiten Sie die Funktionsgleichung der Kostenfunktion her.

(Berufskolleg NRW 2009)

Aufgabe 10 **Lösung Seite 92/93**

Die Zürla-Kohlin GmbH produziert verschiedene Typen von Fahrrädern. Die globale Konjunkturschwäche, die auch den deutschen Markt nicht verschont hat, veranlasst die Geschäftsführung, sich mit ihrer Kosten-, Absatz- und Qualitätsstruktur zu beschäftigen.
Grundsätzlich gilt: ME = Mengeneinheiten, GE = Geldeinheiten
Die Unternehmensleitung der Zürla-Kohlin GmbH geht davon aus, dass sich die Gesamtkostenentwicklung bei der Produktion von City-Fahrrädern in Abhängigkeit von der Absatzmenge x mit Hilfe der ertragsgesetzlichen Kostenfunktion 3. Grades der Art

$$K(x) = ax^3 + bx^2 + cx + d \text{ mit } a, b, c, d \in \mathbb{R}, a \neq 0,$$

beschreiben lässt. Die erzielten Erlöse können mit Hilfe der linearen Funktion $E(x) = p \cdot x$ mit $p \in \mathbb{R}$; $p > 0$, beschrieben werden.

1.1 In einer Abrechnungsperiode betragen die Fixkosten 70 GE und es können maximal 13 ME produziert werden. Die Gesamtkosten betragen an der Kapazitätsgrenze 401,5 GE. Die Gewinnschwelle wird bei einer Produktionsmenge von 4 ME erreicht, die zugehörigen Kosten betragen 154 GE. Das Betriebsminimum liegt bei 8 ME.
Bestimmen Sie zu den gegebenen Daten die Gesamtkostenfunktion sowie die Erlösfunktion. Geben Sie jeweils den ökonomischen Definitionsbereich an.

1.2 Es kann davon ausgegangen werden, das die Entwicklung der Gesamtkosten der Produktion von City-Fahrrädern durch die Funktion K mit
$K(x) = 0{,}5x^3 - 8x^2 + 45x + 70$ mit $D_K = [0; 13]$
beschrieben werden kann. Der Preis pro ME beträgt 38,5 GE.
Berechnen Sie die Gewinnzone und den maximalen Gewinn.

1.3 Zeigen Sie, dass die Wendestelle der Kostenfunktion die einzige Stelle ist, an der die Grenzkosten $\frac{7}{3}$ GE/ME betragen.

1.4 Zeigen Sie, dass für jede ertragsgesetzliche Kostenfunktion der Form $K(x) = ax^3 + bx^2 + cx + d$ gilt:
Ist x_{BO} die Ausbringungsmenge, bei der die Stückkostenfunktion ein lokales Minimum annimmt, dann ist die Tangente an den Graphen der Kostenfunktion im Punkt $B(x_{BO}|K(x_{BO}))$ eine Ursprungsgerade (BO steht für Betriebsoptimum).
(NRW, Berufskolleg 2009)

Aufgabe 11 **Lösung Seite 94**

Der Hersteller eines neuen Stoffes hat sich seine Erfindung patentieren lassen. Damit ist er nahezu alleiniger Anbieter auf dem deutschen Markt. Aufgrund einer von ihm in Auftrag gegebenen Marktuntersuchung wurde festgestellt, dass die Nutzer dieses Stoffes Preisvorstellungen entsprechend der Nachfragefunktion p_N mit

$p_N(x) = (5 - x)e^{0,2x}$ haben.

Er bietet sein Produkt entsprechend der Angebotsfunktion p_A mit

$p_A(x) = 0,5xe^{0,2x+1}$ an.

Bestimmen Sie den maximalen, ökonomisch sinnvollen Definitionsbereich dieser Marktsituation und begründen Sie Ihre Antwort.

Berechnen Sie das Marktgleichgewicht.

Weisen Sie nach, dass die Angebotsfunktion streng monoton steigend und linksgekrümmt verläuft.

Zeigen Sie: F mit $F(x) = e^{0,2x+1}(2,5x - 12,5)$ ist eine Stammfunktion von p_A.

Bestimmen Sie die Produzentenrente. Interpretieren Sie Ihr Ergebnis.

(Fachgymnasium Niedersachsen Abitur 2010.)

Aufgabe 12 **Seite 1/2** **Lösung Seite 95/96**

Das Unternehmen Mobiltec GmbH hat seine Produktpalette 2008 um tragbare Navigationsgeräte erweitert.

Folgendes Datenmaterial liegt der Marketingabteilung vor:

Jährlicher Absatz und Umsatz mobiler Navigationsgeräte - Mobiltec GmbH

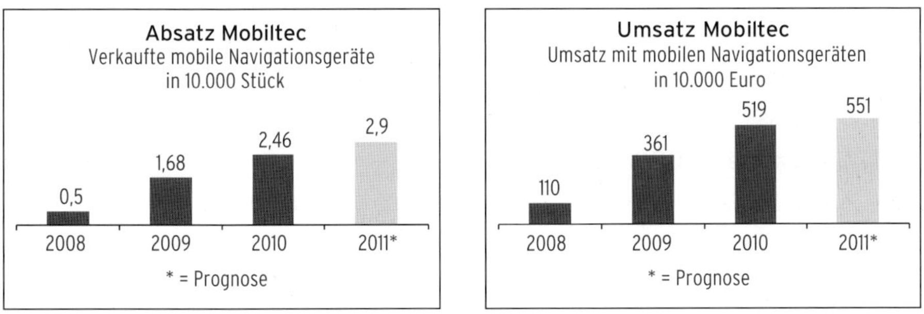

Abb. 1

1 Bei der Betrachtung des Schaubildes behauptet ein Mitarbeiter: „Der Durchschnittspreis pro Jahr für mobile Navigationssysteme sinkt seit 2008 ständig." Prüfen Sie diese Behauptung. 4

Aufgabe 12 **Seite 2/2**

2 Mobiltec erwägt die Produktion der mobilen Navigationsgeräte einzustellen. Die Marketingabteilung untersucht die jährliche Absatzentwicklung genauer.

2.1 Ermitteln Sie die Gleichung einer ganzrationalen Funktion dritten Grades, die die Absatzentwicklung einschließlich der Prognose für 2011 beschreibt. Setzen Sie dabei 2008 gleich 0, d.h. der Ordinatenschnittpunkt liegt bei $S_y(0 \mid 0{,}5)$. 4

2.2 Untersuchen Sie - mit Mitteln der Kurvendiskussion (Schnittpunkte mit den Achsen, Extrempunkte, Wendepunkte, Verhalten im Unendlichen) - die vergangene und zukünftige Absatzentwicklung, wenn folgende Funktionsgleichung den jährlichen Absatz beschreibt:

$f(t) = 0{,}01t^3 - 0{,}23t^2 + 1{,}4t + 0{,}5$ mit $t \in \mathbb{R}$ und $t \geq 0$ 6

2.3 Skizzieren Sie den Graphen der Absatzfunktion. 4

2.4 Interpretieren Sie Ihre Ergebnisse ökonomisch. 4

3 Die im Schaubild (Abb. 1) dargestellte Absatzentwicklung lässt sich auch mit Hilfe der Funktion B mit $B(t) = s - (s - b)e^{-0{,}414t}$ mit $s, b, t \in \mathbb{R}$ und $s, b \geq 0$, $t \geq 0$ beschreiben.
Dabei gibt B(t) den jährlichen Absatz in 10 000 Navigationsgeräten und t die Zeit in Jahren an. b ist der Absatz zum Zeitpunkt Null.

3.1 Beurteilen Sie das Absatzverhalten auf lange Sicht. 3

3.2 Ermitteln Sie aus den Absatzzahlen von 2008 bis 2010 die Parameter b und s der Funktion B. 5

3.3 Untersuchen Sie das Krümmungsverhalten der Funktion B* mit $B^*(t) = 3{,}981 - 3{,}481e^{-0{,}414t}$. 3

3.4 Skizzieren Sie den Graphen von B*. 4

4 Basierend auf den Funktionen B* und f möchte die Marketingabteilung die zukünftige Absatzentwicklung beurteilen. Davon ist abhängig, ob die mobilen Navigationsgeräte weiterhin im Produktsortiment bleiben.

4.1 Berechnen Sie die Prognosewerte für das Jahr 2013 mit Hilfe der Funktionen B* und f . 2

4.2 Vergleichen Sie unter ökonomischen Gesichtspunkten die Graphen der Funktionen B* und f . 6

(Abitur Berufskolleg NRW 2011.) 45

Lösungen - Aufgaben zur Prüfungsvorbereitung Analysis

Analysis

Lösung Aufgabe 1

(Aufgabe Seite 62)

p_A: $p_A(x) = 0{,}1(x + 2)^2 + 5$; p_N: $p_N(x) = 12 - a \cdot x^2$; $x \in \mathbb{R}$ mit $x \geq 0$, $a > 0$.

1.1.1 Sättigungsmenge in Abhängigkeit von a

Für $a > 0$ gilt: $p_N(x) = 0$ $\quad 12 - a \cdot x^2 = 0 \Leftrightarrow x = \pm\sqrt{\frac{12}{a}}$

Somit ergibt sich als Sättigungsmenge $x = \sqrt{\frac{12}{a}}$ $\quad (-\sqrt{\frac{12}{a}} \notin D(p_N))$

1.1.2 a, so dass die **Gleichgewichtsmenge bei 4,4 ME**

Es gilt: $p_A(4{,}4) = p_N(4{,}4)$

Eingesetzt: $0{,}1(4{,}4 + 2)^2 + 5 = 12 - a \cdot 4{,}4^2 \Leftrightarrow \frac{1137}{125} = 12 - \frac{484}{25}a \Leftrightarrow a = \frac{3}{20} = 0{,}15$

1.1.3 **Beurteilung** der Behauptung:

Gleichgewichtspreis: $p_N(4{,}4) \approx 9{,}10$

Konsumentenrente: $\int_0^{4,4} ((12 - 0{,}15x^2) - 9{,}1)\,dx = \int_0^{4,4} (2{,}9 - 0{,}15x^2)\,dx$

$= \left[2{,}9x - 0{,}05x^3\right]_0^{4,4} = \frac{5313}{625} \approx 8{,}50$

Produzentenrente: $\int_0^{4,4}(9{,}1 - [0{,}1(x + 2)^2 + 5])dx = \int_0^{4,4}(-0{,}1x^2 - 0{,}4x + 3{,}7)dx$

$= \left[-\frac{1}{30}x^3 - 0{,}2x^2 + 3{,}7x\right]_0^{4,4} \approx 9{,}57$

Das Verhältnis ist nicht 1:1. Die Behauptung ist widerlegt.

1.1.4 Der Markteingriff setzt das Marktgleichgewicht außer Kraft. Da der vorgegebene Preis unter dem Gleichgewichtspreis liegt, werden weniger Produkte zu einem geringeren Preis abgesetzt. Somit wird die Produzentenrente kleiner.

1.2 Umsatz in GE pro Jahr für b = 0,5: $f_{0,5}(t) = 0{,}25 \cdot t^2 \cdot e^{-0{,}125 \cdot t - 0{,}2}$; $t \in \mathbb{R}, t \geq 0$

Umsatzanstieg am größten

$f_{0,5}'(t) = e^{-0{,}125\,t - 0{,}2}(0{,}25t^2(-0{,}125) + 0{,}5t) = e^{-0{,}125 \cdot t - 0{,}2}(-\frac{1}{32}t^2 + 0{,}5\,t)$

Hinweis: $f_{0,5}''(t)\,(t) = e^{-0{,}125\,t - 0{,}2}\,(\frac{1}{256} \cdot t^2 - \frac{1}{8} \cdot t + \frac{1}{2})$ ist nicht verlangt

Notwendige Bedingung für Wendestellen: $f_{0,5}''(t) = 0$

Lösungen von $f_{0,5}''(t) = 0$: $\quad t_1 \approx 27{,}31$; $t_2 \approx 4{,}69$

Hinweis: Mit GTR nach Eingabe von $f_{0,5}'(t)$ graphisch lösen; GTR bildet die Ableitung

auch durch Lösung von $f_{0,5}''(t) = 0 \Rightarrow \frac{1}{256} \cdot t^2 - \frac{1}{8} \cdot t + \frac{1}{2} = 0$

Da die Funktion erst steigt und dann wieder fällt, muss bei t_2 der Zeitpunkt des maximalen Umsatzanstiegs vorliegen.

Analysis

Lösung Aufgabe 2 **Seite 1/2** (Aufgabe Seite 63)

$p_A(x) = e^{0,5x-3}$; $p_N(x) = e^{-0,2x+4}$ mit $x \in \mathbb{R}$ und $0 \leq x \leq 15$

3.1.1 **Gleichgewichtsmenge**

Gleichsetzen: $p_A(x) = p_N(x)$ $\quad e^{0,5x-3} = e^{-0,2x+4}$

Vergleich der Hochzahlen: $\quad 0,5x - 3 = -0,2x + 4 \Leftrightarrow x = 10$

Gleichgewichtspreis: $\quad p_N(10) = e^2$

Marktgleichgewicht $M_G(10 \mid e^2)$ $\quad$ (nicht verlangt)

3.1.2 Gleichgewichtsmenge bei 10 ME:

Gleichgewichtspreis: $\quad p_N(10) = e^2$

Produzentenrente: $\quad P_R = 10 \cdot e^2 - \int_0^{10} p_A(x)dx \approx 59,21$

(Stammfunktion $F_A(x) = 2e^{0,5x-3}$)

oder: $\quad P_R = \int_0^{10} (e^2 - p_A(x))dx \approx 59,21$

Konsumentenrente: $\quad K_R = \int_0^{10} p_N(x)dx - 10 \cdot e^2 \approx 162,15$

(Stammfunktion $F_N(x) = -5e^{-0,2x+4}$)

oder: $\quad K_R = \int_0^{10} (p_N(x) - e^2)\, dx \approx 162,15$

Die Produzentenrente beträgt 59,21 GE und die Konsumentenrente beträgt 162,15 GE.

3.2 $A(t) = 20e^{-0,01t^2+0,12t}$

3.2.1 **Ableitungen** mit der Kettenregel

$A'(t) = 20e^{-0,01t^2+0,12t}(-0,02t + 0,12)$

Hinreichende Bedingung für den Zeitpunkt t mit maximalem Absatz:

$A'(t) = 0 \wedge$ VZW von $A'(t)$ von + nach –

Aus $A'(t) = 0$ folgt mit $e^{-0,01t^2+0,12t}$ stets größer Null: $-0,02t + 0,12 = 0 \Leftrightarrow t = 6$

$A'(t)$ wechselt das VZ wie $y = -0,02t + 0,12$; also von + nach –

An der Stelle $t = 6$ liegt damit eine lokale Maximumstelle vor.

Die Markteinführung muss 6 Monate vorher vorgenommen werden.

Hinweis: Nachweis auch mit $A'(t) = 0 \wedge A''(t) < 0$

$A''(t)$ mit Kettenregel und Produktregel:

$A''(t) = 20e^{-0,01t^2+0,12t}\left[(-0,02t + 0,12)^2 - 0,02\right]$

3.2.2 Maximaler Absatz: $\quad A(6) = 20e^{0,36} \approx 28,666$

Der **Hochpunkt** hat die Koordinaten $H(6 \mid 28,666)$.

Der maximale Absatz würde damit 28666 Stück betragen.

Analysis

Lösung Aufgabe 2 **Seite 2/2**

3.3 $B(t) = \frac{1}{10}(t + 5)\, e^{-0,1t + 5}$

3.3.1 Stammfunktion: $U(t) = e^{-0,1t + 5}(-t - 15)$ mit $U'(t) = B(t)$

Mit Produkt und Kettenregel:

$U'(t) = e^{-0,1t + 5}(-t - 15) \cdot (-0,1) + e^{-0,1t + 5}(-1) = 0,1e^{-0,1t + 5}(t + 5) = B(t)$

$\int_0^z B(t)dt = \left[(-t - 15) \cdot e^{-0,1t + 5}\right]_0^z = (-z - 15) \cdot e^{-0,1z + 5} - (-15) \cdot e^5$

damit ist gezeigt: $\int_0^z B(t)dt = e^{-0,1z + 5}(-z - 15) + 15e^5$

3.3.2 Gesamtabsatz der ersten 20 Monate: $\int_0^{20} B(t)dt = e^3(-35) + 15e^5 \approx 1523,204$

Der Gesamtabsatz nach 20 Monaten beträgt 1 523 204 Stück.

3.3.3 $\lim\limits_{z \to \infty}(e^{-0,1z + 5}(-z - 15) + 15e^5) = 15e^5 \approx 2226,2$

Der Gesamtabsatz für eine sehr lange Zeit ist begrenzt auf 2 226 200 Stück.

Lösung Aufgabe 3 **Seite 1/2** (Aufgabe Seite 64/65)

1.1 $f_{a,b}(t) = a \cdot t \cdot e^{-bt}$ Ableitung: $f'_{a,b}(t) = a \cdot e^{-bt} \cdot (-bt + 1) = (a - abt)e^{-bt}$

1.2 Bedingungen für die Parameterwerte a und b:

$f_{a,b}(7) = 500$ $7ae^{-7b} = 500 \quad \Rightarrow a = \frac{500}{7e^{-7b}}$

$f'_{a,b}(7) = 50$ $ae^{-7b}(-7b + 1) = 50$

Einsetzen in die 2. Gleichung: $\frac{500}{7e^{-7b}} e^{-7b}(-7b + 1) = 50$

Kürzen und sortieren: $\frac{500}{7}(-7b + 1) = 50$

$-7b + 1 = \frac{7}{10} \Leftrightarrow b = \frac{3}{70}$

Einsetzen in $a = \frac{500}{7e^{-7b}}$: $a = \frac{500}{7e^{-0,3}} \approx 96,418$

Damit ergibt sich für die beiden Parameter: $a \approx 96,418$ und $b \approx 0,043$.

2.1 $f_b(t) = 100 \cdot t \cdot e^{-bt}$; $f'_b(t) = 100 \cdot e^{-bt} \cdot (-bt + 1)$

Notwendige Bedingung für lokale Maxima: $f'_b(\frac{1}{b}) = 100 \cdot e^{-b\frac{1}{b}} \cdot (-b\frac{1}{b} + 1) = 0$

Hinreichende Bedingung für lokale Maxima: $f'_b(t) = 0 \wedge f''_b(t) < 0$

2. Ableitung: $f''_b(t) = 100 \cdot e^{-bt} \cdot [-b(-bt + 1) - b]$

$f''_b(t) = 100 \cdot e^{-bt} \cdot (b^2t - 2b)$

Für $t = \frac{1}{b}$: $f''_b(\frac{1}{b}) = 100 \cdot e^{-b\frac{1}{b}} \cdot (b^2 \cdot \frac{1}{b} - 2b) = -100b \cdot e^{-1} < 0$

Zum Zeitpunkt $t = \frac{1}{b}$ ist der Tagesabsatz maximal.

Analysis

Lösung Aufgabe 3 **Seite 2/2**

2.2 Bedingung für b: $f_b(\frac{1}{b}) = 1000$ $100 \cdot \frac{1}{b} \cdot e^{-b\frac{1}{b}} = \frac{100}{b} \cdot e^{-1} = 1000$

Auflösen nach b: $b = \frac{1}{10} \cdot e^{-1} = \frac{1}{10e} \approx 0{,}03678$

Zugehöriger Zeitpunkt $t = \frac{1}{b}$: $t = 10e \approx 27{,}18$

Damit ein maximaler Tagesabsatz von 1 000 Stück/Tag erreicht wird, muss $b \approx 0{,}0368$ gelten. Er wird nach ca. 27 Tagen erreicht.

3.1 Laut Zeichnung liegen die Grenzen bei ca. 14 und 40 Tagen, also beträgt der Zeitraum ca. 26 Tage.

Beginn des Zeitraums: $f(t) = 800$ $100te^{-0{,}04t} = 800$

kleinste positive Lösung mit GTR: $t \approx 14{,}01$

Beginn des Zeitraums im Zeitpunkt $t \approx 14{,}01$.

3.2 Zur Beantwortung der Frage muss die Fläche zwischen dem Graphen von f und der Geraden mit y = 800 bestimmt werden:

$A = \int_{14{,}01}^{40{,}62} f(t)dt - (40{,}62 - 14{,}01) \cdot 800$

$A \approx 23\,375{,}06 - 21\,288 = 2087{,}06$

Es müssten ca. 2088 Spiele im Voraus produziert werden.

Lösung Aufgabe 4 **Seite 1/2** (Aufgabe Seite 66)

1.1 $K_t(x) = 0{,}002x^3 - 0{,}09x^2 + tx + 8{,}25$; $t \in [1{,}35; 1{,}5]$; $x \in [0; 25]$

Ableitungen:

$K_t'(x) = 0{,}006x^2 - 0{,}18x + t$; $K_t''(x) = 0{,}012x - 0{,}18$; $K_t'''(x) = 0{,}012 \neq 0$

Wendepunkt

Notwendige und hinreichende Bedingung: $K_t''(x) = 0 \wedge K_t'''(x) \neq 0$

$K_t''(x) = 0$ $\quad 0{,}012x - 0{,}18 = 0 \iff x = 15$

Wegen $K_t'''(15) \neq 0$ ist x = 15 die Wendestelle unabhängig von t.

Mit $K_t(15) = 15t - 5{,}25$ erhält man den **Wendepunkt** $W_t(15 \mid 15t - 5{,}25)$

Interpretation:

Bis zu einer Ausbringungsmenge von 15 ME entwickeln sich die Kosten degressiv ($K_t''(x) < 0$ für $0 < x < 15$), danach progressiv ($K_t''(x) > 0$ für $15 < x < 25$)

1.2 Für t = 1,35: $K_{1,35}(x) = 0{,}002x^3 - 0{,}09x^2 + 1{,}35\,x + 8{,}25$;

1.2.1 Bedingung für die Ausbringungsmenge: $K_{1,35}(x) = 15{,}25$

Die Gleichung löst der GTR: $x_1 = 20$

Die Gleichung hat keine weitere reelle Lösung.

Bei gegebenen Kosten von 15,25 GE lassen sich höchstens 20 ME realisieren.

1.2.2 Erlösfunktion E mit $E(x) = p_N(x) \cdot x = -0{,}16x^2 + 3{,}4x$

Gewinnfunktion $G_{1,35}$ mit $G_{1,35}(x) = E(x) - K_{1,35}(x)$

$G_{1,35}(x) = -0{,}16x^2 + 3{,}4x - (0{,}002x^3 - 0{,}09x^2 + 1{,}35x + 8{,}25)$

$G_{1,35}(x) = -0{,}002x^3 - 0{,}07x^2 + 2{,}05x - 8{,}25$

Ableitungen: $G_{1,35}'(x) = -0{,}006x^2 - 0{,}14x + 2{,}05$

$G_{1,35}''(x) = -0{,}012x - 0{,}14$

Gewinnzone

Bedingung für Gewinnschwelle und Gewinngrenze: $G_{1,35}(x) = 0$

Die Gleichung löst der GTR: $x_1 = 5$; $x_2 = 15$; $x_3 = -55$

($x_3 = -55 < 0$, also nicht relevant)

Für t = 1,35 liegt die Gewinnzone zwischen 5 ME und 15 ME.

Lösung Aufgabe 4 **Seite 2/2**

1.2.2 **Gewinnmaximale Ausbringungsmenge:**

Bedingung: $G_{1,35}'(x) = 0 \wedge G_{1,35}''(x) < 0$

Notwendige Bedingung: $G_{1,35}'(x) = 0$ $-0{,}006x^2 - 0{,}14x + 2{,}05 = 0$

Einzige positive Lösung: $x = 10{,}2$

Mit $G_{1,35}''(10{,}2) < 0$ erhält man:

Die gewinnmaximale Ausbringungsmenge ist 10,2 ME.

Mit $p_N(10{,}2) = 1{,}768$ erhält man den **Cournot'schen Punkt** C(10,2 | 1,768)

Bemerkung: Der gewinnmaximale Preis beträgt 1,768 GE/ME.

1.3 Die Abszissenwerte der Schnittpunkte entsprechen den Nullstellen der Gewinnfunktion, also der Gewinnschwelle und der Gewinngrenze.

Allgemein gilt:

$k(x) = p(x) \Leftrightarrow \frac{K(x)}{x} = p(x) \quad | \cdot x$

$K(x) = p(x) \cdot x \Leftrightarrow K(x) = E(x)$

$E(x) - K(x) = 0 \Leftrightarrow G(x) = 0$

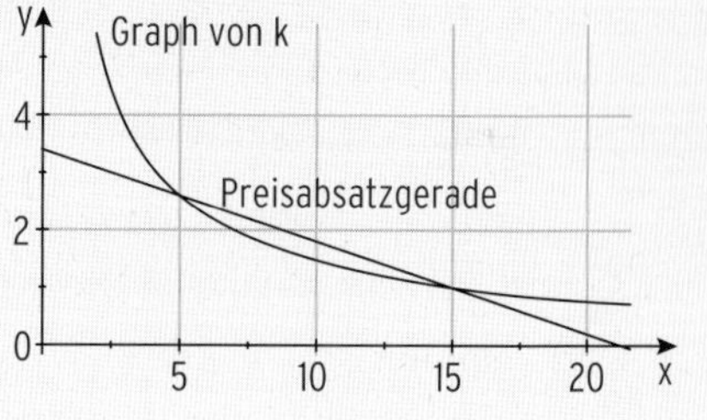

1.4 Ertragsgesetzliche Kostenfunktion

3. Grades: $K(x) = ax^3 + bx^2 + cx + d$

Grenzkostenfunktion: $K'(x) = 3ax^2 + 2bx + c$

Bedingungen und LGS für a, b, c und d:

Grenzkosten:	$K'(5) = 0{,}75$	$75a + 10b + c = 0{,}75$
Kosten:	$K(5) = 13{,}75$	$125a + 25b + 5c + d = 13{,}75$
Stückkosten:	$k(10) = 1{,}625 \Rightarrow K(10) = 16{,}25$	$1000a + 100b + 10c + d = 16{,}25$
Fixe Kosten:	$K(0) = 8{,}25$	$d = 8{,}25$

Einsetzen von $d = 8{,}25$ ergibt ein LGS für a, b und c:

$$75a + 10b + c = 0{,}75$$
$$125a + 25b + 5c = 5{,}5$$
$$1000a + 100b + 10c = 8$$

Lösung mit dem GTR: $a = 0{,}002$; $b = -0{,}09$; $c = 1{,}5$

Funktionsgleichung der Kostenfunktion: $K(x) = 0{,}002x^3 - 0{,}09x^2 + 1{,}5x + 8{,}25$

Lösung Aufgabe 5 **Seite 1/2** (Aufgabe Seite 67)

1.1 **Funktionsterm** $f(x) = ax^3 + bx^2 + cx + d$

Ableitungen: $f'(x) = 3ax^2 + 2bx + c$; $f''(x) = 6ax + 2b$

Mit Hilfe der Daten ergibt sich ein LGS:

$f(0) = 275$	$d = 275$
$f(50) = 25$	$125\,000a + 2500b + 50c + d = 25$
$f'(0) = -15$	$c = -15$
$f''(50) = 0$	$300a + 2b = 0$

Es ergeben sich die Lösungen: $a = -0{,}002$; $b = 0{,}3$; $c = -15$; $d = 275$

und daraus folgt der Funktionsterm: $f(x) = -0{,}002x^3 + 0{,}3x^2 - 15x + 275$

2.1 **Beschreibung**

Die wöchentlichen Absatzzahlen sind mit 275 ME pro Woche zur Markteinführung sehr groß, werden im Laufe der Zeit aber schnell geringer.

Ungefähr in der 40. Woche erreichen sie ein vorläufiges Minimum mit deutlich unter 50 ME/Woche. Dann steigen sie noch einmal auf knapp 50 ME/Woche an, um schließlich nach ca. 80 Wochen auf Null abzufallen.

2.2 Bedingung $f_r(60) = 23$

$-0{,}002 \cdot r \cdot 60^3 + 0{,}3 \cdot r \cdot 60^2 - 15 \cdot 60 + 275 = 23 \Leftrightarrow 648r = 648 \Leftrightarrow r = 1$

2.3 **Integration** über die Absatzzahlen in ME/Woche ergibt den Gesamtabsatz.

Bedingung: $\int_0^{50} f_r(x)\,dx = 10000$

$\int_0^{50} f_r(x)\,dx = \left[-0{,}0005 \cdot r \cdot x^4 + 0{,}1 \cdot r \cdot x^3 - 7{,}5x^2 + 275x\right]_0^{50} = 10000$

Einsetzen ergibt: $9375r - 5000 = 10000$

$r = 1{,}6$

Für $r = 1{,}6$ werden in den ersten 50 Wochen 10000 ME abgesetzt.

3.1 **Langfristige Entwicklung**

Es ist ein Produkt aus einem ganzrationalen Faktor und einem exponentiellen Faktor zu untersuchen. Dabei gibt (abgesehen von der Frage des Vorzeichens) stets der exponentielle Faktor den Ausschlag.

Wegen des negativen Vorzeichens im Exponenten gilt: $\lim_{x \to \infty} e^{-0{,}09x} = 0$

Somit folgt: $\lim_{x \to \infty} 1{,}8\,x^2\,e^{-0{,}09x} = 0$

Der wöchentliche Absatz geht langfristig gegen Null.

Lösung Aufgabe 5 **Seite 2/2**

3.2 **Maximale wöchentliche Absatzmenge**

$g'(x) = -0{,}09 \cdot 1{,}8x^2 \cdot e^{-0{,}09x} + 3{,}6x \cdot e^{-0{,}09x} = (3{,}6x - 0{,}162x^2) \cdot e^{-0{,}09x}$

Notw. Bed. für lokale Extremstellen: $g'(x) = 0 \Leftrightarrow 3{,}6x - 0{,}162x^2 = 0$

Lösung durch Ausklammern: $x = 0 \lor x = 22{,}22... = 22\frac{2}{9}$

Hinr. Bed. für lokale Extremstellen: VZW der 1. Ableitung:

$g'(20) \approx 1{,}19 > 0$; $g'(24) \approx -0{,}80 < 0$ also VZW von + nach –

Somit liegt bei $x = 22\frac{2}{9}$ eine lokale Maximalstelle vor.

$g(22\frac{2}{9}) \approx 120{,}3$

[Alternativ über $g''(x) = (0{,}01458x^2 - 0{,}648x + 3{,}6) \cdot e^{-0{,}09x}$]

Der maximale wöchentliche Absatz liegt bei ca. 120 ME.

Lösung Aufgabe 6 **Seite 1/2** (Aufgabe Seite 68/69)

1.1.1 Es gilt: $G_p(90) = 0 \Leftrightarrow 0{,}1 \cdot 90^3 + 27 \cdot 90^2 + (p - 2430) \cdot 90 - 107100 = 0$

$\Leftrightarrow p = 2\,000$

Der gesuchte Verkaufspreis liegt bei 2 000 €/Stück.

1.1.2 **Gewinnzone**

Die Gewinnfunktion mit einem Preis von 2 000 €/Stück lautet:

$G_{2000}(x) = -0{,}1x^3 + 27x^2 - 430x - 107100$

Für die Grenzen der Gewinnzone gilt: $G_{2000}(x) = 0$

$-0{,}1x^3 + 27x^2 - 430x - 107100 = 0$

(Umformung ist nicht notwendig) $x^3 - 270x^2 + 4300x + 1071000 = 0$

Mit GTR: $x_1 = -51{,}42... \lor x_2 = 90 \lor x_3 = 231{,}42...$

Die Gewinnzone ergibt sich bei Produktionsmengen zwischen 90 und 231 Küchen pro Woche.

1.1.2 **Maximal möglicher Gewinn** für p = 2000

notw. Bed. für lokale Maxima: $G'_{2000}(x) = 0 \Leftrightarrow -0{,}3x^2 + 54x + 430 = 0$

Sinnvolle Lösung : $x = x_{max} \approx 171{,}7$

Hinreichende Bdingung: $G'_{2000}(x) = 0 \land G''_{2000}(x) < 0$

Mit $G''_{2000}(x) = -0{,}6x + 54$ und $G''_{2000}(x_{max}) < 0$

Gewinnmaximale Ausbringungsmenge: 171 oder 172

$G_{2000}(171) = 108\,855{,}9$; $G_{2000}(172) = 108\,863{,}2$

Mit einer Stückzahl von 172 ($\in \mathbb{N}$) wird der maximale Gewinn von 108 863,2 € erzielt.

Lösung Aufgabe 6 Seite 2/2

1.2.1 Stückkostenfunktion: $k(x) = \frac{K(x)}{x} = ax^2 + bx + c + \frac{d}{x}$

Ableitungen: $k'(x) = 2ax + b - \frac{d}{x^2}$; $k''(x) = 2a + \frac{2d}{x^3}$

Bedingung für Linkskrümmung: $k''(x) > 0$

Da $a > 0$ und $d > 0$ gilt, muss für alle $x > 0$ gelten: $k''(x) > 0$. Damit ist der Graph von k für alle $x > 0$ linksgekrümmt.

1.2.2 $K(x) = 0{,}1x^3 - 27x^2 + 2\,430x + 107100$

Dem Schaubild sind die Nullstellen der Ableitungsfunktionen k' und k'_v zu entnehmen.

Die Ableitung der variablen Stückkostenfunktion ist linear, ihre Nullstelle liegt abgelesen bei ca. $135 = x_{BM}$. Damit ergibt sich die kurzfristige Preisuntergrenze bei ca. 607 €/Stück durch Einsetzen in $k_v(x) = \frac{K_v(x)}{x} = 0{,}1x^2 - 27x + 2\,430$: $k_v(135) = 607{,}5$

Die langfristige Preisuntergrenze lässt sich mittels der abgelesenen Nullstelle von k' (ca. $156 = x_{BO}$.) durch Einsetzen in die Stückkostenfunktion näherungsweise bestimmen: $k(x) = \frac{K(x)}{x} = 0{,}1x^2 - 27x + 2\,430 + \frac{107100}{x}$: $k(156) = 1338{,}4$

Die langfristige Preisuntergrenze liegt demnach bei ca. 1338 €/Stück.

Bemerkung: Da in beiden Fällen ein Vorzeichenwechsel von – nach + vorliegt, handelt es sich um Minimalstellen.

1.3.1 **Markteinführung** $t = 0$: $p_k(0) = 800e^{-k \cdot 0} + 1200 = 2000$

Langfristige Preisentwicklung: $\lim\limits_{t \to \infty} p_k(t) = 1200$, da der e-Term gegen Null strebt.

Monotonie: $p_k(t) = 800e^{-kt} + 1200$; $p'_k(t) = -800ke^{-kt}$

$p'_k(t) < 0$ wegen $k > 0$ und $e^{-kt} > 0$

Also fällt der Preis von 2 000 €/Stück bei der Markteinführung streng monoton auf 1200 €/Stück auf lange Sicht hin ab.

1.3.2 Zeitpunkt, zu dem das Modell vom Markt genommen werden sollte

Bedingung: $p_k(t) = 1338 \quad \Leftrightarrow \quad 800e^{-kt} + 1200 = 1338$

$e^{-kt} = \frac{138}{800} \Leftrightarrow t = -\frac{1}{k} \cdot \ln\frac{138}{800}$

Zeitpunkt in Abhängigkeit von k: $t = -\frac{1}{k} \cdot \ln\frac{138}{800}$

Für $k = 0{,}1$ ergibt sicht $t = -10 \cdot \ln\frac{138}{800} = 10\ln\frac{800}{138} \approx 17{,}57$

Nach ca. 18 Monaten sollte das Modell vom Markt genommen werden.

1.3.3 Durchschnittlicher Preis (mithilfe der Integralrechnung - Mittelwert) für $k = 0{,}1$:

$\frac{1}{12}\int_0^{12} p_{0,1}(t)\,dt \approx 1665{,}87$ (keine Stammfunktion verlangt oder nötig)

Der durchschnittliche Preis in den ersten zwölf Monaten liegt bei ca. 1 665,87 €.

Lösung Aufgabe 7 **Seite 1/2** (Aufgabe Seite 69/70)

1.1 Behauptung: Es gibt ein $a \in \mathbb{R}$, so dass alle Absatzzahlen die Funktionsgleichung $f_a(t) = (5 + t)e^{-at} + 5$ erfüllen.

$f_a(1) = 10{,}43$ $\quad (5 + 1)e^{-a} + 5 = 10{,}43$

$6e^{-a} = 5{,}43$

Logarithmieren: $\quad a = -\ln(\frac{5{,}43}{6}) \approx 0{,}09982 \approx 0{,}1$

Probe durch Einsetzen in $f_{0,1}(t) = (5 + t)e^{-0{,}1t} + 5$:

$f_{0,1}(4) = 9e^{-0{,}4} + 5 = 11{,}03$; $f_{0,1}(16) = 21e^{-1{,}6} + 5 = 9{,}24$; $f_{0,1}(24) = 29e^{-2{,}4} + 5 = 7{,}63$

Die tatsächliche Absatzentwicklung lässt sich durch $f_{0,1}(t) = (5 + t)e^{-0{,}1t} + 5$ approximieren.

1.2 Zu zeigen: $f_a(t) = (5 + t)e^{-at} + 5$ hat den Grenzwert $g = 5$.

Es gilt: $\lim\limits_{t \to \infty} ((5 + t)e^{-at} + 5) = \lim\limits_{t \to \infty} (5 + t)e^{-at} + \lim\limits_{t \to \infty} (5) = 0 + 5 = 5$

Der exponentielle Term wächst schneller gegen Null als der ganzrationale Term gegen unendlich. Die Geschäftsführung hat also Recht, da sich die Absatzzahlen nach einem längeren Zeitraum bei 500 Stück einpendeln werden.

1.3 **Maximaler Absatz**

Ableitungen von $f_a(t) = (5 + t)e^{-at} + 5$ mit der Produkt- und Kettenregel:

$f_a'(t) = 1 \cdot e^{-at} + (5 + t)(-a)e^{-at} = e^{-at}(1 - 5a - at)$

$f_a''(t) = -a \cdot e^{-at} + (1 - 5a - at)(-a)e^{-at} = a \cdot e^{-at}(at + 5a - 2)$

Notwendige Bedingung: $f_a'(t) = 0$ $\quad e^{-at}(1 - 5a - at) = 0$

Satz vom Nullprodukt ($e^{-at} > 0$) $1 - 5a - at = 0 \Leftrightarrow at = 1 - 5a$ für $t = \frac{1-5a}{a}$

Die Lösung ist größer Null, wenn $a > 0$ und $a < \frac{1}{5}$.

Hinreichende Bedingung: $f_a'(t) = 0 \wedge f_a''(t) < 0$

Einsetzen ergibt: $f_a''(\frac{1-5a}{a}) = a \cdot e^{-(1-5a)}(a \cdot \frac{1-5a}{a} + 5a - 2)$

$= a \cdot e^{-1+5a}(-1) < 0$; da $a > 0$ und $e^{-1+5a} > 0$

An der Stelle $t = \frac{1-5a}{a}$ liegt für $a < \frac{1}{5}$ ein Maximum vor.

Maximalwert (y-Koordinate des Hochpunktes):

$f_a(\frac{1-5a}{a}) = (5 + \frac{1-5a}{a})e^{-a \cdot \frac{1-5a}{a}} + 5 = \frac{1}{a}e^{5a-1} + 5$

Maximalwert in Abhängigkeit von a: $y_H = \frac{1}{a}e^{5a-1} + 5$

Konkreter Wert für $a = 0{,}1$: $H(5 \mid 11{,}065)$

Die DoBü AG macht im fünften Monat einen maximalen Absatz in Höhe von 1106 Stück.

Lösung Aufgabe 7 **Seite 2/2**

1.4 Zeitpunkt des größten Absatzrückgangs

Der größte Absatzrückgang liegt im Wendepunkt der Absatzkurve.

2. Ableitung gegeben: $f_a''(t) = a \cdot e^{-at}\,(at + 5a - 2)$

3. Ableitung mit Produkt- und Kettenregel:

$f_a'''(t) = -a^2 \cdot e^{-at}\,(at + 5a - 2) + a \cdot e^{-at} \cdot a = a^2 \cdot e^{-at}\,(-at - 5a + 3)$

Notwendige Bedingung: $f_a''(t) = 0$ $\quad a \cdot e^{-at}\,(at + 5a - 2) = 0$

Satz vom Nullprodukt: $\quad at + 5a - 2 = 0 \quad (e^{-at} > 0)$

Mögliche Wendestelle: $\quad t = \frac{2 - 5a}{a}$

Die Lösung ist größer Null, wenn $a > 0$ und $a < \frac{2}{5}$.

Mit $f_a'''(\frac{2-5a}{a}) = a^2 \cdot e^{-a\frac{(2-5a)}{a}}\,(-a \cdot \frac{2-5a}{a} - 5a + 3) = a^2 \cdot e^{5a-2} > 0$

erhält man die Wendestelle $t = \frac{2-5a}{a}$ mit VZW von $f_a''(t)$ von –/+.

An der Stelle $t = \frac{2-5a}{a}$ liegt ein Minimum der Absatzsteigerung vor.

Interpretation:

Da $f_a'(\frac{2-5a}{a}) = e^{-a\frac{(2-5a)}{a}}\,(1 - 5a - a\,\frac{2-5a}{a}) = e^{5a-2} \cdot (-1) < 0$ ist,

ist die Behauptung für $a = 0{,}1$, dass der Rückgang nach 15 Monaten maximal ist, richtig ($t = \frac{2 - 5 \cdot 0{,}1}{0{,}1} = 15$).

Lösung Aufgabe 8 **Seite 1/2** (Aufgabe Seite 71/72)

1.1 Positiver y-Achsenabschnitt: Fixe Kosten: 50 000 €. Funktionswert von K bei der Produktionsmenge 0.

Monoton steigend: Die Werte der Grenzkostenfunktion sind alle positiv. Sie hat ihr Minimum zwischen x = 40 und x = 50 (Scheitelpunkt der Grenzkostenfunktion).

Es liegt ein Wendepunkt des Graphen der Kostenfunktion bei x = 40 vor.

Krümmungswechsel sichtbar durch Vorzeichenwechsel der Funktionswerte von K″.

Degressive Kostenentwicklung: von x = 0 bis mindestens x = 40. Rechtskrümmung, Grenzkosten (Funktionswerte von K′) nehmen ab.

Progressive Kostenentwicklung: mindestens von x = 50 bis x = 90. Linkskrümmung, Grenzkosten nehmen zu.

1.2 Kostenfunktion $K(x) = ax^3 + bx^2 + cx + d$

Ableitungen: $K'(x) = 3ax^2 + 2bx + c$; $K''(x) = 6ax + 2b$; $K'''(x) = 6a \neq 0$ $(a \neq 0)$

Notwendige Bedingung für Wendepunkte: $K''(x) = 0 \Leftrightarrow 6ax + 2b = 0$

$$x = -\frac{b}{3a}$$

Dazu hinreichend: $K'''(x) = 6a \neq 0$ $(a \neq 0)$. Also liegt ein Wendepunkt vor.

2 **Minimum der variablen Stückkosten** für a = 0,1

$k(x) = 0{,}1x^3 - 12x^2 + 610x + 50000$; $k_v(x) = 0{,}1x^2 - 12x + 610$

Notwendige Bed.: $k'_v(x) = 0$ $\quad 0{,}2x - 12 = 0 \Leftrightarrow x = 60$

Hinreichende Bed.: $k''_v(x) > 0$ ist erfüllt da $k''_v(x) = 0{,}2$

$k_v(60) = 250$; Der Tiefpunkt der variablen Stückkostenfunktion liegt bei (60 | 250).

Interpretation: Bei Absatzschwierigkeiten kann Druckfix kurzfristig mit dem Verkaufspreis bis auf die variablen Stückkosten von 250 € heruntergehen, wenn 60 ME produziert werden und auf die Deckung der fixen Kosten verzichtet wird.

Lösung Aufgabe 8 **Seite 2/2**

3.1 Nachfragefunktion p_N mit $p_N(x) = (0{,}04x + a)e^{b - 0{,}02x}$

Bedingungen für a und b:

$p_N(0) = 2234 \qquad ae^b = 2234 \qquad \Leftrightarrow a = 2234\,e^{-b} \qquad (1)$

$p_N(90) = 920 \qquad (0{,}04 \cdot 90 + a)\,e^{b - 0{,}02 \cdot 90} = 920 \quad \Leftrightarrow (3{,}6 + a)\,e^{b-1{,}8} = 920 \quad (2)$

Einsetzen von (1) in (2) ergibt: $(3{,}6 + 2234\,e^{-b})\,e^{b-1{,}8} = 920$

Mit $e^{b-1{,}8} = \frac{e^b}{e^{1{,}8}}$ erhält man durch $(3{,}6 + 2234\,e^{-b})\,e^b = 920\,e^{1{,}8}$

Ausmultiplizieren: $3{,}6e^b + 2234 = 920e^{1{,}8}$

Logarithmieren: $b = \ln(\frac{920e^{1{,}8} - 2234}{3{,}6}) \approx 6{,}8$

Einsetzen ergibt a: $ae^{6{,}8} = 2234 \Rightarrow a \approx 2{,}6$

Das Gleichungssystem aus (1) in (2) hat die Lösung $a \approx 2{,}6$; $b \approx 6{,}8$

Nachfragefunktion p_N mit $p_N(x) = (0{,}04x + 2{,}6)e^{6{,}8 - 0{,}02x}$

3.2 Eine Nachfragefunktion muss im ökonomisch sinnvollen Bereich fallen, da der Anbieter nur durch Preissenkung mehr absetzen kann. Größere Mengen bedeuten somit fallende Funktionswerte.

3.3 p_N mit $p_N(x) = (0{,}04x + 2{,}6)e^{6{,}8 - 0{,}02x}$ ist streng monoton fallend, wenn $p_N'(x) < 0$

$p_N'(x) = ((0{,}04x + 2{,}6)(-0{,}02) + 0{,}04)e^{6{,}8 - 0{,}02x}$

$= (-0{,}0008x - 0{,}012)\,e^{6{,}8 - 0{,}02x}$

Da $e^{6{,}8 - 0{,}02x} > 0$ für alle $x \in \mathbb{R}$, gilt:

$p_N'(x) < 0 \qquad -0{,}0008x - 0{,}012 < 0$ für $x > 0$

Auf dem ökonomisch relevanten Bereich von x = 0 bis x = 90 (Kapazitätsgrenze). ist $p_N(x)$ somit streng monoton fallend.

4 A: richtig; $W(x) > 1 \Leftrightarrow E(x) > K(x)$; die Erlöse sind größer als die Kosten, also wird Gewinn erzielt.

B: falsch; $W(x) > 1$ bedeutet Gewinn; Graph 1 liegt in einem größeren Bereich als Graph 2 oberhalb der Geraden mit y = 1. Die Gewinnzone von Werk 1 ist größer als die von Werk 2.

C: richtig; Erlöse und Kosten sind immer positiv. $E(x) \geq 0$: $K(x) > 0$

D: falsch; Bei gleichen Erlösen führen geringere Kosten zu einem kleineren Nenner und damit zu einer höheren Wirtschaftlichkeit. Die Wirtschaftlichkeit von Werk 2 müsste größer sein als die von Werk 1. Dies ist falsch, da im Bereich [30; 90] gilt $W_1 > W_2$.

Lösung Aufgabe 9 **Seite 1/2** (Aufgabe Seite 72/73)

$K_b(x) = 5x^3 - bx^2 + 215x + 360$ mit $b \in [45; 56]$, $x \in [0; 10]$

2.1 **Betriebsoptimum** an der Stelle $x = 6$

Stückkostenfunktion k_b mit $k_b(x) = 5x^2 - bx + 215 + \frac{360}{x}$; $k'_b(x) = 10x - b - \frac{360}{x^2}$

Notwendige Bedingung: $k'_b(6) = 60 - b - 10 = 0 \Leftrightarrow b = 50$

Hinreichende Bedingung: $k'_b(6) = 0$ und $k''_b(6) > 0$

Für $b = 50$ ist die notwendige und die hinreichende Bedingung erfüllt, da gilt:

$k''_{50}(6) = 10 + \frac{720}{6^3} > 0$. Für $b = 50$ liegt das **Betriebsoptimum** an der Stelle $x = 6$.

2.2 Die **kurzfristige Preisuntergrenze** von 70 GE je Stück wird beim Betriebsminimum (Minimalstelle von k_{vb}) erzielt.

Variable Stückkostenfunktion k_{vb} mit $k_{vb}(x) = 5x^2 - bx + 215$

Ableitungen: $k'_{vb}(x) = 10x - b$; $k''_{vb}(x) = 10 > 0$

Folgende Bedingungen müssen erfüllt sein: $k'_{vb}(x) = 0 \wedge k''_{vb}(x) > 0 \wedge k_{vb}(x) = 70$

$k_{vb}(x) = 70 \Leftrightarrow 5x^2 - bx + 215 = 70$

$k'_{vb}(x) = 0 \Leftrightarrow 10x - b = 0 \Leftrightarrow x = \frac{b}{10}$

Die hinreichende Bedingung ist wegen $k''_{vb}(x) = 10 > 0$ erfüllt.

Einsetzen von $x = \frac{b}{10}$ ergibt

eine quadratische Gleichung: $5(\frac{b}{10})^2 - b \cdot \frac{b}{10} + 215 = 70 \Leftrightarrow -0{,}05b^2 = -145$

Auflösen nach b: $b^2 = 2900 \Leftrightarrow b \approx 53{,}85 \vee b \approx -53{,}85 \notin [45; 56]$

Die Unternehmung sollte $b = 53{,}85$ als Qualitätsindex wählen, um das Produkt für 70 GE je Stück anbieten zu können.

2.3 **Gewinnmaximale Ausbringungsmenge** in $x = 6$

Gewinnfunktion G mit $G(x) = E(x) - K(x) = 185x - (5x^3 - bx^2 + 215x + 360)$

$$G(x) = -5x^3 + bx^2 - 30x - 360$$

Ableitungen: $G'(x) = -15x^2 + 2bx - 30$; $G''(x) = -30x + 2b$

Notwendige Bedingung: $G'(6) = 0$ $\quad -15 \cdot 6^2 + 2b \cdot 6 - 30 = 0$

$$b = 47{,}5$$

Hinreichende Bedingung für Maximum: $G'(x) = 0 \wedge G''(x) < 0$

Für $b = 47{,}5$: $G''(6) = -30 \cdot 6 + 2 \cdot 47{,}5 < 0$

Für $b = 47{,}5$ liegt die gewinnmaximale Ausbringungsmenge bei 6 Stück.

Mit $G(x) = -5x^3 + 47{,}5x^2 - 30x - 360$ ergibt sich der maximale Gewinn von 90 GE ($G(6) = 90$).

Lösung Aufgabe 9 **Seite 2/2**

2.4.1 **Gewinnzone für b = 50**

Bedingung: $G(x) = 0$ $-5x^3 + 50x^2 - 30x - 360 = 0$

Die Gleichung löst der GTR: $x_1 = 4$; $x_2 = -2{,}20$; $x_3 = 8{,}20$

Wegen $x > 0$ ist $x = 8{,}2$ die einzige Lösung.

Für b = 50 liegt die Gewinnzone zwischen 4 ME und 8,2 ME.

Hinweis: Der Operator: "Bestimmen Sie" lässt den Einsatz des GTR zu.

2.4.2 Die Abszissenwerte der Schnittpunkte entsprechen den Nullstellen der Gewinnfunktion, also der Gewinnschwelle und der Gewinngrenze.

Allgemein gilt: $k(x) = p \Leftrightarrow \frac{K(x)}{x} = p \quad | \cdot x$

$K(x) = p \cdot x$

$K(x) = E(x)$

$E(x) - K(x) = 0$

$G(x) = 0$

2.5 Ertragsgesetzliche Kostenfunktion 3. Grades: $K(x) = ax^3 + bx^2 + cx + d$

Grenzkostenfunktion: $K'(x) = 3ax^2 + 2bx + c$;

2. Ableitung: $K''(x) = 6ax + 2b$

Bedingungen und LGS für a, b, c und d:

Grenzkosten:	$K'(2) = 111$	$12a + 4b + c = 111$
Kosten:	$K(1) = 1277$	$a + b + c + d = 1277$
x = 3 ist Wendestelle: $K''(3) = 0$		$18a + 2b = 0$
Fixe Kosten: $K(0) = 1150$		$d = 1150$

Einsetzen von d = 1150 ergibt ein LGS für a, b und c:

$12a + 4b + c = 111$

$a + b + c = 127$

$9a + b = 0$

Lösung mit dem GTR: $a = 1$; $b = -9$; $c = 135$

Funktionsgleichung der Kostenfunktion: $K(x) = x^3 - 9x^2 + 135x + 1150$

Lösung Aufgabe 10 **Seite 1/2** (Aufgabe Seite 74)

1.1 $K(x) = ax^3 + bx^2 + cx + d$; $k_v(x) = \frac{K_v(x)}{x} = ax^2 + bx + c$; $k_v'(x) = 2ax + b$

Bedingungen und LGS für a, b, c und d:

Fixkosten 70 GE: $K(0) = 70$	$d = 70$
Kapazitätsgrenze $x = 13$	
Gesamtkosten $K(13) = 401{,}5$	$2197a + 169b + 13c + d = 401{,}5$
Gewinnschwelle $K(4) = 154$	$64a + 16b + 4c + d = 154$
Stückpreis $E(4) = 154$	$4p = 154 \Rightarrow p = 38{,}5$
Betriebsminimum $k_v'(8) = 0$	$16a + b = 0$
Einsetzen von d = 70 ergibt das LGS:	$2197a + 169b + 13c = 331{,}5$
	$64a + 16b + 4c = 84$
	$16a + b = 0$

Lösung des LGS: $a = 0{,}5$; $b = -8$; $c = 45$

Gesamtkostenfunktion K mit $K(x) = 0{,}5x^3 - 8x^2 + 45x + 70$

Erlösfunktion E mit $E(x) = 38{,}5x$

Ökonomischer Definitionsbereich für E und K: $D_K = D_E = [0; 13]$

1.2 $K(x) = 0{,}5x^3 - 8x^2 + 45x + 70$ mit $D_K = [0; 13]$; $E(x) = 38{,}5x$

Gewinnfunktion G

$G(x) = E(x) - K(x) = 38{,}5x - (0{,}5x^3 - 8x^2 + 45x + 70) = -0{,}5x^3 + 8x^2 - 6{,}5x - 70$

Gewinnzone

Bedingung für die Gewinnschwelle: $G(x) = 0$	$-0{,}5x^3 + 8x^2 - 6{,}5x - 70 = 0$
Es gilt $G(4) = 0$ (vgl. 1.1), damit ergibt sich	$x_1 = 4$
Weitere Lösungen:	$x_2 = -2{,}43$; $x_3 = 14{,}43$

Beide Werte liegen **nicht** im Definitionsbereich von G.

Folgerung: Die Zürla-Kohlin GmbH erwirtschaftet bei einer Produktion von mehr als 4 ME und bis 13 ME (Kapazitätsgrenze) Gewinn.

Maximaler Gewinn

Ableitungen: $G'(x) = -1{,}5x^2 + 16x - 6{,}5$; $G''(x) = -3x + 16$

Notw. Bedingung: $G'(x) = 0$	$-1{,}5x^2 + 16x - 6{,}5 = 0$
	$x_1 = 0{,}423$; $x_2 = 10{,}244$

$x_1 = 0{,}423$ liegt nicht in der Gewinnzone.

Mit $G''(10{,}244) = -14{,}731 < 0$ und $G(10{,}244) = 165{,}430$ erhält man:

Bei 10, 244 ME wird das Gewinnmaximum erzielt, es beträgt 165,430 GE.

Lösung Aufgabe 10 **Seite 2/2**

1.3 **Stellen mit $K'(x) = \frac{7}{3}$** $K'(x) = 1{,}5x^2 - 16x + 45 = \frac{7}{3}$

Nullform: $1{,}5x^2 - 16x + \frac{128}{3} = 0 \quad | : \frac{3}{2}$ bzw. $\cdot \frac{2}{3}$

bzw. $x^2 - \frac{32}{3}x + \frac{256}{9} = 0$

Lösung mit z. B. pq-Formel: $x_{1|2} = \frac{16}{3}$

Einzige Lösung wegen D = 0

$5\frac{1}{3}$ ME ist also die einzige Stelle, an der die Grenzkosten $2\frac{1}{3}$ GE pro ME betragen.

$x = 5\frac{1}{3}$ ist auch die Wendestelle der Kostenfunktion, denn mit $K''(x) = 3x - 16$

ist $K''(\frac{16}{3}) = 0$ und $K'''(\frac{16}{3}) = 3 > 0$.

Alternativ:

Die Wendestelle der Kostenfunktion ist die Minimalstelle der Grenzkostenfunktion. Da der Graph der Grenzkostenfunktion eine nach oben geöffnete Parabel ist, handelt es sich um ein absolutes Minimum.

1.4 **Tangente** im Punkt $B(x_{BO} \mid K(x_{BO}))$ mit Steigung $K'(x_{BO})$:

Mit Hilfe der Punktsteigungsform: $t(x) = K'(x_{BO})(x - x_{BO}) + K(x_{BO})$

Schnittstelle mit der x-Achse: $t(x) = 0$ $\quad K'(x_{BO})(x - x_{BO}) + K(x_{BO}) = 0$

Auflösen nach x: $x = x_{BO} - \frac{K(x_{BO})}{K'(x_{BO})}$

t(x) ist die Gleichung einer Ursprungsgeraden, wenn x = 0

Einsetzen ergibt: $0 = x_{BO} - \frac{K(x_{BO})}{K'(x_{BO})}$

$$K'(x_{BO}) = \frac{K(x_{BO})}{x_{BO}}$$

$$K'(x_{BO}) = k(x_{BO})$$

Die Bedingung für das Betriebsoptimum ist also erfüllt; in x_{BO} stimmen Grenzkosten und Stückkosten überein.

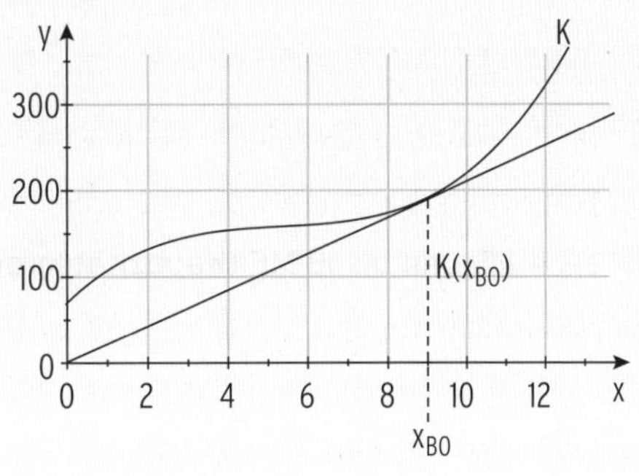

Lösung Aufgabe 11 (Aufgabe Seite 75)

$p_N(x) = (5 - x)e^{0,2x}$; $p_A(x) = 0,5xe^{0,2x+1}$

Maximaler ökonomischer **Definitionsbereich $D_{ök} = [0; 5]$**

Begründung: $p_N(x) = 0 \Leftrightarrow x = 5$ (Sättigungsmenge); p_N ist fallend

$p_A(x) > 0$ für alle x; p_A ist steigend

Marktgleichgewicht

Bedingung: $p_A(x) = p_N(x) \Leftrightarrow$ $0,5xe^{0,2x+1} = (5 - x)e^{0,2x}$

Ausklammern und $e^{0,2x+1} = e \cdot e^{0,2x}$: $e^{0,2x}(0,5ex + x - 5) = 0$

Satz vom Nullprodukt: $0,5ex + x - 5 = 0 \Leftrightarrow x(0,5e + 1) - 5 = 0$

Gleichgewichtsmenge: $x = x_G = \frac{5}{0,5e + 1} \approx 2,12$

Gleichgewichtspreis: $p_G = p_N(x_G) = (5 - \frac{5}{0,5e + 1})e^{0,2\frac{5}{0,5e+1}} = \frac{2,5e}{0,5e + 1}e^{\frac{1}{0,5e+1}} \approx 4,40$

Bemerkung: $\frac{2,5e}{0,5e + 1}e^{\frac{1}{0,5e+1}} = \frac{2,5}{0,5e + 1}e^{\frac{1}{0,5e+1}+1}$

Marktgleichgewicht MG (2,12 | 4,40)

Ableitungsfunktionen: $p_A'(x) = (0,5 + 0,1x)e^{0,2x+1}$; $p_A''(x) = (0,2 + 0,02x)e^{0,2x+1}$

Monotonie der Angebotsfunktion: $p_A'(x) > 0$

$(0,5 + 0,1x)e^{0,2x+1} > 0 \Leftrightarrow 0,5 + 0,1x > 0 \Leftrightarrow x > -5$ ($e^{0,2x+1} > 0$ für alle x)

p_A ist streng monoton wachsend in $D_{ök}$.

Linkskrümmung der Angebotsfunktion: $p_A''(x) > 0$

$p_A''(x) = (0,2 + 0,02x)e^{0,2x+1} > 0 \Leftrightarrow 0,2 + 0,02x > 0 \Leftrightarrow x > -10$ ($e^{0,2x+1} > 0$ für alle x)

p_A ist linksgekrümmt in $D_{ök}$.

$F(x) = e^{0,2x+1}(2,5x - 12,5)$ ist eine **Stammfunktion** von $p_A(x) = 0,5xe^{0,2x+1}$ wenn $F'(x) = p_A(x)$

Mit Produkt - und Kettenregel: $F'(x) = e^{0,2x+1} \cdot (2,5) + 0,2 \cdot e^{0,2x+1}(2,5x - 12,5)$

$= e^{0,2x+1}(0,2 \cdot 2,5x - 0,2 \cdot 12,5 + 2,5)$

$= 0,5xe^{0,2x+1} = p_A(x)$

F ist eine Stammfunktion von p_A.

Produzentenrente: Mit $y_G = p_G \approx 4,40$; $x_G \approx 2,12$ erhält man

$P_R = \int_0^{x_G}(y_G - p_A(x))dx \approx 5,256$ oder $P_R = x_G \cdot p_G - \int_0^{x_G} p_A(x)\,dx \approx 9,328 - 4,072 \approx 5,256$

Interpretation: Die Produzentenrente beträgt etwa 5,256 GE, dies ist der Erlösvorteil des Herstellers, der auch zu einem niedrigeren Preis angeboten hätte.

Lösung Aufgabe 12 **Seite 1/2** (Aufgabe Seite 75/76)

1 Im Jahr 2008 wurden 5000 mobile Navigationssysteme verkauft, dabei wurde ein Umsatz von 1100000 Euro erreicht. Das bedeutet, dass der Preis für ein Navigationsgerät durchschnittlich 220 Euro betrug. Für das Jahr 2009 ergibt sich ein Durchschnittspreis von 215 Euro pro Gerät, 2010 ist der durchschnittliche Preis auf 211 Euro gesunken. (2011 wird mit einem Preis von 190 Euro gerechnet.) Die Behauptung ist also korrekt.

2.1 Ansatz: $f(t) = at^3 + bt^2 + ct + d$

$f(0) = 0{,}5 \wedge f(1) = 1{,}68 \wedge f(2) = 2{,}46 \wedge f(3) = 2{,}9$

GTR löst dieses LGS. **Alternative** Wege z. B. mit Regression auch möglich: $f(t) = 0{,}01t^3 - 0{,}23t^2 + 1{,}4t + 0{,}5$

2.2 **Untersuchung die Absatzentwicklung**

Nullstelle: $f(t) = 0 \quad \Leftrightarrow t = -0{,}3381$ (nicht in D)

Ableitungen: $f'(t) = 0{,}03t^2 - 0{,}46t + 1{,}4$; $f''(t) = 0{,}06t - 0{,}46$; $f'''(t) = 0{,}06 \neq 0$

Extrempunkte: Notwendige Bedingung: $f'(t) = 0 \Rightarrow t = 4{,}1866 \vee t = 11{,}1468$

Hinreichende Bedingung: $f'(t) = 0 \wedge f''(t) \neq 0$

$f''(4{,}1866) < 0 \Rightarrow H(4{,}1866 \mid 3{,}0637)$

$f''(11{,}1468) > 0 \Rightarrow T(11{,}1468 \mid 1{,}3778)$

Wendepunkte: Notwendige Bedingung: $f''(t) = 0 \Rightarrow t = 7{,}6667$

Hinreichende Bedingung: $f''(t) = 0 \wedge f'''(t) \neq 0$

$f'''(7{,}6667) \neq 0 \Rightarrow W(7{,}6667 \mid 2{,}2207)$

Verhalten im Unendlichen: Wegen $t > 0$ nur $\lim\limits_{t \to \infty} f(t) = +\infty$ (Grenzwert existiert nicht)

2.3 Graph von f

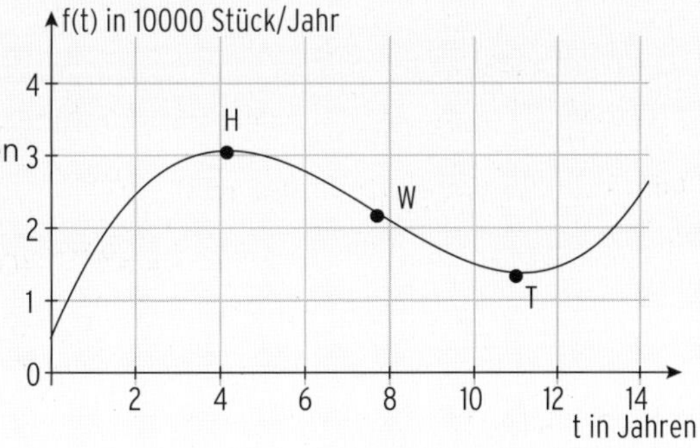

2.4 Die Absatzzahlen steigen bis Anfang 2013 auf ihr Maximum von ca. 30 600 Stück. Danach nehmen die Absatzzahlen ab und erreichen Anfang 2020 ihren Tiefststand von ca. 13 778 Stück. Ab diesem Zeitpunkt steigt der Absatz ständig. Mitte 2016 ist der Absatzrückgang maximal.

Hinweis:

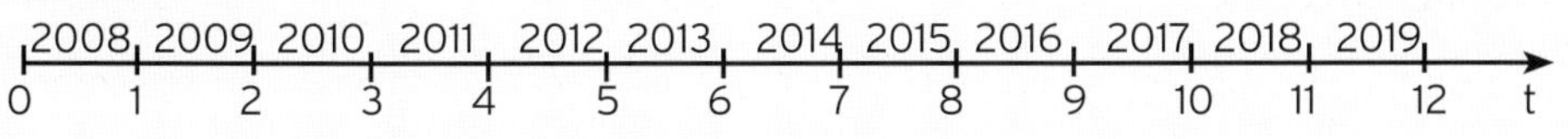

Lösung Aufgabe 12 **Seite 2/2**

3.1 Absatzverhalten auf lange Sicht:

$\lim(s - (s - b)e^{-ct}) = \lim s - \lim((s - b)e^{-ct}) = s - 0 = s$

da $c > 0, t \geq 0$

Damit ist die Gerade mit der Gleichung $y = s$ horizontale Asymptote.

3.2 $b = 0{,}5$, da im Jahr 2008 ($t = 0$) 5000 Geräte abgesetzt werden. Damit ist $B(t) = s - (s - 0{,}5)e^{-0{,}414t}$.

Mit $B(1) = 1{,}68$ ergibt sich $s - (s - 0{,}5)e^{-0{,}414} = 1{,}68$

$s - 0{,}661s + 0{,}5 \cdot 0{,}661 = 1{,}68 \Rightarrow s = 3{,}981$

Probe mit $B(2) = 2{,}46$: $3{,}981 - (3{,}981 - 0{,}5)e^{-0{,}414 \cdot 2} = 2{,}46$

ergibt eine wahre Aussage

$B(t) = 3{,}981 - (3{,}981 - 0{,}5)\, e^{-0{,}414t} = 3{,}981 - 3{,}481e^{-0{,}414t}$

3.3 **Krümmungsverhalten der Funktion B*** mit $B^*(t) = 3{,}981 - 3{,}481e^{-0{,}414t}$

Ableitungen: $B^{*\prime}(t) = -3{,}481 \cdot (-0{,}414) \cdot e^{-0{,}414t} = 1{,}441 \cdot e^{-0{,}414t}$

Notwendige Bedingung für Wendestellen: $B^{*\prime\prime}(t) = 0$

$B^{*\prime\prime}(t) = -0{,}5966\, e^{-0{,}414t} < 0$

Es gibt keine Wendestellen und der Graph von B ist rechtsgekrümmt.

3.4 Graph von B*

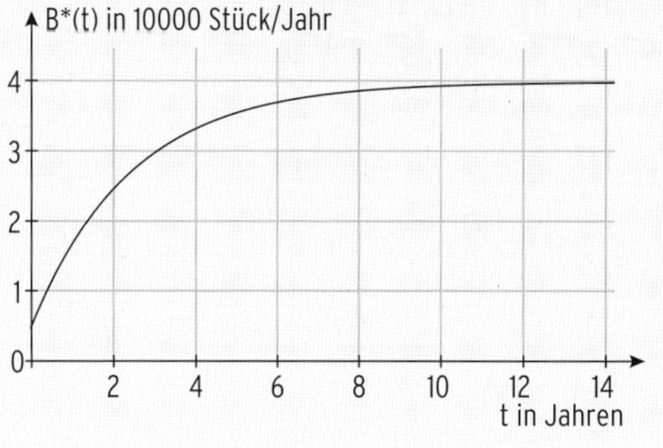

4.1 Prognosewerte:

$B^*(6) = 3{,}6907$

$f(6) = 2{,}78$

Hinweis: Ende 2013

= Anfang 2014: $t = 6$

4.2 **Vergleich der Graphen**

Die Funktionen B* und f liefern für die Jahre 2008, 2009, 2010 eine nahezu korrekte Annäherung.

Im Jahr 2011 liegt der prognostizierte Wert bei 2,9. Die Funktion f stellt hier im Vergleich zur Funktion B* eine exakte Annäherung dar.

Die Funktion f lässt nach 2012 rückläufige Absätze erwarten. Ab Anfang 2019 steigen die Absätze kontinuierlich ins Unendliche. Dies ist aus ökonomischen Gesichtspunkten bei einem kurzlebigen Elektronikprodukt nicht zu erwarten. Hier liefert die Funktion B* zwar eine bessere Annährung, jedoch wird bei der Modellierung nicht berücksichtigt, dass bei jedem Produkt längerfristig ein Absatzrückgang eintritt.

2 Lineare Algebra

Formelsammlung zur Linearen Algebra

Lineare Verflechtung

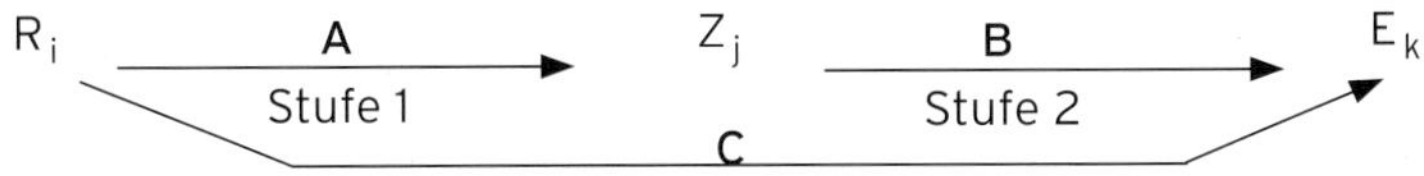

R_i: Rohstoffe; Z_j: Zwischenprodukte; E_k: Endprodukte

Verflechtungsmatrizen

Rohstoff-Zwischenprodukt ; Zwischenprodukt-Endprodukt; Rohstoff-Endprodukt-Matrix
A B C

Es gilt der Zusammenhang: $C = A \cdot B$

Verbrauchs-, Produktionsvektoren
$\vec{r}$: Rohstoffvektor $\vec{z}$: Zwischenproduktvektor $\vec{x}$: Endproduktvektor

Es gilt: $A \cdot \vec{z} = \vec{r}$ $\quad B \cdot \vec{x} = \vec{z}$ $\quad C \cdot \vec{x} = \vec{r}$

Kostenvektoren (variable Kosten pro Einheit)

Rohstoffkosten: $\vec{k}_R$ Fertigungskosten in Stufe 1: $\vec{k}_Z$ Fertigungskosten in Stufe 2: $\vec{k}_E$

Kostenvektoren sind Zeilenvektoren.

Die **Gesamtkosten für die Produktion** $\vec{x}$ setzen sich zusammen aus
Rohstoffkosten + Fertigungskosten in Stufe 1 + Fertigungskosten in Stufe 2 + fixe Kosten
K_R K_Z K_E K_f

Es gilt: $K_R = \vec{k}_R \cdot \vec{r}$ $\quad K_Z = \vec{k}_Z \cdot \vec{z}$ $\quad K_E = \vec{k}_E \cdot \vec{x}$

Variable Herstellungskosten $\vec{k}_v$ pro Einheit eines Endproduktes:

$$\vec{k}_v = \vec{k}_R \cdot C + \vec{k}_Z \cdot B + \vec{k}_E$$

Gesamtkosten K für die Produktion $\vec{x}$ gilt bei Fixkosten K_f:

$$K = K_v + K_f = \vec{k}_v \cdot \vec{x} + K_f$$
$$K = \vec{k}_R \cdot C \cdot \vec{x} + \vec{k}_Z \cdot B \cdot \vec{x} + \vec{k}_E \cdot \vec{x} + K_f$$
$$K = \vec{k}_R \cdot \vec{r} + \vec{k}_Z \cdot \vec{z} + \vec{k}_E \cdot \vec{x} + K_f$$

Inverse Matrix

Existenz: Die **quadratische** Matrix A ist **invertierbar** (die Inverse A^{-1} existiert), wenn
$Rg(A) = n$ **oder** das LGS $A \cdot \vec{x} = \vec{b}$ ist **eindeutig lösbar.**

Berechnung: Umformung von $(A \mid E)$ in $(E \mid A^{-1})$

Eigenschaften: $A^{-1} \cdot A = A \cdot A^{-1} = E$ $\quad (A^{-1})^{-1} = A$
$(A \cdot B)^{-1} = B^{-1} \cdot A^{-1}$ $\quad (r \cdot A)^{-1} = \frac{1}{r} \cdot A^{-1}$

Stochastische Matrizen

Übergangssituation mit Spaltensumme 1

nach \ von	A	B	C
A	0,9	0	0
B	0	0,8	0,5
C	0,1	0,2	0,5

Die **Übergangsmatrix M** ist ein **stochastische Matrix**, bei der die Summe in jeder Spalte gleich 1 ist und jede Zahl größer oder gleich null ist.
Die aktuelle Verteilung wird durch Zustandsvektoren $\vec{v}$ (Spaltenvektor) beschrieben.
Ein Zustandsdiagramm (Übergangsdiagramm) lässt sich durch eine Übergangsmatrix M beschreiben.

Markow-Kette mit der Anfangsverteilung $\vec{v}_0$ (Zustand zur Zeit n = 0; Startverteilung) und der Übergangsmatrix M:

$\vec{v}_0 \rightarrow \vec{v}_1 (= M \cdot \vec{v}_0) \rightarrow \vec{v}_2 (= M \cdot \vec{v}_1) \rightarrow \vec{v}_3 (= M \cdot \vec{v}_2) = M^2 \cdot \vec{v}_0) \rightarrow \ldots$

Dabei ist z. B. $\vec{v}_1$ der Zustand nach einem Übergang.

Übergangsmatrix für zwei Zeitabschnitte: $M \cdot M = M^2$

Gilt $\lim\limits_{n \to \infty} M^n = M_\infty$, besteht die Matrix M_∞ aus lauter gleichen Spalten: $M_\infty = \begin{pmatrix} p_1 & p_1 & p_1 \\ p_2 & p_2 & p_2 \\ p_3 & p_3 & p_3 \end{pmatrix}$

M_∞ heißt Grenzmatrix.

Der Spaltenvektor $\vec{p} = \begin{pmatrix} p_1 \\ p_2 \\ p_3 \end{pmatrix}$ ist ein Fixvektor.

Berechnung stationärer Zustände: $M \cdot \vec{p} = \vec{p}$

Dabei ist $\vec{p}$ der Gleichgewichtszustand (stationäre, langfristige, stabile Verteilung).
Die stationäre Verteilung hängt nicht von der Anfangsverteilung ab.

Zur Berechnung von $\vec{p} = \begin{pmatrix} p_1 \\ p_2 \\ p_3 \end{pmatrix}$ (Fixvektor) ist das

LGS $M \cdot \vec{p} = \vec{p}$ unter der Nebenbedingung $p_1 + p_2 + p_3 = 1$ (= 100 %) zu lösen.

Leontief-Modell

Input-Output-Tabelle

	S_1	S_2	...	S_n	Marktabgabe	Produktion
S_1	x_{11}	x_{12}	...	x_{1n}	y_1	x_1
S_2	x_{21}	x_{22}	...	x_{2n}	y_2	x_2
⋮	⋮	⋮	⋮	⋮	⋮	⋮
S_n	x_{n1}	x_{n2}	...	x_{nn}	y_n	x_n

Dabei ist x_{ij} die Lieferung des Sektors S_i an den Sektor S_j (in geeigneten Einheiten).

$\vec{x} = \begin{pmatrix} x_1 \\ x_2 \\ \dots \\ x_n \end{pmatrix}$ steht für die Produktion, auch Bruttooutput, ...

$\vec{y} = \begin{pmatrix} y_1 \\ y_2 \\ \dots \\ y_n \end{pmatrix}$ steht für die Marktabgabe, auch Netto-Output, Konsum,Endverbrauch, ...

Die Elemente a_{ij} der Technologiematrix A (Inputmatrix A) sind definiert

durch $a_{ij} = \frac{x_{ij}}{x_j}$: $A = \begin{pmatrix} \frac{x_{11}}{x_1} & \frac{x_{12}}{x_2} & \frac{x_{13}}{x_3} \\ \frac{x_{21}}{x_1} & \frac{x_{22}}{x_2} & \frac{x_{23}}{x_3} \\ \frac{x_{31}}{x_1} & \frac{x_{32}}{x_2} & \frac{x_{33}}{x_3} \end{pmatrix}$

Falls $(E - A)$ invertierbar ist, heißt $(E - A)^{-1}$ Leontief-Inverse.

Dann gilt:

$$A\vec{x} + \vec{y} = \vec{x}$$

$$\vec{y} = (E - A)\vec{x}$$

$$\vec{x} = (E - A)^{-1}\vec{y}$$

Aufgaben zur Prüfungsvorbereitung Lineare Algebra

Aufgabe 1 **Seite 1/2** **Lösung Seite 114**

Punkte

Die Druckfix GmbH stellt Drucker mit neuartiger Drucktechnik her. Verschiedene Abteilungen des Unternehmens beschäftigen sich mit der Analyse der Produktionssituation. Im Hauptwerk der Druckfix GmbH werden in der ersten Produktionsstufe aus den vier Basisteilen B_1 bis B_4 die drei Komponenten K_1 bis K_3 gefertigt. Diese werden dann in einer zweiten Produktionsstufe gemäß dem Verflechtungsdiagramm zu den drei verschiedenen Druckern D_1 bis D_3 zusammengesetzt.

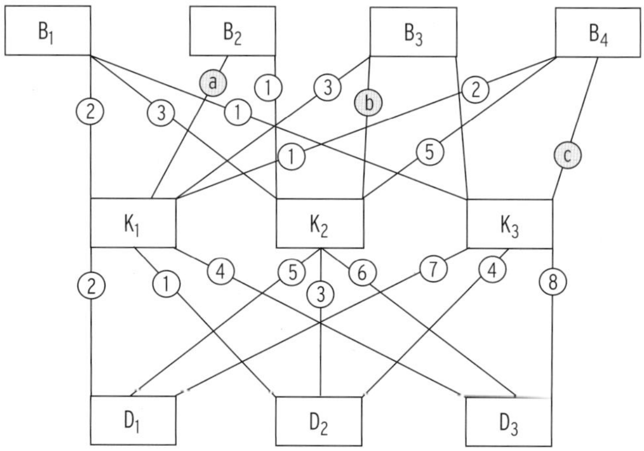

Weiterhin ist die Matrix C_{BD}, die die Anzahl der Basisteile je Drucker angibt, bekannt: $C_{BD} = \begin{pmatrix} 26 & 15 & 34 \\ 13 & 7 & 22 \\ 50 & 29 & 64 \\ 41 & 24 & 50 \end{pmatrix}$

1 Geben Sie die benötigte Anzahl der Basisteile je Komponente und die benötigte Anzahl der Komponenten je Drucker in Form von Matrizen A_{BK} und B_{KD} an. Berechnen Sie die fehlenden Parameter a, b und c. 9

2.1 Berechnen Sie die Inverse zur Komponenten-Drucker Matrix B_{KD} und zeigen Sie, dass sich die fehlenden Werte der Basisteile-Komponenten Matrix A_{BK} mit Hilfe dieser Inversen bestimmen lassen. 7

2.2 Beurteilen Sie, ob sich das Vorgehen aus 2.1 auf beliebige zweistufige Produktionsprozesse übertragen lässt. 2

3 Bei der Druckerproduktion entstehen folgende variable Kosten:

Kosten der Basisteile:

	B_1	B_2	B_3	B_4
Kosten in Euro pro Basisteil	3	2	5	1

Aufgabe 1 **Seite 2/2** **Punkte**

3 Fertigungskosten der Komponenten:

	K_1	K_2	K_3
Kosten in Euro pro Komponente	3	2	4

Kosten des Zusammenbaus der Drucker:

	D_1	D_2	D_3
Kosten in Euro je Drucker	22	27	18

Berechnen Sie die Stückdeckungsbeiträge der drei Drucker, wenn die Verkaufspreise 490 € für den Drucker D_1, 320 € für den Drucker D_2 und 635 € für den Drucker D_3 betragen. 8

4 Es hat sich gezeigt, dass die Drucker D_1, D_2 und D_3 im Verhältnis 2 : 4 : 1 nachgefragt werden. In einem Produktionszeitraum stehen von den Basisteilen B_3 1960 Stück und von B_4 1824 Stück zur Verfügung, B_1 und B_2 sind ausreichend vorhanden. Ermitteln Sie die maximal möglichen Produktionszahlen der Drucker und den genauen Bedarf an Basisteilen B_1 bis B_4. 4

5 In einem Nebenwerk von Druckfix werden aus denselben Komponenten ähnliche Drucker (D_4 bis D_6) für ein anderes Marktsegment zusammengebaut. Die folgende Tabelle gibt die Komponenten je Drucker an.

	D_4	D_5	D_6
K_1	2	2	4
K_2	5	3	6
K_3	8	4	8

Es stehen 220 Komponenten K_1, 370 Komponenten K_2 und 520 Komponenten K_3 zur Verfügung. Beurteilen Sie, welche Produktionszahlen der Drucker D_4 bis D_6 möglich sind, so dass alle vorhandenen Komponenten aufgebraucht werden. 6

6 Marktvariationen führen zu Kostenschwankungen der Basisteile B_1 und B_2. Die Kosten der Basisteile B_3 und B_4 bleiben unverändert. Diese Schwankungen werden durch den Kostenvektor $(3 - t^2 \quad 2 + t \quad 5 \quad 1)$ mit dem positiven Parameter $t \in \mathbb{R}$ mit $t \geq 0$ beschrieben. Es gibt zurzeit Beschränkungen in den Einkaufspreisen: Basisteil B_1 sollte nicht mehr als 2,96 €/Stück und B_2 nicht mehr als 2,80 €/Stück kosten.

6.1 Ermitteln Sie den zulässigen Bereich für den Parameter $t \in \mathbb{R}$ mit $t \geq 0$, der obige Bedingung erfüllt. 4

6.2 Zeigen Sie, für welches t die gesamten Basisteilkosten des Druckers D_1 maximal und für welches t sie minimal werden. 5

(Berufskolleg NRW, 2010.) 45

Aufgabe 2 **Lösung Seite 116**

Der Markt für Anti-Schuppen-Shampoo wird von wenigen Herstellern beherrscht. Zwei konkurrierende Unternehmen Denkel und Brogta starten gleichzeitig aufwändige Werbeaktionen für ihr Produkt. Eine parallel dazu verlaufende Marktanalyse ergibt folgendes Kundenverhalten: 45 % der Denkel-Kunden halten dem Unternehmen die Treue, 25 % wechseln zu Brogta und 30 % kaufen ein Shampoo von anderen Herstellern; 20 % der Brogta-Kunden wechseln zu Denkel, genauso viele zu einem anderen Hersteller und der Rest sind Stammkunden von Brogta; 40 % der Kunden anderer Hersteller verbleiben bei diesen, 30 % wechseln zu Brogta und der Rest zu Denkel.
Die Marktuntersuchung liefert für den Monat März folgende Marktanteile:

Denkel: 25 %, Brogta: 30 %, andere Hersteller: 45 %

a) Stellen Sie das Käuferverhalten grafisch in einem Übergangsdiagramm und als Übergangsmatrix dar.
Die Werbeaktionen sollen über drei Monate durchgeführt werden. Berechnen Sie unter Berücksichtigung der Anfangsverteilung die Marktanteile nach den Werbeaktionen unter der Voraussetzung, dass die Kundenwanderung monatlich erfasst wird.
Beurteilen Sie den Erfolg der Werbemaßnahmen.
Sollte sich am Verbraucherverhalten nichts ändern, wird sich langfristig ein Gleichgewichtszustand ergeben. Ermitteln Sie den Fixvektor.

b) Durch weitere Marketingstrategien erzielen die Unternehmen Denkel und Brogta eine deutlich höhere Kundenbindung, so dass sich das Übergangsverhalten jetzt folgendermaßen darstellt:

nach \ von	Denkel	Brogta	Andere
Denkel	0,9	0	0
Brogta	0	0,8	0,5
Andere	0,1	0,2	0,5

Mehrere Monate nach Beginn der Marketingstrategien haben sich im Januar die Marktanteile $\vec{v}_{neu} = \begin{pmatrix} 0{,}3051 \\ 0{,}4068 \\ 0{,}2881 \end{pmatrix}$ ergeben.
Ermitteln Sie die Marktanteile im Vormonat Dezember.
Untersuchen Sie die zukünftige langfristige Verteilung der Marktanteile.
Beurteilen Sie diese langfristige Entwicklung der Marktanteile unter Berücksichtigung der neuen Käuferwanderungen.

(Fachgymnasium Niedersachsen 2011.)

Aufgabe 3 **Lösung Seite 117**

Die Handys von Mobiltec werden in einem zweistufigen Produktionsprozess hergestellt. Mit Hilfe der Rohstoffe R_1 (Kunststoff), R_2 (Metall), R_3 (Glas) und R_4 (Sonstiges) werden in der ersten Stufe die Zwischenprodukte Z_1 (mechanische Komponenten), Z_2 (Gehäuseteile) und Z_3(elektronische Komponenten) gefertigt. In der zweiten Produktionsstufe entstehen dann aus den Zwischenprodukten die Handytypen H_1, H_2 und H_3. Der Werksleitung sind folgende Matrizen aus der Produktion bekannt:

$$B_{ZH} = \begin{pmatrix} 2 & 4 & 1 \\ 3 & 0 & 3 \\ 4 & 1 & 2 \end{pmatrix} \text{ und } C_{RH} = \begin{pmatrix} 17 & 14 & 10 \\ 16 & 8 & 14 \\ 28 & 9 & 17 \\ 9 & 12 & 6 \end{pmatrix}$$

Dabei gibt die Matrix B_{ZH} die Anzahl der Zwischenprodukte an, die zur Herstellung von je einem Handy benötigt werden. Die Matrix C_{RH} gibt die ME der Rohstoffe an, die zur Herstellung je eines Handys benötigt werden.

1 Berechnen Sie die Matrix A_{RZ}, die angibt, wie viele ME der einzelnen Rohstoffe für je ein Zwischenprodukt benötigt werden.

2 Für Handytyp H_1 soll der Stückdeckungsbeitrag 50 GE/ME, für H_2 25 GE/ME und für H_3 45 GE/ME betragen.Berechnen Sie die dafür nötigen Verkaufpreise je Handytyp, wenn folgende Kosten bekannt sind: Kosten für

Material und Fertigung der Zwischenprodukte:

	Z_1	Z_2	Z_3
GE/ME	2	3	4,5

die Fertigung der Handys:

	H_1	H_2	H_3
GE/ME	9	7,5	10

3 Für die kommende Produktionsperiode ist geplant, die Handys im Stückzahlenverhältnis $H_1 : H_2 : H_3$ von 2 : 5 : 4 herzustellen.
Im Lager befinden sich noch 980 000 ME von Z_1, 580 000 ME von Z_2 und 800 000 ME von Z_3. Der Bestand von Z_1 soll vollständig aufgebraucht werden.
Berechnen Sie, wie viele ME von H_1 produziert werden können und wie hoch der Restbestand bzw. der Bedarf an Z_2 und Z_3 ist.

4 Das Lagerkontrollsystem gibt einen Bestand von 180 000 ME Z_1, 210 000 ME von Z_2 und 220 000 ME von Z_3 an. Die Daten in der Matrix B_{ZH} können sich geringfügig um den Wert k ändern: $B_{ZH} = \begin{pmatrix} 2 & 4+k & 1 \\ 3 & 0 & 3-k \\ 4 & 1+k & 2 \end{pmatrix}$

Prüfen Sie, für welche Werte von k die Lagerbestände restlos aufgebraucht werden können.
(Berufskolleg NRW, 2011.)

Aufgabe 4 Lösung Seite 119

Punkte

Der Pharmakonzern Harma AG stellt schmerzlindernde Präparate wie *Niap free* oder *Niap vita* als klassischeTablette, Brausetablette, Granulat oder Kautablette her.

3 Für die Produktion von *Niap free* (S_1) und *Niap vita* (S_2) werden aus vier Rohstoffen R_1, R_2, R_3 und R_4 zunächst drei Zwischenprodukte Z_1, Z_2 und Z_3 hergestellt, die dann zu den Endprodukten S_1 und S_2 weiterverarbeitet werden. Die mengenmäßige Verflechtung zwischen den Stufen ist den folgenden Matrizen zu entnehmen.

$$A_{RZ} = \begin{pmatrix} 2-d & 3 & 0 \\ 1 & 4 & 0 \\ 0 & 1 & 1 \\ 2d^2+d & 2 & 3 \end{pmatrix} \quad B_{ZS} = \begin{pmatrix} 2 & 4 \\ 1 & 4 \\ 0 & 2 \end{pmatrix} \quad d \in \mathbb{R} \text{ mit } 0 \leq d \leq 2$$

Der Parameter d beschreibt dabei die Möglichkeit, Rohstoffe gegenseitig auszutauschen.

3.1 Untersuchen Sie, für welchen Wert von d sich der Rohstoff R_4 in der Produktion von Z_1 vollständig ersetzen lässt und bei welchem Wert von d für eine ME von Z_1 gleiche Mengen von R_1 und R_4 benötigt werden. 4

3.2 Berechnen Sie die Matrix C_{RS}, die den Zusammenhang zwischen den Rohstoffen und den Endprodukten S_1 und S_2 in Abhängigkeit vom Parameter d angibt. 6

3.3 Die Kosten für die Rohstoffe sind folgender Tabelle zu entnehmen: 4

Rohstoff	R_1	R_2	R_3	R_4
Kosten in GE/ME	7	4	5	4

Berechnen Sie die Rohstoffkosten pro ME von S_1 und S_2 in Abhängigkeit von d.

Gehen Sie im Folgenden davon aus, dass die Rohstoffkosten für S_1 pro ME $16d^2 - 6d + 86$ GE und für S_2 pro ME $32d^2 - 12d + 306$ GE betragen.

3.4 Bestätigen Sie, dass die minimalen gesamten Rohstoffkosten zur Herstellung von 100 ME von S_1 und 100 ME von S_2 über 39 000 GE liegen. 6

3.5 Erfahrungsgemäß werden S_1 und S_2 im Mengenverhältnis 1:1 produziert. In der vorangegangenen Periode wurde mit d = 0 gefertigt. Durch eine Umstellung auf $d = \frac{3}{16}$ sollen die Rohstoffkosten gesenkt werden. Leiten Sie her, bei welchen Produktionsmengen sich eine Ersparnis von 1 000 GE ergibt. 5

(Teile aus Berufskolleg 2014 NRW)

Aufgabe 5

Lösung Seite 120

Ein Wahlforschungsinstitut soll jährlich prognostizieren, wie sich die Parteienlandschaft durch die Wählerwanderungen ändern wird. Dabei unterscheidet man zwischen Stammwählern - Wähler, die einer Partei treu bleiben - und Wechselwählern. Die Erhebung der Primärdaten hat folgendes ergeben:

Wanderung der Wählerschaft

nach \ von	CDU	SPD	FDP	Grüne/Linke andere
CDU	17400	5200	1300	2500
SPD	3300	16900	500	2500
FDP	400	900	6000	900
Grüne/Linke andere	800	1300	1100	14000
Gesamt	21900	24300	8900	19900

Entwickeln Sie aus der Tabelle „Wanderung der Wählerschaft" eine (3×3)-Übergangsmatrix unter der Voraussetzung, dass die Daten der zwei Parteien mit der größten absoluten Stammwählerschaft übernommen werden und die Daten der restlichen Parteien unter „Sonstige" zusammengefasst werden.

Erstellen Sie eine Prognose für die nächste Wahl in drei Jahren unter der Bedingung, dass der Vektor $\overrightarrow{v_{Start}} = \begin{pmatrix} 0{,}33 \\ 0{,}23 \\ 0{,}44 \end{pmatrix}$ das Wahlergebnis bei der letzten Wahl darstellt.

Zeichnen Sie für die Wahl in drei Jahren das Übergangsdiagramm.

(Fachgymnasium Niedersachsen 2010.)

Aufgabe 6 **Seite 1/2** **Lösung Seite 121**

Punkte

Der Küchenhersteller K-Küchen stellt für die neue Comfortküche aus Furnierplatten (E_1), Scharnieren (E_2), Einlegeböden (E_3) und Edelstahlgriffen (E_4) zunächst drei Schrankelemente Z_1, Z_2 und Z_3 und daraus schließlich zwei Schranktypen F_1 und F_2 her.
Der Materialfluss in Stück des jeweiligen Folgeproduktes ist durch die beiden folgenden Tabellen gegeben.

	Z_1	Z_2	Z_3
E_1	5	7	3
E_2	8	11	7
E_3	2	0	1
E_4	3	6	0

	F_1	F_2
Z_1	7	3
Z_2	2	6
Z_3	10	15

Bei der Produktion fallen die nachfolgenden Material- und Fertigungskosten (in Euro pro Stück) an, wobei die verwendete Qualität und damit auch der Einkaufspreis der Einlegeböden E_3 abhängig von $t \in \mathbb{R}$ ist:

E_1	E_2	E_3	E_4
5	0,5	4 − t	3

Z_1	Z_2	Z_3
11	14	17

F_1	F_2
36	42

1 Schranktyp F_1 wird für 1150 € pro Stück und Schranktyp 2 F für 1 240 € pro Stück verkauft.

1.1 Bestimmen Sie die variablen Stückkosten für die beiden Schranktypen F_1 und F_2 in Abhängigkeit vom Parameter t. 9

Kontrollergebnis:

	F_1	F_2
Variable Stückkosten [€/Stück]	975 − 24t	1240,5 − 21t

1.2 Interpretieren Sie die sich aus 2.1.1 ergebenden Stückdeckungsbeiträge, wenn die Einlegeböden E_3 zum Preis von 4 € pro Stück eingekauft werden. 4

1.3 Die Tagesproduktion beträgt 120 Stück von F_1 und 100 Stück von F_2. Berechnen Sie den beim Verkauf der Tagesproduktion erzielten Gewinn, wenn Fixkosten in Höhe von 12 400 € zu berücksichtigen sind und die Einlegeböden E_3 zum Preis von 4 € pro Stück eingekauft werden. 4

Aufgabe 6 **Seite 2/2**

2 Wegen einer Umstrukturierung des Lagers sollen die derzeit vorrätigen Furnierplatten E_1 und Scharniere E_2 vollständig zu Schrankelementen (Z_1, Z_2 und Z_3) verarbeitet werden. Im Lager befinden sich noch 2 200 Stück von E_1 und 4 050 Stück von E_2. Die beiden anderen Einzelteile (E_3 und E_4) können auch kurzfristig in beliebiger Menge besorgt werden.

Das zur Berechnung des Lagerräumungsproblems notwendige Lineare Gleichungssystem $\begin{pmatrix} 5 & 7 & 3 \\ 8 & 11 & 7 \\ 2 & 0 & 1 \\ 3 & 6 & 0 \end{pmatrix} \begin{pmatrix} z_1 \\ z_2 \\ z_3 \end{pmatrix} = \begin{pmatrix} 2200 \\ 4050 \\ x \\ y \end{pmatrix}$ führt nach einigen Umformungen zu folgender

erweiterten Koeffizientenmatrix: $\left(\begin{array}{ccc|c} 5 & 7 & 3 & 2200 \\ 0 & -1 & 11 & 2650 \\ 0 & 0 & 155 & -5x + 41500 \\ 0 & 0 & 0 & 450x + 755y - 1061250 \end{array}\right)$

2.1 Erläutern Sie aus rein mathematischer Sicht mit Hilfe des Rangkriteriums die Lösbarkeit dieses Gleichungssystems. 4

2.2 Leiten Sie **ausschließlich anhand der letzten beiden Zeilen** der angegebenen erweiterten Koeffizientenmatrix ökonomisch zulässige Bereiche für die benötigten Stückzahlen x und y her. 6

(Berufskolleg NRW, 2012.)

Aufgabe 7 **Lösung Seite 123**

Die Umsätze im Möbelhandel einer Region sind unter den beiden Handelsgruppen P und G und dem Rest R aufgeteilt.
Zum Zeitpunkt einer Marktanalyse (t = 0) waren die Anteile folgende: P hatte 30 % Marktanteil, G hatte 40 % und der Rest R 30 %. Die jährlichen Übergänge zwischen den drei Gruppen stellt der Graph rechts dar. Es wird erwartet, dass die jährliche Entwicklung sich inder beschriebenen Weise fortsetzen wird, wenn keine Maßnahmen getroffen werden.

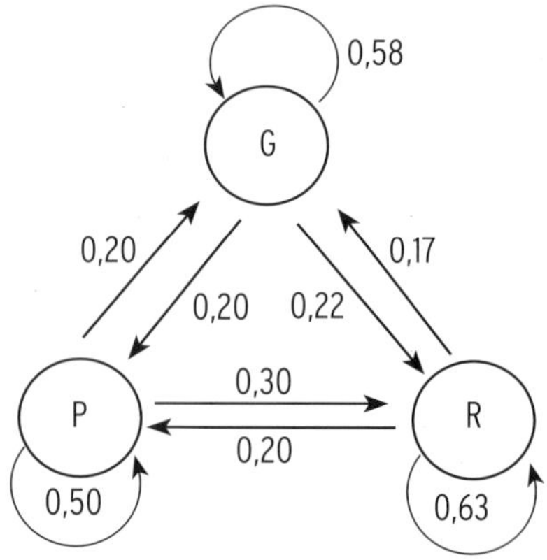

a) Rechts ist die Darstellung der Kundenentwicklung in einer Übergangsmatrix M begonnen worden. Bestimmen Sie die Matrix M vollständig.

$$M = \begin{pmatrix} 0{,}50 & .. & ... \\ .. & .. & ... \\ 0{,}30 & 0{,}22 & ... \end{pmatrix}$$

Bestimmen Sie die Aussage der Matrix M anhand der ersten Zeile.
Berechnen Sie die Kundenanteile für t = 1 und für t = 2.
Interpretieren Sie das Ergebnis für die Handelsgruppe P.

b) Um den Marktanteil von P zu erhöhen, werden der Firma von einem Beratungsinstitut zwei mögliche Werbestrategien als Alternativen vorgeschlagen:
Strategie A: Maßnahmen zur Erhöhung der Kundentreue
Damit würden, so wurde ermittelt, dann ein Jahr später statt 50 % nunmehr 60 % noch P treu sein und nur 15 % zu G und 25 % zum Rest abwandern.
Die übrigen Zahlen bleiben gleich.
Strategie B: Abwerben von Konkurrenten
Damit würde P 24 % von G (statt 20 %) und 28 % von R (statt 20 %) gewinnen, jeweils auf Kosten von G- bzw. R-treuen Kunden.
Erstellen Sie für beide Strategien passend abgeänderte Übergangsmatrizen A bzw. B.
Ermitteln Sie damit, ausgehend von den Anteilen für t = 0, die Marktanteile für t = 2.
Interpretieren Sie das Ergebnis beider Strategien aus der Sicht der Handelsgruppe P.

c) Die Matrix S mit $S = \begin{pmatrix} 0{,}4 & a & b \\ a & 0{,}6 & c \\ b & c & 0{,}5 \end{pmatrix}$ ist symmetrisch zur Hauptdiagonalen, die durch die Zahlen 0,4 und 0,6 und 0,5 gebildet wird.
Bestimmen Sie die Parameter a, b und c so, dass S eine symmetrische Übergangsmatrix ist, bei der alle Spaltensummen gleich 1 sind. Beschreiben Sie, wie sich die Symmetrie einer Übergangsmatrix S in dem zu S gehörigen Übergangsgraphen zeigt.
(Abitur 2010, Niedersachsen.)

Aufgabe 8 **Lösung Seite 124**

Punkte

Für Trikots bezieht das Textilunternehmen drei Sorten von Stoffen (R_1 bis R_3), die zunächst eingefärbt und geschnitten werden (zu Z_1 und Z_2) und anschließend zu den fertigen Trikots (E_1 bis E_3) verarbeitet werden.
Unterschiedliche Qualitäten der Rohstoffe verändern den Materialverbrauch der Zwischenerzeugnisse und die Einkaufspreise der Rohstoffe. Die zugrundeliegenden Stücklisten (Angaben in Mengeneinheiten ME) mit dem qualitätsabhängigen Parameter $k \geq 0$ sind in den folgenden Tabellen angegeben:

	Z_1	Z_2	Z_3
R_1	2	k	2
R_2	1	2	2k
R_3	2	2	2

	E_1	E_2	E_3
Z_1	2	1	1
Z_2	4	0	1
Z_3	2	2	2

1 Für einen Kundenauftrag von 400 ME von E_1, 500 ME von E_2 und 200 ME von E_3 wurden 14 600 ME von R_1, 22 700 ME von R_2 und 11 000 ME von R_3 verarbeitet. Bestimmen Sie die Qualitätsstufe k der Rohstoffe für diese Produktion. 6

2 Nach Abwicklung der aktuellen Aufträge verbleiben im Lager von Rohstoffen der Qualitätsstufe k = 2 noch jeweils 600 ME von R_1 und von R_3 sowie 740 ME von R_2. Prüfen Sie, ob das Lager für Endprodukte vollständig geleert werden kann. Ermitteln Sie zwei Möglichkeiten der Rohstoffverwendung. 8

3 Bei der Produktion fallen Rohstoffkosten, sowie Fertigungskosten für die Zwischen- und Endprodukte an. Die folgenden Tabellen geben Auskunft über die Höhe der einzelnen Kostenpositionen in GE/ME:

Rohstoffkosten:			Fertigungskosten der Zwischenprodukte:			Fertigungskosten der Endprodukte:		
$2 - \frac{1}{10}k$	$3 - \frac{1}{3}k$	2,50	$8 + \frac{1}{20}k$	$10 + \frac{1}{8}k$	6,50	7,00	6,00	5,00

3.1 Ermitteln Sie den ökonomisch sinnvollen Definitionsbereich für den Parameter k. 4

3.2 Der Vertriebsleiter schlägt für Produkte, die mit der höheren Qualitätsstufe k = 3 gefertigt worden sind, folgende Verkaufspreise vor: 200,00 GE für eine ME von E_1, 78,35 GE für eine ME von E_2 und 100,00 GE für eine ME von E_3. Bewerten Sie den Vorschlag aus ökonomischer Sicht. 5

(Abitur Berufskolleg NRW 2011.)

Aufgabe 9

Lösung Seite 125

Punkte

In einer Kleinstadt mit 70000 Einwohnern sollen die Baugebiete, die in 10 Perioden benötigt werden, ausgewiesen werden. Dazu benötigt der Stadtrat Erkenntnisse über die Bevölkerungswanderung und über die Wünsche in Bezug auf die Wohngebiete. Die Stadt hat die Möglichkeit in der Nähe der Innenstadt (Innenstadtnähe W_1), in einem angrenzenden Waldgebiet (Naturwohngebiet W_2) und auf ehemaligen Feldern am Rand der Stadt (Neubaugebiet W_3) Baugebiete auszuschreiben.
Ähnliche Wohngebiete existieren jetzt schon.
Zurzeit lebt 10% der Bevölkerung in Innenstadtnähe, 35% in Naturwohngebieten und 55% der Bevölkerung in Neubaugebieten.
Man geht davon aus, dass sich das Wechselverhalten inden betrachteten Perioden nicht ändert.

a) Um herauszufinden, welche Gebiete zu Baugebieten erklärt werden müssen, benötigt der Stadtrat Informationen über die Wechselneigungen der Menschen und die Daten der Bevölkerungsentwicklung in den einzelnen Wohngebieten von der Vorperiode bis zur übernächsten Periode.

Als Grundlage dienen folgende zusätzliche Informationen:

von / nach	Innenstadtnähe W_1	Naturwohngebiet W_2	Neubaugebiet W_3
Innenstadtnähe W_1	0,5	b	0,1
Naturwohngebiet W_2	0,4	0,8	c
Neubaugebiet W_3	a	0,15	0,7

$\vec{v}_0 = \begin{pmatrix} v_{W_1} \\ v_{W_2} \\ v_{W_3} \end{pmatrix}$ Berechnen Sie die fehlenden Werte a, b und c.

Ermitteln Sie für die geforderten Perioden die Bevölkerungszahlen für die drei Wohngebiete. Beschreiben Sie den Entwicklungsverlauf. 13

b) Bestimmen Sie die langfristige Entwicklung der Bevölkerungszahlen in den einzelnen Wohngebieten mithilfe der Übergangsmatrix $A = \begin{pmatrix} 0,5 & 0,05 & 0,1 \\ 0,4 & 0,8 & 0,2 \\ 0,1 & 0,15 & 0,7 \end{pmatrix}$.

Interpretieren Sie die ermittelten Werte für die Stadtratssitzung. 10

(Abitur Niedersachsen)

Aufgabe 10

Lösung Seite 126

Punkte

Drei Sektoren einer Volkswirtschaft sind nach dem Leontief-Modell miteinander verflochten. Die Zusammenhänge sind in dem Verflechtungsdiagramm zu ersehen. Die Angaben erfolgen in Geldeinheiten (GE).

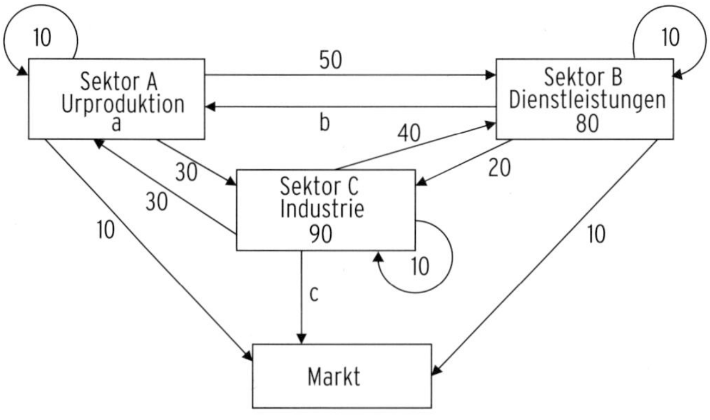

a) Bestimmen Sie die Parameter a, b und c .
   Nach den Ergebnissen der Marktforschung wird erwartet, dass zukünftig Güter und Dienstleistungen im Wert von 20,96 GE von Sektor A und jeweils 32,75 GE von Sektor B und C an den Markt abgegeben werden.
   Berechnen Sie den neuen Produktionsvektor und ermitteln Sie die prozentuale Produktionsveränderung der Sektoren B und C im Vergleich zur Ausgangssituation. 12

b) Absatzschwierigkeiten fordern, dass der Sektor B keine Güter und Dienstleistungen mehr an den Markt abgibt. Der Wert der Güter und Dienstleistungen in GE, den die beiden anderen Sektoren insgesamt produzieren, soll dann gleich groß sein.
   Berechnen Sie das Verhältnis zwischen den Marktabgaben des Sektors A und des Sektors C unter der Voraussetzung, dass die Technologiematrix

   $A = \frac{1}{360}\begin{pmatrix} 36 & 225 & 120 \\ 144 & 45 & 80 \\ 108 & 180 & 40 \end{pmatrix}$ lautet. 10

Aufgabe 11 **Lösung Seite 127**

Punkte

In der Volkswirtschaft von XLAND sind die Sektoren S_1, S_2 und S_3 nach dem Leontief-Modell miteinander verflochten. Die Inputmatrix A ist mit $A = \begin{pmatrix} \frac{1}{6} & \frac{1}{8} & \frac{2}{24} \\ \frac{2}{6} & \frac{1}{8} & \frac{1}{24} \\ \frac{2}{6} & \frac{4}{8} & \frac{10}{24} \end{pmatrix}$ bekannt.

In der vergangenen Periode produzierte Sektor S_1 6 Mengeneinheiten (ME), Sektor S_2 8 ME und Sektor S_3 24 ME.

a) Interpretieren Sie das Element a_{23} der Technologiematrix A .
   Jeder Sektor plante eine Marktabgabe von mindestens 4 ME.
   Untersuchen Sie, ob diese Planung mit der gegebenen Produktion umgesetzt werden konnte. Stellen Sie die gesamtwirtschaftliche Verflechtung der vergangenen Periode von XLAND grafisch dar. 8

b) Für die aktuelle Periode soll der Sektor S_1 4,5 ME, Sektor S_2 12 ME und Sektor S_3 7 ME für den Markt bereitstellen. Bestimmen Sie die notwendige prozentuale Produktionsmengenänderung je Sektor.
   Für die folgende Periode sind folgende Vorgaben zu beachten:
   Die Produktionsmengen der einzelnen Sektoren sind nicht bekannt, es gilt aber, dass die Produktionsmengen der Sektoren S_1 und S_2 gleich groß sein sollen. Die Abgabe an den Markt soll für Sektor S_1 13 ME und für Sektor S_2 11 ME betragen.
   Bestimmen Sie die Produktionsmengen der einzelnen Sektoren sowie die Marktabgabe des Sektors S_3. 12

Für die Volkswirtschaft von YLAND sind die zwei Sektoren SB_1 und SB_2 nach dem Leontief-Modell miteinander verflochten.

Für die Technologiematrix B_k gilt: $B_k = \begin{pmatrix} \frac{3}{8} & \frac{1}{6} + 2k \\ \frac{1}{8} & \frac{1}{2} - 2k \end{pmatrix}$.

In der letzten Periode produzierte Sektor SB_1 8 ME und Sektor SB_2 6 ME.
Der Parameter k gibt die Veränderung in der Produktion an, die aufgrund neuer Produktionsverfahren zu erwarten ist. Es gilt $k \in \mathbb{R}_{\geq 0}$.

c) Bestimmen Sie alle Werte, die der Parameter k im Sachzusammenhang annehmen kann.
   Berechnen Sie den Parameter k so, dass beide Sektoren jeweils 3 ME an den Markt abgeben. 10

Aufgabe 12 **Lösung Seite 128**

Punkte

Das Statistische Bundesamt ist Herausgeber der „Input-Output-Rechnung im Über blick" und bildet darin die Verflechtungen der einzelnen Sektoren der Bundesrepublik Deutschland nach dem Leontief-Modell ab. Die folgende Tabelle ist ein Auszug aus der zusammengefassten „Input-Output-Tabelle [...] der inländischen Produktion und Importe zu Herstellungspreisen in Mrd. Euro" (GE):

von \ nach		Output				
		Landwirtschaft	Industrie	Dienstleistung	Konsum	Produktion
Input	Landwirtschaft	8,2	32,6	3,6	26,8	71,2
	Industrie	12,4	972,2	159,5	1541,6	2685,7
	Dienstleistung	11,4	350,5	726,2	1452,5	2540,6

Die Regierung und die Opposition nutzen solche Daten zur Beurteilung der konjunk turellen Entwicklung und für ihr wirtschaftspolitisches Handeln. Die Opposition ist der Ansicht, dass die Krisen im nahen Ausland einen Teil der Konsumenten stark verunsichern und dass damit die konjunkturelle Erholung in Deutschland gefährdet sei: „Wenn es uns gelingt Anreize zu schaffen, so dass die Industrie ihre Produktion um 5 % erhöht, dann wird der gesamte Konsum ebenfalls um 5 % steigen." Die Bundesrepublik hin gegen setzt auf eine Produktionssteigerung in allen Bereichen in Höhe von 2 % und kontert, dass dies zu einem deutlich höheren Konsum führe.

a) Stellen Sie die in der Tabelle dargestellten Zusammenhänge in einem Verflechtungsdiagramm dar. Überprüfen Sie die These der Opposition, indem Sie die prozentuale Veränderung des gesamten Konsums ermitteln. Wenn der Vorschlag der Bundesregierung umgesetzt wird, dann ergibt sich folgender Konsumvektor $\vec{y} = \begin{pmatrix} 27{,}336 \\ 1572{,}432 \\ 1481{,}550 \end{pmatrix}$.
Berechnen Sie die prozentuale Veränderung der Marktabgabe.
Vergleichen Sie die Ergebnisse der beiden Prognosen. 12

b) Um den zukünftigen Konsum zu simulieren, verwendet das Statistische Bundesamt im Folgenden eine vereinfachte Technologiematrix $A = \begin{pmatrix} 0{,}1 & 0{,}1 & 0{,}1 \\ 0{,}2 & 0{,}4 & 0{,}4 \\ 0{,}2 & 0{,}1 & 0{,}2 \end{pmatrix}$.
Da keine genauen Angaben über die Nachfrage im übernächsten Wirtschaftsjahr gemacht werden können, wird mittelfristig eine Produktion von Landwirtschaft, Industrie und Dienstleistung im Verhältnis 1 : 5 : 3 zugrunde gelegt.
Ermitteln Sie den neuen Produktionsvektor $\vec{x}_{neu}$, wenn die Marktabgabe aller drei Bereiche insgesamt auf 4000 GE steigen soll.
Erstellen Sie die zugehörige Input-Output-Tabelle. 12

Lösungen – Aufgaben zur Prüfungsvorbereitung Lineare Algebra

Lösung Aufgabe 1 **Seite 1/2** (Aufgabe Seite 100)

1 $A_{BK} = \begin{pmatrix} 2 & 3 & 1 \\ a & 1 & 0 \\ 3 & b & 2 \\ 1 & 5 & c \end{pmatrix}$; $B_{KD} = \begin{pmatrix} 2 & 1 & 4 \\ 5 & 3 & 6 \\ 7 & 4 & 8 \end{pmatrix}$

Es gilt: $A_{BK} \cdot B_{KD} = C_{BD}$

Durch geeignete Multiplikation erhält man ein LGS für a, b und c:

z. B. 2. Zeile von A_{BK} · 1. Spalte von B_{KD}: $2a + 5 = 13 \Rightarrow a = 4$

3. Zeile von A_{BK} · 1. Spalte von B_{KD}: $6 + 5b + 14 = 50 \Rightarrow b = 6$

4. Zeile von A_{BK} · 1. Spalte von B_{KD}: $2 + 25 + 7c = 41 \Rightarrow c = 2$

Die Lösungen werden anhand der weiteren Gleichungen bestätigt.

2.1 Inversenbildung von B_{KD} mit dem GTR:

$$B_{KD}^{-1} = \begin{pmatrix} 0 & -4 & 3 \\ -1 & 6 & -4 \\ 0{,}5 & 0{,}5 & -0{,}5 \end{pmatrix}$$

Sofern B_{KD}^{-1} existiert, folgt aus $A_{BK} \cdot B_{KD} = C_{BD} \Rightarrow A_{BK} = C_{BD} \cdot B_{KD}^{-1}$

$$A_{BK} = \begin{pmatrix} 26 & 15 & 34 \\ 13 & 7 & 22 \\ 50 & 29 & 64 \\ 41 & 24 & 50 \end{pmatrix} \cdot \begin{pmatrix} 0 & -4 & 3 \\ -1 & 6 & -4 \\ 0{,}5 & 0{,}5 & -0{,}5 \end{pmatrix} = \begin{pmatrix} 2 & 3 & 1 \\ 4 & 1 & 0 \\ 3 & 6 & 2 \\ 1 & 5 & 2 \end{pmatrix}$$

2.2 Nein, das Verfahren lässt sich nicht auf beliebige zweistufige Prozesse übertragen, da die Matrix B quadratisch sein muss als Voraussetzung für die Invertierbarkeit. Darüber hinaus muss gelten Rg(B) = n (Zeilenzahl n) oder det (B) ≠ 0.

3 Variable Herstellungskosten je Drucker

$\vec{k}_v = \vec{k}_B \cdot C_{BD} + \vec{k}_K \cdot B_{KD} + \vec{k}_D$

$$= (3 \quad 2 \quad 5 \quad 1) \begin{pmatrix} 26 & 15 & 34 \\ 13 & 7 & 22 \\ 50 & 29 & 64 \\ 41 & 24 & 50 \end{pmatrix} + (3 \quad 2 \quad 4) \begin{pmatrix} 2 & 1 & 4 \\ 5 & 3 & 6 \\ 7 & 4 & 8 \end{pmatrix} + (22 \quad 27 \quad 18)$$

$$= (395 \quad 228 \quad 516) + (44 \quad 25 \quad 56) + (22 \quad 27 \quad 18) = (461 \quad 280 \quad 590)$$

Die variablen Kosten des Druckers D_1 betragen 461 €, die von D_2 280 € und die von D_3 590 €.

Deckungsbeitrag = Verkaufserlös – variable Kosten

Stückdeckungsbeitrag für D_1: 490 € – 461 € = **29 €**; für D_2: 320 € – 280 € = **40 €** für D_3: 635 € – 590 € = **45 €.**

Lösung Aufgabe 1 **Seite 2/2**

4 x: Anzahl der Drucker D_3

Bedarf an Basisteilen für $\begin{pmatrix} 2x \\ 4x \\ x \end{pmatrix}$ Drucker: $C_{BD} \cdot \begin{pmatrix} 2x \\ 4x \\ x \end{pmatrix} = \begin{pmatrix} 146x \\ 76x \\ 280x \\ 228x \end{pmatrix}$

Bedingungen für x: $280x \leq 1960 \Leftrightarrow x \leq 7$

$228x \leq 1824 \Leftrightarrow x \leq 8$

Beide Bedingungen sind erfüllt für $x \leq 7$.

Es können also maximal 14 Drucker D_1, 28 Drucker D_2 und 7 Drucker D_3 hergestellt werden. Hierfür werden $146 \cdot 7 = 1022$ Basisteile B_1, $76 \cdot 7 = 532$ Basisteile B_2, 1960 Basisteile B_3 und $228 \cdot 7 = 1596$ Basisteile B_4 benötigt.

5 LGS für x_1, x_2, x_3 Anzahl der Drucker D_4 bis D_6: $B_{KD} \cdot \begin{pmatrix} x_1 \\ x_2 \\ x_3 \end{pmatrix} = \begin{pmatrix} 220 \\ 370 \\ 520 \end{pmatrix}$

Auflösung mit dem Gauß-Algorithmus

$$\left(\begin{array}{ccc|c} 2 & 2 & 4 & 220 \\ 5 & 3 & 6 & 370 \\ 8 & 4 & 8 & 520 \end{array}\right) \sim \left(\begin{array}{ccc|c} 2 & 2 & 4 & 220 \\ 0 & 4 & -8 & -360 \\ 0 & -8 & -16 & -720 \end{array}\right) \sim \left(\begin{array}{ccc|c} 2 & 2 & 4 & 220 \\ 0 & -4 & -8 & -360 \\ 0 & 0 & 0 & 0 \end{array}\right)$$

Das LGS ist **mehrdeutig** lösbar.

Mit $x_3 = t$ erhält man den Lösungsvektor $\vec{x} = \begin{pmatrix} 20 \\ 90 - 2t \\ t \end{pmatrix}$; $t \geq 0$.

Bedingungen für die Lösung: $t \geq 0$ und $90 - 2t \geq 0 \Leftrightarrow 0 \leq t \leq 45$

In jedem Fall werden 20 Drucker D_4 gebaut. Es können zwischen 0 und 45 Drucker D_6 (x_3) gebaut werden, von Drucker D_5 werden dann $90 - 2x_3$ gebaut.

6.1 Bedingungen für t: $3 - t^2 \leq 2{,}96 \Leftrightarrow t^2 \geq 0{,}04 \Leftrightarrow t \geq 0{,}2 \vee t \leq -0{,}2$

und $2 + t \leq 2{,}80 \Leftrightarrow t \leq 0{,}80$

Wegen $t \geq 0$ gilt für den zulässigen Bereich: $0{,}2 \leq t \leq 0{,}8$

6.2 Gesamte Basisteilekosten des Druckers D_1: Kostenvektor · 1. Spalte von C_{BD}

$$\begin{pmatrix} 3 - t^2 & 2 + t & 5 & 1 \end{pmatrix} \begin{pmatrix} 26 \\ 13 \\ 50 \\ 41 \end{pmatrix} = -26t^2 + 13t + 395$$

Die zugehörige Parabel ist nach unten geöffnet, hat im Scheitel ihr Maximum und ihr Minimum am Rand ($t = 0{,}2$ oder $t = 0{,}8$).

Maximum: 1. Ableitung = 0 $\quad -52t + 13 = 0 \Leftrightarrow t = 0{,}25$ Maximalstelle

Randwertbetrachtung: $-26(0{,}2)^2 + 13 \cdot 0{,}2 + 395 = 396{,}56$

$-26(0{,}8)^2 + 13 \cdot 0{,}8 + 395 = 388{,}76$

Die gesamten Basisteilkosten von D_1 sind maximal in $t = 0{,}25$ und minimal in $t = 0{,}8$.

Lösung Aufgabe 2 **Seite 1/2** (Aufgabe Seite 102)

a) Übergangsdiagramm

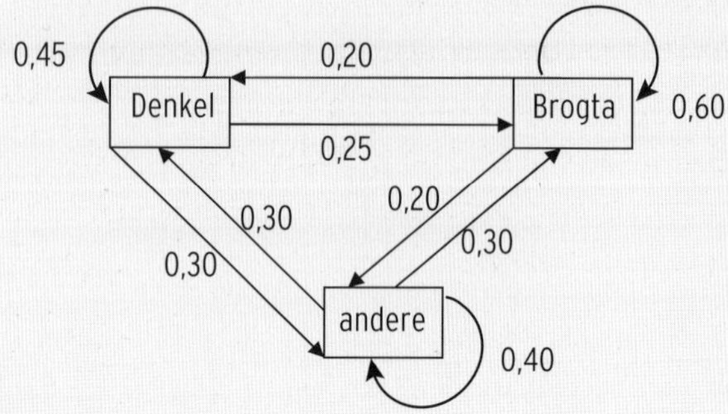

Übergangsmatrix

$$A = \begin{pmatrix} 0{,}45 & 0{,}20 & 0{,}30 \\ 0{,}25 & 0{,}60 & 0{,}30 \\ 0{,}30 & 0{,}20 & 0{,}40 \end{pmatrix}$$

(Zeilensumme = 1)

Marktanteile nach der Werbeaktion

$$\vec{v}_3 = A^3 \cdot \vec{v}_{Start} = A^3 \cdot \begin{pmatrix} 0{,}25 \\ 0{,}30 \\ 0{,}45 \end{pmatrix} = \begin{pmatrix} 0{,}3065 \\ 0{,}4039 \\ 0{,}2896 \end{pmatrix}$$

Hersteller Denkel hat nach der Werbeaktion seinen Marktanteil auf 30,65 % erhöht, Hersteller Brogta hat seinen Marktanteil ebenfalls erhöht und liegt jetzt bei 40,39 %, d. h. die Werbeaktion war erfolgreicher als bei Denkel, weil sein Marktanteil nicht mehr nur um 5% größer als bei Denkel ist, sondern um fast 10%.

Ermittlung des Fixvektors

Ermittlung der langfristigen Prognose mit $A \cdot \vec{v} = \vec{v}$

mit $x + y + z = 1 \Rightarrow z = 1 - x - y$

Einsetzen ergibt: $\begin{pmatrix} 0{,}45 & 0{,}20 & 0{,}30 \\ 0{,}25 & 0{,}60 & 0{,}30 \\ 0{,}30 & 0{,}20 & 0{,}40 \end{pmatrix} \cdot \begin{pmatrix} x \\ y \\ 1 - x - y \end{pmatrix} = \begin{pmatrix} x \\ y \\ 1 - x - y \end{pmatrix}$

LGS

$$0{,}45x + 0{,}20y + 0{,}3(1 - x - y) = x$$
$$0{,}25x + 0{,}60y + 0{,}3(1 - x - y) = y$$
$$0{,}30x + 0{,}20y + 0{,}4(1 - x - y) = 1 - x - y$$

Lösung: $x = 0{,}3051$; $y = 0{,}4068$; $z = 1 - x - y = 0{,}2881$

Fixvektor: $\vec{v} = \begin{pmatrix} 0{,}3051 \\ 0{,}4068 \\ 0{,}2881 \end{pmatrix}$

b) Übergangsmatrix $A = \begin{pmatrix} 0{,}9 & 0 & 0 \\ 0 & 0{,}8 & 0{,}5 \\ 0{,}1 & 0{,}2 & 0{,}5 \end{pmatrix}$

Vorangegangener Zeitraum: $\vec{v}_{-1} = A^{-1} \cdot \vec{v}_{neu} = \begin{pmatrix} 0{,}3390 \\ 0{,}2543 \\ 0{,}4067 \end{pmatrix}$

Hersteller Denkel hatte einen Marktanteil von 33,90 % und Hersteller Brogta von 25,43 % und die anderen Hersteller hatten zusammen einen Marktanteil von 40,67 %.

Grenzmatrix ermitteln: $\lim\limits_{n \to \infty} A^n = \begin{pmatrix} 0 & 0 & 0 \\ 0{,}7143 & 0{,}7143 & 0{,}7143 \\ 0{,}2857 & 0{,}2857 & 0{,}2857 \end{pmatrix}$

Bemerkung: Berechnen Sie A^{20}.

Lösung Aufgabe 2 **Seite 2/2**

b) **Beurteilung:** Obwohl die Kundenbindung bei Denkel bei 90 % liegt, wird das Produkt des Unternehmens aus dem Markt gedrängt. Dies ist durch die Kundenwanderung zu erklären, denn von Brogta und von den anderen Herstellern gibt es keine Käuferwanderung zu Denkel. Von Denkel wandern aber monatlich 10 % zu anderen Herstellern ab. Auf lange Sicht erhält Brogta den größten Marktanteil in Höhe von 71,43 %.

Lösung Aufgabe 3 **Seite 1/2** (Aufgabe Seite 103)

1 Es gilt folgender Zusammenhang: $A_{RZ} \cdot B_{ZH} = C_{RH} \Rightarrow A_{RZ} = C_{RH} \cdot B_{ZH}^{-1}$

Berechnung der Inversen B_{ZH}^{-1} ergibt: $B_{ZH}^{-1} = \frac{1}{21}\begin{pmatrix} -3 & -7 & 12 \\ 6 & 0 & -3 \\ 3 & 14 & -12 \end{pmatrix}$

Rohstoff-Zwischenprodukt-Matrix $A_{RZ} = \begin{pmatrix} 17 & 14 & 10 \\ 16 & 8 & 14 \\ 28 & 9 & 17 \\ 9 & 12 & 6 \end{pmatrix} \cdot \frac{1}{21}\begin{pmatrix} -3 & -7 & 12 \\ 6 & 0 & -3 \\ 3 & 14 & -12 \end{pmatrix} = \begin{pmatrix} 3 & 1 & 2 \\ 2 & 4 & 0 \\ 1 & 2 & 5 \\ 3 & 1 & 0 \end{pmatrix}$

2 **Bestimmung der variablen Stückkosten:**

$(2 \quad 3 \quad 4{,}5) \cdot \begin{pmatrix} 2 & 4 & 1 \\ 3 & 0 & 3 \\ 4 & 1 & 2 \end{pmatrix} + (9 \quad 7{,}5 \quad 10) = (40 \quad 20 \quad 30)$

Verkaufspreis = Stückdeckungsbeitrag + variable Stückkosten

$(50 \quad 25 \quad 45) + (40 \quad 20 \quad 30) = (90 \quad 45 \quad 75)$

Die Preise für die drei Handytypen sollten bei 90 GE/ME für H_1, 45 GE/ME für H_2 und 75 GE/ME für H_3 liegen.

Lösung Aufgabe 3 **Seite 2/2**

3 Um die produzierte Menge an H_1 zu bestimmen, muss die 1. Zeile des folgenden linearen Gleichungssystems gelöst werden:

$$\begin{pmatrix} 2 & 4 & 1 \\ 3 & 0 & 3 \\ 4 & 1 & 2 \end{pmatrix}\begin{pmatrix} 2x \\ 5x \\ 4x \end{pmatrix} = \begin{pmatrix} 980000 \\ 580000 \\ 800000 \end{pmatrix} \Rightarrow 28x = 980000 \quad \Leftrightarrow x = 35000 \quad \text{(1. Zeile)}$$

Produktionsvektor bei vorgegebenem Verhältnis 2:5:4: $\vec{x} = \begin{pmatrix} 70000 \\ 175000 \\ 140000 \end{pmatrix}$

Um den Bedarf an Zwischenprodukten zu ermitteln, muss nun die ZH-Matrix mit dem Produktionsvektor multipliziert werden:

$$\begin{pmatrix} 2 & 4 & 1 \\ 3 & 0 & 3 \\ 4 & 1 & 2 \end{pmatrix} \cdot \begin{pmatrix} 70000 \\ 175000 \\ 140000 \end{pmatrix} = \begin{pmatrix} 980000 \\ 630000 \\ 735000 \end{pmatrix}$$

Dies bedeutet, dass von Z_2 50000 ME (630000 - 580000) nachbestellt werden müssen und von Z_3 ein Restbestand von 65000 ME (735000 - 800000) im Lager verbleibt.

4 Um die Parameterwerte zu bestimmen, muss das LGS mit Hilfe des Gauß-Algorithmus in die obere Dreiecksform gebracht werden:

$$\left(\begin{array}{ccc|c} 2 & 4+k & 1 & 180000 \\ 3 & 0 & 3-k & 210000 \\ 4 & 1+k & 2 & 220000 \end{array}\right) \sim \left(\begin{array}{ccc|c} 2 & 4+k & 1 & 180000 \\ 0 & 3k+12 & -3+2k & 120000 \\ 0 & -7-k & 0 & -140000 \end{array}\right)$$

Für $k = -7$ $(0 \;\; 0 \;\; 0 \mid -140000)$

und $k = 1{,}5$: $\left(\begin{array}{ccc|c} 2 & 5{,}5 & 1 & 180000 \\ 0 & 16{,}5 & 0 & 12000 \\ 0 & -8{,}5 & 0 & -14000 \end{array}\right)$ ist das LGS nicht lösbar ist, da $Rg(A \mid b) > Rg(A)$.

Bedingungen: $1 + k \geq 0 \Leftrightarrow$ $k \geq -1$ und $3 - k \geq 0$

$k \leq 3$ und $4 + k \geq 0$

$k \geq -4$

Alle Bedingungen sind erfüllt für $k \in [-1; 3]$

Für $k \in [-1; 3]\backslash\{1{,}5\}$ kann das Lager restlos geräumt werden.

Lösung Aufgabe 4 (Aufgabe Seite 104)

3.1 Bestimmung von d, s. d. kein R_4 bzw. gleich viel R_1 und R_4 benötigt werden.

Bedingung: $2d^2 + d = 0$ $d = 0 \vee d = -0{,}5$ $(d = -0{,}5 \notin D)$

Für d = 0 wird R_4 vollständig ersetzt.

Bedingung: $2d^2 + 2d = 2 - d$ $2d^2 + 2d - 2 = 0$

$d \approx 0{,}618 \vee d \approx -1{,}618 \ (\notin D)$

Für $d \approx 0{,}618$ werden für eine ME von Z_1 gleiche Mengen von R_1 und R_4 benötigt.

3.2 **Matrix** C_{RS} (Gibt den Zusammenhang zwischen den Rohstoffen und den Endprodukten S_1 und S_2 in Abhängigkeit vom Parameter d an.)

$A_{RZ} \cdot B_{ZS} = C_{RS}$

$$\begin{pmatrix} 2-d & 3 & 0 \\ 1 & 4 & 0 \\ 0 & 1 & 1 \\ 2d^2+d & 2 & 3 \end{pmatrix} \cdot \begin{pmatrix} 2 & 4 \\ 1 & 4 \\ 0 & 2 \end{pmatrix} = \begin{pmatrix} 2(2-d)+3 & 4(2-d)+12 \\ 6 & 20 \\ 1 & 6 \\ 2(2d^2+d)+2 & 4(2d^2+d)+14 \end{pmatrix} = \begin{pmatrix} 7-2d & 20-4d \\ 6 & 20 \\ 1 & 6 \\ 4d^2+2d+2 & 8d^2+4d+14 \end{pmatrix}$$

3.3 **Rohstoffkosten in Abhängigkeit von d**

$$(7 \quad 4 \quad 5 \quad 4) \cdot C_{RS} = (7 \quad 4 \quad 5 \quad 4) \cdot \begin{pmatrix} 7-2d & 20-4d \\ 6 & 20 \\ 1 & 6 \\ 4d^2+2d+2 & 8d^2+4d+14 \end{pmatrix}$$

$$= (16d^2 - 6d + 86 \quad 32d^2 - 12d + 306)$$

3.4 **Die minimalen gesamten Rohstoffkosten liegen über 39 000 GE**

$K(d) = 100 \cdot (16d^2 - 6d + 86 + 32d^2 - 12d + 306) = 4800d^2 - 1800d + 39200$

notwendige Bedingung: $K'(d) = 0$ $9600d - 1800 = 0$

$d = \frac{3}{16} = 0{,}1875$

hinreichende Bedingung: $K'(d) = 0 \wedge K''(d) > 0$

$K''(d) = 9600 > 0$

Mit $K(0{,}1875) = 39031{,}25 > 39000$

Damit ist nachgewiesen, dass die minimalen gesamten Rohstoffkosten über 39 000 GE liegen.

3.5 **Produktionsmengen** von S_1 und S_2

Zunächst werden die Rohstoffkosten je Endprodukt für $d = \frac{3}{16} = 0{,}1875$ berechnet:

$(16(0{,}1875)^2 - 6 \cdot 0{,}1875 \quad 86 + \quad 32(0{,}1875)^2 - 12 \cdot 0{,}1875 + 306)$

$= (85{,}4375 \quad 304{,}875)$

Bedingung: $x(86 - 85{,}4375) + x(306 - 304{,}875) = 1000$

$0{,}5625x + 1{,}125x = 1000 \Leftrightarrow x \approx 592{,}59$

Um den angegebenen Kostenvorteil zu erzielen, müssen von S_1 und S_2 jeweils ca. 592,6 ME produziert werden.

Lösung Aufgabe 5 (Aufgabe Seite 105)

Ermittlung der absoluten und relativen (prozentualen) Häufigkeiten

	CDU	SPD	sonstige
CDU	17400 (0,7945)	5200 (0,2140)	3800 (0,1319)
SPD	3300 (0,1507)	16900 (0,6955)	3000 (0,1042)
sonstige	1200 (0,0548)	2200 (0,0905)	22000 (0,7639)

Übergangsmatrix: $A = \begin{pmatrix} 0{,}7945 & 0{,}2140 & 0{,}1319 \\ 0{,}1507 & 0{,}6955 & 0{,}1042 \\ 0{,}0548 & 0{,}0905 & 0{,}7639 \end{pmatrix}$ Spaltensumme = 1

Prognose für die Wahl in drei Jahren: $\overrightarrow{v_3} = A^3 \cdot \overrightarrow{v_{Start}} = \begin{pmatrix} 0{,}4178 \\ 0{,}2838 \\ 0{,}2984 \end{pmatrix}$

A^3 muss für den Übergangsgraph berechnet werden: $A^3 = \begin{pmatrix} 0{,}5952 & 0{,}3942 & 0{,}2970 \\ 0{,}2715 & 0{,}4303 & 0{,}2165 \\ 0{,}1332 & 0{,}1755 & 0{,}4865 \end{pmatrix}$

Wahlprognose:

CDU 41,78 %; SPD 28,38 % Sonstige 29,84 %

Übergangsdiagramm:

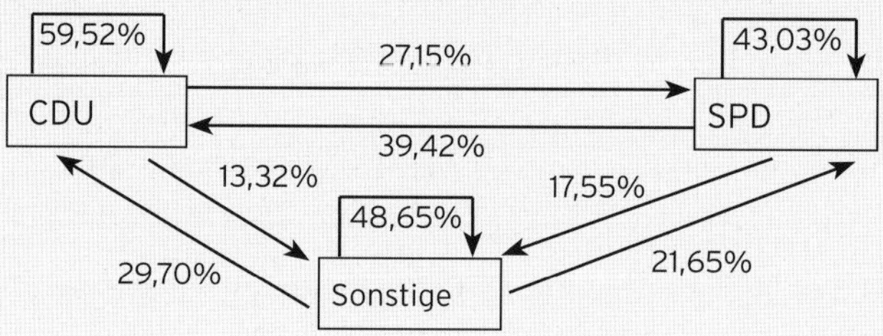

Lösung Aufgabe 6 **Seite 1/2** (Aufgabe Seite 106)

1.1 A_{EZ}: Einzelteile-Schrankelemente-Matrix; $A_{EZ} = \begin{pmatrix} 5 & 7 & 3 \\ 8 & 11 & 7 \\ 2 & 0 & 1 \\ 3 & 6 & 0 \end{pmatrix}$

B_{ZF}: Schrankelemente-Schranktyp-Matrix: $B_{ZF} = \begin{pmatrix} 7 & 3 \\ 2 & 6 \\ 10 & 15 \end{pmatrix}$

C_{EF}: Einzelteile-Schranktyp-Matrix; $C_{EF} = A_{EZ} \cdot B_{ZF} = \begin{pmatrix} 79 & 102 \\ 148 & 195 \\ 24 & 21 \\ 33 & 45 \end{pmatrix}$

Einzelteilkosten pro Schranktyp:

$$\vec{k}_E \cdot C_{EF} = (5 \quad 0{,}5 \quad 4-t \quad 3)\begin{pmatrix} 79 & 102 \\ 148 & 195 \\ 24 & 21 \\ 33 & 45 \end{pmatrix} = (664 - 24t \quad 826{,}5 - 21t)$$

Fertigungskosten der Schrankelemente pro Schranktyp:

$$\vec{k}_Z \cdot B_{ZF} = (11 \quad 14 \quad 17)\begin{pmatrix} 7 & 3 \\ 2 & 6 \\ 10 & 15 \end{pmatrix} = (275 \quad 372)$$

Fertigungskosten der Schranktypen pro Schranktyp: $\vec{k}_F = (36 \quad 42)$

Variable Stückkosten für die Schranktypen:

$$\vec{k}_{F,\,variabel} = \vec{k}_E \cdot C_{EF} + \vec{k}_Z \cdot B_{ZF} + \vec{k}_F$$

$$= (664 - 24t \quad 826{,}5 - 21t) + (275 \quad 372) + (36 \quad 42)$$

$$= (975 - 24t \quad 1240{,}5 - 21t)$$

Die variablen Stückkosten betragen (975 − 24t) € für F_1 und (1240,5 − 21t) € für F_2.

1.2 Da die Einlegeböden zum Preis von 4 € eingekauft werden, ist t = 0.
Damit ergeben sich folgende Stückdeckungsbeiträge:

$$\vec{d}_F = \vec{p} - \vec{k}_{F,\,variabel} = (1150 \quad 1240) - (975 - 24 \cdot 0 \quad 1240{,}5 - 21 \cdot 0)$$

$$= (175 \quad -0{,}5)$$

Lösung Aufgabe 6 **Seite 2/2**

1.2 Der Stückdeckungsbeitrag des zweiten Schranktyps ist negativ und verringert somit den möglichen Gesamtgewinn. Das Unternehmen sollte also prüfen, ob der Verkaufspreis heraufgesetzt werden kann oder ob die Einzelteilkosten und die Fertigungskosten herabgesetzt werden können. Alternativ sollte Schranktyp F_2 ganz aus dem Programm genommen werden.

1.3 **Gesamtgewinn**

Gesamtdeckungsbeitrag $D_F = \vec{d}_F \cdot \vec{x} = (175 \quad -0{,}5) \begin{pmatrix} 120 \\ 100 \end{pmatrix} = 20950$

$G = D_F - K_{fix} = 20950 - 12400 = 8550$

Der Gesamtgewinn liegt bei 8550 €.

2.1 **Lösbarkeit**

1. Fall: $450x + 775y - 1061\,250 \neq 0$, dann ist das Gleichungssystem nicht lösbar, da $3 = Rg(A) < Rg(A|\,b) = 4$

2. Fall: $450x + 775y - 1061\,250 = 0$, dann ist das Gleichungssystem eindeutig lösbar, da $3 = Rg(A) = Rg(A|\,b) = n$

2.2 **Zulässige Bereiche** ausschließlich aus den letzten beiden Zeilen:

Da x und y für die zur Lagerräumung benötigten Mengen stehen, muss für sie gelten: $x \geq 0$, $y \geq 0$

Damit das Gleichungssystem lösbar ist, muss $450x + 775y - 1061\,250 = 0$ gelten.

Formt man diese Bedingung nach y um, so erhält man: $y = -\frac{450}{775}x + \frac{1061250}{775}$

Es handelt sich bei der Bedingung also um eine fallende Gerade mit positivem y-Achsenabschnitt. Mit der Nichtnegativitätsbedingung von oben müssen die gesuchten Werte für x und y auf der Geraden im ersten Quadranten liegen.

Mit Hilfe der Achsenschnittpunkte gelangt man zu folgenden Bedingungen:

$y \leq \frac{1061250}{775} \approx 1369{,}35$ und $x \leq \frac{1061250}{450} \approx 2358{,}33$

Außerdem muss $-5x + 41500 \geq 0$ sein, was zu $x \leq 8300$ führt, was eine schwächere Einschränkung für x bedeuten würde.

Die gesuchten Bereiche sind also: $0 \leq y \leq 1369$ und $0 \leq x \leq 2358$

Lösung Aufgabe 7 (Aufgabe Seite 108)

a) Übergangsmatrix aus dem Diagramm: $M = \begin{pmatrix} 0{,}5 & 0{,}2 & 0{,}3 \\ 0{,}2 & 0{,}58 & 0{,}22 \\ 0{,}3 & 0{,}22 & 0{,}63 \end{pmatrix}$

Erläuterung:

Die erste Spalte zeigt, dass von den Kunden von P nach einem Jahr 50 % bei P geblieben sind, 20 % zu G und 30 % zu R gewechselt sind.

Kundenanteile für t = 1 (nach einem Jahr):

$M \cdot \overrightarrow{a_0} = \overrightarrow{a_1}$ $\quad M \cdot \begin{pmatrix} 0{,}3 \\ 0{,}4 \\ 0{,}3 \end{pmatrix} = \begin{pmatrix} 0{,}290 \\ 0{,}343 \\ 0{,}367 \end{pmatrix}$

Kundenanteile für t = 2 (nach zwei Jahren): $M \cdot \overrightarrow{a_1} = \overrightarrow{a_2}$ $\quad M \cdot \begin{pmatrix} 0{,}290 \\ 0{,}343 \\ 0{,}367 \end{pmatrix} = \begin{pmatrix} 0{,}287 \\ 0{,}319 \\ 0{,}394 \end{pmatrix}$

P muss im 1. Jahr von einem mit von 30 % auf 29 % und im 2. Jahr auf 28,7 % leicht sinkenden Marktanteil rechnen.

b) Strategie A: $A = \begin{pmatrix} 0{,}6 & 0{,}20 & 0{,}20 \\ 0{,}15 & 0{,}58 & 0{,}17 \\ 0{,}25 & 0{,}22 & 0{,}63 \end{pmatrix}$ $\quad$ Strategie B: $B = \begin{pmatrix} 0{,}5 & 0{,}24 & 0{,}28 \\ 0{,}20 & 0{,}54 & 0{,}17 \\ 0{,}30 & 0{,}22 & 0{,}55 \end{pmatrix}$

Marktanteile für t = 2 (nach 2 Jahren):

mit Strategie A: $A^2 \cdot \overrightarrow{a_0} = \overrightarrow{a_2} = \begin{pmatrix} 0{,}328 \\ 0{,}298 \\ 0{,}374 \end{pmatrix}$ E

mit Strategie B: $B^2 \cdot \overrightarrow{a_0} = \overrightarrow{a_2} = \begin{pmatrix} 0{,}34 \\ 0{,}30 \\ 0{,}36 \end{pmatrix}$

Beide Strategien führen zur Steigerung des Marktanteils von P;

Strategie B scheint noch wirksamer als A.

c) Wegen der Spaltensumme 1 erhält man das LGS

$a + b = 0{,}6$

$a + c = 0{,}4$

$b + c = 0{,}5$

Darstellung der Symmetrie am zugehörigen Übergangsgraphen:
An den Pfeilen mit vertauschtem Anfangs- und Endpunkt stehen dieselben Zahlen.

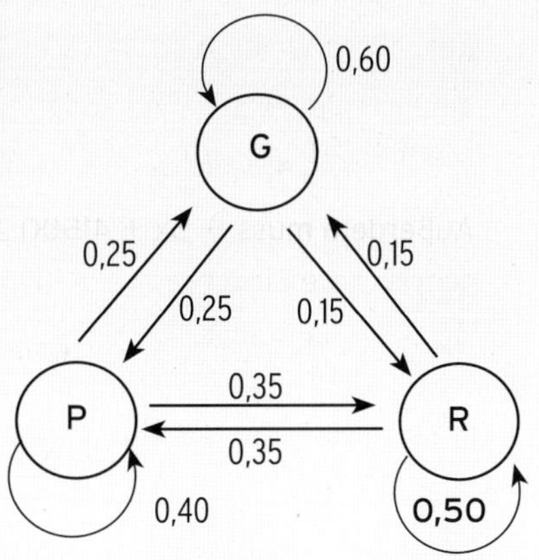

Lösung Aufgabe 8 **Seite 1/2** (Aufgabe Seite 109)

1 **Qualitätsstufe k**

Bestimmung der benötigten Rohstoffe je Endprodukt:

$$A_{RZ_k} \cdot B_{ZE} = C_{RE_k} \Rightarrow C_{RE_k} = \begin{pmatrix} 4k+8 & 6 & k+6 \\ 4k+10 & 4k+1 & 4k+3 \\ 16 & 6 & 8 \end{pmatrix}$$

Benötigte Rohstoffe für den Kundenauftrag: $C_{RE_k} \cdot \begin{pmatrix} 400 \\ 500 \\ 200 \end{pmatrix} = \begin{pmatrix} 200(9k+37) \\ 100(44k+51) \\ 11000 \end{pmatrix}$

Bestimmung der Qualitätsstufe

$200(9k + 37) = 14600$ ergibt $9k + 37 = 73 \Leftrightarrow k = 4$

$100 \cdot (44k + 51) = 22700$ ergibt $44k + 51 = 227 \Leftrightarrow 44k = 176 \Leftrightarrow k = 4$

Es wurden Rohstoffe der Qualitätsstufe 4 verarbeitet.

2 **Prüfung der Möglichkeiten zur Lagerräumung**

Ansatz: $C_{RE} \cdot \begin{pmatrix} x \\ y \\ z \end{pmatrix} = \begin{pmatrix} 600 \\ 740 \\ 600 \end{pmatrix} \Leftrightarrow \left(\begin{array}{ccc|c} 16 & 6 & 8 & 600 \\ 18 & 9 & 11 & 740 \\ 16 & 6 & 8 & 600 \end{array}\right) \sim \left(\begin{array}{ccc|c} 16 & 6 & 8 & 600 \\ 0 & 18 & 16 & 520 \\ 0 & 0 & 0 & 0 \end{array}\right)$

Das LGS hat unendlich viele Lösungen. Es gibt unendlich viele Möglichkeiten, das Lager zu räumen.

Allgemeiner Lösungsvektor mit z = t: $\vec{x} = \begin{pmatrix} \frac{80}{3} - \frac{1}{6}t \\ \frac{260}{9} - \frac{8}{9}t \\ t \end{pmatrix}$

Beachtung der Nichtnegativitätsforderung: $\frac{80}{3} - \frac{1}{6}t \geq 0 \Leftrightarrow t \leq 160$

$\frac{260}{9} - \frac{8}{9}t \geq 0 \Leftrightarrow t \leq 32{,}5$

Ökonomisch sinnvolle Lösungsmenge: $L = \left\{ \begin{pmatrix} \frac{80}{3} - \frac{1}{6}t \\ \frac{260}{9} - \frac{8}{9}t \\ t \end{pmatrix}; 0 \leq t \leq 32{,}5 \right\}$

Zwei Beispiellösungen : $\begin{pmatrix} \frac{80}{3} \\ \frac{260}{9} \\ 0 \end{pmatrix}$ (t = 0); $\begin{pmatrix} \frac{53}{2} \\ 28 \\ 1 \end{pmatrix}$ (t = 1)

3.1 Ökonomisch sinnvoller Definitionsbereich für k.

Kein Einzelwert darf kleiner als Null sein. Aus den Parametertermen folgt dann

$2 - \frac{1}{10}k \geq 0$ für $k \leq 20$ $\quad$ $3 - \frac{1}{3}k \geq 0$ für $k \leq 9$

(Die Terme bei Z_1 und Z_2 können nicht kleiner als 0 werden, weil k > 0)

Der Parameter k hat also einen Definitionsbereich von 0 bis 9: $k \in [0, 9]$

Lösung Aufgabe 8 **Seite 2/2**

3.2 k = 3

Rohstoffkosten: (1,7 2 2,5) C_{RE} = (118 51,2 65,3)

Fertigungskosten für die ZP: (8,15 10,375 6,5) B_{ZE} = (70,8 21,15 31,525)

Fertigungskosten für die EP: (7 6 5)

Variable Kosten als Summe obiger Kostenzeilen: (195,8 78,35 101,825)

Der vorgeschlagene Preis für E_1 ist annehmbar, bei E_2 würden gerade die variablen Kosten gedeckt, anteilige Fixkosten würden als Verluste entstehen und der vorgeschlagene Preis für E_3 ergäbe sogar einen negativen Deckungsbeitrag.

Lösung Aufgabe 9 (Aufgabe Seite 110)

a) Fehlende Werte berechnen

Es handelt sich um stochastische Angaben, d. h. die Spaltensumme muss 1 sein.

a = 1 − 0,5 − 0,4 = 0,1 b = 1 − 0,8 − 0,15 = 0,05 c = 1 − 0,7 − 0,1 = 0,2

Bevölkerungszahlen ermitteln

Diese Periode: $\vec{v}_0 = \begin{pmatrix} 7000 \\ 24500 \\ 38500 \end{pmatrix}$ Vorperiode: $\vec{v}_{-1} = A^{-1} \cdot \vec{v}_0 = \begin{pmatrix} 2100 \\ 6800 \\ 51100 \end{pmatrix}$

Nächste Periode: $\vec{v}_1 = A \cdot \vec{v}_0 = \begin{pmatrix} 8575 \\ 30100 \\ 31325 \end{pmatrix}$ Übernächste Periode: $\vec{v}_2 = A^2 \cdot \vec{v}_0 = \begin{pmatrix} 8925 \\ 33775 \\ 27300 \end{pmatrix}$

Entwicklungsverlauf beschreiben

Die Bevölkerungszahlen in Wohngebieten in Innenstadtnähe steigen in Zukunft langsam an. Die Bevölkerungszahlen in Neubaugebieten sinken. Die Bevölkerungszahlen in Naturgebieten steigen in Zukunft stark an.

b) Langfristige Entwicklung der Bevölkerungszahlen (Fixvektor) bestimmen.

Bedingung: $\begin{pmatrix} 0,5 & 0,05 & 0,1 \\ 0,4 & 0,8 & 0,2 \\ 0,1 & 0,15 & 0,7 \end{pmatrix} \cdot \begin{pmatrix} x \\ y \\ 1-x-y \end{pmatrix} = \begin{pmatrix} x \\ y \\ 1-x-y \end{pmatrix}$

Multiplikation ergibt das LGS

$$\begin{aligned} 0,5x + 0,05y + 0,1(1-x-y) &= x & \qquad & -0,6x - 0,05y = -0,1 \\ 0,4x + 0,8y + 0,2(1-x-y) &= y & \Leftrightarrow \qquad & 0,2x - 0,4y = -0,2 \\ 0,1x + 0,15y + 0,7(1-x-y) &= 1-x-y & \qquad & 0,4x + 0,45y = 0,3 \end{aligned}$$

Das LGS ist eindeutig lösbar mit x = 0,12; y = 0,56 und damit z = 0,32

Fixvektor (0,12 0,56 0,32)

Hinweis: Additionsverfahren in Matrixform:

$$\left(\begin{array}{cc|c} -0,6 & -0,05 & -0,1 \\ 0,2 & -0,40 & -0,2 \\ 0,4 & 0,45 & 0,3 \end{array}\right) \sim \left(\begin{array}{cc|c} -0,6 & -0,05 & -0,1 \\ 0 & -1,25 & -0,7 \\ 0 & 1,25 & 0,7 \end{array}\right)$$

Interpretation: Auf lange Sicht wohnen 12 % der Menschen in Innenstadtnähe, 56 % in Naturwohngebieten und 32 % in Neubaugebieten. Der Stadtrat sollte mehr Baugebiete in Naturwohngebieten ausschreiben.

Lösung Aufgabe 10

(Aufgabe Seite 111)

a) **Parameterbestimmung**

$x_1 = x_{11} + x_{12} + x_{13} + y_1 \Rightarrow \quad a = 10 + 50 + 30 + 10 = 100$

$x_2 = x_{21} + x_{22} + x_{23} + y_2 \Rightarrow \quad 80 = b + 10 + 20 + 10 \Rightarrow b = 40$

$x_3 = x_{31} + x_{32} + x_{33} + y_3 \Rightarrow \quad 90 = 30 + 40 + 10 + c \Rightarrow c = 10$

Technologiematrix

$$A = \begin{pmatrix} \frac{1}{10} & \frac{5}{8} & \frac{1}{3} \\ \frac{2}{5} & \frac{1}{8} & \frac{2}{9} \\ \frac{3}{10} & \frac{1}{2} & \frac{1}{9} \end{pmatrix}$$

Leontief-Inverse

$$E - A = \begin{pmatrix} \frac{9}{10} & -\frac{5}{8} & -\frac{1}{3} \\ -\frac{2}{5} & \frac{7}{8} & -\frac{2}{9} \\ -\frac{3}{10} & -\frac{1}{2} & \frac{8}{9} \end{pmatrix} \Rightarrow (E - A)^{-1} = \frac{1}{131}\begin{pmatrix} 480 & 520 & 310 \\ 304 & 504 & 240 \\ 333 & 459 & 387 \end{pmatrix}$$

Produktionsvektor bestimmen

$$\vec{x}_{neu} = (E - A)^{-1} \cdot \vec{y}_{neu} \quad \Rightarrow \quad \vec{x}_{neu} = \frac{1}{131}\begin{pmatrix} 480 & 520 & 310 \\ 304 & 504 & 240 \\ 333 & 459 & 387 \end{pmatrix}\begin{pmatrix} 20{,}96 \\ 32{,}75 \\ 32{,}75 \end{pmatrix} = \begin{pmatrix} 284{,}30 \\ 234{,}64 \\ 264{,}78 \end{pmatrix}$$

Prozentuale Produktionsveränderung

Sektor B: $\frac{234{,}64}{80} \approx 2{,}933 = 293{,}3\ \%$

Sektor C: $\frac{264{,}78}{90} \approx 2{,}942 = 294{,}2\%$

Der Sektor B muss seine Produktion auf 293,3% erhöhen, der Sektor C auf 294,2%. Beide Sektoren müssen also die Produktion knapp verdreifachen.

b) $$\vec{y}_{neu} = (E - A)\,\vec{x}_{neu} \Rightarrow \begin{pmatrix} y_1 \\ 0 \\ y_3 \end{pmatrix} = \begin{pmatrix} \frac{9}{10} & -\frac{5}{8} & -\frac{1}{3} \\ -\frac{2}{5} & \frac{7}{8} & -\frac{2}{9} \\ -\frac{3}{10} & -\frac{1}{2} & \frac{8}{9} \end{pmatrix}\begin{pmatrix} x_1 \\ x_2 \\ x_1 \end{pmatrix}$$

LGS für x_1, x_2, y_1, y_3:

$y_1 = \frac{9}{10}x_1 - \frac{5}{8}x_2 - \frac{1}{3}x_1 \quad \Rightarrow \quad \frac{17}{30}x_1 - \frac{5}{8}x_2 - y_1 = 0$

$0 = -\frac{2}{5}x_1 + \frac{7}{8}x_2 - \frac{2}{9}x_1 \quad \Rightarrow -\frac{28}{45}x_1 + \frac{7}{8}x_2 = 0$

$y_3 = -\frac{3}{10}x_1 - \frac{1}{2}x_2 + \frac{8}{9}x_1 \quad \Rightarrow \quad \frac{53}{90}x_1 - \frac{1}{2}x_2 - y_3 = 0$

$$\left(\begin{array}{cccc|c} 1 & 0 & 0 & -\frac{30}{7} & 0 \\ 0 & 1 & 0 & -\frac{64}{21} & 0 \\ 0 & 0 & 1 & -\frac{11}{21} & 0 \end{array}\right)$$

Lösung anhand der letzten Zeile der Matrix

$y_1 - \frac{11}{21}y_3 = 0 \Rightarrow y_1 = \frac{11}{21}y_3 \quad \Rightarrow \quad \frac{y_1}{y_3} = \frac{11}{21}$

Das Verhältnis der Marktabgabe der Sektoren A und C ist 11 zu 21 (etwa 1 zu 2).

Lösungen Aufgabe 11 (Aufgabe Seite 112)

a) Interpretation $a_{23} = \frac{1}{24}$; der Sektor S_3 benötigt $\frac{1}{24}$ ME von Sektor S_2, um selbst 1 ME zu erzeugen.–

Konsumvektorberechnung: $\vec{y} = (E - A)\,\vec{x} = \begin{pmatrix} \frac{5}{6} & \frac{-1}{8} & \frac{-2}{24} \\ \frac{-2}{6} & \frac{7}{8} & \frac{-1}{24} \\ \frac{-2}{6} & \frac{-4}{8} & \frac{14}{24} \end{pmatrix} \cdot \begin{pmatrix} 6 \\ 8 \\ 24 \end{pmatrix} = \begin{pmatrix} 2 \\ 4 \\ 8 \end{pmatrix}$

Die Planung kann nicht umgesetzt werden, da der Sektor S_1 nur 2 ME an den Markt abgibt.

Verflechtungsdiagramm

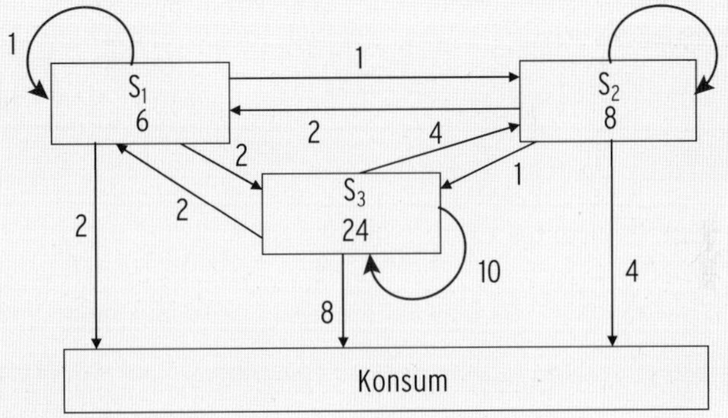

b) Prozentuale Produktmengenänderung

Aktuelle Produktion:

$\vec{x}_1 = (E - A)^{-1} \begin{pmatrix} 4{,}5 \\ 12 \\ 7 \end{pmatrix} = \begin{pmatrix} 12 \\ 20 \\ 36 \end{pmatrix}$ vgl.: $\vec{x} = \begin{pmatrix} 6 \\ 8 \\ 24 \end{pmatrix}$ Produktion vergangene Periode

Prozentuale Produktionsänderung

S_1: $\frac{12}{6} = 2$; also 100 % Steigerung

S_2: $\frac{20}{8} = 2{,}5$; also 150 % Steigerung

S_3: $\frac{36}{24} = 1{,}5$; also 50 % Steigerung

Produktionsmengen und Marktabgaben

Ansatz: $A \cdot \vec{x} + \vec{y} = \vec{x}$ (oder auch $(E - A)\,\vec{x} = \vec{y}$)

$\begin{pmatrix} \frac{1}{6} & \frac{1}{8} & \frac{2}{24} \\ \frac{2}{6} & \frac{1}{8} & \frac{1}{24} \\ \frac{2}{6} & \frac{4}{8} & \frac{10}{24} \end{pmatrix} \begin{pmatrix} x_1 \\ x_1 \\ x_3 \end{pmatrix} + \begin{pmatrix} 13 \\ 11 \\ y_3 \end{pmatrix} = \begin{pmatrix} x_1 \\ x_1 \\ x_3 \end{pmatrix}$ oder $\begin{pmatrix} \frac{5}{6} & \frac{-1}{8} & \frac{-2}{24} \\ \frac{-2}{6} & \frac{7}{8} & \frac{-1}{24} \\ \frac{-2}{6} & \frac{-4}{8} & \frac{14}{24} \end{pmatrix} \cdot \begin{pmatrix} x_1 \\ x_1 \\ x_3 \end{pmatrix} = \begin{pmatrix} 13 \\ 11 \\ y_3 \end{pmatrix}$

Zugehöriges LGS:

$$\frac{17}{24}x_1 - \frac{2}{24}x_3 = 13$$
$$\frac{13}{24}x_1 - \frac{1}{24}x_3 = 11$$
$$-\frac{20}{24}x_1 + \frac{14}{24}x_3 - y_3 = 0$$

Bedingungsmatrix für x_1, x_3, y_3:

$$\left(\begin{array}{ccc|c} \frac{17}{24} & -\frac{2}{24} & 0 & 13 \\ \frac{13}{24} & -\frac{1}{24} & 0 & 11 \\ -\frac{20}{24} & \frac{14}{24} & -1 & 1 \end{array}\right)$$

GTR/CAS: $x_1 = 24$; $x_3 = 48$; $y_3 = 8$

Die Produktionsmengen der einzelnen Sektoren sind für S_1 und S_2 24 ME, für S_3 48 ME.

Die Marktabgabe des Sektors S_3 beträgt 8 ME.

Lösungen Aufgabe 11

c) **Bestimmung von k im Sachzusammenhang**

Die Elemente der Technologiematrix müssen aus ökonomischer Sicht zwischen 0 und 1 liegen; laut Aufgabenstellung gilt $k \geq 0$.

Bedingungen für k: $\frac{1}{6} + 2k \leq 1 \wedge \frac{1}{6} + 2k \geq 0 \Rightarrow -\frac{1}{12} \leq k \leq \frac{5}{12}$

$\frac{1}{2} - 2k \leq 1 \wedge \frac{1}{2} - 2k \geq 0 \Rightarrow -\frac{1}{4} \leq k \leq \frac{1}{4}$

Beide Bedingungen für k und $k \geq 0$ sind erfüllt für $0 \leq k \leq \frac{1}{4}$.

Der Parameter k darf Werte von 0 bis 0,25 annehmen.

Berechnung von k bei einem Konsum von je 3 ME

Ansatz: $\vec{y} = (E - B_k)\,\vec{x} = \vec{x} - B_k \cdot \vec{x}$

Einsetzen ergibt: $\begin{pmatrix} 3 \\ 3 \end{pmatrix} = \begin{pmatrix} 8 \\ 6 \end{pmatrix} - \begin{pmatrix} \frac{3}{8} & \frac{1}{6} + 2k \\ \frac{1}{8} & \frac{1}{2} - 2k \end{pmatrix} \begin{pmatrix} 8 \\ 6 \end{pmatrix}$

LGS für k: $3 = 8 - (3 + 1 + 12k) \Rightarrow k = \frac{1}{12}$

$3 = 6 - (1 + 3 - 12k) \Rightarrow k = \frac{1}{12}$

Für $k = \frac{1}{12}$ können beide Sektoren jeweils 3 ME an den Markt abgeben.

Lösungen Aufgabe 12 (Aufgabe Seite 113)

a) Verflechtungsdiagramm

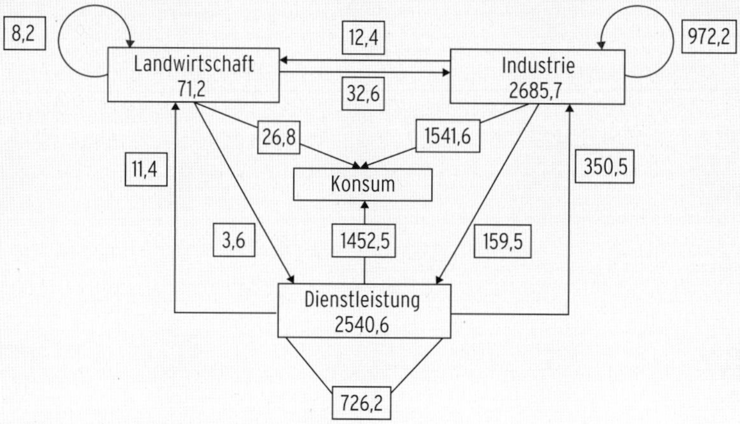

Überprüfung der Thesen der Opposition

Derzeitiger Gesamtkonsum: 26,8 + 1541,6 + 1452,5 = 3020,9

Neue Produktion des Industriesektors: 1,05 · 2685,7 = 2819,985

Neuer Gesamtkonsum

Konsumvektor

$$\vec{y}_{neu} = (E - A) \cdot \vec{x}_{neu} = \left(\begin{pmatrix} 1 & 0 & 0 \\ 0 & 1 & 0 \\ 0 & 0 & 1 \end{pmatrix} - \begin{pmatrix} \frac{41}{356} & \frac{326}{26857} & \frac{18}{12703} \\ \frac{31}{178} & \frac{9722}{26857} & \frac{1595}{25407} \\ \frac{57}{356} & \frac{3505}{26857} & \frac{3631}{12703} \end{pmatrix} \right) \cdot \begin{pmatrix} 71,2 \\ 2819,99 \\ 2540,6 \end{pmatrix} = \begin{pmatrix} 25,17 \\ 1627,28 \\ 1434,97 \end{pmatrix}$$

Lösungen Aufgabe 12

a) Neuer Gesamtkonsum: 25,17 + 1627,28 + 1434,97 = 3087,42

Veränderung des Gesamtkonsums: $\frac{3087{,}42}{3020{,}90} \approx 1{,}022$

Die These ist falsch, da die Marktabgaben bei einer fünfprozentigen Erhöhung der Produktion des Industriebereichs bei unveränderter Produktion der anderen Bereiche um ca. 2,2 % und nicht um 5 % steigen.

Veränderung der Marktabgabe $\vec{y}_{neu} = \begin{pmatrix} 27{,}336 \\ 1572{,}432 \\ 1481{,}550 \end{pmatrix}$

Gesamtkonsum: 27,336 + 1572,432 + 1481,550 = 3081,318

Derzeitiger Gesamtkonsum: 3020,9

Veränderung: $\frac{3081{,}318}{3020{,}90} = 1{,}02$ Die Marktabgabe erhöht sich um 2 %.

Vergleich der beiden Prognosen: 3087,42 > 3081,318 bzw. 2,2 % > 2,0 %

Die alleinige 5%ige Erhöhung der Produktion in der Industrie führt zu einem insgesamt höheren Konsum, als wenn alle Sektoren ihre Produktion um 2% erhöhen würden.

b) **NeuerProduktionsvektor**

$\vec{y}_{neu} = (E - A) \cdot \vec{x}_{neu} = \begin{pmatrix} 0{,}9 & -0{,}1 & -0{,}1 \\ -0{,}2 & 0{,}6 & -0{,}4 \\ -0{,}2 & -0{,}1 & 0{,}8 \end{pmatrix} \cdot \begin{pmatrix} 1x \\ 5x \\ 3x \end{pmatrix}$ ergibt

$4000 = 0{,}9x - 0{,}1 \cdot 5x - 0{,}1 \cdot 3x - 0{,}2x + 0{,}6 \cdot 5x - 0{,}4 \cdot 3x - 0{,}2x - 0{,}1 \cdot 5x + 0{,}8 \cdot 3x$

$4000 = 3{,}4x \Rightarrow x \approx 1176{,}47$

Produktionsvektor für das übernächste Jahr: $\vec{x}_{neu} = \begin{pmatrix} 1176{,}47 \\ 5882{,}35 \\ 3529{,}41 \end{pmatrix}$

Neue Input-Output-Tabelle:

Ansatz: $A \cdot \vec{x} = \begin{pmatrix} 0{,}1 & 0{,}1 & 0{,}1 \\ 0{,}2 & 0{,}4 & 0{,}4 \\ 0{,}2 & 0{,}1 & 0{,}2 \end{pmatrix} \cdot \begin{pmatrix} 1176{,}47 \\ 5882{,}35 \\ 3529{,}41 \end{pmatrix}$

	von \ nach	Output				
		Landwirtschaft	Industrie	Dienstleistung	Konsum	Produktion
Input	Landwirtschaft	117,65	588,24	352,94	117,65	1176,47
	Industrie	235,29	2532,94	1411,76	1882,35	5882,35
	Dienstleistung	235,29	588,24	705,88	1999,99	3529,41

3 Stochastik

Formelsammlung zur Stochastik

Für die Wahrscheinlichkeit eines Ereignisses A gilt: $0 \leq P(A) \leq 1$

Für das Gegenereignis $\overline{A}$: $P(\overline{A}) = 1 - P(A)$

Additionssatz $P(A \cup B) = P(A) + P(B) - P(A \cap B)$

Multiplikationssatz $P(A \cap B) = P(A) \cdot P_A(B)$

Bedingte Wahrscheinlichkeit $P_A(B) = \frac{P(A \cap B)}{P(A)}$

Zufallsvariable X: $e_i \longrightarrow X(e_i) = x_i$

Erwartungswert: $E(X) = x_1 \cdot P(X = x_1) + x_2 \cdot P(X = x_2) + \ldots + x_n \cdot P(X = x_n)$

Varianz: $V(X) = (x_1 - (E(X))^2 \cdot P(X = x_1) + \ldots + (x_n - (E(X))^2 \cdot P(X = x_n)$

Standardabweichung: $\sigma = \sqrt{V(X)}$

Binomialverteilung B(n; p; k)

Die Zufallsgröße X ist **binomialverteilt:** $X \sim B_{n;\,p}$

Formel von Bernoulli $P(X = k) = B(n; p; k) = \binom{n}{k} \cdot p^k \cdot (1 - p)^{n-k}$

Erwartungswert $\mu = E(X) = n \cdot p$

Varianz: $\sigma^2 = n \cdot p \cdot (1 - p)$

Standardabweichung: $\sigma = \sqrt{n \cdot p \cdot (1 - p)}$

Kumulierte Binomialverteilung **F(n; p; k):**

Linksseitiges Intervall: $P(X \leq 8) = F(n; p; 8)$

Ablesen aus der Tabelle der **kumulierten Binomialverteilung**

Punktwahrscheinlichkeit: $P(X = 8) = B(n; p; 8)$

Ablesen aus der Tabelle der Binomialverteilung

Rechtsseitiges Intervall: $P(X \geq 8) = 1 - P(X \leq 7)$

Intervallwahrscheinlichkeit: $P(3 \leq X \leq 8) = P(X \leq 8) - P(X \leq 2)$

Hypothesentest (Signifikanztest):

Fehler 1. Art (α-Fehler): Wahrscheinlichkeit, dass die Nullhypothese H_0 abgelehnt wird, obwohl sie richtig ist.

Fehler 2. Art (β-Fehler): Wahrscheinlichkeit, dass die Nullhypothese H_0 nicht abgelehnt wird, obwohl sie falsch ist.

Die bei einem Test bzw. einer Untersuchung akzeptierte Wahrscheinlichkeit, bei einer Entscheidung einen Fehler 1. Art zu begehen, nennt man auch Signifikanzniveau α.

Aufgaben zur Prüfungsvorbereitung Stochastik

Aufgabe 1 **Seite 1/2** **Lösung Seite 145**

Im Bereich Thermodruck verwendet die Druckfix GmbH neben den Walzen aus eigener Herstellung auch Walzen, die regional hergestellt werden und solche, die aus Asien importiert werden. Vor dem Einbau einer Walze durchläuft diese bei Druckfix eine Qualitätsanalyse. Defekte Walzen werden als Ausschuss aussortiert.
Die folgende Tabelle gibt Auskunft über die jährliche Bezugsmenge, die Ausschussquote und den Bezugspreis

Herkunft	**Druckfix**	**Regional**	**Asien**
Bezugsmenge (Stück)	2000	3000	5000
Ausschussquote (%)	2	5	8
Bezugspreis (€/Stück)	49,98	39,37	18,69

1 Für die Preiskalkulation wird der Bezugspreis der defekten Walzen auf die intakten Walzen umgelegt.
Ermitteln Sie die jährliche Ausschussmenge, die Anzahl intakter Walzen und den durchschnittlichen Einstandspreis für eine intakte Walze.

2 Einer Lieferung aus Asien wird eine Stichprobe von 100 Walzen entnommen und hinsichtlich ihrer Qualität untersucht. Man kann davon ausgehen, dass die Verteilung der Zufallsgröße X: „Anzahl der defekten Walzen in der Stichprobe" binomialverteilt ist.

2.1 Bestimmen Sie den Erwartungswert der Verteilung und die Wahrscheinlichkeit, dass X tatsächlich den Erwartungswert annimmt.

2.2 Das folgende Histogramm zeigt die Verteilung der Zufallsgröße X.

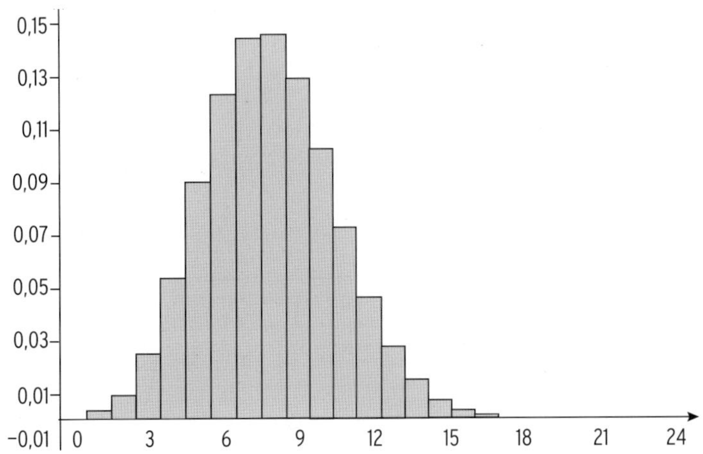

Aufgabe 1 **Seite 2/2**

2.2 Prüfen Sie mit Hilfe des Histogramms folgende Aussagen der Qualitätsabteilung:

A: Die Wahrscheinlichkeit, dass genau 20 Walzen defekt sind, ist so gut wie Null.

B: Die Wahrscheinlichkeit, dass 9 Walzen defekt sind, ist größer als die von jeder anderen Anzahl defekter Walzen.

C: Es ist gleich wahrscheinlich 6 oder 9 defekte Walzen in der Stichprobe zu haben.

D: Die Wahrscheinlichkeit, dass höchstens 2 Walzen defekt sind, ist kleiner als 3%.

2.3 Berechnen Sie die Wahrscheinlichkeit, dass höchstens 2 Walzen defekt sind.

Gehen Sie im weiteren Verlauf von Lieferungen im Umfang von n = 100 und binomialverteilten Zufallsgrößen aus.

3 Es werden alle 100 Walzen einer regionalen Lieferung einer Qualitätsanalyse unterzogen. Die Wahrscheinlichkeit für einen Defekt beträgt $p = 0{,}05$.

Ermitteln Sie die Wahrscheinlichkeiten der folgenden Ereignisse:

A: Höchstens 2 Walzen sind defekt.

B: Es gibt mindestens 3 defekte Walzen.

C: Es befinden sich mindestens 4 und höchstens 7 defekte Walzen in der Stichprobe.

D: In der Stichprobe befindet sich die erwartete Menge intakter Walzen.

E: Alle Walzen sind intakt.

(NRW Berufskolleg 2010.)

Aufgabe 2 Lösung Seite 146

Punkte

Der Küchenhersteller K-Küchen hat eine Luxus-Küche für das obere Preissegment entwickelt, die sich durch ein hochwertiges Schubladensystem, Echtholzfronten und eine patentierte Schrankbeleuchtung von den bisher produzierten Produktlinien unterscheidet. Von einem Zulieferer bezieht K-Küchen das neuartige Scharniersystem, bei dem sich die Schubladen nach nur leichter Berührung selbsttätig schließen.
Durchschnittlich sind 5 % der Scharniere defekt.

3.1 Die gelieferte Ware soll nur bei hinreichender Qualität angenommen werden. Der Küchenhersteller prüft vor der Warenannahme eine Stichprobe von 5 Kartons mit je 20 Scharnieren.

3.1.1 Berechnen Sie die Wahrscheinlichkeit für die Ereignisse: 6

E_1: In der Stichprobe von 100 Scharnieren befinden sich höchstens so viele defekte Scharniere, wie „zu erwarten" ist.

E_2: In einem zufällig ausgewählten Karton mit 20 Scharnieren befinden sich mehr als zwei defekte Scharniere.

3.1.2 Die Ware soll abgelehnt werden, wenn sich unter den 5 geprüften Kartons der Stichprobe mindestens ein Karton mit mehr als 3 defekten Scharnieren befindet. Die Wahrscheinlichkeit, dass in einem Karton mehr als 3 defekte Scharniere enthalten sind, liegt bei ca. 1,59 %.
Ermitteln Sie die Wahrscheinlichkeit für die Ablehnung der Lieferung. 5

3.2 Ermitteln Sie die Anzahl der mindestens zu testenden Scharniere, bei der mit einer Wahrscheinlichkeit von mehr als 99 % mindestens ein defektes Scharnier zu finden ist. 8

3.3 Vor der Auslieferung der Luxus-Küchen überprüft K-Küchen die Beleuchtungen. Erfahrungsgemäß funktionieren 10 % der Beleuchtungen nicht einwandfrei. Ein nachträglicher Austausch der defekten Beleuchtung kostet das Unternehmen 80 € pro Küche.
Ein Prüfgerät, das die Beleuchtungen bereits vor dem Einbau prüft, kann für 580 € erworben werden. Sein Einsatz kostet täglich 30 € und ein Austausch der als defekt eingestuften Beleuchtung kostet dann nur 20 €. Das Testgerät erkennt mit 99 %-iger Sicherheit eine defekte Beleuchtung, allerdings zeigt es auch bei 2 % der funktionierenden Beleuchtungen einen Defekt an.

3.3.1 Zeichnen Sie das zugehörige Baumdiagramm. 4

3.3.2 In 100 Tagen werden insgesamt 1000 Küchen produziert. 7
Beurteilen Sie, ob die Anschaffung des Testgeräts zu einer Kostenersparnis führt.

(Teile aus NRW Berufskolleg 2012.)

Aufgabe 3 **Seite 1/2** **Lösung Seite 148**

Punkte

Das Unternehmen Agrema AG fertigt unter anderem Fan-Fahnen für die Frauen-Weltmeisterschaft 2011.

2.1 Die Fahnen werden in 40er-Paketen an Shops in ganz Deutschland verkauft. Die Zufallsvariable X bezeichnet die Anzahl der minderwertigen Fahnen in einem Paket. Gehen Sie davon aus, dass X binomialverteilt ist. Der Mitarbeiter für Qualitätsanalyse erstellt für X ein Diagramm der kumulierten Wahrscheinlichkeiten (vgl. Abb. 1)

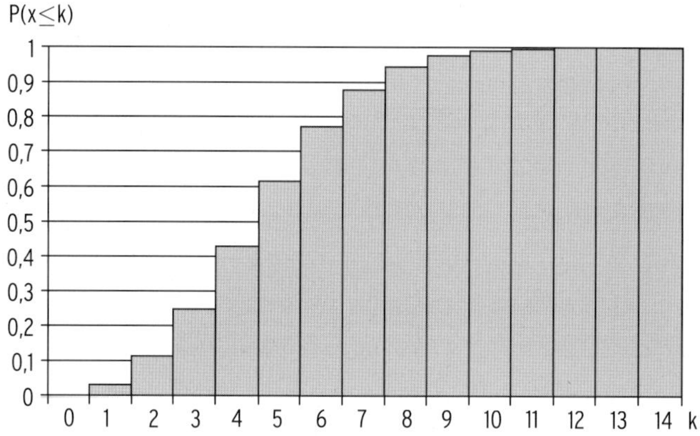

Abb. 1: Kumulierte Wahrscheinlichkeit $P(X \leq k)$ für k minderwertige Fahnen von n = 40 Fahnen. Für alle k mit k > 14 beträgt die gerundete kumulierte Wahrscheinlichkeit 1

Beurteilen Sie anhand des vorgegebenen Diagrammes folgende Aussagen. 11

A: Die Wahrscheinlichkeit, dass in einem Paket höchstens fünf Fahnen minderwertig sind, beträgt ca. 62 %.

B: Die Wahrscheinlichkeit, dass in einem Paket genau 4 Fahnen minderwertig sind, beträgt ungefähr 0,42.

C: Die Wahrscheinlichkeit, dass 13 oder 14 minderwertige Fahnen im Paket sind, ist annähernd gleich hoch.

D: Die Wahrscheinlichkeit, dass mehr als zwei Fahnen minderwertig sind beträgt ca. 90%.

E: Die Wahrscheinlichkeit, dass in einem Paket mindestens zwei und höchstens sechs minderwertige Fahnen sind, beträgt ca. 55 %.

Aufgabe 3 **Seite 2/2** **Punkte**

2.2 Genauere Untersuchungen der Qualität der Fahnen ergeben eine Ausschusswahrscheinlichkeit von 12,5%. Die Paketgröße soll auf 50 Fahnen aufgestockt werden. Es wird festgelegt, dass ein Paket nicht bezahlt werden muss, wenn sich darin mehr als 8 minderwertige Fahnen befinden.

2.2.1 Bestimmen Sie die Wahrscheinlichkeit, dass ein verkauftes Paket nicht berechnet wird. 4

2.2.2 Ermitteln Sie den Verkaufspreis eines Pakets, wenn das Unternehmen im Durchschnitt einen Paketpreis von 320 GE erzielen will. 4

2.2.3 Ein besonders interessierter Kunde möchte Fahnen aus der laufenden Produktion begutachten. Untersuchen Sie, wie viele Fahnen er entnehmen müsste, bis er mit einer Wahrscheinlichkeit von mindestens 95 % mindestens eine minderwertige Fahne gezogen hat. 6

Die Agrema AG bezieht Rohpolyester für die Fahnen von dem Unternehmen CheijDong aus Taiwan. Nach Aussage des Unternehmens sind höchstens 4 % der Polyesterbahnen fehlerhaft und damit Ausschuss. Die Ware wird beim Eingang durch eine Stichprobe mit Umfang n = 50 überprüft.

2.3 Ermitteln Sie für p = 0,04 die zu erwartende Anzahl fehlerhafter Polyesterbahnen und die durchschnittlich zu erwartende Abweichung. 4

(NRW Berufskolleg 2011.)

Aufgabe 4

Lösung Seite 149

Ein Importeur von Elektroartikeln bietet preisgünstige Laptops an, die von einem asiatischen Unternehmen hergestellt werden.

Ein Elektronikfachmarkt bezieht diese Laptops. Nach Angaben des Importeurs sind die gelieferten Geräte zu 95 % fehlerfrei. Gehen Sie zur Vereinfachung beim Testen vom Modell „Ziehen mit Zurücklegen" aus.

Berechnen Sie die Wahrscheinlichkeit, mit der unter 20 Laptops

- kein Laptop,
- höchstens zwei Laptops,
- mindestens einer, aber weniger als fünf Laptops fehlerhaft sind.

Man möchte erreichen, dass mit einer Wahrscheinlichkeit von mehr als 90 % alle Laptops fehlerfrei sind. Ermitteln Sie, ab welchem Stichprobenumfang diese Bedingung nicht mehr erfüllt wird.

Aufgabe 5

Lösung Seite 149

Diagnostische Tests werden zum Erkennen von Krankheiten eingesetzt.

Für die Krankheit Maladia gibt es den diagnostischen Test T_1, der bei einer repräsentativen Personengruppe eingesetzt wurde und bei 12 % der getesteten Personen positiv ausfiel. Von dem Test T_1 weiß man, dass bei einer an Maladia erkrankten Person mit 85 % Wahrscheinlichkeit ein positives Testergebnis eintritt, dass aber auch bei einer nicht erkrankten Person mit 3 % Wahrscheinlichkeit ein positives Testergebnis eintritt. Zeigen Sie, dass die Wahrscheinlichkeit, dass eine gestestete Person krank ist, ca. 11 % beträgt. Wie groß ist die Wahrscheinlichkeit, dass jemand mit einem positiven Testergebnis krank ist?

Aufgabe 6 **Lösung Seite 150**

Punkte

Die Cylenda AG ist wichtiger Zulieferer für die Zayoto Ltd.und stellt unter anderem in hoher Stückzahl Chips für Mobiltelefone her. Aufgrund von technischen Problemen wird davon ausgegangen, dass durchschnittlich 10 % der Chips fehlerhaft sind.

Alle produzierten Chips werden in Kartons zu je 50 Stück verpackt und ausgeliefert.

3.1 Bei einer Lieferung von Chips wird ein Karton untersucht.

3.1.1 Geben Sie die zu erwartende Anzahl defekter Chips in einem Karton an. 3

3.1.2 Berechnen Sie die Wahrscheinlichkeit dafür, dass die Anzahl defekter Chips um höchstens 3 vom erwarteten Wert abweicht. 4

3.1.3 Ermitteln Sie die Mindestanzahl der Chips, die untersucht werden müssen, damit mit einer Wahrscheinlichkeit von mindestens 0,95 mindestens ein defekter Chip dabei ist. 5

3.2 Für die Chips sind folgende Zahlungsmodalitäten vereinbart:
Aus einer Lieferung wird zunächst der Inhalt eines zufällig ausgewählten Kartons mit 50 Chips überprüft. Befinden sich darin höchstens fünf defekte Chips, so wird die gesamte Sendung angenommen und der volle Preis gezahlt. Sind genau sechs Chips defekt, so wird die Ware ebenfalls angenommen, jedoch wird für die gesamte Sendung nur 80 % des Preises gezahlt. Sind mehr als sechs Chips defekt, so wird die gesamte Lieferung abgelehnt und die Cylenda AG muss die Kosten für die Entsorgung in Höhe von 0,60 € pro Chip übernehmen.
Die Produktion eines Chips kostet die Cylenda AG 8,00 €.

3.2.1 Berechnen Sie die Wahrscheinlichkeiten für folgende Ereignisse:
A: Die Ware wird zum vollen Preis angenommen.
B: Die Ware wird zum reduzierten Preis angenommen.
C: Die Ware wird abgelehnt. 6

3.2.2 Ermitteln Sie den Preis pro Chip, damit der zu erwartende Gewinn je Chip bei 5,00 € liegt. 5

3.3 Eine Lieferung umfasst 2 000 Chips.

3.3.1 Bestimmen Sie die Wahrscheinlichkeit dafür, dass in einer Lieferung höchstens 215 Chips fehlerhaft sind. 3

3.3.2 Ermitteln Sie für die Anzahl der fehlerhaften Chips in einer Lieferung die Grenze k , die nur mit einer Wahrscheinlichkeit von 0,05 überschritten wird. 3
(NRW Berufskolleg 2013.)

Aufgabe 7 **Lösung Seite 151**

Punkte

Der Pharmakonzern Harma AG stellt schmerzlindernde Präparate als klassische Tablette, Brausetablette, Granulat oder Kautablette her. Diese werden in drei Produktionsabteilungen gefertigt.

3.1 Niap vita wird in Form von Lutschpastillen angeboten, die zusätzlich noch Extrakte aus der Cranberry enthalten. Je 12 Pastillen werden in eine Primärverpackung mit Aromaschutzversiegelung verpackt. Die Verpackungsanlage arbeitet nicht immer zuverlässig. Bekannt ist, dass zwei voneinander unabhängige Fehler auftreten können: Es fehlen Pastillen (1,5 %) oder die Versiegelung ist undicht (3 %).

3.1.1 Bestätigen Sie, dass die Wahrscheinlichkeit für eine fehlerfreie Primärverpackung bei annähernd 96 % liegt. 3

3.1.2 Untersuchen Sie, wie weit die Fehlerwahrscheinlichkeit bei der Versiegelung gesenkt werden müsste, um zu erreichen, dass die Verpackungsanlage insgesamt zu durchschnittlich 97,515 % fehlerfrei arbeitet. 4

3.2 Gehen Sie im Folgenden davon aus, dass 96 % der Primärverpackungen in Ordnung sind und legen Sie eine binomialverteilte Zufallsgröße zugrunde.

3.2.1 Beurteilen Sie die folgende Behauptung der Qualitätsprüfer: „Wenn mindestens 75 Primärverpackungen geprüft werden, dann wird mit einer Wahrscheinlichkeit von mindestens 99 % mindestens eine Primärverpackung gefunden, die nicht in Ordnung ist." 5

3.2.2 Es werden je fünf Primärverpackungen in eine Schachtel verpackt, so dass diese 60 Pastillen *Niap Vita* enthalten soll. 4

Geben Sie die Wahrscheinlichkeit für eine einwandfreie Schachtel an.

3.3 Auf Grund des Einsatzes einer neuen Verpackungsmaschine ist eine Schachtel mit einer Wahrscheinlichkeit von 98 % fehlerfrei. Je 50 Schachteln kommen in ein Versandpaket für den Einzelhandel.

3.3.1 Berechnen Sie die Wahrscheinlichkeit, dass ein Versandpaket höchstens zwei fehlerhafte Schachteln enthält. 4

3.3.2 Bestimmen Sie die Wahrscheinlichkeit, dass die zu erwartende Anzahl von Schachteln mit fehlerhaftem Inhalt in einem Versandpaket nicht überschritten wird. 4

3.3.3 Eine Apotheke bestellt ein Paket des Produktes Niap vita. Die Sendung wird reklamiert, wenn in diesem Paket mehr als drei Schachteln mit fehlerhaftem Inhalt aufgefunden werden.

Berechnen Sie hierfür die Wahrscheinlichkeit. 3

(NRW Berufskolleg 2014)

Aufgabe 8 **Lösung Seite 152**

Die LION GmbH, ein Hersteller für Sportartikel, fertigt große Mengen von Fahrradtrikots, die in den Farben rot, grün und gelb bedruckt werden. Dabei ist die Hälfte der hergestellten Fahrradtrikots rot, 23 % sind grün und der Rest gelb. Die Produktion der Trikots erfolgt in den zwei voneinander unabhängigen Arbeitsgängen „Nähen" und „Bedrucken". Obwohl man aus Erfahrung weiß, dass 7 % der Trikots nach dem Nähen einen Nähfehler aufweisen, werden **alle** Fahrradtrikots bedruckt. 95 % haben den dem Arbeitsgang „Bedrucken" keine Druckfehler.

Bei der Endkontrolle kommen die Trikots mit den unterschiedlichen Farben nacheinander in zufälliger Reihenfolge an. Zehn der nacheinander ankommenden Trikots werden betrachtet. Berechnen Sie die Wahrscheinlichkeiten der Ereignisse

A: Mindestens sechs Trikots sind rot bedruckt

B: Die ersten sechs Trikots sind grün bedruckt

C: Höchstens zwei Trikots sind gelb bedruckt

Bei der Vermarktung interessieren im Wesentlichen einwandfreie Trikots. Dabei gilt, dass Trikots, die entweder Näh- oder Druckfehler haben, mit einem 30%igen Nachlass vom Preis eines fehlerfreien Trikots verkauft werden. Trikots mit Näh- und Druckfehlern sind Ausschuss, der Hersteller kann hierfür lediglich 1,50 € pro Trikot erzielen.

Berechnen Sie unter diesen Bedingungen den Preis für ein fehlerfreies Trikot, damit eine Tagesproduktion von 2250 Stück für 41242,50 € verkauft werden kann.

(Teile aus Abitur 2006, Fachgymnasium Niedersachsen.)

Aufgabe 9 **Lösung Seite 153**

Das Unternehmen Mobiltec produziert Handys mit integrierter Navigationsfunktion.

Außerdem hat es sich auf die Herstellung und den Vertrieb von Handyschalen spezialisiert.Die Handyschalen werden in Kartons zu je 100 Stück auch an den Großhandel verkauft. Untersuchungen haben ergeben, dass bei 10% aller produzierten Schalen Fehler in der Farbpigmentierung auftreten.

1 Berechnen Sie die Wahrscheinlichkeiten für folgende Ereignisse:
A: In einem Karton befinden sich genau fünf Handyschalen mit fehlerhafter Farbpigmentierung.
B: In einem Karton weisen weniger als drei Handyschalen diesen Fehler auf.
C: In einem Karton sind mehr als sieben Handyschalen fehlerhaft.
D: Ein Karton enthält weniger als 90 fehlerfreie Handyschalen.

2 Vor dem Verlassen des Werkes werden die Handyschalen einer Endkontrolle unterzogen. Weisen Sie nach, dass mehr als 21 Handyschalen überprüft werden müssen, um mit mindestens 90%-iger Wahrscheinlichkeit mindestens eine fehlerhafte Schale zu finden.

3 Bestimmen Sie die Wahrscheinlichkeit, dass bei 100 kontrollierten Handyschalen die Anzahl der fehlerhaften Handyschalen um höchstens die Standardabweichung vom Erwartungswert abweicht.

4 Die Handyschalen werden nach der Herstellung in einer dreistufigen Kontrolle auf Mikrorisse geprüft und ggf. aussortiert. In der ersten Kontrollstufe wird dieser Fehler mit 70 %-iger Wahrscheinlichkeit, in der zweiten Kontrollstufe mit einer Wahrscheinlichkeit von 60 % und in der dritten Kontrolle mit einer Wahrscheinlichkeit von 20 % erkannt. Wird ein Riss bei der ersten Kontrolle entdeckt, so entstehen dem Unternehmen Mobiltec Kosten in Höhe von 0,75 €.
Wird dieser Fehler erst in der zweiten Kontrolle entdeckt, betragen die Kosten 1,50 €.

Wird ein Mikroriss jedoch erst in der dritten Kontrolle entdeckt, dann liegen die Kosten bei 5 €. Wenn ein Handy mit einem Mikroriss ausgeliefert wird, so wird es mit einer Wahrscheinlichkeit von 75% reklamiert. Die Ersatzbeschaffung kostet 50 €.
Die Zufallsgröße X gibt die Kosten in Euro an, die eine Handyschale mit diesem Fehler verursacht. Bestimmen Sie die Wahrscheinlichkeitsverteilung der Zufallsgröße X und die durchschnittlich zu erwartenden Kosten.

(NRW Berufskolleg 2011.)

Aufgabe 10 **Lösung Seite 154**

Eine Befragung hat ergeben, dass 40 % der Einwohner einer Kleinstadt einem Verein angehören. Zudem wurde festgestellt, dass 70 % aller Vereinsmitglieder männlichen Geschlechts sind. Von den Personen, die keinem Verein angehören, sind 65 % weiblich.

Zeichnen Sie ein Baumdiagramm.

Berechnen Sie die Wahrscheinlichkeit, dass

- eine zufällig ausgewählte Person männlich ist,
- eine zufällig ausgewählte männliche Person einem Verein angehört.

Aufgabe 11 **Seite 1/2** **Lösung Seite 154**

Der Bausatz für das Regal „Vario II" wird in zwei Produktionsstufen gefertigt.

Aus Erfahrung weiß man, dass in der ersten Produktionsstufe die Fehlerquote 12 % und in der zweiten 9,5 % beträgt. Die Fehler auf beiden Produktionsstufen treten unabhängig voneinander auf.

1 Zeigen Sie, dass die Wahrscheinlichkeit für einen fehlerhaften Regalbausatz ungefähr 0,2 beträgt.

2 Gehen Sie davon aus, dass die Wahrscheinlichkeit für einen fehlerhaften Regalbausatz $p = 0{,}2$ ist. Der laufenden Produktion wird eine Stichprobe von 10 Regalbausätzen entnommen.

2.1 Berechnen Sie die Wahrscheinlichkeit, dass die letzten zwei entnommenen Regalbausätze fehlerhaft sind.

2.2 Berechnen Sie die Wahrscheinlichkeit, dass nur die beiden zuletzt entnommenen Regalbausätze fehlerhaft sind.

2.3 Berechnen Sie die Wahrscheinlichkeit, dass in der Probe insgesamt zwei Regalbausätze fehlerhaft sind.

Aufgabe 11 **Seite 2/2**

3 Bei 11,5 % der Regalbausätze treten die beiden voneinander unabhängigen Fehlertypen A und B einzeln oder gemeinsam auf.
Fehlertyp A: „Der Regalbausatz weist Kratzer auf."
Fehlertyp B: „Die Bedienelemente des Regalbausatzes klemmen."

3.1 Bestimmen Sie die Wahrscheinlichkeit für den Fehler A, wenn bekannt ist, dass der Fehler B eine Wahrscheinlichkeit von 8,5% besitzt.

3.2 Ermitteln Sie, mit welcher Wahrscheinlichkeit nur einer der Fehler A oder B auftritt.

4 Bei der Endkontrolle der Regalbausätze wird mit einer Wahrscheinlichkeit von 98 % ein fehlerhafter Regalbausatz erkannt und zunächst aussortiert. In 1 % der Fälle wird ein einwandfreier Bausatz versehentlich aussortiert. Insgesamt weisen 3 % der Bausätze tatsächlich einen Fehler auf.

4.1 Berechnen Sie den Anteil der als einwandfrei ausgelieferten Regalbausätze.

4.2 Zeigen Sie, dass ein Grund für eine spätere berechtigte Reklamation durchschnittlich nur einmal unter 1600 ausgelieferten Regalbausätzen vorkommt.

4.3 Die Kosten der Endkontrolle betragen zurzeit 0,20 € pro Regalbausatz.
Eine berechtigte Reklamation verursacht Kosten in Höhe von 500 €.
Eine Verbesserung des Kontrollgeräts durch ein Zusatzmodul würde einmalig 450 € kosten und bei der Kontrolle des einzelnen Bausatzes Kosten in Höhe von 0,25 € verursachen. Allerdings würde laut Techniker das neue Modul dafür sorgen, dass durchschnittlich nur noch einmal unter 3200 Regalbausätzen eine berechtigte Reklamation vorkommt.

Im nächsten Jahr wird mit einer Produktion von 10000 Regalbausätzen gerechnet.Der Anteil der als einwandfrei ausgelieferten Regalbausätze beträgt beim alten Kontrollgerät ohne Zusatzmodul 96 % und beim verbesserten Kontrollgerät mit Zusatzmodul 95 %.

Beurteilen Sie, ob sich die Anschaffung des neuen Moduls für das nächste Jahr lohnt. Gehen Sie davon aus, dass ungerechtfertigte Reklamationen vernachlässigbar geringe Kosten verursachen.

Weisen Sie nach, ab welcher Produktionsmenge sich eine Umstellung auf das neue Modul lohnt.

(Berufskolleg, NRW 2009)

Aufgabe 12 **Lösung Seite 156**

Punkte

Die Zürla-Kohlin GmbH bezieht von einem Zulieferer seit Jahren selbstsichernde Muttern in großen Mengen, bei denen zwei Fehlerarten auftreten: Falsche Form und fehlerhaftes Gewinde. Insgesamt sind nur 93,60 % aller Muttern fehlerfrei, d. h. sie haben weder eine falsche Form noch ein fehlerhaftes Gewinde.

1 Für die Montage eines Tourenrades Gear 21 werden vier Sicherungsmuttern benötigt. Hierzu werden nacheinander Muttern aus einer Kiste mit mehreren Hundert Muttern entnommen und auf Fehlerhaftigkeit (Falsche Form und/ oder fehlerhaftes Gewinde) geprüft, bis vier fehlerfreie Muttern vorliegen.

1.1 Begründen Sie, warum diese Vorgehensweise als wiederholte Durchführung eines Bernoulli-Versuchs gedeutet werden kann und bestimmen Sie die Wahrscheinlichkeiten folgender Ereignisse:

E1: „Die ersten vier entnommenen Muttern sind alle fehlerfrei."

E2: „Von der ersten vier entnommenen Muttern sind zwei fehlerhaft."

E3: „Die sechste entnommene Mutter ist die vierte fehlerfreie." 11

1.2 Ein Bernoulli-Versuch mit der Erfolgswahrscheinlichkeit p und der Misserfolgswahrscheinlichkeit $q = 1 - p$ wird so häufig durchgeführt, bis insgesamt k Erfolge eingetreten sind. Die Zufallsvariable X_k gibt die Anzahl der dazu benötigten Versuchsdurchführungen an.

Zeigen Sie, dass dann $P(X_k = n) = \frac{k}{n} \cdot \binom{n}{k} \cdot p^k \cdot q^{n-k}$ für $n \geq k$ gilt. 6

2 Beim derzeitigen Zulieferer kostet eine Kiste mit 1000 Muttern 150,00 €.
Nicht verwendbare Muttern werden von der Zürla-Kohlin GmbH gesammelt und als Altmetall wieder verkauft. Für 1000 fehlerhafte Muttern wird ein Schrottpreis von 9,85 € erzielt.
Ein Konkurrenzunternehmen des bisherigen Zulieferers unterbreitet der Zürla-Kohlin GmbH ein Angebot: Die 1000er Kiste Muttern soll lediglich 140,00 € kosten. Allerdings wird nur ein Anteil von durchschnittlich 90 % fehlerfreien Muttern zugesichert.
Bewerten Sie das neue Angebot, indem Sie die zu erwartenden Kosten für 1000 benötigte fehlerfreie Muttern bei beiden Anbietern vergleichen. 8

(**Hinweis:** Für die in Aufgabe 1.2 definierte Zufallsvariable gilt $E(X_k) = \frac{k}{p}$)

(NRW Berufskolleg, 2009.)

Aufgabe 13 **Lösung Seite 157**

Punkte

Das Unternehmen *Kaffeeduft* stellt seine Kaffeekapseln maschinell her.

Die Marketingabteilung von Kaffeeduft hat beschlossen, eine Maxipackung mit 100 Kapseln der beliebten Sorte Espresso auf den Markt zu bringen. Eine solche Packung verursacht Stückkosten in Höhe von 9,50 € und soll für 19,90 € verkauft werden.

Durch eine Werbemaßnahme soll der Verkauf der Maxipackungen angekurbelt werden. Dazu befindet sich in jeder Packung ein Gutschein in Höhe von 1 €, 2 €, 3 € oder 5 €.

Die dazugehörige Wahrscheinlichkeitsverteilung ist der folgenden Tabelle zu entnehmen.

Wert des Gutscheins	1 €	2 €	3 €	5 €
$P(X = x_i)$	0,5	0,3	0,1	0,1

Kaffeeduft geht davon aus, dass während der Werbeaktion 50 000 Maxipackungen verkauft werden und dass nur jeder fünfte Kunde den Gutschein einlöst.

1 Berechnen Sie den Gewinn, der mit 50 000 Maxipackungen ohne Werbemaßnahme erzielt wird. 2

2 Bestimmen Sie den durch die Werbemaßnahme gewährten durchschnittlichen Wert des Gutscheins, also E(X). 4

3 Vergleichen Sie den erwarteten Gewinn mit und ohne Werbemaßnahme. 4

(NRW Berufskolleg, 2015.)

Lösungen - Aufgaben zur Prüfungsvorbereitung Stochastik

Lösung Aufgabe 1 (Aufgabe Seite 131)

1 Jährliche Ausschussmenge an Walzen:

$2000 \cdot 0{,}02 + 3000 \cdot 0{,}05 + 5000 \cdot 0{,}08 = 590$

Zahl der intakten Walzen: $10000 - 590 = 9410$

Durchschnittliche Bezugskosten pro intakter Walze:

$\frac{2000 \cdot 49{,}98 + 3000 \cdot 39{,}37 + 5000 \cdot 18{,}69}{9410} \approx 33{,}11$

Eine intakte Walze kostet durchschnittlich 33,11 €.

2 X: Anzahl der defekten Walzen in der Stichprobe; X ist $B_{100;\,0{,}08}$- verteilt

2.1 Erwartungswert: $E(X) = n \cdot p = 100 \cdot 0{,}08 = 8$

$P(X = 8) = \binom{100}{8} \cdot 0{,}08^8 \cdot 0{,}92^{92} = 0{,}1455$

2.2 A: Richtig, da bei 20 keine Säule erkennbar ist.

B: Falsch, da bei 8 Walzen die Wahrscheinlichkeit größer ist.

C: Falsch, die Wahrscheinlichkeit 9 defekte Walzen in der Stichprobe zu haben, ist etwas größer.

D: Richtig, die Höhe der ersten Säulen (von 0 bis 2) ist zusammen kleiner als 0,03.

2.3 $P(X \leq 2) = \binom{100}{0} \cdot 0{,}08^0 \cdot 0{,}92^{100} + \binom{100}{1} \cdot 0{,}08^1 \cdot 0{,}92^{99} + \binom{100}{2} \cdot 0{,}08^2 \cdot 0{,}92^{98}$

$P(X \leq 2) \approx 0{,}0113$

Die Wahrscheinlichkeit für höchstens 2 defekte Walzen ist etwa 1,13 %.

3 Y: Anzahl der defekten Walzen in der Stichprobe; X ist $B_{100;\,0{,}05}$- verteilt

$P(A) = P(Y \leq 2) \approx 0{,}1183$

$P(B) = P(Y \geq 3) = 1 - P(Y \leq 2) \approx 1 - 0{,}1183 = 0{,}8817$

$P(C) = P(4 \leq Y \leq 7) = P(Y \leq 7) - P(Y \leq 3) \approx 0{,}8720 - 0{,}2578 = 0{,}6142$

Erwartungswert: $E(Y) = n \cdot p = 100 \cdot 0{,}05 = 5$

$P(D) = P(Y = 5) = \binom{100}{5} \cdot 0{,}05^5 \cdot 0{,}95^{95} \approx 0{,}1800$

Oder aus der Summentabelle: $P(D) = P(Y \leq 5) - P(Y \leq 4) \approx 0{,}1800$

Lösung Aufgabe 2 **Seite 1/2** (Aufgabe Seite 133)

3.1.1 X: = Anzahl der defekten Scharniere unter n = 100; X ist B(100;0,05) verteilt.

$E(X) = n \cdot p = 100 \cdot 0{,}05 = 5$

$P(E_1) = P(X \leq 5) = 0{,}6160$ lt. Tabelle

Mit einer Wahrscheinlichkeit von ca. 61,6 % sind in der Stichprobe höchstens so viele defekte Scharniere enthalten wie erwartet.

Y: = Anzahl der defekten Scharniere unter n = 20; Y ist B(20;0,05) verteilt.

$P(E_2) = P(Y > 2) = 1 - P(Y \leq 1) = 1 - F(20;\ 0{,}05;\ 2) = 1 - 0{,}9245 = 0{,}0755$ (Tabelle)

Die Wahrscheinlichkeit, dass in einem Karton mehr als 2 defekte Scharniere enthalten sind, liegt bei ca. 7,55 %.

3.1.2 Z: = Anzahl der Kartons mit mehr als drei defekten Scharnieren

Z ist B(5; 0,0159) verteilt.

$P(Z \geq 1) = 1 - P(Z = 0) = 1 - (1 - 0{,}0159)^5 \approx 0{,}077$

Die Wahrscheinlichkeit, dass sich unter den 5 Kartons mindestens einer mit mehr als 3 defekten Scharnieren befindet, beträgt ca. 7,7 %.

3.2 X:= Anzahl der defekten Scharniere unter n getesteten

Bedingung: $P(X \geq 1) > 0{,}99 \Leftrightarrow 1 - P(X = 0) > 0{,}990$

$$P(X = 0) < 0{,}01 \Leftrightarrow \binom{n}{0} 0{,}05^0 \cdot 0{,}95^n = 0{,}95^n < 0{,}01$$

$$n \ln 0{,}95 < \ln 0{,}01$$

$$n > \frac{\ln 0{,}01}{\ln 0{,}95} \approx 89{,}78$$

Es müssen mindestens 90 Scharniere untersucht werden, um mit 99 %iger Wahrscheinlichkeit mindestens ein defektes Scharnier zu finden.

Lösung Aufgabe 2 **Seite 2/2**

3.3.1 Baumdiagramm

B = Beleuchtung defekt; $\overline{B}$ = Beleuchtung nicht defekt

F = Fehler angezeigt;

$\overline{F}$ = kein Fehler angezeigt

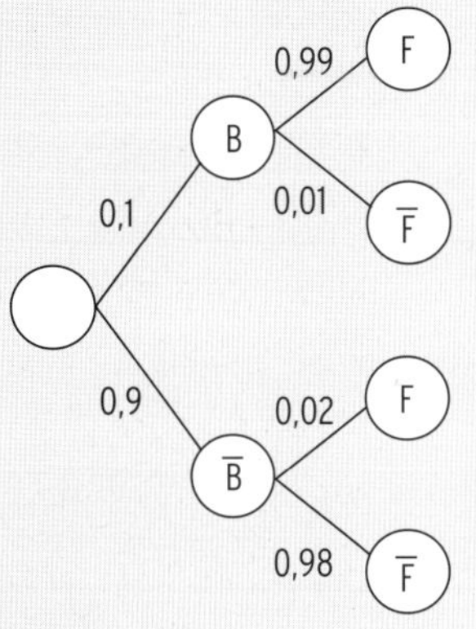

3.3.2 X_1 : Reparaturkosten pro Küche bei Prüfung ohne Testgerät

X_2: Reparaturkosten pro Küche bei Prüfung mit Testgerät: $E(X_1) = 80 \cdot 0{,}1 = 8{,}00$

$E(X_2) = 20 \cdot (0{,}9 \cdot 0{,}02 + 0{,}1 \cdot 0{,}99) + 80 \cdot 0{,}1 \cdot 0{,}01 = 2{,}42$

Erläuterung: 0,9: 90 % intakt; 0,02: 2 % als defekt aussortiert
0,1· 0,99: 10 % defekt zu 99 % erkannt

Bei einer Produktion von 1000 Küchen ergeben sich ...

... bei der Prüfung ohne Testgerät 8 € · 1000 = 8000 € Kosten.

... bei Prüfung mit Testgerät 2,42 € · 1000 + 30 € · 100 + 580 € = 6000 € Kosten,

In diesem Fall ist es also sinnvoll das Testgerät anzuschaffen, da es zu einer Kosteneinsparung von 2000 € führt.

Lösung Aufgabe 3 (Aufgabe Seite 134)

2.1 A: Die Aussage ist richtig, da 62% ungefähr abgelesen werden können als kumulierter Wert bei 5.

B: Die Aussage ist falsch - die Säule bei k = 4 gibt die aufsummierte Wahrscheinlichkeit für $X \in \{1, 2, 3, 4\}$ an und somit ist die Wahrscheinlichkeit für X = 4 deutlich geringer als 0,42.

C: Die Aussage ist zu bejahen. Der Höhenunterschied der Säulen bei k = 13 und bei k = 14 ist kaum noch auszumachen.

D: Diese Aussage ist korrekt, denn der aufsummierte Wert für weniger als 2 Fahnen liegt bei ca. 0,1.

E: Diese Aussage ist falsch, da für $P(X \leq 6) - P(X \leq 1)$ ungefähr ein Wert von 0,75 = 0,78 - 0,03 ermittelt werden kann.

2.2.1 X: Anzahl der defekten Fahnen mit p = 0,125

Gesucht ist die Wahrscheinlichkeit, dass X größer als 8 ist, für p = 0,125 und n =50.

$P(X > 8) = 1 - P(X \leq 8) = 1 - F(50;\, 0{,}125;\, 8) = 1 - 0{,}8339 = 0{,}1661$

Mit einer Wahrscheinlichkeit von 16,61% wird ein **Paket nicht berechnet.**

2.2.2 Wenn k der gesuchte Verkaufspreis ist, so gilt

$320 = 0{,}8339 \cdot k + 0{,}1661 \cdot 0 = 0{,}8339 \cdot k \Leftrightarrow k \approx 383{,}74$

Das Unternehmen sollte einen Verkaufspreis von 383,74 GE pro Paket festsetzen.

2.2.3 X: Anzahl der defekten Fahnen mit p = 0,125 ; X ist $B_{n;\,0{,}125}$-verteilt

Gesucht ist n, so dass $P(X \geq 1) \geq 0{,}95$

$1 - P(X = 0) \geq 0{,}95$

$P(X = 0) \leq 0{,}05$

$P(X = 0) = 0{,}875^n \leq 0{,}05 \quad \Leftrightarrow n \geq \frac{\lg 0{,}05}{\lg 0{,}875} \approx 22{,}43$

(entsprechend $n \geq \frac{\ln 0{,}05}{\ln 0{,}875} \approx 22{,}43$)

Der Kunde muss also mindestens 23 Fahnen ziehen.

2.3 Erwartungswert: $E(X) = n \cdot p = 50 \cdot 0{,}04 = 2$

Standardabweichung: $\sigma = \sqrt{n \cdot p \cdot (1-p)} = \sqrt{50 \cdot 0{,}04 \cdot 0{,}96} \approx 1{,}39$

Lösung Aufgabe 4

(Aufgabe Seite 136)

X: Anzahl der defekten Laptops; X ist $B_{20;\,0{,}05}$-verteilt (n = 20; p = 0,05)

Mit dem GTR (gerundete Werte): $P(X = 0) = 0{,}3585$

$P(X \leq 2) = 0{,}9245$

$P(1 \leq X < 5) = P(X \leq 4) - P(X = 0) = 0{,}6389$

Gesucht n, sodass $P(X = 0) \geq 0{,}9$ $\quad 0{,}95^n \geq 0{,}9$

Logarithmieren: $n \lg 0{,}95 \geq \lg 0{,}9 \Rightarrow n \leq \frac{\lg 0{,}9}{\lg 0{,}95} \approx 2{,}05$

Wegen $\lg 0{,}95 < 0$ dreht sich das Ungleichheitszeichen um.

Ab einem Stichprobenumfang von n = 3 ist die Bedingung nicht mehr erfüllt.

oder: $0{,}95^2 = 0{,}9025 > 0{,}9$; $0{,}95^3 = 0{,}857 < 0{,}9$

Lösung Aufgabe 5

(Aufgaben Seite 136)

A: Eine getestete Person ist krank

B: Bei einer getesteten Person tritt bei T_1 ein positives Testergebnis ein.

$P_A(B) = 0{,}85$; $P_{\overline{A}}(B) = 0{,}03$

$P(A) = x$; $P(B) = 0{,}12$

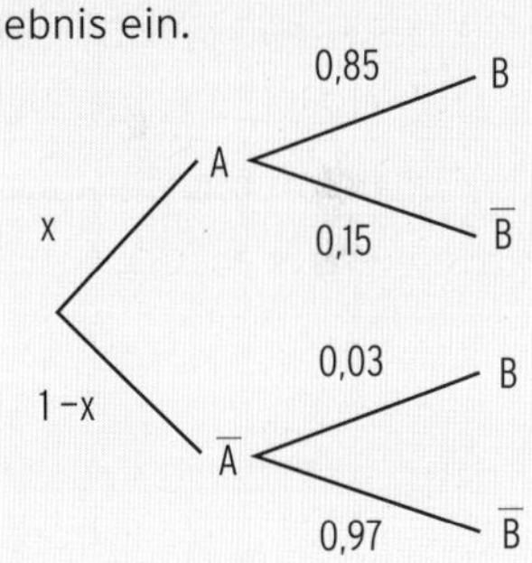

Bedingung für x:

$P(B) = 0{,}85 \cdot x + 0{,}03(1 - x) = 0{,}12 \Leftrightarrow x = 0{,}11$

$P_B(A) = \frac{P(A) \cdot P_A(B)}{P(B)} = \frac{0{,}11 \cdot 0{,}85}{0{,}12} \approx 0{,}78$

Die Wahrscheinlichkeit, dass eine Person mit einem positiven Testergebnis krank ist, beträgt ca. 78 %.

Lösung Aufgabe 6 (Aufgabe Seite 137)

3.1.1 X : Anzahl defekter Chips in einem Karton; X ist $B_{50;\,0,1}$ - verteilt.

Anzahl zu erwartender fehlerhafter Chips: $E(X) = n \cdot p = 50 \cdot 0,1 = 5$

3.1.2 **Wahrscheinlichkeit für Abweichung um höchstens 3 vom Erwartungswert**

$$P(2 \leq X \leq 8) = P(X \leq 8) - P(X \leq 1)$$

Tabelle/GTR: $\approx 0,9421 - 0,0338 = 0,9083$

Die Wahrscheinlichkeit beträgt 90,83%.

3.1.3 **Mindestanzahl der Chips**

X : Anzahl defekter Chips in Stichprobe vom Umfang n; X ist $B_{n;\,0,1}$ - verteilt.

$P(X \geq 1) = 1 - P(X = 0) = 1 - 0,9^n \geq 0,95$

Weitere Berechnung mit Logarithmus: $0,9^n \leq 0,05 \Leftrightarrow n\,\lg(0,9) \leq \lg(0,05)$

wegen $\lg(0,90) < 0$: $n \geq \frac{\lg(0,05)}{\lg(0,9)} \approx 28,433$

Somit müssen mindestens 29 Chips getestet werden.

3.2.1 X: Anzahl defekter Chips in einem Karton; X ist $B_{50;\,0,1}$ - verteilt

Wahrscheinlichkeiten mithilfe der Tabelle oder GTR

$P(A) = P(X \leq 5) \approx 0,6161$

$P(B) = P(X = 6) \approx 0,7702 - 0,6161 = 0,1541$ $(P(B) = P(X \leq 6) - P(X \leq 5))$

$P(C) = P(X > 6) = 1 - P(X \leq 6) = 1 - 0,7702 = 0,2298$

3.2.2 v: Preis pro Chip; G: Zufallsgröße Gewinn pro Chip

$5 = E(G)$ $5 = v \cdot P(A) + 0,8 \cdot v \cdot P(B) - 0,6\,P(C) - 8$

$5 = v \cdot 0,6161 + 0,8 \cdot v \cdot 0,1541 - 0,6 \cdot 0,2298 - 8$

Aus $5 = 0,73938 \cdot v - 8,13788$ folgt $v = 17,7688$

Der Verkaufspreis muss demnach bei 17,77 € pro Chip liegen.

3.3.1 X: Anzahl fehlerhafter Chips in der Lieferung; X ist $B_{2000;\,0,1}$ -verteilt

Mit GTR: $P(X \leq 215) \approx 0,876$

Die Lieferung enthält mit einer Wahrscheinlichkeit von ca. 88 % höchstens 215 fehlerhafte Chips.

3.3.2 Obergrenze mithilfe des GTR

Bedingung: $P(X \leq k) \geq 0,95$

$P(X \leq 220) \approx 0,9352$; $P(X \leq 221) \approx 0,9438$; $P(X \leq 222) \approx 0,9515$

Die Obergrenze liegt bei $k = 222$

Lösung Aufgabe 7 (Aufgabe Seite 138)

3.1.1 Unabhängige Fehler beziehungsweise Ereignisse:

$P(A \cap B) = P(A) \cdot P(B) = 0{,}985 \cdot 0{,}97 = 0{,}95545 \approx 0{,}96$

Die Wahrscheinlichkeit liegt bei annähernd 96 %.

3.1.2 **Senkung der Fehlerwahrscheinlichkeit bei der Versiegelung**

$0{,}985 \cdot P(\overline{B}^*) = 0{,}97515 \Leftrightarrow P(\overline{B}^*) = 0{,}99$

Die Fehlerwahrscheinlichkeit müsste bei der Versiegelung auf 1 % gesenkt werden.

3.2.1 X : Anzahl der Primärverpackungen, die nicht in Ordnung sind.

X ist binomialverteilt mit n = 75; p = 0,04;

$P(X \geq 1) = 1 - P(X = 0) = 1 - \binom{75}{0} \cdot 0{,}04^0 \cdot 0{,}96^{75} \approx 1 - 0{,}0468 = 0{,}9532$

Dieser Wert ist kleiner als 0,99. Die Aussage der Qualitätsprüfung stimmt nicht.

3.2.2 X :Anzahl der einwandfreien Primärverpackungen in einer Schachtel

X ist binomialverteilt mit n = 5; p = 0,96;

$P(X = 5) = \binom{5}{5} \cdot 0{,}96^5 \cdot 0{,}04^0 \approx 0{,}8154$

Mit einer Wahrscheinlichkeit von ca. 82 % erhält der Einzelhandel eine Schachtel mit einwandfreien Primärverpackungen.

3.3.1 **Versandpaket enthält höchstens zwei fehlerhafte Schachteln**

X : Anzahl der fehlerhaften Schachteln in einem Versandpaket

X ist binomialverteilt mit n = 50; p = 0,02: $P(X \leq 2) \approx 0{,}9216$

Die Wahrscheinlichkeit, ein fehlerhaftes Paket zu erhalten, liegt bei ca. 92 %.

3.3.2 **Wahrscheinlichkeit,** dass die zu erwartende Anzahl defekter Schachteln in einem Versandpaket nicht überschritten wird.

X : Anzahl der defekten Schachteln in einem Versandpaket

X ist binomialverteilt mit n = 50; p = 0,02;

$E(X) = n \cdot p = 50 \cdot 0{,}02 = 1$ $\quad P(X \leq 1) \approx 0{,}7358$

Die Wahrscheinlichkeit liegt bei ca. 74 %.

3.3.3 **Wahrscheinlichkeit für eine Reklamation**

X : Anzahl der defekten Schachteln in einem Versandpaket

X ist binomialverteilt mit n = 50; p = 0,02;

$P(X > 3) = 1 - P(X \leq 3) \approx 1 - 0{,}9822 = 0{,}0178$

Die Wahrscheinlichkeit beträgt ca. 2 %.

Lösung Aufgabe 8

(Aufgabe Seite 139)

P(rot) = 0,5; P(grün) = 0,23; P(gelb) = 0,27

Modell: 10 mal Ziehen mit Zurücklegen

A: mindestens 6 von 10 Trikots sind rot bedruckt

X: Anzahl der rot bedruckten Trikots unter 10; X ist $B_{10;0,5}$-verteilt

$P(A) = P(X \geq 6) = P(X = 6) + P(X = 7) + P(X = 8) + P(X = 9) + P(X = 10)$

$= (\binom{10}{6} + \binom{10}{7} + \binom{10}{8} + \binom{10}{9} + \binom{10}{10}) \cdot 0{,}5^{10}$

$= (210 + 120 + 45 + 10 + 1)0{,}5^{10} = 0{,}377$

B: die ersten 6 sind grün bedruckt: $P(B) = 0{,}23^6 = 0{,}00015$

C: höchstens 2 Trikots sind gelb bedruckt

Z: Anzahl der gelb bedruckten Trikots unter 10; Z ist $B_{10;0,27}$-verteilt

$P(C) = P(Z \leq 2) = P(Z = 0) + P(Z = 1) + P(Z = 2)$

$= \binom{10}{0} 0{,}27^0 \cdot 0{,}73^{10} + \binom{10}{1} 0{,}27^1 \cdot 0{,}73^9 + \binom{10}{2} 0{,}27^2 \cdot 0{,}73^8 = 0{,}466$

Baumdiagramm:

N: Nähfehler; $\overline{N}$: kein Nähfehler

D: Druckfehler; $\overline{D}$: kein Druckfehler

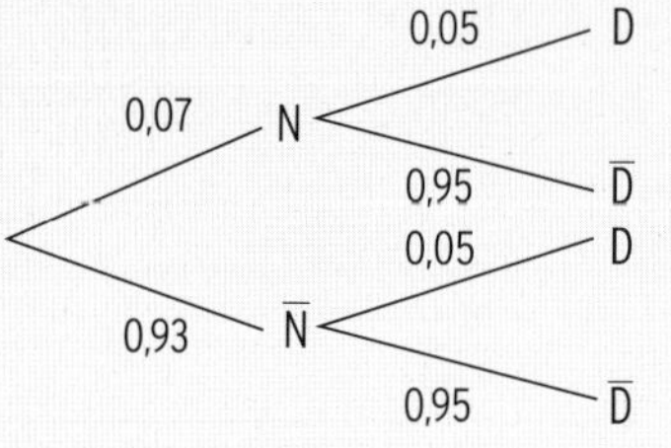

P(fehlerfrei) = 0,93 · 0,95 = 0,8835

P(genau ein Fehler) = 0,93 · 0,05 + 0,07 · 0,95 = 0,113

P(Ausschuss) = P(beide Fehler) = 0,07 · 0,05 = 0,0035

Y beschreibt den Verkaufspreis eines Fahrradtrikots in €.

a ist der Preis eines fehlerfreien Trikots,

30 % Nachlass bedeutet 0,7 a.

y_i	a	0,7a	1,5
$P(Y = y_i)$	0,8835	0,113	0,0035

Gesamterlös: 41 242,50 €

Durchschnittlicher Verkaufspreis: $\frac{41\,242{,}50\,€}{2250} = 18{,}33\,€$ (entspricht E(Y))

Bedingung für a: E(Y) = 0,8835a + 0,113 · 0,7a + 0,0035 · 1,5 = 18,33

$0{,}9626a + 0{,}00525 = 18{,}33 \Rightarrow a = 19{,}0367$

Der Verkaufspreis für ein fehlerfreies Trikot muss mindestens 19,04 € betragen, damit der durchschnittliche Erlös für jedes gefertigte Trikot 18,33 € betragen kann.

Lösung Aufgabe 9 (Aufgabe Seite 140)

1 X sei die Anzahl der Handyschalen mit fehlerhafter Farbpigmentierung.

X ist binomialverteilt mit n =100 und p = 0,1

$P(A) = P(X = 5) = \binom{100}{5} 0{,}1^5\, 0{,}9^{95} = 0{,}0339$

$P(B) = P(X < 3) = F(100;0{,}1;2) = 0{,}0019$

$P(C) = P(X > 7) = 1 - P(X \leq 7) = 1 - F(100;0{,}1;7) = 1 - 0{,}2061 = 0{,}7939$

$P(D) = P(X > 10) = 1 - P(X \leq 10) = 1 - 0{,}5832 = 0{,}4168$

2 X sei die Anzahl fehlerhafter Handyschalen bei n Kontrollen.

X ist binomialverteilt mit p = 0,1

$P(X \geq 1) = 1 - P(X = 0) \quad \Leftrightarrow 1 - 0{,}9^n \geq 0{,}9 \Leftrightarrow 0{,}9^n \leq 0{,}1 \Leftrightarrow n \geq \frac{\ln 0{,}1}{\ln 0{,}9} = 21{,}85$

Es müssen mindestens 22 Schalen überprüft werden.

3 X ist binomialverteilt mit n =100 und p = 0,1

Erwartungswert: $E(X) = n \cdot p = 100 \cdot 0{,}1 = 10$

Standardabweichung: $\sigma = \sqrt{n \cdot p \cdot (1 - p)} = \sqrt{100 \cdot 0{,}1 \cdot 0{,}9} = 3$

$P(7 \leq X \leq 13) = F(100; 0{,}1; 13) - F(100; 0{,}1; 6) = 0{,}8761 - 0{,}1172 = 0{,}7590$

Die Wahrscheinlichkeit, dass bei 100 kontrollierten Handyschalen die Anzahl der fehlerhaften Handyschalen um höchstens die Standardabweichung vom Erwartungswert abweicht beträgt 0,7590.

4 X: Kosten, die für fehlerhafte Teile entstehen.

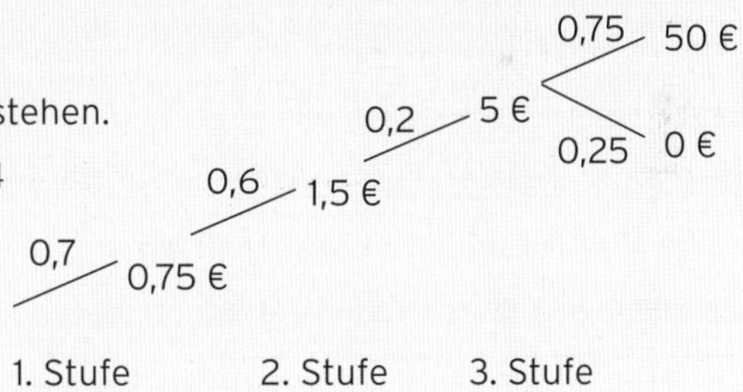

$P(X = 0) = 0{,}3 \cdot 0{,}4 \cdot 0{,}8 \cdot 0{,}25 = 0{,}024$

$P(X = 0{,}75) = 0{,}7$

$P(X = 1{,}5) = 0{,}3 \cdot 0{,}6 = 0{,}18$

$P(X = 5) = 0{,}3 \cdot 0{,}4 \cdot 0{,}2 = 0{,}024$

$P(X = 50) = 0{,}3 \cdot 0{,}4 \cdot 0{,}8 \cdot 0{,}75 = 0{,}072$

$X = x_i$	0	0,75	1,5	5	50
$P(X = x_i)$	0,024	0,7	0,18	0,024	0,072

Erwartungswert: $E(X) = 0 \cdot 0{,}024 + 0{,}75 \cdot 0{,}7 + 1{,}5 \cdot 0{,}18 + 5 \cdot 0{,}024 + 50 \cdot 0{,}072 = 4{,}52$

Die zu erwartenden Kosten für das Unternehmen Mobiltec liegen pro mangelhafter Handyschale bei 4,52 €.

Lösung Aufgabe 10 (Aufgabe Seite 141)

Baumdiagramm:

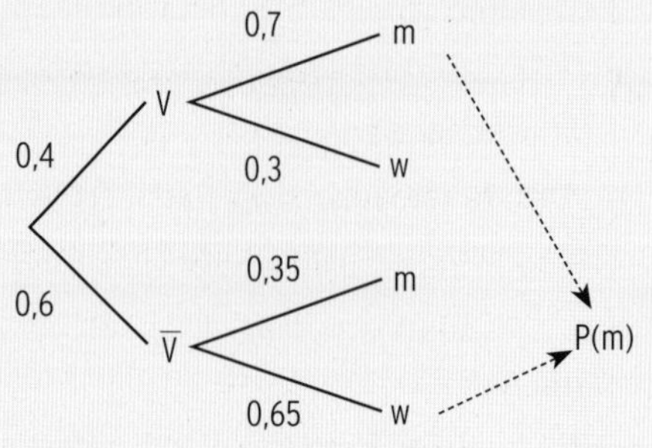

V: Vereinsmitglied

m: männlich; w: weiblich

$P(m) = P(V \cap m) + P(\overline{V} \cap m)$

$= 0{,}4 \cdot 0{,}7 + 0{,}6 \cdot 0{,}35 = 0{,}49$

Bedingte Wahrscheinlichkeit: $P_m(V)$

$P_m(V) = \frac{P(V \cap m)}{P(m)} = \frac{0{,}28}{0{,}49} = 0{,}5714$

Lösung Aufgabe 11 **Seite 1/2** (Aufgabe Seite 141)

1 Berechnung über das Gegenereignis $\overline{A}$: In keiner Produktionsstufe treten Fehler auf.

$P(A) = 1 - P(\overline{A}) = 1 - 0{,}88 \cdot 0{,}905 = 0{,}2036 \approx 0{,}20$

Alternativ: Summe der drei Pfade, bei denen ein Fehler auftritt

2.1 Die Ereignisse sind unabhängig, also $P(E_1) = 0{,}2 \cdot 0{,}2 = 0{,}04$

2.2 E_2: Genau die ersten 8 Regalbausätze sind in Ordnung.

Bei E_2 müssen die Gegenereignisse berücksichtigt werden:

$P(E_2) = 0{,}2^2 \cdot 0{,}8^8 = 0{,}0067$

2.3 Bei E_3 ist es unerheblich, an welcher Stelle die fehlerhaften Regalbausätze entnommen werden. X: Anzahl der fehlerhaften Regalbausätze; $X \sim B_{10;0,2}$

$P(E_3) = P(X = 2) = \binom{10}{2} \cdot 0{,}2^2 \cdot 0{,}8^8 = 0{,}3020$

3.1 Es gilt: $P(A \cup B) = 0{,}115$; $P(B) = 0{,}085$

Mit der Summenregel (Additionssatz) gilt: $P(A \cup B) = P(A) + P(B) - P(A \cap B)$

A und B unabhängig: $P(A \cup B) = P(A) + P(B) - P(A) \cdot P(B)$

Einsetzen: $0{,}115 = P(A) + 0{,}085 - P(A) \cdot 0{,}085$

Auflösen nach P(A): $P(A) \approx 0{,}0328$

Fehler A tritt mit einer Wahrscheinlichkeit von ca. 3,28 % auf.

3.2 Lösung über eine Vierfelder-Tafel:

	A	$\overline{A}$	
B	0,0328 · 0,0850	0,0822	0,0850
$\overline{B}$	0,0300	1 − 0,1150	0,9150
	0,0328	0,9672	1

Der Vierfelder-Tafel kann man entnehmen:

$P(A \cap \overline{B}) \cup P(\overline{A} \cap B) = 0{,}0300 + 0{,}0822 = 0{,}1122$

Die Wahrscheinlichkeit, dass nur einer der beiden Fehler auftritt, beträgt 11,22 %

Lösung Aufgabe 11 **Seite 2/2**

4.1 E: Der Regalbausatz ist einwandfrei

NE: Der Regalbausatz ist fehlerhaft (**n**icht **e**inwandfrei).

A: Der Regalbausatz wird **a**ussortiert.

NA: Der Regalbausatz wird als einwandfrei ausgeliefert (**n**icht **a**ussortiert).

Baumdiagramm:

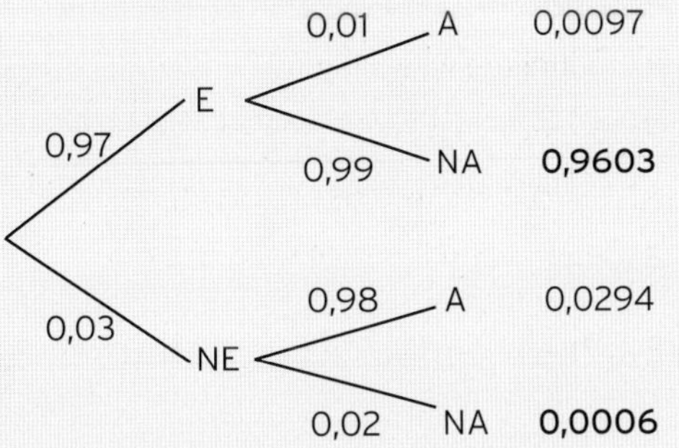

Dann gilt:

$P(NA) = P(E) \cdot P_E(NA) + P(NE) \cdot P_{NE}(NA)$

$= 0{,}97 \cdot 0{,}99 + 0{,}03 \cdot 0{,}02$

$= 0{,}9609$

96,09 % aller hergestellten Regalbausätze werden als einwandfrei ausgeliefert.

4.2 Zu bestimmen ist die bedingte Wahrscheinlichkeit, dass ein ausgelieferter Regalbausatz fehlerhaft ist, also Grund zu einer berechtigten Reklamation liefert.

Es gilt: $P_{NA}(NE) = \frac{P_{NE}(NA) \cdot P(NE)}{P(NA)} = \frac{0{,}02 \cdot 0{,}03}{0{,}9609}$

$P_{NA}(NE) = 6{,}244 \cdot 10^{-4} \approx \frac{1}{1600}$

4.3 Erwartete Kosten ohne Modul: $K_1 = 10000(0{,}2 + 0{,}96 \cdot \frac{1}{1600} \cdot 500) = 5000$

Erwartete Kosten mit Modul: $K_2 = 10000 \cdot 0{,}25 + 450 + 10000 \cdot 0{,}95 \cdot \frac{1}{3200} \cdot 500$

$K_2 = 4434{,}38$

Da $K_1 > K_2$ lohnt sich die Anschaffung des neuen Moduls.

Für eine Produktionsmenge von n Stück gilt:

Erwartete Kosten ohne Modul: $K_1(n) = n(0{,}2 + 0{,}96 \cdot \frac{1}{1600} \cdot 500) = 0{,}5n$

Erwartete Kosten mit Modul: $K_2(n) = n \cdot 0{,}25 + 450 + n \cdot 0{,}95 \cdot \frac{1}{3200} \cdot 500$

$K_2(n) = 0{,}39844n + 450$

Kritische Menge: $K_1(n) = K_2(n)$ $0{,}5\,n = 0{,}39844n + 450$

Auflösen nach n ergibt: $n = 4430{,}87$

Ab 4431 Regalbausätze lohnt sich die Anschaffung.

Lösung Aufgabe 12 (Aufgabe Seite 143)

1.1 Ein Bernoulli-Versuch ist ein Zufallsversuch mit nur zwei möglichen Ergebnissen. Wird ein Bernoulli-Versuch mehrfach hintereinander ausgeführt und ändert sich die Wahrscheinlichkeit für einen Erfolg dabei nicht, spricht man von einer Bernoulli-Kette. Da die Muttern in sehr großer Stückzahl produziert und gekauft werden und keine Angaben über die Anzahl der fehlerhaften Muttern in der Kiste gegeben sind, kann davon ausgegangen werden, dass für jede einzelne Mutter die Wahrscheinlichkeit fehlerfrei zu sein 0,9360 beträgt.

$P(E1) = 0{,}9360^4 = 0{,}7675$

$P(E2) = \binom{4}{2} \cdot 0{,}9360^2 \cdot (1 - 0{,}9360)^2 = 0{,}0215$

Das Ereignis E3 bedeutet, dass unter den ersten fünf genau zwei fehlerhafte Muttern sind und die sechste fehlerfrei ist.

$P(E3) = \binom{5}{2} \cdot 0{,}9360^3 \cdot (1 - 0{,}9360)^2 \cdot 0{,}9360 = 0{,}0314$

1.2 Es werden genau dann n Versuche durchgeführt, wenn bei den ersten $(n - 1)$ Versuchen genau $(k - 1)$ Erfolge erzielt wurden. Dieses Ereignis kann auf $\binom{n-1}{k-1}$ Arten eintreten und jedes dieser Ergebnisse hat die Wahrscheinlichkeit

$p^{k-1} \cdot q^{(n-1)-(k-1)} = p^{k-1} \cdot q^{n-k}$

Der n-te Versuch muss dann ein Erfolg sein, so dass gilt:

$$P(X_k = n) = \binom{n-1}{k-1} \cdot p^{k-1} \cdot q^{n-k} \cdot p = \frac{(n-1)!}{((n-1)-(k-1))! \cdot (k-1)!} \cdot p^k \cdot q^{n-k}$$

$$= \frac{(n-1)!}{(n-k)! \cdot (k-1)!} \cdot p^k \cdot q^{n-k} = \frac{k \cdot n!}{n \cdot (n-k)! \cdot k!} \cdot p^k \cdot q^{n-k} \quad \text{(erweitert mit } n \cdot k)$$

Mit $\frac{n!}{(n-k)! \cdot k!} = \binom{n}{k}$ folgt die Behauptung $P(X_k = n) = \frac{k}{n} \cdot \binom{n}{k} \cdot p^k \cdot q^{n-k}$

2 Sei $p_A = 0{,}9360$ der durchschnittliche Anteil fehlerfreier Muttern des Ursprungsanbieters und $p_B = 0{,}9000$ der des Konkurrenten.

Durchschnittlich werden $\frac{1}{p_A}$ beziehungsweise $\frac{1}{p_B}$ 1000er Kisten benötigt, um 1000 fehlerfreie Muttern zu erhalten. Von den $\frac{1}{p_A} \cdot 1000$ Muttern sind dann $\frac{1-p_A}{p_A} \cdot 1000$ fehlerhaft. Für p_B gilt Entsprechendes.

Dann gilt für die durchschnittlich zu erwartenden Kosten für 1000 fehlerfreie Muttern: $K_A = \frac{1}{p_A} \cdot 150 - \frac{1-p_A}{p_A} \cdot 9{,}85 = \frac{1}{0{,}9360} \cdot 150 - \frac{0{,}064}{0{,}9360} \cdot 9{,}85 = 159{,}582906$

$K_B = \frac{1}{p_B} \cdot 140 - \frac{1-p_B}{p_B} \cdot 9{,}85 = \frac{1}{0{,}9} \cdot 140 - \frac{0{,}1}{0{,}9} \cdot 9{,}85 = 154{,}461111$

Das Angebot des Konkurrenten ist also für die Zürla-Kohlin GmbH günstiger, da die zu erwartenden Kosten für 1000 fehlerfreie Muttern im Durchschnitt 5,12 € niedriger sind als bisher.

Lösung Aufgabe 13 (Aufgabe Seite 144)

1 Der Stückgewinn g einer Maxipackung entspricht dem Stückpreis (19,90 €) vermindert um die Stückkosten (9,50 €); g = 19,90 € − 9,50 € = 10,40 €
Gewinn ohne Werbemaßnahmen bei 50 000 Maxipackungen:
G = 50 000 · 10,40 € = 520 000 €

2 X: Wert des Gutscheins in €
$E(X) = 0{,}5 \cdot 1 + 0{,}3 \cdot 2 + 0{,}1 \cdot 3 + 0{,}1 \cdot 5 = 1{,}9$
Der durchschnittliche Wert eines Gutscheins liegt bei 1,90 €.

3 Da nur jeder fünfte Kunde den Gutschein einlöst (20 % = 0,2) , verursachen die Gutscheine durchschnittlich Kosten in Höhe von 50 000 · 0,2 · 1,9 € = 19 000 €
Der zu erwartende Gewinn vermindert sich durch die Werbemaßnahme um 19 000 € auf nun 520 000 € − 19 000 € = 501 000 €

III Aufgabensätze Aufgabenteil A zur Zentralen Abiturprüfung 2024

Aufgabensatz 1

Aufgabenteil A: ohne Hilfsmittel

Lösungen Seite 171 - 173

Pflichtaufgaben

Aufgabe P1

Punkte

Gegeben sind die Schaubilder von vier Funktionen, jeweils mit sämtlichen Asymptoten:

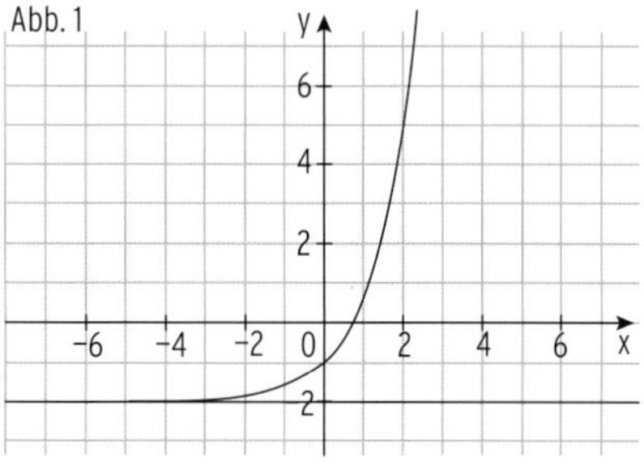

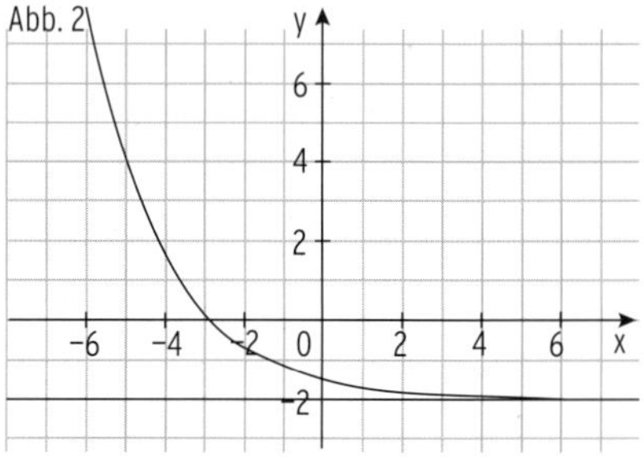

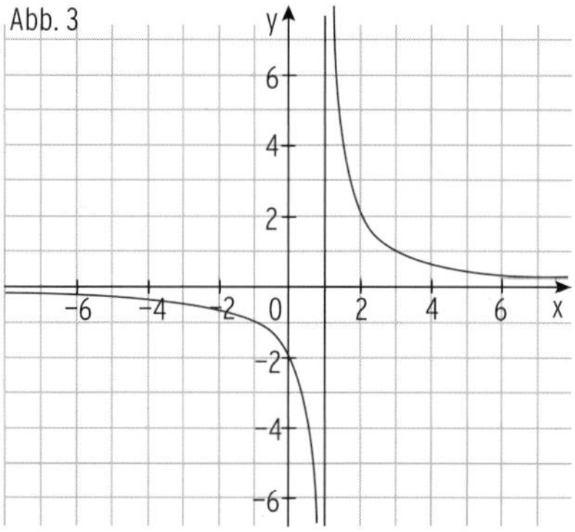

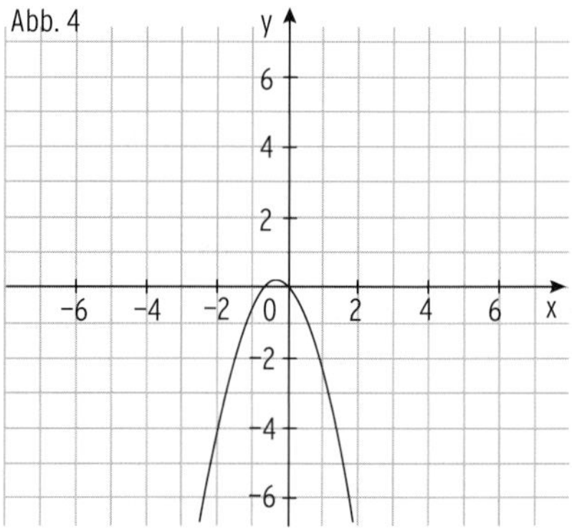

Drei dieser vier Schaubilder werden beschrieben durch die Funktionen f, g und h mit

$f(x) = \frac{2}{x+a}$, $g(x) = -2 + be^{-0{,}5x}$, $h(x) = cx^2 - x$

a) Ordnen Sie den Funktionen f, g und h das jeweils passende Schaubild zu. Begründen Sie Ihre Zuordnung. 3

b) Bestimmen Sie die Werte für a, b und c. 2

Aufgabe P2

Gegeben ist die Funktionenschar f_a mit $f_a(x) = ax^4 - x^2$, $a > 0$.

a) Bestimmen Sie $\int_0^1 f_a(x)dx$. 3

b) Die Graphen von f_a schneiden die x-Achse an den Stellen

$x_1 = -\sqrt{\frac{1}{a}}$; $x_{2,3} = 0$; $x_4 = \sqrt{\frac{1}{a}}$.

Bestimmen Sie a so, dass x_1 und x_4 den Abstand 4 haben. 2

Aufgabensatz 1

Pflichtaufgaben

Aufgabe P3

Punkte

Das Unternehmen *Blühfreude* stellt verschiedene Dünger her. Im Rahmen des Produktionsprozesses werden aus drei Rohstoffen (R), drei Zwischenprodukte (Z) und dann vier Endprodukte (E) hergestellt. Nur die Rohstoff-Endprodukt-Matrix C_{RE} ist bekannt:

$$C_{RE}=\begin{pmatrix} 2 & 3 & 4 & 5 \\ 1 & 2 & 3 & 4 \\ 4 & 3 & 2 & 1 \end{pmatrix}$$

a) Stellen Sie den prinzipiell zugrundeliegenden Produktionsprozess grafisch dar. Geben Sie das Format der zugrundeliegenden Matrizen A_{RZ} und B_{ZE} an 2

b) In der Produktionsabteilung sollen von Dünger E_1 und von E_3 je 20 Mengeneinheiten (ME) hergestellt werden sowie je 10 ME von E_2 und E_4. Berechnen Sie die benötigten Rohstoffmengen, die aus dem Lager für diese Produktion beschafft werden müssen. 3

Aufgabe P4

Die Zufallsvariable X ist binomialverteilt mit n = 10 und p = 0,6.

a) Welche der Abbildungen zeigt die Verteilung von X? Begründen Sie Ihre Entscheidung. 3

b) Bestimmen Sie mithilfe der Abbildung näherungsweise $P(4 < X < 7)$ und $P(X \neq 5)$.

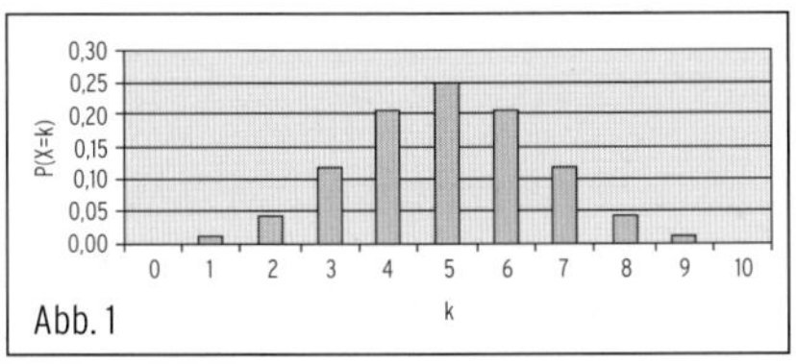

Abb. 1

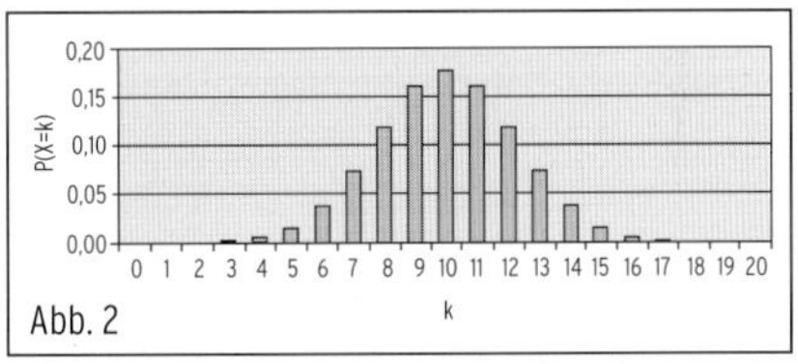

Abb. 2

2

Wahlaufgaben

Bearbeiten Sie zwei aus den vorgelegten 4 Wahlaufgaben W1 bis W4.

Aufgabe W1

Punkte

Die Abbildung zeigt die Graphen einer Angebots- und einer Nachfragefunktion.

a) Ordnen Sie begründet zu. 2

b) Berechnen Sie die Konsumentenrente und kennzeichnen Sie diese in der Abbildung. 3

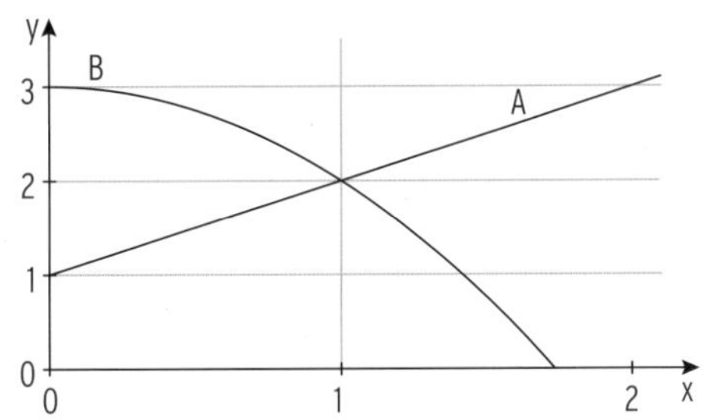

Aufgabensatz 1

Wahlaufgaben

Aufgabe W2

Punkte

Für jedes $t \in \mathbb{R}$ besitzt der Graph der Funktion f_t mit $f_t(x) = t^2 - x + e^{x-t}$; $x \in \mathbb{R}$, einen Tiefpunkt. Bestimmen Sie t so, dass dieser Tiefpunkt möglichst tief liegt. 5

Aufgabe W3

In einem mehrstufigen Prozess ergeben sich folgende Zusammenhänge: $C_{RE} = \begin{pmatrix} 4 & 5 & 2 \\ 1 & 3 & 4 \\ 2 & 1 & 5 \end{pmatrix}$.

Die Produktion der Endprodukte erfolgt mit $\vec{m} = \begin{pmatrix} x \\ 2x \\ 3x \end{pmatrix}$.

Im Lager befinden sich noch die folgenden Rohstoffe: $\vec{r} = \begin{pmatrix} 20 \\ 19 \\ 19 \end{pmatrix}$.

Die Rohstoffpreise pro Mengeneinheit werden durch den Vektor $\vec{k}_R^T = (2 \;\; 3 \;\; 2)$ angegeben.

a) Bestimmen Sie die Anzahl der Endprodukte, die durch den vollständigen Verbrauch der Rohstoffe hergestellt werden können. 3

b) Berechnen Sie die Rohstoffkosten für die Produktion von 3 ME E_1, 2 ME von E_2 und 1 ME von E_3. 2

Aufgabe W4

Die Zufallsgröße X ist binomialverteilt mit $n = 10$ und $p = 0{,}8$. Eine der folgenden Abbildungen stellt die Wahrscheinlichkeitsverteilung von X dar.

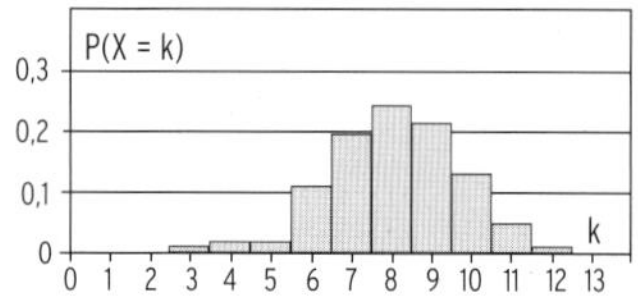

Abb. 1

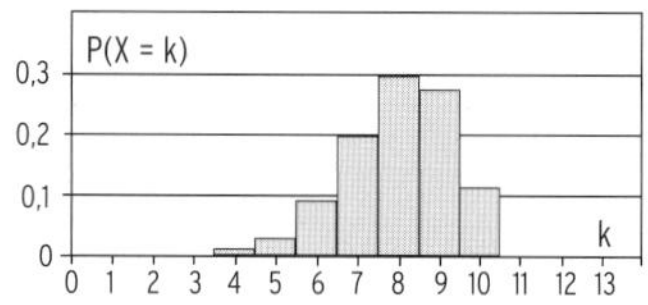

Abb. 2

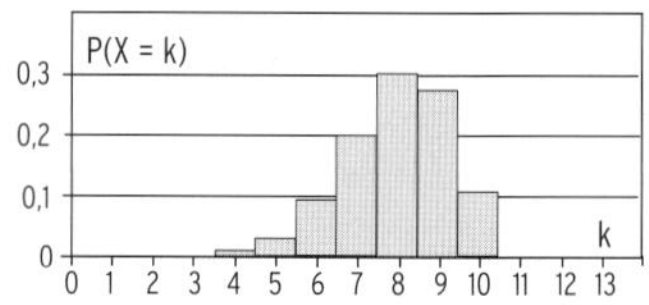

Abb. 3

a) Geben Sie die beiden Abbildungen an, die die Wahrscheinlichkeitsverteilung von X nicht darstellen. Begründen Sie Ihre Angabe. 2

b) Das Ziel eines Würfelspiels besteht darin, mit einem Würfel eine Sechs zu würfeln. Der Spieler hat bis zu drei Versuche.
Zeichnen Sie ein Baumdiagramm und berechnen Sie die Wahrscheinlichkeit dafür, dass er die Sechs im zweiten Wurf würfelt. 3

Aufgabensatz 2

Aufgabenteil A: ohne Hilfsmittel

Lösungen Seite 173 - 175

Pflichtaufgaben

Aufgabe P1

Punkte

Gegeben ist die in $\mathbb{R}$ definierte Funktion f mit $f(x) = -x^2 + 2ax$ mit $a > 1$.

Die Nullstellen von f sind 0 und 2a.

a) Zeigen Sie, dass das Flächenstück, das der Graph von f mit der x-Achse einschließt, den Inhalt $\frac{4}{3}a^3$ hat. 2

b) Der Hochpunkt $(a \mid a^2)$ des Graphen von f liegt auf einer Seite eines Quadrates. Zwei Seiten dieses Quadrates liegen auf den Koordinatenachsen (vgl. Abb. 1). Der Flächeninhalt des Quadrates stimmt mit dem Inhalt des Flächenstücks, das der Graph von f mit der x-Achse einschließt, überein.
Bestimmen Sie den Wert von a. 3

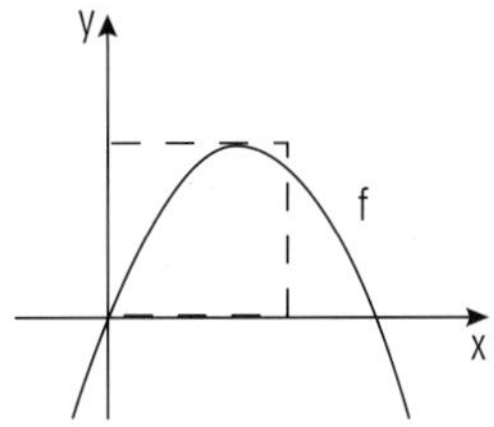

Abbildung 1: Grafik.

Aufgabe P2

Abbildung 2 zeigt den Punkt P und den Graphen der in $\mathbb{R}$ definierten Funktion f. Der Graph von f hat die einzigen Extrempunkte $(-1 \mid 1)$ und $(0 \mid 0)$.

a) Gegeben ist die Funktion g mit
$f(x) = -f(x-3)$.
Geben Sie die Koordinaten des Tiefpunktes des Graphen von g an. 2

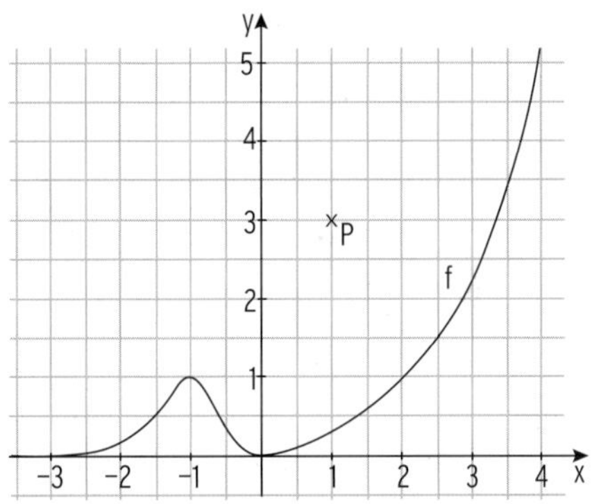

Abbildung 2: Grafik.

b) Der Graph einer Stammfunktion von f verläuft durch P. Skizzieren Sie diesen Graphen in der Abbildung 2. 3

Aufgabe P3

In einem Behälter befinden sich fünf Kugeln, auf denen jeweils eine Zahl steht. Auf drei der Kugeln steht die Zahl 2, auf zwei der Kugeln die Zahl a. Zweimal nacheinander wird eine Kugel zufällig entnommen und wieder zurückgelegt.

a) Geben Sie im Sachzusammenhang ein Ereignis an, dessen Wahrscheinlichkeit mit dem Term $2 \cdot \frac{3}{5} \cdot \frac{2}{5}$ berechnet werden kann. 1

b) Die Zufallsgröße X gibt die Summe der Zahlen an, die auf den beiden entnommenen Kugeln stehen. Der Erwartungswert von X ist 8.
Bestimmen Sie den Wert von a. 4

Aufgabensatz 2

Aufgabenteil A: ohne Hilfsmittel

Pflichtaufgaben

Aufgabe P4

Gegeben ist das Gleichungssystem

$$\begin{array}{lrl} \text{I} & 2x \quad + z = 0 & \\ \text{II} & -y + 2z = 0 & \\ \text{III} & 2y + b \cdot z = 1 & \text{mit } x, y, z \in \mathbb{R}. \end{array}$$

Untersuchen Sie in Abhängigkeit vom Parameter b mit $b \in \mathbb{R}$ die Anzahl der Lösungen des Gleichungssystems; geben Sie gegebenenfalls die Lösungen an. 5

Prüfungsteil A Wahlaufgaben

Bearbeiten Sie zwei der vier Wahlaufgaben W1 bis W4.

Aufgabe W1

Betrachtet werden die in $\mathbb{R}$ definierten Funktionen f und F, wobei F eine Stammfunktion von f ist. Die Abbildung zeigt den Graphen G_F von F.

a) Bestimmen Sie den Wert des Integrals $\int_1^7 f(x)dx$. 2

b) Veranschaulichen Sie Ihr Vorgehen in der Abbildung. 3

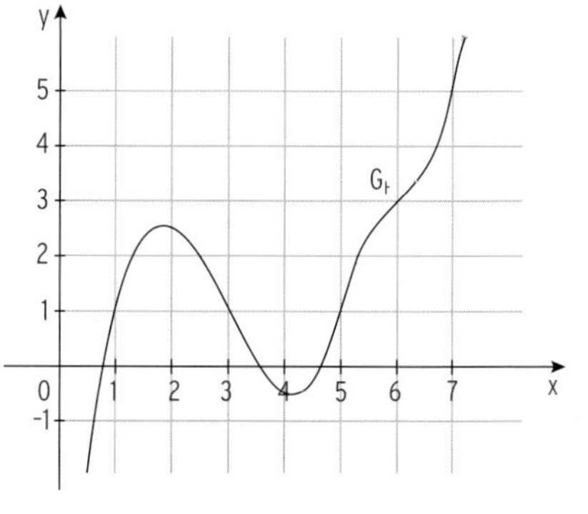

Aufgabe W2

Die folgende Tabelle enthält Funktionswerte und Werte der ersten beiden Ableitungen einer Polynomfunktion h vom Grad 4. Das Schaubild von h ist K.

x	− 1,5	− 1	− 0,5	0	0,5	1	1,5
h(x)	2,375	− 2	− 1,625	− 1	− 1,625	− 2	2,375
h′(x)	− 18	− 2	2	0	− 2	2	18
h″(x)	48	18	0	− 6	0	18	48

Entscheiden Sie, ob folgende Aussagen wahr oder falsch sind und begründen Sie Ihre Entscheidungen ohne Funktionsterme zu berechnen.

(1) P(− 1 | 2) liegt auf K.

(2) K besitzt zwei Wendepunkte.

(3) K besitzt drei Punkte mit waagrechter Tangente. 5

Aufgabensatz 2

Aufgabenteil A: ohne Hilfsmittel

Wahlaufgaben

Aufgabe W3

Punkte

Gegeben ist eine Zufallsgröße X, die die Werte $x_i \in \{0,1,2,3,4\}$ annehmen kann.

Die Wahrscheinlichkeitsverteilung von X ist symmetrisch.

a) Es gilt $P(X = 2) = 0{,}6$. Bestimmen Sie $P(X \leq 2)$. 2

b) Weisen Sie nach, dass die Zufallsgröße X nicht binomialverteilt sein kann. 3

Aufgabe W4

In der Hansestadt Bremburg war bisher nur die Supermarktkette A ansässig. Jetzt haben auch die Supermarktketten B und C Geschäfte in der Stadt eröffnet. Aus Städten, in denen alle drei Supermarktketten präsent sind, ist das Übergangsverhalten der Kunden pro Periode bekannt. Das Diagramm zeigt das Übergangsverhalten der Kunden nach einer Periode und die Matrix A^2 das Übergangsverhalten nach zwei Perioden (vgl. Abb. 4).

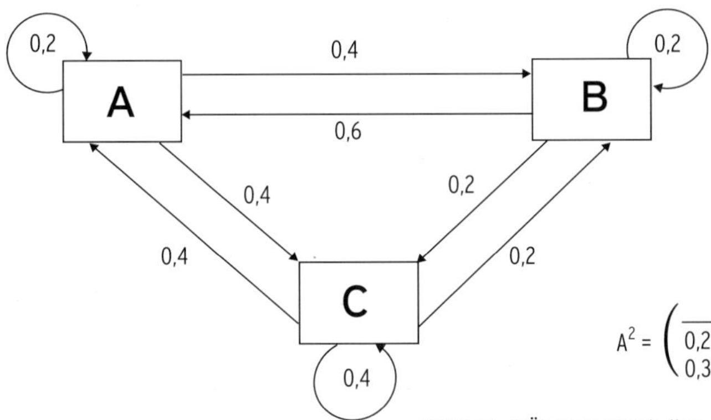

$$A^2 = \begin{pmatrix} \_\_\_ & 0{,}32 & 0{,}36 \\ 0{,}24 & 0{,}32 & \_\_\_ \\ 0{,}32 & \_\_\_ & 0{,}36 \end{pmatrix}$$

Abbildung 4: Übergangsverhalten.

Ermitteln Sie für die übernächste Periode die Marktanteile der drei Supermarktketten in Bremburg 5

Aufgabensatz 3

Aufgabenteil A: ohne Hilfsmittel

Lösungen Seite 176 - 178

Pflichtaufgaben

Aufgabe P1

Punkte

Gegeben sind die in $\mathbb{R}$ definierten ganzrationalen Funktionen

f_k mit $f_k(x) = x^4 + (2-k)\cdot x^3 - k\cdot x^2$ mit $x \in \mathbb{R}$.

a) Begründen Sie, dass der Graph von f_2 symmetrisch bezüglich der Ordinatenachse ist. 1

b) Es gibt einen Wert von k, für den 1 eine Wendestelle von f_k ist.

Berechnen Sie diesen Wert von k. 4

Aufgabe P2

Betrachtet werden die in $\mathbb{R}$ definierten Funktionen f_k mit $f_k(x) = k\cdot e^{-x} + 3$ und $k \in \mathbb{R}\setminus\{0\}$.

a) Zeigen Sie, dass $f'_k(0) = -k$ gilt. 1

b) Bestimmen Sie diejenigen Werte von k, für die die Tangente im Punkt $(0 \mid f_k(0))$ an den Graphen von f_k eine positive Steigung hat und ihre Schnittstelle mit der Abszissenachse größer als $\frac{1}{2}$ ist. 4

Aufgabe P3

In einer Urne befinden sich schwarze (s) und weiße (w) Kugeln.
Ohne Zurücklegen wird zweimal nacheinander genau eine Kugel gezogen.
Für das Zufallsexperiment gilt das nebenstehende unvollständige Baumdiagramm.

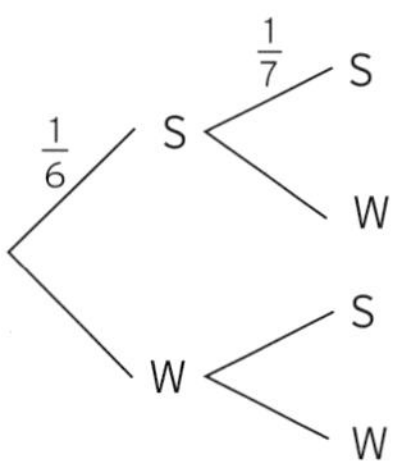

a) Berechnen Sie die Wahrscheinlichkeit dafür, dass mindestens eine weiße Kugel gezogen wird. 1

b) Ermitteln Sie die Anzahl der weißen und der schwarzen Kugeln, die sich vor dem Ziehen in der Urne befanden. 4

Aufgabensatz 3

Aufgabenteil A: ohne Hilfsmittel

Pflichtaufgaben

Aufgabe P4

Punkte

Eine Unternehmung stellt aus zwei Rohstoffen R_1 und R_2 drei verschiedene Mischungen M_1, M_2 und M_3 her.
Die folgende Tabelle gibt für jede dieser Mischungen an, wie viele Mengeneinheiten von R_1 und R_2 pro Mengeneinheit der betreffenden Mischung benötigt werden.

	M_1	M_2	M_3
R_1	8	6	11
R_2	8	10	5

Die zugehörige Matrix wird mit A_{RM} bezeichnet.
Die Mischungen werden an Großkunden verkauft, die diese verpacken und in den Handel bringen. Folgende Bestellung zweier Kunden K_1 und K_2 liegt vor:

	K_1	K_2
M_1	30	0
M_2	20	20
M_3	0	10

Die zugehörige Matrix wird mit B_{MK} bezeichnet.

a) Berechnen Sie die zugehörige Matrix C_{RK} und interpretieren Sie das Matrixelement in der ersten Zeile und ersten Spalte im Sachzusammenhang. 3

b) Die Unternehmung muss die benötigten Rohstoffe einkaufen. Die Kosten einer Mengeneinheit von R_1 betragen dabei 75 % der Kosten einer Mengeneinheit von R_2. Die Rohstoffkosten, die bei der Herstellung einer Mengeneinheit der Mischung M_1 entstehen, betragen 2.800 EUR.
Berechnen Sie die Kosten einer Mengeneinheit von R_2. 2

Aufgabensatz 3

Aufgabenteil A: ohne Hilfsmittel

Wahlaufgaben

Bearbeiten Sie zwei aus den vorgelegten 4 Wahlaufgaben W1 bis W4.

Aufgabe W1

Punkte

Im vergangenen Jahr entwickelte sich wegen einer weltweiten Wirtschaftskrise der Gewinn pro Zeiteinheit eines Unternehmens gemäß der Funktion

g mit $g(t) = 3t(t-1)(t-3)$, $0 \leq t \leq 4, t \in \mathbb{R}$; g(t) in Geldeinheiten pro Zeiteinheit (GE/ZE) und t in Zeiteinheiten (ZE).

Die Abbildung zeigt den Graphen der Funktion g, wobei t = 0 der Jahresbeginn und t = 4 das Jahresende ist.

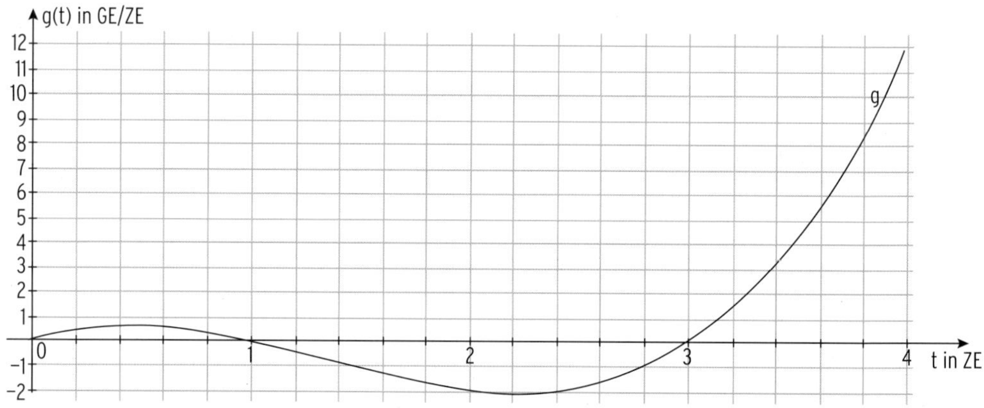

a) Geben Sie den Zeitpunkt an, an dem der Gesamtgewinn in GE minimal ist. Skizzieren Sie in der Abbildung den Zeitpunkt $t > 0$, an dem der Gesamtgewinn erstmalig Null ist. 2

b) Bestimmen Sie für den Zeitraum, in dem das Unternehmen Verluste erleidet, einen Term zur Ermittlung des Gesamtverlustes in dem Zeitraum. 3

Aufgabensatz 3

Aufgabenteil A: ohne Hilfsmittel

Wahlaufgaben

Aufgabe W2

Punkte

Gegeben ist die in $\mathbb{R}$ definierte Funktionsschar f_a mit $f_a(x) = e^x(1 - ax)$; $a \in \mathbb{R}$.

a) Zeigen Sie, dass $f_a'(x) = e^x(1 - ax - a)$ die erste Ableitung von f_a ist. 2

b) Untersuchen Sie, für welche Werte des Parameters a der Graph von f_a eine waagerechte Tangente besitzt. 3

Aufgabe W3

Im Rahmen einer Qualitätskontrolle wurden Spargelstangen geprüft, ob diese zerbrochen sind. Erfahrungsgemäß entspricht jede zehnte Stange nicht den Qualitätsanforderungen.

a) Geben Sie eine Gleichung an, mit der die Wahrscheinlichkeit algebraisch berechnet werden kann, dass sich in einem Korb mit 20 Spargelstangen mehr als zwei zerbrochene Spargelstangen befinden. 3

b) Zu Werbezwecken werden je drei Stangen in Probepackungen verpackt. Hier darf keine zerbrochen sein. Berechnen Sie die Wahrscheinlichkeit dafür, dass Probepackungen nicht ausgeliefert werden können. 2

Aufgabe W4

Die beiden größten Stromanbieter A und B haben ein Internetportal damit beauftragt, das Wechselverhalten der Kunden auf dem Strommarkt zu analysieren. Die Ergebnisse der ausgewerteten Kundenwanderung sind in der folgenden Tabelle dargestellt:
Berechnen Sie die Werte für a, b und c, mit $a, b, c \geq 0$. 5

von \ nach	**Anbieter A**	**Anbieter B**	**Sonstige**
Anbieter A	a	0,3	0,1
Anbieter B	0,3	c	b
Sonstige	b	c	2a

Aufgabensatz 4

Aufgabenteil A: ohne Hilfsmittel

Pflichtaufgaben

Lösungen Seite 179/180

Aufgabe P1

Punkte

Gegeben ist eine in $\mathbb{R}$ definierte Funktion f mit $f(x) = x^4 - kx^2$, wobei k eine positive reelle Zahl ist. Die Abbildung 1 zeigt einen Graphen von f.

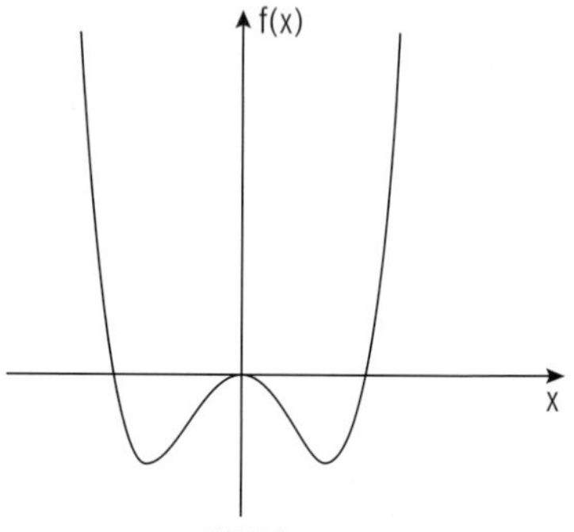

Abbildung 1

a) Zeigen Sie, dass $f'(x) = 2x \cdot (2x^2 - k)$ eine Gleichung der ersten Ableitungsfunktion von f ist. 1

b) Die beiden Tiefpunkte des Graphen von f haben jeweils den Funktionswert − 1. Ermitteln Sie den Wert von k. 4

Aufgabe P2

Gegeben sind die in $\mathbb{R}$ definierten Funktionen f und g. Der Graph von f ist symmetrisch bezüglich der Ordinatenachse, der Graph von g ist symmetrisch bezüglich des Koordinatenursprungs. Beide Graphen haben einen Hochpunkt im Punkt (2 | 1).

a) Geben Sie für die Graphen von f und g jeweils die Koordinaten und die Art eines weiteren Extrempunktes an. 2

b) Untersuchen Sie die in $\mathbb{R}$ definierte Funktion h mit $h(x) = f(x) \cdot (g(x))^3$ im Hinblick auf eine mögliche Symmetrie ihres Graphen. 3

Aufgabe P3

Die Zufallsgröße X ist binomialverteilt mit den Parametern $n = 100$ und p. Der Erwartungswert von X ist 50.

a) Berechnen Sie die Standardabweichung von X. 3

b) Die Wahrscheinlichkeit $P(X \geq 61)$ beträgt etwa 2 %. Bestimmen Sie damit einen Wert für die Wahrscheinlickeit $P(40 \leq X \leq 60)$. 2

Aufgabensatz 4

Aufgabenteil A: ohne Hilfsmittel

Pflichtaufgaben

Aufgabe P4

Punkte

Aus den Rohstoffen R_1, R_2 und R_3 werden die Zwischenprodukte Z_1, Z_2 sowie Z_3 und daraus die Endprodukte E_1 und E_2 hergestellt. Die Abbildung 3 gibt, jeweils in Mengeneinheiten, für jedes Zwischenprodukt den Bedarf an Rohstoffen und für jedes Endprodukt den Bedarf an Zwischenprodukten an.

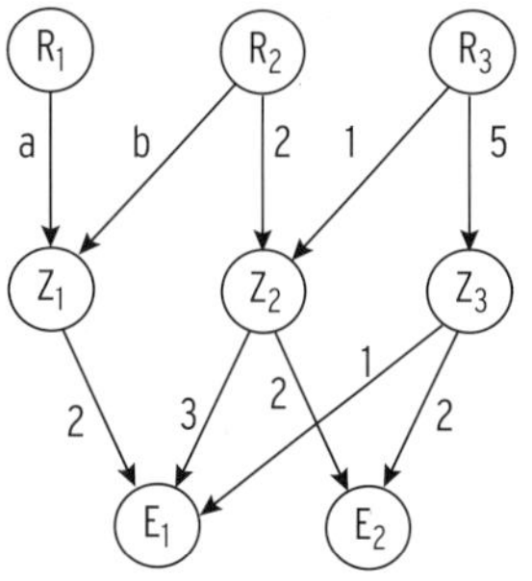

Abbildung 3

Für den Produktionsprozess gilt $\begin{pmatrix} 4 & 0 \\ 12 & 4 \\ 8 & 12 \end{pmatrix} \cdot \begin{pmatrix} e_1 \\ e_2 \end{pmatrix} = \begin{pmatrix} r_1 \\ r_2 \\ r_3 \end{pmatrix}$

Dabei gibt der Vektor $\vec{r} = \begin{pmatrix} r_1 \\ r_2 \\ r_3 \end{pmatrix}$ die Anzahlen der Mengeneinheiten der Rohstoffe und der Vektor $\overrightarrow{e} = \begin{pmatrix} e_1 \\ e_2 \end{pmatrix}$ die Anzahlen der Mengeneinheiten der Endprodukte an.

a) Ausgehend von 8 Mengeneinheiten von R_1, 28 Mengeneinheiten von R_2 und r_3 Mengeneinheiten von R_3 werden Endprodukte hergestellt. Dabei bleiben keine Rohstoffe übrig. Bestimmen Sie den Wert von r_3. 3

b) Bestimmen Sie die Werte von a und b (Abbildung 3). 2

Wahlaufgaben

Bearbeiten Sie zwei der sechs Wahlaufgaben W1 bis W4.

Aufgabe W1

Die Abbildung zeigt den Graphen einer Stammfunktion F von f.

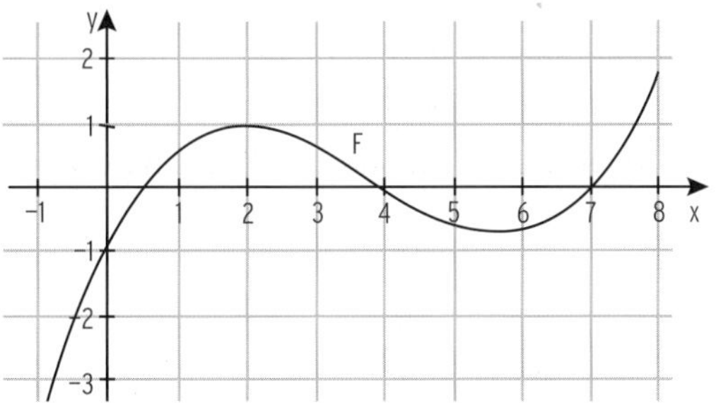

a) Bestimmen Sie mithilfe der Abbildung näherungsweise den Funktionswert von f an der Stelle 0. 1

b) Geben Sie ein Intervall [a; b] mit $a,b \in \mathbb{R}$ an, so dass gilt: $\int_a^b f(x)dx = 0$. Begründen Sie Ihre Aussage. 2

c) Untersuchen Sie, ob es eine Stelle $x_S \in [0; 7]$ gibt, für die gilt: f ist an der Stelle x_S monoton steigend. Geben Sie ggf. einen möglichen Wert für x_S an. 2

Aufgabensatz 4

Aufgabenteil A: ohne Hilfsmittel

Wahlaufgaben

Aufgabe W2

Punkte

Betrachtet wird die Funktion f mit $f(x) = x \cdot e^x$, $x \in \mathbb{R}$.

a) Geben Sie die Nullstelle von f an. 1

b) Weisen Sie nach, dass die Funktion F mit $F(x) = (x - 1) \cdot e^x$ eine Stammfunktion von f ist. 2

c) Berechnen Sie den Inhalt der Fläche, die vom Graphen von f, der x-Achse und den Geraden zu $x = 0$ und $x = 1$ eingeschlossen wird. 2

Aufgabe W3

Die Vierfeldertafel gehört zu einem Zufallsexperiment mit Ereignissen A und B. Für die Wahrscheinlichkeit p gilt $p \neq 0$.

	B	$\overline{B}$	
A	p		$3p$
$\overline{A}$			$1 - 3p$
	$4p$		

a) Vervollständigen Sie die Vierfeldertafel. Zeigen Sie, dass p nicht den Wert $\frac{1}{5}$ haben kann. 3

b) Für einen bestimmten Wert von p sind A und B stochastisch unabhängig. Ermitteln Sie diesen Wert von p. 2

Aufgabe W4

a) Lösen Sie das nachfolgende lineare Gleichungssystem. 3

$$\begin{aligned} 2 \cdot x - 3 \cdot y + z &= 4 \\ -x + y + z &= 1 \\ 2 \cdot y + 3 \cdot z &= 6 \end{aligned}$$

b) In der Matrizengleichung $A \cdot B = C$ hat die Matrix A zwei Zeilen und vier Spalten. Die Matrix C ist eine quadratische Matrix. Wie viele Zeilen und Spalten hat die Matrix B? 2

Lösungen - Aufgabensätze Aufgabenteil A zur Zentralen Abiturprüfung 2024

Aufgabensatz 1 Aufgabenteil A Hilfsmittelfreier Teil

Pflichtaufgaben

Aufgaben Seite 158/159

Aufgabe P1

a) und b)

Abb. 4: Parabel 2. Ordnung mit h(x); geht durch den Ursprung und durch P(− 2 | − 4)

$-4 = c \cdot (-2)^2 - (-2)$ damit $c = -\frac{3}{2}$

Abb. 2: Graph einer Exponentialfunktion mit g(x); waagrechte Asymptote:

$y = -2$ für $x \to \infty$ verläuft durch S(0 | − 1,5), also b = 0,5

Abb. 3: Graph einer gebrochen-rationalen Funktion mit f(x); waagrechte Asymptote: y = 0

senkrechte Asymptote: x = 1 und damit a = − 1

Aufgabe P2

a) $f_a(x) = ax^4 - x^2,\ a > 0$ $\qquad \int_0^1 f_a(x)dx = \left[\frac{a}{5}x^5 - \frac{1}{3}x^3\right]_0^1 = \frac{1}{5}a - \frac{1}{3}$

b) Mit $x_1 < x_4$ gilt für den Abstand $x_4 - x_1 = \sqrt{\frac{1}{a}} - (-\sqrt{\frac{1}{a}}) = 2\sqrt{\frac{1}{a}}$

Bedingung für Abstand 4: $2\sqrt{\frac{1}{a}} = 4 \Leftrightarrow \sqrt{\frac{1}{a}} = 2$

Quadrieren: $\frac{1}{a} = 4$ $\qquad$ Gesuchter a-Wert: $a = \frac{1}{4}$

Aufgabe P3

a) Produktionsprozess darstellen

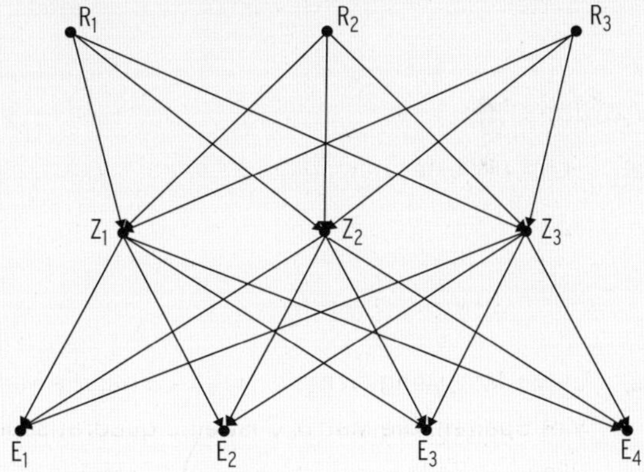

Format der Matrix A_{RZ}: (3 x 3)
Format der Matrix B_{ZE}: (3 x 4)

b) Rohstoffmengen berechnen

$$C_{RE} \cdot \vec{m} = \vec{r} \qquad \begin{pmatrix} 2 & 3 & 4 & 5 \\ 1 & 2 & 3 & 4 \\ 4 & 3 & 2 & 1 \end{pmatrix} \cdot \begin{pmatrix} 20 \\ 10 \\ 20 \\ 10 \end{pmatrix}$$

$$= \begin{pmatrix} 40+30+80+50 \\ 20+20+60+40 \\ 80+30+40+10 \end{pmatrix} = \begin{pmatrix} 200 \\ 140 \\ 160 \end{pmatrix}$$

Von R_1 werden insgesamt 200 ME benötigt, von R_2 140 ME und von R_3 insgesamt 160 ME.

Aufgabe P4

Die Zufallsvariable X ist binomialverteilt mit n = 10 und p = 0,6.

a) E(X) = 6; größter Wert in X = 6; Abb. 3 zeigt die Verteilung

b) $P(4 < X < 7) = P(X = 5) + P(X = 6) = 0{,}45$

$P(X \neq 5) = 1 - P(X = 5) = 0{,}8$

Lösungen - Aufgabensätze Aufgabenteil A zur Zentralen Abiturprüfung 2024

Aufgabensatz 1 Aufgabenteil A Hilfsmittelfreier Teil

Wahlaufgaben

Aufgaben Seite 159/160

Aufgabe W1

a) A: Monoton wachsend; Angebotsfunktion

$p_A(x) = x + 1$

B: Monoton fallend; Nachfragefunktion

$p_N(x) = -x^2 + 3$

(Normalparabelform durch (0 | 3))

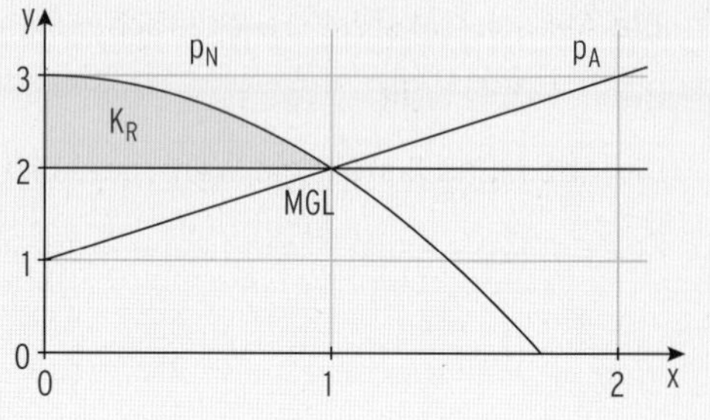

b) $p_A(x) = p_N(x) \qquad -x^2 + 3 = x + 1$

$x^2 + x - 2 = 0 \Leftrightarrow x_1 = 1;\ x_2 = -2$

MGL (1 | 2)

Konsumentenrente: $\int_0^1 p_N(x)\,dx - 1 \cdot 2 = \left[-\frac{1}{3}x^3 + 3x\right]_0^1 - 2 = \frac{2}{3}$

Aufgabe W2

$f_t(x) = t^2 - x + e^{x-t}$; $f_t'(x) = -1 + e^{x-t}$

Bedingung: $f_t'(x) = 0 \Leftrightarrow e^{x-t} = 1$ für $x = t$

Tiefpunkt $T(t \mid t^2 - t + 1)$

Hinweis: $f_t''(x) = e^{x-t} > 0$ für alle $x \in \mathbb{R}$

Die y-Werte liegen auf einer nach oben geöffneten Parabel ($y = t^2 - t + 1$)

mit Scheitel S(0,5 | 0,75) $\qquad (y' = 0 \Leftrightarrow 2t - 1 = 0)$

Für t = 0,5 liegt der Tiefpunkt möglichst tief.

Aufgabe W3

a) $C_{RE} \cdot \vec{m} = \vec{r}$ ergibt $4x + 10x + 6x = 20$ für $x = 1$

(so wie $x + 6x + 12x = 19$ für $x = 1$ und $2x + 2x + 15x = 19$ für $x = 1$)

Von E_1 können 1 ME, von E_2 2 ME und von E_3 3 ME hergestellt werden.

b) $\vec{k}_R^{\,T} \cdot C_{RE} = (2 \quad 3 \quad 2)\begin{pmatrix} 4 & 5 & 2 \\ 1 & 3 & 4 \\ 2 & 1 & 5 \end{pmatrix} = (15 \quad 21 \quad 26)$; $\qquad (15 \quad 21 \quad 26) \cdot \begin{pmatrix} 3 \\ 2 \\ 1 \end{pmatrix} = 113$

Die Rohstoffkosten belaufen sich auf 113 GE.

Lösungen - Aufgabensätze Aufgabenteil A zur Zentralen Abiturprüfung 2024

Aufgabensatz 1 Aufgabenteil A Hilfsmittelfreier Teil

Wahlaufgaben

Aufgabe W4

a) Die Abbildung 1 stellt die Wahrscheinlichkeitsverteilung von X nicht dar, da

$P(X > 10) > 0$ gilt.

Die Abbildung 3 stellt die Wahrscheinlichkeitsverteilung auch nicht dar, da

$P(0 \leq X \leq k) > 1$ ist (Summe der Wahrscheinlichkeiten ist größer als 1).

b) Baumdiagramm

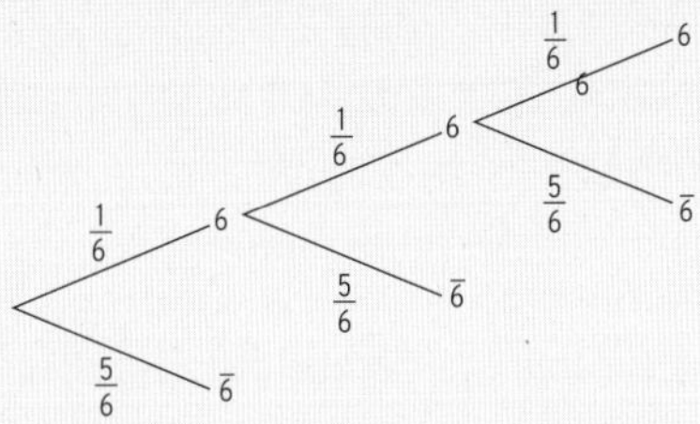

Ereignis A: Eine 6 im 2. Wurf.

$P(A) = \frac{5}{6} \cdot \frac{1}{6}$

Lösungen - Aufgabensätze Aufgabenteil A zur Zentralen Abiturprüfung 2024

Aufgabensatz 2 Aufgabenteil A Hilfsmittelfreier Teil

Pflichtaufgaben

Aufgaben Seite 161/162

Aufgabe P1

a) $f(x) = -x^2 + 2ax$

Integral berechnen: $\int_0^{2a} f(x)dx = \left[-\frac{1}{3}x^3 + ax^2\right]_0^{2a} = -\frac{8}{3}a^3 + 4a^3 = \frac{4}{3}a^3$

b) Wert von a bestimmen: $\frac{4}{3}a^3 = (a^2)^2$ $\quad \frac{4}{3}a^3 - a^4 = 0$

$a^3\left(\frac{4}{3} - a\right) = 0$

Für $a > 1$: einzige Lösung $a = \frac{4}{3}$

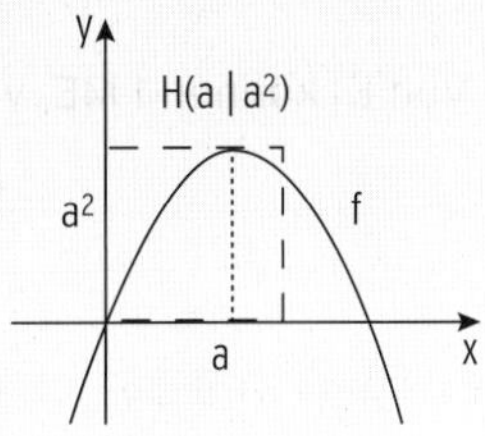

Abbildung 1: Grafik.

Lösungen – Aufgabensätze Aufgabenteil A zur Zentralen Abiturprüfung 2024

Aufgabensatz 2 Aufgabenteil A Hilfsmittelfreier Teil

Pflichtaufgaben

Aufgabe P2

a) Graph von g entsteht aus dem Graphen von f durch Spiegelung an der x-Achse und Verschiebung um 3 nach rechts. Aus HP $(-1 \mid 1)$ wird der Tiefpunkt: $T(2 \mid -1)$

Alternative: $g(x) = -f(x-3) \Leftrightarrow -g(x) = f(x-3)$

f hat einen HP in $(-1 \mid 1)$, d. h. $f(-1) = 1$

also: $x - 3 = -1 \Leftrightarrow x = 2$

$-g(2) = 1\ (= f(-1)) \Leftrightarrow g(2) = -1$ $\{$ $A(2 \mid -1)$

f hat einen TP in $(0 \mid 0)$, d. h. $f(0) = 0$

also: $x - 3 = 0 \Leftrightarrow x = 3$

$-g(3) = 0 \Leftrightarrow g(3) = 0$ $\{$ $B(3 \mid 0)$

Da A niedriger als B liegt, lautet der Tiefpunkt $T(2 \mid -1)$.

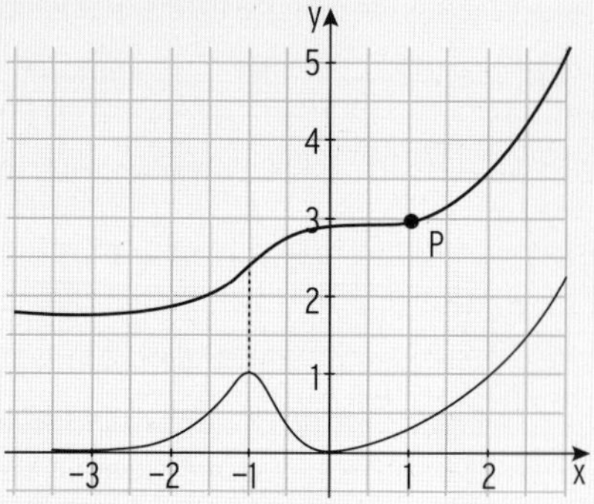

b) Graphen skizzieren: $H(-1 \mid 1)$ wird zu $WP(-1 \mid ...)$ mit Steigung 1

$T(0 \mid 0)$ wird zu $WP(0 \mid ...)$ mit Steigung 0

Aufgabe P3

a) Auf den beiden entnommenen Kugeln stehen unterschiedliche Zahlen.

b) $E = 8 = 4 \cdot \frac{9}{25} + (2 + a) \cdot \frac{12}{25} + 2a \cdot \frac{4}{25}$

$\Leftrightarrow 36 + 24 + 12a + 8a = 200 \Leftrightarrow a = 7$

Hinweis:

x_i	4	2a	a + 2
$P(x_i)$	$\frac{9}{25}$	$\frac{4}{25}$	$\frac{12}{25}$

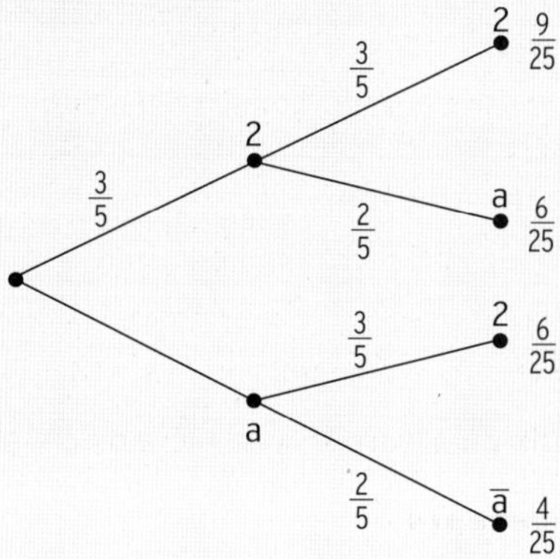

Aufgabe P4

Gleichungssystem

$$\begin{array}{lll} \text{I} & 2x \qquad + z = 0 & \\ \text{II} & -y + 2z = 0 & \mid \cdot 2 \\ \text{III} & 2y + b \cdot z = 1 & \leftarrow \end{array}$$

oder auch II ($y = 2z$) in III einsetzen: $4z + b \cdot z = 1 \Leftrightarrow (4 + b) \cdot z = 1$

Damit hat das Gleichungssystem für $b = -4$ keine Lösung.

Für $b \neq -4$ gilt $z = \frac{1}{4+b}$. Mit I: aus $2x + \frac{1}{4+b} = 0$ ergibt sich $x = -\frac{1}{2} \cdot \frac{1}{4+b} = \frac{-1}{8+2b}$

Mit II: aus $-y + 2z = 0$ ergibt sich $y = 2z \Rightarrow y = 2 \cdot \frac{1}{4+b}$

Das Gleichungssystem hat für $b \neq -4$ also genau eine Lösung.

Lösungen - Aufgabensätze Aufgabenteil A zur Zentralen Abiturprüfung 2024

Aufgabensatz 2 Aufgabenteil A Hilfsmittelfreier Teil

Wahlaufgaben

Aufgaben Seite 162/163

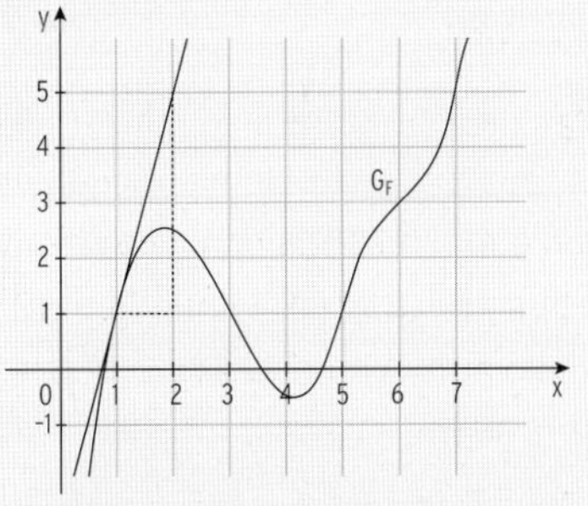

Aufgabe W1

a) $\int_1^7 f(x)dx = F(7) - F(1) = 5 - 1 = 4$

b) $f(1) = F'(1) = 4$

Aufgabe W2

(1) Die Aussage ist falsch. P liegt nicht auf K, da laut Wertetabelle $h(-1) = -2 \neq 2$.

(2) Das Aussage ist wahr. Es gelten $h''(-0{,}5)$ und $h''(0{,}5) = 0$. h ist vom Grad 4, somit ist h'' vom Grad 2 und kann keine weiteren Nullstellen mehr aufweisen.
$x = -0{,}5$ und $x = 0{,}5$ sind einfache Nullstellen.

(3) Das Aussage ist wahr. Es gilt $h'(0) = 0$. Zudem weist h' zwei weitere Vorzeichenwechsel und damit zwei weitere Stellen mit waagerechter Tangente auf:
$h'(-1) < 0 \wedge h'(-0{,}5) > 0$; $h'(0{,}5) < 0 \wedge h'(1) > 0$.
h' ist vom Grad 3 und kann keine weiteren Nullstellen mehr aufweisen.

Aufgabe W3

a) Aus der Eigenschaft der Symmetrie ergibt sich: $P(X = 0) + P(X = 1) = \frac{1 - 0{,}6}{2} = 0{,}2$

b) Annahme: Zufallsgröße X ist binomialverteilt mit n = 4 und p = 0,5 (Symmetrie)

$P(X = 0) = 0{,}5^4 = \frac{1}{16}$ $P(X = 1) = \binom{4}{1} \cdot 0{,}5 \cdot 0{,}5^3 = 4 \cdot 0{,}5^4 = \frac{1}{4}$

$P(X = 0) + P(X = 1) = \frac{5}{16}$

Da die Wahrscheinlichkeitsverteilung der Zufallsgröße X symmetrisch ist und $P(X = 2) = 0{,}6$, müsste $P(X = 0) + P(X = 1) = 0{,}2$ sein. Dies ist nicht erfüllt.

Die Zufallsgröße X ist nicht binomialverteilt.

Aufgabe W4

Startvektor: $\vec{v}_0^{\,T} = (1 \quad 0 \quad 0)$; Übergangsmatrix: $A = \begin{pmatrix} 0{,}2 & 0{,}6 & 0{,}4 \\ 0{,}4 & 0{,}2 & 0{,}2 \\ 0{,}4 & 0{,}2 & 0{,}4 \end{pmatrix}$

A^2 ergänzen: $A^2 = \begin{pmatrix} 0{,}2 & 0{,}6 & 0{,}4 \\ 0{,}4 & 0{,}2 & 0{,}2 \\ 0{,}4 & 0{,}2 & 0{,}4 \end{pmatrix} \cdot \begin{pmatrix} 0{,}2 & 0{,}6 & 0{,}4 \\ 0{,}4 & 0{,}2 & 0{,}2 \\ 0{,}4 & 0{,}2 & 0{,}4 \end{pmatrix} = \begin{pmatrix} 0{,}44 & 0{,}32 & 0{,}36 \\ 0{,}24 & 0{,}32 & 0{,}28 \\ 0{,}32 & 0{,}36 & 0{,}36 \end{pmatrix}$

Marktanteile ermitteln

$\vec{v}_2^{\,T} = \vec{v}_0^{\,T} \cdot A^2 = (1 \quad 0 \quad 0) \cdot \begin{pmatrix} 0{,}44 & 0{,}32 & 0{,}36 \\ 0{,}24 & 0{,}32 & 0{,}28 \\ 0{,}32 & 0{,}36 & 0{,}36 \end{pmatrix} = (0{,}44 \quad 0{,}24 \quad 0{,}32)$

In der übernächsten Periode kaufen 44 % der Kunden bei A, 24 % bei B und 32 % bei C ein.

Hinweis: Spaltensumme = 1

Aufgabensätze Aufgabenteil A zur Zentralen Abiturprüfung 2024

Aufgabensatz 3 Aufgabenteil A Hilfsmittelfreier Teil Wahlaufgaben

Pflichtaufgaben

Aufgaben Seite 164/165

Aufgabe P1

a) $f_2(x) = x^4 - 2x^2$;

Der Funktionsterm von f_2 enthält nur Potenzen von x mit geraden Exponenten.

b) $f_k'(x) = 4x^3 + 3(2-k)x^2 - 2kx$; $f_k''(x) = 12x^2 + 6(2-k)x - 2k$

$f_k''(1) = 0 \Leftrightarrow 24 - 8k = 0 \Leftrightarrow k = 3$

Aufgabe P2

a) Es ist $f_k'(x) = -ke^{-x}$ und somit $f_k'(0) = -ke^{-0} = -k$ $(e^0 = 1)$

b) $y = f_k'(0) \cdot x + f_k(0) = -kx + 3 + k$ ist eine Gleichung der Tangente.

Ihre Steigung ist positiv für $k < 0$.

Für $k < 0$ ergibt sich für die Nullstelle $-kx + 3 + k = 0 \Leftrightarrow kx = 3 + k \Leftrightarrow x = \frac{3+k}{k}$

und weiter $\frac{1}{2} < \frac{3+k}{k}$ $| \cdot 2k < 0$ (Vorzeichen drehen sich um)

$k > 6 + 2k \Leftrightarrow k < -6$

Aufgabe P3

a) $P(E) = 1 - P(SS) = 1 - \frac{1}{6} \cdot \frac{1}{7} = \frac{41}{42}$

b) Bezeichnet s die Anzahl der schwarzen Kugeln und g die Anzahl aller Kugeln, dann

muss gelten: $\frac{s}{g} = \frac{1}{6} \Rightarrow g = 6s$ und $\frac{s-1}{g-1} = \frac{1}{7} \Rightarrow 7(s-1) = g - 1$

also $7(s-1) = 6s - 1 \Leftrightarrow s = 6$.

Die Urne hat 6 schwarze und 30 weiße Kugeln enthalten.

Aufgabe P4

a) Zweistufiger Prozess: $R \rightarrow M \rightarrow K$

$A_{RM} = \begin{pmatrix} 8 & 6 & 11 \\ 8 & 10 & 5 \end{pmatrix}$; $B_{MK} = \begin{pmatrix} 30 & 0 \\ 20 & 20 \\ 0 & 10 \end{pmatrix}$

$C_{RK} = A_{RM} \cdot B_{MK} = \begin{pmatrix} 30 \cdot 8 + 20 \cdot 6 & 20 \cdot 6 + 10 \cdot 11 \\ 30 \cdot 8 + 20 \cdot 10 & 20 \cdot 10 + 10 \cdot 5 \end{pmatrix} = \begin{pmatrix} 360 & 230 \\ 440 & 250 \end{pmatrix}$

Der Matrixeintrag 360 bedeutet, dass für die Gesamtbestellung des ersten Kunden

360 ME des ersten Rohstoffes notwendig sind.

b) x: Kosten für eine Mengeneinheit von R_2; $\frac{3}{4}x$: Kosten für eine Mengeneinheit von R_1

Aus $8 \cdot \frac{3}{4}x + 8 \cdot x = 2800 \Rightarrow 6x + 8x = 14x = 2\,800 \Rightarrow x = 200$

Die Kosten für eine ME von R_2 betragen 200 EUR.

Lösungen - Aufgabensätze Aufgabenteil A zur Zentralen Abiturprüfung 2024

Aufgabensatz 3 Aufgabenteil A Hilfsmittelfreier Teil

Wahlaufgaben

Aufgaben Seite 166/167

Aufgabe W1

$g(t) = 3t(t-1)(t-3)$, $0 \leq t \leq 4$, Gewinn pro Zeiteinheit

a) Der Gesamtgewinn entspricht der Fläche zwischen Graph und t-Achse, wobei die Fläche unterhalb der t-Achse einem Verlust entspricht.

Gesamtgewinn ist bei $t = 3$ minimal.

Gesamtgewinn:
Skizze ergänzen
Die beiden Flächenstücke (auf $0 \leq t \leq 1{,}6$) haben etwa den gleichen Flächeninhalt.
Erstmalig ist der Gesamtgewinn bei $t \approx 1{,}6$ Null.

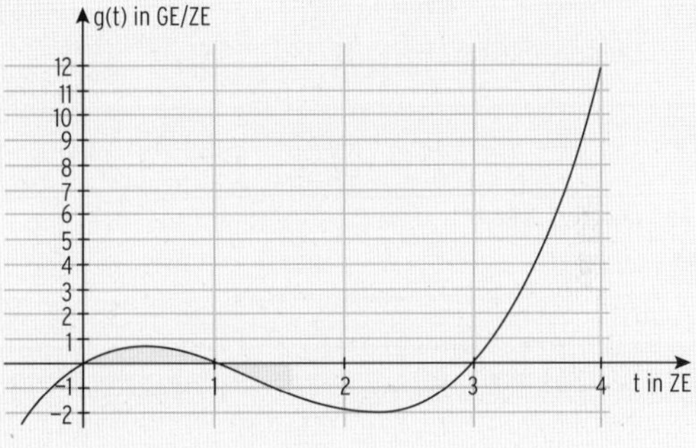

b) Verlust wird erzielt, wenn g(t) kleiner Null ist: $g(t) < 0$ für $t \in (1; 3)$

Term für den Gesamtverlust: $\int_1^3 g(t)dt$

Aufgabe W2

a) $f_a(x) = e^x(1-ax)$; $a \in \mathbb{R}$; $f_a'(x) = e^x(1-ax) + e^x(-a) = e^x(1-ax-a)$

b) $f_a'(x) = 0 = e^x(1-ax-a) \Leftrightarrow 1-ax-a = 0 \quad \Leftrightarrow x = \frac{1-a}{a} \qquad (e^x \neq 0)$

Der Term ist für $a = 0$ nicht definiert. Für alle Werte von $a \neq 0$ besitzt der Graph von f_a eine waagerechte Tangente.

Aufgabe W3

a) X: Anzahl der Spargelstangen, die zerbrochen sind; $n = 20$; $p = \frac{1}{10}$

$P(X > 2) = 1 - P(X \leq 2) = 1 - [P(X = 0) + P(X = 1) + P(X = 2)]$

$P(X > 2) = 1 - \left[\binom{20}{0} \cdot 0{,}1^0 \cdot 0{,}9^{20} + \binom{20}{1} \cdot 0{,}1^1 \cdot 0{,}9^{19} + \binom{20}{2} \cdot 0{,}1^2 \cdot 0{,}9^{18} \right]$

oder $P(X > 2) = 1 - P(X \leq 2) = 1 - \sum_{k=0}^{2} \binom{20}{k} \cdot 0{,}1^k \cdot 0{,}9^{20-k}$

Lösungen – Aufgabensätze Aufgabenteil A zur Zentralen Abiturprüfung 2024

Aufgabensatz 3 Aufgabenteil A Hilfsmittelfreier Teil

Wahlaufgaben

Aufgabe W3

b) X: Anzahl der Spargelstangen, die zerbrochen sind; binomialverteilt mit $n = 3$ und $p = 0{,}1$

$$P(X \geq 1) = 1 - P(X = 0) = 1 - \binom{3}{0} \cdot 0{,}1^0 \cdot 0{,}9^3 = 1 - 0{,}729 = 0{,}271 = 27{,}1\,\%$$

Die Wahrscheinlichkeit dafür, dass Probepackungen nicht ausgeliefert werden können, liegt bei 27,1 %.

Aufgabe W4

Hinweis: Spaltensumme = 1

LGS aufstellen	$a + 0{,}3 + b = 1$	$\Rightarrow a + b = 0{,}7$	I
	$0{,}3 + 2c = 1$	$\Rightarrow 2c = 0{,}7$	II
	$0{,}1 + b + 2a = 1$	$\Rightarrow 2a + b = 0{,}9$	III
Lösung des LGS:	$c = 0{,}35$ (aus II)		
III – II	$a = 0{,}2$	Einsetzen ergibt $b = 0{,}5$	

Lösungen – Aufgabensätze **Aufgabenteil A zur Zentralen Abiturprüfung 2024**

Aufgabensatz 4 Aufgabenteil A Hilfsmittelfreier Teil

Pflichtaufgaben

Aufgaben Seite 168/169

Aufgabe P1

a) $f(x) = x^4 - kx^2$

Ableitung: $f'(x) = 4x^3 - 2kx = 2x \cdot (2x^2 - k)$ durch Ausklammern

b) Bedingung für die Minimalstelle: $f'(x) = 0$ $\quad 2x \cdot (2x^2 - k) = 0$

wegen $x \neq 0$ (H(0 | 0)) und Satz vom Nullprodukt: $2x^2 - k = 0 \Rightarrow x^2 = \frac{k}{2} \Rightarrow x_{1,2} = \pm\sqrt{\frac{k}{2}}$

Für $k > 0$ gilt: $f(\sqrt{\frac{k}{2}}) = (\sqrt{\frac{k}{2}})^4 - k(\sqrt{\frac{k}{2}})^2 = \frac{k^2}{4} - k \cdot \frac{k}{2} = -\frac{k^2}{4}$ $\quad$ Hinweis: $(\sqrt{\frac{k}{2}})^4 = (\frac{k}{2})^2 = \frac{k^2}{4}$

Gleichsetzen mit dem gegebenen Funktionswert − 1: $-1 = -\frac{k^2}{4} \Rightarrow k^2 = 4 \Rightarrow k = 2 \quad (k > 0)$

Aufgabe P2

a) Der Graph von f ist symmetrisch bezüglich der Ordinatenachse (achsensymmetrisch):

$f(-x) = f(x)$ $\quad$ weiterer HP $(-2 \mid 1)$

der Graph von g ist symmetrisch bezüglich des Koordinatenursprungs (punktsymmetrisch):

$f(-x) = -f(x)$

weiterer Extrempunkt TP$(-2 \mid -1)$.

b) $h(x) = f(x) \cdot (g(x))^3$

Mögliche Punktsymmetrie ihres Graphen zum Ursprung:

$h(-x) = f(-x) \cdot (g(-x))^3 = f(x) \cdot (-g(x))^3 = -f(x) \cdot (g(x))^3 = -h(x)$

Der Graph von h ist punktsymmetrisch zum Ursprung.

Aufgabe P3

a) Aus $E = \mu = n \cdot p = 50$ folgt $50 = 100p$ und damit $p = 0{,}5$

Standardabweichung: $\sigma = \sqrt{100 \cdot 0{,}5 \cdot 0{,}5} = \sqrt{25} = 5$

b) $P(X \geq 61) = 2\ \% = 0{,}02$

$P(40 \leq X \leq 60) = 100\ \% - 2 \cdot 2\ \% = 96\ \% = 0{,}96$

(Binomialverteilt, symmetrisch zum Erwartungswert)

Hinweis:

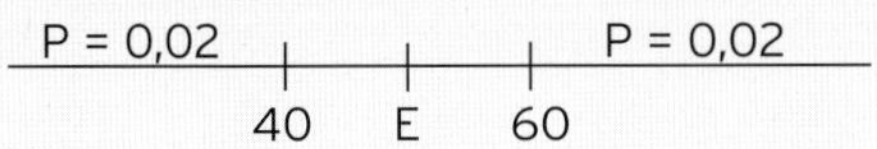

Aufgabe P4

a) $r_1 = 8$; $r_2 = 28$: Aus $\begin{pmatrix} 4 & 0 \\ 12 & 4 \\ 8 & 12 \end{pmatrix} \cdot \begin{pmatrix} e_1 \\ e_2 \end{pmatrix} = \begin{pmatrix} 8 \\ 28 \\ r_3 \end{pmatrix}$ folgt: $4e_1 = 8 \Rightarrow e_1 = 2$

Einsetzen in $12e_1 + 4e_2 = 28$: $\quad 4e_2 = 28 - 12 \cdot 2 \Rightarrow e_2 = 1$

Einsetzen in $8e_1 + 12e_2 = r_3$ ergibt mit $e_2 = 1$: $16 + 12 \cdot 1 = 28 = r_3$

b) Mit $A_{RZ} \cdot B_{ZE} = C_{RE}$: $\begin{pmatrix} a & 0 & 0 \\ b & 2 & 0 \\ 0 & 1 & 5 \end{pmatrix} \cdot \begin{pmatrix} 2 & 0 \\ 3 & 2 \\ 1 & 2 \end{pmatrix} = \begin{pmatrix} 4 & 0 \\ 12 & 4 \\ 8 & 12 \end{pmatrix}$ ergibt sich

$2a = 4 \Rightarrow a = 2$ $\quad$ bzw. $\quad 2b + 3 \cdot 2 = 12 \Rightarrow b = 3$

Auch direkt aus dem Diagramm (Abbildung 3) möglich.

Lösungen – Aufgabensätze **Aufgabenteil A zur Zentralen Abiturprüfung 2024**

Aufgabensatz 4 Aufgabenteil A Hilfsmittelfreier Teil

Wahlaufgaben

Aufgaben Seite 169/170

Aufgabe W1

a) $f'(0) \approx 2$ (Steigung der Tangente an den Graphen von F in x = 0)

b) $\int_a^b f(x)dx = F(b) - F(a) = 0$ für $F(a) = F(b)$

z. B. I = [4; 7] $\int_4^7 f(x)dx = F(7) - F(4) = 0$ da $F(7) = F(4)$

oder I = [0,5; 4] $\int_{0,5}^4 f(x)dx = 0$

c) Wenn der Graph von F linksgekrümmt ist (auf $4 < x < 7$), dann ist $F''(x) = f'(x) > 0$,

also f monoton steigend: z. B. $x_S = 6$

Aufgabe W2

a) Die Nullstelle ist 0.

$f(x) = 0 \Rightarrow x = 0$ (Satz vom Nullprodukt)

b) F ist Stammfunktion von f, wenn $F'(x) = f(x)$

$F'(x) = 1 \cdot e^x + (x - 1) \cdot e^x = x \cdot e^x = f(x)$ Damit ist F eine Stammfunktion von f.

c) $A = \int_0^1 f(x)\,dx = F(1) - F(0) = 0 - (-1) = 1$

Aufgabe W3

	B	$\overline{B}$	
A	p	$2p$	$3p$
$\overline{A}$	$3p$	$1-6p$	$1-3p$
	$4p$	$1-4p$	1

a) Vierfeldertafel: Für $p = \frac{1}{5}$ gilt $1 - 6p < 0$.

b) Für $p \neq 0$ gilt: $P(A) \cdot P(B) = P(A \cap B)$

Aus $3p \cdot 4p = p$ folgt $12p = 1$ (Gleichung : p dividieren) und damit $p = \frac{1}{12}$

Aufgabe W4

a) LGS in Matrixform: $\left(\begin{array}{ccc|c} 2 & -3 & 1 & 4 \\ -1 & 1 & 1 & 1 \\ 0 & 2 & 3 & 6 \end{array}\right)$

Umformung in die Diagonalform: $\left(\begin{array}{ccc|c} 2 & -3 & 1 & 4 \\ 0 & -1 & 3 & 6 \\ 0 & 2 & 3 & 6 \end{array}\right) \sim \left(\begin{array}{ccc|c} 2 & -3 & 1 & 4 \\ 0 & -1 & 3 & 6 \\ 0 & 0 & 9 & 18 \end{array}\right)$

Lösung: x = 1; y = 0; z = 2

b) A ist eine 2; 4-Matrix; B muss 4 Zeilen haben. A · B = C ist eine quadratische Matrix; also ist B eine Matrix mit 4 Zeilen und zwei Spalten.

Beispiel: $\begin{pmatrix} 2 & 2 & 1 & 0 \\ 1 & 1 & 1 & 1 \end{pmatrix} \cdot \begin{pmatrix} 1 & 0 \\ 6 & 1 \\ 7 & 1 \\ 8 & 5 \end{pmatrix} = \begin{pmatrix} 21 & 3 \\ 22 & 7 \end{pmatrix}$

IV Zentrale Abiturprüfungen

Änderungen gemäß den Vorgaben für die Abiturprüfung 2024

Zentrale Abiturprüfung 2017 Leistungskursfach Mathematik

Fachbereich Wirtschaft und Verwaltung

Lösungen Seite 190 - 197

Aufgabenteil A: ohne Hilfsmittel (oHiMi)

Beschreibung der Ausgangssituation zu Aufgabenteil A

Das Unternehmen Wearables Ltd. beschäftigt sich mit der Entwicklung und Produktion tragbarer Computersysteme. Unter anderem entwickelt und produziert es internetfähige Armbanduhren, Datenbrillen und für den Fitnessbereich Outdoorjacken, in die elektronische Hilfsmittel zur Kommunikation und Musikwiedergabe eingearbeitet sind.

Aufgabe 1 (24 Punkte) — Punkte

1.1 Analysis

Die internetfähigen Armbanduhren vor Wearables Ltd. werden bei einem jungen Kundenkreis zunehmend beliebter. Für das Modell o-clock17 ergab sich nach Umfragen eine Preisabsatzfunktion, die in der folgenden Grafik abgebildet ist.

Dabei gilt:

ME = Mengeneinheit,

GE = Geldeinheit.

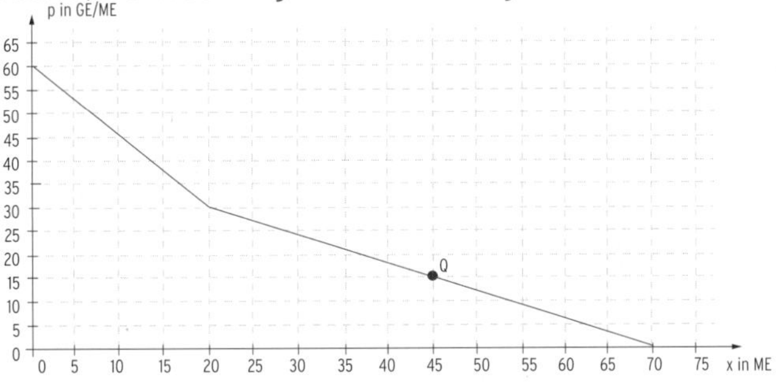

1.1.1 Untersuchen Sie den eingetragenen Punkt Q hinsichtlich der ökonomischen Bedeutung seiner Koordinaten und des durchaus für die Wearables Ltd zu erwartenden Erlöses. — 2

1.1.2 Stellen Sie die Gleichung der zugrunde liegenden stückweise definierten Preisabsatzfunktion p auf. — 4

1.2 Analysis

In der Controllingabteilung rechnet die Wearables Ltd. bei dem Modell o-clock17 mit folgender ertragsgesetzlicher Kostenfunktion K:

$K(x) = 0{,}02 \cdot x^3 - 0{,}6 \cdot x^2 + 16 \cdot x + 20; \quad x \in [0; 50]$

Kosten K(x) in GE (1 GE = 1000 €), Menge x in ME (1 ME = 1000 Stück)

1.2.1 Berechnen Sie den Wendepunkt der Kostenfunktion. — 4

1.2.2 Erläutern Sie die Bedeutung dieses Wendepunkts im Sachzusammenhang. — 2

Zentrale Abiturprüfung 2017
Aufgabenteil A: ohne Hilfsmittel (oHiMi)

1.3 Lineare Algebra

Punkte

Die Wearables Ltd. produziert ein Damenmodell D und ein Herrenmodell H der o-clock17. Aus zwei Rohstoffen R_1 und R_2 werden zunächst drei Zwischenprodukte Z_1, Z_2, Z_3 hergestellt, die dann zu den Endprodukten verarbeitet werden.
Der Materialfluss ist dem Gozintographen zu entnehmen.

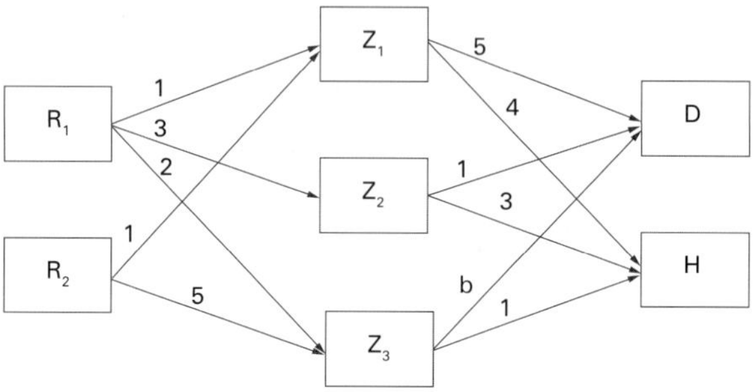

1.3.1 Die Rohstoffverbrauchsmatrix C für die Endprodukte D und H lautet:

$$C = \begin{pmatrix} 10 & 15 \\ 10 & 9 \end{pmatrix}$$

Bestimmen Sie den im Gozintographen enthaltenen Wert b. 3

1.3.2 Im Lager befinden sich y_1 ME von R_1 und y_2 ME von R_2. Die Mengen der einzelnen Endprodukte, die sich daraus herstellen lassen, können durch das folgende Gleichungssystem berechnet werden:

$$\begin{pmatrix} 10 & 15 \\ 10 & 9 \end{pmatrix} \cdot \begin{pmatrix} x_1 \\ x_2 \end{pmatrix} = \begin{pmatrix} y_1 \\ y_2 \end{pmatrix}$$

Begründen Sie, dass es zu einem vorgegebenen Lagerbestand immer nur höchstens eine eindeutig bestimmte Mengenkombination an Endprodukten geben kann. 3

1.4 Stochastik

Von den o-clock17-Besitzern sind 25 % unzufrieden mit der Ladezeit der Internetseiten. Nach einem Zufallsprinzip wird eine Umfrage hierzu durchgeführt, wobei Mehrfachbefragungen nicht ausgeschlossen werden können.

1.4.1 Entwerfen Sie eine Aufgabenstellung, die zu folgendem Lösungsansatz führt:
$P(X = 35) = \binom{135}{35} \cdot 0{,}25^{35} \cdot 0{,}75^{100}$ 3

1.4.2 Nun werden 80 o-clock17-Besitzer befragt. Darunter sind 25 % unzufrieden mit der langen Ladezeit.

Untersuchen Sie, ob dieses Ergebnis innerhalb des Intervalls $[\mu - \sigma; \mu + \sigma]$ liegt. 3

Zentrale Abiturprüfung 2017

Aufgabenteil B: Hilfsmittel GTR

Aufgabe 2 – Analysis (32 Punkte)

Punkte

Wearables Ltd beschäftigt sich mit der Entwicklung und Produktion tragbarer Computersysteme. Unter anderem entwickelt und produziert sie die Datenbrille o-look.
Im Folgenden gilt ME für Mengeneinheiten und GE für Geldeinheiten.

2.1 Bei der Ermittlung der Kosten für die Datenbrille o-look geht Wearables Ltd. von einer ertragsgesetzlichen Kostenfunktion der Form
$K(x) = a \cdot x^3 + b \cdot x^2 + c \cdot x + d$ mit $a, b, c, d, x \in \mathbb{R}$ und $a > 0$ aus.

2.1.1 Aus der Produktionsabteilung sind folgende Informationen verfügbar:
Die Fixkosten betragen 200 GE. Das Betriebsminimum wird bei 15 ME erreicht, die Grenzkosten bei dieser Menge betragen 11,5 GE/ME. Die Wendestelle der Kostenfunktion liegt bei 10 ME.
Bestätigen Sie mittels des Rangkriteriums, dass das entsprechende lineare Gleichungssystem zur Bestimmung der Kostenfunktion mehrdeutig lösbar ist. 6

2.1.2 Geben Sie den zugehörigen Lösungsvektor in der Form $\begin{pmatrix} a \\ b \\ c \\ d \end{pmatrix}$ an 2

2.1.3 Unter anderem kann für eine ertragsgesetzliche Kostenfunktion mit $a, c > 0$ gelten: $b^2 = 3 \cdot a \cdot c$
Gehen Sie zusätzlich davon aus, dass gilt: $b = -30a$
Ermitteln Sie c in Abhängigkeit von a. 3

2.1.4 Zur Bestimmung einer ertragsgesetzlichen Kostenfunktion dritten Grades sind die Wendestelle x_W und das Betriebsminimum x_{BM} angegeben,
wobei $x_{BM} = 1{,}5 \cdot x_W$ gilt.
Aus diesen Angaben ergeben sich zur Berechnung der Koeffizienten der Kostenfunktion zwei lineare Gleichungen. Zeigen Sie, dass diese beiden linearen Gleichungen zueinander äquivalent sind. 5

2.2 Wearables Ltd ist Alleinanbieter der Datenbrille o-look und geht von folgender Preisabsatzfunktion p mit $p(x) = 0{,}02 \cdot x^2 - 1{,}75 \cdot x + 73$
und der Kostenfunktion K mit $K(x) = 0{,}06 \cdot x^3 - 1{,}8 \cdot x^2 + 25 \cdot x + 200$ aus.
Dabei gibt x die Stückzahl der Datenbrillen in ME an, p(x) ist der Preis in GE pro ME und K(x) sind die Kosten in GE.
In einer Produktionsperiode können maximal 40 ME der Datenbrillen hergestellt werden.

Zentrale Abiturprüfung 2017

Aufgabenteil B: Hilfsmittel GTR

Aufgabe 2 – Analysis (Fortsetzung) **Punkte**

2.2.1 Berechnen Sie die Gewinnzone und den maximalen Gewinn, den Wearables Ltd. mit dem Verkauf der Datenbrille o-look erzielen kann, sowie den Verkaufspreis, bei dem der maximale Gewinn erreicht wird. 8

2.3 Die Gläser der Datenbrille o-look werden zur Entspiegelung mit einer Spezialflüssigkeit besprüht. Diese befindet sich in einem Behälter, der zum Zeitpunkt t = 0 mit 5 Litern Flssigkeit gefült ist. Durch den Verbrauch sinkt die Flüssigkeitsmenge im Behälter und muss daher wieder aufgefüllt werden.
Entnahme und Zuführung der Flüssigkeit geschehen nicht gleichzeitig.
Der Zu- bzw. Abfluss der Flüssigkeit wird modelhaft beschrieben durch die Funktion der Form $f(t) = 0{,}1 \cdot t^4 - 5{,}2 \cdot t^3 + 85{,}2 \cdot t^2 - 432 \cdot t$ mit $0 \leq t \leq 24$
Dabei ist t die Uhrzeit in Stunden und f(t) die Zu- bzw. Ablaufrate der Flüssigkeit in Milliliter pro Stunde ($\frac{ml}{h}$).
Im Folgenden ist der Graph von f dargestellt.

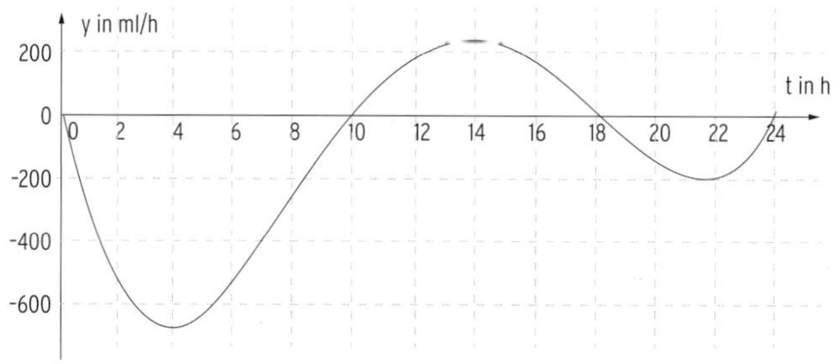

Nehmen Sie begründet Stellung zu folgenden Aussagen:

2.3.1 Zu den Zeitpunkten 10 Uhr und 18 Uhr wird weder Flüssigkeit aufgetragen noch in den Behälter nachgefüllt. 2

2.3.2 Innerhalb der ersten 12 Stunden werden 4008,96 ml der Flüssigkeit entnommen. 2

2.3.3 Zu keinerZeit innerhalb der 24 Stunden wird die Mindestfüllmenge des Behälters von 800 ml unterschritten. 2

2.3.4 Für ein Brillenglas werden 4 ml dieser Spezialflüssigkeit benötigt. Von 19 bis 23 Uhr sind insgesamt 181 Brillengläser besprüht worden. 2

Zentrale Abiturprüfung 2017

Aufgabenteil B: Hilfsmittel GTR

Aufgabe 3 – Lineare Algebra (32 Punkte) Punkte

Wearables Ltd. produziert an drei verschiedenen Standorten in Werk I, Werk II und Werk III. Für die Produktion der internetfähigen Outdoorjacken werden in Werk I die Sensoren hergestellt, die u. a. die Bwewegung der Träger der Jacken analysieren und kommentieren. In Werk II werden die Jacken hergestellt und in Werk III werden die Sensoren in die Jacken eingenäht und versandfähig verpackt.

3.1 Die Sensoren in Werk I werden in einem zweistufigen Produktionsprozess hergestellt. Zunächst werden aus drei verschiedenen elektronischen Bauteilen B_1, B_2, B_3 vier Zwischenprodukte Z_1 bis Z_4 zusammengestellt.
Zur Produktion der drei Sensoren S_1, S_2, S_3 werden sowohl Zwischenprodukte verwendet als auch Bauteile direkt eingebaut.
Die nachstehenden Tabellen zeigen die Mengeneinheiten (ME) der benötigten Bauteile und die zur Weiterverarbeitung erforderlichen ME an Zwischenprodukten.

	Z_1	Z_2	Z_3	Z_4
B_1	1	6	3	4
B_2	2	3	7	5
B_3	1	2	4	0

	S_1	S_2	S_3
Z_1	2	4	6
Z_2	2	5	3
Z_3	1	3	4
Z_4	0	5	7

Bauteil B_1 wird mit 8 ME direkt in eine ME von Sensor S_1 und mit 4 ME in eine ME von Sensor S_2 eingebaut. Bauteil B_2 geht mit 5 ME in eine ME von Sensor S_2 ein und von Bauteil B_3 wird direkt eine ME in eine ME von Sensor S_3 eingebaut.

3.1.1 Bestimmen Sie Matrix D, aus der der Bauteileverbrauch zur Herstellung einer ME der jeweiligen Sensoren S_1, S_2, S_3 entnommen werden kann. 4

3.1.2 Rechnen Sie im Folgenden mit der Matrix $D = \begin{pmatrix} 25 & 67 & 64 \\ 17 & 74 & 84 \\ 10 & 26 & 29 \end{pmatrix}$, die den Bauteileverbrauch für die Sensoren angibt.
Die monatliche Auffüllung des Lagers mit Sensoren ist abhängig vom Parameter a mit $0 < a < 1$.
Es sollen $125 \cdot a$ ME von S_1, $52 \cdot a$ ME von S_2 und $288 \cdot a^2$ ME von S_3 hergestellt werden.

Zentrale Abiturprüfung 2017

Aufgabenteil B: Hilfsmittel GTR

Aufgabe 3 – Lineare Algebra (Fortsetzung) Punkte

3.1.2 Fortsetzung

Bei der Auffüllung des Lagers fallen monatlich Fixkosten von 26 500 GE an.

Die Einkaufspreise der Bauteile sind folgender Tabelle zu entnehmen:

	B_1	B_2	B_3
Einkaufspreise in GE/ME	0,60	0,80	0,70

Ermitteln Sie den Wert des Parameters , so dass die gesamten monatlichen Kosten bei 70 000 GE liegen. 8

3.2 Das Unternehmen Wearables Ltd. verkauft exklusive neuwertige Mode. In den letzten Monaten zeigte sich, dass Abendmode in den drei Filialen unterschiedlich oft verkauft wurde.

Um das Sortiment an die Nachfrage in den Filialen anzupassen, wird eine Kundenbefragung durchgeführt.

3.2.1 Die Auswertung der Kundenbefragung in Bezug auf Herren-Abendmode wird in Tabelle 1 und mithilfe der Matrix A dargestellt:

	Filiale 1	Filiale 2	Filiale 3
Februar	0,39	0,27	0,34

Tabelle 1: Anteil der Kunden, der im Februar Herren-Abendmode gekauft hat.

Monatliches Wechselverhalten zwischen den drei Filialen von Kunden, die Herren-Abendmode kaufen: $A = \begin{pmatrix} 0{,}5 & 0{,}4 & 0{,}3 \\ 0{,}2 & 0{,}4 & 0{,}1 \\ 0{,}3 & 0{,}2 & 0{,}6 \end{pmatrix}$.

Die Geschäftsführung benötigt für die Entscheidungsfindung den Anteil der Stammkunden pro Filiale und den Anteil der Kunden pro Filiale, der im Januar Herren-Abendmode gekauft hat.

Geben Sie den Stammkundenanteil je Filiale an.

Berechnen Sie die Kundenanteile für Januar.

Die Geschäftsführung möchte den Verkauf der Herren-Abendmode in den einzelnen Filialen einstellen, wenn in drei Monaten der Anteil der Kunden, der diese Mode kauft, voraussichtlich unter 30 % liegt.

Untersuchen Sie – ausgehend von den Kundenanteilen im Februar –, in welcher Filiale zukünftig noch Herren-Abendmode angeboten werden sollte. 8

Zentrale Abiturprüfung 2017

Aufgabenteil B: Hilfsmittel GTR

Aufgabe 3 – Lineare Algebra (Fortsetzung)

Punkte

3.2.2 Die Auswertung der Umfragedaten hat die in Abbildung 1 und Tabelle 2 dargestellten Ergebnisse für den Verkauf von Damen-Abendmode ergeben:

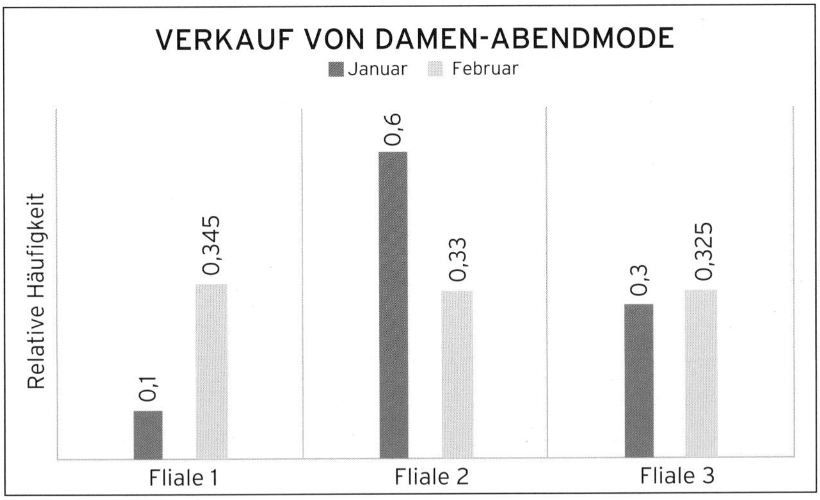

Abbildung 1: Anteil der Kunden, der Damen-Abendmode gekauft hat.

von \ nach	Filiale 1	Filiale 2	Filiale 3
Filiale 1	0,45	0,15	a
Filiale 2	b	0,45	c
Filiale 3	0,30	d	e

Tabelle 2: Konstantes monatliches Wechselverhalten der Kunden, die Damen-Abendmode kaufen (unvollsändige Daten)

Die Geschäftsführung möchte nur dann in allen drei Filialen weiter Damen-Abendmode verkaufen, wenn der prognostizierte Anteil der Kunden, der diese Mode kauft, langfristig über 35 % liegt.

Untersuchen Sie für die Geschäftsführung von Wearables Ltd., ob alle drei Filialen weiterhin Damen-Abendmode anbieten sollten, und geben Sie eine Handlungsempfehlung. 12

(Teile aus Abitur Niedersachsen)

Zentrale Abiturprüfung 2017

Aufgabenteil B: Hilfsmittel GTR

Aufgabe 4 – Stochastik

Punkte

Wearables Ltd. produziert auch die in den Datenbrillen verwendeten Akkus. Geringes Gewicht, Tragekomfort und eine praxistaugliche Betriebsdauer sind dabei besonders wichtig.

4.1 Die Akkus werden in zwei Produktionsstufen gefertigt.
Erfahrungsgemäß tritt in der ersten Stufe bei 3 % der Akkus ein Fehler auf und ein anderer Fehler in der zweiten Stufe bei 2 % der Akkus. Beide Fehler treten unabhängig voneinander auf.

4.1.1 Stellen Sie den Sachverhalt in einem mit allen Pfad- und Endwahrscheinlichkeiten beschrifteten Baumdiagramm dar und begründen Sie, dass nach dem Durchlaufen beider Stufen mit etwas weniger als 5 % fehlerhaften Akkus zu rechnen ist. 5

4.2 Zur Reduzierung des Ausschussanteils wird ein neues Produktionsverfahren eingeführt, bei dem die Akkus in drei Produktionsstufen hergestellt werden.
Die Fehlerwahrscheinlichkeit in der ersten Stufe liegt nun bei $p_1 = 1{,}5\ \%$.
Die Fehlerwahrscheinlichkeit in der zweiten Stufe (p_2) ist doppelt so hoch wie die in der dritten Stufe (p_3).
Um die Fehlerwahrscheinlichkeit in der dritten Produktionsstufe so zu bestimmen, dass im Schnitt mit 4,5 % fehlerhaften Akkus zu rechnen ist, wird folgende Gleichung aufgestellt: $0{,}985 \cdot (1 - 2 \cdot p_3)(1 - p_3) = 0{,}955$

4.2.1 Erläutern Sie die Gleichung und berechnen Sie p_2 und p_3. 4

4.3 Gehen Sie im Folgenden davon aus, dass die Wahrscheinlichkeit für einen fehlerhaft produzierten Akku bei 4,5 % liegt. Die Akkus werden in Kartons zu 85 Stück abgepackt und zur Weiterverarbeitung versandt.
Gehen Sie davon aus, dass die Anzahl der fehlerhaften Akkus binomialverteilt ist.

4.3.1 Bestätigen Sie, dass die Wahrscheinlichkeit, dass sich in einem Karton keine fehlerhaften Akkus befinden, bei ca. 2 % liegt. 3

Zentrale Abiturprüfung 2017

Aufgabenteil B: Hilfsmittel GTR

Aufgabe 4 – Stochastik (Fortsetzung) **Punkte**

4.3.2 Gehen Sie nun davon aus, dass jeder Karton jeweils mit einer Wahrscheinlichkeit von 2 % keine fehlerhaften Akkus enthält.

Ermitteln Sie die Anzahl der Kartons, die die Lieferung an die Weiterverarbeitung mindestens umfassen müsste, damit diese mit einer Wahrscheinlichkeit von ca. 99,19 % mindestens zwei Kartons ohne fehlerhafte Akkus enthält. 4

4.4 Je geringer das Gewicht der Akkus ist, umso besser sind diese in der Datenbrille zu verwenden. 10 % der Akkus sind erfahrungsgemäß zu schwer.
Daher werden ständig Gewichtskontrollen durchgeführt. Dieses Kontrollverfahren erkennt Akkus mit zu hohem Gewicht zu 95 %.
Allerdings werden im Schnitt 4 % der Akkus, deren Gewicht in Ordnung ist, vom Testverfahren als zu schwer eingestuft.

4.4.1 Untersuchen Sie, mit welcher Wahrscheinlichkeit aufgrund des Kontrollverfahrens eine falsche Entscheidung getroffen wird. 5

Lösungen – Zentrale Abiturprüfung 2017

Aufgabenteil A: ohne Hilfsmittel

1.1 Analysis

1.1.1 Punkt Q: Q(45 | 15)

Das bedeutet: Bei einem Preis von 15 GE/ME pro o-clock17 werden 45 ME nachgefragt. Die Wearables Ltd. kann einen Erlös von 675 GE erzielen.
(15 GE/ME · 45 ME = 675 GE)

1.1.2 Die abgebildete abschnittsweise definierte Funktion besteht aus zwei linearen Teilabschnitten.

Mit den Punkten (0 | 60) und (20 | 30) ergibt sich:
$m = \frac{60-30}{0-20} = -1{,}5$ und damit $p(x) = -1{,}5x + 60;\ 0 \leq x \leq 20$

Mit den Punkten (20 | 30) und (70 | 0) ergibt sich:
$m = \frac{30-0}{20-70} = -\frac{3}{5} = -0{,}6$

Punktprobe mit (70 | 0) in $y = -0{,}6x + b$: $0 = -0{,}6 \cdot 70 + b \Rightarrow b = 42$

Abschnittsweise definiert: $p(x) = \begin{cases} -1{,}5x + 60; & 0 \leq x \leq 20 \\ -0{,}6x + 42; & 20 < x \leq 70 \end{cases}$

1.2.1 **Wendepunkt**

Hinreichende Bedingung für Wendepunkt: $K''(x) = 0 \wedge K'''(x) > 0$

$K(x) = 0{,}02 \cdot x^3 - 0{,}6 \cdot x^2 + 16 \cdot x + 20$

Ableitungen: $K'(x) = 0{,}06 \cdot x^2 - 1{,}2 \cdot x + 16$; $K''(x) = 0{,}12 \cdot x - 1{,}2$; $K'''(x) = 0{,}12 > 0$

Notwendige Bed.: $K''(x) = 0$ $\quad 0{,}12 \cdot x - 1{,}2 = 0 \Leftrightarrow x = 10$

$K(10) = 20 - 60 + 160 + 20 = 140$

Der Wendepunkt hat die Koordinaten W(10 | 140).

1.2.2 **Bedeutung von W im Sachzusammenhang**

Wenn 10 000 Stück der o-clock17 produziert werden, dann liegen minimale Grenzkosten vor. Bei dieser Stückzahl liegt der Übergang von abnehmenden Grenzkosten zu zunehmenden Grenzkosten. Die Wearables Ltd. muss bei dieser Produktionsmenge mit Gesamtkosten in Höhe von 140000 € rechnen
(140 GE $\triangleq$ 140 000 €).

Lösungen – Zentrale Abiturprüfung 2017

Aufgabenteil A: ohne Hilfsmittel

1.3 Lineare Algebra

1.3.1 $A_{RZ} = \begin{pmatrix} 1 & 3 & 2 \\ 1 & 0 & 5 \end{pmatrix}$ und $B_{ZE} = \begin{pmatrix} 5 & 4 \\ 1 & 3 \\ b & 1 \end{pmatrix}$

Aus $C = C_{RE} = A_{RZ} \cdot B_{ZE}$ folgt z. B.: $(1 \quad 0 \quad 5)\begin{pmatrix} 5 \\ 1 \\ b \end{pmatrix} = 10$

$$5 + 5b = 10 \Leftrightarrow b = 1$$

1.3.2 Der Rang von C wird untersucht:

$C = \begin{pmatrix} 10 & 15 \\ 10 & 9 \end{pmatrix}$ Umformung mit Gauß (Zeile I – Zeile II): $\begin{pmatrix} 10 & 15 \\ 0 & 6 \end{pmatrix}$

Rg(C) = 2; C ist somit invertierbar und jedes Gleichungssystem $C \cdot \vec{x} = \vec{y}$

ist eindeutig lösbar; mehrdeutige Lösbarkeit kann nicht auftreten.

Es gibt zu jedem Lagerbestand genau eine Mengenkombination an Endprodukten.

1.4 Stochastik

1.4.1 Die zugehörige Aufgabenstellung lautet z. B.: Bestimmen Sie die Wahrscheinlichkeit, dass sich genau 35 von 135 befragten Personen über die lange Ladezeit beklagen, wenn die Quote der unzufriedenen Besitzer 25 % beträgt.

1.4.2 X ist die Anzahl der o-clock17-Besitzer, die sich über die lange Ladezeit beklagen.

Stichprobenumfang: $n = 80$

Trefferwahrscheinlichkeit: $p = 25\,\% = 0{,}25$

Erwartungswert: $E(X) = \mu = 80 \cdot 0{,}25 = 20$

Standardabweichung: $\sigma = \sqrt{80 \cdot 0{,}25 \cdot 0{,}75} = \sqrt{15}$

$[\mu - \sigma; \mu + \sigma] = [20 - \sqrt{15}; 20 + \sqrt{15}]$

Da $20 + \sqrt{15} < 25$, liegt das Ergebnis nicht im Intervall.

Überlegung: $\sqrt{15} < \sqrt{16} = 4$

$25 \notin [20 - \sqrt{15}; 20 + \sqrt{15}]$

Lösungen - Zentrale Abiturprüfung 2017

Aufgabenteil B: Hilfsmittel GTR

Aufgabe 2 – Analysis (32 Punkte) Seite 1/3

2.1.1 **Aufstellen des Gleichungssystems** für a, b, c und d

$K(x) = ax^3 + bx^2 + cx + d$; $K'(x) = 3ax^2 + 2bx + c$; $K''(x) = 6ax + 2b$

$k_v(x) = ax^2 + bx + c$; $k_v'(x) = 2ax + b$

Fixkosten: $K(0) = 200$	$d = 200$	
Grenzkosten: $K'(15) = 11{,}5$	$675a + 30b + c = 11{,}5$	
Betriebsminimum: $k_v'(15) = 0$	$30a + b = 0$	$\mid \cdot (-2)$
Wendestelle: $K''(10) = 0$:	$60a + 2b = 0$	

Lösbarkeit des LGS aus a, b und c:

Umformung ergibt zum Beispiel: $\left(\begin{array}{ccc|c} 675 & 30 & 1 & 11{,}5 \\ 30 & 1 & 0 & 0 \\ 0 & 0 & 0 & 0 \end{array}\right)$

Nach dem Rangkriiterium ergibt sich $Rg(A) = Rg(A|b) = 2 < n = 3$

Das LGS zur Bestimmung von a, b und c hat demnach unendlich viele Lösungen mit einem Freiheitsgrad (eine Variable ist frei wählbar).

2.1.2 **Lösungsvektor**

$d = 200$; c ist frei wählbar

Aus $30a + b = 0$ folgt $b = -30a$

Aus $675a + 30b + c = 11{,}5$ folgt mit $b = -30a$: $675a - 900a + c = 11{,}5$

$$-225a + c = 11{,}5$$

Auflösen nach a: $a = \frac{1}{225}(c - 11{,}5) = \frac{1}{225}c - \frac{23}{450}$

Einsetzen ergibt b: $b = -30a = -\frac{2}{15}c + \frac{23}{15}$

Lösungsvektor: $\begin{pmatrix} \frac{1}{225}c - \frac{23}{450} \\ -\frac{2}{15}c + \frac{23}{15} \\ c \\ 200 \end{pmatrix}$

2.1.3 Einsetzen von $b = -30a$ in $b^2 = 3 \cdot a \cdot c$ ergibt: $(-30a)^2 = 3 \cdot a \cdot c \Leftrightarrow 900a^2 = 3 \cdot a \cdot c$

Mit $a > 0$ ergibt die Umstellung nach c: $c = 300a$

2.1.4 Ist die Wendestelle x_W bekannt, so gilt $K''(x_W) = 0$: $6ax_W + 2b = 0$ (1)

Bedingung für die betriebsminimale
Ausbringungsmenge: $k_v'(x) = 0$: $2a \cdot x_{BM} + b = 0$ (2)

Mit $x_{BM} = 1{,}5x_W$ erhält man äquivalente Gleichungen: $3ax_W + b = 0$ (2*)

Gleichung (1) ist das Doppelte von Gleichung (2*).

Lösungen - Zentrale Abiturprüfung 2017

Aufgabenteil B: Hilfsmittel GTR

Aufgabe 2 – Analysis Seite 2/3

2.2.1 **Gewinnfunktion**

$G(x) = E(x) - K(x) = p(x) \cdot x - K(x)$

$= 0{,}02x^3 - 1{,}75x^2 + 73x - (0{,}06x^3 - 1{,}8x^2 + 25x + 200)$

$G(x) = -0{,}04x^3 + 0{,}05x^2 + 48x - 200$

Gewinnzone

Bedingung: $G(x) = 0$ $x_1 \approx 4{,}21$; $x_2 \approx 33{,}01$ (positive Lösungen)

($x_3 \approx -35{,}97$ ist ökonomisch nicht relevant)

Die Gewinnzone beginnt bei etwa 4,21 ME und endet bei ca. 33,01 ME.

Größtmöglicher Gewinn

Hinreichende Bedingung: $G'(x) = 0 \wedge G''(x) < 0$

$G'(x) = -0{,}12x^2 + 0{,}1x + 48$; $G''(x) = -0{,}24x + 0{,}1$

$G'(x) = 0$ $x_1 \approx 20{,}42$ ($x_2 \approx -19{,}59$ ist ökonomisch nicht relevant)

$G''(x_1) < 0$ x_1 ist Maximalstelle

Maximaler Gewinn: $G(x_1) \approx 460{,}42$ **Der maximale Gewinn beträgt ca. 460,42 GE**

Verkaufspreis: $p(20{,}42) \approx 45{,}6$

Bei einem Preis von 45,6 GE/ME kann der maximale Gewinn erzielt werden.

2.3.1 Diese Aussage ist richtig. Im Graph kann man erkennen, dass in t = 10 und t = 18 (Uhr) die Nullstellen der Zulauf-bzw. der Ablaufratenfunktion liegen.

2.3.2 Zur Prüfung wird das bestimmte Integral berechnet.

Nur in den ersten 10 Stunden wird Flüssigkeit entnommen:

$$\int_0^{10} f(t)dt = -4200$$

Die Aussage stimmt nicht, denn es werden 4200 ml der Flüssigkeit entnommen.

2.3.3 Es ist zu prüfen, ob zu jeder Zeit des Tages mindestens 800 ml im Behälter sind.

Die zugehörige Stammfunktion von f gibt die Füllhöhe zu jedem Zeitpunkt t an.

Mit dem Anfangsbestand 5000 ml ergibt sich:

$F(t) = 0{,}02\,t^5 - 1{,}3\,t^4 + 28{,}4\,t^3 - 216\,t^2 + 5000$

Mit dem GTR ist grafisch zu erkennen, dass für $0 \leq t \leq 24$ gilt: $F(t) \geq 800$

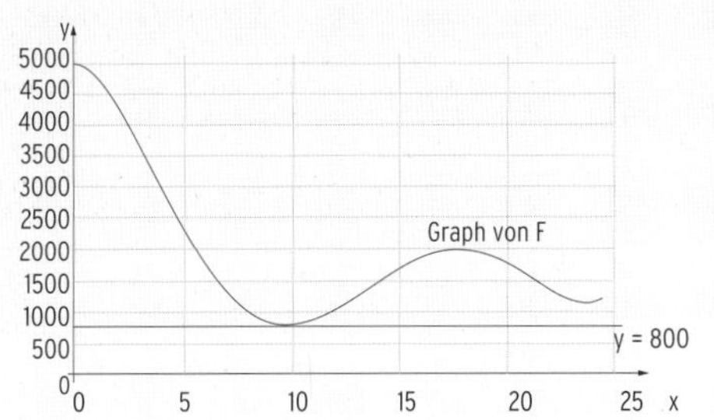

Lösungen - Zentrale Abiturprüfung 2017

Aufgabenteil B: Hilfsmittel GTR

Aufgabe 2 – Analysis Seite 3/3

2.3.3 **Alternativ:** Anfangsbestand 5000 ml; Entnahme bis t = 10: 4200 ml, also Stand in t = 10: 800 ml; von t = 10 bis t = 18 wird mehr aufgefüllt als von t = 18 bis t = 24 entnommen wird. Die Mindestfüllmenge von 800 ml ist erfüllt.

2.3.4 Wenn 181 Brillengläser in diesem Zeitraum (t = 19 bis t = 24) besprüht wurden, dann müssten 4 · 181 = 724 ml der Spezialflüssigkeit verbraucht worden sein.

$$\int_{19}^{24} f(t)\,dt = -711{,}92$$

Somit ergibt sich ein Verbrauchswert von ca. 711,92 ml. Damit ist die Aussage falsch.

Aufgabe 3

Lineare Algebra (32 Punkte) Seite 1/3

3.1.1 Matrix C gibt den direkten Bauteile-Verbrauch an: $C = \begin{pmatrix} 8 & 4 & 0 \\ 0 & 5 & 0 \\ 0 & 0 & 1 \end{pmatrix}$

Ansatz: $A_{BZ} \cdot B_{ZS} + C = D$ $D = \begin{pmatrix} 25 & 67 & 64 \\ 17 & 74 & 84 \\ 10 & 26 & 29 \end{pmatrix}$

3.1.2 Ansatz für die variablen Bauteilekosten: $\vec{k}_R \cdot D \cdot \vec{b}$

Mit $\vec{b} = \begin{pmatrix} 125a \\ 52a \\ 288a^2 \end{pmatrix}$ und $D = \begin{pmatrix} 25 & 67 & 64 \\ 17 & 74 & 84 \\ 10 & 26 & 29 \end{pmatrix}$ ergibt sich $D \cdot \vec{b} = \begin{pmatrix} 18432a^2 + 6609a \\ 24192a^2 + 5973a \\ 8352a^2 + 2602a \end{pmatrix}$

$$\vec{k}_R \cdot D \cdot \vec{b} = (0{,}6 \quad 0{,}8 \quad 0{,}7) \cdot \begin{pmatrix} 18432a^2 + 6609a \\ 24192a^2 + 5973a \\ 8352a^2 + 2602a \end{pmatrix} = 36259{,}2a^2 + 10565{,}2a$$

Alternativ: $\vec{k}_R \cdot D = (0{,}6 \quad 0{,}8 \quad 0{,}7) \cdot D = (35{,}6 \quad 117{,}6 \quad 125{,}9)$

$$\vec{k}_R \cdot D \cdot \vec{b} = (35{,}6 \quad 117{,}6 \quad 125{,}9) \cdot \begin{pmatrix} 125a \\ 52a \\ 288a^2 \end{pmatrix} = 36259{,}2a^2 + 10565{,}2a$$

Berechnung des Parameters a

Bedingung: $\vec{k}_R \cdot D \cdot \vec{b} + 25600 = 70\,000$

quadratische Gleichung: $36259{,}2a^2 + 10565{,}2a + 25600 = 70\,000$

$36259{,}2a^2 + 10565{,}2a - 44600 = 0$

Lösungen: $a_1 \approx -1{,}25;\ a_2 \approx 0{,}96$

Da $a > 0$ ist, gilt für den Parameter $a \approx 0{,}96$.

Lösungen - Zentrale Abiturprüfung 2017

Aufgabenteil B: Hilfsmittel GTR

Aufgabe 3 – Lineare Algebra Fortsetzung

3.2.1 Stammkundenanteile der Herren-Abendmode-Kunden

Aus der Hauptdiagonalen der Übergangsmatrix

Filiale 1 hat 50 % der Kunden als Stammkunden, Filiale 2 40 % und Filiale 3 hat 60 % der Kunden als Stammkunden.

Kundenanteile für Januar

$$\vec{v}_{-1} = A^{-1} \cdot \vec{v}_0 = \begin{pmatrix} 0{,}5 & 0{,}2 & 0{,}3 \\ 0{,}4 & 0{,}4 & 0{,}2 \\ 0{,}3 & 0{,}1 & 0{,}6 \end{pmatrix}^{-1} \cdot \begin{pmatrix} 0{,}39 \\ 0{,}27 \\ 0{,}34 \end{pmatrix} = \begin{pmatrix} 0{,}2 \\ 0{,}5 \\ 0{,}3 \end{pmatrix}$$

Im Januar haben 20 % der Kunden in Filiale 1 , 50 % in Filiale 2 und 30 % in Filiale 3 Herren-Abendmode gekauft.

Filiale mit Herren-Abendmode

Kundenanteil in drei Monaten (ausgehend vom Februar): $\vec{v}_3 = A^3 \cdot \vec{v}_0 = \begin{pmatrix} 0{,}40125 \\ 0{,}20225 \\ 0{,}3965 \end{pmatrix}$

In Filiale 2 sollte zukünftig keine Herren-Abendmode mehr angeboten werden, weil dort voraussichtlich nur 20,23 % (< 30%) der Kunden Herren-Abendmode kaufen werden.

3.2.2 **Filiale mit Damen-Abendmode**

Anteil Januar $\vec{v}_0 = \begin{pmatrix} 0{,}1 \\ 0{,}6 \\ 0{,}3 \end{pmatrix}$ Anteil Februar $\vec{v}_1 = \begin{pmatrix} 0{,}345 \\ 0{,}33 \\ 0{,}325 \end{pmatrix}$

Bedingung: $\vec{v}_1 = B \cdot \vec{v}_0 = \begin{pmatrix} 0{,}45 & b & 0{,}3 \\ 0{,}15 & 0{,}45 & d \\ a & c & e \end{pmatrix} \cdot \begin{pmatrix} 0{,}1 \\ 0{,}6 \\ 0{,}3 \end{pmatrix} = \begin{pmatrix} 0{,}345 \\ 0{,}33 \\ 0{,}325 \end{pmatrix}$

1. Spalte von B: $0{,}45 + 0{,}15 + a = 1 \quad \Rightarrow a = 0{,}40$

Multiplikation: $0{,}1 \cdot 0{,}45 + 0{,}6 \cdot b + 0{,}3 \cdot 0{,}3 = 0{,}345 \quad \Rightarrow b = 0{,}35$

2. Spalte von B: $b + 0{,}45 + c = 1$ mit $b = 0{,}35$: $0{,}35 + 0{,}45 + c = 1 \Rightarrow c = 0{,}20$

Multiplikation: $0{,}1 \cdot 0{,}15 + 0{,}6 \cdot 0{,}45 + 0{,}3 \cdot d = 0{,}330 \Rightarrow d = 0{,}15$

3. Spalte von B: $0{,}3 + d + e = 1$ mit $d = 0{,}15$: $0{,}3 + 0{,}15 + e = 1 \Rightarrow e = 0{,}55$

Übergangsmatrix: $B = \begin{pmatrix} 0{,}45 & 0{,}35 & 0{,}30 \\ 0{,}15 & 0{,}45 & 0{,}15 \\ 0{,}40 & 0{,}20 & 0{,}55 \end{pmatrix}$

Langfristiger Kundenanteil: $B \cdot \vec{v}_\infty = \vec{v}_\infty$

$$\begin{pmatrix} 0{,}45 & 0{,}35 & 0{,}30 \\ 0{,}15 & 0{,}45 & 0{,}15 \\ 0{,}40 & 0{,}20 & 0{,}55 \end{pmatrix} \cdot \begin{pmatrix} x \\ y \\ 1-x-y \end{pmatrix} = \begin{pmatrix} x \\ y \\ 1-x-y \end{pmatrix}$$

LGS: $0{,}45x + 0{,}35y + 0{,}3(1 - x - y) = x$ Vereinfachung: $-0{,}85x + 0{,}05y = -0{,}3$

$0{,}15x + 0{,}45y + 0{,}15(1 - x - y) = y$ $\qquad -0{,}7y = -0{,}15$

$0{,}40x + 0{,}20y + 0{,}55(1 - x - y) = 1 - x - y$ $\qquad 0{,}85x + 0{,}65y = 0{,}45$

Lösung: $x \approx 0{,}3655$; $y \approx 0{,}2143$; $z = 1 - x - y \approx 0{,}4202$

$$\vec{v}_\infty = \begin{pmatrix} 0{,}3655 \\ 0{,}2143 \\ 0{,}4202 \end{pmatrix}$$

Lösungen - Zentrale Abiturprüfung 2017

Aufgabenteil B: Hilfsmittel GTR

Aufgabe 3 – Lineare Algebra Fortsetzung

3.2.2 Alternative Berechnung mit der Grenzmatrix: $B_\infty = \lim_{n \to \infty} B^n$

Berechnung von B^{100} mit dem GTR: $B^{100} = \begin{pmatrix} 0{,}3655 & 0{,}3655 & 0{,}3655 \\ 0{,}2143 & 0{,}2143 & 0{,}2143 \\ 0{,}4202 & 0{,}4202 & 0{,}4202 \end{pmatrix}$

$\vec{v}_\infty = \begin{pmatrix} 0{,}3655 \\ 0{,}2143 \\ 0{,}4202 \end{pmatrix}$

Handlungsempfehlung Der Anteil der Kunden, der Damen-Abendmode kauft, liegt nur in Filiale 2 unter den geforderten 35 %, deshalb sollte dort zukünftig keine Damen-Abendmode mehr angeboten werden.

Lösungen - Zentrale Abiturprüfung 2017

Aufgabenteil B: Hilfsmittel GTR

Aufgabe 4 – Stochastik Seite 1/2

4.1.1 Baumdiagramm/Vierfeldertafel

A: Fehler in der ersten Stufe

B: Fehler in der 2. Stufe

Vierfeldertafel:

	B	$\overline{B}$	
A	$0{,}03 \cdot 0{,}02 = 0{,}0006$	$0{,}03 \cdot 0{,}02 = 0{,}0294$	0,03
$\overline{A}$	$0{,}97 \cdot 0{,}02 = 0{,}0194$	$0{,}97 \cdot 0{,}98 = 0{,}9506$	0,97
	0,02	0,98	1

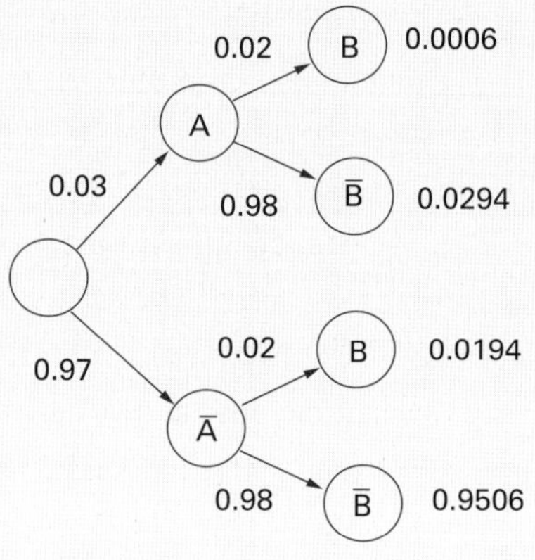

Wahrscheinlichkeit für einen fehlerhaften Akku

P(fehlerhaft) = 1 – P(fehlerfrei) = $1 - P(\overline{A} \cap \overline{B}) = 1 - 0{,}9506 < 0{,}05$

Lösungen - Zentrale Abiturprüfung 2017

Aufgabenteil B: Hilfsmittel GTR

Aufgabe 4 – Stochastik Seite 2/2

4.2.1 **Erläuterung:**

Die Gleichung beschreibt die Wahrscheinlichkeit für einen fehlerfreien Akku. p_3 wird mit Hilfe der Gegenwahrscheinlichkeiten bestimmt. Die Wahrscheinlichkeit, dass keine Fehler passieren, liegt bei 0,955. Es wird die Pfadmultiplikationsregel angewandt. Der 1. Faktor gibt die Wahrscheinlichkeit an, dass in der 1. Stufe kein Fehler passiert ($1 - 0{,}015 = 0{,}985$). Der 2. Faktor gibt die Wahrscheinlichkeit an, dass in der 2. Stufe und der 3. Faktor in der 3. Stufe kein Fehler passiert.
Da in der 2. Stufe die Fehlerwahrscheinlichkeit doppelt so hoch ist wie in der dritten, lautet der Faktor $(1 - 2p_3)$.

Berechnung von p_2 und p_3

$0{,}985 \cdot (1 - 2 \cdot p_3)(1 - p_3) = 0{,}955 \quad \Leftrightarrow \quad 0{,}985 \cdot (2 \cdot p_3^2 - 3p_3 + 1) = 0{,}955$

Quadratische Gleichung: $1{,}97 \cdot p_3^2 - 2{,}955p_3 + 0{,}03 = 0$

Lösungen: $p_{3,1} \approx 0{,}0102 \vee p_{3,2} \approx 1{,}4898$ ($p_{3,2} > 1$ nicht sinnvoll)

Mit $p_2 = 2 \cdot p_3$ ergibt sich $p_2 \approx 0{,}0204$

p_2 beträgt 2,04 %; p_3 beträgt 1,02 %.

4.3.1 X: Anzahl der fehlerhaften Akkus; X ist binomialverteilt mit $n = 85$ und $p = 4{,}5\%$

$P(\text{keine fehlerhaften Akkus}) = P(X = 0) = 0{,}955^{85} \approx 0{,}01997 \approx 0{,}02 = 2\ \%$

4.3.2 X: Anzahl der fehlerfreien Akkus; X ist binomialverteilt mit n und $p = 0{,}02$
Systematisches Probieren ergibt: Für $n = 341$ gilt: $P(X \geq 2) \approx 0{,}9919$
Die Lieferung müsste mindestens 341 Kartons umfassen.

4.4.1 **Wahrscheinlichkeit für eine falsche Entscheidung**

Es gibt zwei verschiedene falsche Entscheidungen, die berücksichtigt werden müssen. Die Wahrscheinlichkeit ist die Summe der Einzelwahrscheinlichkeiten:

- Gewicht ok, aber aussortiert mit der Wahrscheinlichkeit $0{,}9 \cdot 0{,}04$
- zu schwer, aber nicht aussortiert mit der Wahrscheinlichkeit $0{,}1 \cdot 0{,}05$

$P = 0{,}9 \cdot 0{,}04 + 0{,}1 \cdot 0{,}05 = 0{,}041$

Die Wahrscheinlichkeit für ein falsche Entscheidung liegt bei 4,1 %.

Zentrale Abiturprüfung 2018

Leistungskursfach **Mathematik**
Fachbereich Wirtschaft und Verwaltung

Lösungen Seite 206 - 211

Aufgabenteil A: ohne Hilfsmittel (oHiMi)

Punkte

Beschreibung der Ausgangssituation zu Aufgabenteil A

Das Unternehmen Miss Marble stellt seitüber 30 Jahren Glasprodukte her. Dabei verbindet es traditionelle Glasbläserkunst mit neuester Massenproduktionstechnik. Das von Miss Marble vertriebene Sortiment reicht von einfachen Murmeln bis zu hochwertigem Glas.

Aufgabe 1 (24 Punkte)

1.1 Analysis

In der Produktion von Spiegelglas hängen die Produktionskosten in hohem Maße vom Preis des verwendeten Rohstoffs Zinn ab. Da dieser nicht vorhersehbar ist, kalkuliert das Unternehmen mit einer parameterabhängigen Funktion:

$$K_c(x) = \frac{1}{3}x^3 - 6x^2 + c \cdot x + 30 \text{ mit } c \geq 0$$

1.1.1 Eine ertragsgesetzliche Kostenfunktion besitzt keine lokalen Extrema. Zeigen Sie, dass dies für $c > 36$ erfüllt ist. 4

1.1.2 Bestätigen Sie, dass die betriebsminimale Ausbringungsmenge nicht vom Parameter c abhängt. 2

1.2 Analysis

Zu Beginn jeden Jahres werden einige Produktionskapazitäten auf die Herstellung von Osterartikeln umgestellt. Der Absatz von Osterartikel (in ME pro Monat) kann in Abhängigkeit von der Zeit t (in Monaten) durch die Funktion a_b mit der Gleichung

$$a_b(t) = e^{-0{,}5 \cdot t^2 + b \cdot t} \text{ mit } t \geq 0 \text{ und } b > 0$$

beschrieben. Zum Zeitpunkt t = 0 liegt der Jahresbeginn.

Der Parameter b beschreibt den Einfluss des Werbebudgets.

1.2.1 Der Absatz soll 1 ME pro Monat betragen. Ermitteln Sie die zugehörigen Zeitpunkte in Abhängigkeit von b. 4

1.2.2 Im Folgenden ist der Graph der Absatzfunktion für b = 1,2 abgebildet.

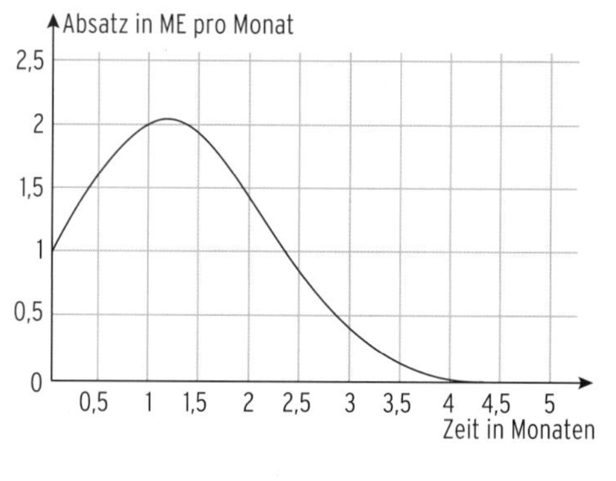

Zentrale Abiturprüfung 2018

Aufgabenteil A: ohne Hilfsmittel (oHiMi)

Aufgabe 1 (Fortsetzung) — Punkte

1.2.2 Beurteilen Sie folgende Aussagen anhand des abgebildeten Funktionsgraphen:
A: Der Gesamtabsatz innerhalb der ersten fünf Monate ist größer als 3 ME.
B: Am Jahresbeginn setzt das Unternehmen nichts ab. 2

1.3 Stochastik

Eine Glaskugel der Firma Miss Marble muss zweimal gebrannt werden. Die Wahrscheinlichkeit, dass beim Brennen ein Fehler passiert, beträgt jeweils $\frac{1}{4}$.
Wenn beim ersten Brennen ein Fehler auftritt, wird die Glaskugel aussortiert und es fällt ein Verlust in Höhe von r GE an. Ist erst der zweite Brennvorgang fehlerhaft, kann die Kugel als zweite Wahl verkauft werden und es wird ein Gewinn in Höhe von 8 GE erzielt. Mit einer zweimal fehlerfrei gebrannten Kugel wird ein Gewinn in Höhe von 16 GE erzielt.

1.3.1 Stellen Sie die Situation in einem Baumdiagramm dar. 3

1.3.2 Berechnen Sie, wie hoch der Parameter r höchstens sein darf, damit insgesamt kein Verlust zu erwarten ist. 3

1.3 Lineare Algebra

In einem Produktionsprozess werden aus den Rohstoffen Zwischenprodukte und daraus die Endprodukte hergestellt. Die Verflechtung kann den folgenden Matrizen entnommen werden. Die Werte sind in Mengeneinheiten (ME) angegeben.

$$A_{RZ} = \begin{pmatrix} 2 & 1 & 0 \\ 0 & 0 & 1 \\ 2 & 0 & 2 \end{pmatrix},\ B_{ZE} = \begin{pmatrix} 3 & 5 \\ a & 6 \\ 0 & 4 \end{pmatrix},\ C_{RE} = \begin{pmatrix} 14 & 16 \\ 0 & 4 \\ 6 & 18 \end{pmatrix},\ a \in \mathbb{R}_{\geq 0}$$

1.4.1 Berechnen Sie den Wert für a.
Der Rohstoff R_2 fällt dauerhaft aus. Untersuchen Sie, welches Endprodukt dauerhaft produziert werden kann. 3

1.4.2 Der Rohstoff R_2 kann durch zwei andere Rohstoffe R_{21} und R_{22} ersetzt werden.
Eine Mengeneinheit von R_2 wird ersetzt durch 3 ME von R_{21} und 5 ME von R_{22}.
Bestimmen Sie die neue Rohstoff-Zwischenprodukt-Matrix, in der die Rohstoffe R_{21} und R_{22} berücksichtigt sind 3

Zentrale Abiturprüfung 2018

Aufgabenteil B: Hilfsmittel GTR

Aufgabe 2 – Analysis (32 Punkte)

Punkte

Beschreibung der Ausgangssituation

Das Unternehmen Miss Marble stellt seit über 30 Jahren Glasprodukte her. Dabei verbindet es traditionelle Glasbläserkunst mit neuester Massenproduktionstechnik. Das von Miss Marble vertriebene Sortiment reicht von einfachen Murmeln bis zu hochwertigem Glas.

In einem Meeting des Unternehmens Miss Marble berichtet der Produktionsleiter des Bereichs Spiegelglas über die wirtschaftliche Situation seiner Abteilung.

2.1 Der Markt für Spiegelglas kann als Polypol aufgefasst werden. Da sowohl die meisten Anbieter als auch die meisten Nachfrager schon lange im Geschäft sind, ist über deren Verhalten einiges bekannt.

2.1.1 Die Nachfrageentwicklung wird durch eine ganzrationale Funktion p_N dritten Grades beschrieben. Dabei gibt x die Menge in ME und $p_N(x)$ den Preis in GE/ME an
Bei einem Preis von 35,2 GE/ME beträgt die nachgefragte Menge 8 ME, bei 4 ME fällt die Nachfragefunktion am stärksten und bei 10 ME ist der Markt gesättigt.
Der Gleichgewichtspreis von 71,5 GE/ME wird bei einer Gleichgewichtsmenge von 5 ME erreicht. Stellen Sie aus den obigen Informationen ein lineares Gleichungssystem und die Gleichung der Nachfragefunktion auf. 6

Gehen Sie im Folgenden von der Nachfragefunktion p_N aus, mit

$$p_N(x) = -0{,}1x^3 + 1{,}2x^2 - 14{,}8x + 128;\ x \in [0; 10].$$

2.1.2 Die Marktsituation ist in folgender Graphik abgebildet.
Berechnen Sie die Maßzahlen der beiden Flächen A_1 und A_2 und interpretieren Sie deren Bedeutung im ökonomischen Anwendungskontext. 7

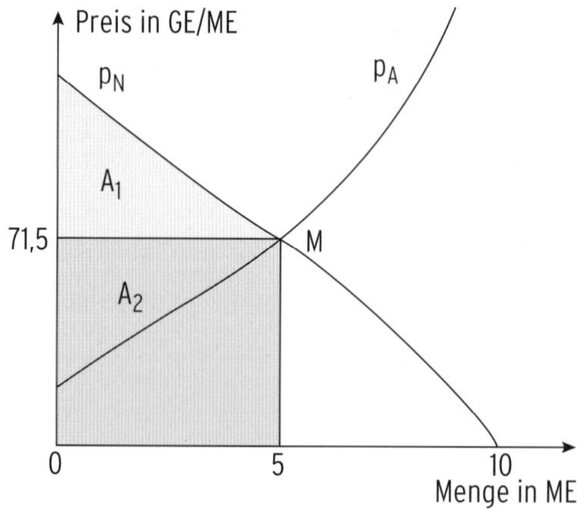

Zentrale Abiturprüfung 2018

Aufgabenteil B: Hilfsmittel GTR

Aufgabe 2 – Analysis (Fortsetzung) Punkte

2.1.3 Die Angebotsfunktion p_A hat die Gleichung $p_A(x) = 0{,}2x^3 - 1{,}5x^2 + 12{,}8x + 20$. Untersuchen Sie, ob bei einem Preis von 40 GE/ME der Nachfrageüberhang weniger als 5 ME beträgt. 4

2.2 Miss Marble bringt ein neues Spiegelglas mit Verzierung auf den Markt. Zur Umsatzprognose wird die Funktion u_a mit $u_a(t) = t \cdot e^{-a \cdot t^2 + 4}$ mit $t \geq 0$ und $a > 0$ verwendet. Hierbei gibt t die Zeit in Monaten und $u_a(t)$ den Umsatz in GE pro Monat an. Der Parameter a hängt von den eingesetzten Werbemaßnahmen ab.

2.2.1 Weisen Sie nach, dass $u'_a(t) = (1 - 2a \cdot t^2) \cdot e^{-a \cdot t^2 + 4}$ gilt. 3

2.2.2 Berechnen Sie in Abhängigkeit vom Parameter a den Zeitpunkt, zu dem der maximale monatliche Umsatz erreicht wird. Auf den Nachweis der hinreichenden Bedingung kann verzichtet werden. 3

Im Folgenden gilt $a = 0{,}005$.

2.2.3 Ermitteln Sie die Höhe des maximalen monatlichen Umsatzes. 2

2.2.4 Bestimmen Sie zwei Zeitpunkte, zu denen der Umsatzrückgang gleich ist. 4

2.2.5 Die Produktionszeit dieses neuen Spiegelglases ist vom Unternehmen zunächst auf 60 Monate festgelegt worden.
Vergleichen Sie den Gesamtumsatz der ersten und zweiten Hälfte der Produktionszeit und beurteilen Sie das Ergebnis aus Unternehmersicht. 3

Zentrale Abiturprüfung 2018

Aufgabenteil B: Hilfsmittel GTR

Aufgabe 3 – Stochastik

Punkte

Das Unternehmen Miss Marble liefert empfindliche Glasware innerhalb Deutschlands an den Einzelhandel. Beim Transport kommt es oftmals zu Schäden. Der Transport der Glasware wird von drei Unternehmen durchgeführt. ALKW und Brummie sind auf den Glastransport mit Lastwagen spezialisiert. CRail transport die Glasware über das Schienennetz.

3.1 Es sind folgende Durchschnittswerte bekannt. 25 % der Glasteile werden von ALKW transportiert, 35 % von Brummie und 40 % von CRail. Den Unterlagen der Geschäftsführung zufolge gehen 4 % der von ALKW transportierten Glasteile zu Bruch, bei Brummie sind es 3 % und bei CRail nur 2 %.

3.1.1 Stellen Sie den Sachverhalt in einem Baumdiagramm mit allen Pfad- und Endwahrscheinlichkeiten dar. 5

3.1.2 Ermitteln Sie die Wahrscheinlichkeiten für folgende Ereignisse:
E_1: Ein Glasteil wird von Brummie transportiert und geht dabei zu Bruch.
E_2: Ein Glasteil wird unversehrt transportiert.
E_3: Ein zerbrochenes Glasteil wurde von CRail transportiert. 6

3.2 Die Geschäftsführung hat reagiert und eine geänderte Einzelverpackung für die Glasteile in Auftrag gegeben. Dadurch wird erreicht, dass keine Transportschäden mehr auftreten. Allerdings werden die Glasteile beim Verpacken mit einer Wahrscheinlichkeit von 2 % beschädigt. 1200 Glasteile werden verpackt. Es ist von einer Binomialverteilung auszugehen.

3.2.1 Berechnen Sie die Wahrscheinlichkeit dafür, dass mehr als 22 und weniger als 28 der Glasteile beschädigt werden. 2

3.2.2 Bestimmen Sie ein zum Erwartungswert symmetrisches Intervall, in dem die Anzahl der beschädigten Glasteile mit einer Wahrscheinlichkeit von etwa 75 % liegt. 3

3.3 Ein Vertreter der CRail behauptet, dass ein Glasteil mit einer Wahrscheinlichkeit von mehr als 2 % beim Verpacken zu Bruch geht. Im Gegensatz dazu will Miss Marble nachweisen, dass diese Defektwahrscheinlichkeit zumindest unter 3 % liegt.
Dazu wollen beide Unternehmen 500 für den Transport verpackte Glaswaren untersuchen, um die beiden Vermutungen zu überprüfen. 7

Zentrale Abiturprüfung 2018

Aufgabenteil B: Hilfsmittel GTR

Aufgabe 3 – Stochastik (Fortsetzung)

Punkte

3.3.1 Entscheiden Sie begründet, ob folgende Aussagen zutreffen:

A_1: Bei mindestens 15 defekten Glasteilen irrt CRail nur zu maximal 10 %, wenn sie behauptet, dass die Defektwahrscheinlichkeit über 2 % liegt.

A_2: Bei höchstens 11 defekten Glasteilen ist Miss Marble sich auf 10 % Signifikanzniveau sicher, dass die Defektwahrscheinlichkeit unter 3 % liegt.

A_3: Wenn in der Stichprobe genau 2,6 % der 500 Glasteile defekt sind, kann - egal, wie das Signifikanzniveau gewählt wird - endschieden werden, dass die Defektwahrscheinlichkeit über 2 % und unter 3 % liegt. 7

3.3.2 Um die hohe Qualität der neuen Verpackungen zu belegen, führt Miss Marble einen Hypothesentest zum Signifikanzniveau 5 % durch. Mit n = 5000 ergibt sich der Ablehnungsbereich {0; ...; 8}.
Ermitteln Sie die Wahrscheinlichkeit des Fehlers zweiter Art (β-Fehler), wenn die tatsächliche Defektwahrscheinlichkeit bei 2 % liegt. 3

3.4 Im Folgenden ist von einer Defektwahrscheinlichkeit von 2 % auszugehen.

3.4.1 Ermitteln Sie die Anzahl an Glasteilen, die untersucht werden müssen, damit sich mit einer Wahrscheinlichkeit von ca. 90 % mindestens 3 defekte Glasteile darunter befinden. 3

3.4.2 Um mit einer Wahrscheinlichkeit von ca. 90 % mindestens 5 defekte Glasteile zu erhalten, müssen 398 Glasteile untersucht werden.
Überprüfen Sie die folgende Aussage:
Um mit einer Wahrscheinlichkeit von ca. 90 % mindestens doppelt so viele defekte Glasteile zu finden, also mindestens 10, muss die entnehmende Stichprobe verdoppelt werden. 3

Zentrale Abiturprüfung 2018

Aufgabenteil B: Hilfsmittel GTR

Aufgabe 4 – Lineare Algebra (32 Punkte) — Punkte

Das Unternehmen Miss Marble verwendet Glas und Metall für die Herstellung von Figuren. In der Fertigungsstufe 1 werden aus den drei Materialien Glas (M_1), Eisen (M_2) und Messing (M_3) drei Figuren (F_1 bis F_3) hergestellt. In der zweiten Fertigungsstufe werden die Figuren in drei verschiene Verkaufssets (S_1 bis S_3) abgepackt.
Für die Verflechtung auf den beiden Fertigungsstufen gelten folgende parameterabhängige Matritzen, welche die jeweils benötigten Mengen in Mengeneinheiten (ME) enthalten.

$$A_{MF} = \begin{pmatrix} a & b & 2 \\ 3 & c & 0 \\ 2 & 3 & 0 \end{pmatrix},\ B_{FS} = \begin{pmatrix} 4 & 1 & 2 \\ 0 & 2 & 2 \\ a & 0 & 2 \end{pmatrix} \text{ und } C_{MS} = \begin{pmatrix} 24 & 6 & 14 \\ 12 & 11 & 14 \\ 8 & 8 & 10 \end{pmatrix}$$

4.1.1 Bestimmen Sie die Werte der Parameter a, b und c. 5

4.1.2 Erläutern Sie die Bedeutung des Parameterwertes a in den Matrizen A_{MF} und B_{FS} im Sachzusammenhang. 2

4.1.3 Betrachtet man die Matrix $M = \begin{pmatrix} 4 & 1 & 2 \\ 3 & c & 0 \\ 2 & 3 & 0 \end{pmatrix}$, so gibt es einen Wert für c, so dass die Matrix M nicht invertierbar ist.
Ermitteln Sie diesen Wert für c. 3

4.2 Im Folgenden gilt a = 4, b = 1 und c = 4.
Ein Dortmunder Kunde bestellt 10 ME von Set S_1, 5 ME von Set S_2 und 20 ME von Set S_3.

4.2.1 Die Materialkosten betragen 0,2 GE/ME für M_1, 0,4 GE/ME für M_2 und 0,6 GE/ME für M_3. Berechnen Sie die Materialkosten für den Auftrag aus Dortmund. 3

4.2.2 Aus Marketinggründen sollen die Fertigungskosten für den Auftrag aus Dortmund insgesamt höchstens 1450 GE betragen.
Die Kosten für die Fertigung der drei Sets S_1, S_2, S_3 sind gleich hoch.
Außerdem sind die Kosten der Fertigung von F_1 doppelt so hoch wie die Kosten der Fertigung eines Sets. Die Fertigung von F_2 und F_3 kostet jeweils 6 GE mehr als die Fertigung eines Sets.
Bestimmen Sie die Kosten, die zur Fertigung eines Sets höchstens anfallen dürfen. 7

Zentrale Abiturprüfung 2018

Aufgabenteil B: Hilfsmittel GTR

Aufgabe 4 – Lineare Algebra (Fortsetzung)

Punkte

4.3 In einem Zweigwerk stellt das Unternehmen Miss Marble drei hochwertige Fenstergläser E_1 bis E_3 her, bei denen der Wärmeschutz wichtig ist.

Die folgende Verflechtungstabelle zeigt den Zusammenhang zwischen den drei Rohstoffen R_1 bis R_3 und den drei Endprodukten E_1 bis E_3.
In den Mengenangaben der Rohstoffe beschreibt der Parameter d mit $0 \leq d \leq \frac{5}{3}$ die Wärmedämmeigenschaft der Fenstergläser. Je höher dieser Wert ist, desto schlechter ist die Wärmedämmeigenschaft.

	E_1	E_2	E_3
R_1	$5d$	$20 - d$	5
R_2	2	4	4
R_3	$10 - 6d$	5	d

Ein Großkunde aus München benötigt zum nächstmöglichen Termin 20 ME von E_1, 30 ME von E_2 und 50 ME von E_3. Die für diesen Auftrag notwendigen Rohstoffmengen hängen von d ab.

4.3.1 Bestätigen oder widerlegen Sie den folgenden Zusammenhang:
Je kleiner der Wert d gewählt wird, desto weniger muss von Rohstoff R_1 und desto mehr muss von Rohstoff R_3 zur Erfüllung des Auftrags eingesetzt werden.

6

4.3.2 Für die Kalkulation der Verkaufspreise muss das Unternehmen Miss Marble Marktpreisschwankungen berücksichtigen. Dies geschieht durch den Parameter m für den gilt: $0{,}5 \leq m \leq 1{,}8$.

Die von m abhängigen Preise sind folgender Tabelle zu entnehmen:

Fenstergläser	E_1	E_2	E_3
Preise in GE/ME	$30 \cdot m$	$10 \cdot m^3 - m$	$m^4 - 10 \cdot m^3 + 50$

Ermitteln Sie rechnerisch für die Bestellung aus München die jeweiligen Preise, die zum absoluten Maximum des Erlöses führen, und den maximalen Erlös.

6

Lösungen – Zentrale Abiturprüfung 2018

Aufgabenteil A: ohne Hilfsmittel

1.1 Analysis

1.1.1 $K_c(x) = \frac{1}{3}x^3 - 6x^2 + c \cdot x + 30$; $c \geq 0$; $K'_c(x) = x^2 - 12x + c$

Bed. für lokale Extrema: $K'_c(x) = 0$ $\qquad x^2 - 12x + c = 0$

Mit der pq-Formel: $\qquad x_{1|2} = 6 \pm \sqrt{36 - c}$

Für $c > 36$ ist die Wurzel nicht definiert, die Gleichung $K'_c(x) = 0$ hat keine reelle Lösung, somait hat K_c keine lokalen Extrema.

1.1.2 Betriebsminimale Ausbringungsmenge (Betriebsminimum, Minimalstelle der variablen Stückkostenfunktion k_v)

$k_{v,\,c}(x) = \frac{K_{v,\,c}(x)}{x} = \frac{\frac{1}{3}x^3 - 6x^2 + c \cdot x}{x} = \frac{1}{3}x^2 - 6x + c$; $k'_{v,\,c}(x) = \frac{2}{3}x - 6$

Bedingung: $k'_{v,\,c}(x) = 0$ $\qquad x = 9$ (Nullstelle von $k'_{v,\,c}$ unabhängig von c)

Die Lösung hängt nicht von c ab, da in $k'_{v,\,c}(x)$ kein Parameter vorhanden ist.

1.2 Analysis

1.2.1 $a_b(t) = e^{-0{,}5 \cdot t^2 + b \cdot t}$ mit $t \geq 0$ und $b > 0$

Bedingung: $a_b(t) = 1$	$e^{-0{,}5 \cdot t^2 + b \cdot t} = 1$	$e^0 = 1$
Logarithmieren:	$-0{,}5 \cdot t^2 + b \cdot t = \ln(1) = 0$	
Ausklammern:	$t(-0{,}5 \cdot t + b) = 0$	
Satz vom Nullprodukt:	$t = 0 \vee -0{,}5 \cdot t + b = 0$	
Lösungen (Zeitpunkte):	$t = 0 \vee t = 2b$	

1.2.2 A: Die Aussage ist richtig, da die Fläche unterhalb des Graphen von $a_{1,2}$ größer als 12 Kästchen (also 3 ME) ist, 4 Kästchen entsprechen 1 ME.

B: Die Aussage ist falsch, da der y-Achsenabschnitt, welcher den Absatz am Jahresanfang angibt, nicht Null ist: $a_{1,2}(0) = 1$

1.3 Stochastik

1.3.1 Baumdiagramm

$\overline{F}$: fehlerfrei beim Brennen

F: fehlerhaft beim Brennen

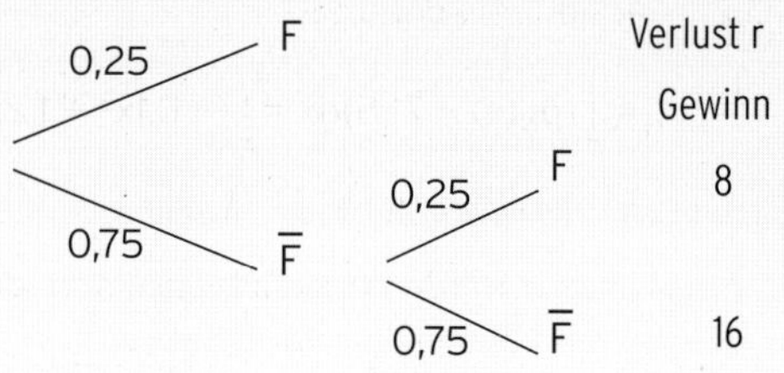

1.3.2 X: Höhe des Gewinns

$E(X) = 16 \cdot \frac{3}{4} \cdot \frac{3}{4} + 8 \cdot \frac{3}{4} \cdot \frac{1}{4} - r \cdot \frac{1}{4}$

$E(X) = 10{,}5 - r \cdot \frac{1}{4} = 0$ für $r = 42$

Der Verlust im ersten Brennvorgang darf höchstens 42 GE betragen.

1.4 Lineare Algebra

1.4.1 $A_{RZ} \cdot B_{ZE} = C_{RE}$: $\begin{pmatrix} 2 & 1 & 0 \\ 0 & 0 & 1 \\ 2 & 0 & 2 \end{pmatrix} \cdot \begin{pmatrix} 3 & 5 \\ a & 6 \\ 0 & 4 \end{pmatrix} = \begin{pmatrix} 14 & 16 \\ 0 & 4 \\ 6 & 18 \end{pmatrix}$ ergibt $2 \cdot 3 + a = 14 \Leftrightarrow a = 8$

Es kann lediglich E_1 produziert werden, da R_2 nicht für die Produktion von E_1 benötigt wird, da $c_{21} = 0$

Lösungen - Zentrale Abiturprüfung 2018

Aufgabenteil A: ohne Hilfsmittel

1.4 Lineare Algebra

1.4.2

		Z_1	Z_2	Z_3
R_1	R_1	2	1	0
R_2	R_{21}	0	0	3
	R_{22}	0	0	5
R_3	R_3	2	0	2

$$A_{RZ,\,neu} = \begin{pmatrix} 2 & 1 & 0 \\ 0 & 0 & 3 \\ 0 & 0 & 5 \\ 2 & 0 & 2 \end{pmatrix}$$

Aufgabenteil B: Hilfsmittel GTR Lösungen

Aufgabe 2 – Analysis (32 Punkte)

2.1.1 **Ansatz:** $p_N(x) = ax^3 + bx^2 + cx + d$;

Ableitungen: $p'_N(x) = 3ax^2 + 2bx + c$; $p''_N(x) = 6ax + 2b$

Bedingungen und LGS

$p_N(5) = 71{,}5$	$125a + 25b + 5c + d = 71{,}5$
$p_N(8) = 35{,}2$	$512a + 64b + 8c + d = 35{,}2$
$p_N(10) = 0$	$1000a + 100b + 10c + d = 0$
$p''_N(4) = 0$	$24a + 2b = 0$

Hinweis: p_N fällt am stärksten in der Wendestelle.

Lösung des LGS: $a = -0{,}1$; $b = 1{,}2$; $c = -14{,}8$; $d = 128$

Funktionsgleichung: $p_N(x) = -0{,}1x^3 + 1{,}2x^2 - 14{,}8x + 128$

2.1.2 **Flächenberechnung**

$$A_1 = \int_0^5 (p_N(x) - 71{,}5)dx = \int_0^5 (-0{,}1x^3 + 1{,}2x^2 - 14{,}8x + 56{,}5)dx \approx 131{,}88$$

$A_2 = 5 \cdot 715 = 357{,}5$

Erläuterung: A_1 entspricht der Konsumentenrente, also der theoretischen Geldreserve aller Konsumenten. A_2 entspricht dem Erlös, der mit dem Produkt auf dem Markt erzielt werden kann.

2.1.3 **Nachfrageüberhang** weniger als 5 ME

$p_N(x) = 40$	$-0{,}1x^3 + 1{,}2x^2 - 14{,}8x + 128 = 40 \Rightarrow x \approx 7{,}67$
$p_A(x) = 40$	$0{,}2x^3 - 1{,}5x^2 + 12{,}8x + 20 = 40 \Rightarrow x \approx 1{,}87$

Der Nachfrageüberhang beträgt somit $7{,}67 - 1{,}87 = 5{,}8$ (ME). Die Ausssage ist falsch.

Lösungen - Zentrale Abiturprüfung 2018

Aufgabenteil B: Hilfsmittel GTR

Aufgabe 2 – Analysis (Fortsetzung)

2.2.1 **Ableitung** mit der Produkt- und der Kettenregel

$u_a(t) = t \cdot e^{-a \cdot t^2 + 4}$

$u'_a(t) = 1 \cdot e^{-a \cdot t^2 + 4} + t \cdot e^{-a \cdot t^2 + 4} \cdot (-2at) = (1 - 2a \cdot t^2) \cdot e^{-a \cdot t^2 + 4}$

2.2.2 Bedingung für **maximalen Umsatz**: $u'_a(t) = 0 \Leftrightarrow 1 - 2a \cdot t^2 = 0$ $\quad e^{-a \cdot t^2 + 4} > 0$

Auflösen nach t: $t^2 = \frac{1}{2a} \Rightarrow t = \pm\sqrt{\frac{1}{2a}}$

Wegen $t = -\sqrt{\frac{1}{2a}} \notin D_{ök}$ wird der maximale Umsatz zum Zeitpunkt $t = \sqrt{\frac{1}{2a}}$ erzielt.

2.2.3 Für a = 0,005: $u_{0,005}(t) = t \cdot e^{-0,005 \cdot t^2 + 4}$

Maximalstelle $t = \sqrt{\frac{1}{2 \cdot 0,005}} = 10$

Maximaler Umsatz: $u_{0,005}(10) \approx 331,15$

Der maximale monatliche Umsatz beträgt ca. 331,15 GE/Monat.

2.2.4 Hinweis: Umsatzrückgang bedeutet

$u'_{0,005}(t) < 0$ (unterhalb der t-Achse)

Untersucht wird z. B. an welchen Stellen die Steigung – 1 beträgt

(alle Steigungen von – 0,1 bis ca. – 20 sind möglich.)

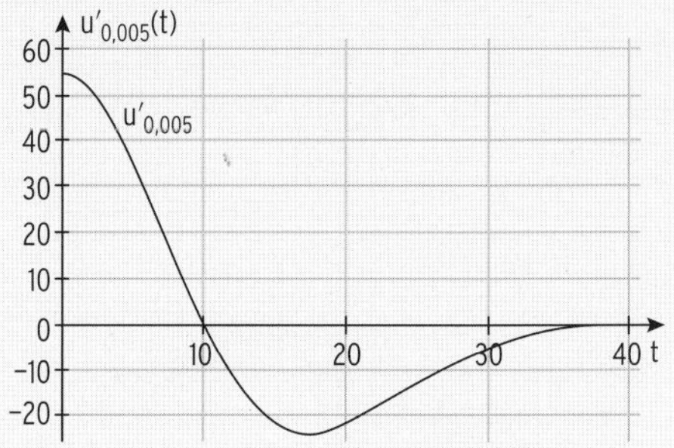

Grafische Bestimmung: $t_1 \approx 10,15$; $t_2 \approx 36$

(Schnitt von y = – 1 mit dem Graphen von $u'_{0,005}$)

Nach ca. 10,15 Monaten und nach ca. 36 Monaten ist der Umsatzrückgang gleich.

Hinweis: z. B. Steigung – 10 wird erreicht nach ca. 11,66 und nach ca. 26,4 Monaten

2.2.5 **Gesamtumsätze**

erste Hälfte: $\int_0^{30} u_{0,005}(t)\,dt = \int_0^{30} t \cdot e^{-0,005 \cdot t^2 + 4}\,dt \approx 5399,16$

zweite Hälfte: $\int_{30}^{60} u_{0,005}(t)\,dt = \int_{30}^{60} t \cdot e^{-0,005 \cdot t^2 + 4}\,dt \approx 60,65$

Somit wird in der zweiten Hälfte nur noch ca. 1 %des Gesamtumsatzes erreicht. es stellt sich die Frage, ob das Produkt nicht nach der ersten Hälfte vom Markt genommen werden sollte. Zumindest muss das Produkt anders aufgestellt werden, z.B. durch Produktdiversifkation

Aufgabenteil B: Hilfsmittel GTR Lösungen

Aufgabe 3 – Stochastik (32 Punkte)

3.1.1 Baumdiagramm

A: Transport durch ALKW

B: Transport durch Brummie

C: Transport durch CRail

D: geht zu Bruch (defekt)

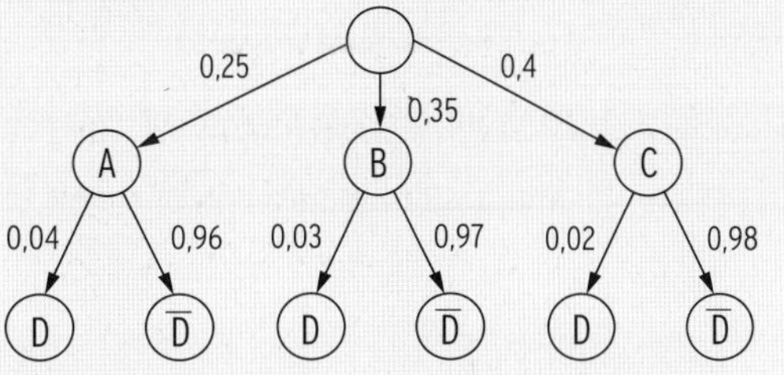

Endwahrscheinlichkeiten: 0,01 0,24 0,0105 0,3395 0,008 0,392

3.1.2 $P(E_1) = P(B \cap D) = 0{,}35 \cdot 0{,}03 = 0{,}0105$

$P(E_2) = P(\overline{D}) = P(A \cap \overline{D}) + P(B \cap \overline{D}) + P(C \cap \overline{D}) = 0{,}24 + 0{,}3395 + 0{,}392 = 0{,}9715$

$P(E_3) = P_D(C) = \frac{P(C \cap D)}{P(D)} = \frac{0{,}008}{1 - 0{,}9715} = \frac{0{,}008}{0{,}0285} \approx 0{,}2807$

3.2.1 X: Anzahl der zu Bruch gegangenen Glaswaren; X ist binomialverteilt mit $n = 1200$ und $p = 0{,}02$: $P(22 < X < 28) \approx 0{,}3796$

Die Wahrscheinlichkeit dafür, dass mehr als 22 und weniger als 28 Glasteile beschädigt werden, liegt bei ca. 38 %.

3.2.2 Erwartungswert $E(X) = 1200 \cdot 0{,}02 = 24$

Durch systematisches Ausprobieren: $P(24 - 4 \leq X \leq 24 + 4) \approx 0{,}6471$

$P(24 - 5 \leq X \leq 24 + 5) \approx 0{,}7444$

Das gesuchte Intervall ist [19; 29].

3.3.1 Aussage A_1: $X_{0,02}$ gibt die Anzahl defekter Glasteile an, $X_{0,02}$ ist binomialverteilt mit $n = 500$ und $p = 0{,}02$: $H_1: p > 0{,}02$ $H_0: p \leq 0{,}02$

$\alpha = P(X_{0,02} \geq 15) \approx 0{,}0814 < 0{,}1$

Die Aussage A_1 ist somit richtig.

Aussage A_2: $X_{0,03}$ gibt die Anzahl defekter Glasteile an, $X_{0,03}$ ist binomialverteilt mit $n = 500$ und $p = 0{,}03$: $H_1: p < 0{,}03$ $H_0: p \geq 0{,}03$

$\alpha = P(X_{0,03} \leq 11) \approx 0{,}1807 > 0{,}1$

Die Aussage A_2 ist somit falsch.

Aussage A_3: $E = 500 \cdot 0{,}026 = 13$

Da 13 nicht im Ablehnungsbereich von $H_0: p \leq 0{,}02$ (vgl A_1) liegt, ist die Aussage z.B. auf dem 10 % Signifikanzniveau falsch.

Lösungen - Zentrale Abiturprüfung 2018

Aufgabenteil B: Hilfsmittel GTR Lösungen

Aufgabe 2 – Stochastik (Fortsetzung)

3.3.2 X gibt die Anzahl defekter Glasteile an, X ist binomialverteilt mit n = 500 und p = 0,02:

Fehler 2. Art: $\beta = P(X \geq 9) = 1 - P(X \leq 8) \approx 1 - 0{,}3305 = 0{,}6695$

3.4.1 X_n gibt die Anzahl defekter Glasteile an, X_n ist binomialverteilt mit n und p = 0,02

Bedingung: $P(X_n \geq 3) \approx 90\,\%$

Durch ausprobieren: $P(X_{264} \geq 3) \approx 0{,}8994$

$P(X_{265} \geq 3) \approx 0{,}9008$

Also müssen 264 bzw. 265 Glasteile untersucht werden.

3.4.2 X_n gibt die Anzahl defekter Glasteile an, X_n ist binomialverteilt mit n und p = 0,02

Eine Verdoppelung der beiden Werte 398 und 5 ergibt:

$P(X_{796} \geq 10) \approx 0{,}956 > 0{,}9$

Die Aussage ist falsch, da eine Verdoppelung des Stichprobenumfangs nicht notwendig ist.

Hinweis: $P(X_{710} \geq 10) \approx 0{,}902 > 0{,}9$

Aufgabenteil B: Hilfsmittel GTR Lösungen

Aufgabe 4 – Lineare Algebra (32 Punkte)

4.1.1 Ansatz: $A_{MF} \cdot B_{FS} = C_{MS}$

$$\begin{pmatrix} a & b & 2 \\ 3 & c & 0 \\ 2 & 3 & 0 \end{pmatrix} \cdot \begin{pmatrix} 4 & 1 & 2 \\ 0 & 2 & 2 \\ a & 0 & 2 \end{pmatrix} = \begin{pmatrix} 6a & a+2b & 2a+2b+4 \\ 12 & 3+2c & 6+2c \\ 8 & 8 & 10 \end{pmatrix} = C_{MS} = \begin{pmatrix} 24 & 6 & 14 \\ 12 & 11 & 14 \\ 8 & 8 & 10 \end{pmatrix}$$

Lösung zugehöriger Gleichungen (Vergleich der Elemente)

$6a = 24 \Rightarrow a = 4$

$a + 2b = 6$ ergibt mit $a = 4$ eingesetzt: $2b = 2 \Rightarrow b = 1$

$3 + 2c = 11 \Rightarrow c = 4$

Parameterwerte: a = 4; b = 1; c = 4

4.1.2 Der Parameter a bedeutet zum einen (vgl. A_{MF}), dass für die Herstellung von 1 ME der Figur F_1 a ME Glas verwendet werden, andererseits (vgl. B_{FS}) werden auch für die Herstellung von 1 ME des Verkaufssets S_1 a ME von der Figur F_3 benötigt.

4.1.3 Wenn eine Zeile ein Vielfaches einer anderen Zeile ist, dann ist die Matrix M nicht invertierbar. Die gilt für c = 4,5: 2. Zeile (3 4,5 0); 3. Zeile (2 3 0)

Die 2. Zeile ist das 1,5-fache der 3. Zeile.

Aufgabenteil B: Hilfsmittel GTR Lösungen

Aufgabe 4 – Lineare Algebra (Fortsetzung)

4.2.1 **Materialkosten** $(0{,}2 \quad 0{,}4 \quad 0{,}6) \cdot \begin{pmatrix} 24 & 6 & 14 \\ 12 & 11 & 14 \\ 8 & 8 & 10 \end{pmatrix} \cdot \begin{pmatrix} 10 \\ 5 \\ 20 \end{pmatrix} = 484$

oder: $C_{MS} \cdot \begin{pmatrix} 10 \\ 5 \\ 20 \end{pmatrix} = \begin{pmatrix} 550 \\ 455 \\ 320 \end{pmatrix}$; $(0{,}2 \quad 0{,}4 \quad 0{,}6) \cdot \begin{pmatrix} 550 \\ 455 \\ 320 \end{pmatrix} = 484$

Die Materialkosten für diesen Auftrag betragen 484 GE.

4.2.2 Fertigungskostenvektor der Sets: $(z \quad z \quad z)$

Fertigungskostenvektor der Figuren: $(2z \quad z + 6 \quad z + 6)$

Kosten der Fertigung für ein Set in Abhängigkeit von z:

$\vec{k}_F = (2z \quad z + 6 \quad z + 6) \cdot \begin{pmatrix} 4 & 1 & 2 \\ 0 & 2 & 2 \\ 4 & 0 & 2 \end{pmatrix} + (z \quad z \quad z)$

$= (12z + 24 \quad 4z + 12 \quad 8z + 24) + (z \quad z \quad z) = (13z + 24 \quad 5z + 12 \quad 9z + 24)$

Fertigungskosten für den Auftrag in Abhängigkeit von z:

$(13z + 24 \quad 5z + 12 \quad 9z + 24) \cdot \begin{pmatrix} 10 \\ 5 \\ 20 \end{pmatrix} = 335z + 780$

Bedingung für z: $335z + 780 \leq 1450 \Leftrightarrow 335z \leq 670 \Leftrightarrow z \leq 2$

Die Fertigungskosten für ein Set dürfen höchstens bei 2 GE liegen.

4.3.1 **Rohstoffmengen:** $\begin{pmatrix} 5d & 20 - d & 5 \\ 2 & 4 & 4 \\ 10 - 6d & 5 & d \end{pmatrix} \cdot \begin{pmatrix} 20 \\ 30 \\ 50 \end{pmatrix} = \begin{pmatrix} 70d + 850 \\ 360 \\ 350 - 70d \end{pmatrix}$

Also werden von Rohstoff R_1 (70d + 850) ME, von Rohstoff R_2 360 ME (unabhängig von d) und von Rohstoff R_3 (350 – 70d) ME benötigt.

Je kleiner d ist, desto weniger von R_1 und desto mehr von R_3 wird benötigt.

Damit ist die Aussage bestätigt.

4.3.2 Bestellmengenvektor: $\vec{b} = \begin{pmatrix} 20 \\ 30 \\ 50 \end{pmatrix}$

Preisvektor $\vec{p} = (30m \quad 10m^3 - m \quad m^4 - 10 \cdot m^3 + 50)$

ergibt sich die Erlösfunktion: $E(m) = \vec{p} \cdot \vec{b} = 50 \cdot m^4 - 200 \cdot m^3 + 570m + 2500$

Hinreichende Bedingung für Maximum: $E'(m) = 0 \wedge E''(m) < 0$

Mit dem GTR: $E'(m) = 0$ $\quad m_1 \approx -0{,}859 \notin D_{ök}$; $m_2 \approx 1{,}2916$; $m_3 \approx 2{,}5677 \notin D_{ök}$

Mit $E''(1{,}2916) \approx -548{,}98 < 0$ und $E(1{,}2916) \approx 2944{,}42$ ergibt sich

Für m = 1,2916 wird der Erlös mit 2944,42 GE maximal.

Das Fensterglas E_1 muss für etwa 38,75 GE/ME $(30 \cdot 1{,}2916)$,

das Fensterglas E_2 muss für etwa 20,26 GE/ME $(10 \cdot 1{,}2916^3 - 1{,}2916)$,

das Fensterglas E_3 muss für etwa 31,24 GE/ME $(1{,}2916^4 - 10 \cdot 1{,}2916^3 + 50)$

verkauft werden.

Zentrale Abiturprüfung 2019

Leistungskursfach **Mathematik**
Fachbereich Wirtschaft und Verwaltung

Lösungen Seite 219 - 225

Aufgabenteil A: ohne Hilfsmittel (oHiMi)

Punkte

Beschreibung der Ausgangssituation zu Aufgabenteil A

Das Unternehmen SelfCar GmbH entwickelt und produziert unter anderem Akkus und Computerchips für Elektro-Autos.

Aufgabe 1 (24 Punkte)

1.1 Analysis

1.1.1 Die SelfCar GmbH besitzt bezüglich des Modells Akku1000 aufgrund seiner hohen Laufzeit eine monopolistische Stellung.

Die Controllingabteilung rechnet mit der folgenden ertragsgesetzlichen

Kostenfunktion K mit $K(x) = \frac{1}{3}x^3 - 4x^2 + 22x + 4$

und mit der Grenzgewinnfunktion G′ mit $G'(x) = -x^2 + 2x + 8$.

Die Menge x ist in ME (Mengeneinheiten), K(x) in GE (Geldeinheiten) und G′(x) in GE/ME angegeben.Berechnen Sie den maximalen Erlös. 6

1.2 Analysis

Gegeben sind die drei Geraden g_1, g_2 und g_3 mit

$$g_1(x) = 20x + c_1$$

$$g_2(x) = 8x + c_2$$

$$g_3(x) = 6x + c_3.$$

Eine der Geraden ist die Wendetangente der Kostenfunktion K aus (1.1.1), eine andere der Geraden ist die Tangente von K an der Stelle x_{BM} (Betriebsminimum).

1.2.1 Entscheiden Sie für die beiden Tangenten auf Grundlage geeigneter Berechnungen, welche der angegebenen Geradengleichungen dazugehört. 7

1.3 Lineare Algebra

Gegeben ist die Matrix $M = \begin{pmatrix} 1 & 3 \\ 1 & -1 \end{pmatrix}$.

1.3.1 Für jeden Vektor $\vec{u} = \begin{pmatrix} u_1 \\ u_2 \end{pmatrix}$ mit $u_1, u_2 \in \mathbb{R}$ gilt $M^2 \cdot \vec{u} = a \cdot \vec{u}$, wobei a eine reelle Zahl ist.

Ermitteln Sie den Wert von a. 2

1.3.2 Bestimmen Sie alle Vektoren $\vec{v} = \begin{pmatrix} v_1 \\ v_2 \end{pmatrix}$ mit $v_1, v_2 \in \mathbb{R}$, für die $M \cdot \vec{v} = 2 \cdot \vec{v}$ gilt.

3

Zentrale Abiturprüfung 2019

Aufgabenteil A: ohne Hilfsmittel (oHiMi)

1.4 **Stochastik** **Punkte**

Die Produktion des Computerchips C1 ist anfällig für Fehler.

Das Qualitätsmanagement geht von einer Defektwahrscheinlichkeit von p = 0,25 aus und hat für die binomialverteilte Zufallsgröße **X**, die die Anzahlder defekten Chips in einer Stichprobe von 40 Stück angibt, folgendes Histogramm erstellt:

Abb. 1

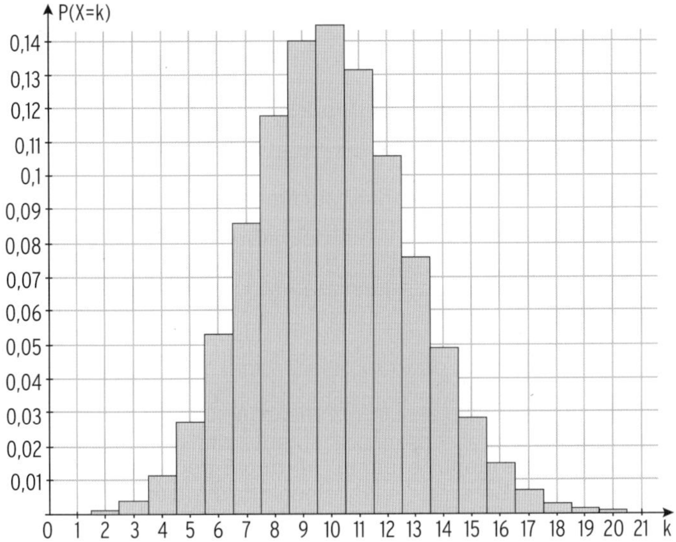

1.4.1 Beurteilen Sie mit Hilfe des Histogramms folgende Behauptungen:

B1: Die Wahrscheinlichkeit, dass bei einer Produktion von 40 Chips genau 5 defekt sind, ist halb so groß wie die Wahrscheinlichkeit, dass genau 10 defekt sind.

B2: Die Wahrscheinlichkeit, dass kein einziger Chip defekt ist, ist Null. Dieses Ereignis kann also gar nicht eintreten.

B3: Durch einen Hypothesentest soll bei einem Signifikanzniveau von 3 %gezeigt werden, dass die Defektwahrscheinlichkeit niedriger ist als der angenommene Wert p = 0,25.
Wenn sich in der Stichprobe höchstens 4 defekte Chips befinden, ist dieser Nachweis gelungen. 6

Abgeändert aufgrund der Abiturvorgaben 2023

Zentrale Abiturprüfung 2019

Aufgabenteil B: Hilfsmittel GTR

Aufgabe 2 – Analysis (32 Punkte) **Punkte**

Die SelfCar GmbH produziert auch Akkus mit geringerer Laufzeit. Hierbei handelt es sich um marktübliche Akkus, die von vielen Anbietern hergestellt werden.

2.1 In der Wachstumsphase des Produkt Akku280 wurden die folgenden monatlichen Absatzzahlen ermittelt:

Zeitpunkt t (in Monaten)	0	2	4	6	8	10
Absatzzahlen(in ME pro Monat)	50	90	180	450	1000	2000

2.1.1 Entwickeln Sie durch exponentielle Regression oder mithilfe eines Gleichungssystems eine Funktion A mit $A(t) = a \cdot b^t$ mit $a, b, t \in \mathbb{R}, a > 0, b > 1$,
[alternativ: $A(t) = a \cdot e^{b \cdot t}$ mit $a, b, t \in \mathbb{R}, a > 0, b > 0$,
die die obigen monatlichen Absatzzahlen in der Wachstumsphase näherungsweise beschreibt. Runden Sie a und b auf zwei Nachkommastellen. 4

2.1.2 Beurteilen Sie aus ökonomischer Sicht, ob der Funktionstyp aus 2.1.1 die gesamte Absatzentwicklung, also den Produktlebenszyklus des Akku280, modellieren kann. 2

2.2 Die Vertriebsleitung stellt eine Prognose für die Absatzzahlen des bauähnlichen Akku300 für das kommende Jahr auf. Der Absatz in Mengeneinheiten (ME) pro Monat ist dabei abhängig vom Zeitpunkt t in Monaten und dem konjunkturabhängigen Parameter a. Die monatlichen Absatzzahlen werden durch die Funktion f_a beschrieben, wobei gilt: $f_a(t) = 20 \cdot t \cdot e^{-0,1at^2} + 10$ mit $t, a \in \mathbb{R}, t \geq 0, a > 0$.

2.2.1 Berechnen Sie den Wert des Parameters a, so dass der monatliche Absatz nach drei Monaten 19,92 ME beträgt. 3

2.2.2 Berechnen Sie den Zeitpunkt in Abhängigkeit von a, zu dem die maximalen monatlichen Absatzzahlen erreicht werden.
Auf die Überprüfung der hinreichenden Bedingung soll verzichtet werden. 6

2.2.3 Der Hochpunkt der Funktion f_a liegt bei $H\left(\sqrt{\frac{5}{a}} \mid \frac{20 \cdot \sqrt{5} \cdot e^{-0,5}}{\sqrt{a}} + 10\right)$.
Analysieren Sie den Einfluss des Parameters a auf den Zeitpunkt und die Höhe des maximalen monatlichen Absatzes. 4

2.2.4 Widerlegen Sie anhand eines Beispiels die Behauptung, dass sich bei einer Verdopplung des Parameters a die gesamte Absatzmenge des ersten Jahres halbiert. 4

2.3 Für die Produktion des Akku300 geht die SelfCar GmbH von einer ertragsgesetzlichen Kostenfunktion der Form
$K(x) = a \cdot x^3 + b \cdot x^2 + c \cdot x + d$ mit $a, b, c, d, x \in \mathbb{R}, a > 0$ aus.

2.3.1 Eine ertragsgesetzliche Kostenfunktion hat immer genau eine Wendestelle x_W und genau ein Betriebsminimum x_{BM}. Zeigen Sie: $x_{BM} = 1,5 \cdot x_W$ 5

Zentrale Abiturprüfung 2019

Aufgabenteil B: Hilfsmittel GTR

Aufgabe 2 – Analysis Fortsetzung

Punkte

2.3.2 Untersuchen Sie rechnerisch, ob die SelfCar GmbH für den Akku300 einen vom Markt vorgegebenen Preis von 13 GE/ME langfristig unterbieten kann, wenn gilt: $K(x) = x^3 - 8x^2 + 25x + 16$ 4

Aufgabe 3 – Lineare Algebra (32 Punkte)

Die Akkus für die E-Autos werden in einem zweistufigen Produktionsprozess hergestellt.

Die SelfCar GmbH verarbeitet in einem ersten Produktionsschritt die Rohstoffe R_1, R_2 und R_3 zu den Bauteilen B_1, B_2 und B_3. In einem zweiten Produktionsschritt werden aus den Bauteilen die Akkus A_1, A_2 und A_3 hergestellt.

3.1 Die folgenden Tabellen geben den Materialfluss je produzierter Einheit an.

	B_1	B_2	B_3
R_1	a	4	2
R_2	1	6	7
R_3	2	5	b

	A_1	A_2	A_3
B_1	1	3	7
B_2	4	17	34
B_3	3	19	33

	A_1	A_2	A_3
R_1	25	115	223
R_2	46	238	442
R_3	40	205	382

3.1.1 Berechnen Sie die Werte für die Parameter a und b und erläutern Sie deren Bedeutung im Sachzusammenhang. 4

3.1.2 Im Lager befinden sich 40 ME von B_1, 270 ME von B_2 und 340 ME von B_3. Durch die Produktion von Akkus soll versucht werden, das Lager vollständig zu räumen.
Zeigen Sie, dass der Lagerbestand nicht vollständig verbraucht werden kann, obwohl aus mathematischer Sicht eine mehrdeutige Lösbarkeit vorliegt. 7

Die Rohstoffe R_2 und R_3 unterliegen Schwankungen aufgrund ihrer chemischen Zusammensetzung. Daraus ergeben sich Rohstoffkosten, die von einem Parameter s abhängen:

	R_1	R_2	R_3
Kosten in GE/ME	2	$0{,}75s^3$	$-2s^2 + 10$

3.1.3 Ermitteln Sie den ökonomisch sinnvollen Definitionsbereich für den Parameter s. 3

3.1.4 Es werden von jeder Akkusorte jeweils 10 ME bestellt.
Bestimmen Sie rechnerisch die hierfür benötigten Mengen der einzelnen Rohstoffe sowie den Wert des Parameters s, bei dem die dazugehörigen Rohstoffkosten minimal sind. 6

Zentrale Abiturprüfung 2019

Aufgabe 3 – Lineare Algebra Fortsetzung

3.2 Immer mehr Hersteller von Putzmitteln wechseln die Zusammensetzung der Inhaltsstoffe, um ökologisch nachhaltige Produkte herzustellen. Das Unternehmen *Green* ist in der Vorperiode als Start-up auf den Markt getreten. Der Marktanteil in der aktuellen Periode beträgt schon 20 %. Die Geschäftsführung möchte den Marktanteil dadurch ausbauen, dass die gesamte Produktpalette mit dem Blauen Engel zertifiziert wird. Der größte Konkurrent *Putzteufel* hat aktuell einen Marktanteil von 40 %.

Die Geschäftsführung des Unternehmens *Green* hat eine Marktumfrage durchführen lassen, um herauszufinden, ob der Marktanteil gesteigert werden kann. Folgendes Wechselverhalten der Kundinnen und Kunden pro Periode (vgl. Tab. 1) liegt den weiteren Untersuchungen zugrunde:

von / nach	Unternehmen Green	Unternehmen Putzteufel	weitere Konkurrenten
Unternehmen Green	0,8		a
Unternehmen Putzteufel	0,1	0,7	b
weitere Konkurrenten		0,1	0,60

Tabelle 1: Wechselverhalten der Kundinnen und Kunden in einer Periode

Untersuchen Sie für die Geschäftsführung, ob der Marktanteil des Unternehmens *Green* unter diesen Voraussetzungen nach einer Periode steigt.
Erläutern Sie der Geschäftsführung, wie sich der Marktanteil des größten Konkurrenten *Putzteufel* unter diesen Voraussetzungen ändern wird.

Die Geschäftsführung möchte, dass alle weiteren Analysen mit folgender Übergangsmatrix durchgeführt werden: $A = \begin{pmatrix} 0{,}8 & 0{,}2 & 0{,}2 \\ 0{,}1 & 0{,}7 & 0{,}2 \\ 0{,}1 & 0{,}1 & 0{,}6 \end{pmatrix}$.
Untersuchen Sie die Auswirkungen des Markteintrittes vom Unternehmen *Green* in der Vorperiode auf den größten Konkurrenten *Putzteufel*.
Ermitteln Sie den langfristigen Marktanteil des Unternehmens *Green* und geben Sie die Periode an, in der dieser erstmalig erreicht wird.
Untersuchen Sie die langfristige Auswirkung des Markteintrittes vom Unternehmen Green auf den größten Konkurrenten Putzteufel.

12

(Teile aus Abitur Niedersachsen)

Zentrale Abiturprüfung 2019

Aufgabenteil B: Hilfsmittel GTR

Aufgabe 4 – Stochastik (32 Punkte) Punkte

Durchschnittlich sind 4 % der von der SelfCar GmbH produzierten Akkus defekt.

4.1 Im Rahmen der Qualitätsanalyse wird der laufenden Produktion eine Stichprobe von 200 Akkus entnommen und untersucht, wie viele davon defekt sind.
Erläutern Sie, warum hierbei von einer binomialverteilten Zufallsvariable ausgegangen werden kann. 2

4.2 200 Akkus werden untersucht. Berechnen Sie die Wahrscheinlichkeiten der folgenden Ereignisse:
A: Genau acht Akkus sind defekt.
B: Es sind weniger als 5 oder mindestens zwölf Akkus defekt.
C: Mehr als 170, aber weniger als 190 Akkus sind intakt.
D: Die Anzahl der defekten Akkus weicht nicht mehr als die doppelte Standardabweichung vom Erwartungswert ab. 7

4.3 Aufgrund der hohen Defektwahrscheinlichkeit von 4 % durchlaufen alle Akkus im Rahmen der Qualitätsanalyse einen vollautomatischen maschinellen Funktionstest. Dieser Test erkennt durchschnittlich 95 % der defekten Akkus, die dann aussortiert werden. Durchschnittlich 1 % der intakten Akkus werden fälschlicherweise aussortiert.
Neben den Produktionskosten von 2 GE/ME für die Akkus verursacht der Funktionstest folgende Kosten:
Für die Überprüfung einer ME der Akkus fallen Kosten in Höhe von 0,01a GE/ME an, wobei für den Parameter a gilt: $1 < a < 10$.
Für aussortierte Akkus entstehen Kosten in Höhe von 3 GE/ME für das umweltgerechte Recycling. Für jeden ausgelieferten defekten Akku betragen die Reklamationskosten 6 GE/ME.

4.3.1 Zeichnen Sie das zum Funktionstest gehörende und mit allen Pfad- und Endwahrscheinlichkeiten beschriftete Baumdiagramm. 4

4.3.2 Berechnen Sie die bedingten Wahrscheinlichkeiten für folgende Ereignisse:
E_1: Ein aussortierter Akku ist intakt.
E_2: Ein nicht aussortierter Akku ist defekt. 4

Zentrale Abiturprüfung 2019

Aufgabenteil B: Hilfsmittel GTR

Aufgabe 4 – Stochastik Fortsetzung

4.3.3 Bestätigen Sie, dass die durchschnittlichen Kosten pro produzierter ME des Akkus ca. 2,15 + 0,01a GE betragen und geben Sie den Bereich an, in dem die durchschnittlichen Kosten variieren können. 5

Die SelfCar GmbH produziert auch Solarmodule.
Ein Solarmodul besteht aus einer Anzahl von Solarzellen.
Der prinzipielle Aufbau für ein Solarmodul ist im Bild 1 dargestellt.

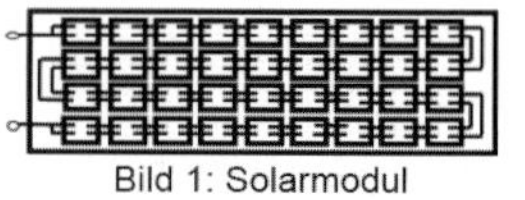
Bild 1: Solarmodul

Die Gesamtleistung (P_{el}) eines Moduls ergibt sich aus der Summe der Leistungen aller eingebauten Solarzellen. Die Leistung wird in Watt (W) angegeben. Weil die Leistungen der Solarzellen streuen, hat auch die Gesamtleistung eines Solarmoduls eine Streuung.

4.4 Bisher werden Solarmodule mit 36 Zellen mit je vier Kontakten gefertigt, sodass ein Solarmodul aus insgesamt 144 Kontakten besteht. Die Wahrscheinlichkeit dafür, dass ein Kontakt fehlerhaft ist, beträgt $p_K = \frac{1}{10000}$.
Berechnen Sie die Wahrscheinlichkeit dafür, dass ein Solarmodul keinen fehlerhaften Kontakt hat.

Die Produktion wird umgestellt. Jetzt werden Solarmodule aus 60 Solarzellen mit jeweils zehn Kontakten gefertigt.
Haben diese Solarmodule genau einen Kontaktfehler, können sie noch als B-Ware verkauft werden. Die Wahrscheinlichkeit dafür, dass ein Kontakt fehlerhaft ist, bleibt unverändert.
Berechnen Sie den zu erwartenden Anteil an der Produktion, der als B-Ware verkauft werden kann.

Der Anteil der fehlerfreien Solarmodule soll so erhöht werden, dass die Wahrscheinlichkeit für ein fehlerfreies Solarmodul mindestens 98 % beträgt.
Dazu ist es notwendig, dass die Wahrscheinlichkeit p_K verkleinert wird.
Bestimmen Sie die maximal zulässige Wahrscheinlichkeit p_K.

(10 Punkte)

Lösungen - Zentrale Abiturprüfung 2019

Aufgabenteil A: ohne Hilfsmittel (oHiMi)

1.1 Analysis

1.1.1 Aufstellen der Erlösfunktion

Integration von G′ ergibt: $G(x) = -\frac{1}{3}x^3 + x^2 + 8x + d$ mit $d = -K_f$

Mit $K_f = K(0) = 4$ ergibt sich $G(x) = -\frac{1}{3}x^3 + x^2 + 8x - 4$.

$G(x) = E(x) - K(x) \Rightarrow E(x) = G(x) + K(x) = -\frac{1}{3}x^3 + x^2 + 8x - 4 + (\frac{1}{3}x^3 - 4x^2 + 22x + 4)$
$= -3x^2 + 30x$

Maximieren der Erlösfunktion

Notwendige Bedingung: $E'(x) = 0$ $-6x + 30 = 0$ für $x = 5$

Es handelt sich um eine Maximalstelle, da die zugehörige Parabel nach unten geöffnet ist.

$E(5) = 75$ Der maximale Erlös liegt bei 75 GE.

Hinweis: Aus $E(x) = G(x) + K(x)$ ergibt sich $E'(x) = G'(x) + K'(x)$
$E'(x) = -x^2 + 2x + 8 + x^2 - 8x + 22 = -6x + 30$

1.2.1 Entscheidung für die beiden Tangenten

Wendestelle

$K'(x) = x^2 - 8x + 22$; $K''(x) = 2x - 8$

notwendige Bedingung: $K''(x) = 0$ $2x - 8 = 0$ für $x = 4$

$K'(4) = 6$, also ist g_3 die Wendetangente. g_3 hat die Steigung 6.

Betriebsminimum: $k_v(x) = \frac{1}{3}x^2 - 4x + 22$; $k_v'(x) = \frac{2}{3}x - 4$

notwendige Bedingung: $k_v'(x) = 0$ $\frac{2}{3}x - 4 = 0$ für $x = 6 = x_{BM}$

$K'(6) = 10$, also ist g_1 die Tangente bei x_{BM}. g_1 hat die Steigung 10.

1.3 Lineare Algebra

1.3.1 $M^2 \cdot \vec{u} = a \cdot \vec{u}$; $M^2 = \begin{pmatrix} 1 & 3 \\ 1 & -1 \end{pmatrix} \cdot \begin{pmatrix} 1 & 3 \\ 1 & -1 \end{pmatrix} = \begin{pmatrix} 4 & 0 \\ 0 & 4 \end{pmatrix} = 4\begin{pmatrix} 1 & 0 \\ 0 & 1 \end{pmatrix} = 4E$; d.h. $a = 4$

1.3.2 $M^2 \cdot \vec{v} = 2 \cdot \vec{v}$ mit $\vec{v} = \begin{pmatrix} v_1 \\ v_2 \end{pmatrix}$

$M \cdot \begin{pmatrix} v_1 \\ v_2 \end{pmatrix} = \begin{pmatrix} 1 & 3 \\ 1 & -1 \end{pmatrix} \cdot \begin{pmatrix} v_1 \\ v_2 \end{pmatrix} = \begin{pmatrix} v_1 + 3v_2 \\ v_1 - v_2 \end{pmatrix}$

$\begin{pmatrix} v_1 + 3v_2 \\ v_1 - v_2 \end{pmatrix} = 2 \cdot \begin{pmatrix} v_1 \\ v_2 \end{pmatrix}$ liefert $v_1 = 3v_2$ Damit ist $\begin{pmatrix} v_1 \\ v_2 \end{pmatrix} = \vec{v} = \begin{pmatrix} 3b \\ b \end{pmatrix}$ mit $b \in \mathbb{R}$

1.4 Stochastik

1.4.1 Die Behauptung B1 ist falsch. Am Histogramm ist zu erkennen, dass $P(X = 5) \approx 0{,}027$ und $P(X = 10) \approx 0{,}145$.

Die Behauptung B2 ist falsch. Auch wenn die Wahrscheinlichkeit so gering ist, dass der zugehörige Balken im Histogramm nicht erkennbar ist, kann sie bei binomialverteilten Zufallsgrößen nicht Null sein.

Die Behauptung B3 ist richtig, da $P(X \leq 4) \approx 0{,}015 < 0{,}03$.

$P(X \leq 4) = P(X = 0) + P(X = 1) + P(X = 2) + P(X = 3) + P(X = 4)$
$\approx 0 + 0{,}001 + 0{,}003 + 0{,}011 = 0{,}015$

Lösungen – Zentrale Abiturprüfung 2019

Aufgabenteil B: Hilfsmittel GTR Lösungen

Aufgabe 2 – Analysis (32 Punkte)

2.1.1 Ansatz: $A(t) = a \cdot b^t$ bzw. $A(t) = a \cdot e^{b \cdot t}$

t: Zeit in Monaten, A(t): monatliche Absatzzahlen in ME zum Zeitpunkt t

exponentielle Regression führt auf $A(t) = 44{,}92 \cdot 1{,}46^t$

Alternativ können Werte ausgewählt werden, um die Funktion mithilfe eines Gleichungssystems aufzustellen, wodurch sich eine abweichende Funktionsgleichung ergibt.

Gleichungssystem z. B.: $A(0) = 50$ $\quad a \cdot b^0 = 50 \Rightarrow a = 50 \quad (b^0 = 1)$

$A(2) = 90$ $\quad 50 \cdot b^2 = 90 \Rightarrow b = \sqrt{1{,}8} \approx 1{,}34 \quad (b > 0)$

$A(t) = 50 \cdot 1{,}34^t$

2.1.2 Die exponentielle Funktion A ist für $a > 0$ progressiv steigend. Da die Absatzahlen des Akku280 langfristig einer Sättigungsphase unterliegen, ist die exponentielle Regression nur für die Wachstumsphase sinnvoll.

2.2 $f_a(t) = 20 \cdot t \cdot e^{-0{,}1at^2} + 10$ mit $t, a \in \mathbb{R}$, $t \geq 0$, $a > 0$.

2.2.1 Monatliche Absatz nach drei Monaten beträgt 19,92 ME

Bedingung: $f_a(3) = 19{,}92$ $\quad 20 \cdot 3 \cdot e^{-0{,}1a \cdot 3^2} + 10 = 19{,}92$

Lösung mit GTR: $\quad a = 1{,}9997...$

Für a = 2 beträgt der monatliche Absatz nach drei Monaten 19,92 ME.

2.2.2 Zeitpunkt mit maximaler monatlicher Absatzzahl

Mit Produkt- und Kettenregel: $f_a'(t) = 20 \cdot e^{-0{,}1at^2} + 20 \cdot t \cdot e^{-0{,}1at^2} \cdot (-0{,}2at)$

$f_a'(t) = 20 \cdot e^{-0{,}1at^2}(1 - 0{,}2at^2)$

Notwendige Bedingung: $f_a'(t) = 0$ $\quad 1 - 0{,}2at^2 = 0 \Leftrightarrow t^2 = \frac{5}{a}$ $\quad e^{-0{,}1at^2} > 0$

Maximalstelle ($t > 0$): $\quad t = \sqrt{\frac{5}{a}}$ $\quad \left(t = -\sqrt{\frac{5}{a}} \notin D_{ök}\right)$

Der Zeitpunkt des maximalen monatlichen Absatzes ist $t = \sqrt{\frac{5}{a}}$.

2.2.3 Die Maximalstelle liegt bei $t = \sqrt{\frac{5}{a}}$.

Mit wachsendem a wird der maximale Absatz früher erreicht.

Für die Höhe des maximalen Absatzes gilt: $\frac{20 \cdot \sqrt{5} \cdot e^{-0{,}5}}{\sqrt{a}} + 10$

Die Höhe des maximalen Absatzes pro Monat fällt mit wachsendem a.
(Nenner wird größer)

2.2.4 Gegenbeispiel:

Für a = 2 Gesamtabsatz: $\int_0^{12} f_2(t)\,dt = \int_0^{12} (20 \cdot t \cdot e^{-0{,}2t^2} + 10)\,dt = 170$ (ME)

Für a = 4 Gesamtabsatz: $\int_0^{12} f_4(t)\,dt = \int_0^{12} (20 \cdot t \cdot e^{-0{,}4t^2} + 10)\,dt = 145$ (ME)

Bei einer Verdopplung des Parameters a halbiert sich die gesamte Absatzmenge des ersten Jahres nicht.

Lösungen - Zentrale Abiturprüfung 2019

Aufgabenteil B: Hilfsmittel GTR

Aufgabe 2 – Analysis (Fortsetzung)

2.3 $K(x) = a \cdot x^3 + b \cdot x^2 + c \cdot x + d$; $K'(x) = 3ax^2 + 2bx + c$; $K''(x) = 6ax + 2b$; $K'''(x) = 6a \neq 0$

2.3.1 Wendestelle x_W

Notwendige Bedingung: $K''(x) = 0$ $\quad 6ax + 2b = 0$ für $x = -\frac{b}{3a} = x_W$

Betriebsminimum x_{BM}

$k_v(x) = \frac{K_v(x)}{x} = a \cdot x^2 + b \cdot x + c$; $k_v'(x) = 2ax + b$

Notwendige Bedingung: $k_v'(x) = 0$ $\quad 2ax + b = 0$ für $x = -\frac{b}{2a} = x_{BM}$

Zu Zeigen: $x_{BM} = 1{,}5 \cdot x_W$ $\quad -\frac{b}{2a} = 1{,}5 \cdot -\frac{b}{3a}$

$-\frac{b}{2a} = -\frac{b}{2a}$ wahre Aussage

Die hinreichenden Bedingungen müssen nicht überprüft werden, da laut Aufgabenstellung genau eine Wendestelle und ein Betriebsminimum existieren.

2.3.2 Langfristige Preisuntergrenze

$K(x) = x^3 - 8x^2 + 25x + 16$; $k(x) = \frac{K(x)}{x} = x^2 - 8x + 25 + \frac{16}{x}$;

$k'(x) = 2x - 8 - \frac{16}{x^2}$; $k''(x) = 2 + \frac{32}{x^3}$

Notwendige Bedingung: $k'(x) = 0 \;\Rightarrow\; x \approx 4{,}41$

Dazu hinreichend: $k''(x) > 0$ $\quad k''(4{,}41) \approx 2{,}37 > 0$

$k(4{,}41) \approx 12{,}80$

Die langfristige Preisuntergrenze liegt bei etwa 12,80 GE/ME. Somit kann der vorgegebene Marktpreis langfristig unterboten werden.

Aufgabenteil B: Hilfsmittel GTR Lösungen

Aufgabe 3 – Lineare Algebra (32 Punkte)

3.1.1 Berechnung von a und b

Aus der Matrizenmultiplikation $A_{RB} \cdot B_{BA} = C_{RA}$ ergibt sich das Gleichungssystem:

$a \cdot 1 + 4 \cdot 4 + 2 \cdot 3 = a + 16 + 6 = 25 \Rightarrow a = 3$

$2 \cdot 1 + 5 \cdot 4 + b \cdot 3 = 2 + 20 + 3b = 40 \Rightarrow b = 6$

Bedeutung im Sachzusammenhang:

Für die Produktion von 1 ME von B_1 werden 3 ME von R_1 benötigt.

Für die Produktion von 1 ME von B_3 werden 6 ME von R_3 benötigt.

3.1.2 Ansatz: $B_{BA} \cdot \vec{x} = \begin{pmatrix} 1 & 3 & 7 \\ 4 & 17 & 34 \\ 3 & 19 & 33 \end{pmatrix} \cdot \begin{pmatrix} x \\ y \\ z \end{pmatrix} = \begin{pmatrix} 40 \\ 270 \\ 340 \end{pmatrix}$

GTR liefert folgende obere Dreiecksform: $\left(\begin{array}{ccc|c} 1 & 0 & 3{,}4 & -26 \\ 0 & 1 & 1{,}2 & 22 \\ 0 & 0 & 0 & 0 \end{array}\right)$

Das LGS ist mehrdeutig lösbar.

Für $z = s$; $s \in \mathbb{R}$, ergibt sich $y + 1{,}2s = 22 \Rightarrow y = 22 - 1{,}2s$

und $x + 3{,}4s = -26 \Rightarrow x = -26 - 3{,}4s$

Lösungen - Zentrale Abiturprüfung 2019

Aufgabenteil B: Hilfsmittel GTR Lösungen

Aufgabe 3 –Lineare Algebra (Fortsetzung)

3.1.2 Für die Produktionsmengen gelten die Nichtnegativitätsbedingungen:

I. $x = -26 - 3{,}4s \geq 0 \Leftrightarrow s \leq -\frac{26}{3{,}4} \approx -7{,}65$

II. $y = 22 - 1{,}2s \geq 0 \Leftrightarrow s \leq \frac{22}{1{,}2} \approx 18{,}33$

III. $z = s \geq 0 \Leftrightarrow s \geq 0$

Aus der ersten und der dritten Ungleichung folgt: Es existiert somit kein Wert für s, so dass alle Produktionsmengen positiv sind.

3.1.3 Ökonomisch sinnvoller Definitionsbereich für s

I. $0{,}75s^3 \geq 0$ für $s \geq 0$

II. $-2s^2 + 10 \geq 0$ für $-\sqrt{5} \leq s \leq \sqrt{5}$

Skizze:

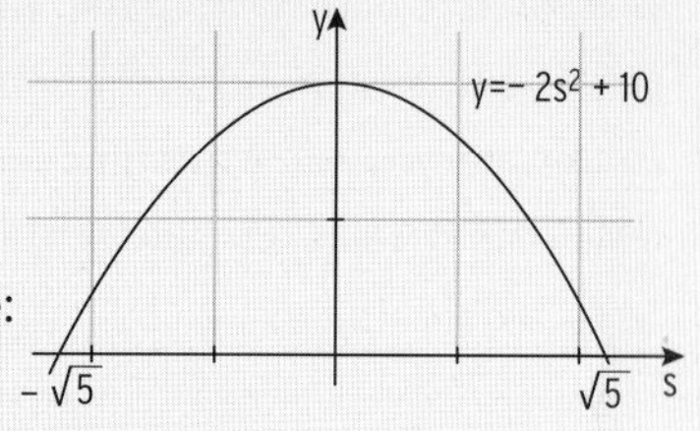

Aus der Skizze: Die Parabel verläuft für $-\sqrt{5} \leq s \leq \sqrt{5}$ oberhalb der s-Achse: $D_{ök} = \{s \mid 0 \leq s \leq \sqrt{5}\}$

3.1.4 Rohstoffmengen für die Bestellung

Ansatz: $C_{RA} \cdot \begin{pmatrix} 10 \\ 10 \\ 10 \end{pmatrix} = \begin{pmatrix} 25 & 115 & 223 \\ 46 & 238 & 442 \\ 40 & 205 & 382 \end{pmatrix} \cdot \begin{pmatrix} 10 \\ 10 \\ 10 \end{pmatrix} = \begin{pmatrix} 3630 \\ 7260 \\ 6270 \end{pmatrix}$

Rohstoffkosten für die Bestellung

$(2 \quad 0{,}75s^3 \quad -2s^2 + 10) \cdot \begin{pmatrix} 3630 \\ 7260 \\ 6270 \end{pmatrix} = 7260 + 5445s^3 - 12540s^2 + 62700$

$K(s) = 5445s^3 - 12540s^2 + 69960$; $K'(s) = 16335s^2 - 25080s$; $K''(s) = 32670\,s - 25080$

Notwendige Bedingung: $K'(s) = 0 \Rightarrow s = 0 \vee s \approx 1{,}54 < \sqrt{5}$

Dazu hinreichend: $K''(1{,}54) \approx 25232 > 0$ $K''(0) = -25080 < 0$

Für s = 1,54 sind die gesamten Rohstoffkosten am geringsten.

($K(1{,}54) \approx 60106{,}71$; Die minimalen Rohstoffkosten betragen ca. 60107 GE.)

3.2 Marktanteil des Unternehmens Green nach einer Periode

Startvektor: $\overrightarrow{v_0} = \begin{pmatrix} 0{,}2 \\ 0{,}4 \\ 1 - 0{,}2 - 0{,}4 \end{pmatrix} = \begin{pmatrix} 0{,}2 \\ 0{,}4 \\ 0{,}4 \end{pmatrix}$

Übergangsmatrix: $A = \begin{pmatrix} 0{,}8 & 1 - 0{,}7 - 0{,}1 & a \\ 0{,}1 & 0{,}7 & b \\ 1 - 0{,}8 - 0{,}1 & 0{,}1 & 0{,}6 \end{pmatrix} = \begin{pmatrix} 08 & 0{,}2 & a \\ 0{,}1 & 0{,}7 & b \\ 0{,}1 & 0{,}1 & 0{,}6 \end{pmatrix}$

Marktanteil nach einer Periode

$\overrightarrow{v_1} = A \cdot \overrightarrow{v_0} = \begin{pmatrix} 08 & 0{,}1 & 0{,}1 \\ 0{,}2 & 0{,}7 & 0{,}1 \\ a & b & 0{,}6 \end{pmatrix} \cdot \begin{pmatrix} 0{,}2 \\ 0{,}4 \\ 0{,}4 \end{pmatrix} = \begin{pmatrix} 0{,}24 + 0{,}4a \\ 0{,}3 + 0{,}4b \\ 0{,}3 \end{pmatrix}$

Lösungen - Zentrale Abiturprüfung 2019

Aufgabenteil B: Hilfsmittel GTR Lösungen

Aufgabe 3 –Lineare Algebra (Fortsetzung)

3.2 Definitionsbereich für die Parameter:

Tabelle 1: $a + b = 0{,}4$ und $a, b \in [0; 0{,}4]$ (Spaltensumme = 1)

Vektor: $0{,}24 + 0{,}4a + 0{,}3 + 0{,}4b = 1 - 0{,}3 \Rightarrow 0{,}4a + 0{,}4b = 0{,}16$

Marktanteil vom Unternehmen Green

$0{,}24 + 0{,}4a > 0{,}2$

$0{,}24 + 0{,}4 \cdot 0 = 0{,}24 > 0{,}2$

w. A. gemäß dem bestimmten Definitionsbereich für Parameter a. Der Marktanteil des Unternehmens Green steigt unter diesen Voraussetzungen schon nach einer Periode.

Änderung des Marktanteiles von Putzteufel erläutern

$0{,}3 + 0{,}4b$ mit $a + b = 0{,}4$ und $a, b \in [0\,; 0{,}4]$

Fallunterscheidung: $b = 0 \Rightarrow 0{,}3 + 0{,}4 \cdot 0 = 0{,}3 < 0{,}4$

$b = 0{,}4 \Rightarrow 0{,}3 + 0{,}4 \cdot 0{,}4 = 0{,}46 > 0{,}4$

Während der Marktanteil für das Unternehmen Green auf jeden Fall steigen wird, ist eine Vorhersage für das Unternehmen Putzteufel unter diesen Bedingungen nicht möglich. Der Marktanteil kann fallen, aber auch steigen.

Auswirkung Markteintritt vom Unternehmen Green auf den Konkurrenten Putzteufel

$$\overrightarrow{v_{-1}} = A^{-1} \cdot \overrightarrow{v_0} = \begin{pmatrix} 08 & 0{,}2 & 0{,}2 \\ 0{,}1 & 0{,}7 & 0{,}2 \\ 0{,}1 & 0{,}1 & 0{,}6 \end{pmatrix}^{-1} \cdot \begin{pmatrix} 0{,}2 \\ 0{,}4 \\ 0{,}4 \end{pmatrix} = \begin{pmatrix} 0 \\ 0{,}4 \\ 0{,}6 \end{pmatrix}$$

Der Markteintritt hatte in der ersten Periode keine Auswirkungen auf den Marktanteil von Putzteufel (0,4).

Langfristiger Marktanteil :

Fixvektor über die Grenzmatrix bestimmen

$$A_\infty = \lim_{n \to \infty} A^n \quad \text{mit } A = \begin{pmatrix} 0{,}8 & 0{,}2 & 0{,}2 \\ 0{,}1 & 0{,}7 & 0{,}2 \\ 0{,}1 & 0{,}1 & 0{,}6 \end{pmatrix} \text{ und } A_\infty = \begin{pmatrix} 0{,}5 & 0{,}5 & 0{,}5 \\ 0{,}3 & 0{,}3 & 0{,}3 \\ 0{,}2 & 0{,}2 & 0{,}2 \end{pmatrix}$$

Der langfristige Marktanteil wird bei gleichbleibendem Wechselverhalten bei ca. 50 % liegen.

Erstmaliges Erreichen des langfristigen Marktanteiles

$$A^{45} \approx \begin{pmatrix} 0{,}500 & 0{,}4999 & 0{,}4999 \\ 0{,}2999 & 0{,}300 & 0{,}300 \\ 0{,}2 & 0{,}2 & 0{,}2 \end{pmatrix} \qquad A^{46} = \begin{pmatrix} 0{,}5 & 0{,}5 & 0{,}5 \\ 0{,}3 & 0{,}3 & 0{,}3 \\ 0{,}2 & 0{,}2 & 0{,}2 \end{pmatrix}$$

Der langfristige Marktanteil wird erstmalig nach ca. 46 Perioden erreicht werden.

Hinweis: Die Anzahl der Perioden ist abhängig von der verwendeten Rechnertechnologie.

Mit $\overrightarrow{v_\infty} = \begin{pmatrix} 0{,}5 \\ 0{,}3 \\ 0{,}2 \end{pmatrix}$ ergibt sich: Langfristig wird der Markteintritt Auswirkungen auf den Marktanteil von Putzteufel haben, er wird auf 30 % sinken.

Lösungen – Zentrale Abiturprüfung 2019

Aufgabenteil B: Hilfsmittel GTR Lösungen

Aufgabe 4 – Stochastik

4.1 Binomialverteilte Zufallsvariable

Da bei jedem Akku nur unterschieden wird, ob er intakt oder defekt ist, kann man die Produktion als Bernoullikette auffassen.

X: Anzahl der defekten Akkus.

Es ist plausibel, anzunehmen, dass die Defektwahrscheinlichkeit bei jedem neu produzierten Akku immer gleich ist, unabhängig davon, wie viele Fehler vorher aufgetreten sind. Somit ist X binomialverteilt.

4.2 X ist binomialverteilt mit $n = 200$ und $p = 0{,}04$

$P(A) = P(X = 8) \approx 0{,}1425$

$P(B) = P(X \leq 4) + P(X \geq 12) = P(X \leq 4) + (1 - P(X \leq 11)) \approx 0{,}2025$

Y: Anzahl der intakten Akkus, Y ist binomialverteilt mit $n = 200$ und $p = 0{,}96$.

$P(C) = P(171 \leq Y \leq 189) \approx 0{,}18$

$E(X) = 200 \cdot 0{,}04 = 8$;

$\sigma = \sqrt{200 \cdot 0{,}04 \cdot 0{,}96} \approx 2{,}77$; $2\sigma \approx 5{,}54$

$P(D) = P(3 \leq X \leq 13) \approx 0{,}9563$

4.3.1 Baumdiagramm

A: Akku wird aussortiert (und recycelt)

D: Akku ist defekt

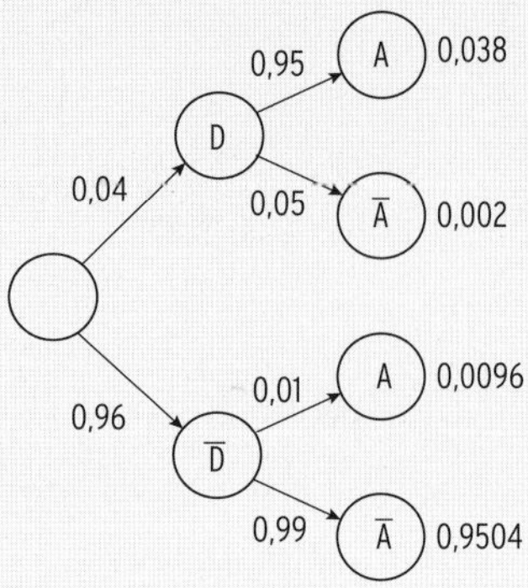

4.3.2 bedingte Wahrscheinlichkeiten

$$P(E_1) = P_A(\overline{D}) = \frac{P(A \cap \overline{D})}{P(A)} = \frac{0{,}96 \cdot 0{,}01}{0{,}96 \cdot 0{,}01 + 0{,}04 \cdot 0{,}95} \approx 0{,}2017$$

$$P(E_2) = P_{\overline{A}}(D) = \frac{P(\overline{A} \cap D)}{P(\overline{A})} = \frac{0{,}04 \cdot 0{,}05}{0{,}04 \cdot 0{,}05 + 0{,}96 \cdot 0{,}99} \approx 0{,}0021$$

4.3.3 X: durchschnittliche Kosten pro ME des Akkus

$$E(X) = \underbrace{2}_{\text{Produktionskosten}} + \underbrace{0{,}01a}_{\text{Überprüfung}} + \underbrace{(0{,}038 + 0{,}0096) \cdot 3}_{\text{recycelt}} + \underbrace{0{,}002 \cdot 6}_{\text{Reklamation}}$$

$E(X) = 2{,}1548 + 0{,}01a$

Für $a = 1$: $E(X) = 2{,}1648$; Für $a = 10$: $E(X) = 2{,}2548$

Aus $1 < a < 10$ folgt: Die durchschnittlichen Kosten liegen zwischen 2,16 und 2,25 GE/ME.

Lösungen - Zentrale Abiturprüfung 2019

Aufgabenteil B: Hilfsmittel GTR Lösungen

Aufgabe 4 – Stochastik (Fortsetzung)

4.4 Wahrscheinlichkeit fehlerfreies Solarmodul

X : Anzahl Fehler, X ist binomialverteilt mit n = 144 (Anzahl Kontakte) und

$p_K = \frac{1}{10\,000} = 10^{-4}$ (Wahrscheinlichkeit Fehler eines Kontaktes)

$P(X = 0) = (1 - p_K)^{144} = 0{,}9999^{144} \approx 0{,}9857 = 98{,}57\%$

oder mit GTR: P(X = 0) = binompdf(144,0.0001,0) = 0,9857

Die Wahrscheinlichkeit für ein Solarmodul ohne Kontaktfehler beträgt ca. 98,6 %.

Berechnen des zu erwartenden Anteils an B-Ware an der Produktion

X : Anzahl Fehler, X ist binomialverteilt mit n = 60 · 10 = 600 (Anzahl Kontakte) und

$p_K = \frac{1}{10\,000} = 0{,}0001 = 10^{-4}$ (Wahrscheinlichkeit Fehler eines Kontaktes)

$P(X = 1) = \binom{600}{1} \cdot p_K \cdot (1 - p_K)^{599} = 600 \cdot 0{,}0001 \cdot 0{,}9999^{599} \approx 0{,}05651 = 5{,}651\%$

oder mit GTR: P(X = 1) = binompdf(600,0.0001,1) = 0,05651

Der zu erwartende Anteil an der Produktion beträgt ca. 5,65 %.

Bestimmen der maximalen Fehlerwahrscheinlichkeit

X : Anzahl Fehler, BV mit n = 600: Anzahl Kontakte

$P(X = 0) \geq 0{,}98$: (Mindest-)Sollvorgabe Wahrscheinlichkeit für fehlerfreies Solarmodul

p_K: Unbekannte Wahrscheinlichkeit für einen Kontaktfehler

$P(X = 0) = (1 - p_K)^{600} \geq 0{,}98$

Wurzelziehen: $1 - p_K \geq \sqrt[600]{0{,}98}$ oder $1 - p_K \geq 0{,}98^{\frac{1}{600}}$

$p_K \leq 1 - 0{,}98^{\frac{1}{600}} \approx 3{,}37 \cdot 10^{-5} = 0{,}0000337$

Mit GTR: $P(X = 0) \geq 0{,}98$ Y_1 = binompdf(600,x,0); $Y_2 = 0{,}98$

Schnittstellenberechnung mit intersect (Window muss sehr klein gewählt werden)

Damit mindestens 98 % der Solarmodule fehlerfrei sind, darf die Kontaktfehlerwahrscheinlichkeit höchstens $3{,}37 \cdot 10^{-5}$ betragen.

Zentrale Abiturprüfung 2020

Leistungskursfach **Mathematik**

Fachbereich Wirtschaft und Verwaltung

Lösungen Seite 232 - 237

Aufgabenteil A: ohne Hilfsmittel (oHiMi)

Beschreibung der Ausgangssituation zu Aufgabenteil A

Die Mandelrath GmbH produziert ein umfangreiches Sortiment an Feingebäck.

Aufgabe 1 (24 Punkte) **Punkte**

1.1 **Analysis**

Die Mandelrath GmbH plant die neue Plätzchenkreation Schokozart auf den Markt zu bringen. Erwartungsgemäß lässt sich der Gewinn der Produktion von Schokozart durch die Gewinnfunktion $G(x) = -x^3 + 6x^2 + 36x - 120$ mit $x \in \mathbb{R}, x \geq 0$ beschreiben, wobei die Produktionsmenge x in ME (Mengeneinheiten) und der Gewinn G(x) in GE (Geldeinheiten) angegeben werden.

1.1.1 Bestätigen Sie, dass die gewinnmaximale Ausbringungsmenge bei 6 ME liegt. 2

1.1.2 Entscheiden Sie begründet, welcher der dargestellten Graphen zur Grenzgewinnfunktion G′ gehört, und geben Sie die fehlenden Achsenskalierungswerte s_x und s_y an. Die Skalierungen sollen ganzzahlig sein.

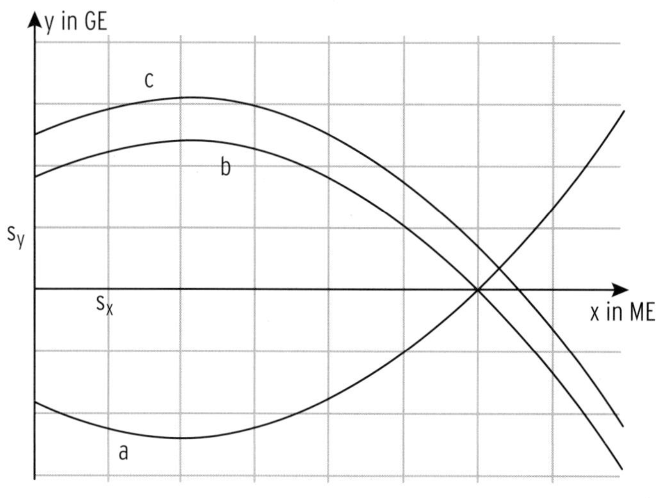

4

Zentrale Abiturprüfung 2020

Aufgabenteil A: ohne Hilfsmittel (oHiMi)

1.2 Analysis

Der monatliche Umsatz von Schokozart wird durch die Funktion
$u(t) = 20t \cdot e^{-0{,}2t}$ mit $t \in \mathbb{R},\ t \geq 0$ modelliert, wobei t die Zeit in Monaten und u(t) den monatlichen Umsatz in GE/Monat angibt.
Zur Berechnung des Gesamtumsatzes wird die Funktion U verwendet:
$U(t) = (-100t - 500) \cdot e^{-0{,}2t} + c$.
U(t) gibt den Gesamtumsatz bis zum Zeitpunkt t in GE an.

1.2.1 Zeigen Sie, dass die Funktion U eine Stammfunktion der Umsatzfunktion u ist. 4

1.2.2 Bestimmen Sie den Wert für c, wenn t = 0 der Zeitpunkt der Markteinführung des Produkts Schokozart ist. 2

1.3 Lineare Algebra

Zwei im Lager der Mandelrath GmbH verbliebene Rohstoffe R_1 und R_2 sollen zu zwei verschiedenen Keksfüllungen K_1 und K_2 verarbeitet werden.
Die Rezeptur wird durch die Matrix $C_{RK} = \begin{pmatrix} 1 & 2 \\ 4 & r \end{pmatrix}$ mit $r \in \mathbb{R},\ r \geq 0$ beschrieben, wobei mit r eine Variation der Rezeptur modelliert wird.

1.3.1 Es sollen 10 ME von K_1 und 20 ME von K_2 hergestellt werden. Berechnen Sie r so, dass 100 ME von R_2 verbraucht werden. 2

1.3.2 Weisen Sie nach, dass für $r \neq 8$ gilt:

$$C_{RK}^{-1} = \frac{1}{r-8}\begin{pmatrix} r & -2 \\ -4 & 1 \end{pmatrix}.$$ 4

1.4 Stochastik

Bei durchschnittlich 5 % der Gebäckverpackungen ist die Plastikfolie schwer zu öffnen (A) und bei durchschnittlich 4 % der Gebäckverpackungen ist das Verfallsdatum unleserlich (B). Bei durchschnittlich 93 % der Gebäckverpackungen tritt keiner der beiden Fehler auf.

1.4.1 Erklären Sie die folgenden Wahrscheinlichkeiten im Sachzusammenhang.

I. $P_A(B)$

II. $P(A \cap \overline{B})$ 2

1.4.2 Erstellen Sie für die gegebene Situation eine Vierfeldertafel und überprüfen Sie die beiden Fehler auf stochastische Unabhängigkeit. 4

Zentrale Abiturprüfung 2020

Aufgabenteil B: Hilfsmittel GTR
Aufgabenstellung

Beschreibung der Ausgangssituation zu Aufgabenteil B

Unter dem Motto „Gebäckvielfalt in Premiumqualität" vertreibt die Mandelrath GmbH ein umfangreiches Sortiment an Feingebäck.

Aufgabe 2 – Analysis (32 Punkte) — Punkte

Die Mandelrath GmbH beabsichtigt für die kommende Sommersaison ihr Sortiment um das einzigartige Produkt fresh cookies zu erweitern (Monopolstellung). Zur Planung der Markteinführung sind Daten einer Studie auszuwerten.

Bei der Ermittlung der Gesamtkosten geht die Mandelrath GmbH von der ertragsgesetzlichen Kostenfunktion K_c aus:

$$K_c(x) = 0{,}25x^3 - 2{,}7x^2 + c \cdot x + 7 \text{ mit } x,c \in \mathbb{R},\ x \geq 0,\ c \geq 10,$$

wobei die Produktionsmenge x in ME (Mengeneinheiten) und die Kosten K_c in GE (Geldeinheiten) angegeben werden. Hier beschreibt c den Einfluss der Rohstoffpreise auf die Gesamtkosten.

2.1 Die Erlöse werden in der Einführungsphase durch die Funktion $E(x) = -2{,}8x^2 + 26x$ mit $x \in \mathbb{R},\ x \geq 0$ modelliert.

2.1.1 Berechnen Sie für c = 15 den Cournotschen Punkt und erklären Sie seine Bedeutung im Sachzusammenhang. 6

2.2 Einige Zeit nach der Einführung von fresh cookies hat sich durch das Auftreten von mehreren Konkurrenzprodukten die Marktsituation verändert.

2.2.1 Bestimmen Sie den von c abhängenden niedrigsten Preis, zu dem das Produkt fresh cookies angeboten werden kann, um langfristig kostendeckend zu produzieren. 6

2.3.1 Der Vergleich mit ähnlichen Produkten lässt die Marketingabteilung von den folgenden monatlichen Absatzzahlen f(t) für das Produkt fresh cookies ausgehen (t: Zeitpunkt in Monaten, f(t): Absatzzahlen in ME/Monat):

t	0	1	2	3	4	5
$f(t)$	1,2	7,6	12,9	16,4	18,5	19,6

Der Verlauf der Absatzzahlen soll mit Hilfe einer Regression beschrieben werden.

Prüfen Sie, ob eine kubische oder eine exponentielle Regression im Zeitraum $0 \leq t \leq 5$ besser geeignet ist. 5

Zentrale Abiturprüfung 2020

Aufgabenteil B: Hilfsmittel GTR

Aufgabe 2 – Analysis (Fortsetzung)

2.3.2 Die Firma beschließt ein neues Marketingkonzept, woraus sich von Beginn an eine andere Absatzmodellierung mit der folgenden Funktion ergibt:

$$f_a(t) = 9t \cdot e^{-\frac{1}{a}t} \text{ mit } t,a \in \mathbb{R},\ t \geq 0;\ a > 0$$

Die Zeit t wird in Monaten und der Absatz f_a in ME/Monat angegeben. Der marketingabhängige Parameter a beeinflusst den monatlichen Absatz.

Bestimmen Sie den Zeitpunkt des maximalen monatlichen Absatzes und dessen Höhe in Abhängigkeit von a.

Auf die Überprüfung der hinreichenden Bedingung kann hier verzichtet werden. 5

2.3.3 Geben Sie für a = 10 die Zeitspanne an, in der der monatliche Absatz über 30 ME/Monat liegt. 3

2.3.4 Prüfen Sie die Behauptung der Marketingabteilung:
„Werden die Werbeausgaben erhöht, so dass der Parameter a = 10 um 20 % steigt, so wird der Gesamtabsatz der ersten drei Jahre um etwas mehr als 30 % gesteigert." 7

Hinweis: Die folgenden Aufgaben 3 und 4 – Lineare Algebra bzw. Stochastik wurde gekürzt aufgrund der Abiturvorgaben 2023

Zentrale Abiturprüfung 2020

Aufgabenteil B: Hilfsmittel GTR

Aufgabe 3 – Lineare Algebra **Punkte**

Die Mandelrath GmbH stellt die Gebäckspezialitäten Schokoladenwirbel (P_1), Waffeln (P_2) und Haselnuss-Schnecken (P_3) in einem dreistufigen Produktionsprozess her. Aus den vier Rohstoffen R_1 bis R_4 werden zunächst die drei Komponenten K_1 bis K_3, hieraus dann die drei Vorprodukte V_1 bis V_3 und anschließend aus diesen die drei Produkte P_1 bis P_3 gefertigt.

3.1 Die erste und die zweite Stufe des Produktionsprozesses werden durch die folgenden beiden Matrizen beschrieben:

$$M_{RK} = \begin{pmatrix} 1 & 6 & 1 \\ 5 & 3 & 4 \\ 3{,}5 & 4 & 2 \\ 2 & 0 & 6{,}5 \end{pmatrix},\ M_{KV} = \begin{pmatrix} 3 & 1 & 1 \\ 2 & 1 & 0 \\ 1 & 0 & 1 \end{pmatrix}.$$

Zentrale Abiturprüfung 2020

Aufgabenteil B: Hilfsmittel GTR

Aufgabe 3 – Lineare Algebra Fortsetzung **Punkte**

3.1 Der Bedarf an Komponenten für je eine ME der einzelnen Produkte ist gegeben durch:

$$M_{KP} = \begin{pmatrix} 4 & 7 & 10 \\ 2 & 5-a & 7 \\ 2 & 2+a & 3 \end{pmatrix} \text{ mit } a \in \mathbb{R},\ a \geq 0.$$

Der Parameter a beschreibt eine leicht veränderte Rezeptur der Waffeln. Die folgende Tabelle enthält die Rohstoffkosten und die Kosten für die Herstellung der Komponenten sowie der Vorprodukte in GE/ME:

R_1	R_2	R_3	R_4	K_1	K_2	K_3	V_1	V_2	V_3
0,02	0,04	0,05	0,01	0,07	0,05	0,05	0,30	0,50	0,40

3.1.1 Ein Kunde der Mandelrath GmbH ist an den Vorprodukten interessiert und bestellt 20 ME von V_1, 30 ME von V_2 und 40 ME von V_3. Berechnen Sie die variablen Kosten für diese Bestellung. 7

3.1.2 In der Produktion wurden 101 ME von R_1, 167 ME von R_2, 128,5 ME von R_3 und 121 ME von R_4 verbraucht. Bestimmen Sie die produzierten Mengen der Komponenten K_1, K_2 und K_3. 4

3.1.3 Der Geschäftsführer hat in den Unterlagen folgende Notiz hinterlassen: „Je größer a, desto weniger Mengeneinheiten von K_2 und desto mehr Mengeneinheiten von K_3 werden für die Produktion der Waffeln (P_2) benötigt. Das ist aber nicht unbegrenzt möglich." Nehmen Sie zu dieser Aussage begründet Stellung. 4

3.1.4 Aktuell befinden sich noch 436 ME von K_1 im Lager. Ermitteln Sie für a = 3 den Komponentenbedarf an K_2 und K_3, wenn von P_1 16 ME und von P_2 dreimal so viele ME wie von P_3 produziert werden sollen. 6

Aufgabe 4 – Stochastik **Punkte**

Die Mandelrath GmbH legt großen Wert auf ihren Ruf als Premiumanbieter, deshalb soll auch nur Premiumqualität als solche verkauft werden. Da sich Fehler in der Produktion aber nicht komplett vermeiden lassen, werden diese laufend analysiert.

4.1 Bei der Produktion der Florentiner-Törtchen treten unabhängig voneinander Fehler mit den folgenden Wahrscheinlichkeiten auf:

Fehler	Wahrscheinlichkeit
F_1: kein durchgängiger Schokorand	0,03
F_2: Mandelraute nicht in der Mitte	0,01
F_3: ungleichmäßiger Bräunungsgrad	0,04

Zentrale Abiturprüfung 2020

Aufgabenteil B: Hilfsmittel GTR

Aufgabe 4 – Stochastik Fortsetzung

Punkte

4.1.1 Zeigen Sie, dass die Wahrscheinlichkeit für ein fehlerfreies Florentiner-Törtchen etwa 92,2 % beträgt und die für ein Florentiner-Törtchen mit zwei oder drei Fehlern unter 0,2 % liegt. 5

4.1.2 Die Herstellung eines Florentiner-Törtchens kostet 1,50 €. Ein fehlerfreies Törtchen wird für 3 € verkauft. Wenn ein Törtchen genau einen Fehler aufweist, soll es als zweite Wahl vermarktet werden. Bei mehr als einem Fehler verschenkt die Mandelrath GmbH die Törtchen an gemeinnützige Einrichtungen.
Ermitteln Sie den Preis, der für ein Törtchen zweiter Wahl festgelegt werden muss, damit ein Stückdeckungsbeitrag von 1,40 € zu erwarten ist. 5

4.2 Bei der Herstellung der Makronen kann es zu Fehlern beim Schokoladenüberzug kommen. Einwandfreie Makronen haben die Qualität A (Ereignis A), alle anderen haben die Qualität B.
Ein Testgerät wird eingeführt, das die Makronen mit fehlerhaftem Schokoladenüberzug aussortieren soll. Allerdings arbeitet das Testgerät nicht in jedem Fall zuverlässig.
Wenn eine Makrone vom Testgerät als Qualität A eingestuft wird, wird das als Ereignis T_A bezeichnet.
Eine genauere Untersuchung ergibt die folgenden Wahrscheinlichkeiten:
12,5 % der Makronen werden vom Testgerät als Qualität B eingestuft.
1 % der vom Testgerät als Qualität A eingestuften Makronen haben tatsächlich die Qualität B.
67 % der vom Testgerät als Qualität B eingestuften Makronen haben tatsächlich die Qualität A.

4.2.1 Stellen Sie den beschriebenen Sachverhalt in einem Baumdiagramm mit allen Pfad- und Endwahrscheinlichkeiten oder in einer Vierfelder-Tafel dar. 4

4.2.2 Berechnen Sie die Wahrscheinlichkeiten für folgende Ereignisse:
E_1: Eine Makrone wird vom Testgerät als Qualität A eingestuft und hat tatsächlich Qualität A.
E_2: Eine Makrone hat tatsächlich die Qualität A.
E_3: Eine Makrone mit Qualität A wird vom Testgerät richtig erkannt. 6

Lösungen – Zentrale Abiturprüfung 2020

Aufgabenteil A: ohne Hilfsmittel (oHiMi)

1.1 Analysis

1.1.1 gewinnmaximale Ausbringungsmenge bei 6 ME

$G'(x) = -3x^2 + 12x + 36$; $G''(x) = -6x + 12$

notwendige Bedingung $G'(x) = 0$ ist erfüllt für $x = 6$: $G'(6) = 0$
hinreichende Bedingung $G''(x) < 0$ ist erfüllt für $x = 6$: $G''(6) = -24 < 0$
Die gewinnmaximale Ausbringungsmenge liegt bei 6 ME.
Hinweis: $G'(x) = 0$ kann auch berechnet werden.

1.1.2 Entscheidung

Für die Grenzgewinnfunktion gilt: $G'(x) = -3x^2 + 12x + 36$

Der gesuchte Graph ist eine nach unten geöffnete Parabel, die die y-Achse bei $y = 36$ schneidet. Daher muss der gesuchte Graph b oder c sein.

Eine Nullstelle der Grenzgewinnfunktion liegt bei $x = 6$. Daher scheidet c wegen der Ganzzahligkeit der Skalierung aus. Also ist b der gesuchte Graph.

Damit muss für die Skalierungswerte gelten: $s_x = 1$ und $s_y = 20$.

1.2 Analysis

1.2.1 Funktion U ist eine Stammfunktion der Umsatzfunktion u
$u(t) = 20t \cdot e^{-0,2t}$; $U(t) = (-100t - 500) \cdot e^{-0,2t} + c$
Zu zeigen durch Ableitung: $U'(t) = u(t)$
Mit Produkt- und Kettenregel: $U'(t) = -100 \cdot e^{-0,2t} + (-100t - 500) \cdot e^{-0,2t} \cdot (-0,2)$
$U'(t) = 20t \cdot e^{-0,2t} = u(t)$

Alternative durch partielle Integration: $\int u'(t) \cdot v(t)dt = u(t) \cdot v(t) - \int u(t) \cdot v'(t)dt$
mit $u'(t) = e^{-0,2t} \Rightarrow u(t) = -5 \cdot e^{-0,2t}$;
und $v(t) = 20t \Rightarrow v'(t) = 20$

$\int 20t \cdot e^{-0,2t}dt = -5 \cdot e^{-0,2t} \cdot 20t - \int (-5 \cdot e^{-0,2t} \cdot 20)dt$
$= -100t \cdot e^{-0,2t} + 100 \cdot (-5) \cdot e^{-0,2t} = (-100t - 500) \cdot e^{-0,2t}$
Damit ergibt sich für die Stammfunktionen: $U(t) = (-100t - 500) \cdot e^{-0,2t} + c$; $c \in \mathbb{R}$

1.2.2 Wert für c, wenn $t = 0$ der Zeitpunkt der Markteinführung ist

Da $U(0) = 0$ gelten muss, ergibt sich: $U(0) = 500 \cdot e^0 = 500 \Leftrightarrow c = 500$

1.3 Lineare Algebra

1.3.1 Berechnung von r für 100 ME R_2
Ansatz: $C_{RK} \cdot \begin{pmatrix} 10 \\ 20 \end{pmatrix} = \begin{pmatrix} x \\ 100 \end{pmatrix}$ $\quad \begin{pmatrix} 1 & 2 \\ 4 & r \end{pmatrix} \cdot \begin{pmatrix} 10 \\ 20 \end{pmatrix} = \begin{pmatrix} x \\ 100 \end{pmatrix}$

ergibt die Gleichung für r: $40 + 20r = 100 \Rightarrow r = 3$

Für $r = 3$ werden mit 100 ME von R_2 10 ME von K_1 und 20 ME von K_2 hergestellt.

Hinweis: $10 + 40 = x$ ist nicht verlangt.

1.3.2 $r \neq 8$ Bedingung: $C_{RK} \cdot C_{RK}^{-1} = E$ $\quad \begin{pmatrix} 1 & 2 \\ 4 & r \end{pmatrix} \cdot \frac{1}{r-8} \begin{pmatrix} r & -2 \\ -4 & 1 \end{pmatrix} = \begin{pmatrix} 1 & 0 \\ 0 & 1 \end{pmatrix}$
was zu zeigen war.
NR: $\frac{1}{r-8} \cdot (r - 8) = 1$; $\frac{1}{r-8} \cdot (4r - 4r) = 0$; $\frac{1}{r-8} \cdot (-2 + 2) = 0$

Lösungen – Zentrale Abiturprüfung 2020

Aufgabenteil A: ohne Hilfsmittel

1.4 Stochastik

1.4.1 Wahrscheinlichkeiten im Sachzusammenhang.

Mögliche Formulierungen:

I. $P_A(B)$: Wahrscheinlichkeit, dass das Verfallsdatum unleserlich ist, wenn die Plastikfolie schwer zu öffnen ist

II. $P(A \cap \overline{B})$: Wahrscheinlichkeit, dass bei einer Gebäckverpackung die Plastikfolie schwer zu öffnen und das Verfallsdatum leserlich ist

1.4.2 Vierfeldertafel und überprüfen der beiden Fehler auf stochastische Unabhängigkeit

Vierfeldertafel:

	B	$\overline{B}$	gesamt
A	0,02	0,03	**0,05**
$\overline{A}$	0,02	**0,93**	0,95
gesamt	**0,04**	0,96	1

Hinweise zur Vierfeldertafel: $P(A) = 0{,}05 \Rightarrow P(\overline{A}) = 0{,}95$

$P(B) = 0{,}04 \Rightarrow P(\overline{B}) = 0{,}96$

$P(\overline{A} \cap \overline{B}) = 0{,}93$

Überprüfung auf stochastische Unabhängigkeit zum Beispiel mit:

$$P_A(B) = \frac{P(A \cap B)}{P(A)} = \frac{0{,}02}{0{,}05} = \frac{2}{5} = 0{,}4$$

$P(B) = 0{,}04$

Mit $P_A(B) \neq P(B)$ folgt die stochastische Abhängigkeit der beiden Fehler A und B.

Lösungen – Zentrale Abiturprüfung 2020

Aufgabenteil B: Hilfsmittel GTR Lösungen

Aufgabe 2 – Analysis

2.1.1 $K_c(x) = 0{,}25x^3 - 2{,}7x^2 + c \cdot x + 7$; $E(x) = -2{,}8x^2 + 26x$

$K_{15}(x) = 0{,}25x^3 - 2{,}7x^2 + 15x + 7$;

Cournotscher Punkt und seine Bedeutung im Sachzusammenhang.

$G(x) = E(x) - K_{15}(x) = -0{,}25x^3 - 0{,}1x^2 + 11x - 7$

$G'(x) = -0{,}75x^2 - 0{,}2x + 11$; $G''(x) = -1{,}5x - 0{,}2$

hinreichende Bed. für Maximum: $G'(x) = 0 \Leftrightarrow x_1 \approx 3{,}70$ oder $x_2 \approx -3{,}97$ ($\notin D_{ök}$)

Da $G''(x_1) < 0$ für $x > 0$, wird der maximale Gewinn bei etwa 3,70 (ME) erzielt.

Mit $p(x) = \frac{E(x)}{x} = -2{,}8x + 26$ ergibt sich $p(3{,}70) = 15{,}64$ und damit den Cournotschen Punkt $C(x_{max} \mid p(x_{max}))$: $C(3{,}70 \mid 15{,}64)$

Die Mandelrath GmbH sollte 3,7 ME produzieren und diese zu einem Preis von 15,64 GE/ME verkaufen, um maximalen Gewinn zu erzielen.

2.2.1 niedrigster Preis, um langfristig kostendeckend zu produzieren.

Es muss die langfristige Preisuntergrenze in Abhängigkeit von c berechnet werden.

Stückkostenfunktion: $k_c(x) = \frac{K_c(x)}{x} = 0{,}25x^2 - 2{,}7x + c + \frac{7}{x}$; $x > 0$

$k_c'(x) = 0{,}5x - 2{,}7 - \frac{7}{x^2}$;

Notwendige Bedingung: $k_c'(x) = 0 \Leftrightarrow x_1 \approx 5{,}81$

Da es sich um eine ertragsgesetzliche Kostenfunktion handelt, ist damit zugleich auch die hinreichende Bedingung erfüllt.

Die langfristige Preisuntergrenze beträgt $k_c(5{,}81) = c - 6{,}04$.

2.3.1 Kubische Regression ergibt $f(t) = 0{,}016t^3 - 0{,}82t^2 + 7{,}39t + 1{,}16$ mit Bestimmtheitsmaß $r^2 \approx 1$.

Exponentielle Regression ergibt $f(t) = 2{,}82\, e^{0{,}48t}$, bzw. $f(t) = 2{,}82 \cdot 1{,}62^t$ mit Bestimmtheitsmaß $r^2 \approx 0{,}71$.

Die kubische Regression beschreibt die Absatzzahlen wesentlich besser.

2.3.2 Monatlicher maximaler Absatz

$f_a(t) = 9t \cdot e^{-\frac{1}{a}t}$; $f_a'(t) = 9 \cdot e^{-\frac{1}{a}t} + 9t \cdot e^{-\frac{1}{a}t} \cdot (-\frac{1}{a}) = 9 \cdot e^{-\frac{1}{a}t} \cdot (1 - t \cdot \frac{1}{a})$

Notwendig für Maximum: $f_a'(t) = 0 \Leftrightarrow 1 - t \cdot \frac{1}{a} = 0 \Leftrightarrow t = a$

(Satz vom Nullprodukt; $e^{-\frac{1}{a}t} > 0$)

Der maximale Absatz wird zum Zeitpunkt t = a erreicht.

Maximaler Absatz: $f_a(a) = 9ae^{-1} = \frac{9a}{e}$ (ME/Monat).

2.3.3 Zeitspanne an, in der der monatliche Absatz über 30 ME/Monat liegt.

Aus dem Graph liest man ab, dass f_{10} (a = 10) im Bereich [6,2; 15,1] einen monatlichen Absatz von über 30 ME beschreibt.

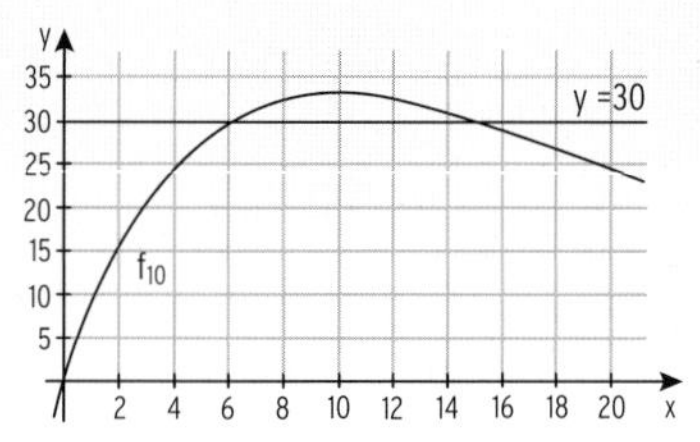

Lösungen – Zentrale Abiturprüfung 2020

Aufgabenteil B: Hilfsmittel GTR Lösungen

Aufgabe 2 – Analysis Fortsetzung

2.3.4 Prüfung der Behauptung der Marketingabteilung

Absatz ohne Erhöhung der Werbeausgaben:

$$\int_0^{36} f_{10}(t)dt = 786{,}88$$

Absatz mit Erhöhung der Werbeausgaben, also a = 12:

$$\int_0^{36} f_{12}(t)dt = 1037{,}9$$

Der Absatz wird durch die erhöhten Werbeausgaben um 31,9 % gesteigert, da $\frac{1037{,}9}{786{,}88} = 1{,}319$

Damit stimmt die Behauptung.

Aufgabe 3 – Lineare Algebra

3.1.1 Variable Kosten für diese Bestellung.

Rohstoffkosten: $(0{,}02 \quad 0{,}04 \quad 0{,}05 \quad 0{,}01) \cdot M_{RK} \cdot M_{KV} \cdot \begin{pmatrix} 20 \\ 30 \\ 40 \end{pmatrix} = 105{,}45$

Kosten für die Komponenten: $(0{,}07 \quad 0{,}05 \quad 0{,}05) \cdot M_{KV} \cdot \begin{pmatrix} 20 \\ 30 \\ 40 \end{pmatrix} = 15{,}60$

Kosten für die Vorprodukte: $(0{,}3 \quad 0{,}5 \quad 0{,}4) \cdot \begin{pmatrix} 20 \\ 30 \\ 40 \end{pmatrix} = 37$

$105{,}45 + 15{,}60 + 37 = 158{,}05$

Es fallen insgesamt 158,05 GE an Produktionskosten an.

3.1.2 Produzierte Mengen der Komponenten

$M_{RK} \cdot \begin{pmatrix} x_1 \\ x_2 \\ x_3 \end{pmatrix} = \begin{pmatrix} 101 \\ 167 \\ 128{,}5 \\ 121 \end{pmatrix}$ entspricht einem LGS für x_1, x_2, x_3.

LGS in Matrixform: $\left(\begin{array}{ccc|c} 1 & 6 & 1 & 101 \\ 5 & 3 & 4 & 167 \\ 3{,}5 & 4 & 2 & 128{,}5 \\ 2 & 0 & 6{,}5 & 121 \end{array}\right)$

Diagonalisierung mit GTR ergibt $\left(\begin{array}{ccc|c} 1 & 0 & 0 & 15 \\ 0 & 1 & 0 & 12 \\ 0 & 0 & 1 & 14 \\ 0 & 0 & 0 & 0 \end{array}\right)$

Das LGS ist eindeutig lösbar mit $x_1 = 15$, $x_2 = 12$, $x_3 = 14$

Es wurden 15 ME von K_1, 12 ME von K_2 und 14 ME von K_3 produziert.

Lösungen – Zentrale Abiturprüfung 2020

Aufgabenteil B: Hilfsmittel GTR Lösungen

Aufgabe 3 – Lineare Algebra (Fortsetzung)

3.1.3 Begründete Stellungnahme.

Für die Herstellung der Waffeln P_2 werden 5 – a ME von K_2 benötigt.

Mit $a \geq 0$ gilt: je größer a ist, umso weniger K_2 wird benötigt.

Der Parameter a darf aber nicht größer als 5 werden.

Bei K_3 verhält es sich umgekehrt:

Für die Herstellung der Waffeln P_2 werden 2 + a ME von K_3 benötigt.

Je größer a, desto mehr K_3 wird benötigt (bis maximal 7).

Hinweis: $0 \leq a \leq 5$ ökonomisch sinnvoll

3.1.4 Komponentenbedarf an K_2 und K_3

Für a = 3 ist $M_{KP} = \begin{pmatrix} 4 & 7 & 10 \\ 2 & 2 & 7 \\ 2 & 5 & 3 \end{pmatrix}$

Aus $M_{KP} \cdot \begin{pmatrix} 16 \\ 3x_3 \\ x_3 \end{pmatrix} = \begin{pmatrix} 436 \\ k_2 \\ k_3 \end{pmatrix}$ ergibt sich das LGS für x_3, k_2 und k_3

$31\,x_3 + 64 = 436$ $\qquad$ $x_3 = 12$

$13\,x_3 + 32 = k_2$ $\qquad$ Umformung ergibt $\qquad$ $13 \cdot 12 + 32 = k_2 \Rightarrow k_2 = 188$

$18\,x_3 + 32 = k_3$ $\qquad$ $18 \cdot 12 + 32 = k_3 \Rightarrow k_3 = 248$

Es werden von K_2 188 ME und von K_3 248 ME benötigt.

Lösungen – Zentrale Abiturprüfung 2020

Aufgabenteil B: Hilfsmittel GTR Lösungen

Aufgabe 4 – Stochastik

4.1.1 Wahrscheinlichkeiten

Bei einem fehlerfreien Florentiner-Törtchen darf keiner der drei Fehler F_1 bis F_3 vorliegen. Berechnung über das Produkt der drei Gegenwahrscheinlichkeiten:

$0{,}97 \cdot 0{,}99 \cdot 0{,}96 \approx 0{,}9219 \approx 92{,}2\ \%$

Bei zwei oder drei Fehlern beträgt die Wahrscheinlichkeit

$0{,}03 \cdot 0{,}01 \cdot 0{,}96 + 0{,}03 \cdot 0{,}99 \cdot 0{,}04 + 0{,}97 \cdot 0{,}01 \cdot 0{,}04 + 0{,}03 \cdot 0{,}01 \cdot 0{,}04$

$\approx 0{,}001876$, also unter 0,2 %.

Lösungen – Zentrale Abiturprüfung 2020

Aufgabenteil B: Hilfsmittel GTR Lösungen

Aufgabe 4 – Stochastik

4.1.2 Preis für Törtchen zweiter Wahl

Wahrscheinlichkeit für genau einen Fehler:

$0{,}03 \cdot 0{,}99 \cdot 0{,}96 + 0{,}97 \cdot 0{,}01 \cdot 0{,}96 + 0{,}97 \cdot 0{,}99 \cdot 0{,}04 \approx 0{,}0762$

Erwarteter Stückerlös in €: 1,50 + 1,40 = 2,90

p: Preis für Törtchen zweiter Wahl

$0{,}922 \cdot 3{,}00 + 0{,}0762 \cdot p = 2{,}90 \;\Leftrightarrow\; p = 1{,}76$

Die Törtchen zweiter Wahl müssen dann zu ca. 1,76 €/Stück verkauft werden.

4.2.1 Baumdiagramm

$P(T_B) = P(\overline{T}_A) = 0{,}125$

$P_{T_A}(B) = P_{T_A}(\overline{A}) = 0{,}01$

$P_{\overline{T}_A}(A) = 0{,}67$

Restliche Wahrscheinlichkeiten als Differenz zu 1:

$P(T_A) = 1 - 0{,}125 = 0{,}875$

$P_{T_A}(A) = 1 - 0{,}01 = 0{,}99$

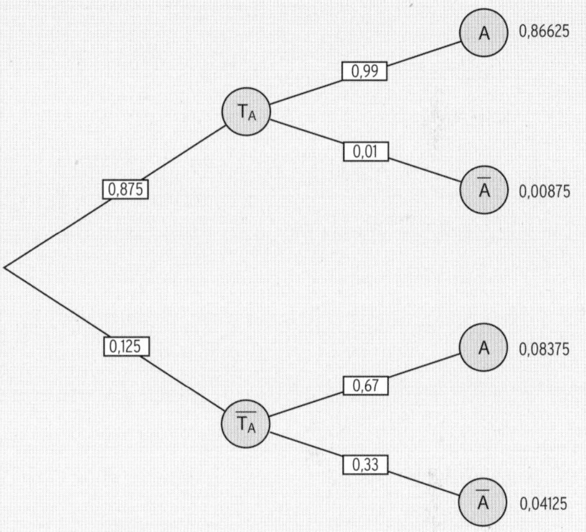

Vierfeldertafel

$P(T_B) = P(\overline{T}_A) = 0{,}125$

$P_{T_A}(B) = P_{T_A}(\overline{A}) = 0{,}01$

$P_{\overline{T}_A}(A) = 0{,}67$

Restliche Wahrscheinlichkeiten z. B.

$P(T_A) = 1 - 0{,}125 = 0{,}875$

$P_{T_A}(A) = 1 - 0{,}01 = 0{,}99$

$P(T_A \cap \overline{A}) = 0{,}875 \cdot 0{,}01 = 0{,}00875$

$P(\overline{T}_A \cap A) = 0{,}125 \cdot 0{,}67 = 0{,}08375$

	A	$\overline{A} = B$	
T_A	0,86625	0,00875	0,875
$\overline{T}_A$	0,08375	0,04125	**0,125**
	0,095	0,05	1

4.2.2 Wahrscheinlichkeiten für folgende Ereignisse:

$P(E_1) = 0{,}86625$

$P(E_2) = 0{,}86625 + 0{,}08375 = 0{,}95$

$P(E_3) = P_A(T_A) = \frac{P(A \cap T_A)}{P(A)} = \frac{0{,}86625}{0{,}95} \approx 0{,}9118 = 91{,}18\ \%$

Zentrale Abiturprüfung 2021

Leistungskursfach **Mathematik**

Fachbereich Wirtschaft und Verwaltung

Lösungen Seite 246 - 253

Aufgabenteil A: ohne Hilfsmittel (oHiMi)

Punkte

Beschreibung der Ausgangssituation zu Aufgabenteil A

Die Jump & Run GmbH ist ein renommiertes Unternehmen, das verschiedene Arten von Sportartikeln herstellt. Die Produktpalette richtet sich vor allem an Großabnehmer wie z.B. Schulen oder Vereine.

Aufgabe 1 (24 Punkte)

1.1 Analysis

Für die Produktion von Kugeln zum Kugelstoßen gilt die folgende Grenzkostenfunktion: $K'(x) = 6x^2 - 12x + 18$

Bei einer Produktion von 2 Mengeneinheiten (ME) der Kugeln entstehen Gesamtkosten in Höhe von 38 Geldeinheiten (GE).

1.1.1 Stellen Sie die Gleichung der Gesamtkostenfunktion K auf. 3

1.1.2 Zeigen Sie, dass K streng monoton steigt. 3

1.2 Die Gewinnfunktion bei der Produktion von Reckstangen lautet:

$$G_a(x) = (10x - a) \cdot e^{-x}, \text{ mit } a, x \in \mathbb{R} \text{ und } a \geq 1, x \geq 0$$

Der Parameter a hängt vom verwendeten Material ab.

Hierbei gibt x die produzierte Menge der Reckstangen in ME und $G_a(x)$ den Gewinn in GE an.

Der Funktionsverlauf ist für a = 2 in Abbildung 1 dargestellt.

Abbildung 1

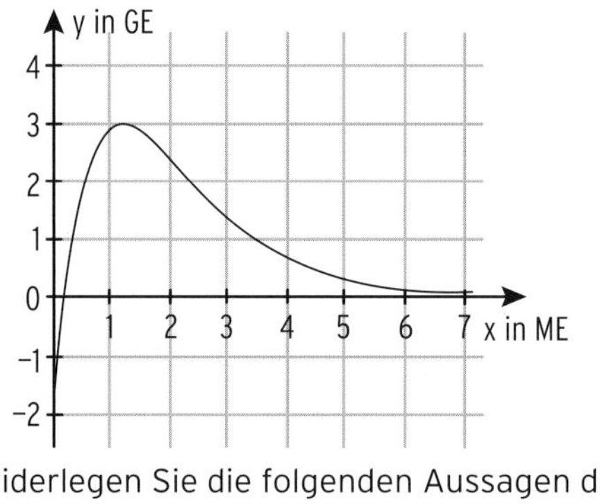

1.2.1 Begründen oder widerlegen Sie die folgenden Aussagen der Produktionsleiterin bezogen auf die Funktion G_a mit $a \geq 1$.

A: Egal welchen Wert a hat, die Gewinnschwelle liegt immer bei mindestens 0,2 ME.

B: Egal welchen Wert a hat, die gewinnmaximale Ausbringungsmenge liegt immer bei mindestens 1,1 ME. Dabei soll die hinreichende Bedingung nicht untersucht werden. 6

Zentrale Abiturprüfung 2021
Aufgabenteil A: ohne Hilfsmittel (oHiMi)

1.3 Lineare Algebra

1.3.1 Lösen Sie das nachfolgende lineare Gleichungssystem.

$$\begin{aligned} 2 \cdot x - 3 \cdot y + z &= 4 \\ -x + y + z &= 1 \\ 2 \cdot y + 3 \cdot z &= 6 \end{aligned}$$ 3

1.3.2 Im Folgenden ist $E = \begin{pmatrix} 1 & 0 \\ 0 & 1 \end{pmatrix}$ die Einheitsmatrix und A eine Matrix $A \cdot A = E$.

Berechnen Sie Werte für a und b, falls $A = \begin{pmatrix} a & 2 \\ b & 0 \end{pmatrix}$. 3

1.4 Stochastik

Erfahrungsgemäß zerbricht ein hoher Anteil der hölzernen Baseballschläger innerhalb des ersten Jahres. Zur genaueren Untersuchung wird eine Stichprobe von 25 Schlägern entnommen. Die Zufallsgröße X gibt die Anzahl zerbrochener Schläger an. Die Abbildung stellt die zugehörige Wahrscheinlichkeitsverteilung dar. Beurteilen Sie auf der Grundlage des Histogramms, ob die folgenden Aussagen wahr oder falsch sind.

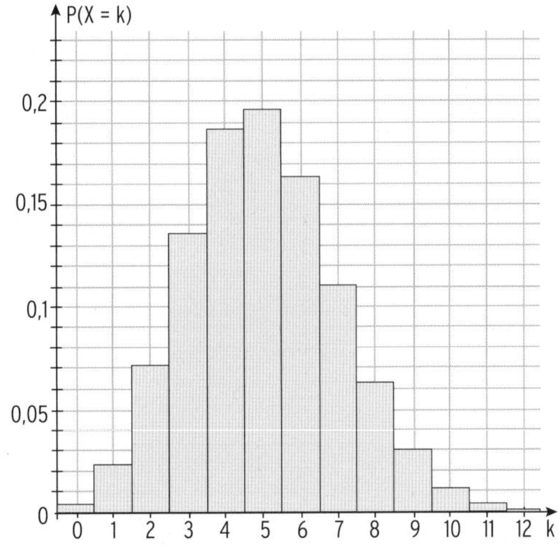

Abbildung

Aussage 1: Die Wahrscheinlichkeit für höchstens drei zerbrochene Schläger ist höher als die Wahrscheinlichkeit für genau sechs zerbrochene Schläger. 2

Aussage 2: Die Wahrscheinlichkeit, dass sieben oder acht Schläger zerbrechen, ist größer als 0,15. 2

Aussage 3: Die Wahrscheinlichkeit, dass höchstens vier oder mindestens sechs Schläger zerbrechen, ist kleiner als 0,8. 2

Zentrale Abiturprüfung 2021

Aufgabenteil B: Hilfsmittel GTR/CAS
Aufgabenstellung

Aufgabe 2 – Analysis (32 Punkte) **Punkte**

Die Jump & Run GmbH ist ein renommiertes Unternehmen, das verschiedene Arten von Sportartikeln herstellt. Die Produktpalette richtet sich vor allem an Großabnehmer wie z. B. Schulen oder Vereine.

2.1 Die Controlling-Abteilung will ein Modell zur Prognose des Gewinns bei Fußbällen entwickeln. Man geht davon aus, dass sich der Gewinn G durch eine Funktion 3. Grades der Form

$G(x) = a \cdot x^3 + b \cdot x^2 + c \cdot x + d$ mit $x \in \mathbb{R}, x \geq 0$

modellieren lässt.

2.1.1 In folgender Tabelle sind die Gewinne für verschiedene Produktionsmengen angegeben:

Produktionsmenge in ME	1	2,5	3	3,5	4	5
Gewinn in GE	– 0,6	1,1	1,5	1,6	1,5	0

Stellen Sie den Funktionsterm der Gewinnfunktion G mit Hilfe einer Regression auf. 4

2.1.2 Die Controlling-Abteilung geht von einer Gewinnfunktion G mit

$G(x) = -0{,}1\,x^3 + 0{,}45\,x^2 + 0{,}55x - 1{,}5$ mit $x \in \mathbb{R}, x \geq 0$

aus.

Bestimmen Sie die Gewinnzone und die gewinnmaximale Ausbringungsmenge. 5

2.2 Auf dem Markt für Tennisschläger im mittleren Preissegment verhalten sich Nachfrage und Angebot entsprechend der Funktionen:

$p_N(x) = -0{,}8\,x^2 - 4x + 130$ mit $x \in \mathbb{R}, x \geq 0$

$p_A(x) = 0{,}35\,x^2 + 103$ mit $x \in \mathbb{R}, x \geq 0$

[1 ME = 1000 Schläger, 1 GE = 1000 €]

Zentrale Abiturprüfung 2021

Aufgabenteil B: Hilfsmittel GTR

Aufgabe 2 – Analysis (Fortsetzung)

2.2.1 Prüfen Sie die folgenden Aussagen eines Mitarbeiters der ControllingAbteilung:

(1) „Das Marktgleichgewicht liegt momentan bei ca. 3400 Stück und ca. 107 € pro Stück".

(2) „Sollte der Preis durch staatliches Eingreifen auf 105 €/Stück begrenzt werden, dann besteht ein Nachfrageüberschuss von weniger als 1000 Stück."

(3) „Die Konsumentenrente in diesem Marktsegment ist mehr als 5 mal so hoch wie die Produzentenrente." 7

2.2.2 Die Konsumentenrente soll durch einen Teilmarkt abgeschöpft werden. Dazu bietet die Jump & Run GmbH ein Modell zu einem Preis von 115 € pro Stück auf dem Markt an.
Ermitteln Sie den Betrag, der durch diesen Teilmarkt abgeschöpft wird. 4

2.3 Der Markt für Badmintonbälle mit Naturfedern ist abhängig von der schwankenden Federqualität. Diese Abhängigkeit wird im Folgenden durch den Parameter w ($w > 0$) beschrieben. Um Prognosen über die zu erwartenden Absatzzahlen zu erhalten, hat die Marketingabteilung eine Marktforschungsstudie in Auftrag gegeben. Die Prognose der Absatzzahlen kann durch die Funktion a_w mit

$a_w(t) = (1 + t) \cdot e^{-\frac{1}{w} \cdot t + 0{,}25}$ mit $t \in \mathbb{R}$ und $t \geq 0$

dargestellt werden. Dabei gibt t die Zeit in Monaten seit Markteinführung ($t = 0$) und $a_w(t)$ die zugehörige Absatzmenge in Mengeneinheiten pro Monat (1 ME = 1000 Badmintonbälle) an.

2.3.1 Das Unternehmen strebt drei Monate nach der Markteinführung einen monatlichen Absatz von 3,5 ME pro Monat an.
Berechnen Sie den dafür notwendigen Wert von w. 3

2.3.2 Ermitteln Sie die Werte des Parameters w, für die das lokale Maximum bei $t > 0$ liegt, d.h. die monatlichen Absatzzahlen erst nach der Markteinführung maximal werden.
Dabei kann ohne weitere Rechnung $a''_w(t) = \left(-\frac{2}{w} + \frac{1}{w^2} + \frac{t}{w^2}\right) \cdot e^{-\frac{1}{w} \cdot t + 0{,}25}$ benutzt werden. 6

2.3.3 Berechnen Sie für $w = 4$ den Gesamtabsatz für das erste Halbjahr nach Markteinführung. 3

Zentrale Abiturprüfung 2021

Aufgabenteil B: Hilfsmittel GTR

Aufgabe 3 – Lineare Algebra (32 Punkte) Punkte

3.1 Die Jump & Run GmbH hat gleichzeitig mit den beiden Konkurrenzunternehmen Nils & Abel AG und Banach Sport KG vor wenigen Monaten einen neuen Vitaminshake auf den Markt gebracht. Das monatliche Wechselverhalten der Kunden zwischen den Konkurrenzunternehmen wird durch die folgende Tabelle beschrieben.

Kundenwanderung	von Jump & Run	von Nils & Abel	von Banach Sport
nach Jump & Run	0,8	0,1	0,1
nach Nils & Abel	0,15	0,75	0,1
nach Banach Sport	0,05	0,15	0,8

3.1.1 Veranschaulichen Sie die beschriebene Kundenwanderung in einem Übergangsgraphen. 3

3.2 Die zur Tabelle gehörige Übergangsmatrix heißt M.

3.2.1 Berechnen Sie die Matrix M^{10} (Angaben auf zwei Nachkommastellen gerundet) und interpretieren Sie die Matrixelemente auf der Hauptdiagonalen im Sachzusammenhang. 4

3.2.2 Zurzeit hat die Jump & Run GmbH einen Marktanteil von 50 %, die Nils & Abel AG einen von 30 % und die Banach Sport KG einen von 20 %. Bestimmen Sie die Marktanteile der drei Unternehmen zwei Monate zuvor. 4

3.2.3 Nach einiger Zeit haben sich die Marktanteile stabilisiert. Prüfen Sie, ob es dann in Bezug auf den Vitaminshake einen Marktführer gibt. 4

3.3 Die Manufaktur der Jump & Run GmbH stellt bisher Mützen und Schals her. Dazu werden aus den Rohstoffen Schurwolle, Viskose und Baumwolle drei Garne ($Garn_1$, $Garn_2$ und $Garn_3$) mit unterschiedlicher Stärke gesponnen und anschließend gefärbt. Beim Stricken werden unterschiedliche Mengen der Garne verwendet.
Neu im Portfolio sind Socken. Der zweistufige Produktionsprozess für ein Sockenpaar ist dem Verflechtungsdiagramm (vgl. Abb. 1) zu entnehmen.

Alle Werte sind in Mengeneinheiten (ME) angegeben.

Zentrale Abiturprüfung 2021

Aufgabenteil B: Hilfsmittel GTR

Aufgabe 3 – Lineare Algebra (Fortsetzung)

3.3

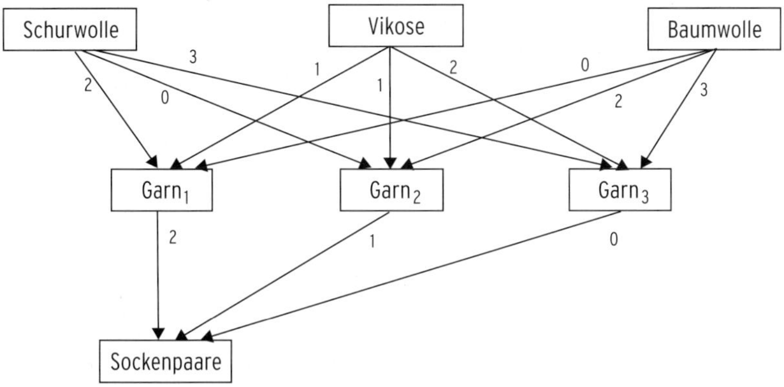

Abbildung 1: Verflechtungsdiagramm zur Herrstellung von Sockenpaaren

Die Rohstoffmengen für die Herstellung jeweils einer ME der Mützen und Schals sind in Tabelle 1 dokumentiert. Die ME für die Sockenpaare sind noch nicht erfasst.

	Sockenpaare	Mützen	Schals
Schurwolle		3	11
Viskose		6	9
Baumwolle		11	13

Tabelle 1: Rohstoffeinsatz pro einer ME des Endprodukts

Die Manufaktur hat eine Kundenanfrage über 200 ME von $Garn_1$, 100 ME von $Garn_2$ und 50 ME von $Garn_3$ sowie über 20 ME Sockenpaare, 30 ME Mützen und 20 ME Schals erhalten. Im Lager befinden sich jeweils 900 ME der drei verschiedenen Rohstoffe.
Im Rahmen des Produktionsprozesses müssen zwei Aufgaben erledigt werden:
Stellen Sie den zweistufigen Produktionsprozess für die Mützen und Schals dar, indem Sie das Verflechtungsdiagramm und die Tabelle vervollständigen.

3.3.1 Bestimmen Sie die ME der verschiedenen Rohstoffe, die nachbestellt werden müssen, damit die Manufaktur den Auftrag annehmen kann. 12

3.3.2 Der Einkaufspreis für Schurwolle ist so stark gestiegen, dass die Manufaktur dem Kunden anbietet, den Anteil an Schurwolle für die Textilien zu verringern.

Zentrale Abiturprüfung 2021

Aufgabenteil B: Hilfsmittel GTR

Aufgabe 3 – Lineare Algebra (Fortsetzung)

Für die Erstellung des Alternativangebotes müssen im Vorwege einige Berechnungen durchgeführt werden. Die Verflechtungen für den veränderten Produktionsprozess wurden in den beiden Matrizen zusammengefasst: $A_{RZ,neu} = \begin{pmatrix} 1 & 0 & 2 \\ 0 & 2 & 3 \\ 2 & 1 & 3 \end{pmatrix}$, $B_{ZE} = \begin{pmatrix} 2 & 0 & 1 \\ 1 & 4 & 2 \\ 0 & 1 & 3 \end{pmatrix}$.

Die Rohstoffkosten in Geldeinheiten pro Mengeneinheit (GE/ME) liegen bei $\vec{k}_R = (0{,}5 \quad 0{,}2 \quad 0{,}3)$, die Fertigungskosten in GE/ME je Zwischenproduktart betragen $\vec{k}_Z = (1{,}2 \quad 1{,}6 \quad 2{,}2)$ und die Fertigungskosten in GE/ME je Endproduktart werden durch $\vec{k}_E = (2 \quad 3 \quad 3{,}5)$ angegeben. Die Fixkosten für das alternative Angebot betragen 200 GE.

Berechnen Sie die Gesamtkosten für die Erstellung des alternativen Angebotes. 5

Aufgabe 4 – Stochastik (32 Punkte)

Die Jump & Run GmbH stellt auch Korbanlagen für Basketball her. Der Korb wird mit Hilfe einer Halterung am Zielbrett befestigt. Bei der Produktion dieser Halterungen sind erfahrungsgemäß 4 % fehlerhaft und halten den Belastungsanforderungen nicht stand.

4.1 Für eine Großbestellung werden 160 Halterungen produziert.

4.1.1 Erläutern Sie, weshalb die Anzahl der fehlerhaften Halterungen als binomialverteilt angesehen werden kann. 2

4.1.2 Ermitteln Sie die Wahrscheinlichkeiten für die folgenden Ereignisse:

Von den 160 Halterungen sind...

A: ...genau vier fehlerhaft.

B: ...mindestens fünf und höchstens sieben fehlerhaft.

C: ...mindestens 95 % fehlerfrei.

D: ...weniger als drei oder mehr als zehn Halterungen fehlerhaft. 6

4.2 Aus der laufenden Produktion werden zur Qualitätssicherung Stichproben gezogen.

4.2.1 Bestimmen Sie die Wahrscheinlichkeit dafür, dass bei einer Stichprobe von 50 Halterungen die Anzahl der fehlerhaften Halterungen höchstens um die Standardabweichung vom Erwartungswert abweicht. 3

4.2.2 Für die Berechnung der Wahrscheinlichkeit eines Ereignisses E bei einer weiteren Stichprobe gilt folgender Ansatz:

$$P(E) = 1 - \binom{10}{0} \cdot 0{,}04^0 \cdot 0{,}96^{10}$$

Beschreiben Sie das betrachtete Ereignis E im Sachzusammenhang. 2

Zentrale Abiturprüfung 2021

Aufgabenteil B: Hilfsmittel GTR

Aufgabe 4 – Stochastik (Fortsetzung)

4.2 Aus der laufenden Produktion werden zur Qualitätssicherung Stichproben gezogen.

4.2.1 Bestimmen Sie die Wahrscheinlichkeit dafür, dass bei einer Stichprobe von 50 Halterungen die Anzahl der fehlerhaften Halterungen höchstens um die Standardabweichung vom Erwartungswert abweicht. 3

4.2.2 Für die Berechnung der Wahrscheinlichkeit eines Ereignisses E bei einer weiteren Stichprobe gilt folgender Ansatz:

$$P(E) = 1 - \binom{10}{0} \cdot 0{,}04^0 \cdot 0{,}96^{10}$$

Beschreiben Sie das betrachtete Ereignis E im Sachzusammenhang. 2

4.2.3 Bei einem Rundgang mit Geschäftskunden soll der laufenden Produktion eine Stichprobe entnommen werden. Bei dieser soll mit mindestens 95%iger Wahrscheinlichkeit höchstens eine fehlerhafte Halterung gefunden werden. Bestimmen Sie den maximalen Umfang der Stichprobe. 4

4.3 Bei der Produktion der Korbanlangen treten neben den fehlerhaften Halterungen auch Materialfehler beim Zielbrett auf. Aus den Aufzeichnungen der Qualitätskontrolle ergibt sich, dass bei durchschnittlich 5 % der produzierten Korbanlagen mit fehlerhafter Halterung das Zielbrett ebenfalls fehlerhaft ist. Bei durchschnittlich 5,3 % der Korbanlagen ist die Halterung zwar in Ordnung, dafür ist aber das Zielbrett fehlerhaft. Die Halterungen sind weiterhin durchschnittlich zu 4 % fehlerhaft.

Bezeichnung der Fehler: H: Halterung fehlerhaft Z: Zielbrett fehlerhaft

4.3.1 Erstellen Sie zur gegebenen Situation ein vollständig beschriftetes Baumdiagramm oder eine Vierfeldertafel. 4

4.3.2 Berechnen Sie $P(\overline{Z} \cap \overline{H})$, $P_{\overline{H}}(\overline{Z})$ und $P_Z(\overline{H})$ und erläutern Sie die betreffenden Wahrscheinlichkeiten im Sachzusammenhang. 4

4.3.3 Beurteilen Sie, ob die beiden Fehler stochastisch unabhängig voneinander auftreten. 2

Lösungen – Zentrale Abiturprüfung 2021

Aufgabenteil A: ohne Hilfsmittel (oHiMi)

1.1 Analysis

1.1.1 Gleichung der Gesamtkostenfunktion K

Die Stammfunktion zur Grenzkostenfunktion lautet: $K(x) = 2x^3 - 6x^2 + 18x + d$

$K(2) = 30$ liefert $16 - 24 + 36 + d = 28 + d = 38$, also $d = 10$

Die Fixkosten betragen 10 GE,

also lautet die Gleichung $K(x) = 2x^3 - 6x^2 + 18x + 10$.

1.1.2 K steigt streng monoton

Untersuchung von K′ auf Nullstellen: $K'(x) = 0$ $\quad 6x^2 - 12x + 18 = 0$

Vereinfachung $\quad x^2 - 2x + 3 = 0$

Lösung mit abc-Formel ergibt $D = b^2 - 4ac = 4 - 4 \cdot 3 = -8 < 0$ keine Lösung

oder

Lösung mit quadratischer Ergänzung: $\quad x^2 - 2x + 1 = 1 - 3 = -2$

$(x - 1)^2 = -2$

Wegen $(x - 1)^2 \geq 0$ hat die Gleichung keine Lösung.

Die Gleichung $K'(x) = 0$ ist unlösbar, also hat K′ keine Nullstellen. Da es sich um eine nach oben geöffnete Parabel ($y = K'(x)$) handelt, treten nur positive Werte auf. Damit ist K streng monoton steigend.

1.2 Analysis

1.2.1 Begründen oder widerlegen der Aussagen der bezogen auf die Funktion $G_a(x) = (10x - a) \cdot e^{-x}$, mit $a, x \in \mathbb{R}$ und $a \geq 1$, $x \geq 0$

A: Gewinnschwelle $\geq 0{,}2$

Bedingung: $G_a(x) = 0$ $\quad (10x - a) \cdot e^{-x} = 0$

Satz vom Nullprodukt: $e^{-x} > 0$ $\quad 10x - a = 0$

$x = \frac{a}{10}$

Da a auch 1 sein kann, kann die Gewinnschwelle auch bei a = 0,1 ME liegen. Aussage A ist damit falsch.

B: gewinnmaximale Ausbringungsmenge $\geq 1{,}1$

$G'_a(x) = (10x - a) \cdot (-1) \cdot e^{-x} + 10 \cdot e^{-x} = (-10x + 10 + a) \cdot e^{-x}$

notw. Bed.: $G'_a(x) = 0$ $\quad (-10x + 10 + a) \cdot e^{-x} = 0$

Satz vom Nullprodukt: $e^{-x} > 0$ $\quad -10x + 10 + a = 0$

$x = \frac{10 + a}{10} = 1 + \frac{a}{10}$

Da a größer oder gleich 1 ist, ist Aussage B wahr.

1.3 Lineare Algebra

1.3.1 LGS in Matrixform: $\left(\begin{array}{ccc|c} 2 & -3 & 1 & 4 \\ -1 & 1 & 1 & 1 \\ 0 & 2 & 3 & 6 \end{array}\right)$

Umformung in die Diagonalform: $\left(\begin{array}{ccc|c} 2 & -3 & 1 & 4 \\ 0 & -1 & 3 & 6 \\ 0 & 2 & 3 & 6 \end{array}\right) \sim \left(\begin{array}{ccc|c} 2 & -3 & 1 & 4 \\ 0 & -1 & 3 & 6 \\ 0 & 0 & 9 & 18 \end{array}\right)$

Lösung: x = 1; y = 0; z = 2

Lösungen – Zentrale Abiturprüfung 2021

Aufgabenteil A: ohne Hilfsmittel

1.3.2 Einsetzen in $A \cdot A = E$: $\begin{pmatrix} a & 2 \\ b & 0 \end{pmatrix} \cdot \begin{pmatrix} a & 2 \\ b & 0 \end{pmatrix} = \begin{pmatrix} 1 & 0 \\ 0 & 1 \end{pmatrix} \Leftrightarrow \begin{pmatrix} a^2 + 2b & 2a \\ ab & 2b \end{pmatrix} = \begin{pmatrix} 1 & 0 \\ 0 & 1 \end{pmatrix}$

Man erhält 4 Gleichungen:

(1) $a^2 + 2b = 1$ (2) $2a = 0 \Rightarrow a = 0$ (3) $ab = 0$ (4) $2b = 1 \Rightarrow b = \frac{1}{2}$

Aus (2) und (4) erhält man : $a = 0$ und $b = \frac{1}{2}$. Die Proben in (1) und (3) führen auf wahre Aussagen.

1.4 Stochastik

Aussage 1:

Die Summe der Balkenhöhen von $k = 0$ bis $k = 3$ ist zusammengenommen erkennbar höher als die Balkenhöhe bei $k = 6$. Also ist die Aussage richtig.

Aussage 2:

$P(X = 7) + P(X = 8) \approx 0{,}11 + 0{,}06 > 0{,}15$, also ist die Aussage 2 richtig.

Aussage 3:

$P(X \leq 4) + P(\geq 6) = 1 - P(X = 5)$

Die genannte Wahrscheinlichkeit ist die Gegenwahrscheinlichkeit zu $P(X = 5)$.

Man liest am Histogramm ab, dass $P(X = 5) < 0{,}2$.

Daher muss die genannte Wahrscheinlichkeit größer als 0,8 sein.

Die Aussage 3 ist falsch.

Aufgabenteil B: Hilfsmittel GTR Lösungen

Aufgabe 2 – Analysis

2.1.1 Funktionsterm der Gewinnfunktion G mit Hilfe einer Regression

Eine kubische Regression ergibt

$G(x) = -0{,}0999x^3 + 0{,}4547x^2 + 0{,}5194x - 1{,}4741$ mit $r^2 = 0{,}9996$.

Der Wert r^2 liegt sehr nahe bei 1. Die Approximation ist also sehr gut.

2.1.2 $G(x) = -0{,}1\,x^3 + 0{,}45\,x^2 + 0{,}55x - 1{,}5$; $G'(x) = -0{,}3x^2 + 0{,}9x + 0{,}55$

Gewinnzone: $G(x) = 0$

Am Graphen von G ablesbar:

Gewinnschwelle: $x = 1{,}5$ ME,

Gewinngrenze: $x = 5$ ME.

Die Gewinnzone ist somit [1,5; 5].

Gewinnmaximale Ausbringungsmenge

Bedingung: $G'(x) = 0$ für $x = 3{,}52$

Gewinnmaximale Ausbringungsmenge: 3,52 ME

Lösungen – Zentrale Abiturprüfung 2021

Aufgabenteil B: Hilfsmittel GTR Lösungen

Aufgabe 2 – Analysis

2.2 $p_N(x) = -0{,}8\,x^2 - 4x + 130$; $p_A(x) = 0{,}35\,x^2 + 103$ mit $x \in \mathbb{R}$, $x \geq 0$

2.2.1 Aussage (1): Der Schnittpunkt der Graphen von p_N und p_A liegt bei (3,409|107,065).
Da 1 ME 1000 Schlägern und 1 GE 1000 € entspricht, stimmt die Aussage.

Aussage (2): $p_N(x) = 105 \Rightarrow x = 3{,}624$

$p_A(x) = 105 \Rightarrow x = 2{,}390$

$3{,}624 - 2{,}390 = 1{,}234 > 1{,}0$

Der Nachfrageüberschuss beträgt 1234 Stück, die Aussage ist also falsch.

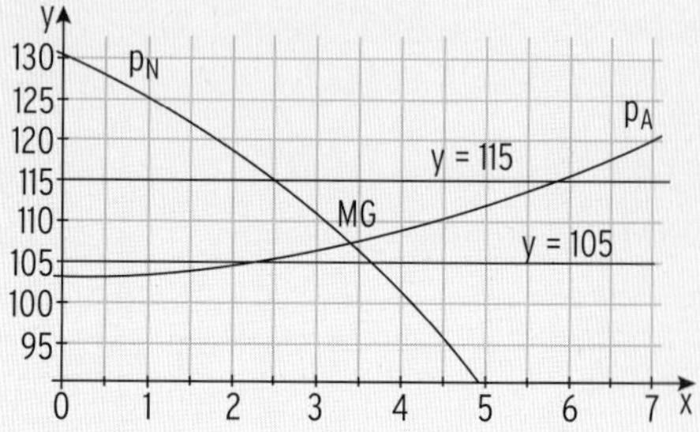

Aussage (3): Konsumentenrente:

$$\int_0^{3{,}409} p_N(x)dx - 3{,}409 \cdot 107{,}065 \approx 44{,}38$$

Produzentenrente: $3{,}409 \cdot 107{,}065 - \int_0^{3{,}409} p_A(x)dx \approx 9{,}24$

$5 \cdot 9{,}24 = 46{,}2 > 44{,}38$

Die Aussage ist damit falsch.

2.2.2 Betrag, der durch diesen Teilmarkt abgeschöpft wird

$p_N(x) = 115 \Rightarrow x = 2{,}5$

Die Abschöpfung beträgt ca. 20 GE: $2{,}5 \cdot (115 - 107) = 20$

Dies entspricht 20 000 €.

2.3 $a_w(t) = (1 + t) \cdot e^{-\frac{1}{w} \cdot t + 0{,}25}$ mit $t \in \mathbb{R}$ und $t \geq 0$

2.3.1 notwendiger Wert von w

Bedingung: $a_w(3) = 3{,}5$ $\qquad (1 + 3) \cdot e^{-\frac{1}{w} \cdot 3 + 0{,}25} = 3{,}5$

$e^{-\frac{3}{w} + 0{,}25} = 0{,}875$

Logarithmieren: $\qquad -\frac{3}{w} + 0{,}25 = \ln(0{,}875)$

$\frac{3}{w} = 0{,}25 - \ln(0{,}875) \approx 0{,}384$

$w \approx 7{,}82$

2.3.2 Werte des Parameters w

Ableitung mit Produkt- und Kettenregel:

$$a_w(t) = (1 + t) \cdot (-\tfrac{1}{w}) \cdot e^{-\frac{1}{w} \cdot t + 0{,}25} + e^{-\frac{1}{w} \cdot t + 0{,}25} = (-\tfrac{t}{w} - \tfrac{1}{w} + 1) \cdot e^{-\frac{1}{w} \cdot t + 0{,}25}$$

Notw. Bedingung: $a'_w(t) = 0$ $\qquad -\frac{t}{w} - \frac{1}{w} + 1 = 0$ $\qquad (e^{-\frac{1}{w} \cdot t + 0{,}25} > 0)$

Satz vom Nullprodukt $\qquad t = w(-\frac{1}{w} + 1) = w - 1$

Hinr. Bedingung: $a''_w(t) \neq 0$

$$a''_w(w - 1) = (-\tfrac{2}{w} + \tfrac{1}{w^2} + \tfrac{w - 1}{w^2}) \cdot e^{-\frac{1}{w} \cdot (w - 1) + 0{,}25} = -\tfrac{1}{w} \cdot e^{-\frac{1}{w} \cdot (w - 1) + 0{,}25}$$

$a''_w(w - 1) < 0$ (Maximalstelle), wenn $w > 1$ wegen $t \geq 0$ $(t = w - 1)$

Lösungen – Zentrale Abiturprüfung 2021

Aufgabenteil B: Hilfsmittel GTR Lösungen

Aufgabe 2 – Analysis Fortsetzung

2.3.3 Gesamtabsatz für w = 4

im ersten Halbjahr, d.h. von t = 0 bis t = 6

$$\int_0^6 a_4(t)\,dt \approx 13{,}07$$

Der Gesamtabsatz im ersten Halbjahr beträgt ca. 13 070 Badmintonbälle.

Aufgabe 3 – Lineare Algebra

3.1.1 Übergangsgraph

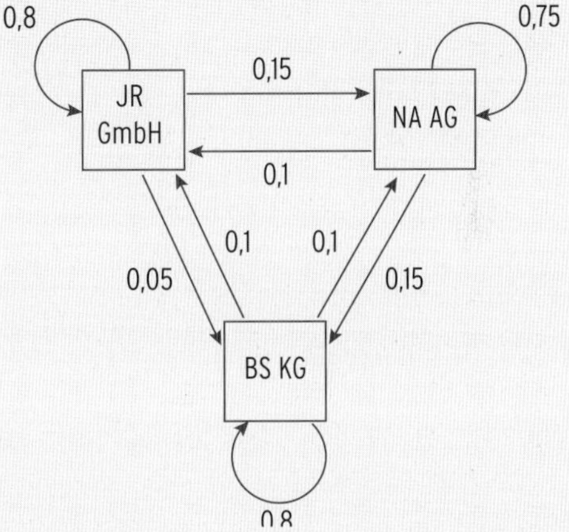

3.2.1 Berechnung der Matrixpotenz:

$$M = \begin{pmatrix} 0{,}8 & 0{,}1 & 0{,}1 \\ 0{,}15 & 0{,}75 & 0{,}1 \\ 0{,}05 & 0{,}15 & 0{,}8 \end{pmatrix}$$

mit GTR/CAS:

$$M^{10} = \begin{pmatrix} 0{,}35 & 0{,}32 & 0{,}32 \\ 0{,}34 & 0{,}34 & 0{,}32 \\ 0{,}31 & 0{,}34 & 0{,}35 \end{pmatrix}$$

Interpretation

35 % der Kunden der Jump & Run GmbH sind auch nach 10 Monaten deren Kunden,

34 % der Kunden der Nils & Abel AG sind auch nach dieser Zeit deren Kunden und

35 % der Kunden der Banach Sport KG sind auch nach 10 Monaten deren Kunden.

3.2.2 Marktanteile der drei Unternehmen zwei Monate zuvor

Ansatz: $M^2 \cdot x_{-2} = x_0 = \begin{pmatrix} 0{,}5 \\ 0{,}3 \\ 0{,}2 \end{pmatrix} \Rightarrow x_{-2} = M^{-2} \cdot x_0 = \begin{pmatrix} 0{,}6735 \\ 0{,}2001 \\ 0{,}1264 \end{pmatrix}$ $\qquad (M^2)^{-1} = M^{-2}$

Die Jump & Run GmbH hatte einen Marktanteil von ca. 67 %, die Nils & Abel AG einen von ca. 20 % und die Banach Sport KG einen von ca. 13 %.

3.2.3 Ansatz: $M \cdot \begin{pmatrix} x \\ y \\ z \end{pmatrix} = \begin{pmatrix} x \\ y \\ z \end{pmatrix}$ und $x + y + z = 1$

Einsetzen ergibt ein LGS für x, y, z:

$0{,}8x + 0{,}1y + 0{,}1z = x$

$0{,}15x + 0{,}75y + 0{,}1z = y$

$0{,}05x + 0{,}15y + 0{,}8z = z$

$x + y + z = 1$

Matrixform $\left(\begin{array}{ccc|c} -0{,}2 & 0{,}1 & 0{,}1 & 0 \\ 0{,}15 & 0{,}75 & 0{,}1 & 0 \\ 1 & 1 & 1 & 1 \end{array}\right)$

Das LGS hat die Lösung $x = y = z = \frac{1}{3}$.

In Bezug auf den Vitaminshake gibt es keinen Marktführer. Alle drei Firmen haben einen Marktanteil von ca. 33 %.

Hinweis: Eine Gleichung lassen wir weg, nur nicht die letzte. Probe in dieser Gleichung.

Lösungen – Zentrale Abiturprüfung 2021

Aufgabenteil B: Hilfsmittel GTR Lösungen

Aufgabe 3 –Lineare Algebra (Fortsetzung)

3.3.1 Zweistufigen Produktionsprozess darstellen und Tabelle vervollständigen

Matrix A_{RZ} aufstellen : $A_{RZ}=\begin{pmatrix} 2 & 0 & 3 \\ 1 & 1 & 2 \\ 0 & 2 & 3 \end{pmatrix}$

Vektor $B(\text{Sockenpaare})_{ZE}$ aufstellen: $B(\text{Socken})_{ZE}=\begin{pmatrix} 2 \\ 1 \\ 0 \end{pmatrix}$

Vektor $C(\text{Sockenpaare})_{RE}$ berechnen: $\begin{pmatrix} 2 & 0 & 3 \\ 1 & 1 & 2 \\ 0 & 2 & 3 \end{pmatrix} \cdot \begin{pmatrix} 2 \\ 1 \\ 0 \end{pmatrix} = \begin{pmatrix} 4 \\ 3 \\ 2 \end{pmatrix}$

Tabelle vervollständigen:

	Sockenpaare	Mützen	Schals
Schurwolle	4	3	11
Viskose	3	6	9
Baumwolle	2	11	13

Verflechtungsdiagramm ergänzen

Matrix C_{RE} aufstellen: $C_{RE}=\begin{pmatrix} 4 & 3 & 11 \\ 3 & 6 & 9 \\ 2 & 11 & 13 \end{pmatrix}$

Matrix B_{RZ} bestimmen: $A_{RZ} \cdot B_{RZ} = C_{RE} \quad | \cdot A_{RZ}^{-1}$ von links

$B_{RZ} = A_{RZ}^{-1} \cdot C_{RE} \qquad B_{RZ}=\begin{pmatrix} 2 & 0 & 1 \\ 1 & 4 & 2 \\ 0 & 1 & 3 \end{pmatrix}$

Verflechtungsdiagramm darstellen

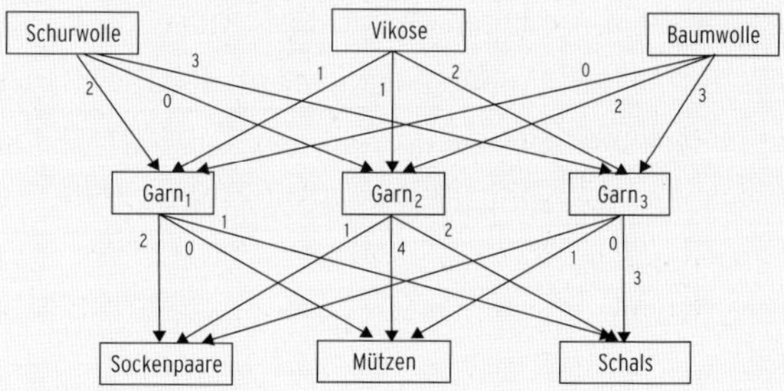

Bestimmen der zu bestellenden Rohstoffmengen

Rohstoffmengen für die Zwischenprodukte: $\vec{r_1} = A_{RZ} \cdot \vec{m_Z}$ $\quad \vec{r_1} = \begin{pmatrix} 2 & 0 & 3 \\ 1 & 1 & 2 \\ 0 & 2 & 3 \end{pmatrix} \cdot \begin{pmatrix} 200 \\ 100 \\ 50 \end{pmatrix} = \begin{pmatrix} 550 \\ 400 \\ 350 \end{pmatrix}$

Rohstoffmengen für die Endprodukte: $\vec{r_2} = C_{RE} \cdot \vec{m_E}$ $\quad \vec{r_2} = \begin{pmatrix} 4 & 3 & 11 \\ 3 & 6 & 9 \\ 2 & 11 & 13 \end{pmatrix} \cdot \begin{pmatrix} 20 \\ 30 \\ 20 \end{pmatrix} = \begin{pmatrix} 390 \\ 420 \\ 630 \end{pmatrix}$

Rohstoffbedarf gesamt: $\vec{r} = \vec{r_1} + \vec{r_2} = \begin{pmatrix} 550 \\ 400 \\ 350 \end{pmatrix} + \begin{pmatrix} 390 \\ 420 \\ 630 \end{pmatrix} = \begin{pmatrix} 940 \\ 820 \\ 980 \end{pmatrix}$

Nachbestellung ermitteln: $\begin{pmatrix} 900 \\ 900 \\ 900 \end{pmatrix} - \begin{pmatrix} 940 \\ 820 \\ 980 \end{pmatrix} = \begin{pmatrix} -40 \\ 80 \\ -80 \end{pmatrix}$

Es müssen 40 ME Schurwolle und 80 ME Baumwolle nachbestellt werden, damit die Manufaktur den Auftrag annehmen kann.

Lösungen – Zentrale Abiturprüfung 2021

Aufgabenteil B: Hilfsmittel GTR Lösungen

Aufgabe 3 –Lineare Algebra (Fortsetzung)

3.3.2 **Berechnen der Gesamtkosten für das alternative Angebot**

Rohstoffkosten der Zwischenprodukte

$$\vec{k}_R \cdot A_{RZ,neu} \cdot \overrightarrow{m_Z} = (0{,}5 \quad 0{,}2 \quad 0{,}3) \cdot \begin{pmatrix} 1 & 0 & 2 \\ 2 & 1 & 3 \\ 0 & 2 & 3 \end{pmatrix} \cdot \begin{pmatrix} 200 \\ 100 \\ 50 \end{pmatrix} = 375$$

Fertigungskosten der Zwischenprodukte

$$\vec{k}_Z \cdot \overrightarrow{m_Z} = (1{,}2 \quad 1{,}6 \quad 2{,}2) \cdot \begin{pmatrix} 200 \\ 100 \\ 50 \end{pmatrix} = 510$$

Rohstoffkosten der Endprodukte

$$\vec{k}_R^{\,T} \cdot A_{RZ,neu} \cdot B_{ZE} \cdot \overrightarrow{m_E} = \vec{k}_R^{\,T} \cdot C_{RE} \cdot \overrightarrow{m_E}$$

$$= (0{,}5 \quad 0{,}2 \quad 0{,}3) \cdot \begin{pmatrix} 2 & 2 & 7 \\ 6 & 11 & 15 \\ 1 & 7 & 11 \end{pmatrix} \cdot \begin{pmatrix} 20 \\ 30 \\ 20 \end{pmatrix} = 405$$

Fertigungskosten der 2. Produktionsstufe

$$\vec{k}_Z \cdot B_{ZE} \cdot \overrightarrow{m_E} = (1{,}2 \quad 1{,}6 \quad 2{,}2) \cdot \begin{pmatrix} 1 & 0 & 1 \\ 2 & 4 & 2 \\ 0 & 1 & 3 \end{pmatrix} \cdot \begin{pmatrix} 20 \\ 30 \\ 20 \end{pmatrix} = 558$$

Fertigungskosten der Endprodukte

$$\vec{k}_E \cdot \overrightarrow{m_E} = (2 \quad 3 \quad 3{,}5) \cdot \begin{pmatrix} 20 \\ 30 \\ 20 \end{pmatrix} = 200$$

Gesamtkosten

$K_v = 375 + 510 + 405 + 558 + 200 = 2\,048$

$K_{Gesamt} = K_v + K_{fix} = 2\,048 + 200 = 2\,248$

Es fallen Gesamtkosten in Höhe von 2 248 GE an.

Alternative für Auftrag $\overrightarrow{m_E}$:

$(\vec{k}_R \cdot C_{RE} + \vec{k}_Z \cdot B_{ZE} + \vec{k}_E) \cdot \overrightarrow{m_E} = 1163$

$K = (375 + 510 + 1163) = 2248$

Lösungen – Zentrale Abiturprüfung 2021

Aufgabenteil B: Hilfsmittel GTR Lösungen

Aufgabe 4 – Stochastik

4.1.1 Nach der Produktion kann die Halterung nur entweder fehlerhaft oder fehlerfrei sein. Außerdem beeinflusst die Produktion einer Halterung nicht die der folgenden.

4.1.2 X: Anzahl der fehlerhaften Halterungen, X ist binomialverteilt mit $n = 160$ und $p = 0{,}04$

A: $P(A) = P(X = 4) \approx 0{,}1155$

B: $P(B) = P(5 \leq X \leq 7) \approx 0{,}4597$

Y: Anzahl der fehlerfreien Halterungen, Y ist binomialverteilt mit $n = 160$ und $p = 0{,}96$

C: $P(C) = P(Y \geq 0{,}95 \cdot 160) \approx 0{,}8071$

X: Anzahl der fehlerhaften Halterungen, X ist binomialverteilt mit $n = 160$ und $p = 0{,}04$

D: $P(D) = P(X \leq 2) + P(X \geq 11) \approx 0{,}0433 + 0{,}0576 = 0{,}1009$

4.2.1 X: Anzahl der fehlerhaften Halterungen, X ist binomialverteilt mit $n = 50$ und $p = 0{,}04$

Erwartungswert $E(X) = \mu = 50 \cdot 0{,}04 = 2$

Standardabweichung $\sigma = \sqrt{50 \cdot 0{,}04 \cdot (1 - 0{,}04)} \approx 1{,}39$

Intervall: $[2 - 1{,}39;\ 2 + 1{,}39] = [0{,}61;\ 3{,}39] = [1;\ 3]$ (ganzzahlige Grenzen)

Die Intervallgrenzen müssen nach innen gerundet werden, da die Anzahl der Abweichungen kleiner als die Standardabweichung sein muss.

$P(1 \leq X \leq 3) \approx 0{,}731$ Die Wahrscheinlichkeit beträgt ca. 0,73.

4.2.2 E: Mindestens eine von 10 untersuchten Aufhängungen ist fehlerhaft.

X: Anzahl der fehlerhaften Halterungen, X ist binomialverteilt mit n und $p = 0{,}04$

$n = 9$: $P(X \leq 1) \approx 0{,}9522 \geq 0{,}95$

$n = 10$: $P(X \leq 1) \approx 0{,}9418 < 0{,}95$

Es sollten höchstens 9 Halterungen entnommen werden.

Lösungen - Zentrale Abiturprüfung 2021

Aufgabenteil B: Hilfsmittel GTR Lösungen

Aufgabe 4 – Stochastik Fortsetzung

4.3.1 H: Halterung fehlerhaft $\overline{H}$: Halterung nicht fehlerhaft

Z: Zielbrett fehlerhaft $\overline{Z}$: Zielbrett nicht fehlerhaft

Es gilt: $P(H) = 0{,}04 \Rightarrow P(\overline{H}) = 0{,}96$

$P_H(Z) = 0{,}05 \Rightarrow P(H \cap Z) = 0{,}002$ Hinweis: $P_H(Z) = \frac{P(H \cap Z)}{P(H)}$

$P(\overline{H} \cap Z) = 0{,}053$

Vierfeldertafel

	Z	$\overline{Z}$	gesamt
H	0,002	0,038	0,04
$\overline{H}$	0,053	0,907	0,96
	0,0552	0,9448	1

Baumdiagramm

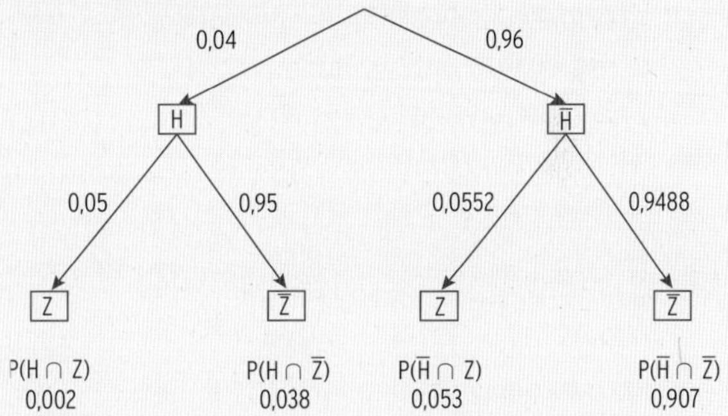

4.3.2 $P(\overline{Z} \cap \overline{H}) \approx 0{,}907$

Dies ist die Wahrscheinlichkeit dafür, dass sowohl das Zielbrett als auch die Halterung fehlerfrei sind.

$P_{\overline{H}}(\overline{Z}) = \frac{P(\overline{Z} \cap \overline{H})}{P(\overline{H})} = \frac{0{,}907}{0{,}96} \approx 0{,}9448$

Dies ist die Wahrscheinlichkeit dafür, dass bei einer Korbanlage mit fehlerfreier Halterung das Zielbrett fehlerfrei ist.

$P_Z(\overline{H}) = \frac{0{,}053}{0{,}055} \approx 0{,}9636$

Dies ist die Wahrscheinlichkeit dafür, dass bei einer Korbanlage mit fehlerhaftem Zielbrett die Halterung fehlerfrei ist.

4.3.3 Da auf der zweiten Stufe des Baumdiagramms nicht dieselben bedingten Wahrscheinlichkeiten auftreten, sind die Ereignisse stochastisch abhängig.

oder $P(H) \cdot P(Z) = 0{,}04 \cdot 0{,}0552 \neq 0{,}002 = P(H \cap Z)$

die Ereignisse H und Z sind stochastisch abhängig.

Zentrale Abiturprüfung 2022

Leistungskursfach **Mathematik**

Fachbereich Wirtschaft und Verwaltung

Lösungen Seite 263 - 269

Aufgabenteil A: ohne Hilfsmittel (oHiMi)

Punkte

Beschreibung der Ausgangssituation zu Aufgabenteil A

Die Boxycle GmbH stellt neben herkömmlichen Einwegprodukten auch wiederverwertbare Trinkbecher und Teller für diejenigen Gastronomiebetriebe her, die sich auf Essen und Getränke zum Mitnehmen spezialisiert haben.

Aufgabe 1 (24 Punkte)

1.1 Analysis

1.1.1 Abbildung 1 zeigt die Graphen der Grenzkosten- und variablen Stückkostenfunktion zu den wiederverwertbaren Trinkbechern. Nehmen Sie zu folgenden Aussagen begründet Stellung:

A1: Bei einer Produktion von 5 ME entstehen variable Kosten in Höhe von 125 GE.

A2: Der Kostenzuwachs ist bei 2 ME höher als bei 4 ME.

A3: Das Betriebsoptimum liegt bei 7,5 ME.

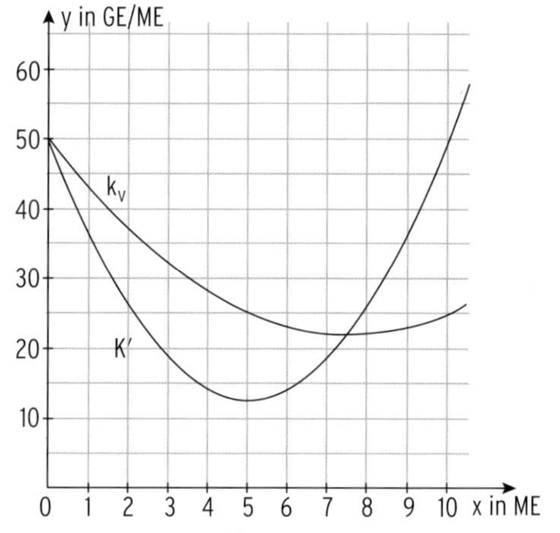

Abb. 1

6

1.2 Analysis

Die Funktionsgleichung der Grenzkosten bei der Produktion tiefer Teller lautet:

$$K'(x) = \frac{3}{2}x^2 - 12x + 30;\ x \in \mathbb{R},\ x > 0$$

Dabei steht x für die produzierte und abgesetzte Menge in ME und K'(x) gibt die zugehörigen Grenzkosten in GE/ME an.

1.2.1 Berechnen Sie die Produktionsmenge, bei der die Kostenfunktion von degressiv steigend zu progressiv steigend wechselt.

2

1.2.2 Der Grenzerlös für tiefe Teller liegt bei 60 GE/ME. Bestimmen Sie die Lösung der Gleichung $60 = \frac{3}{2}x^2 - 12x + 30$ und interpretieren Sie die Lösung in Bezug auf die Gewinnsituation.

4

Zentrale Abiturprüfung 2022
Aufgabenteil A: ohne Hilfsmittel (oHiMi)

1.3 Stochastik

1.3.1 Erfahrungsgemäß ist ein Großteil der in einem Restaurant zurückgegebenen Becher einwandfrei. Der Rest ist beschädigt.
Das Histogramm in Abbildung 2 zeigt die Wahrscheinlichkeit, dass von 10 zurückgegebenen Bechern k einwandfrei sind. Dabei wird eine Binomialverteilung zugrunde gelegt.

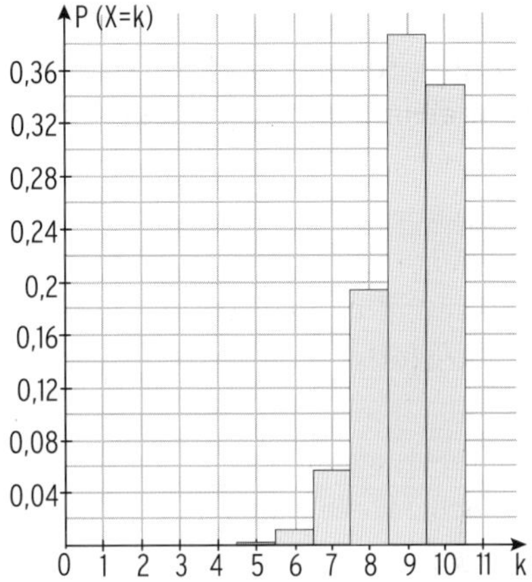

Abb. 2

Nehmen Sie begründet Stellung zu folgenden Behauptungen:

A: Die Wahrscheinlichkeit, dass alle zurückgegebenen Becher einwandfrei sind, beträgt mehr als ein Drittel.

B: Durchschnittlich werden 8 einwandfreie Becher zurückgegeben.

C: Die Wahrscheinlichkeit, dass weniger als 8 einwandfreie Becher zurückgegeben werden, liegt über 0,06.

D: $P(X = 4) = 0$

6

1.4 Lineare Algebra

Kunden der Boxycle GmbH wechseln zwischen dem Kauf von Mehrwegprodukten und Einwegprodukten. Im Vergleich zu dem vorherigen Einkauf wechseln beim nächsten Einkauf 10 % der Kunden von Mehrweg- zu Einwegprodukten, während 30 % der Kunden von Einweg- zu Mehrwegprodukten wechseln. Das Wechselverhalten wird durch eine stochastische Matrix dargestellt.

1.4.1 Nennen Sie die Eigenschaften einer stochastischen Matrix.

2

1.4.2 Ermitteln Sie die stationäre Verteilung, die sich für den Kauf von Mehrweg und Einwegprodukten aus den obigen Angaben ergibt.

4

Zentrale Abiturprüfung 2022

Aufgabenteil B: Hilfsmittel GTR/CAS

Aufgabenstellung

Ab 2022 verpflichtet ein neues Verpackungsgesetz Restaurants dazu, Speisen und Getränke zum Mitnehmen auch in Mehrwegbehältern anzubieten. Die Boxycle GmbH bietet verschiedene Essensschalen und Boxen sowie den Mehrwegbecher takeawaynback an. Ein Teil davon wird an Lieferdienste verkauft. Für einige Städte baut Boxycle zusätzlich ein eigenes Verleihsystem auf, so dass die Gefäße, die in den Restaurants ausgegeben werden, auch in einem beliebigen anderen teilnehmenden Restaurant wieder abgegeben werden können.

Aufgabe 2 – Analysis (32 Punkte)

2.1 Zur Preiskalkulation der Schalen benötigt die Marketingabteilung Aussagen zu den Produktionskosten und zur Gewinnerwartung.

2.1.1 Von der Kostenfunktion K ist Folgendes bekannt:
K ist eine ganzrationale Funktion vom Grad 3.
Die Fixkosten liegen bei 32 Geldeinheiten (GE).
Bei einer Produktionsmenge von 4 Mengeneinheiten (ME) fallen Kosten in Höhe von 144 GE an.
Die variablen Stückkosten bei 2 ME betragen 37 GE/ME.
Der Übergang von einer degressiven zu einer progressiven Kostensteigerung liegt bei einer Produktionsmenge von 5 ME.
Stellen Sie die Gleichung der Kostenfunktion auf.

5

2.1.2 Berechnen Sie für die Produktion der Schalen ausgehend von der Kostenfunktion K

mit $K(x) = 0{,}5x^3 - 7{,}5x^2 + 50x + 32,\ x \in \mathbb{R},\ 0 \leq x \leq 20$

das Betriebsoptimum und erläutern Sie seine Bedeutung im Sachzusammenhang.

4

2.1.3 Gehen Sie im Folgenden von der Gewinnfunktion G_a aus mit

$G_a(x) = -0{,}5x^3 + (7{,}5 - a)\,x^2 - 7x - 32,\ x, a \in \mathbb{R},\ 0 \leq x \leq 20;\ a \geq 0$

Dabei gibt x die Produktionsmenge in ME und $G_a(x)$ den Gewinn in GE an.

Die gewinnmaximale Ausbringungsmenge liegt bei 7 ME.

Berechnen Sie den Parameter a, der sich daraus ergibt.

3

Zentrale Abiturprüfung 2022

Aufgabenteil B: Hilfsmittel GTR

Aufgabe 2 – Analysis (Fortsetzung)

2.2 Aufgrund der gesetzlichen Verpflichtung zur Verwendung von Mehrwegverpackungen wird anfänglich mit einer hohen Nachfrage gerechnet. Daher bringt Boxycle das Warmhaltegefäß HotPot auf den Markt.
Die Geschäftsführung glaubt, die Absatzzahlen von HotPot maßgeblich durch Werbung beeinflussen zu können. Sie geht daher für die Beschreibung der Absatzentwicklung nach der Markteinführung von folgender Funktion a_m aus:
$a_m(t) = 120 \cdot t \cdot e^{(m - 0,8) \cdot t}$, $m, t \in \mathbb{R}$, $t \geq 0$
Hierbei hängt der Wert des Parameters m von der Höhe des geplanten Werbeetats ab, t gibt die Zeit in Monaten nach der Einführung an und $a_m(t)$ die Absatzzahlen in ME pro Monat.

2.2.1 Bestätigen Sie, dass der Zeitpunkt, zu dem die monatlichen Absatzzahlen maximal werden, bei $t = \frac{1}{0,8 - m}$
liegt, und begründen Sie, dass sich nur für $m < 0,8$ im Sachzusammenhang ein sinnvoller Zeitpunkt ergibt.
Die hinreichende Bedingung ist nicht erforderlich.

7

2.2.2 Die Marketingabteilung hat ihren Werbeetat und damit den Wert des Parameters m festgelegt. Dadurch steigt der Absatz zunächst, fällt aber nach dem Zeitpunkt t = 1,5 wieder.
Die Marketingleiterin geht davon aus, dass dann der Absatz zwischen dem 2. Monat (t = 2) und dem 5. Monat (t = 5) am stärksten zurückgeht.
Interpretieren Sie den abgebildeten Graphen (Abb. 1) der zweiten Ableitung der zugehörigen Funktion a_m hinsichtlich dieser Aussage.

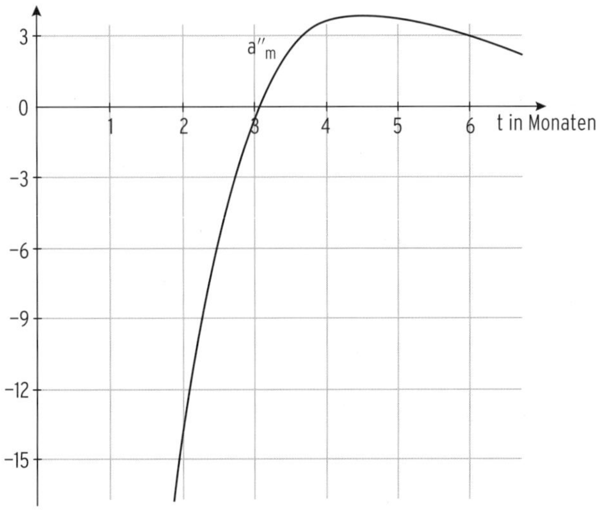

Abb. 1

Zentrale Abiturprüfung 2022

Aufgabenteil B: Hilfsmittel GTR

Aufgabe 2 – Analysis (Fortsetzung)

2.3 Tatsächlich weichen die Absatzzahlen nach dem ersten Vierteljahr von der ursprünglichen Prognose ab:

t	3	3,5	4	5	6
$b(t)$	46,5	39	31,5	20	12

Die Funktion b soll nun die Entwicklung dieser Absatzzahlen für die kommenden Monate beschreiben.

2.3.1 Bestimmen Sie durch Regression aus diesen Daten eine exponentielle Absatzfunktion b_e und eine kubische Absatzfunktion b_k und beurteilen Sie die Eignung beider Funktionen anhand

- des Bestimmtheitsmaßes r^2
- der Prognose, die sich aus den Funktionen für $t = 9$ ergibt.

7

2.3.2 Die Geschäftsleitung legt bei ihrer Prognose eine Funktion b mit

$$b(t) = 188{,}83 \cdot e^{-0{,}45t}$$

zugrunde.

Untersuchen Sie, wann der Absatz demnach auf 5 ME/Monat fällt.

3

Zentrale Abiturprüfung 2022

Aufgabenteil B: Hilfsmittel GTR

Aufgabe 3 – Lineare Algebra (32 Punkte) Punkte

3.1 Die neuen mikrowellentauglichen Essensbehälter werden in einem zweistufigen Produktionsprozess hergestellt. Dazu werden aus drei verschiedenen Rohstoffen R_1, R_2 und R_3 zunächst als Zwischenprodukte drei Kunststoffe (Z_1, Z_2, Z_3) für die stoßfeste Außenhülle, die wärmedämmende Innenschicht und den transparenten Deckel hergestellt und daraus dann die drei Essensbehälter E_1, E_2 und E_3.

Die folgenden Tabellen geben die Materialverflechtungen in Mengeneinheiten (ME) wieder.

	E_1	E_2	E_3
Z_1	2	1	3
Z_2	1	3	2
Z_3	1	4	1

	E_1	E_2	E_3
R_1	5	12	7
R_2	17	49	24
R_3	20	42	28

Die Kosten je Mengeneinheit (GE/ME), die bei der Herstellung der Essenbehälter anfallen, sind in der folgenden Tabelle dargestellt, wobei der Einkaufspreis des Rohstoffes R_1 von einem Parameter $a > 0$ abhängt.

Kosten der Rohstoffe je ME			Fertigungskosten der Zwischenprodukte je ME			Fertigungskosten der Essensbehälter je ME		
R_1	R_2	R_3	Z_1	Z_2	Z_3	E_1	E_2	E_3
a	2	3	5	1	2	6	15	10

3.1 Die Boxycle GmbH möchte die Kostensituation der Produktion der drei Essensbehälter genauer untersuchen.

3.1.1 Ermitteln Sie die Rohstoff-Zwischenprodukt-Matrix.

3

3.1.2 Zeigen Sie durch eine geeignete Rechnung:
Die variablen Stückkosten betragen für E_1 $5a + 113$ [GE/ME], für E_2 $12a + 255$ [GE/ME] und für E_3 $7a + 161$ [GE/ME].

5

3.1.3 Die Gesamtkosten für eine Tagesproduktion von 12 ME vom Modell E_1, 20 ME von E_2 und 40 ME von E_2 betragen 14 566 GE.
Dabei ist von täglichen Fixkosten in Höhe von 800 GE auszugehen.
Berechnen Sie den Wert des Parameters a.

4

Zentrale Abiturprüfung 2022

Aufgabenteil B: Hilfsmittel GTR

Aufgabe 3 – Lineare Algebra (Fortsetzung)

3.1.4 Aufgrund einer Renovierung soll der Lagerbereich für Z_1 komplett geräumt werden. Dort befinden sich noch 200 ME von Z_1.

Die Essensbehälter sollen im Verhältnis E_1: E_2: E_3 = 1 : 2 : 2 produziert werden.

Bestimmen Sie, welche Mengen von E_1 hergestellt werden können und welche Mengen der Kunststoffe Z_2 und Z_3 dafür benötigt werden.

4

3.2 Die Kaffeebecher takeawaynback werden in der Regel mitgenommen und häufig nicht dort zurückgegeben, wo sie geholt wurden, sondern bei einem anderen Restaurant. Mithilfe eines Scancodes lassen sich die Wege der Becher nachvollziehen. Zur Auswertung werden die Restaurants in drei Bereiche eingeteilt: City (B1), Wohngebiet (B2) und Gewerbegebiet (B3).

Zu Beginn der Untersuchung befinden sich 700 Becher im Bereich B1, 200 in B2 und 100 in B3. Boxycle untersucht die „Becherwanderungen" zum jeweiligen Folgetag. Erfahrungsgemäß werden 50 % der Becher aus B1 dort auch wieder zurückgegeben, 15 % werden in B2 zurückgegeben, 35 % in B3.

10 % der Becher aus B2 wechseln nach B1, 60 % bleiben in B2 und 30 % werden in B3 abgegeben.

25 % der Becher aus B3 wechseln nach B1, 20 % wechseln nach B2 und 55 % bleiben im bisherigen Bereich.

3.2.1 Erstellen Sie ein Übergangsdiagramm und die entsprechende Übergangsmatrix M.

4

3.2.2 Berechnen Sie die Anzahl der Becher in den jeweiligen Bereichen nach vier Tagen. Prüfen Sie außerdem, ob sich auf Basis des beschriebenen Übergangsverhaltens die Becherverteilung einen Tag vor Beginn der Untersuchung sinnvoll bestimmen lässt.

4

3.2.3 Bestimmen Sie die langfristige Verteilung der Becher. 4

3.2.4 Die Becher im Gewerbegebiet (B3) unterliegen einem veränderten Wechselverhalten: Weiterhin werden 25 % der dortigen Becher in der City (B1) abgegeben.

Der Anteil m_{33} der Becher, die im Gewerbegebiet (B3) bleiben, ändert sich.

Dementsprechend ändert sich auch der Anteil der Becher, die im Wohngebiet (B2) abgegeben werden.

Das Wechselverhalten in der City (B1) und dem Wohngebiet (B2) bleibt unverändert.

Ermitteln Sie m_{33}, so dass sich 29 % der Becher aus dem Gewerbegebiet (B3) zwei Tage später in der City (B1) befinden.

5

Zentrale Abiturprüfung 2022

Aufgabenteil B: Hilfsmittel GTR

Aufgabe 4 – Stochastik (32 Punkte)

Bei der Fertigung der Schalen wird zunächst die stoßfeste Außenhülle hergestellt, die dann mit einer temperaturdämmenden Innenschicht ausgekleidet wird.
Bei der Fertigung der Außenhülle kommt es manchmal zu Produktionsfehlern. Bei diesen Schalen ist dann die Gefahr hoch, dass auch die Innenschicht fehlerhaft aufgetragen wird.

4.1 Bei einem speziellen Prüfverfahren werden folgende Ereignisse betrachtet:
AF: Die Außenhülle ist fehlerhaft.
IF: Die Innenschicht ist fehlerhaft.
Ein Fehler der Außenhülle kommt durchschnittlich bei 2 % der Schalen vor.
Mit einer Wahrscheinlichkeit von 96,5 % tritt weder Fehler AF noch Fehler IF auf.
Bei Schalen, deren Außenhülle fehlerhaft ist, wird mit einer Wahrscheinlichkeit von 75 % auch die Innenschicht fehlerhaft aufgetragen.

4.1.1 Erstellen Sie zu den obigen Angaben ein vollständig beschriftetes Baumdiagramm und bestätigen Sie, dass die beiden Fehlerarten stochastisch abhängig sind.

5

4.1.2 Berechnen Sie die Wahrscheinlichkeit dafür, dass die Innenschicht fehlerfrei ist.

5

4.1.3 Es wird behauptet, dass die Wahrscheinlichkeit für eine fehlerhafte Außenhülle bei einer fehlerhaften Innenschicht nur halb so hoch ist wie die Wahrscheinlichkeit einer fehlerhaften Innenschicht bei einer fehlerhaften Außenhülle.
Beurteilen Sie die Behauptung.

3

4.2 Für besonders anspruchsvolle Restaurants werden wärmeisolierende Edelstahlgefäße hergestellt.
Anhand eines Prüfverfahrens ist bekannt, dass die Edelstahlgefäße mit einer Wahrscheinlichkeit von $p = 0{,}035$ fehlerhaft sind.

4.2.1 Die binomialverteilte Zufallsgröße X gibt die Anzahl der fehlerhaften Edelstahlgefäße in einer Stichprobe von 150 Edelstahlgefäßen an.
Berechnen Sie den Erwartungswert, die Varianz und die Standardabweichung von X.

3

Zentrale Abiturprüfung 2022

Aufgabenteil B: Hilfsmittel GTR

Aufgabe 4 – Stochastik (Fortsetzung)

4.2.2 Ermitteln Sie die Wahrscheinlichkeiten folgender Ereignisse für eine Stichprobe von 150 Edelstahlgefäßen:

A: Es sind genau zwei Edelstahlgefäße fehlerhaft.

B: Mehr als zwei und höchstens fünf Edelstahlgefäße sind fehlerhaft.

C: Mindestens ein Edelstahlgefäß ist fehlerhaft.

D: Die ersten zehn Edelstahlgefäße sind nicht fehlerhaft, insgesamt sind aber genau drei Edelstahlgefäße fehlerhaft.

8

4.2.3 Für eine Werbekampagne werden 200 einwandfreie Edelstahlgefäße benötigt. Bestimmen Sie, wie viele Edelstahlgefäße hergestellt werden müssen, damit mit einer Wahrscheinlichkeit von mehr als 90 % genügend einwandfreie zur Verfügung stehen.

4

4.2.4 Bei einer Überprüfung von 500 Edelstahlgefäßen sind 35 fehlerhaft. Nehmen Sie Stellung zu der Behauptung, dass die angenommene Wahrscheinlichkeit $p = 0{,}035$ für ein fehlerhaftes Edelstahlgefäß nicht zutreffen kann.

4

4.2.5 Die Fehlerwahrscheinlichkeit p ist reduziert worden.
Bei einer Stichprobe des Umfangs n liegt nun der Erwartungswert bei 5 und die Varianz bei 4,875.
Ermitteln Sie die Fehlerwahrscheinlichkeit.

3

Lösungen - Zentrale Abiturprüfung 2022

Aufgabenteil A: ohne Hilfsmittel (oHiMi)

1.1 Analysis

1.1.1 A1: Bei einer Produktion von 5 ME entstehen variable Kosten in Höhe von 25 GE.

$k_v(5) = 25 \Rightarrow K_v(5) = 5 \cdot 25 = 125$ Die Aussage stimmt.

A2: Der Kostenzuwachs ist bei 2 ME höher als bei 4 ME.

Der Wert der Ableitung von K liegt bei 2 über 25 und bei 4 unter 15.

$K'(2) > K'(4)$ Die Aussage stimmt.

A3: Bei 7,5 ME liegt das Betriebsminimum und nicht das Betriebsoptimum.

Die Minimalstelle von k_v liegt bei 7,5. Die Aussage ist falsch.

1.2 Analysis

$K'(x) = \frac{3}{2}x^2 - 12x + 30;\ x \in \mathbb{R},\ x > 0$

1.2.1 Berechnung der Wendestelle: Bedingung: $K''(x) = 0 \wedge K'''(x) \neq 0$

Notwendig: $K''(x) = 3x - 12 = 0$ für $x = 4$

Dazu hinreichend: $K'''(4) = 3 > 0$

Bei $x = 4$ [ME] liegt der Wechsel von degressiv zu progressiv steigend vor.

1.2.2 $60 = \frac{3}{2}x^2 - 12x + 30 \Leftrightarrow 0 = \frac{3}{2}x^2 - 12x - 30 \Leftrightarrow 0 = x^2 - 8x - 20 \Leftrightarrow x_{1|2} = 4 \pm\sqrt{16 + 20}$

$\Leftrightarrow x_1 = 10\ ;\ x_2 = -2$

In der Gleichung werden die Grenzerlöse mit den Grenzkosten gleichgesetzt:

$E'(x) = K'(x)$ entspricht dem Ansatz $G'(x) = 0$ zur Bestimmung der lokalen Extremstellen. Somit kann das Gewinnmaximum nur bei $x = 10$ liegen.

1.3 Stochastik

1.3.1 A: Abzulesen ist $P(X = 10) > 0{,}34$ Die Aussage stimmt.

B: Bei $k = 8$ liegt nicht die höchste Säule, daher kann der Erwartungswert nicht bei $k = 8$ liegen. Also ist die Aussage falsch.

C: Da $P(X = 7) + P(X = 6) > 0{,}06$ ist die Aussage richtig.

D: Der Wert von $P(X = 4)$ liegt zwar nahe bei null (vgl. Grafik), ist aber auf Grund der zu Grunde liegenden Binomialverteilung über null. Die Aussage ist also falsch.

1.4 Lineare Algebra

1.4.1 Eine quadratische Matrix ist stochastisch, wenn jede Spaltensumme 1 ist und alle Elemente nicht-negativ sind.

1.4.2 Die stochastische Matrix zum beschriebenen Szenario lautet z. B.: $\begin{pmatrix} 0{,}9 & 0{,}3 \\ 0{,}1 & 0{,}7 \end{pmatrix}$

Die langfristige Verteilung muss mit dem Fixvektor $\begin{pmatrix} a \\ b \end{pmatrix}$ mit $a + b = 1$ bestimmt werden: $\begin{pmatrix} 0{,}9 & 0{,}3 \\ 0{,}1 & 0{,}7 \end{pmatrix} \cdot \begin{pmatrix} a \\ b \end{pmatrix} = \begin{pmatrix} a \\ b \end{pmatrix}$ führt auf $0{,}9a + 0{,}3b = a \wedge a + b = 1$

$-a + 3b = 0 \wedge a + b = 1$ Auflösung führt auf $4b = 1 \Rightarrow b = 0{,}25$ und damit $a = 0{,}75$

Langfristig werden 75 % der Kunden der Boxycle GmbH Mehrwegprodukte und 25 % Einwegprodukte kaufen.

Lösungen – Zentrale Abiturprüfung 2022

Aufgabenteil B: Hilfsmittel GTR Lösungen

Aufgabe 2 – Analysis

2.1 Gleichung der Kostenfunktion

2.1.1 K ist vom Grad 3: $K(x) = ax^3 + bx^2 + cx + d$; $k_v(x) = ax^2 + bx + c$

$K(0) = 32 \Rightarrow d = 32$

$K(4) = 144 \Rightarrow 64a + 16b + 4c = 144 - 32 = 112$

$k_v(2) = 37 \Rightarrow 4a + 2b + c = 37$

$K'(x) = 3ax^2 + 2bx + c$, $K''(x) = 6ax + 2b$

$K''(5) = 0 \Rightarrow 30a + 2b = 0$

LGS lösen: $a = 0{,}5$, $b = -7{,}5$; $c = 50$; $d = 32$ und damit $K(x) = 0{,}5x^3 - 7{,}5x^2 + 50x + 32$

2.1.2 Betriebsoptimum und seine Bedeutung im Sachzusammenhang

$k(x) = \frac{K(x)}{x} = 0{,}5x^2 - 7{,}5x + 50 + \frac{32}{x}$

$k'(x) = x - 7{,}5 - \frac{32}{x^2}$; $k''(x) = 1 + \frac{64}{x^3}$

Nullstellen von k': $x^3 - 7{,}5x^2 - 32 = 0 \Rightarrow x = 8$

oder grafisch direkt aus $k'(x) = 0$.

$k''(8) = 1{,}125 > 0$

Das Betriebsoptimum liegt bei 8 ME. Es gibt die Produktionsmenge der Schalen an, bei der die geringsten Stückkosten entstehen.

2.1.3 Parameter a

$G_a(x) = -0{,}5x^3 + (7{,}5 - a)\,x^2 - 7x - 32$; $G'_a(x) = -1{,}5x^2 + 2(7{,}5 - a)x - 7$

Es muss gelten: $G'_a(7) = 0 \Leftrightarrow -1{,}5 \cdot 7^2 + 2(7{,}5 - a) \cdot 7 - 7 = 0$

$-73{,}5 + 105 - 14a - 7 = 0 \Leftrightarrow a = 1{,}75$

2.2.1 Zeitpunkt der maximalen monatlichen Absatzzahlen, Begründung

Bestätigung des Zeitpunktes:

Erstellen der ersten Ableitung mit der Produktregel:

$a'_m(t) = 120 \cdot e^{(m-0{,}8)\cdot t} + 120 \cdot t \cdot (m - 0{,}8)\, e^{(m-0{,}8)\cdot t}$

$a'_m(t) = 120 \cdot e^{(m-0{,}8)\cdot t}\,(1 + t \cdot (m - 0{,}8))$

Nullstellen von a'_m:

$a'_m(t) = 0$ $\quad 1 + t \cdot (m - 0{,}8) = 0$ $\quad 120 \cdot e^{(m-0{,}8)\cdot t} > 0$

$t = \frac{-1}{m - 0{,}8} = \frac{1}{0{,}8 - m}$

Nur für $m < 0{,}8$ ergeben sich positive Werte für den Zeitpunkt t.

2.2.2 Interpretation

Da der Graph der zweiten Ableitung bei $t \approx 3$ eine Nullstelle mit Vorzeichenwechsel besitzt, muss die zugehörige Absatzfunktion eine Wendestelle bei $t \approx 3$ haben. Somit geht der Absatz zu diesem Zeitpunkt am stärksten zurück und die Marketingleiterin hat somit recht.

Lösungen – Zentrale Abiturprüfung 2022

Aufgabenteil B: Hilfsmittel GTR Lösungen

Aufgabe 2 – Analysis Fortsetzung

2.3.1 Regression; exponentielle und kubische Absatzfunktion; Beurteilung

Exponentielle Regression:

$b_e(t) = 188{,}83 \cdot e^{-0{,}45t}$ mit $r^2 = 0{,}9967$

Kubische Regression:

$b_k(t) = 0{,}123t^3 + 0{,}079t^2 - 19{,}965t + 102{,}434$ mit $r^2 \approx 0{,}9999$

Beurteilung anhand des Bestimmtheitsmaßes:

r^2 ist bei der kubischen Regression etwas dichter bei 1 als bei der exponentiellen Regression, also wird der Verlauf der gegebenen Punkte durch die kubische Regression besser beschrieben.

Beurteilung anhand Prognosen für t = 9:

$b_e(9) \approx 3{,}16$; $b_k(9) \approx 18{,}67$

Im Laufe der Zeit sollten die Absatzzahlen sinken und nicht stark ansteigen. Daher ist die exponentielle Regression für Prognosen besser geeignet.

2.3.2 Absatz fällt auf 5 ME/Monat.

Der Graph von b schneidet die Gerade y = 5 bei ca. t = 8,07 und verläuft monoton fallend.

Nach gut 8 Monaten fällt der Absatz auf 5 ME/Monat.

Aufgabe 3 – Lineare Algebra

3.1.1 Rohstoff-Zwischenprodukt-Matrix

$$B_{ZE}^{-1} = \begin{pmatrix} 2 & 1 & 3 \\ 1 & 3 & 2 \\ 1 & 4 & 1 \end{pmatrix}^{-1} = \begin{pmatrix} \frac{5}{6} & -\frac{11}{6} & \frac{7}{6} \\ -\frac{1}{6} & \frac{1}{6} & \frac{1}{6} \\ -\frac{1}{6} & \frac{7}{6} & -\frac{5}{6} \end{pmatrix}$$

B_{ZE} ist also invertierbar. Aus $C_{RE} = A_{RZ} \cdot B_{ZE}$ folgt $A_{RZ} = C_{RE} \cdot B_{ZE}^{-1} = \begin{pmatrix} 1 & 1 & 2 \\ 2 & 5 & 8 \\ 5 & 3 & 7 \end{pmatrix}$

3.1.2 Variable Stückkosten

Angegebene Rohstoff- und Fertigungskosten:

$\vec{k}_R = (a \quad 2 \quad 3)$; $\vec{k}_Z = (5 \quad 1 \quad 2)$ $\vec{k}_E = (6 \quad 15 \quad 10)$

Variable Stückkosten:

$\vec{k}_R \cdot C_{RE} + \vec{k}_Z \cdot B_{ZE} + \vec{k}_E = (5a + 113 \quad 12a + 255 \quad 7a + 161)$

3.1.3 Wert des Parameters a

$(5a + 113 \quad 12a + 255 \quad 7a + 161) \cdot \begin{pmatrix} 12 \\ 20 \\ 40 \end{pmatrix} + 800 = 14\,566 \Leftrightarrow 580a + 13696 = 14\,566$

ergibt a = 1,5.

Lösungen – Zentrale Abiturprüfung 2022

Aufgabenteil B: Hilfsmittel GTR Lösungen

Aufgabe 3 –Lineare Algebra (Fortsetzung)

3.1.4 Mengen des Modells E_1 und der Kunststoffe Z_2 und Z_3

$B_{ZE} \cdot \begin{pmatrix} x_1 \\ 2x_1 \\ 2x_1 \end{pmatrix} = \begin{pmatrix} 200 \\ z_2 \\ z_3 \end{pmatrix} \Leftrightarrow \begin{pmatrix} 10x_1 \\ 11x_1 \\ 11x_1 \end{pmatrix} = \begin{pmatrix} 200 \\ z_2 \\ z_3 \end{pmatrix} \Leftrightarrow 10x_1 = 200$ und damit $x_1 = 20$

Einsetzen ergibt: $z_2 = 220$ und $z_3 = 220$

Demnach können 20 ME von E_1 hergestellt werden. Dazu sind noch 220 ME Z_2 und 220 ME Z_3 nötig.

3.2.1 Übergangsdiagramm und Übergangsmatrix M.

$M = \begin{pmatrix} 0{,}5 & 0{,}1 & 0{,}25 \\ 0{,}15 & 0{,}6 & 0{,}2 \\ 0{,}05 & 0{,}3 & 0{,}55 \end{pmatrix}$ Spaltensumme = 1

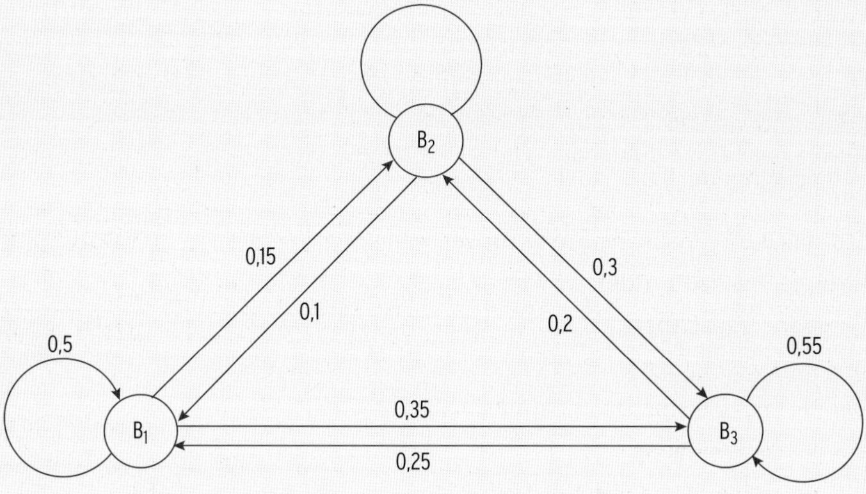

3.2.2 Anzahl der Becher nach vier Tagen; Becherverteilung

Berechnung der Verteilung nach vier Tagen:

$M^4 \cdot \vec{v}_0 = M^4 \cdot \begin{pmatrix} 700 \\ 200 \\ 100 \end{pmatrix} \approx \begin{pmatrix} 277{,}21 \\ 303{,}97 \\ 418{,}82 \end{pmatrix}$

Nach vier Tagen sind ca. 277 Becher in B1, ca. 304 in B2 und ca. 419 in B3.

Prüfung, ob auch rückblickende Aussagen möglich sind:

$M^{-1} \cdot \vec{v}_0 \approx \begin{pmatrix} 1945{,}95 \\ 243{,}2437 \\ -1189{,}19 \end{pmatrix}$

Dieses Ergebnis macht wegen der negativen Becheranzahl in B3 keinen Sinn, also kann dieses Wechselverhalten in diesem Zeitraum noch nicht bestanden haben.

Lösungen - Zentrale Abiturprüfung 2022

Aufgabenteil B: Hilfsmittel GTR Lösungen

Aufgabe 3 – Lineare Algebra Fortsetzung

3.2.3 Langfristige Verteilung der Becher.

Die langfristige Verteilung kann heuristisch mit M^{100} bestimmt werden.

$M^{100} \cdot \vec{v}_0 = M^{100} \cdot \begin{pmatrix} 700 \\ 200 \\ 100 \end{pmatrix} \approx \begin{pmatrix} 271{,}2 \\ 310{,}7 \\ 418{,}1 \end{pmatrix}$

Also ist nicht mehr mit Änderungen zu rechnen, wenn 271 Becher in B1, 311 Becher in B2 und 418 Becher in B3 sind.

3.2.4 Ermitteln von m_{33}

$M = \begin{pmatrix} 0{,}5 & 0{,}1 & 0{,}25 \\ 0{,}15 & 0{,}6 & 0{,}75 - m_{33} \\ 0{,}35 & 0{,}3 & m_{33} \end{pmatrix}$; Es soll gelten $M^2 = \begin{pmatrix} ... & ... & 0{,}29 \\ ... & ... & ... \\ ... & ... & ... \end{pmatrix}$

also $0{,}5 \cdot 0{,}25 + 0{,}1 \cdot (0{,}75 - m_{33}) + 0{,}25 \cdot m_{33} = 0{,}29$

ergibt $m_{33} = 0{,}6$

Aufgabe 4 – Stochastik

4.1.1 Baumdiagramm

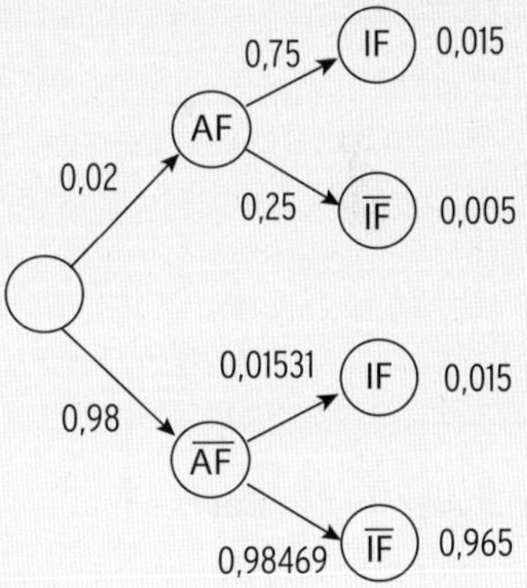

Stochastische Unabhängigkeit liegt vor, wenn gilt:

$P(AF \cap IF) = P(AF) \cdot P(IF)$

Die Probe ergibt aber:

$0{,}015 \neq 0{,}03 \cdot 0{,}02 = 0{,}0006$

Daraus folgt die stochastische Abhängigkeit der beiden Ereignisse.

4.1.2 Die Innenschicht ist fehlerfrei .

Gesucht ist die Wahrscheinlichkeit $P(\overline{IF})$:

$P(\overline{IF}) = P(AF \cap \overline{IF}) + P(\overline{AF} \cap \overline{IF}) = 0{,}005 + 0{,}965 = 0{,}97$

4.1.3 Beurteilung der Behauptung.

$P_{IF}(AF) = \frac{P(AF \cap IF)}{P(IF)} = \frac{0{,}015}{0{,}03} = 0{,}5$

$P_{AF}(IF) = 0{,}75$ Damit ist die Behauptung falsch.

4.2.1 Erwartungswert, die Varianz und die Standardabweichung von **X**.

Für den Erwartungswert μ gilt: $\mu = 150 \cdot 0{,}035 = 5{,}25$

Für die Varianz σ^2 gilt: $\sigma^2 = 150 \cdot 0{,}035 \cdot 0{,}965 = 5{,}06625$

Für die Standardabweichung σ gilt: $\sigma = \sqrt{150 \cdot 0{,}035 \cdot 0{,}965} \approx 2{,}25$

Lösungen – Zentrale Abiturprüfung 2022

Aufgabenteil B: Hilfsmittel GTR Lösungen

Aufgabe 4 – Stochastik Fortsetzung

4..2.2 Ermittlung von Wahrscheinlichkeiten

A: Es sind genau zwei Edelstahlgefäße fehlerhaft.

$P(X = 2) \approx 0{,}0702$

B: Mehr als zwei und höchstens fünf Edelstahlgefäße sind fehlerhaft.

$P(3 \leq X \leq 5) \approx 0{,}4704$

C: Mindestens ein Edelstahlgefäß ist fehlerhaft.

$P(X \geq 1) \approx 0{,}9952$

D: Die ersten zehn Edelstahlgefäße sind nicht fehlerhaft, insgesamt sind aber genau drei Edelstahlgefäße fehlerhaft.

X: Anzahl fehlerhafter Edelstahlgefäße mit $n = 140$ und $p = 0{,}035$

$0{,}965^{10} \cdot P(X = 3) \approx 0{,}1020$

4.2.3 Wie viele Edelstahlgefäße müssen hergestellt werden

Ansatz: $P(X \geq 200) > 0{,}9$, n ist gesucht.

$n = 210$: $P(X \geq 200) \approx 0{,}8787$

$n = 211$: $P(X \geq 200) \approx 0{,}9309$

Also ergibt sich, dass 211 Gefäße hergestellt werden müssen, um die Voraussetzung zu erfüllen.

4.2.4 Mögliche Stellungnahme:

Prinzipiell ist nie völlig auszuschließen, dass eine bestimmte Anzahl an fehlerhaften Gefäßen auftritt, also kann nicht völlig ausgeschlossen werden, dass $p = 0{,}035$ gilt.

Wenn die Wahrscheinlichkeit für so viele fehlerhafte Gefäße aber extrem gering ist, sind Zweifel angebracht.

Zu erwarten sind in der Stichprobe im Mittel $500 \cdot 0{,}035 = 17{,}5$ fehlerhafte Gefäße. In der Stichprobe sind aber doppelt so viele fehlerhaft. Auf Grund der Höhe der Stichprobe scheinen Zweifel hier gerechtfertigt.

4.2.5 Fehlerwahrscheinlichkeit.

$\mu = n \cdot p = 5$

$\sigma^2 = n \cdot p \cdot (1 - p) = 4{,}875 \Rightarrow 1 - p = 0{,}975$ und damit $p = 0{,}025$

Also ist die Fehlerwahrscheinlichkeit $p = 0{,}025$.

Stichwortverzeichnis

Zentrale Abiturprüfung 2023

Leistungskursfach **Mathematik**

Fachbereich Wirtschaft und Verwaltung

Lösungen Seite 279 - 285

Aufgabenteil A: ohne Hilfsmittel (oHiMi)

Beschreibung der Ausgangssituation zu Aufgabenteil A

Die FruitLane GmbH stellt hochwertige Smoothies aus frischem Obst her.

Aufgabe 1 (24 Punkte)

1.1 Analysis

In Abbildung 1 sind für den Smoothie Feely die Graphen der Kostenfunktion K, der Grenzkostenfunktion K′ und der Preis-Absatz-Funktion p dargestellt.
Dabei wird die Menge x in Mengeneinheiten (ME) an gegeben, K(x) in Geldeinheiten (GE) und K′ (x) und p(x) in GE/ME.

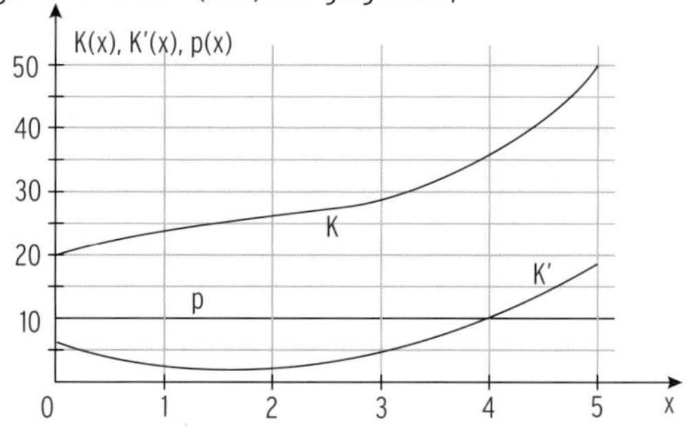

Abbildung 1

1.1.1 Beurteilen Sie begründet, ob folgende Aussagen richtig oder falsch sind.

A1: Der minimale Kostenanstieg liegt bei 3 ME.

A2: Bei 5 ME beträgt der Gewinn 0 GE.

A3: Der maximale Gewinn beträgt 15 GE.

(6 Punkte)

1.2 Analysis

Die FruitLane befindet sich in Konkurrenz zu anderen obstverarbeitenden Unternehmen. Für die Nachfragefunktion p_N und die Angebotsfunktion p_A gilt in Abhängigkeit vom Parameter a:

$p_N(x) = -ax + 5a^2$

$p_A(x) = 2x^2 + ax + a^2$ mit $a \in \mathbb{R}$, $a > 0$

Dabei gibt x mit $x \geq 0$ die Menge in ME und $p_A(x)$ bzw. $p_N(x)$ den Preis in GE/ME an.

1.2.1 Bestätigen Sie die beiden Aussagen:

A: $S(a|4a^2)$ ist der Schnittpunkt von p_A und p_N.

B: $F(x) = -\frac{1}{2}x^2 + 5a^2$ ist eine Stammfunktion von p_N.

(3 Punkte)

1.2.2 Ermitteln Sie die Konsumentenrente in Abhängigkeit von a.

(3 Punkte)

Zentrale Abiturprüfung 2023

Aufgabenteil A: ohne Hilfsmittel (oHiMi)

1.3 Lineare Algebra/Analytische Geometrie

Es werden Smoothies aus Erdbeeren und Johannisbeeren hergestellt und als Sorten S1, S2 und S3 angeboten. Alle anderen Zutaten können in dieser Aufgabe unberücksichtigt bleiben. In der folgenden Tabelle wird angegeben, wie viele Mengeneinheiten (ME) der Erdbeeren bzw. Johannisbeeren für je eine ME der Sorten S1, S2 und S3 benötigt werden.

	S1	S2	S3
Erdbeeren	4	6	2
Johannisbeeren	4	2	6

1.3.1 Berechnen Sie die Mengen an Erdbeeren, die insgesamt benötigt werden, um jeweils 5 ME der Sorten S1, S2 und S3 herzustellen. (2 Punkte)

1.3.2 Es werden 60 ME Erdbeeren und 100 ME Johannisbeeren verarbeitet. Zur Berechnung der daraus hergestellten Mengen der Sorten S1, S2 und S3 wird ein lineares Gleichungssystem aufgestellt.

Die entsprechende erweiterte Koeffizientenmatrix lautet: $\left(\begin{array}{ccc|c} 4 & 6 & 2 & 60 \\ 4 & 2 & 6 & 100 \end{array}\right)$

Daraus ergibt sich die Diagonalform $\left(\begin{array}{ccc|c} 1 & 0 & 2 & 30 \\ 0 & 1 & -1 & -10 \end{array}\right)$

Bestimmen Sie den Lösungsvektor, der die möglichen Mengenkombinationen für die Herstellung der Sorten angibt. (4 Punkte)

1.4 Stochastik

Leider kommt es manchmal durch Oxidationsprozesse der zerkleinerten Früchte zu einer Verfärbung der Smoothies. Zudem erfüllen einige Smoothies die strenge Qualitätsanforderung an die Haltbarkeit nicht.

Folgende Wahrscheinlichkeiten wurden ermittelt:

	Haltbarkeitsanforderung erfüllt (H)	Haltbarkeitsanforderung nicht erfüllt (H)
Verfärbung (V)	0,08	
keine Verfärbung (V)	0,72	0,18

1.4.1 Berechnen Sie die folgenden beiden Wahrscheinlichkeiten und erläutern Sie deren Bedeutung im Sachzusammenhang.

$P(V \cap \overline{H})$; $P_V(\overline{H})$ (3 Punkte)

1.4.2 Beurteilen Sie, ob die Ereignisse V und H stochastisch unabhängig sind und interpretieren Sie dies im Sachzusammenhang. (3 Punkte)

Zentrale Abiturprüfung 2023

Aufgabenteil B: Hilfsmittel GTR/CAS
Aufgabenstellung

Die FruitLane GmbH stellt hochwertige Smoothies aus frischem Obst her.

Aufgabe 2 – Analysis (32 Punkte)

Abbildung 2

2.1 Die Herstellungskosten der Smoothies können bis zu einer Produktion von 4 Mengeneinheiten (ME) durch eine ertragsgesetzliche Kostenfunktion dritten Grades modelliert werden. Ab 4 ME wird von einem linearen Kostenverlauf ausgegangen. Die Kapazitätsgrenze liegt bei 10 ME.

$$K(x)=\begin{cases} K_1(x) = 0{,}5x^3 - 3x^2 + 7x + 20 \text{ mit } 0 \leq x \leq 4 \\ K_2(x) = 6x + 8 \text{ mit } 4 < x \leq 10 \end{cases}$$

Dabei entspricht x der monatlichen Ausbringungsmenge in Mengeneinheiten und $K_1(x)$, $K_2(x)$ den Kosten in Geldeinheiten (GE).

2.1.1 Zeigen Sie, dass K an der Stelle $x = 4$ stetig, aber nicht differenzierbar ist.

(4 Punkte)

2.1.2 Es stellt sich heraus, dass die Kosten für $x > 4$ besser mit einer quadratischen Teilfunktion als Ersatz für K_2 modelliert werden. Diese soll so erstellt werden, dass die neue Kostenfunktion bei $x = 4$ stetig und auch differenzierbar ist. Außerdem entstehen an der Kapazitätsgrenze von 10 ME Kosten in Höhe von 83 GE. Bestimmen Sie die neue Teilfunktion für $x > 4$.

(6 Punkte)

2.2 Zur Erschließung eines neuen Marktes müssen die Produktionsmengen erhöht werden. Deshalb wird eine neue Produktionsanlage angeschafft, wodurch sich die Kosten folgendermaßen ändern:

Menge in ME	0	2	5	10	15	20
Kosten in GE	20	25	32	50	80	200

Die monatliche Kapazitätsgrenze liegt jetzt bei 20 ME.

Zentrale Abiturprüfung 2023

Aufgabenteil B: Hilfsmittel GTR/CAS

Aufgabe 2 – Analysis Fortsetzung

2.2.1 Die Kosten werden nicht mehr abschnittsweise modelliert.

Bestimmen Sie jeweils durch Regression

- eine ganzrationale Funktion 3. Grades
- eine Exponentialfunktion der Form $f(x) = a \cdot e^{k \cdot x}$ [bzw. $f(x) = a \cdot b^x$]

und beurteilen Sie, welche der beiden Funktionen die Kostensituation besser beschreibt.

(4 Punkte)

2.2.2 *FruitLane* geht aufgrund der Regression von der Kostenfunktion K_{neu} aus:

$K_{neu}(x) = 0{,}05x^3 - x^2 + 7x + 18$ mit $0 \leq x \leq 20$

Im aktuellen Monat werden die Smoothies zu einem Preis von 13 GE/ME verkauft.

Berechnen Sie den Gewinn an der Kapazitätsgrenze von 20 ME.

(3 Punkte)

2.3 Eine neue Smoothie-Sorte soll auf den Markt gebracht werden. Der monatliche Absatz der neuen Sorte kann mit der Funktion a_W dargestellt werden. Dabei gibt t die Zeit in Monaten, $w > 0$ den Einfluss einer Werbeaktion auf die Höhe des Absatzes (Werbeparameter) und $a_W(t)$ den Absatz in ME/Monat an:

$a_W(t) = 20t \cdot e^{-\frac{1}{2w} \cdot t} + 30$ mit $t \geq 0$.

2.3.1 Berechnen Sie für $w = 5$ den Zeitpunkt des maximalen monatlichen Absatzes. Auf die Überprüfung der hinreichenden Bedingung soll verzichtet werden.

(4 Punkte)

2.3.2 Zum Zeitpunkt $t = 5$ soll ein Absatz von 100 ME/Monat erreicht werden.

Bestimmen Sie die Höhe des Werbeparameters w, damit dies erreicht wird.

(3 Punkte)

2.3.3 Untersuchen Sie, wie sich der Absatz nach der Funktion a_W langfristig entwickeln wird. (3 Punkte)

2.3.4 Eine Stammfunktion für a_W lautet: $A_W(t) = 30t - (40wt + 80w^2) \cdot e^{-\frac{1}{2w} \cdot t}$.

Ermitteln Sie, wie hoch der Werbeparameter w sein muss, damit in den ersten 12 Monaten pro Monat durchschnittlich 80 ME verkauft werden.

(5 Punkte)

Zentrale Abiturprüfung 2023

Aufgabenteil B: Hilfsmittel GTR/CAS

Aufgabe 3 – Lineare Algebra/Analytische Geometrie (32 Punkte)

Die FruitLane GmbH verarbeitet die Obstsorten Apfel, Orange und Himbeere zu den Smoothies S-rot und S-gelb. Danach werden die Smoothies zu den Packungen P1 und P2 für den Verkauf zusammengestellt.
Die Mengen der einzelnen Obstsorten in Gramm für die Smoothies sowie für die Packungen sind den nebenstehenden Tabellen zu entnehmen.

	S-rot	S-gelb
Apfel	40	50
Orange	20	50
Himbeere	40	0

	P1	P2
Apfel	360	380
Orange	280	340
Himbeere	160	80

Für die Rohstoffkosten gilt:

	Apfel	Orange	Himbeere
Kosten in Euro pro g	0,001	0,003	0,008

Die Fertigungskosten (Kosten für die Verarbeitung der Rohstoffe zu Smoothies und das Abpacken) sowie die Verkaufspreise betragen:

	P1	P2
Fertigungskosten in Euro pro Packung	1,5	1

	P1	P2
Verkaufspreis in Euro pro Packung	p	22

3.1.1 Ein Einzelhändler bestellt 20 Packungen P1 und 30 Packungen P2.
Untersuchen Sie, ob einLagerbestand von 19 000 g Äpfeln, 14 500 g Orangen und 6000 g Himbeeren zur Erfüllung des Auftrags ausreicht.

(3 Punkte)

Abbildung 3

3.1.2 Bestimmen Sie die Anzahl der Smoothies S-rot und S-gelb in einer Packung P1 und die in einer Packung P2.

(4 Punkte)

Zentrale Abiturprüfung 2023

Aufgabenteil B: Hilfsmittel GTR/CAS

Aufgabe 3 – Lineare Algebra/Analytische Geometrie (Fortsetzung)

3.1.3 Ermitteln Sie den Preis für die Packung P1 so, dass mit einem Auftrag in Höhe von 20 Packungen P1 und 30 Packungen P2 ein Deckungsbeitrag von 1000 € erzielt wird.

(6 Punkte)

3.2 Die Smoothies sollen nach neuen Rezepturen zusammengesetzt werden. Die Menge der verwendeten Obstsorten (in Gramm) zur Herstellung der Smoothies ist in der folgenden Tabelle angegeben. Bei den neuen Rezepturen sind einige Variationen möglich. Diese Variationen werden durch die Variable t ausgedrückt.

	S-rot	S-gelb
Apfel	$t^2 - 1$	25
Orange	50	$3t$
Himbeere	$25 - t$	0

3.2.1 Berechnen Sie die Werte, die t annehmen kann, sodass sich positive Produktionszahlen ergeben.

(3 Punkte)

3.2.2 Es sollen 200 Smoothies der Sorte S-rot und 100 der Sorte S-gelb möglichst günstig produziert werden.
Bestimmen Sie den Wert für t, sodass die Rohstoffkosten möglichst gering sind, und geben Sie die geringsten Rohstoffkosten für diese Produktion an.

(5 Punkte)

3.3 Es wird das Kaufverhalten bezüglich der Smoothie-Sorten S-rot (r), S-gelb (g) und einer weiteren Sorte S-orange (o) untersucht.
Die stochastische Matrix M gibt das Wechselverhalten der Kundschaft von einer Woche zur nächsten wieder.

$$M = \begin{array}{c} \\ r \\ g \\ o \end{array} \begin{array}{c} \begin{array}{ccc} r & g & o \end{array} \\ \begin{pmatrix} 0{,}8 & 0{,}1 & 0{,}2 \\ a & 0{,}8 & 0{,}2 \\ 0 & 0{,}1 & 0{,}6 \end{pmatrix} \end{array}$$

3.3.1 Erklären Sie, warum a den Wert 0,2 annehmen muss.

(4 Punkte)

Zentrale Abiturprüfung 2023

Aufgabenteil B: Hilfsmittel GTR/CAS

Aufgabe 3 – Lineare Algebra/Analytische Geometrie (Fortsetzung)

3.3.2 In einem Bezirk haben 4500 Personen den roten, 2200 Personen den gelben und 1300 Personen den orangenen Smoothie gekauft.
Berechnen Sie, wie die Verteilung der Kundschaft eine Woche zuvor war und wie sie sich nach zwei Wochen entwickeln wird.

(4 Punkte)

3.4 FruitLane bietet neben seiner konventionellen Smoothie-Serie auch eine Bio-Serie aus nachhaltigem Obstanbau an. Die folgende Tabelle gibt die prozentuale Verteilung der Kundschaft auf die beiden Smoothie-Serien an.

	2020	2021	2022
Bio-Smoothies	50	60	64
konventionelle Smoothies	50	40	36

Die Änderung des Kaufverhaltens der Kundschaft von 2020 zu 2021 und von 2021 zu 2022 kann durch eine stochastische (2×2) Matrix A beschrieben werden.
Ermitteln Sie die Matrix A

(5 Punkte)

Zentrale Abiturprüfung 2023

Aufgabenteil B: Hilfsmittel GTR/CAS

Aufgabe 4 – Stochastik (32 Punkte)

4.1 Bei der Herstellung der Smoothies kommt es zu zwei voneinander stochastisch unabhängigen Fehlern:
Mit einer Wahrscheinlichkeit von 0,03 ist die Verpackung beschädigt und mit einer Wahrscheinlichkeit von 0,02 ist das Etikett fehlerhaft.
Die variablen Kosten pro Smoothie betragen 0,50 €.
Smoothies mit beschädigter Verpackung sind nicht verkäuflich und werden vor dem Verkauf aussortiert, ohne dass hierdurch weitere Kosten entstehen.
Smoothies, die nur ein fehlerhaftes Etikett haben, sind noch für 70 % des Verkaufspreises verkäuflich. Für einen Smoothie mit fehlerhaftem Etikett entstehen zusätzliche Kosten in Höhe von 0,45 €.
Der volle Preis für einen Smoothie wird mit p bezeichnet.

4.1.1 Geben Sie die fehlenden Wahrscheinlichkeiten aus der folgenden Tabelle an und bestimmen Sie den Preis pro Smoothie, mit dem ein Deckungsbeitrag von 0,60 € pro Smoothie erzielt wird.

Erlös	p	$0{,}7p$	0
Wahrscheinlichkeit		0,0194	

(6 Punkte)

4.1.2 Die FruitLane GmbH verfolgt das Ziel, die Wahrscheinlichkeit für einwandfreie Smoothies auf 96 % zu erhöhen.
Die Wahrscheinlichkeit für eine beschädigte Verpackung lässt sich aber nicht verringern und liegt weiterhin bei 3 %. Daher soll die Etikettiermaschine entsprechend verbessert werden, um das Ziel zu erreichen.
Berechnen Sie, wie gering die Wahrscheinlichkeit für ein fehlerhaftes Etikett dazu sein muss.

(3 Punkte)

4.2 Bei einer Lieferung von 100 kg erhält man durchschnittlich 500 Äpfel.
Die Qualität der Äpfel, die FruitLane erhält, unterscheidet sich in die gehobene Qualitätsstufe I und die geringere Qualitätsstufe II. Es ist davon auszugehen, dass ca. 94 % der Äpfel zur Qualitätsstufe I gehören.

Abbildung 4

Zentrale Abiturprüfung 2023

Aufgabenteil B: Hilfsmittel GTR/CAS

Aufgabe 4 – Stochastik (Fortsetzung)

4.2.1 Berechnen Sie die Wahrscheinlichkeit, dass bei einer Lieferung von 500 Äpfeln ...

A: mindestens 480 zur Qualitätsstufe I gehören.

B: weniger als 30 zur Qualitätsstufe II gehören.

C: sich unter den zuerst untersuchten 250 genau 15 der Qualitätsstufe II befinden, unter den nächsten 250 aber weniger als 15. (8 Punkte)

4.2.2 Ermitteln Sie die Mindestanzahl der Äpfel der Qualitätsstufe I, die sich mit einer Wahrscheinlichkeit von mindestens 99 % in einer Lieferung von 500 Äpfeln befindet. (4 Punkte)

4.2.3 FruitLane bezieht neuerdings Äpfel direkt von einem Agrarbetrieb und verspricht sich davon eine deutliche Verringerung des Anteils von Qualitätsstufe II.
Das folgende Histogramm zeigt die Wahrscheinlichkeiten der Anzahl von Äpfeln der Qualitätsstufe II innerhalb einer Lieferung von n Äpfeln.

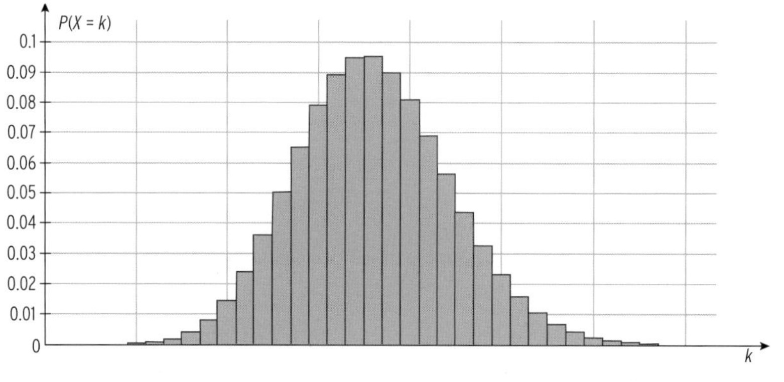

Entscheiden Sie begründet, ob es sich dabei um eine Liefermenge von 600 Äpfeln bei einer Wahrscheinlichkeit p = 0,03 handelt oder um eine Liefermenge von 500 Äpfeln bei einer Wahrscheinlichkeit p = 0,04. (5 Punkte)

4.3 Äpfel von Agrarbetrieben zu beziehen, hat sich bewährt.
FruitLane bezieht nun Äpfel von den drei Agrarbetrieben A, B und C.
50 % der benötigten Äpfel stammen von A, 30 % von B und 20 % von C.
Insgesamt gehören 2,6 % aller Äpfel zur Qualitätsstufe II.
1 % aller Äpfel sind vom Agrarbetrieb A und weisen die Qualitätsstufe II auf.
1,2 % aller Äpfel sind vom Agrarbetrieb B und weisen die Qualitätsstufe II auf.
Analysieren Sie, bei welchem der drei Agrarbetriebe der Anteil Äpfel der Qualitätsstufe II am höchsten ist. (6 Punkte)

Lösungen – Zentrale Abiturprüfung 2023

Aufgabenteil A: ohne Hilfsmittel (oHiMi)

1.1 Analysis

A1: Die Aussage ist falsch, da K' an der Stelle $x = 3$ keinen Tiefpunkt hat.

A2: Es muss gelten: $0 = G(x) = E(x) - K(x) \Leftrightarrow E(x) = K(x)$
Da für $x = 5$ gilt $K(5) = 50 = 10 \cdot 5 = E(5)$ ist die Aussage richtig ($p = 10$; $E(x) = 10x$).

A3: Anhand des Abstandes zwischen der eingezeichneten Erlösfunktion und der Kostenfunktion, der bei $x = 4$ ca. 5 GE beträgt, erkennt man, dass der maximale Gewinn deutlich unterhalb von 15 GE liegt.
Die Aussage ist also falsch. E

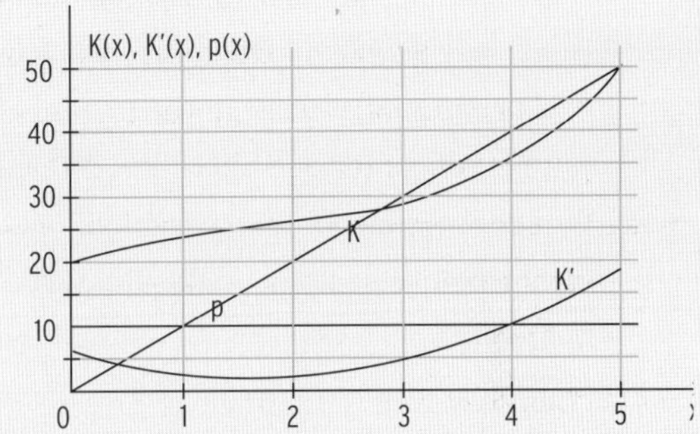

1.2 Analysis

$p_N(x) = -ax + 5a^2$

$p_A(x) = 2x^2 + ax + a^2$ mit $a \in \mathbb{R}$, $a > 0$

1.2.1 Bestätigen Sie die beiden Aussagen.

$p_N(a) = -a^2 + 5a^2 = 4a^2$
$p_A(a) = 2a^2 + a^2 + a^2 = 4a^2$

Also schneiden sich die beiden Funktionen in S.

$F'(x) = -ax + 5a^2 = p_N(x)$

Also ist F eine Stammfunktion von p_N.

1.2.2 Ermitteln Sie die Konsumentenrente in Abhängigkeit von a.

$$KR = \int_0^a p_N(x)dx - a \cdot 4a^2$$

$$KR = \left[-\frac{1}{2}ax^2 + 5a^2x\right]_0^a - 4a^3 = -\frac{1}{2}a^3 + 5a^3 - 4a^3 = \frac{1}{2}a^3$$

Die Konsumentenrente beträgt $\frac{1}{2}a^3$ GE.

1.3 Lineare Algebra/Analytische Geometrie

1.3.1 Berechnen Sie die Mengen an Erdbeeren.

$4 \cdot 5 + 6 \cdot 5 + 2 \cdot 5 = 60$

Es werden 60 ME der Erdbeeren benötigt.

1.3.2 Bestimmen Sie den Lösungsvektor.

Mit $t = x_3$ ergibt sich $x_1 + 2t = 30$ und $x_2 - t = -10$.

Der Lösungsvektor lautet $\vec{x} = \begin{pmatrix} 30 \\ -10 \\ 0 \end{pmatrix} + t\begin{pmatrix} -2 \\ 1 \\ 1 \end{pmatrix}$.

Lösungen – Zentrale Abiturprüfung 2023

Aufgabenteil A: ohne Hilfsmittel (oHiMi)

1.4 Stochastik

1.4.1 Berechnung der beiden Wahrscheinlichkeiten und Erläuterung deren Bedeutung

$P(V \cap \overline{H}) = 1 - 0{,}08 - 0{,}72 - 0{,}18 = 0{,}02$

Die Wahrscheinlichkeit, dass Verfärbungen auftreten und die Haltbarkeitsanforderung nicht erfüllt ist, beträgt 0,02.

$P_V(\overline{H}) = \frac{P(V \cap \overline{H})}{P(V)} = \frac{0{,}02}{0{,}1} = 0{,}2$

Die Wahrscheinlichkeit, dass die Haltbarkeitsanforderung nicht erfüllt wird, wenn schon vorher bekannt ist, dass Verfärbungen vorgefunden wurden, beträgt 0,2.

1.4.2 V und H stochastisch unabhängig

$P(V) \cdot P(H) = 0{,}1 \cdot 0{,}8 = 0{,}08 = P(V \cap H)$

V und H sind stochastisch unabhängig.

Das bedeutet, Haltbarkeit und Verfärbung beeinflussen sich nicht.

Lösungen – Zentrale Abiturprüfung 2023

Aufgabenteil B: Hilfsmittel GTR/CAS

Aufgabe 2 – Analysis

2.1 Kostenfunktion $K(x)=\begin{cases} K_1(x) = 0{,}5x^3 - 3x^2 + 7x + 20 \text{ mit } 0 \le x \le 4 \\ K_2(x) = 6x + 8 \text{ mit } 4 < x \le 10 \end{cases}$

2.1.1 K ist an der Stelle x = 4 stetig, aber nicht differenzierbar.

Nach sinnvoller Erweiterung der Definitionsbereiche gilt:

Stetigkeit:

$K_1(4) = 32$; $K_2(4) = 32$

Differenzierbarkeit: $K'_1(x) = 1{,}5x^2 - 6x + 7$

$K'_1(4) = 7$; $K'_2(4) = 6$

Die Funktion ist stetig, aber nicht differenzierbar an der Stelle x = 4.

2.1.2 Bestimmen Sie die neue Teilfunktion für x > 4.

Ansatz: $K_2(x) = ax^2 + bx + c$; $K'_2(x) = 2ax + b$

Bedingungen: $K_2(4) = K_1(4) = 32$ $\quad 16a + 4b + c = 32$

$K'_2(4) = K'_1(4) = 7$ $\quad 8a + b = 7$

$K_2(10) = 83$ $\quad 100a + 10b + c = 83$

Die Lösung des LGS führt zu $K_2(x) = \frac{1}{4}x^2 + 5x + 8$

2.2.1 Regression

ganzrationale Funktion 3. Grades: $K_1(x) = 0{,}054x^3 - 0{,}968x^2 + 6{,}892x + 17{,}557$

mit Bestimmtheitsmaß $r^2 \approx 0{,}996$

Exponentialfunktion: $K_2(x) = 18{,}9e^{0{,}108x}$ bzw. $K_2(x) = 18{,}9 \cdot 1{,}115^x$

mit Bestimmtheitsmaß $r^2 \approx 0{,}975$

Da die Funktion 3. Grades (K_1) ein höheres Bestimmtheitsmaß hat, bildet sie die Werte der Tabelle besser ab.
[Allerdings werden die Fixkosten durch die Exponentialfunktion besser modelliert.]

2.2.2 Gewinn an der Kapazitätsgrenze von 20 ME.

$G(x) = 13x - K_{neu}(x) = -0{,}05x^3 + x^2 + 6x - 18$

$G(20) = 102$

Der Gewinn an der Kapazitätsgrenze beträgt 102 GE.

2.3 $a_w(t) = 20t \cdot e^{-\frac{1}{2w}\cdot t} + 30$ mit $t \ge 0$

2.3.1 Zeitpunkt des maximalen monatlichen Absatzes für w = 5

$a'_w(t) = 20 \cdot e^{-\frac{1}{2w}\cdot t}\left(1 - \frac{t}{2w}\right)$

notwendige Bedingung: $a'_w(t) = 0 \Leftrightarrow \left(1 - \frac{t}{2w}\right) = 0 \Leftrightarrow t = 2w \quad \left(e^{-\frac{1}{2w}\cdot t} > 0\right)$

Auf die Überprüfung der hinreichenden Bedingung soll verzichtet werden.

Also ist der monatliche Absatz nach $2 \cdot 5 = 10$ Monaten maximal (w = 5).

Lösungen - Zentrale Abiturprüfung 2023

Aufgabenteil B: Hilfsmittel GTR/CAS

Aufgabe 2 – Analysis Fortsetzung

2.3.2 Bestimme w, so dass in t = 5 ein Absatz von 100 ME/Monat

$a_w(5) = 100 \quad \Leftrightarrow 100 \cdot e^{-\frac{1}{2w}\cdot 5} + 30 = 100 \quad \Leftrightarrow w \approx 7{,}01$

2.3.3 Langfristige Entwicklung des Absatzes nach der Funktion a_w

$\lim\limits_{t\to\infty} \left(20t \cdot e^{-\frac{1}{2w}\cdot t} + 30\right) = 0 + 30$

Langfristig wird sich der Absatz 30 ME/Monat annähern.

2.3.3 Bestimme w, so dass in den ersten 12 Monaten pro Monat durchschnittlich 80 ME verkauft werden.

$\frac{1}{12}\int_0^{12} a_w(t)\,dt = 80 \Leftrightarrow \quad \frac{1}{12}\left[30t - (40wt + 80w^2)\, e^{-\frac{1}{2w}\cdot t}\right]_0^{12} = 80$

$360 - (480w + 80w^2)\cdot e^{-\frac{6}{w}} + 80w^2 = 960$

einzige Lösung der Gleichung: $w \approx 4{,}287$

Der Parameter muss einen Wert von ca. 4,3 annehmen.

Aufgabe 3 – Lineare Algebra/ Analytische Geometrie

3.1.1 Untersuchung, ob ein Lagerbestand zur Erfüllung des Auftrags ausreicht.

Rohstoff-Endprodukt-Matrix $C_{RE} = \begin{pmatrix} 360 & 380 \\ 280 & 340 \\ 180 & 80 \end{pmatrix}$

$C_{RE} \cdot \begin{pmatrix} 20 \\ 30 \end{pmatrix} = \begin{pmatrix} 18600 \\ 15800 \\ 5600 \end{pmatrix}$

Es werden 18 600 g Äpfel, 15 800 g Orangen und 5600 g Himbeeren benötigt, der Lagerbestand reicht nicht aus.

3.1.2 $A_{RZ} = \begin{pmatrix} 40 & 50 \\ 20 & 50 \\ 40 & 0 \end{pmatrix}$; $B_{ZE} = \begin{pmatrix} a & b \\ c & d \end{pmatrix}$

Aus $C_{RE} = A_{RZ} \cdot B_{ZE}$ folgt $\begin{pmatrix} 40 & 50 \\ 20 & 50 \\ 40 & 0 \end{pmatrix} \cdot \begin{pmatrix} a & b \\ c & d \end{pmatrix} = \begin{pmatrix} 360 & 380 \\ 280 & 340 \\ 160 & 80 \end{pmatrix}$

LGS aus insgesamt 6 Gleichungen mit 4 Unbekannten,

a und b lassen sich direkt bestimmen: 40a = 160; 40b = 80

Einsetzen von a = 4 z.B. in 40a + 50c = 360 ergibt c = 4

Lösen des LGS ergibt: a = 4, b = 2, c = 4, d = 6

In der Packung P1 sind 4 Smoothies S-rot und 4 Smoothies S-gelb und in der Packung P2 sind 2 Smoothies S-rot und 6 Smoothies S-gelb.

Lösungen - Zentrale Abiturprüfung 2023

Aufgabenteil B: Hilfsmittel GTR/CAS

Aufgabe 3 –Lineare Algebra/ Analytische Geometrie (Fortsetzung)

3.1.3 Preis für die Packung P1

$DB = E - K_v$

$K_v = (0{,}001 \quad 0{,}003 \quad 0{,}008) \cdot \begin{pmatrix} 360 & 380 \\ 280 & 340 \\ 180 & 80 \end{pmatrix} \cdot \begin{pmatrix} 20 \\ 30 \end{pmatrix} + (1{,}50 \quad 1{,}00) \cdot \begin{pmatrix} 20 \\ 30 \end{pmatrix}$

$K_v = 110{,}80 + 60 = 170{,}80$ [€]

p: Preis für P1

$E = (p \quad 22) \cdot \begin{pmatrix} 20 \\ 30 \end{pmatrix} = (20p + 660)$

$DB = 1000 = 20p + 660 - 170{,}8 \Leftrightarrow \quad p = 25{,}54$ [€]

Der Preis muss hierzu 25,54 € betragen.

3.2.1 Werte für t, sodass sich positive Produktionszahlen ergeben.

Alle Mengen müssen größer gleich Null sein.

$3t > 0 \Leftrightarrow t > 0$

$t^2 - 1 > 0 \Leftrightarrow t > 1$

$25 - t > 0 \Leftrightarrow t < 25$ also $1 < t < 25$

3.2.2 Wert von t, sodass die Rohstoffkosten möglichst gering

$K_R(t) = (0{,}001 \quad 0{,}003 \quad 0{,}008) \cdot \begin{pmatrix} t^2 - 1 & 25 \\ 50 & 3t \\ 25 - t & 0 \end{pmatrix} \cdot \begin{pmatrix} 200 \\ 100 \end{pmatrix} = 0{,}2t^2 - 0{,}7t + 72{,}3$

Bedingung: $K'_R(t) = 0$ $\quad 0{,}4t - 0{,}7 = 0 \Leftrightarrow t = 1{,}75$

$K_R(1{,}75) = 71{,}69$

Da die dazugehörige Parabel nach oben geöffnet ist, sind die Rohstoffkosten für

t= 1,75 minimal und betragen 71,69 €.

3.3.1 Bei der stochastischen Matrix M muss die Summe jeder Spalte 1 ergeben. Also

muss $a = 1 - 0{,}8 = 0{,}2$ sein.

3.3.2 Verteilung der Kundschaft eine Woche zuvor und nach zwei Wochen

Übergangsmatrix $M = \begin{pmatrix} 0{,}8 & 0{,}1 & 0{,}2 \\ 0{,}2 & 0{,}8 & 0{,}2 \\ 0 & 0{,}1 & 0{,}6 \end{pmatrix}$ Spaltensumme = 1

Verteilung eine Woche zuvor: $M^{-1} \cdot \begin{pmatrix} 4500 \\ 2200 \\ 1300 \end{pmatrix} = \begin{pmatrix} 5000 \\ 1000 \\ 2000 \end{pmatrix}$

Verteilung nach zwei Wochen: $M^2 \cdot \begin{pmatrix} 4500 \\ 2200 \\ 1300 \end{pmatrix} = \begin{pmatrix} 3756 \\ 3352 \\ 892 \end{pmatrix}$

Lösungen – Zentrale Abiturprüfung 2023

Aufgabenteil B: Hilfsmittel GTR/CAS

Aufgabe 3 – Lineare Algebra / Analytische Geometrie Fortsetzung

3.4 Ermitteln Sie die Matrix A.

Aus der vorgegebenen Entwicklung ergibt sich ein LGS:

$\begin{pmatrix} a & b \\ c & d \end{pmatrix} \cdot \begin{pmatrix} 50 \\ 40 \end{pmatrix} = \begin{pmatrix} 60 \\ 40 \end{pmatrix}$ $\qquad$ $\begin{pmatrix} a & b \\ c & d \end{pmatrix} \cdot \begin{pmatrix} 60 \\ 40 \end{pmatrix} = \begin{pmatrix} 64 \\ 34 \end{pmatrix}$

$50a + 50b = 60 \wedge 60a + 40b = 64 \Leftrightarrow a = 0{,}8 \wedge b = 0{,}4$

Daraus ergibt sich die Übergangsmatrix: $A = \begin{pmatrix} 0{,}8 & 0{,}4 \\ 0{,}2 & 0{,}6 \end{pmatrix}$

Aufgabe 4 – Stochastik

4.1.1 fehlende Wahrscheinlichkeiten

$P(X = p) = 0{,}97 \cdot 0{,}98 = 0{,}9506$

$P(X = 0) = 0{,}03$

$DB = E - K_v$

$0{,}6 = 0{,}9506p + 0{,}0194 \cdot 0{,}7 \cdot p - 0{,}0194 \cdot 0{,}45 - 0{,}5 \Leftrightarrow p \approx 1{,}15$

Es muss ein Preis von mindestens 1,15 € pro Smoothie verlangt werden.

4.1.2 Wahrscheinlichkeit für ein fehlerhaftes Etikett

p: Wahrscheinlichkeit für ein fehlerhaftes Etikett

$0{,}97 \cdot (1 - p) = 0{,}96 \Leftrightarrow p \approx 0{,}0103$

Die Wahrscheinlichkeit für ein fehlerhaftes Etikett muss 0,0103 betragen.

4.2.1 Wahrscheinlichkeit, dass bei einer Lieferung von 500 Äpfeln ...

A: mindestens 480 zur Qualitätsstufe I gehören.

X: Anzahl der Äpfel der Qualitätsstufe I, X ist $B_{500;0,94}$-verteilt.

$P(A) = P(X \geq 480) \approx 0{,}0313$

B: weniger als 30 zur Qualitätsstufe II gehören.

$P(B) = P(X \geq 471) \approx 0{,}4735$

C: sich unter den zuerst untersuchten 250 genau 15 der Qualitätsstufe II befinden, unter den nächsten 250 aber weniger als 15.

Yist $B_{250;0,06}$-verteilt.

$P(C) = P(Y = 15) \cdot P(Y \leq 14) \approx 0{,}106 \cdot 0{,}462 \approx 0{,}049$

Lösungen – Zentrale Abiturprüfung 2023

Aufgabenteil B: Hilfsmittel GTR/CAS

Aufgabe 4 – Stochastik Fortsetzung

4.2.2 Mindestanzahl der Äpfel der Qualitätsstufe I

X: Anzahl der Äpfel der Qualitätsstufe I; X ist $B_{500;0,94}$-verteilt.

$P(X \geq k) > 0{,}99$

Sukzessives Ausprobieren führt zu $P(X \geq 457) \approx 0{,}9922$; $P(X \geq 458) \approx 0{,}9877$

Man kann mit einer Wahrscheinlichkeit von mehr als 99 % mit mindestens 457 Äpfeln der Qualitätsstufe I bei einer Lieferung von 500 Äpfeln rechnen.

4.2.3 Entscheiden Sie begründet

Im Fall n = 600 und p = 0,03 ergibt sich: $E(X) = 18$ und $P(X = 18) \approx 0{,}095$

Im Fall n = 500 und p = 0,04 ergibt sich: $E(X) = 20$ und $P(X = 20) \approx 0{,}091$

Das höchste Rechteck im Histogramm hat eine Höhe von ca. 0,095. Es muss sich also um den ersten Fall handeln (n = 600 und p = 0,03).

4.3 Agrarbetrieb mit dem höchsten Anteil Äpfel der Qualitätsstufe II

$P_A(Q_{II}) = \frac{0{,}01}{0{,}5} = 0{,}02$

$P_B(Q_{II}) = \frac{0{,}012}{0{,}3} = 0{,}04$

$P_C(Q_{II}) = \frac{0{,}026 - 0{,}01 - 0{,}012}{0{,}2} = 0{,}02$

Der Anteil der Qualitätsstufe II ist bei Agrarbetrieb A und C gleich 0,02, bei Agrarbetrieb B ist dieser höher.

Stichwortverzeichnis